大望

대망 24 나라를 훔치다 2
시바 료타로/박재희 옮김

대망 24 나라를 훔치다 2
차례

비밀 …… 11
난센 사(南泉寺)의 달 …… 35
암자 …… 59
숲의 요괴 …… 75
바람과 비 …… 92
록카쿠(六角) 참살 …… 117
부침(浮沈) …… 133
칼과 쇼군 …… 157
야망 …… 189
탐색 …… 212
저녁 놀 …… 229
표범의 가죽 …… 253
도산의 벚나무 …… 276
상경군(上京軍) …… 292

습격 ······ 316
팔자 타령 ······ 346
죽음을 걸고 ······ 371
전쟁 방법 ······ 394
싸움터 ······ 418
눈 내리는 계절 ······ 443
신겐(信玄) ······ 467
웃음소리 ······ 489
이타미 성(伊丹城) ······ 513
광기인가? ······ 537
때는 지금이다 ······ 553
혼노 사(本能寺) ······ 568

시대만이 우리의 주인이다—허문순 ······ 592

비밀

 자, 그 삽화(揷話)의 계속이다. 즉, 오가쓰와 시치로자 소동.
 오가쓰의 하소연을 들은 이나바 산성 성주인 요시타쓰는 사기야마의 도산에게 사자를 보내
 "아버님이 요즈음 받아들이신 자로서, 전에 오다가의 가신인 사쿠마 시치로자가 있지 않습니까? 그 자는 오와리에서 부당하게 사람을 베고 물러난 자입니다. 피습당한 자의 약혼녀가 갸륵하게도 원수를 갚으려고 저에게 의지해 왔습니다. 그러므로 시치로자를 넘겨주시기 바랍니다" 하고 아뢰게 했다.
 도산은 번쩍 눈을 부릅떴다. 눈만이 움직였고 입술이 움직이지 않았다. 침묵을 지키고 있다. 이 사나이가 입을 다물고 있으면 일종의 처절한 기운이 방 안에 서리는 것 같았다. 이나바 산성의 사자는 꿇어 엎드린 채 떨고 있었다.
 쇼구로(庄九郎)인 도산은 예순을 지나 두드러지게 늙었다. 여위었다. 피부의 쇠퇴가 보통이 아니라, 어딘가 몸 깊은 곳에 병을 얻기 시작한 것이나 아닐까 여겨질 만큼 살빛이 나빴다.

그런 모습에, 커다란 눈만이 얼간간 누런 기운을 띠고 빙글빙글 움직이는 것이다. 이미 도산의 패기나 장기(壯氣)도 육체의 모든 부분에서 증발해 버려 눈에만 응집해 버린 것 같았다.

"괴물이 그러더냐?"

도산은 겨우 말했다. 눈에 분노가 서려 있다. 요시타쓰가 자식의 신분임을 잊어버리고 아버지에게 그러한 요구를 하다니 얼마나 주제넘은 짓인가. 더구나 요시타쓰는 사쿠마 시치로자를 도산이 귀여워하고 있다는 것을 환히 잘 알면서도 이러한 요구를 해 온 것이다. 노부나가로부터 위탁 받은 것이라는 것도 요시타쓰는 잘 알고 있을 터였다.

"사쿠마 시치로자는 말이지," 도산은 목소리를 떨면서 말했다.

"사위인 가즈사노스케의 어릴 때부터의 놀이상대로서, 그의 총신이었다. 나는 가즈사노스케의 부탁을 받아 시치로자를 맡았다. 넘겨 줄 수 없다고 말하여라."

사자는 이나바 산성으로 돌아가 사기야마의 마마께서는 이렇게 말씀하셨습니다 하고 요시타쓰에게 보고하자

"당치 않은!" 하면서 큰 얼굴을 검붉게 물들였다.

"아버님은 자기 자식인 이 요시타쓰보다도 이웃 나라의 사위가 더 귀엽단 말인가" 하고 노호(怒號)하고

"아버님이 그토록 이치에 당치도 않은 말씀을 하신다면 이쪽에도 생각이 있다. 시치로자를 뺏을 뿐이다. 고마키 겐타(小牧源太)를 불러라"라고 말했다.

고마키 겐타라는 것은 오와리 가스가이 군(春日井郡) 고마키(小牧) 태생으로 사정이 있어서 무사가 되어 미노까지 흘러와 도산에게 발탁되었다.

도산 은퇴 후, 지금은 아들인 요시타쓰 쪽에 출사하여 요시타쓰로부터 그 무용을 사랑받고 있었다. 이윽고

"겐타입니다" 하고 고마키 겐타가 요시타쓰 앞에 꿇어 엎드렸다. 요시타쓰는 기다리고 있었다는 듯이

"오오, 재빨리 잘 나타났다. 지금 사기야마에 있는 사쿠마 시치로자와 그대와는 동향(同鄕)이었지?"

"말씀대로입니다."

"아는 사이냐?"

"그렇습니다."
"그러면 속여서 시치로자를 이 이나바 성하로 데리고 오너라. 사정은 이렇다" 하고 오가쓰 소동을 얘기했다.
"그러나 시가야마의 마마님께서는 시치로자는 넘겨 줄 수 없다고 말씀하시지 않으셨습니까."
"상관없다. 사기야마 님이 화를 내시면 내가 방패가 되어 나서겠다. 겐타,"
"옛."
"주명(主命)이다. 네가 후견인이 되어 오가쓰를 도와 시치로자를 쳐서 무사히 회포를 이루게 해 주어라. 겐타, 알겠지?"
옛, 하고 고마키 겐타는 꿇어 엎드렸고, 그 순간 결의했다. 주명인 이상 별 도리가 없다. 도산을 버리고 요시타쓰의 명령을 받들자고 각오했다. 그리고, 원수를 갚는 자의 후견인 역할은 무사된 자로서는 그 이상 없는 명예다.
주종의 관계보다도 무사로서의 긍지와 자기 명예를 으뜸으로 삼던 당세류의 도덕 속에 뜨내기 고마키 겐타는 있었다.
"잘 알겠습니다."
이윽고 오가쓰가 요시타쓰의 시녀에게 안내되어 나타나 훨씬 아랫자리에서 꿇어 엎드렸다.
"저것이 정녀(貞女), 오가쓰다" 하고 요시타쓰는 몸소 소개했다.
그 뒤 고마키 겐타와 오가쓰는 별실로 물러갔고, 새삼 대면했다.
'미인이로구나.'
겐타는 숨이 멎을 것만 같았다. 정녀니 열부(烈婦)니 하여 얼마나 강한 여자인가 하고 생각했는데, 어느 쪽이냐 하면 사나이들이 좋아하는, 품고 자면 어떨까 하는 생각을 하게 만드는 여자였다.
"상의하여 내가 원수를 갚는 후견인이 되겠소." 고마키 겐타가 말하자 오가쓰는 그 커다란 눈으로 빤히 겐타를 쏘아보고, 이윽고 고개를 숙이고 진심으로 의지하겠습니다 하고 좀 쉰 듯한, 뜻밖에 굵직한 목소리로 말했다. 겐타는 흠찔했다. 오가쓰가 고개를 숙일 때, 깃께가 좀 벌어져 가슴의 살집이 보인 것이다. 고마키 겐타는
"반드시 소망을 이루게 해 드리겠소" 하고 외치듯이 말했다. 이 정도의 여자가 부탁하면, 겐타가 아니더라도 분발하지 않을 수가 없으리라.

겐타는 그 길로 사기야마로 가서 성문 곁에 집을 가지고 있는 사쿠마 시치로자를 찾아가
"나야, 고마키 겐타다" 하는 투로 현관으로 들어갔다. 사쿠마 시치로자는 기꺼이 맞이했다. 미노에서 사관하고 있는 오와리 사람의 선배라곤 이 고마키 겐타뿐이다. 그런 사람이 찾아와 주었다. 그리움이 시치로자를 정신없게 만들어
"아니, 아니 황송하군. 이쪽에서 인사를 하러 찾아가야만 했을 텐데 일에 휘말려들어 늦었네. 앞으로 같은 나라의 우의로서 잘 인도해 주기 바라네" 하고 주효를 내어 접대를 했다. 고마키 겐타는 실컷 마시고 먹은 뒤
"이거 배불리 먹었네. 이 답례라는 것은 아니지만 내일 모레 이나바 산성 성하의 우리 집까지 찾아오는 수고를 해 줄 수 없겠나? 어부들에게 얘기해서 좋은 은어를 잡게 해 두겠어."
"그거 즐겁게 기대하겠네" 하고 사쿠마 시치로자는 기꺼이 받았다.
시치로자는 함정에 빠졌다. 약속한 날, 고마키 겐타의 집으로 가 은어요리를 대접 받고 실컷 마셨다. 몸을 가눌 수 없을 정도로 취했을 무렵,
"하늘의 뜻이다!" 하며 갑자기 고마키 겐타가 덤벼들어 찍어 누르고, 겐타의 부하들도 뛰어 들어와 순식간에 손발을 묶어 저택 안에 마련한 임시 옥에 가두어 버렸다.
그 다음 날 끌려 나가 이나바 메이신이 경내와 인접한 공터에 마련한 대나무 울타리 속에서 오가쓰와 대면시켜졌다. 시치로자는 칼을 들고 싸울 것이 허가되었으나 고마키 겐타와 그의 부하 세 사람의 창에 쫓겨 허벅지를 찔려 뒹굴었을 때, 오가쓰의 언월도에 목을 얻어맞았다. 그것이 치명상이 되었다. 오가쓰는 침착하게 소도를 뽑아 쓰러져 있는 시치로자 가까이 다가가 가슴을 도려, 숨을 끊었다.
이 일은
'이나바 산의 복수'라고 하여 이웃 나라까지 소문이 나, 열부 오가쓰와 용사 고마키 겐타의 이름은 도토우미(遠江)·스루가(駿河) 부근까지 퍼졌다.
그런데 격노한 사람이 두 명 있었다. 도산과 노부나가다.
노부나가의 분노는 무서웠다.
"오가쓰를 죽여버리겠다"고 결의했다.
노부나가의 감정 속에는 오가쓰를 살해할 만한 충분한 이유가 있었다,. 노

부나가가 도산에게 맡긴 시치로자를, 제멋대로 나라를 빠져나가 이웃 나라에서 죽였던 것이다. 더구나 여봐란 듯이 이웃 나라의 젊은 주군에게 후원을 부탁하여 노부나가에게 창피를 주었다. 오가쓰의 호평이 커지면 커질수록 노부나가의 치욕은 커진다.

"오노, 오노" 하고 노부나가는 풍문을 들은 뒤, 안으로 외치면서 들어가

"들었나, 그 여자 이야기?" 하고 말했다. 노히메도 친정 쪽에서 일어난 이 사건을 들어서 알고 있었다.

"오가쓰가 이나바 성하에서 이름을 날린 일 말인가요?" 하고 노히메가 무심히 말하자 노부나가는 오노, 그대까지 오가쓰의 편을 드나? 하고 외쳤다.

"당치도 않습니다."

"체면이 깎인 것은 나와 장인인 도산 님이다."

"그러나 오가쓰는 열녀가 아닙니까?"

"바보 같으니."

노부나가는 노히메를 때려눕히려고 했으나 겨우 자제를 하고

"오가쓰보다도 여봐란 듯이 뒤를 밀어준 요시타쓰야말로 밉다. 내게 여력이 있다면 이제 당장이라도 미노로 쳐들어가 이나바 산성을 포위하고 싶다"고 말했다. 요시타쓰는 노히메의 오빠이므로 노부나가에게는 처남이 된다.

"오노, 요시타쓰는 어떤 놈이냐?" 하고 물었다. 노부나가는 이미 요시타쓰를 공략하는 상상에 사로잡혀 있으리라.

노히메는 요시타쓰에 대해서 대충 얘기를 했다. 몸이 유달리 크다는 것, 미치광이처럼 무예를 좋아한다는 것, 표정이 둔한 폭치고는 날카로운 신경을 가지고 있다는 것 등을 얘기했다.

"그자가 친오라비인가?"

"아뇨."

노히메는 고개를 젓고, 그러나 노부나가를 빤히 바라다본 채 입을 다물었다. 말할까 말까 망설이고 있는 표정이었다.

"어떻게 된 일이야?"

"저, 요시타쓰 님은 저와는 상관없어요" 하고 결심한 듯이 단숨에 말했다. 노부나가는 응? 하고 묘한 표정을 지었다. 의외의 말을 들었을 때 하는 이 사나이의 버릇이다.

"오라비가 아닌가?"

"예. 오빠가 아녜요" 하고 요시타쓰 출생의 비밀을 털어 놓았다.

"그러면 미요시노라는 여자가 선대 요리아키의 씨를 잉태한 채 살모사의 부인이 된 셈이로군. 요시타쓰 자신은 도산 님의 아들이 아니라는 것을 알고 있나?"

"글쎄요, 그것은 모릅니다. 그처럼 표정이 둔한 분이니까요."

"오노,"

노부나가는 날카롭게 말했다.

"그 비밀을 요시타쓰가 안다면, 도산 님은 살해당하겠지."

노부나가는 이렇게 말하고 방에서 뛰어나가, 바깥방으로 달려가서 곧 미노로 사자를 출발시켰다.

"오가쓰의 신병(身柄)을 이쪽으로 넘겨라"고 하는 사자였다. 다시 도산에게도 따로 사자를 보내, 요시타쓰를 모욕시켜 오가쓰를 오와리로 넘겨주도록 꾀해주시기 바란다고 아뢰게 했다.

다음 날 늦게 사자가 돌아와서 요시타쓰에게 거절당했다는 뜻을 보고했다.

"다시 한번 가거라" 하고 노부나가는 다른 사람으로 바꿔 출발시켰다. 요시타쓰가 거절을 계속하는 한, 매일이라도 사자를 보낼 작정이었다. 그러나 요시타쓰는 또 다시 튕겨 버렸다.

한편, 도산이다.

이 사나이는 노부나가가 드러나게 살기를 돋군 것과는 달리, 이 사건에 대해서 아무 말도 하지 않았다. 사건으로 가장 심한 상처를 받은 것은 도산일 것이었다. 사위가 맡긴 부하를 요시타쓰의 사기로 빼앗겨, 학살과도 같은 방법으로 살해당하고 만 것이었다.

그러나 잠자코 있었다. 측근의 홋타 도쿠가

"대단한 소문이더군요" 하고 말머리를 꺼냈을 때

"그런가?" 했을 뿐, 곧 화제를 바꾸었다. 그러나 그 반들거리는 눈만은 뜨거웠다. 누구의 눈으로 보아도 도산이 이 사건으로 요시타쓰를 몹시 심하게 미워하기 시작한 것을 알 수가 있었다. 그러나 도산은 침묵을 지키고 있다.

이 분노를 어떻게 표현해야만 할까, 도산은 생각을 더듬고 있었다. 쇼구로라고 불리던 젊을 무렵부터 도산은 거의 분노라는 것을 남에게 보인 일이 없었다. 그렇다고 해서 그 성정이 온화하다는 것은 아니다. 이 사나이는 실은 화를 곧잘 낸다. 그러나 사려 쪽이 훨씬 깊다. 그 분노를 뱃속 깊이 감추고 사려를 거듭한 결과, 그것을 다른 것으로 전환해 버리는 것이다. 살모사라고 불리는 까닭이리라.

지금 도산은 요시타쓰에게 화를 내고 꾸짖기보다는

'요시타쓰를 어떻게 할까?' 라는 전환의 방법에 고심하고 있었다.

며칠 동안 말없는 기거를 계속한 끝에

'폐적(廢嫡)하리라'고 결의했다.

요시타쓰의 지위를 뺏고 그 대신 '요시타쓰의 아우'로 되어 있는 자기의 친아들을 그 자리에 앉히는 것이다. 분노의 전환은 그것밖에는 없다.

도산에게는 몇 명의 친아들이 있었다. 이 사기야마 성에서 동거하고 있다. 그 가운데 마고시로(孫四郞)·기헤이지(喜平次)라는 두 아들이 이미 성인이 되었다. 어느 쪽도 아버지를 거의 닮은 구석이 없어 마음 약했고 능력도 없었다. 도산 자신,

'쓸모없는 놈들이다'고 절망적인 마음으로 그들을 보면서 결코 무장 따위로는 만들고 싶지 않다고 생각하고 있었다. 권모술수의 세상에 있으면, 사람 좋은 귀족의 아들 따위는 추켜세움을 받다가 이윽고 살해당하는 것이 기껏이다. 머리를 깎아서 승문(僧門)에라도 집어넣을까——라고까지 생각하고 있었던 것이다.

'그 마고시로를 뒤에 앉히자.'

도산은 우울하게 생각했다. 마음이 내키지 않는 일이었지만, 요시타쓰를 이나바 산성에 앉혀두기보다는 감정이 안정된다.

이렇게 생각하고 있던 참에 노부나가로부터 사자가 온 것이다.

"오가쓰의 일입니다."

사자는 말하고, 주군 노부나가의 말을 전했다.

도산은 끄덕거리고

"사쿠마 시치로자는 불쌍하게 돼 버렸다. 사위의 부탁을 받은 보람도 없어 미안하게 생각하고 있다. 그러나 오가쓰는 이곳에 없다. 요시타쓰의 이나바 산성에 있다."

"알고 있습니다. 그러므로 부군(夫君)의 위권(威權)으로서, 이나바 성주

님께 오가쓰를 오다가로 넘겨주도록 명령해 주셨으면 합니다."
"무리야."
도산은 쓴웃음을 웃었다.
"요시타쓰는 요즈음 점점 더 건방져져서 이미 나의 힘에 벅차다. 사자를 보내도 쫓겨 돌아올 뿐이리라."
"그러나……."
부군이 아니십니까, 하고 노부나가의 사자가 말하려고 하자 도산은 억누르고
"나에게는 생각이 있다. 얼마 동안 기다려라"라고 말했다.

사자는 기뻐하며 돌아갔다. 이때 도산이 오와리의 사자에게 말한 "생각이 있다"는 말은 이내 미노 일원에 퍼졌고, 이나바 산성에까지 들려 요시타쓰의 귀에 들어갔다. 이 사나이의 귀에 들어갔을 때에는
"사기야마 마마님은 주군을 폐적시키고 마고시로 님을 세우실 작정이신 모양입니다"라는 말로 변해 있었다.

요시타쓰는 듣자마자 그럴 수도 있다고 생각했다. 장성한 이래로, 자기에게 대한 도산의 태도가 이상스러울 만큼 싸늘하다. 한편으로는 동생들을 정신없이 귀여워한다. 그 동생에게 자기의 위치를 물려주려는 속셈은, 그런 아버지라면 당연히 일으킬 만하다.

요시타쓰는 물론 지금의 지위에서 떠나고 싶지 않다.

'아주' 하고 생각했다. 이쪽에서 결연히 일어나 그 아버지와 동생들을 쫓아내 버릴까 하는 막다른 생각까지 했다. 그러나 아버지를 쫓아 버리면 나라 안의 신망을 잃어버리리라.

생각하다 못해, 은밀히 나가이 미치토시(長井道利)를 불러 의논했다. 나가이는 전에 미노의 태수 대리로서 번영한 집안인데, 지금은 소령(所領)의 태반을 잃고 당주 미치토시는 요시타쓰의 얘기 상대로서 녹(祿)을 받아 사육되는 것과 같은 꼴로 세상을 보내고 있다.

말하자면, 반생을 면면히 놀면서 살아온 이 사나이는 요시타쓰로부터 자기의 부하에게조차 말할 수 없는 번뇌를 고백당했을 때 한참 동안 망설이는 모양이었지만, 이윽고 결심한 듯한 표정으로 입을 열어 요시타쓰의 세계를 일변시켜 버릴 비사(祕事)를 불쑥 내뱉었다.

무너지는 날

단 한 마디가 이만한 힘으로 역사를 뒤바꾼 예는 없으리라.

"사기야마의 마마님은 주군의 친아버님이 아니십니다" 하고 나가이 하야토노스케 미치토시(長井隼人佐道利)는 말한 것이다.

뿐만 아니다.

"주군의 친아버님은 선대 미노의 영주, 도키 요리아키님이십니다."

"정, 정말인가?"

요시타쓰는 온몸의 피 흐름이 멎고 손끝까지 새파랗게 변했다. 믿어지지 않는다. 아니, 믿을 수 있는 일인가. 선대 도키 요리아키는 아버지 도산에게 쫓겨났다. 그 추방 싸움인 오가 성(大桑城) 공격에 요시타쓰는 열여섯 살로 첫 출진, 종군하여 창을 휘둘러 큰 성문으로 몰려 들어갔던 것이다. 이제 와선 희극이라고 해도 좋다. 몰랐다고는 하지만 가짜 아버지의 지휘를 받아 친아버지를 국외로 추방하는 싸움에 분신의 활약을 해 버렸다.

"믿을 수 없어!"

망연해졌다. 그러나 뺨에 핏기가 오름과 동시에 서서히 사고력이 되살아났다. 그리고 보니 생각나는 점이 많다. 아버지 도산이 수많은 아들 가운데 자기에게만 싸늘하다는 것이 무엇보다 좋은 증거가 아닌가. 그리고 풍문에 의하면 도산은 자기를 폐적하여 동생인 마고시로를 미노 영주의 자리에 앉히려고 하고 있다고 한다.

"하야토노스케, 다짐을 두네. 그 일은 정말이겠지?"

"저만이 말씀드리는 것이 아닙니다. 온 미노에서 모르시는 것은 주군뿐이라고 해도 좋을 만큼 공공연한 비밀입니다."

"사실이라면 사기야마 님은 아버지이기는커녕 친아버지의 원수가 아닌가?"

"그렇습니다"라고는 말하지 않고, 밀고자인 나가이 미치토시는 일의 중대함에 조그만 어깨를 떨면서 꿇어 엎드려 있다.

"하야토노스케, 그렇지?"

"예, 예예. 그리 되지요."

"하야토노스케, 아버지의 원수라면 아들로서 치지 않으면 안 된다. 사기야마 님은……"

요시타쓰는 자기도 모르게 입 밖에 내 버린 뒤, 자기의 말의 중대함을 깨달아 눈을 크게 뜨고 입술을 늘어뜨린 채, 다시금 후들후들 떨기 시작했다.

"그, 그렇습니다."

나가이 미치토시도 심하게 떨었다.

"복수!"

요시타쓰는 중얼거렸다. 이러한 경우, 말투는 마성(魔性)을 띠는 것인 모양이다. 요시타쓰의 내부는 평형을 잃고 있다. 그 무너지는 것을 겨우 막고 있는 자기의 속에 다른 통일을 탄생시키기 위해서는 몹시 전자성(電磁性)이 강한 말을 찾아낼 필요가 있었다.

원수를 갚는 것이다.

이것 이외에 이미 찢어져 버린 과거의 요시타쓰를 구할 길은 없다. 그렇지 않으면 요시타쓰는 이 자리의 전율과 경악을 영원히 계속하지 않으면 안 되리라.

"복수"라고 다시 한번 중얼거렸을 때, 효과가 잘 드는 주문(呪文)을 읊었을 때처럼 요시타쓰의 떨림이 멎었다.

"해치울까?"

이 사나이는 평상시의 졸린 듯한 둔한 표정으로 되돌아가 자기에게 들려주듯이 이렇게 중얼거렸다.

"단, 주군" 하고 나가이 미치토시는 아직도 떨고 있었다. 이 사나이는 밀고자로서의 자기의 책임을 어떻게 해서든지 가볍게 만들고 싶었다.

"뭐냐?"

"주군께서 요리아키 님의 아드님이신지, 도산 님의 아드님이신지 그것을 아시고 계시는 것은 천지에 단 한 분밖에는 안 계십니다. 가와테(川手)의 쇼호 사(正法寺)에서 머리를 깎으시고 비구니가 되어버리신 생모 미요시노 님에게 그 진부를 여쭈어 보셔야만 하실 것입니다."

"흠" 하고 요시타쓰는 끄덕이고

"그러나 하야토노스케. 어머님이 사실 그렇다고 말씀하시는 날에는 어떻게 하지?"

"그것은……"

나가이 미치토시는 다다미를 내려다보면서 말했다.

"주군께서 결정하실 일이십니다."

"오오, 내가 결정하고말고."

요시타쓰는 그 길로 자리에서 일어나 몇 명 안 되는 배종들을 거느리고 이나바 산성을 떠나 가와테의 쇼호 사로 향했다.

미요시노는 마당 앞 단풍나무에서 홍엽(紅葉) 한 가지를 잘라 와 부처님 앞에 바치고 있을 때, 요시타쓰의 불의의 방문을 받았다.
곧 자리를 마련하고 하좌에 앉았다.
"어머니" 하고 요시타쓰는 상좌에서 이렇게 불렀다. 미노의 국모는 도산의 정실부인이었던 아케치 가의 오미 부인이다. 오미 부인은 지난 해에 병사해 버려 지금은 없다. 하여간에, 평생 도산의 첩의 위치밖에는 얻을 수 없었던 미요시노의 위치는 이 나라에서 그리 높은 것이 아니다. 현 나라의 주인인 요시타쓰가 그녀의 배에서 태어났다고 해도 속인이었을 때는 마님이라고 불리었고, 삭발 후에는 겨우 쇼호 사 안의 지제원(持是院)에 살 것이 허락되어 있는 정도였다.
"무슨 말씀이요?"
미요시노는 조그만 목소리로 말했다.
"사람들을 물러가게 해 주오"라고 요시타쓰는 말하고 자기 부하와 미요시노 주변의 자들을 물리치고, 그후 상좌에서 내려 미요시노 곁으로 가 그 무릎에 손을 놓았다.
"진실을 말씀해 주셨으면 하는 일이 있습니다. 나는 도산의 씨가 아니지요?"
"옛?"
미요시노의 눈이 깜빡이지 않게 돼 버렸다. 요시타쓰를 응시했다. 이윽고 눈길을 내려깔고 애써 표정을 감추려고 하는 모양이었지만, 내심 몹시 동요하고 있는 것은 무릎 위에 놓인 손의 떨림으로 알 수 있었다.
"정, 정말이었군요!"
요시타쓰가 외치듯이 말하자 미요시노는 갑자기 눈길을 들었다.
"말씀드릴 수 없습니다" 하고 나지막한 소리로 말했다.
요시타쓰는 그러한 어머니를 측은히 여기는 듯 고개를 끄덕이고 미요시노의 어깨에 손을 놓고
"어머니, 자식으로서 어머니의 옛날 음사(淫事)를 묻는 것이 괴롭습니다. 그러나 지금은 묻지 않으면 안 됩니다. 어머니는 본래 요리아키 님의 측실

이셨다고요? 그의 씨를 잉태한 채 도산에게 뺏겼다고요? 이것은 틀림없 겠죠. 나는 틀림없는 사람에게서 들었습니다."
요시타쓰는 이미 도산이라고 막 부르고 있었다.
"도산은 어머니에게 지독한 변을 맛보게 했습니다. 정실로도 삼지 않고 아케치에서 오미 부인을 맞이하고 어머니를 측실로 앉혀 두었습니다. 어머니에게도 도산은 저주해야 할 사나이입니다."
"주군은 남녀의 일 따위는 모르십니다."
"거짓 말씀 마십시오. 어머니가 젊어서 세상을 덧없이 여기시고 이런 모습이 되신 것도 도산에게 여보라고 하는 마음이 있으셨기 때문이겠죠. 그 마음을, 요시타쓰는 아들이기 때문에 알고 있습니다" 하고 요시타쓰가 말했을 때, 미요시노는 갑자기 소매를 들어 얼굴을 가리며 울고 있었다.
"자, 말씀해 주십시오. 요시타쓰는 전의 미노노카미 태수 도키 요리아키의 아들이라고."
요시타쓰는 생모의 얼굴을 들여다보았다.
미요시노의 흐느낌은 깊어졌다. 그 가느다란 목줄기의 떨림은 아들의 눈으로 보아도 이상스러울 만큼 여자답다. 요시타쓰는 생모에게 기묘한 서먹함을 느끼고, 이상한 냄새를 맡은 듯한 불쾌감이 치밀어 올랐다.
"계집——"이라고 외치고 싶은 충동을 요시타쓰는 억누르기에 애를 먹고 있는 것 같았지만 이윽고 눈길을 돌렸다. 그러나 자기를 낳은 여체는 더더욱 흐느낌을 계속하며, 그칠 줄을 모른다.
요시타쓰는 마음을 느긋이 먹고 미요시노의 대답을 기다렸다. 그 한 마디로 도산의, 젊은 날의 통칭 쇼구로가 미노에서 부지런히 쌓아올린 권력이라는 예술 작품은 일거에 허물어져 버리리라. 그것도 쇼구로인 도산이 필경 깔보고 태연히 불행에 떨어뜨린 하나의 힘없는 여자로부터다.
요시타쓰는 계속 생모의 입술이 움직일 순간을 기다렸지만 미요시노의 침묵은 그 이상 계속되려 했다. 요시타쓰는 끝내 참을 수가 없었다.
"어머니. 대답 못하신다면 그래도 좋습니다. 요시타쓰는 그렇게 믿을 뿐입니다. 나의 아버님은 사기야마 성에 있는 사이토 야마시로 뉴도 도산이 아니라, 전의 미노 태수 도키(土岐) 미나모토 씨(源氏)의 적류(嬌流), 미노노카미 요리아키 님이라는 것을——"
"주군!"

미요시노는 겨우 고개를 들었다.
"그렇다면 당신은 어떡하시겠습니까?"
"요시타쓰는 사나이입니다. 사나이로서 취할 길을 갈 뿐입니다" 하고 자리에서 일어났다. 복도로 나가 장지문을 닫고, 일순 그 자리에 멈춰 서서 안의 기척을 살폈는데 미요시노는 흐느끼는 모양 같았다.
 요시타쓰는 툇마루를 차며 큰 몸집을 허공으로 날려 마당에 내려섰다. 그렇게 할 필요도 없는 노릇이지만, 왜 그런지 그렇게 하지 않으면 자기를 진정시킬 수 없었던 것이다.

 사기야마의 도산은 물론 그런 것은 모른다. 이 사나이는
 ──요시타쓰는 폐적한다
고 언명한 일이 없다. 오가쓰의 복수 사건으로, 아닌 게 아니라 요시타쓰에 대한 평상시의 감정이 쌓이기는 했지만 정말 속으로 폐적까지 생각하고 있는 것은 아니었다. 정직하게 말해 폐적해서 일을 시끄럽게 만들기엔 도산은 너무 늙어 버렸다.
 온화한 나날이 아쉽다. 이런 욕망 쪽이 강해져 있었다. 이미 활동자인 권모가의 그늘이 엷어지고, 평화를 사랑하는 게으른 노년을 맞이하려 하고 있었다.
 ──그 위에,
 도산에게 중요한 것은, 요시타쓰 따위는 어리석은 인간 이외의 아무 것도 아니었다. 마고시로와 그 아랫것들도 요시타쓰에게 덤을 붙인 것 같은 무능자들이다. 바꾸어 보았자 바꾼 보람도 없다. 또 요시타쓰를 그 자리에 앉혀 놓는다 하더라도 그 젊은 비대한이 얼마만한 일을 할 수 있을 것인가.
 요시타쓰 출생의 비밀을 알고 있는 미요시노라는 존재가 있다는 것도, 도산은 끝내 생각해 본 일이 없었다. 미요시노라는 여자는 전에 그 몸을 사랑하고 그것을 온갖 형태로 이용했다. 도산이 미노에서의 욕망의 구축에, 어떤 시기에는 그 나름으로 도움이 되었다. 그러나 효용은 끝났다. 효용이 끝나 버린 미요시노는 여승이 되어 가와테 절간에서 세상을 등지고 산다. 그것뿐이다. 이 미요시노가 자기 아들 요시타쓰에게 무언의 고백을 하고, 그 때문에 요시타쓰의 마음에 생각지도 않은 불길이 붙는다는 진기한 일을 도산은 공상으로조차 생각한 일이 없다. 자기 이외의 자들은 모두 무능하고, 사람

좋고, 자기에게 이용당하기 위해서만 지상에 존재하고 있다고 생각하는 습관을 이 늙은 영웅은 지나치게 가지고 있었다.

요시타쓰가 중병에 걸렸다——

는 말을 들었을 때도 그랬다. 그것을 뜻밖이라거나 기묘하게는 생각도 하지 않았다.

'요시타쓰가? 그 괴물은 너무 거대했어. 거대하다는 것은 몸 어딘가에 무리한 곳이 있다는 거야. 그 무리가 입을 벌린 거다. 죽을지도 모른다'라고 생각했을 뿐이다. 요시타쓰가 죽는다고 하여 친 아들인 마고시로를 그 뒷자리에 앉히려고 도산은 하지 않았다. 요시타쓰에게는 다쓰오키(龍興)라는 아들이 있다. 극히 당연한 일로서, 그 다쓰오키에게 잇게 할 참이었다. 그러면 도산의 혈통은 끝내 미노에서 이어지지 않게 된다. 그래도 좋다는 체념이 이 사나이에게는 있었다. 무능한 인간을 뒷자리에 앉히면 이윽고 그 무능 때문에 망한다는 것을 이 노인은 몸으로써 알대로 알아왔다.

'어느 편이든, 내가 죽은 뒤엔 오와리의 사위가 미노를 집어삼킬 것에 틀림없어. 그 젊은이는 반드시 한다. 그만한 천문을 가지고 태어났다. 내가 부지런히 쌓아 올린 미노 나라는 그 자가 살쪄 가는데 비료가 될 뿐이리라. 그건 그래도 좋다' 하고 도산은 생각했다. 말하자면, 무서운 체념과 허무 속에 있는 도산이 기껏 요시타쓰 같은 자의 일거수일투족에 의심의 시선을 던질 노력을 하지 않은 것도 당연한 일이라고 할 수 있으리라.

요시타쓰의 병세는 나날이 악화하는 모양이다. 이미 온 나라 안의 소문거리가 되어 있다. 그 요시타쓰로부터, 사자로서 히네노 비추노카미(日根野備中守)라는 시신(侍臣)이 사기야마 성으로 온 것은 고지 원년(1555년)의 10월 중순경이었다.

"황공하오나 이나바 산 주군의 병상은 이렇습니다" 하고 히네노 비추노카미는 설명한 뒤, 이미 목숨이 경각에 달렸다고 아뢰었다.

"그처럼 나쁜가?"

도산은 정말로 놀랐고, 일이 일인지라 요시타쓰가 가련해졌다.

"곧 날을 골라 문안을 갈 터이니, 마음을 단단히 먹고 병에 지지 말라고 말하여라" 했다.

"그렇게 전하겠습니다" 하고 꿇어 엎드린 사자 히네노 비추노카미는, 이미 요시타쓰로부터 쿠테타의 비밀 모의를 고백받고 있었고, 물론 "목숨이 경각에 달렸다"는 병의 상태가 꾀병이라는 것도 꿰뚫어보고 있었다.

히네노는 도산 앞에서 물러나 도산의 친아들 마고시로와 기헤지에게도 배알하고 병상을 전한 뒤, 또한 형 요시타쓰의 전언(傳言)을 고했다.

나의 병태는 이미 내일이 어떨지 모른다. 목숨이 있는 동안에 이승에서의 작별을 하고 싶구나.

라는 것이 전언이었다. 마고시로와 기헤지는
"형님으로서는 그럴 만도 하시다. 곧 가마" 하고 준비를 하고 히네노 비추노카미의 부하들에게 경호를 받으면서 이나바 산성에 등성했다. 물론 마고시로와 기헤지는 요시타쓰를 친형으로 생각하고 있다.

요시타쓰는 병상에 있었다.

보통의 두 배나 되는 요 위에 누워, 베개로부터 겨우 머리를 들어
"잘 와 주었다" 하고 연약한 목소리로 말했다. 도산이 바보 취급을 하고 있는 이 거인도, 일생일대의 중대사를 일으킬 직전인 만큼 그 연기는 진실에 가까웠다.

"마고시로, 나의 아들은 아직 어리다. 내가 죽으면 이 집안과 나라를 네가 이어받아 주지 않겠느냐?" 하고 마음에도 없는 말을 물었다. 마고시로는 하얀 얼굴에 의문의 빛을 띠고

"아버님은 그렇게 말씀하시지 않으십니다. 너는 무능한 자이니만큼 무사가 되지 말라, 무사로서 무능한 것은 신세를 망치는 근본이 된다. 학문을 닦든가 아니면 출가를 하여라, 라고만 말씀하십니다. 마고시로는 목숨이 아까우므로 장차 무사는 되지 않겠습니다" 했기 때문에 요시타쓰는 눈을 크게 뜨고 마음속으로, 상황이 다른데——하고 중얼거렸으나 어쨌든 일은 진행되고 있다. 모두 계획대로 진행시킬 수밖에 없다고 생각하고 표정을 한층 더 찌푸리고

"과거의 일이라도 얘기하고 싶다. 하루 이틀 성에 머물며 얘기 상대가 돼주지 않겠느냐?"

"그러겠습니다" 하고 아래 동생인 기헤지도 힘 있게 대답했다.

"그럴 작정으로 왔으므로, 무슨 얘기든 하여 형님을 위로해 드리고 싶습니

다."

"정말 고맙구나" 하고 요시타쓰는 몹시 지친 모양으로 눈을 감았다. 그것을 신호 삼아, 마고시로·기헤지는 병실에서 물러나 별실에서 휴식을 취했다.

접대역은 히네노 비추노카미 형제였다. 주효를 내고, 아직 상투도 올리지 않은 기헤지를 위해서 달콤한 과자 등도 권했다.

그날 밤엔 성내에서 잤다.

밤중에, 히네노 비추노카미는 요시타쓰의 병실로 들어가 그 요 곁까지 다가앉아,

"잠드셨습니다" 하고 보고했다.

히네노 비추노카미로서는 아직 어른이 되지도 않은 두 소년을 가련히 생각하고 있었지만 주군의 명령인 이상 어쩔 수가 없었다. 단지 그 주명에 변경은 없는가 다짐을 받으러 온 것이었다.

"어찌 하올까요?" 하고 물었다. 그러나 표정이 둔한 요시타쓰는 겨우 눈을 떴을 뿐이었다.

"명령한대로 하여라"라고만 말하고 몸을 뒤척여 병풍 쪽으로 돌아누웠다. 비추노카미는 표정을 엿볼 수조차 없었다. 비추노카미는 복도로 나갔다.

그 동생이 기다리고 있었다. 눈짓으로 알리고, 두 사람은 미리 장속(裝束)을 준비해 둔 방으로 들어갔다. 그곳에 히네노카미의 부하 다섯 사람이 있었다. 이윽고 주종이 함께 소매 짧은 옷, 막바지로 갈아입고 바지자락을 끈으로 묶고, 검은 천으로 얼굴을 싼 뒤 복도로 나갔다.

질풍처럼 달려 각각 두 패로 나뉘어 마고시로·기헤지의 침실로 몰려 들어갔다.

"주군의 명이오" 하고 비추노카미가 외치자마자, 그 외침 소리를 뚫고 부하가 달려가서 마고시로의 심장을 이불 위에서 내려 찔렀다.

기헤지도 같은 경위로 숨이 끊어졌다.

전장의 끝

두 아들이 살해당했다는 것을 안 날, 사이토 도산은 사기야마 성 밖 들에서 매사냥을 하고 있었다.

들에 가을빛이 짙어져 있었다. 들을 지나 숲으로 들어가 숲 속 조그만 늪까지 왔을 때

"마마!" 하고 나무 사이를 달려서 다가온 말이 하나 있었다. 몹시 다급한 보고를 가지고 왔는지 안장도 놓지 않은 농경마(農耕馬)를 타고, 채찍도 없이 잎이 붙어 있는 생나무 가지로 말의 엉덩이를 계속 때리고 있었다. 그 생가지에 새빨간 잎이 붙어 있었다. 옻나무였다.

"덤벙이 같으니! 옻이 옮는다."

도산은 조그만 늪가에 말을 멈추면서 조용히 그 기마 무사가 다가오기를 기다렸다.

"마마!"

무사는 말에서 뛰어내리자마자 도산의 말 앞에 꿇어 엎드려 이나바 산성 안에서 마고시로와 기헤지가 살해당한 것을 보고하고, 이윽고 큰 숨을 내뿜고 그냥 푹 고꾸라졌다.

도산에게는 믿을 수 없는 큰 이변이었다. 아들이 살해당한 일이 아니다. 가짜 아들 요시타쓰는 두 동생을 살해해 버린 이상, 이나바 산성에 은거하여 온 나라 안 무사에게 격문을 띄워 자기편을 모아 도산의 정권을 쓰러뜨리고 자립할 각오이리라. 아니 각오의 단계일 뿐만 아니라 계획이 거의 진척되어 있기 때문에 그야말로, 마고시로·기헤지를 살해했을 것이 틀림없다.

도산은 무표정으로 있다. 이럴 때 쓸데없이 덤벙대면 부하가 동요하고, 나라 안에도 소문이 퍼져서 믿음직스럽지 못한 대장이라고 하여 자기편의 동요를 초래하게 되리라. 도산은 자식의 아버지로서 이처럼 비통한 보고를 받은 순간에도 여전히 계속 대장의 재주를 연기했다. 연기라기보다는 쇼구로 시대부터 지녀 온 이 사나이의 천성인지도 모른다.

"옻나무를 버려라."

도산은 말 위에서 주의를 주었다. 보고자는 새빨간 옻나무를 아직도 꽉 쥐고 있는 것이었다. 손을 씻어 줘라 하고 좌우에 명령했다.

"늪으로 데려가는 거다" 하고 다시 말했다. 입만은 그렇게 움직이고 있었지만, 머리는 옻나무도 보고자도 보고 있지 않았다. 자기가 쌓아올린 천하제1의 견성, 이나바 산성이 뇌리에 거창하게 가로막고 떠올랐다. 그 성벽에 요시타쓰의 기치가 펄럭이고 있는 광경조차 생생하게 그려 볼 수가 있었다.

"요스케(與助)."

죽은 마고시로의 근시였던 이 보고자를 불렀다.

"다시 한번 묻겠다. 이나바 산성의 상황은 어떠냐?"

"깜빡 잊었습니다. 이나바 산성 성벽에는 새로운 도라지꽃 기치가 아홉 개 펄럭이고 있습니다."

도라지꽃 무늬는 선대 도키 씨의 가문이다. 도산의 사이토가의 기치 표지는 도산이 고안한 파도 머리가 두 개 있는 무늬였다. 요시타쓰는 파도 무늬를 버리고 도라지 무늬를 세움으로써

"도키 성(姓)으로 되돌아갔다"는 것을 나라 안은 물론, 천하에 포고하고 있는 셈이리라.

'누구를 원망할 수도 없다.'

도산은 쓴 표정으로 말고삐를 고쳐 잡았다.

'그 바보를 잘못 보았다. 나쯤 되는 자가!'

하늘을 보았다. 밉살스러울 만큼 맑게 개어 있다.

'오랜만에 싸움 준비를 하지 않으면 안 된다.'

도산은 천천히 말을 채찍질하여, 숲의 풀밭을 밟게 하면서 생각에 잠겼다. 자기 자식을 상대로 어떠한 싸움을 해야 좋을지 구상이 떠오르지 않는다.

망연히 도산은 말을 채찍질하여 간다. 그 얼굴은 조개처럼 무표정하다. 머릿속에 아무런 전류도 통하고 있지 않은 상태였다. 무리도 아니었다. 요시타쓰 같은 자를 상대로——하는 어처구니없음이 생각보다도 우선 앞서 버리는 것이었다.

'나의 생애에 이런 어리석은 순간이 찾아오리라고는 생각지도 않았다. 요시타쓰는 기를 쓰고 군사를 모으리라. 그것은 누구의 군사냐, 모두 나의 군사가 아닌가. 요시타쓰는 농성하리라. 그 이나바 산성이라는 것도 내가 지능을 쥐어짜고 재력을 기울여 쌓은 나의 성이 아닌가. 더구나 적인 요시타쓰 자신——가장 어처구니없게도 그것은 나의 아들이다. 씨는 다르다고 하더라도 내가 자식으로서 기르고 내가 나라의 주군 자리를 물려 준 사나이다. 만사에 모두 나는 나의 소유물과 싸우려고 하고 있다. 나같이 영리한 사나이가 이처럼 어처구니없는 일을 당하는 수도 있구나, 그래도 좋단 말인가.'

도산은 얼굴에 주름을 잡았다. 어느 결엔가 얼굴이 웃어 버리고 있다. 웃을 도리밖에는 무엇을 할 수가 있단 말인가.

'나도 젊을 때부터 면밀히 계획을 세워, 그 계산 속에서 나를 움직여 왔다. 그렇기 때문에 한낱 부랑인의 몸에서 미노 한 나라의 주인이 되었다. 계산이란 요술(妖術)이라고 해도 좋다. 요술의 씨앗은 전의 태수 도키 요리아

키였다. 요리아키에게 아첨하고, 요리아키를 이용하여 요리아키의 권위를 씨앗으로 삼아 온갖 기술을 연출하여, 끝내 미노라는 나라를 뺏고 요리아키를 내몰았다. 요리아키는 나를 그렇게 만드는 가치가 있었다. 왜냐하면 엉뚱한 멍청이였기 때문이지. 그런데 그 바보에게도 생식능력만은 있다는 것을 나는 잊어버리고 있었다. 미요시노와 교접하여 그 자궁 속에 한 잔 가득한 씨앗을 남겼다. 미요시노는 우는 것밖에는 아무런 재주도 없는 여자였지만 그녀의 자궁은 대담하게도 그 씨앗을 들이마시고 따뜻이 가꿔, 날짜를 소비하여 한 개의 생물로 만들어서 이 세상에 내보냈다. 그것이 요시타쓰다. 나는 그것을 내 아들로 키웠다. 그렇게 하는 것이 정치상의 가치가 있기 때문이었는데, 나라의 주군으로까지 만들 필요는 없었다. 그런데 나는 그렇게 했다. 나의 마음속에 요리아키에 대한 연민이 있었기 때문이리라. 그 연민이란 놈이 나의 계산과 기술을 그르쳤다……'

어이없는 일이라고 생각했다. 있는 지혜를 다 기울인 미노 경영이라는 책모의 예술이, 아무런 지혜도 필요 없는 남녀의 교접·수태·출산이라는 생물적 결과 때문에 무너져 가다니.

"무너지리라."

도산은 자기의 종말을 예감했다. 이것이 자기 생애의 막을 닫게 만드는 마지막 광언이 되리라고 생각했다.

숲에서 나왔다. 길거리로 나오자, 도산은 숲 속 도산과는 사람이 달라진 듯 활기를 띠었다. 채찍을 들어 말을 때렸다. 말은 사지에 힘을 넘쳐흐르는 듯 단숨에 사기야마 성을 향해 달려갔다.

사기야마 성으로 돌아가자 "큰 방에 노신들을 모아라" 하고 명령한 뒤, 마당으로 나가 다실(茶室)에 들어가 화로에 불을 피우게 하고 차를 끓여, 차를 두 잔 마셨고, 마시고 나자 각오가 섰다.

'나의 마지막 싸움이다. 한 번 화려하게 하자.'

큰 방에는 이시가야 쓰시마노카미(石谷對馬守)·아케치 요리아키(明智光安)·홋타 도쿠 그리고 아카베(赤兵衛) 등이 즐비하게 얼굴을 늘어앉히고 있었다.

"사건, 들었는가?"

도산은 앉자마자 말했다.

모두 고개를 끄덕였다. 어느 사나이의 얼굴도 눈만이 빛나고 있다. 도산은 하나하나 마음 밑바닥까지도 읽을 수 있을 만큼 지그시 얼굴을 들여다 본 뒤에
'이 무리들은 나에게 목숨을 줄 것 같다'고 생각했다. 확실히 이시가야·아케치·홋타 등의 장수들은 도산의 풍류의 벗이며, 도산과는 풍류를 통해서 깊이 맺어진 점이 있어 꿈에조차 요시타쓰 쪽으로 달려가는 것 같은 일은 없으리라.

그러나 워낙 은거성인 사기야마 성에 출사하고 있는 무리들이다. 그 수는 평소부터 많지 않다. 도산은 가신들의 8할(割)까지를 요시타쓰에게 붙여 주어 이나바 산성에 출사시킨 것이다.

"곧 교서(敎書)를 띄워 군사들을 모으자."

도산은 그들에게 명령했다.

이튿날이 되었다. 이나바 산성의 자세한 사정을 알게 되었다. 요시타쓰는 사이토 성을 버리고 잇시키 사교다유(一色左京大夫)라고 이름을 바꿨다. 도키 성을 내세우지 않고, 어머니 미요시노의 생가인 단고(丹後) 미야즈(宮津)의 성주 잇시키가의 성을 쓴 것은 도키 성 복귀는 도산을 친 다음에 하자는 속셈에서이리라.

그러나 모병의 목적은

"친아버지 도키 요리아키의 원수, 도산 뉴도를 친다"는 데 있었다. 그렇게 명기하여 나라 안에 있는 미노 무사들을 권유했다. 요컨대 수백 년 이래 미노의 신성 혈통인 태수 도키 씨의 당주로서 명령을 내린 것이다. 이 때문에 미노 무사들은 동요했다. 도키 요시타쓰의 명령이라면 달려가지 않을 수 없는 습성을 그들은 가지고 있다. 그리고 이해로 생각해 보아도 요시타쓰 쪽에 압도적인 이(利)가 있었다. 우선 현역 주군이기 때문에 평소 이나바 산성에의 상근자가 많아, 상비군의 면에서도 도산의 은거성과는 엄청난 병력 차이가 있었다.

그리고 요시타쓰는 뭐니뭐니해도 미노의 주성(主城)인 이나바 산성에 있다. 조그만 산 위에 거관을 마련한 정도의 사기야마 성과는 달라, 그곳은 난공불락의 대요새였다. 대 요새에 의거한 요시타쓰 쪽이 공방(攻防) 어느 쪽에 걸쳐서도 유리하다는 것은 아이라도 알 수 있다.

"……"

'권고 모집은 무리다.'

도산조차도 생각했다.

그러나 이 사나이는 마지막까지도 단념하지 않고 사기야마 성의 보강에 착수했다. 미노에 두 사람의 주인이 생겼다. 온 나라 안 마을 마을에 두 주인의 사자가 뒤섞여 들어와서는

"우리 쪽에 붙지 않겠느냐?" 하고 이(利)와 정(情)으로써 설복시켰다.

도산은 그 전망을 '요시타쓰의 10분의 1이라도 모이면 괜찮은 편이다' 라고 그다지 기대하고 있지 않았지만 단념도 하지 않았다. 그러나 고마운 노릇은 이나바 산성에 도산의 구신(舊臣)이 속속 입성하고 있는데도 당자인 요시타쓰가 쉽사리 도산을 공격하려고 하지 않는 일이었다. 도산의 작전 능력이 요시타쓰와 그의 도당들을 두려워하게 하고 있었다. 그들은 조심에 조심을 거듭했다. 그 무능한 신중함이 도산의 싸움 준비에 시간을 주었다.

한편 기소 강 한 줄기를 사이에 둔 이웃 나라 노부나가의 귀에도, 도산의 불행한 소식이 들어갔다. 노부나가는 놀랐다. 노부나가는 마침 본가의 줄기인 이와쿠라(岩倉) 성주 오다 노부카다(織田信賢)를 상대로 해서 진흙투성이 내전을 연출하고 있는 중이라 도저히 병력에 여유가 없었지만 곧 구원을 생각하여

"원병을 보낼 뜻이 있다. 소동의 내용을 가르쳐 주기 바란다"고 도산에게 밀사를 보냈고, 동시에 미노의 사정을 살피기 위해 다수의 첩자를 놓았다. 첩자 쪽이 먼저 돌아왔다. 그들의 보고에 의하면 도산 쪽에 모여 있는 병사 수는 놀랄 만큼 적어서 도저히 뉴도 님에게 승산은 없습니다 라고 이구동성으로 말했다.

"적단 말이냐?"

노부나가는 찢어질 듯한 소리로 물었다.

"그에 비해 이나바 산성의 요시타쓰 님께로 모여드는 인원수는 나날이 늘어나고 있습니다."

'살모사 놈도 천운이 다했구나!'

노부나가도 생각지 않을 수가 없었다. 도산이 마술사 같은 군략가라고 할지라도 병력차라는 것은 때때로 절대적인 벽이 되는 수가 많다. 그 차이도 적의 반수라면 그래도 전술로써 보충할 수가 있다. 그러나 도산의 경우에는 이나바 산성의 10분의 1 정도인 것 같았다.

"노히메에게는 알리지 말라."

노부나가는 안채에 미노 정세에 관한 함구령을 내렸다. 이미 어머니를 잃은 노히메가 이제 아버지마저 잃는다면 괴로워할지도 모른다. 그런 노부나가의 밀사가 도산의 거성 사기야마 성으로 들어간 것은 안개가 자욱한 아침이었다. 도산은 옷을 많이 입고 있었다.

"사위가 구원을?"

도산은 정말로 기뻤는지 눈을 크게 뜬 채 깜빡이지도 않고, 이윽고 그 노인으로서는 긴 폭인 속눈썹에 반짝 눈물방울을 어리게 했으나 이내 파안일소하고

"아니, 아니 남의 산증(疝症)이 마음에 걸리다니 가즈사노스케 공도 젊은이답지 않게 자질구례한 일에 마음을 쓰는 성질이로군. 모처럼 고맙지만 군사는 충분하다고 말하라" 하고 태연스럽게 말했다.

이 보고를 듣고 놀란 것은 노부나가다. 들은 직후에는 허세를 부리려는 것일까 하는 생각도 들었으나 곧 깨닫고, 노히메에게 사정을 애기하지 않을 수가 없었다.

"그대의 아버지는 자살하려 하고 계신다."

이런 말투로 말하고, 정세를 설명했다. 자살이라는 것은, 즉 로맨틱한 자살적 전투를 준비하고 있다는 것이었다.

"내 원병 신청조차 거절하셨어. 나이가 어지간히 드셨는데 착각하고 계시다. 그대도 편지를 써서 달래 드리는 것이 좋을 거야. 사자로는 후쿠토미 헤이타로가 좋겠지"라고 말했다. 후쿠토미 헤이타로는 도산이 귀여워하던 젊은 무사로서, 노히메가 시집 올때 수신(隨臣)하여 오다가로 전적했다. 후쿠토미가 가면 도산도 마음속을 보이며 애기하리라고 생각한 것이다.

노히메의 사자로 후쿠토미 헤이타로가 행상인의 모습으로 변장하고 어둠을 틈타 기소 강을 건넜다. 이 국경선은 이미 요시타쓰 쪽에서 경계병이 나와 있어 도산과 노부나가와의 군사 연락을 끊으려고 하고 있었다. 후쿠토미는 도중 세 사람의 경계병을 베고, 자신도 왼쪽 어깨를 베인 채 피투성이가 되어 사기야마 성으로 달려 들어가 옛 주군과 오랜만에 대면했다. 도산은 대략 애기를 듣고

"멍청이 공은 인정 있는 말을 하는군" 하고 앞이마가 발달한 얼굴에 주름

을 잡으며 기뻐했지만 원군은 완강하게 받아들이려고 하지 않았다.

 헤이타로가 볼 때, 도산은 다분히 감상적이 되어 있는 것 같았다. 재기하기 위해서 몸부림치기보다도, 자기 인생의 퇴진을 깨끗이 하고 싶다는 마음 쪽으로 쏠리고 있는 것 같았다. 이것이 탐람(貪婪)한 야심가며, 냉혈한 책모가며, 신 같은 계산 능력을 가진 타산가이던 이전의 사이토 야마시로 뉴도 도산이란 말인가, 하고 후쿠토미 헤이타로는 오히려 도산의 변모가 믿을 수 없어서,

 "주군, 그런 마음 약한 말씀을!" 하고 그 어울리지도 않는 감상주의를 꾸짖듯이 간했다.

 그런데 도산이

 "바보 같은 놈!" 하고 쓰게 웃었다. 나의 계산 능력이 쇠퇴할 까닭이 있느냐고 도산은 말하고

 "그렇기 때문에 노부나가의 원군을 거절하는 거다."

 "왜 그렇습니까?"

 "미노는 대국(大國)이다."

 "무슨 말씀이신지?"

 "화재도 커."

 "그것이 어쨌다는 말씀입니까."

 "노부나가는 아직 오와리 반국(半國)의 조그만 입신(立身)에 지나지 않아."

 "옳으신 말씀."

 "그 노부나가도 지금 이와쿠라의 오다 씨와 고전 중이다. 생각해 보아라. 제 발등의 불을 끄는 데도 손이 모자라는 판에 나의 쪽의 화재에 얼마만한 인원수를 나눠 줄 수 있겠는가? 나눌 수 있다고 하더라도 기껏 천이나 천5백이겠지. 그러나 그나마 보내면 자기의 기요스 성이 위험해져 버린다. 가령 2천 명의 인원수를 나의 화재에 보내 준다고 하더라도, 내게는 달아 오른 돌에 물을 붓는 격이다. 장인과 사위가 꼴사납게 같이 쓰러질 뿐이지."

 "아!"

 "이길 공산이 없다고 하는 말이야."

 도산은 뚜렷이 말했다. 그러니까 도산은 노부나가에게 '그만 두라'는 것이

었다. 계산 능력이 쇠퇴하기는커녕 앞길에서 날뛰는 사신(死神)의 인원수까지 계산한 결과의 회답이 이 사나이의 '거절'이었다.

"알았나?"

도산은 오히려 그러한 자기의 냉철함을 자랑하는 듯한, 좀 이상한 명랑성이 깃들인 미소를 뺨에 띠고

"나는 늙지 않았다고 멍청이 공에게 말하여라."

"그, 그러나 주군!"

후쿠토미 헤이타로는 얼굴을 눈물로 더럽히면서도 씻지조차 않고 말했다.

"이번은 의(義)에 의한 원병입니다. 받으십시오, 그 원병 속에 힘은 없지만 이 몸이 끼어 주군의 말 앞에서 죽고 싶습니다."

"의전(義戰)이라고?"

도산은 눈을 부릅떴다.

"이상한 말을 하는구나. 설마 노부나가쯤 되는 사나이가 그런 얼뜬 말은 쓰지 않으리라. 나라로 돌아가면 전해 두어라. 싸움은 이해(利害)로 하는 것이다. 그러므로 반드시 이긴다는 전망이 서지 않는 한, 싸움을 일으켜서는 안 된다. 그런 마음씨가 없으면 천하를 잡을 수 없다. 노부나가 생애의 마음가짐으로서, 부디 부디 전해 두어라."

"그, 그러면 저 따위는 어떻게 되는 것입니까?"

"너는 평범한 무사야. 지금 말한 것은 대장의 도덕 보통 무사의 길은 본래 다르다. 너희들 평무사는 의를 위해서 죽어라."

단호히 내뱉었는데 흐린 구석 하나 없다. 후쿠토미 헤이타로는 일종의 위압에 눌려 자기도 모르게 꿇어 엎드렸다. 그 뒤에 주효를 대접받고 다시금 상인으로 변장한 뒤 미노를 탈출하여 오와리로 돌아왔다.

도산과 요시타쓰의 전투 준비는 그 뒤 믿을 수 없을 만큼 천천히 진행되어 갔다.

해를 넘겨 1556년 봄.

요시타쓰는 이나바 산성에 1만 2천 명을 모은 뒤에 겨우 전쟁을 일으킬 결의를 했다. 도산의 사기야마 성에 모인 인원수는 불과 2천 수백에 지나지 않았다.

난센 사(南泉寺)의 달

 수(數)란 절대적이다. 적인 요시타쓰가 1만 2천, 자기편인 사기야마 성으로 모여 온 것이 그 6분의 1이어서는 내노라고 하는 도산도 너무나 심한 자기의 영락을 웃어버릴 도리밖에 없었다.
 '뭐, 예기한대로의 숫자야' 라고 도산은 생각했다.
 '그러나 세상의 어리석은 남녀가 기대하듯이 기적이라는 것이 일어나도 좋지 않은가.'
 훗타 도쿠나 아카베 등도 그것을 기대한 모양이었다. 그들은 매일 성내에 있는 인간의 수를 비는 듯한 표정으로 세어보고, 이제 그 이상 모이지 않는다는 것을 알았을 때에 마지막의 기대를 걸고
 "마마, 고동을 불어대기로 합시다" 하고 도산의 허락을 받아 성벽의 사방에 고동을 잘 부는 자를 세워 교대 교대로 불게 했다.
 ──도산 님의 편이 되어라
 고 마음에 독촉하는 고동이었다. 그 소리가 미노 평야 사방을 향해 붕, 붕, 울려 퍼졌다. 부는 자와 바람결에 따라서는 30, 40리나 떨어진 먼 곳까지도 울려 퍼졌다. 밤낮없이 고동을 부는 군사는 성벽 위에 서서 동쪽이며

서쪽, 또 북쪽에 대고 불었다. 남쪽에는 적의 이나바 산성이 있기 때문에 그 방향으로는 불지 않았다. 사기야마 성은 넓은 미노 평야 한복판에 있다. 고동 소리는 하늘로 울려 퍼지고 들을 휩쓸며 달렸지만 들판이 넓은 탓인지 묘하게 서글펐다.

어느 마을에도 봄이 찾아들고 있었다. 성벽에서 멀리 바라다보니 매화나무가 많은 마을은 희고, 복숭아나무가 많은 마을은 연분홍이어서 몹시 동화적인 풍경으로 보였다. 그러한 봄 마을, 마을들을 향해서 공허하게 고동을 불어대고 있는 도산의 군사 역시 한 폭의 동화속 인간이 아닌가. 고동은 2주야 동안 계속 불어졌다.

그러나 어느 마을에서건 이미 단 한 기(一騎)의 본토 무사, 한 사람의 잡병도 달려오지 않았다. 밤중에 잠자리 속에서 그 고동의 공허한 소리를 듣고 있노라니 도산은 견딜 수가 없었다. 자기의 생애가 이런 서글픈 취주악으로 장식되지 않으면 안 된다는 것은, 어찌된 노릇일까.

사흘째 되는 날 아침, 도산은 일어나자마자 홋타 도쿠를 불러

"저 고동을 멈추어라" 하고 불쾌한 듯이 명령했다.

도쿠는 성벽으로 달려 올라가 고동을 부는 군사들에게 이제 됐다, 그만 불어라, 하고 중지시켰다. 군사들은 힘이 다 빠진 표정으로 입술에서 고동을 떼어냈다. 성도, 들판도 정적으로 돌아갔다. 문제는 이제 전술이다. 이편의 인원수가 이렇게 적은 이상 평야에서는 전투를 벌일 수 없었다. 자연히 산에 들어박혀 천험을 이용하는 산악전을 벌이지 않을 수가 없으리라. 당당한 야외 결전을 즐기는 도산은 원숭이처럼 산길을 오르내리는 산악전 따위는 즐겨하는 취향이 아니었지만 4월 초, 도산은 마지막 군의(軍議)를 열고 기본 방침을 결정했다.

"우선 바람이 부는 날 밤을 택해서 이나바 산 성하 거리를 불사르라"는 것이 결정되었다. 이나바의 성하 거리 이노구치(井ノ口)는 낙시(樂市)·낙좌(樂座)라는 도산의 독자적인 경제 행정에 의해서 유달리 번영한, 말하자면 이 사나이의 자랑거리인 거리였다. 그 거리를 자기 손으로 불사르지 않으면 안 되게 되리라고는 꿈에도 생각지 않았다. 그러나 불사르지 않으면 안 된다. 성이라는 것은, 성하의 무사 저택 한 채 한 채가 토치카의 역할을 하고 있다. 그것을 불살라 본성을 벌거숭이로 만들지 않으면 안 된다.

다음 날, 바람이 불었다. 사시(巳時), 도산은 행동을 개시했다. 몸소 전군

을 이끌고 나가라 강(長良江)을 건너 마치 야도(夜盜)의 대장같이 신속하게 이나바 성하로 내려가 "불사르라"고 명령한 것이다.

　도산의 장병들은 손에 손에 횃불을 들고 각각 한 마리의 화마(火魔)로 둔갑한 듯 길거리를 달리고 추녀 아래를 달리며 닥치는 대로 불을 지르고 돌아쳤다.

　확——하고 여러 곳에서 커다란 불길이 올랐다. 그 불빛이 비치면서 도산은 온묘(恩明)라는 네거리에 말을 세우고 묵연히 사방의 밤 경치를 바라보고 있었다. 저편에 이나바 산이 솟아 있고, 난공불락이라고 하는 도산이 쌓은 이나바 산성이 보였다. 화톳불이 별처럼 검은 봉우리들을 수놓고, 적병들은 본성·내성·외성 등에서 연신 움직이고 있는 모양이었다.

　그러나 적인 요시타쓰는, 소수의 도산에게 발치께를 불살리면서도 여전히 쳐나오지 않는 것이었다. 가짜 아버지 도산은, 싸움에 있어서 반은 신(神)과 같은 명인이라는 생각이 있었다. 일부러 방화를 하러 온 것은 다섯 단, 여섯 단으로 짠 깊은 작전의 결과라고 보았다. 물론 도산으로서는 그만한 대비책을 준비하고 있었다. 적이 성문을 열고 돌진해 오면 옆에서 짓부수어댈 복병도 준비하고 있었고, 퇴각하는 것처럼 보여 나가라 강 저습지대로 꾀어들인 뒤 포위하여 섬멸시킬 수법도 준비하고 있었다. 뭐니뭐니해도 야전이다. 소부대로써 대군을 상대하기에는 안성맞춤이었다. 그러나 적은 오지 않는다. 대군을 가졌으면서도 도산의 군사의 도량에 맡기고 가만히 거처에 웅크리고 있다.

　도산은 불태워버릴 만큼 태워버리고도 좀더 상대방의 출전을 기다렸으나, 오지 않는다는 것을 알자

　"싱겁군" 하고 땅에다 침을 한 번 뱉고 말 머리를 돌려 부지런히 야외에 집결시킨 뒤, 이나바 산성 성하로부터 북동쪽 40리의 구릉지대에 있는 기타노 성(北野城)으로 들어가기 위해 전군의 이동을 개시했다. 도중 군대를 나눠, 자기가 은거지로 삼고 있는 사기야마 성을 불사르도록 명령했다.

　오오바시(大橋)라는 마을을 지날 때 뒤쪽 하늘에 한 줄기 검은 연기가 피어올랐다. 사기야마 성이 불길을 내뿜기 시작한 것이다.

　'잘 타는구나.'

　도산은 말 위에서 고개를 돌려 들판과 그 위로 피어오르는 한 줄기의 연기를 메마른 눈길로 지켜보았다. 추억이 많은 성이었다. 처음 미노로 흘러 들

어왔을 때에 도키 요리아키를 배알한 것도 그 성에서였고, 미요시노를 걸고 장창으로 그림 속 호랑이의 두 눈을 찔러 보인 것도 그 성이었으며, 요리아키를 주지육림 속에 빠지게 하여 뼈를 녹여 버린 것도 지금 타오르고 있는 사기야마 성에서였다. 미노를 빼앗은 뒤 이나바 산의 본성은 요시타쓰에게 주고 자기는 물러나 사기야마 성에 은거하며, 그 성에서 노히메 등을 길렀다. 생각해 보면 자기 일 대의 그림 두루마리가 사기야마 성에서 시작되어 그 곳에서 전개되었고 끝내 그 곳에서 끝났다고 해도 좋았다.

'내 일대가 타오른다.'

도산은 생각했다. 그러나 말을 멈추지 않고, 도산의 깃발은 계속 북을 향하여 나아가고 있다.

이윽고 기타노 성에 입성했다. 며칠이 지났다. 도산은 기타노 성의 방위 제1선을 20리 남쪽의 이와자키 성(岩崎城)으로 삼고 그 곳을 부장(部將) 하야시 도케(林道慶)에게 지키게 했다. 기타노 성의 옹성(甕城)이라고 해도 좋았다. 이 이와자키 성은 나지막한 언덕 위에 있다. 언덕 아래를 기타노로 향하는 가도가 북상하고 있었다. 적이 만일 기타노 성을 공격하려고 한다면, 그 진격로 상에 있는 이와자키 성을 부수지 않으면 안 되었다.

4월 12일, 요시타쓰는 대군을 내서 그 이와자키 성을 공격해 짓주무르고 주물러대 겨우 하루 만에 함락시키고 말았다. 수장(守將) 하야시 도케는 기타노 성의 도산에게 마지막 작별인사를 드리는 사자를 보내고 본성에 불을 지른 뒤, 화염 속에서 배에 흰 칼날을 찔러 목숨을 끊었다.

"도산의 솜씨도 그리 대단한 것이 없군. 이미 그 뉴도(大入道)에게서 신통력은 빠져 버렸다." 요시타쓰와 그 부장들이 용기를 얻은 것은 이와자키 성 낙성에서였다.

"당연한 일이지."

도산은 그 풍문을 듣고 비웃었다.

"이미 신이 사라져버린 이상, 아닌 게 아니라 사이토 도산은 계속 살아 있기는 하지만 유귀(幽鬼)와 같지."

도산은 산등성이를 따라 안으로 안으로 달려가, 그가 전에 요리아키를 위해서 쌓아 올린 산성인 오가 성(大桑城)으로 달려 들어갔다. 그렇다고 농성하기 위해서는 아니었다. 적이 이 곳까지 오려면 다소간 시간이 걸리리라. 그 동안 자기의 생애를 정리해 두기 위해서였다.

오가 산마을로 들어온 다음 날, 그 계절에는 진기하게도 싸락눈이 내렸다. 싸락눈은 두 시간에 걸쳐서 봉우리와 골짜기에 내리더니 사방을 고요히 덮었다.

"하늘은 나에게 산마을의 눈 경치를 보여 주겠단 말인가!"

도산은 기뻐하며, 그 싸락눈으로 덮인 오솔길을 밟고 난센 사(南泉寺)라는 산사로 올라갔다. 난센 사 긴 돌계단을 오르고 있는 동안 싸락눈은 멎고 4월의 햇빛이 구름 사이로 나왔다. 햇빛은 순식간에 나무 사이에 내려, 뒹굴고 있던 싸락눈의 무리를 녹이고 순식간에 눈 경치를 지워 버렸다. 그 덧없음, 인간 세상의 영화 같았다.

이 난센 사에는 도산에게 쫓겨 타향에서 병몰한 미노 태수의 두 위패가 모셔져 있다. 도키 마사요리와 도키 요리아키 형제가 그들이다. 도산은 승을 불러 다액의 금·은을 주고 마사요리와 요리아키의 공양을 명령했다. 왜 새삼스러이 이 두 미노 왕(美濃王)의 영혼에 대해서 감상적이 되었는지 도산 자신도 자기 마음을 이해하지 못하고 있었다. 추측컨대, 도산의 정치 철학은 무능한 군주야말로 죄악이라는 것 때문이 아닐까. 그 무능, 즉 죄악 때문에 도산에게 쫓긴 선대(先代)와 선선대의 미노 왕 계열에 도산 자신도

"새삼 같은 무리 속에 넣어주시기 바랍니다"라고 인사하고 싶었을 것임에 틀림이 없으리라. 도산 자신, 그러한 방심 때문에 요시타쓰에게 자기의 지위에서 쫓겨나려고 한다. 단지 이 사나이는 선대나 선선대처럼 목숨만 달랑달랑 국외로 망명하려고 하지 않았다. 사위인 오다 노부나가의 오와리 망명의 권고를 뿌리치고 지금 깨끗이 최후의 결전을 하려고 하고 있다.

도산에게는 마고시로와 기헤지를 살해당한 뒤에도 아직 두 아이가 있었다. 아직 어렸다. 두 아이는 지금 기타노 안자락 산마을에 숨겨져 있다. 도산의 일은 우선 그 두 아이를 국외로 도망치게 하는 것이었다.

도산은 아카베를 불렀다. 전에 교토의 묘카쿠 사(妙覺寺)의 절머슴이던 이 흉상(兇相)의 사나이는 도산의 미노 정복과 함께 가미(守)라는 칭호를 사용할 신분이 되었지만, 다시금 본래의 절머슴으로 돌아가려고 하는 것 같았다.

"부르셨습니까" 하고 아카베는 꿇어 엎드렸다가 이윽고 근래에 부쩍 늙은 얼굴을 들었다.

"아카베, 긴 희극은 끝난 모양이다. 너는 교토로 돌아감이 좋으리라."

"옛!"

아카베는 멍하니 입술을 벌렸다. 이 사나이는 당연히 도산과 운명을 같이할 각오로 있었던 것이다.

"그, 그럴 수 없습니다."

당황하여 무슨 말인가를 하려고 하자 도산은 말없이 상을 찌푸렸다. 본래 아카베는 도산이 쇼구로였던 옛날부터 손발처럼 부려왔다. 손발이 쓸데없는 말을 하는 것을 도산은 좋아하지 않는다.

"가라고 하는 거다. 잠자코 가는 것이 좋아. 가는 김에 내가 남긴 두 아이를 데려가 다오. 알겠지?"

아카베는 고개를 숙였다.

"미노에서 도망칠 때, 그 애들의 머리를 박박 밀어 버려라."

"옛, 중으로 만드시겠습니까?"

"그것이 편안한 삶의 방법이다. 무사의 대장이라는 위태로운 세상살이는, 나만한 재각(才覺)이 있어도 마지막은 이 꼴이야. 교토로 올라가면 곧바로 묘카쿠 사 본산으로 데리고 가거라. 묘카쿠 사는 나와 그대가 나온 절이다. 그 뒤에도 미노의 조자이 사를 통해서 많은 기부를 해 왔다. 나는 전에 그 절간을 뛰쳐나온 무뢰한 파계의 불제자지만 지금은 제1급의 높은 나리다. 절간에서도 서운하게는 하지 않으리라."

"그야 물론."

"그 위에 전에 절머슴이던 그대가 데리고 간다. 일은 잘 되게 되어 있다."

"너무 잘되게 되어 있지요."

아카베는 울상으로 웃었다. 아카베에게는 빙빙 돈 끝에 본래의 절간으로 되돌아가는 셈이 되는 것이다.

"주군을 따라 그 절간을 나왔다고 생각합니다만."

"본래 출발하던 곳으로 되돌아가는 셈이란 말인가?"

"예."

"쓸데없는 주사위 놀음이었다고 생각하나?"

"글쎄요."

"인간 세상이란 다 그런 거야. 도중에 재미난 풍경을 볼 수 있었던 것만도 횡재라고 생각하여라."

"그런 것일까요?"

아카베는 여우에 홀렸던 병이 떨어져나간 듯한 멍청한 표정으로 도산을 쏘아보고 있었다. 이윽고 정신을 가다듬고
"주군께서는 어찌 하시겠습니까?"
"나 말이냐?"
도산은 경(經)을 읽는데 쓰는 책상에 기대며 붓 끝을 손가락으로 만지작거리고 있었다.
"나 말이냐?"
"그렇습니다."
"나는 미노를 오다 노부나가에게 물려주려고 생각하지. 미노를 제패하는 자는 천하를 제패한다고 나는 생각한다. 그 사나이에게 나를 진정(進呈)하고, 내가 쌓은 이나바 산성의 주인으로 만들어 그 성을 발판으로 하여 천하에 군사를 내서 끝내는 교토로 올라가 패자가 되게 하련다. 내가 꿈에 그리다가 끝내 이루지 못한 것을 그 사나이에게 시키려는 것이다. 그 사나이라면 반드시 해 내리라."
"미노를 가즈사노스케에게 양보하시겠다고요?"
"그렇다."
"그러면 두 젊은 공자님에게는 이미 상속권이 없다는 말씀이신가요?"
"승려가 될 그 아이에게 나라나 성이 무슨 소용인가. 그러나 자라나서 자기가 사이토 도산의 아들이라는 것을 상기해 내고 다시 요시타쓰처럼 말썽을 일으킬지도 모르겠군. 먼 뒷날의 증거로 한 장 써 놓겠다."
도산은 종이를 펴고 종이 끝에 문진(文鎭)을 눌러 놓고 붓을 들었다.

굳이 글로 써서 남기는 뜻은,
미노를 결국은 오다 가즈산스케에게
양도한다는 증서에 다름 아니다.
아랫마을에서 적들이 눈 앞까지
다가온 까닭에 너희는
이를 굳게 약속하고 묘카쿠 사로 가거라.
출가하여 어지러운 세상에는
살지 말라는 뜻이니 그리 알거라.
붓을 옮길 때마다

눈물만 흐르지만
이 또한 부질없는 꿈일 뿐이다.
사이토 야마시로, 오묘한 불법의 세계에서
생로병사의 괴로움만 가득한 수라장에서 업보를 얻는구나
차라리 기쁘도다.
이제 내일의 싸움으로
오체불구의 성불이 될 것을 믿어 의심치않노라.
이제는 버려야 할
속세의 덧없음은
그저 이슬처럼 한순간인 것을.

1556년 4월 19일
사이토 야마시로 뉴도 도산이 아들에게

"아카베, 도장을 찍어라."
도산은 명령했다.
아카베는 책상 위에 있는 '사이토 야마시로지인(齋藤山城之印)'이라고 새겨진 네모난 도장을 집어 인주를 듬뿍 찍은 뒤 도산의 서명 아래에 꽉 누름으로써 그를 위한 마지막 일이 될 이 조그만 작업을 끝냈다.
"수고했다."
도산은 위로했다. 그 짧은 말 속에는 아카베의 반생의 봉공(奉公)을 감사해 하는 마음이 서려 있었다.
그 말을 듣자 아카베는 그답지도 않게 와앗, 하고 울음을 터뜨렸다.
"나는 옛날부터 우는 놈은 싫었어."
도산은 말했다.
"이런 경우가 되어서 울면, 내가 반평생 나의 철학이 명령하는 대로 압살(壓殺)해 온 망령들이 소리치며 되살아나, 도산 무슨 꼴인가, 하고 기뻐할지도 모른다."
"이거, 불찰이었습니다."
"알면 됐다. 자, 어서 떠나라. 오늘 밤 내게는 할 일이 있어."
"이렇게 깊은 밤에, 그만 주무시지 않고요?"
"자다니. 밤중 달이 솟아오르기를 기다려 군사를 모아 산을 내려가서 나가

라 강가에서 요시타쓰와 결전을 벌인다."

옛? 하고 아카베는 놀랐으나, 도산은 이미 다른 것을 쓰기 시작하고 있었다.

노부나가에의 양도장이다. 양도장은 유언장을 겸하고 있다. 간결하게 쓴 뒤, 서명하고 화인(花印)을 그렸다. 한 나라의 장(將)이 다른 장(將)에게 단지 한 조각의 종이로 나라를 주어 버리는 예는 전에도 없었다. 앞으로도 없으리라.

등잔불빛이 그런 도산의 옆얼굴을 비치고 있다. 아카베는 질질 물러가다가 이윽고 미닫이문 곁에서 도산 등에 인사를 드리고, 미닫이를 열고 복도로 나가 이윽고 닫았다. 도산은 미미지를 불렀다.

미미지가 왔다.

"이것을 오와리의 오다 가즈사노스케에게 전하도록" 라고 도산은 말했을 뿐이었다.

미미지는 아카베와는 달라 과묵한 사나이였다. 명령에는 반문하지 않는다. 인사를 드리고 방에서 사라졌다. 그 뒤로 도산이 해야 할 일은 무사 짚신을 끌어당겨 그것을 신는 일뿐이었다. 달이 떠오를 때까지 이미 사반각(四半刻)도 안 남았다.

나가라 강(長良江)으로

달이 맛난 요리 같다. 날카로운 낫 모양을 하고 봉우리 위 하늘에 그늘 없는 황홀한 빛을 내뿜으면서, 산을 내려가는 도산과 그 부하들의 발치께를 비춰 주고 있었다.

'이 뜬세상에서 보는 마지막 달이 되겠지.'

말 위의 도산은 생각했다.

"도쿠" 하고 홋타 도쿠를 불렀다.

"내 성명(聲明)을 들은 일이 있나?"

"성명?"

도쿠는 산길에서 고삐 조작에 애를 쓰면서, 중의 모습을 한 주군을 돌아다 보았다.

"그렇다. 성명 범패(聲明梵唄)의 성명 말이야."

불교 성악(聲樂)이라고 해도 좋다. 도산은 교토의 묘카쿠 사 본산의 학승

이던 옛날 그 성악을 배웠는데, 풍부한 성량과 폐활량의 강인함 때문에 지도 교수가

 ——아예 장래는 학문보다도 패사(唄師)나 성명사(聲明師)로 나가는 것이 어떨까?

하고 진심으로 권했던 것이다.

 성명(聲明)이란 경문을 당(唐)의 음으로 노래하는 재주로서, 먼 옛날 중앙아시아의 대월지국(大月氏國)에서 행해지던 성악이 중국으로 건너 일본으로 전래한 이래, 주로 예이 산(叡山) 승려들에 의해서 전승되었다. 서양 음악에서 말하는 음계에 해당하는 궁(宮)·상(商)·각(角)·치(徵)·우(羽)의 5음이 있고 이것을 기초로 하여 가락과 박자가 따라간다. 후의 요쿄쿠(謠曲: 노(能)의 가사)·조루리(淨瑠璃: 악기에 맞추어 하는 에도 시대의 민중극) 등 세속의 음곡은 모두 이 성명이 원류가 되어 있다.

 "아직 들은 일이 없습니다."

 홋타 도쿠는 말했다. 과연 도산은 묘카쿠 사를 뛰쳐나와 속세에 몸을 던진 이후로는 성명 따위를 노래한 일이 없다. 지금 문득 그것을 폐 가득히 공기를 들이마시며 노래할 마음이 생긴 것은 마지막 싸움터로 나아가는 길을 비춰 주는 달에 대한 감사의 의미도 있었으리라. 또는 단순히 청춘 시절을 상기했다고도 할 수 있다.

 나아가

 '성명사(聲明師)가 되었더라면 이 나이가 돼서 이런 산 속을, 이 외로운 군사를 이끌고 결전장으로 향하는 일도 없었으리라.' 하는 감개도 있었다.

 자기의 성량(聲量)으로 전군을 고무하고 싶다는 마음이 있었는지도 모른다. 아니, 자기 자신이 고무당하고 싶다는 마음도 있었다. 소리라도 지르지 않고서는 야음(夜陰)에 고군(孤軍)으로 산을 내려가는 꼴이 음산하고 울적하여 견딜 수가 없었다.

 "하겠다" 하고 도산은 산기(山氣)를 조용히 빨아 마시더니 이윽고 폐 끝까지 빨아들일 만큼 충만시켰다고 여겨졌을 때, 그것을 굵직하게 내뿜기 시작했다. 소리와 함께다. 포효와 같이 늠름하게 소리가 억양을 일으키기 시작했다. 천천히, 봄의 물결이 꿈틀거리듯 꿈틀거리기 시작했고, 이윽고 그것이 노도 같은 급조(急調)로 변했으며, 그랬는가 하면 땅 속으로 찾아드는 벌레 소리처럼 하늘하늘 가느다랗게 되어갔고, 나아가 끊어졌으며, 이어서 다시

일어나 커지면서 갑자기 솟아올라 밤하늘을 놀라게 했고, 일전(一轉)하여 땅에 율동적으로 뒹굴었다.

'귀신의 재주로군!'

캄캄한 산길을 내려가는 2천여 명의 장병은, 혼을 하늘로 날리며 도산의 목소리가 생생히 그려내는 세계에 취했다.

이미 절망적인 싸움터로 향하는 장병에게 미래는 줄 수 없지만, 도산의 목소리는 그들에게 다른 미래에의 동경을 주는 것만 같았다. 법열(法悅)의 세계였다.

들으면서 흘러가는 동안에 무엇인가 죽음의 세계야말로 감미로운 피안인 것처럼 여겨졌고, 그 세계로 지금이야말로 걸음도 힘차게 전고(戰鼓)를 두드리며 보무당당히 진군 입성해 가는 듯이 여겨졌다.

홋타 도쿠――즉 도산의 곁에서 가까이 모시며, 이 매력 있는 책모가의 책(策)의 요점을 환히 꿰뚫고 있는 그조차도 도산의 독창을 듣는 동안에 까닭 모를 눈물이 넘쳐 흘러나와

"고마우신 일" 하고 몇 번이고 중얼거릴 정도였다.

도산은 더욱 포효를 계속했다. 포효하면서 도산은 자신의 몸속도 산도(酸度)가 강한 감동으로 젖어들고 있었다. 법열이라고 해야만 할까. 아니, 보다 더 격렬한 것이었다. 도산은 자기 생애에 작별을 고하기 위한 만가(挽歌)를 부르고 있다. 그러나 이 만가는 포효를 계속하고 있는 동안에 도산의 마음을 뒤흔들었고, 세게 흔들었고, 거품을 끓어오르게 했고, 끝내는 부글부글 투지를 끓어오르게 했다. 만가는 동시에 전투가(戰鬪歌)의 작용도 했다.

도산의 '가짜 아들' 요시타쓰는 지금은 잇시키 요시타쓰라고 개명하여 이나바 산성을 중심으로 하는 쿠데타 정권의 정점에 있었다.

북쪽 산지에서 정찰자가 달려 돌아와

"뉴도 님의 군이 산을 내려오고 있습니다" 하고 보고하자마자 즉시 고동을 불게 하여 군사들에게 진군 준비를 명령했다.

요시타쓰도 무장하고 말에 올라탔다. 여섯 자 다섯 치, 서른 관의 거대한 몸으로 말을 타니, 등자에서 발을 내리면 발이 땅에 닿을 정도였다.

개중에는 뒷구멍에서

'여섯 자 다섯 치 님'이라고 부르는 자도 있었다. 입심이 사나운 무기고리

(武儀郡) 부근 출신자들은

"여섯 자 다섯 치 님이 말을 타시면 다리가 여섯 개가 되신다."고 말했다. 말을 타고서 긴 다리로 땅을 삿대질하며 간다는 의미였다. 그 당시의 말은 3백 수십 년 뒤에 수입된 서양말에 비하면 아주 작아서 좀 큰 당나귀 정도 밖에는 되지 않았다.

이 때문에 몸이 이상 발육해 버린 요시타쓰 등은 오히려 말을 타기보다는 걷는 편이 나았지만 그러면 일군(一軍)의 대장 위신에 관계가 있으므로 역시 나름대로 말을 타지 않을 수가 없었다.

그러나 한 180간을 타고 가면 말의 숨결이 거칠어지고 눈 주변에서 땀이 내솟았다. 요시타쓰는 할 수 없이 갈아탈 말을 다섯 필 준비하여 180간마다 갈아타는 것이 예사였다. 군세의 진발 준비가 갖추어졌다.

그러나 요시타쓰는 그들을 대기시킨 채, 이나바 산 기슭의 거관에서 각각(刻刻)으로 남하를 계속하는 도산 군의 상황에 주의하고 있었다.

'대체 어디로 나올 작정인가.' 라는 것이 요시타쓰가 신경을 쓰는 일이었다. 도산의 군은 어느 곳을 찌를 작정일까.

'설마 결전을 벌일 작정은 아니겠지?'

인원수에 워낙 차이가 있는 것이다. 도산만큼 닳고 닳은 사나이가 큰 바위에 계란을 던지는 것 같은 그러한 무모한 짓을 하리라고는 여겨지지 않았다.

'미노의 중앙부를 돌파하여 오와리로 들어가 노부나가의 성으로 도망쳐 들어갈 작정일까?'

그럴 공산이 가장 컸다. 물론 그런 공산 아래서 요시타쓰는 작전 계획을 세워, 오와리로 도망시키지 않고 기소 강 이북에서 도산 군을 섬멸시킬 작정으로 있었다. 오와리에 대한 경계용 별동대도 준비하고 있다. 그 부대는 두 가지 임무를 가지고 있었다. 노부나가가 만일 도산 구원을 위해서 북상해 왔을 경우 그것을 막는 역할과 도산이 미노를 빠져나가 오와리로 도망칠 경우 새지 못하도록 그물을 쳐 두는 역할이다.

이 별동대는 마키무라 몬도노스케(牧村主水助)·하야시 한다유(林半大夫)를 두 대장으로 삼고 군사 3천을 주어, 이나바 산성 서남쪽 오우라(大浦) 부근에 말뚝박이 해자·방책 등을 만들어 견고한 야전 전지를 구축하게 하고

"만약 노부나가가 돌격하더라도, 방책 밖으로 나가서 싸우지는 말라. 어디까지나 오로지 방어를 하고, 지키고 지켜 노부나가의 군사를 한 명이라도

미노에 들어오지 못하도록 하여라" 하고 방어만을 명령해 두었다.

밤중에 중요한 보고가 들어왔다. 도산의 군사는 곧바로 이나바 산성을 향해 오는 모양이라는 것이다.

"그러면 결전을 할 작정인가?"

요시타쓰는 어이없어 했고, 또한 전율했다.

곧 군세를 부서별로 나눠 이나바 산성의 방어 제1선인 나가라 강까지 나가게 하여 그 곳에서 몇 겹의 진을 치게 했고, 총대장인 요시타쓰 자신은 이나바 산 서북쪽에 있는 '마루 산(丸山)'이라는 조그만 언덕에 부진을 두었다.

그때 달은 동쪽으로 기울고 있었다.

한편, 노부나가 쪽이다.

그날 밤 도산의 밀사 미미지는 오가 산을 달려 내려와 미노 평야를 달려 빠져, 기소 강을 헤엄쳐 건너서 오와리 기요스 성으로 들어갔다. 아직 밤이 깊은 것을 보면, 오가에서 130리 길을 거의 대여섯 시간에 달려온 셈이다.

노부나가는 미미지를 방으로 불러들여 대면하고 그가 지니고 온 밀서를 펼쳤다. 유서다.

더구나 미노국의 양도장이었다. 읽자마자 노부나가는

"살, 살모사 놈!" 하고 세상에도 기괴한 고함을 질렀다. 노부나가는 일어섰다. 살모사의 위기, 살모사의 비참한 말로, 그것이 노부나가의 마음을 동요시켰다. 물론 그것도 있다. 그러나 돌아가신 아버지 외에는 아무도 이해해 주는 자가 없던 자기를 이웃 나라의 장인만은 이상한 감각과 논법으로 이해해 주었고, 기분이 나빠질 만큼 사랑해 주었다. 그 늙은 뉴도가 비운의 막바지에 가서 자기에게 밀서를 보내 나라를 양도한다는 무서운 호의를 보여 준 것이다. 이만한 처우와 애정을 과연 자기는 전에 친척·부하·남들로부터 한 번이라도 받은 일이 있는가! 아니, 없었다.

그런 생각이 들자 노부나가는 자기도 모르게

"에잇!" 하고 의미가 확실치 않은 소리를 내지르고 있었다. 전에 자부(慈父)와 같은 같았던 히라테 마사히데가 자인(自刃)했을 때도 노부나가는 이런 착란을 일으켰다.

지금도 "미쳤다"고 근시는 생각했다.

노부나가는 달리기 시작했다. 복도 안으로 달렸다. 달리면서 "에잇!" 하고 다시 한번 외쳐대고 있었다.

모두들 어쩔 줄 몰라 했다. '말을 끌어내라'는 말 같기도 하고, '고동을 불어라'라는 말 같기도 했다. 되물어보면 호령 소리만 들을 뿐이므로 부하들은 즉시 그 두 가지의 일을 실시했다.

그러는 동안 노부나가는 노히메의 방으로 뛰어들어, 오노, 오노, 오노 하고 세 번 외쳤다. 노히메도 아까 미노로부터 사자가 왔다는 말을 듣고 아버지와 관련된 흉보인가 직감하여 곧 일어나 자세를 고쳐 앉아 있었다.

복도에서 들려오는 노부나가의 소리에

"오노는 여기 있습니다" 하고 미닫이로 달려가 손수 문을 열었다.

"오오, 있었나"라고 노부나가는 말하지 않는다.

도산의 유언장 한 장을 노히메가 연 미닫이 사이로 던져넣고

"살모사를 데리고 오겠다" 하고 외쳐대자마자 달려갔다.

복도를 달리면서 노부나가는 의상을 한 장 한 장 벗어던져서 큰 방에 들어갔을 때에는 샅을 가리는 띠조차도 벗어던진 알몸뚱이였다. 시동이 달려와서 그 노부나가의 허리에 막 만든 새 흰 무명을 감았다. 이어서 무명 속옷과 같은 무명 무사의 등옷을 입히고 다시 바지·에보시(烏帽子)·네모난 윗옷 등을 입히고 이어서 부지런히 무구를 입혔다. 그 뒤의 이 사나이에겐 달려나갈 일밖에 안 남았다. 현관으로 달려 나가 말에 올라타자마자 아직 대여섯 기밖에 갖추어져 있지 않았는데 이미 채찍질을 하여 성문으로 달려 나가고 있었다.

노부나가라는 사나이는 그의 생애에 출진 명령을 내린 적이 한번도 없었다. 항상 몸소 단기로 뛰어나갔고, 알아챈 자들이 뒤를 따라간다는 식이었다. 가이토(海東) 마을까지 왔을 때 어느 새 2백 기 가량 되어 있었다. 기요스에서 가이토 마을까지 노부나가의 뒤를 쫓는 횃불이 어마어마하게 흐르며 달렸다. 노부나가는 이 가이토 마을을 진수(鎭守)하는 도리이(鳥山·신사의 문) 앞에서 말고삐를 잡아채 말을 세우고 뒤따라오는 자를 기다렸다. 순식간에 3백, 5백, 인원수가 불어났다.

도산은 남하했다. 이사미(伊佐見)를 지나 도미 오카(富岡)로 들어가, 아와노(粟野)로 빠져 이와자키에서 적의 전초인 소부대를 짓밟고 다시 남하를

계속했다. 이나바 산성을 치기 위해서 나가라 강을 건널 작정이었다. 강을 지키는 초소가 몇 갠가 있다.

도산은 이나바 산성까지 이르는 최단거리인 '반바 나루(馬場渡)'를 택해 선봉부대를 그 방향으로 향하게 했다. 날은 아직 새지 않았다.

척후가 돌아와

"반바 나루 저쪽 기슭에 어마어마한 대군이 포진하고 있습니다" 하고 보고했다.

'요시타쓰도 내가 반바 나루로 도하한다고 보았는가?'

도산은 우스운 생각이 들었다. 요시타쓰는 서른이라는 나이가 될 때까지 일군의 지휘관으로서 싸움을 지도한 경험이 없다. 필경 좌우에서 지혜를 넣어준 것이리라. 도산은 여러 명의 척후를 놓았다. 이윽고 그들이 돌아와서 적의 군용(軍容)·인원 수·부서 등을 보고했다. 그것들을 종합하니, 예상되는 전투의 형태는 아무래도 나가라 강을 낀 결전이 될 것 같았다.

도산은 그러기로 결심하고 군의 행진을 정지시키고, 나가라 강가의 들에 군을 전개시키기 위해 제장(諸將)에게 부서를 정했다. 그런데 본진의 위치다. 수후쿠 사(崇福寺)라는 절이 있고 그 남서쪽 방향으로 둑을 따라서 송림이 퍼져 있다. 그 숲 속을 진소(陣所)로 정했다. 도산의 군사는 기민하게 움직였다. 이윽고 진소 앞에 말뚝들이 박아지고 대나무 울타리가 쳐지고 장막이 휘둘러 쳐지고, 친위부대가 포진했다.

도산이 그 본진으로 들어가자 그의 기치인 '두 파도 머리(二頭波頭)' 무늬를 물들인 아홉 개의 하얀 기가 세워졌다. 이윽고 날이 새고 아침 안개가 서린 속을, 1556년 4월 10일의 해가 떠오르기 시작했다.

도산은 야전의자에 앉아 있었다.

"고동을 불어라."

도산은 녹슨 듯한 목소리로 말했다. 아침 햇볕 아래, 맞은편 기슭의 풍경이 변화하게 전개되기 시작했다. 구름 같은 군세라고 해도 좋다. 어마어마한 깃발·표지가 숲처럼 서 있다. 그들의 등 뒤, 요시타쓰의 본진이 있는 마루산에는 도키 미나모토 씨의 적류(嫡流)임을 나타내는 남빛으로 물들인 도라지 깃발이 아홉 개 아물아물 펄럭이고 있었다.

"제법이군!"

도산은 쓴웃음을 띠었다. 그 표정을 띤 채로 천천히 고개를 돌려 자기 군

난센 사의 달 49

사들의 사기를 보았다. 이미 생을 단념한 필사의 각오가 모든 장병의 얼굴 위에 떠올라 있었다.

'모두들 나와 함께 지옥으로 갈 셈인가?'

도산은 한줄기 가련한 생각이 떠올랐다. 동시에 30여 년 전, 미노로 흘러온 타향 태생의 인간을 위해서 최후를 같이 하려는 자가 2천 명이나 있다는 사실은 도산에게 있어서 감동할 만한 일이기도 했다.

문득,

'노부나가는 어떻게 하고 있을까.' 하는 생각이 머리를 스쳤다. 그의 원병을 거절하기는 했으나 올지도 모른다고 생각했다.

'온다는 것을 전군에게 말해 줄까.' 라고 생각한 것은 일동에게 희망을 갖게 해 주고 싶다는 생각이 싹텄기 때문이었다. 원군이 온다고 들으면 전투에 힘이 간다. 무너질 때까지 필사적으로 버틸 마음도 우러나리라. 그러나 도산은 그러지 않았다. 어느 사나이의 얼굴에도 그런 속 편한 말을 할 여지가 없을 만큼 결사적인 빛이 넘쳐흐르고 있었기 때문이다. 섣불리 원군 운운 하면, 모처럼의 그런 마음이 무너지고 오히려 의뢰심이 생겨 사기가 떨어져 이 중요한 국면은 실패해 버릴지도 모른다.

시각이 흘렀다. 이윽고 건너편 요시타쓰의 진지에서 고동·북·징 소리가 처절하게 울려퍼졌고, 선봉부대가 밀고 밀리면서 도하하기 시작했다.

"나가라!"

도산의 지휘채가 공중에서 울렸다. 동시에 북이 울리고, 둑 위에 포진하고 있던 도산의 총부대가 쏘고서는 탄환을 갈아 끼우고, 쏘고서는 또 갈아 끼우며 처절한 사격을 개시했다. 그 탄환의 빗발을 뚫으면서 도하해 온 것은 요시타쓰 군의 선봉, 다케고시 도진(竹腰道塵)이 이끄는 6백 명이었다. 도진은 도산이 귀여워하여 오가키(大垣) 성주로 삼으면서 도산의 도(道)자를 주었던 사나이다. 도산은 야전 의자에서 일어났다.

혈전

음력 4월이라고 하면 나무 종류가 많은 이나바 산은 전부가 온갖 신록으로 빛난다. 그 이나바 산이 안개로 싸이고, 그 곳에 햇빛이 쫘르르 내리쬐었기 때문에 나가라 강 북쪽 기슭에 포진한 도산 측에서 보면 안개의 입자 한 알 한 알이 새파랗게 물들어 있는 듯이 보였다. 그 푸른 안개가 움직인다.

서쪽으로. 바람은 서쪽으로 불고, 적과 아군의 기는 모조리 서쪽을 향해 움직이고 있었다. 그 전면의 푸른 안개 속에서 다케고시 도진이 지휘하는 적의 선봉 6백이 총을 쏘고 창날을 번쩍이며 돌격해 왔을 때,

'허어, 아름답기도 하구나!' 하고 도산은 적의 갖가지 색깔의 무구, 형형색색의 기치들을 보고 극채색의 병풍그림이라도 보는 것 같은 실감을 품었다. 미노로 온 이래 수없이 싸움터를 밟아 왔지만, 싸움터의 광경이 아름답다고 생각한 적은 한번도 없었다. 항상 필사적으로 싸워 왔을 뿐 그것을 색채가 있는 풍경으로 관상(觀賞)한 일은 없었다. 마음에 여유가 없었던 탓이리라. 그런데 지금은 그것을 관상하고 있다.

'나는 아무래도 변한 모양이로군'

도산은 자기를 새삼스러이 되돌아보는 듯한 느낌이 들었다. 필경, 성명을 노래하면서 북쪽 산에서 내려왔을 때, 이미 도산은 그 이전의 자기와는 전연 다른 자가 돼 버린 것 같았다.

'승부라는 것을 버린 탓일까.'

도산은 적을 보면서 이렇게 생각했다. 평생 사다리를 오르는 것 같은 삶을 살아왔다. 사다리의 머리 위에는 항상 적이 있었고, 그것을 베면서 한 단 한 단 다 올라갔을 때에는, 이번에는 반대로 아래에서 올라오는 적과 싸우지 않으면 안 될 지경이었다.

방어에는 승부의 즐거움이 없다. 이겨도 본전이다. 본래 공격하는 데만 정열을 불태울 수가 있었던 이 사나이는, 왜 그런지 이 사닥다리 밑에서부터 올라오는 적을 베어버리는 작업에 정열이 솟지 않았다. 더구나 수량적으로 승리를 기대할 도리가 없다. 그것이 이 사나이에게 승부 의식을 버리게 하고 집착을 사라지게 만들었다. 그 바람에 다른 도산의 얼굴이 나타났다. 적의 돌격을 바라보고 있는 도산의 표정은 어딘가 단풍놀이라도 나와서 사방의 경치를 바라다보고 있는 늙은 풍류인 같은 한유스러움이 있었지, 도저히 이제부터 전투를 하려고 하는 지휘관의 얼굴이 아니었다. 그렇다고 해서 도산이 하릴없이 바라다보고만 있는 것은 아니었다. 이미 야전 의자에서 일어서 있었다. 지휘채를 쉴새없이 흔들며 다섯 겹으로 진을 친 인원 수를 교묘히 내보내고 끌어들이면서 처음엔 총으로 적의 앞줄을 무너뜨리고, 이어서 적의 좌우 측면을 활 부대로 무너뜨렸고, 그 무너짐을 보자 틈을 주지 않고 창 부대를 돌격시켰으며, 적의 중군이 무너지기 시작했다고 보였을 때, 좌우에

화살막이 포대를 뒤집어 쓴 무사 중에서 누구 누구 몇 사람을 지명하여 골라 "도진의 모가지를 베어 가지고 오너라" 하고 익숙한 요리인처럼 침착하게 천천히 명령했다. 혼전 속에 적장이 고립되어 있다, 지금이라면 접근할 수 있다고 도산은 노련한 싸움터의 눈으로 그렇게 본 것이리라.

도산의 눈에 잘못은 없었다. 그의 곁에서 시위 무사 세 기(騎)가 유성처럼 달려가기 시작했다. 그들은 난군 속으로 달려들어가자 일거에 적의 중군으로 파고들어 슬슬 도진에게 다가가, 마치 풀포기를 베듯 쉽사리 그 목을 베어 버렸다. 앗, 할 사이에 벌어진 일이다. 주장을 잃고, 적은 온통 무너져 나가라 강을 향해 도망치기 시작했다.

도산은 소리내어 웃기 시작했다.

"내 솜씨를 보았느냐" 하고 웃으면서 허리를 두드리고 털썩, 야전 의자에 앉았다. 얼마간 피로했다.

확실히 승리했다. 도산의 군사들은 패주하는 적병을 사냥개처럼 뒤쫓고 있다. 그러나 도산은 이 일시적 전승이 결국은 아무런 의미도 가질 수 없다는 것을 환히 알고 있었다.

'그러나 다소는 숨을 쉴 수 있다.'

이 정도의 의미뿐이다. 이윽고 안개가 개기 시작하고 건너편 기슭에 밀집해 있던 적의 주력이 세 부대로 나뉘어 나가라 강을 건너기 시작했다. 강을 메우고 들판처럼 뒤덮을 만큼 어마어마한 인마였다. 적의 세 부대 중 두 부대는 좌우로 우회하려는 기척을 보이기 시작했다. 이윽고 우리 군을 크게 포위하려고 하는 것이구나 하고 도산은 알게 되었다. 왜냐하면 자기가 늘 써온 들판의 전법이었기 때문이다.

'내가 나의 전법으로 망한단 말인가!'

도산은 스스로도 우스웠다. 철수의 징을 치게 했다. 이 사나이의 생각으로는 싸움터에 흩어져 있는 자기 군사를 집결시켜 한 부대로 만들어 그 결속력에 의해서 적이 크게 치려는 포위망을 갈기갈기 찢어버릴 작정이었다.

한편, 노부나가는 북진을 계속했다. 도중 몇 번인가 말을 멈추고 부하들이 따라오기를 기다렸고, 기다렸다가는 또 달렸다. 이윽고 돈다의 오우라 마을에 들어섰다. 그 곳에 쇼도쿠 사(正德寺)가 있다. 3년 전, 도산이 사위 노부나가와 이 지방에서 만나 극적인 대면을 했다. 그 장소가 쇼도쿠 사였던 것이다.

노부나가는 그 절 산문 앞을 달려 빠지면서 일이 일인지라 감상적이 되었는지

"살모사, 살아 있어줬!" 하고 어둠을 향해서 외쳤다. 외치면서 노부나가는 기묘한 것을 깨달았다. 그날은 1553년 4월 20일이었다. 지금은 비록 연호는 달라졌을망정 3년 뒤인 똑같은 4월 20일이 아닌가.

우연일지도 모른다. 그러나 노부나가에게는 우연이라고 여겨지지 않아

'기막히게 재주를 잘 부리는 사나이란 말이야.' 하고 경탄했다. 살모사는 자기와 만난 4월 20일을 택해서 그의 최후의 날로 삼고 싶었던 것이 아닐까. 아니 그럴 것이 틀림없다. 4월 20일을 운명일(殞命日)로 해 두면, 도산의 뒤를 장례 지낼 노부나가에게는 이중의 의미가 있는 기일(忌日)이 되는 것이었다. 그러면 노부나가는 평생 도산을 잊지 못하리라.

'그 사나이는 거기까지 나를 생각하고 있다.'

젊은 노부나가에게 이 발견은 참을 수 없을 만큼의 감상을 유발시켰다. 밤바람을 뚫고 달리면서 노부나가는 말 위에서 몇 번이고 눈물을 씻었다. 기소 강 지류(支流)인 아시지카 강(足近江)의 둑까지 왔을 때 갑자기 주위가 밝아졌다.

해가 떠올랐다. 등 뒤로 보니 이미 뒤따른 인원수는 충분히 3천 명은 되었다.

"주군, 귀를 기울여 보십시오" 하고 달려온 자가 있었다. 오다 가의 무사 대장 시바타 가쓰이에(柴田勝家)였다.

들린다. 안개 저 멀리 미노 평야에서 고동·북·총성의 아련한 울림소리가 갑자기 들려온 것이었다. 도산은 이미 결전을 시작한 모양이었다. 소리가 나는 방향은 북쪽이었다. 북쪽에는 이나바 산이 있다. 그렇다면 싸움터는 나가라 강의 도하 지점 부근이리라.

멀다.

"몇 리나 되느냐?"

"글쎄요. 40리는 되겠지요."

시바타 가쓰이에는 말했다.

노부나가는 둑 위에 말을 세우고 있었다. 눈 아래 아시지카 강이 흐르고 있다.

"건너랏!"

노부나가는 채찍을 쳐들어 긴 외침소리를 질렀는가 싶더니 말을 달려 강 기슭으로 내려가 다시 덤벙, 하고 물결 속으로 몰고 들어갔다. 3천의 오다 군이 건넜다. 쉽사리 걸어서 다시 나아가자 눈앞에 나지막한 언덕들이 꿈틀 꿈틀 전개되고 있었다. 놀랍게도 그 언덕이 모조리 적의 야전 진지가 되어 있어 무수한 기치가 펄럭이고 있었다. 요시타쓰의 지대(支隊)였다. 지대이면서도 인원 수는 노부나가 군보다도 많았다.

——필경 노부나가가 구원하러 온다는 상정 하에 요시타쓰는 마키무라 몬도노스케·하야시 한다유 등을 장으로 하는 일군을 이 방면에 배치하여 싸움터의 참가를 막으려고 하는 것이었다.

그들 구릉진지의 장은

——어디까지나 방어로 시종하여라, 노부나가가 싸움을 걸어와도 굳게 지켜, 쳐나가지 말라

는 명령을 받고 있었다.

그 때문에 진지 앞에 해자를 파고 방책을 둘러치고 말뚝을 박아 견고한 야전 축성을 하고 있었다. 성채를 공략하려면 수비병의 열 배 인원 수로 공격하는 것이 전투의 상식이었는데 노부나가의 경우는 반대로 수비병보다도 적었다. 노부나가는 군사를 부서로 나눠, 즉시 총 부대·활 부대를 전진시켜 사격을 개시했다. 적은 움직이는 기척이 없다. 정연히 응사하기 시작했다. 노부나가는 다시 선봉을 전진시켰다. 적은 방책 속에서 총을 겨누고 있다가 오다의 선봉이 사정거리 안으로 들어오자 정확하게 저격했다.

노부나가는 안장 위에서 뛰어오르며

"짓밟아 버려랏."

외치면서 말을 몰아 사정거리 안으로 돌격하여 몇 번이고 그것을 되풀이 했으나 말 주위의 군사들만 우르르 쓰러뜨릴 뿐 아무런 효과도 없었다. 할 수 없이 방책 앞에서 60간 가량 후퇴하여 총진(銃陣)을 치고 사격전을 재개했다. 그 동안도 이나바 산성 아래의 나가라 강 방면에서 처절한 전투의 울림소리가 아련히 들려온다.

'살모사 놈, 고전하고 있겠지.' 하고 생각하니 안절부절못했다. 노부나가는 한곳에서 말을 빙글빙글 몰면서

"살모사 놈, 죽는가……" 하고 몇 번이고 외쳤다.

당자인 도산은 초연 속에 있었다. 적의 포위는 이미 완료되었다. 도산은 남은 직속병을 모아 몇 번인가 돌격하여 적의 포위망을 뚫었다. 그러나 뚫어도 뚫어도 적의 인원은 샘솟듯 나타나서 뚫린 곳을 메우고, 메울 때마다 포위의 테두리가 점점 더 죄어들었다.

적은, 포위진 속을 달리고 있는 도산의 부하를 될 수 있는 대로 총으로 쓰러뜨리려고 했다. 그 전법은 효과적이었다. 도산의 군사는 적과 맞붙기 전에 남의 탄환을 맞고 우르르 쓰러졌다. 도산은 그 탄환을 피하게 하기 위해 군사들을 솔밭 속으로 넣었다. 소나무 줄기가 방탄의 방패가 되었다. 그 소나무와 소나무 사이를 누비고 적의 기마대가 용감하게 육박해 왔다. 적의 목표는 이제는 도산 한 사람이었다. 이미 도산의 신변에는 몇 명의 친위무사가 모시고 있는 데에 지나지 않았다.

그러나 도산은 어디까지나 야전 의자에 앉은 채 움직이려고 하지 않았다. 젊을 무렵에는 군중(軍中)에서 야전 의자를 사용하지 않고 항상 말 위에서 지휘를 하면서 늘 싸움터를 헤매 다녔고 때로는 장창을 휘둘러 대장 몸소 적진으로 돌격했던 것인데, 지금의 도산은 새삼스러이 그렇게 하고 싶은 충동을 억누르고 있었다.

어차피 죽는 것이다. 경솔히 날뛰다가 꼴사납게 죽고 싶지 않다. 미노의 국주답게 야전 의자에 턱 앉은 채 마지막 시간을 맞이하려고 생각했다. 그곳에, 도산의 풍류의 벗이며 망처(亡妻) 오미 부인의 친정 당주며, 오늘의 전투대 장이기도 한 아케치 미쓰야스가 달려왔.

뺨에 총상을 입은 듯 얼굴의 반쪽이 피투성이가 되어 있다.

"주군 후퇴하십시오."

아케치 미쓰야스는 외쳤다. 미쓰야스는 자기가 혈로를 열 테니까 기타이사(城田寺)까지 퇴각하시라는 것이었다.

"아케치 공이야말로 후퇴하오."

도산은 미소를 띠고 자기는 좀 피로하므로 여기를 움직이지 않을 각오로 있다, 경(卿)은 아케치 성(明智城)으로 돌아가라, 속히 물러가라, 이것은 나의 최후의 명령이요 하고

"성으로 돌아가거든 주베 미쓰히데에게 전언해 주오" 했다. 미쓰히데는 도산의 명령으로 이 싸움터에는 나오지 않고 아케치 성을 지키고 있을 것이

었다. 도산이 패배하는 날에는 미쓰히데는 아케치 성을 버리고 국외로 도망치지 않으면 안 되리라.

"미쓰히데는 앞으로 천하의 군을 움직일 기량이 있소. 나는 평생 많은 사나이들을 보아왔지만 그 가운데서 큰 기량을 가진 자는 오와리의 사위 노부나가와 나의 조카 미쓰히데밖에는 없소. 미쓰히데를 이 어처구니없는 소동 때문에 죽게 해서는 안 되오. 성에서 벗어나 국외로 도망쳐 널리 천하를 주유하여 견문을 넓혀, 내가 이루려던 것을 이루라고 전해 주오."

또——하고 도산은 말을 이었다.

"미쓰히데는 교토로 올라가는 일이 있을 거요. 교토에는 내가 버린 오마아라는 아내가 있소. 내가 평생 보아 온 여자들 가운데서 월등히 좋은 여자였소."

"그 오마아 님을? 즉 미쓰히데에게 오마아 님을 찾아가 뵈오라고 전하란 말씀이십니까."

아케치 미쓰야스는 성급히 말했다.

"음……"

도산은 기묘하게 수줍은 듯 소년 같은 미소를 띠고

"그렇게 부탁하오. 이미 사람을 보내서 편지는 전했지만, 미쓰히데의 입으로 내 최후 등을 오마아에게 얘기해 주면 고마운 일이오."

시각이 흘렀다. 아케치 미쓰야스는 떠났다. 이미 싸움터를 휘둘러보면 도산 쪽의 군사는 반도 살아남지 않았고 화약연기 속에서 달려 돌아치고 있는 자라곤 거의가 적군이었다.

그들은 도산을 찾고 있다. 끝내, 요시타쓰 쪽의 무사대장이고 미노 제일의 호걸이라고 하는 고마키 겐타(小牧源太)가 몇 간 저쪽의 노송 사이를 달려 빠져나가려고 했을 때, 문득 뒤돌아다보고 놀라서 말에서 뛰어내렸다.

옛 주군 도산을 본 것이다. 도산은 소나무 뿌리께에 야전 의자를 다가대놓고 아직도 3군을 지휘하고 있는 것 같은 오연한 표정으로 앉아 있었다. 고마키 겐타에 대해서는 오가쓰 소동의 얘기 때 이미 다루었다. 오와리 출신으로 도산을 모시고, 도산에 의해서 한 부대의 장이 된 사나이다.

"주군!"

겐타는 무릎을 꿇으려고 하다가 이곳이 싸움터라는 것을 깨닫고 무릎을 굽힌 그대로의 자세로 창을 겨누어들고 한발 한발 다가왔다.

"뭐냐, 겐타?"

도산은 파리라도 보는 듯한 눈으로 이 미노 제일의 호걸을 보았다.

"몸, 몸의 증거를 얻고자 합니다."

"얻을 수 있으면 얻어 보아라."

도산은 천천히 일어나 전도(戰刀)로 쓰기 위해 만든 주스마루(珠數丸)의 손잡이에 손을 대고, 눈을 좀 가늘게 뜨고 겐타의 움직임을 확인한 뒤

쉭——

하고 뽑으면서 흘렸다.

동시에 겐타의 창이 뻗어 왔다. 그 창날을 도산은 탁 튕겨내고 다시 발을 내디뎠다. 겐타는 재빨리 뛰어 물러나 창을 짧게 끌어들였다. 도산이 오른발을 들어 크게 내딛으려고 하자 겐타의 창이 옆으로 그 다리를 쳐 왔다. 도산은 뛰어올랐다. 그 때다. 등 뒤에서 한 기, 질풍처럼 달려 온 자가 있었다. 도산이 앗 하고 깨달았을 때에는 그 어깨 끝을 뛰어 넘었고, 뛰어 넘는 순간

"용서를" 하고 말 위에서 장검을 휘둘러 도산의 목을 쑥 베었다.

요시타쓰의 부장(部將) 하야시 몬도(林主水)다.

쿵 하고 도산이 옆으로 쓰러지는 것을 요시타쓰 군의 우두머리 나가이 주사에몬(長井忠左衛門)이란 자가 달려와서 도산에게 덤벼들었다.

그러나 나가이가 덮쳤을 때에는 이 미노 왕의 영혼은 이미 하늘로 날아 올라가고 없었다. 나가이는 할 수 없이 시체의 목을 베어 집어 올리려고 했는데, 어찌된 노릇인지 모가지를 끌어안은 채 다리를 이끼에 미끄러뜨려 땅을 손으로 짚었다. 이 삽화는 별로 의미가 없지만 도산의 모가지는 그처럼 무거웠다. 무사 한 사람을 뒹굴게 할 만큼 무거웠다고, 나중에 풍문이 떠돈 씨앗이 되었다. 도산이 전사할 시각 기쓰네아나(狐穴) 부근 구릉지대에서 북상을 저지당하고 있던 노부나가는, 물론 그 죽음을 알 수가 없었다. 단지, 지금까지 북쪽 하늘에 울리던 총 소리가 갑자기 멎음으로써, 그 사태를 추측할 수가 있었다.

노부나가는 적중에서 고립되었다. 퇴각으로 옮겼지만 추격하는 미노 군 때문에 이 퇴각은 곤란을 받을 대로 받아, 한 번 싸울 때마다 오와리 군에 시체를 버렸고, 해가 높이 떴을 무렵, 겨우 아시카가 강을 건너 거의 거의 궤주(潰走)와도 같은 모습으로 오와리로 도망쳐 돌아왔다.

도산의 목은 요시타쓰에게 검사를 받은 뒤, 나가라 강 부근에 효수되었다가 이윽고 사라졌다. 고마키 겐타가 훔친 것이다. 겐타는 그 모가지를 도산의 마지막 싸움터였던 솔밭 속에 파묻고 나가라 강에서 자연석 하나를 안고 와서 그 덮은 흙 위에 얹었다.

암자

도산의 죽음을 교토의 오마아가 안 것은 그해 첫여름이었다.

보고자는 아카베. 아카베는 도산의 만년에도 한해에 몇 번인가는 미노와 교토를 왕복하여 도산의 편지를 전하기도 하고 금·은을 갖다 주기도 하였다.

왜 그런지 도산은 기타노 산중에서 아카베와 헤어질 때
"오마아에게 나의 죽음을 알려라" 라는 말만은 하지 않았다. 어찌된 노릇일까, 언제나 그렇지만 아카베는 도산이란 사나이의 마음을 짐작하기가 까다로웠다.

아카베는 도산이 맡긴 두 유아를 데리고 미노를 탈출하여, 교토로 올라와 묘카쿠 사 본산 안 조그만 절에 숙소를 정하고 며칠 동안 쥐죽은 듯 숨어 풍문에 귀를 곤두세우고 있자니 아니나 다를까, 미노의 정변이 들려왔다.

"사이토 야마시로 뉴도 도산 공은 나가라 강가에서 도키 요시타쓰와 결전을 벌여 분전 끝에 전사하셨다"는 것이었다.

'정말로 그랬는가.'

그때까지도 아카베는 일루의 희망을 버리지 않고 있었던 만큼 나이가 열 살이나 더 들어보이도록 낙담했다. 교토의 풍문에 의하면 오와리의 오다 노부나가가 구원하러 가려고 미노로 난입했으나 도중에 미노 병에게 방해당해서 끝내 싸움터에 도착할 수 없었다고 한다.
 '별수없는 멍청이 대장이다. 원기는 왕성하지만 지혜도 힘도 없었으리라.'
 아카베는 노부나가의 그런 보람 없음에 화가 났지만, 이제 와선 무슨 말을 해도 별 도리가 없었다. 이리 되고 보면 도산이 위탁한 대로 두 소년을 묘카쿠 사 본산에 넣어 중으로 만들 뿐이었다. "야마시로 뉴도 님의 유언이시므로" 하고 부탁하자 도산이 살아 있을 때 가끔 토지등을 기부받았던 묘카쿠 사에서는 쾌히 응낙했고, 스승을 골라 앞으로 득도시키기 위해 절의 사미로 삼았다. 동시에 아카베의 만년도 이날부터 시작되었다. 자기만 속인으로 있을 수는 없으므로 두 공자가 사미가 되는 날에 머리를 깎고 검은 물을 들인 옷을 입고 벼락 불제자가 되어 사미들의 종자로서 후반생으로 접어들었다.
 승이 된 다음 날, 아카베는 교토 거리를 서쪽으로 걸어 사가(嵯峨) 들판을 향했다.
 오마아는 이미 기름 도매상의 부인이 아니다. 7년 전에 가게를 닫고 사가의 덴류 사(天龍寺) 옆에 암자를 세우고 여승이 되어 살고 있었다. 기름집의 폐업은 도산과는 관계가 없다. 근년에 채종(茶種)에서 기름을 짜내는 방법이 개발된 이래 오마아 등 낡은 기름업자들이 '오야마자키 신인(大山崎神人)'이라는 자격으로, 그들끼리 독점으로 취급해 온 들깨 기름이 기름으로서의 왕좌를 값싸고 대량으로 생산할 수 있는 채종에게 뺏겼기 때문에 낡은 들깨 기름의 업자들은 줄지어 몰락했다.
 하긴 오마아는 몰락하기 전에 들깨기름의 장래에 미련을 버리고 가게를 걷어치운 뒤 사가노에 암자를 세우고 논·밭을 사서 노후의 안전을 꾀했기 때문에, 그녀 자신은 별반 몰락한 셈이 아니어서 여승이면서도 여전히 사치스러운 생활을 보내고 있어
 '사가노의 묘오(妙鶯) 님'이라면 지방의 가부키(歌舞伎 : 연극) 등을 암자로 불러 흥행시킬 만큼 화려한 여승으로 교토 안팎에 알려져 있었다.
 아카베는 암자를 찾아갔다. 암자라고는 해도 주위에 당당한 흙담을 둘러쌓고, 조그마하지만 사각문(四脚門)을 열고 안으로 들어가면 사용인을 위한 주거가 두 채나 있어 부자유스러운 구조가 아니다. 아카베는 문 안으로 들어

가 우선 스기마루(杉丸)를 찾아서 도산의 최후 등을 자세히 얘기했다.

듣고 나자 스기마루는 한숨을 내쉬고,

"역시 소문은 정말이었군." 했다.

"소문으로 듣고 있었나?"

"아무리 교토의 시골이라도 인간들의 왕래가 있기 때문에 자연히 소문이 오지. 그러나 워낙 불확실한 풍문이었기 때문에 마님게 아뢰지는 않았어."

"말씀드리면 놀라시겠지?"

"글쎄 어떠실까."

스기마루는 사정이 있는 듯 버릇처럼 고개를 갸웃거렸다. 무리도 아니리라. 근래 10년, 도산은 교토로 돌아오지 않았고, 사실상의 부부 인연도 끊어진 것이나 다름없었다. 오마아 마님은 그런 불성실한, 말하자면 지나치다고 할 만큼 기묘한 도산이란 남편의 존재를 어떻게 생각하고 있는 것일까.

'이제 화를 내실 근거도 없어져서 자기는 자기라는 식으로 분명히 가르고 살고 계시리라.'

근래 10년, 스기마루는 이렇게 보고 있었다.

"그럼, 스기마루" 하고 아카베는 선천적으로 가지고 있는 무신경한 투로 말했다.

"내가 말씀드려도 상관없겠지?"

"글쎄 어떨까?"

스기마루는 딱해졌다. 반생 동안, 오마아 부인이 기분 좋게 사는 것만을 빌며 가까이서 모셔온 스기마루에게는 일이 너무 중대하여 대답할 수 있는 일이 아니었다.

"묻겠는데."

스기마루는 말했다.

"미노의 나리님이 최후를 마치시기 전에 자네에게 교토의 마님게 알리라고 유언하셨나?"

"물론 유언하셨지."

아카베는 사태의 기세를 타고 거짓말을 했다. 아카베로 볼 때에는, 도산이 오마아의 일을 말하지 않은 것은 말하지 않더라도 자기가 그 말을 하러 가리라고 생각했기 때문임이 틀림없다고 해석하고 있었다.

"그러면 별 수 없지."

스기마루는 오마아에게 그 뜻을 전한 뒤, 아카베를 여주인의 거실로 안내하여 그 이웃 방에 앉힌 뒤 닫힌 미닫이를 향해
"아카베가 왔습니다" 하고 말을 아뢨다.
거실에 있는 오마아는 주저앉았던 무릎을 정면으로 향하게 하고, 오른편 무릎을 세웠다.
그러나 미닫이를 열라고는 하지 않았다. 한참 동안 잠자코 있었으나 이윽고
"쇼구로 님의 몸에 이변이 있었나요?" 하고 두려운 듯한 목소리로 물었다. 무엇인가 예감이 있었던 것이다.
"어떻게 아셨습니까?"
"열흘 가량 전, 새벽녘에 돌아오신 듯한 기척이 있어 놀라 말을 거니 그대로 사라지셨어요. 꿈같은 느낌도 들었어요."
"이미 전사를 하셨습니다. 지난 달 12일, 나가라 강가에서 요시타쓰 공 때문에……"
아카베는 짤막하게 사정을 얘기하고, 얘기를 마치자 워낙 설움이 북받쳤는지 그냥 두 손으로 얼굴을 가리고 울기 시작했다.
"요시타쓰 공이란 미요시노인가 무언가 하는 여자의 배에서 태어난 사람이지요?"
"예 예, 그렇습니다."
아카베는 말했으나 오마아는 미닫이를 닫은 채 아무 말도 하지 않았다. 거실이 정적에 잠겨 있다. 사반 각 이상이나 아카베는, 오마아로부터 무슨 말이 있으리라고 생각하고 웅크린 채 계속 기다렸으나 끝내 기침 소리 하나 들려오지 않기 때문에
──어떡할까
하는 눈초리를 스기마루에게로 보냈다. 스기마루는 서글픈 듯한 표정으로 끄덕거리고
"물러가는 것이 좋겠네" 하고 조그만 소리로 말했다.

그 가을, 이 사가노의 풀을 밟고 오마아의 암자를 찾아온 무사가 있었다. 약간 밤빛에 가까운 머리칼을 깨끗이 묶고, 엷은 눈썹 아래 한 겹 눈시울의 눈이 깊숙이 맑았다. 미남이라고 해도 좋다. 두드러지지 않게 만든 대도·소

도를 차고 꼭두서니 빛깔의 소매 없는 하오리(羽織 : 짧은 겉옷), 바구니 눈 같은 무늬가 든 짧은 소매의 윗옷에 물들인 가죽 행전 바지를 입고, 조용히 담장 가를 걸어와 문 앞에 섰다.
 스기마루가 나가 응접하니, 이 지나칠 만큼 기품 있는 용모를 가진 무사는 "여기가 묘오 님의 암자요?" 하고 정중한 태도로 물었다. 스기마루가 그렇습니다, 하고 대답하자 한번만이라도 여승님을 뵙고 싶다고 무사는 말했다.
 "그런데 나리는?"
 "인사가 늦었습니다. 미노 아케치의 주민, 아케치 주베 미쓰히데라는 자."
 이렇게 말하고 자기는 고(故) 사이토 도산과 연고가 있는 자라는 것을 밝히고, 도산의 최후 등에 대한 얘기를 그의 유언에 의해서 전하러 왔다고 말했다.
 스기마루가 그 말을 오마아에게 중개하자, 꼭 만나고 싶다고 오마아는 말했다. 미쓰히데는 남쪽 정원이 보이는 방으로 안내되었고 그곳에서 한참 동안 기다렸다.
 '재미있는 여자 같다'고 미노에 있을 때에 어렴풋이 듣고 있었으나 이번에 교토로 와서 오마아의 소재를 찾고, 그녀가 묘오라는 법명으로 사가노에서 쓸쓸히 살고 있다는 것을 알았을 때,
 '묘오(妙鶯)란——' 하고, 한문자에 밝은 사나이는 찾아온 여인의 유래가 없는 법명에 우선 흥미를 품었다. 원앙새의 수컷을 나타내는 한자 鴛과 암컷을 이르는 한자 鶯로 써서 '묘오(妙鶯)'라고 한다는 것은, 머리를 풀고 여승이 되어도 속세 때의 남편을 아직도 그리워한다는 이름이 아닌가.
 '도산 님도 죄 많은 분이셨군.' 하는 생각이 우러나지 않을 수가 없었다. 하기는 자기의 고모인 오미 부인이 미노에서의 아내이기는 했지만, 들으니 이 암자의 주인이야말로 본처라고 한다.
 이윽고 오마아가 나타났다. 흰 천으로 머리를 감고 역시 같은 흰 천의 소매 짧은 옷을 온통 흰빛으로 겹쳐 입고, 사가노에서 말라 시들었다고는 생각할 수 없을 만큼 풍요한 몸집을 가지고 있었다.
 "주베 님이라고 하셨죠?"
 여승은 인사도 하지 않고 앉았다.
 주베가 형식대로 인사를 하려고 하자 오마아는 동그란 손바닥을 들어

"아아, 부디 용서를" 하고 넘쳐흐를 듯한 미소를 띠고 말했다.

"이처럼 평생 예의범절을 따지지 않고 멋대로 살아온 여자예요. 이 암자에 오시면 답답한 인사 같은 것은 하지 말아 주세요."

근엄하고 고지식한 미쓰히데는 어안이 벙벙하여 어떻게 이해해야 좋을지 몰라 한참 동안 암주의 얼굴을 쏘아보고 있었는데 이윽고,

'마치 태어난 그대로의, 아직 갓난애 때 씻어준 물 냄새라도 풍기는 것 같은 여자로군.' 하고 생각하고, 점차 익숙해짐에 따라서 오마아 앞에서 평소와는 달리 수다스러울 만큼 떠들고 있는 자기를 발견했다.

미쓰히데의 숙부 미쓰야스는 도산을 따라 순사(殉死)했다. 미쓰야스는 그 나가라 강가의 싸움터를 탈출하여 아케치 성으로 돌아 와, 성의 방비를 굳히면서 한동안 숨을 죽이고 있었다. 새로 나라의 주인이 된 요시타쓰는 가끔 사자를 보내서 미쓰야스의 항복을 권했으나 그럴 때마다

"나는 돌아간 도산과 인척일 뿐만 아니라 오랜 풍류의 벗으로서 반생의 추억을 도산과 나누고 있다. 그 도산을 공격하여 살해한 요시타쓰에게 항복·귀순한다는 것은 나의 감정이 용서치 않는다"고 고집스러운 태도를 견지해, 아무리 권고해도 성에서 나가 이나바 산성에 출사하려고 하지 않았다. 할 수 없이 요시타쓰는 9월 18일에 토벌군을 일으켜 나가이 하야토노스케 미쓰토시라는 자를 대장으로 하여 3천 7백 명의 인원으로 아케치 성을 포위하고, 공성(攻城) 이틀 만에 함락시켰다.

그 낙성 전에 미쓰야스는 미쓰히데를 설복시켜

"도산에의 절의에 순사하려는 것은 말하자면 나의 취미며, 이 취미 때문에 아케치 일족의 뒤를 끊고 싶지는 않다. 너는 여기에서 탈출하여라" 라고 말했다. 미쓰히데는 할 수 없이 그 의견에 굴복하여 미쓰야스에게 부탁받은 그의 유아들을 지키면서 성에서 탈출하여 한때는 서(西) 미노의 후나이(府內)의 영주 야마기시 미쓰노부(山岸光信)에게 의지하여 그의 성관에 잠복, 유아들을 맡기고 곧바로 교토로 올라왔다는 것이었다.

"이 같이 피비린내 나는 얘기, 흥미 없으시겠죠?" 하고 주베 미쓰히데는 말했다.

"그러나 그 말씀을 드리지 않으면 내가 돌아가신 도산 님과 어떤 인연이 있는 자인가를 모르실 거라고 생각해 말씀드렸을 뿐입니다."

그 뒤 미쓰히데는 자기가 어떻게 된 것이나 아닐까 여겨질 만큼 떠들어댔

다. 소년 때부터 도산의 곁에서 모시고 도산을 사랑을 받고 학문·무예·전술·풍류까지도 직접 전수받은 일, 이미 도산 신하의 아들이라기보다는 제자 같은 존재였다는 것 등을 얘기했다.

"그리고 보면 당신의 말투·태도·얼굴 모습까지가 어딘가 젊었을 무렵의 그분과 비슷한 곳이 있군요"

오마아는 감개 깊은 듯이 이 미쓰히데라는 젊은이의 얼굴을 들여다보았다.

"그분은 오와리의 노부나가 공이라는 분도 몹시 귀여워하셨다고요?"

"그렇습니다."

미쓰히데는 약간 끄덕거리고 나서 그 이상은 말하지 않고, 단지 노부나가라는 말을 들었을 때 문득 사촌누이인 노히메의 얼굴을 상기했으나 낭인이돼 버린 오늘날 그들은 아주 현실감이 희박한 저쪽으로 날아가 버린 듯한 느낌이 들었다.

이윽고 햇볕이 그늘지기 시작했기 때문에 미쓰히데는 생각지 않고 오래 머무른 데 놀라

"도산 님의 얘기를 좀더 해야 할 자리에서 나의 장황한 얘기를, 그만 마음이 내켜 지나치게 떠들었기 때문에 시각이 흘러가고 말았습니다."

"염려하실 것 없어요" 하고 오마아는 말했다.

"당신의 얘기가 훨씬 재미있었어요."

"아니 아니, 도산 님은."

"그 도산이라는 분이 미노에서 어떻게 지내셨고 그 때문에 어떻게 되었다는 얘기를 나는 듣고 싶지 않아요."

"옛?"

미쓰히데는 의아한 빛을 띠었다.

"그것은 또 무슨 까닭으로 그러십니까."

"사이토 도산이라는 분은 나에게 아무런 기억도 없는 생판 남인걸요. 하물며 남편은 아니에요."

"그것은?"

"그래요, 달라요. 이 오마아의 남편은 야마자키야 쇼구로(山崎屋庄九郎)라는 기름장수로서 젊을 때부터 미노로 내려갔다가 가끔 교토로 돌아오시곤 했어요. 가신 곳인 미노에서 무엇을 하고 계셨든 오마아에게는 상관이

없는 일이에요. 때문에 야마자키야 쇼구로의 얘기라면 듣고 싶지만 그 사이토 아니 무엇이라는 이름이었던가요?"

"도산."

"그랬지 그랬지, 그런 이름의 사람은, 가령 야마자키야 쇼구로와 똑같은 인물이라고 할지라도 오마아의 일생에 있어서는 아무런 의미도 없는 사람이에요."

"놀랐는데요."

"단지, 그 야마자키야 쇼구로 님은 교토로 돌아오실 때마다 오마아, 머지않아 쇼군이 된다, 그때엔 너를 정실부인으로 맞이하겠다고 말했었는데, 생각해 보면 이 세상에 둘도 없이 재미있는 분이셨어요."

이 세상에 둘도 없는……까지 말했을 때, 미쓰히데를 쏘아보며 미소를 띤 오마아의 눈에 왈칵 눈물이 넘쳐 흘렀다. 이 날부터 며칠 동안, 미쓰히데는 오마아가 만류하는 대로 그 암자에 체류했는데 이윽고 떠날 때, 문 앞까지 배웅 나온 오마아가

"이제부터 어디로 가십니까?" 하고 물었다.

"목적하는 곳은 없습니다."

단지 마음 가는 대로 맡겨 여러 나라를 유랑하며 견문을 넓히고 싶다고 미쓰히데가 대답하자, 오마아는 미소를 지우고 빤히 미쓰히데의 얼굴을 바라보면서

"사나이란 어려운 거로군." 했다.

"당신도 그 표정을 보니, 천하라는 것이 탐나는 거겠지요?"

"아니, 아니 그런 대망(大望)은 없습니다. 뭐니뭐니해도 미노를 떠나면 나무에서 떨어진 원숭이와 같습니다. 한 자의 땅 덩어리도 없는 맨손의 낭인이므로."

"그 맨손의 낭인이 무서워요. 야마자키야 쇼구로 님도 본래는 묘카쿠 사의 중, 절을 도망쳐서 환속했을 때는 낱돈 한 푼 없이 교토의 거리를 걸어 다니고 있었습니다."

"바라건대."

미쓰히데는 미소를 띠고

"그 중을 닮고 싶습니다" 하고 빙그르 등을 돌리고 문 앞의 길을 동쪽으로, 뒤로 돌아다보지 않고 성큼성큼 걷기 시작했다.

영걸을 찾아서

미쓰히데는 낙엽을 밟고 비와 호(琵琶湖)의 서쪽 산악지대를 북으로 북으로 파고 들어갔다.

1556년 겨울.

이 해, 사부라고도 할 수 있는 도산이 전사하고 아케치 씨가 몰락하고 미쓰히데 자신은 떠돌이 무사가 돼 버렸다.

'얼마나 다난한 해였던가.'

미쓰히데는 이런 생각을 했고, 이런 생각을 하면 아주 망연해지지 않을 수가 없었다.

'앞으로 어떡하나.'

누군가를 의지하여 주인을 섬겨야 하리라. 그러나 난세다. 범용한 주군을 모시고 싶지는 않다. 가능하면 널리 천하를 돌아다녀 영걸(英傑)을 찾아내어 그 밑에 자기의 운명을 열고 싶다.

그러나——

미쓰히데라는 사나이의 정열은 그것만을 구하고 있는 것은 아니었다. 무사치고서는 사서나 문학서를 너무 읽어버린 이 사나이는 예를 들면 제갈공명 같은, 또는 문천상(文天祥) 같은 그러한 생애를 욕망했다. 그들은 왕실의 부흥이나 방위에 모든 정열을 쏟아, 그 생애 그 자체가 광망이 찬연한 한 편의 시(詩)로 화해 있다.

'제갈공명, 문천상을 보라'고 미쓰히데는 생각하는 것이었다. '그 이름 그것이 격조 높은 시의 울림을 가지고 있지 않은가? 사나이로 태어난 이상 그러한 생애를 가져야만 한다.'

이 사나이를 어떻게 이해하면 좋을까. 자기의 생애를 시로 만들고 싶다는 원망은, 즉 그러한 원망을 갖는 기질은 사나이 가운데서는 지사적(志士的)인 기질이라고 할 수 있으리라. 아케치 주베 미쓰히데는 자기가 그러한 기질의 인간인 것을 물론 깨닫고 있다.

그러므로 단순히 주인을 모시는 것이나 그런 의미에서의 입신에는 만족하지 못한다. 보다 더 긴장감이 있는, 보다 더 장대한, 푸른 하늘에 드높이 울리는 듯한 그러한 장래를 꿈꾸고 있었다.

'나쯤 되는 사나이다.' 라는 자부가 있다.

'단순히 주인을 섬기는 것만을 바랄 뿐이라면 천석, 2천석의 봉록쯤은 당장에 굴러 들어오리라.'

큰소리가 아니다.

이 사나이가 가지고 있는 기술 가운데 화술(火術)만 하더라도 충분히 2천석의 가치는 있었다. 소년 때부터 도산이

"앞으로 총이다" 라고 말하고 사카이(堺)에서 구입한 총을 미쓰히데에게 주고 그 재주를 연마시켰다. 이젠 20간 떨어져서 나뭇가지에 매단, 무명천을 꿰맬 때 쓰는 바늘도 쏴 맞힐 수 있다. 화약의 배합은 물론, 싸움터에서의 총 부대의 모든 지식과 포부를 가지고 있었다. 안목을 갖춘 영주가 있다면, 미쓰히데의 이 재능을 1만 석으로 평가해도 손해는 없으리라.

그 외에 창술·검술에 뛰어났고, 나아가 고금의 병서(兵書)에 대한 조예, 성(城)의 설계법 등 어느 한 가지 재주만 놓고 보더라도 미쓰히데만한 자는 천하에 열 명도 없으리라.

그러한 자신이 있다.

'그러한 나를 값싸게 팔 수 있을 것인가.' 라는 마음도 있었고, 그만한 자질을 갖고 태어난 이상 기껏해야 영주의 꿈을 꾸느니, 할 수만 있다면 백세(百世) 뒤까지 경모를 받을 만한 지사적 업적을 이 지상에 남기고 싶었다. 그 대상은 없는가.

즉 지사적 정열의——

하고 미쓰히데는 미노를 탈출한 이래 많은 생각을 이 일점에 모아 왔는데, 여기에 안성맞춤인 대상이 있었다.

아시카가 쇼군가(足利將軍家)였다.

교토에 나와서 며칠 체류한 미쓰히데는 쇼군의 거관인 무로마치(室町) 어소(御所)나 니조(二條) 저택 주변을 어슬렁거리고 있었는데, 그 곳은 폐허 이외의 아무 것도 아니었다. 폐허이므로 그 곳에는 성도 모르는 시골 무사가 살고 있었다.

교토는 미요시 나가요시(三好長慶) 손에 들어가 그 막하의 아와(阿波) 군사들이 시중을 제 것인 양한 얼굴로 횡행하고 있다. 미요시 나가요시라면, 쇼군가에서 볼 때엔 성조차 분명치 않은 하찮은 신하였다. 쇼군은 교토에 없다. 쫓겨나서 유랑하고 있었다.

"쇼군님은 어디에 계시는가?"

미쓰히데는 교토에 체재중 기회 있을 때마다 사람들에게 물었는데, 만족하게 대답할 수 있는 자는 한 사람도 없었다. 단지 오마아만은 과연 본래 막부(幕府) 기관에 기름을 납품한 인연이 있는 만큼

"오미(近江)의 구쓰키다니(朽木谷)라고 들었습니다만" 하고 말해 주었다. "구쓰키다니라고 하는 곳은 다리가 상당히 튼튼치 못하면 들어갈 수 없는 산속이라더군요" 라고 덧붙였다.

'그 구쓰키다니라는 곳으로 가 보자'

미쓰히데가 생각한 것은 이 때다. 원숭이나 사슴이 사는 것 같은 촌스러운 산 속에서 쇼군이 유랑의 타향살이를 하고 있다는 것만으로도 미쓰히데의 취미에 맞는 상상이었다.

구쓰키다니(朽木谷)라는 곳은 비와 호 서쪽 기슭 오지(奧地)에 있다. 이 오미(近江)의 태반을 점유하는 큰 호수는 동쪽 기슭에 평야를 갖고, 서쪽 기슭에 산악이 중첩한 지대이다.

그 연산(連山)을 아도 강(安曇江)이 계곡을 파면서 흐르고 있다. 상류를 구쓰키다니(朽木谷)라고 한다. 과연 엄청난 산골짜기인데 교토에서 오는 도로도 있고 와카사(若狹)로 빠지는 산길도 있어, 일찍부터 사람들에게 지명만은 알려지고 있었다. 그것에 오미 미나모토 씨(源氏)의 한 유파라고 하는 구쓰키 씨(朽木氏)가 성관을 지어 옛날부터 가계가 전해 내려오고 있다.

'여기까지는 시대의 물결이 밀어닥치지 못하는 모양이다.' 라고 생각하면서 미쓰히데는 아도 강 계곡에 서린 햇볕 아래에서 북쪽을 향해 계속 들어갔다. 이미 산에 가득한 낙엽수도 겨울 모습이 되어 있는데, 가을이 되면 화려한 단풍을 볼 수 있으리라.

'도원경이 따로 없구나!'

미쓰히데는 생각했다. 이 산간에 있기 때문에 구쓰키 씨는 세상 흥망의 물결에 씻기지 않고 소령(所領)을 온전하게 유지해 온 것이리라.

여담이지만 이 구쓰키 씨,

미쓰히데의 실감대로 앞으로도 전국(戰國)의 풍운 속을 살아 갈 것이고, 도쿠가와 시대에는 본가가 제후의 일에 끼었고, 구 분가도 몇 집인가 직속 무장이 되어 6천석의 직속 무보직 무장을 필두로 하여 메이지(明治) 시대에까지 이르고 있다.

암자 69

아시카가 쇼군은 교토에서 난이 일어나 쫓길 때마다 구쓰키다니로 도망쳤다고 해도 과언이 아니다. 미쓰히데가 태어난 해인 교로쿠(享祿) 원년(1528년)에는 쇼군 요시하루(義晴)가, 또한 도산이 이나바 산성을 조영한 1539년에는 쇼군 요시하루·요시후지(義藤 : 후의 義輝) 부자가 망명하였으며, 지금은 13대 쇼군 요시테루(義輝)가 몇 안 되는 근신을 데리고 구쓰키 씨의 거관에 몸을 의탁하고 있었다. 구쓰키 씨의 당주는 우에쓰나(植綱)라는 노인으로서, 아무리 영락했다고는 하나 일본 무가(武家)의 두령인 쇼군을 자기 손으로 보호한다는 영예에 감격하여 성내에 조그마하지만 구보 관(公方館)을 짓고 그 곳에 요시테루 쇼군을 거처케 하고 있었다.

미쓰히데는 구쓰키다니로 들어갔다. 이곳은 '이찌바(市場)'라는 취락으로서, 산중이지만 밥 짓는 연기가 피어오르고 구쓰키다니의 수읍(首邑)인 모양이었다. 이미 해질녘이 가까워 왔다.

한 농가로 들어가 돈을 주고

"나는 여행자인데 오늘 밤 하루 묵을 수 없겠는가?" 하자, 인정이 두터운 지방인 듯 손을 잡듯이 안으로 모셔들였고 집 주인은 화로가의 상석을 미쓰히데를 위해 양보해 주었다.

"어디서 오셨습니까?"

"미노일세."

미쓰히데는 여행에 무척 익숙해져 미소를 지우지 않는다. 여행을 하는 자에겐 무뚝뚝함은 금물이었다. 쓸데없이 혐의를 받기 때문이다. 그리고 오락이 적은 산촌에서는 여러 나라 얘기를 가장 좋아한다는 것도 알고 있어서 미쓰히데는 미노의 얘기나 교토의 얘기를 해 주었다.

이윽고 화로에 산돼지 국냄비가 얹혀졌다.

"구쓰키 공의 저택에 쇼군님이 몸을 의탁하고 계신 모양이던데……?"

"딱한 분입니다."

집 주인은 쇼군의 일상생활을 자세히 얘기했다. 부하라곤 겨우 다섯 사람 있을 뿐이라는 것이다.

"다섯 사람인가!"

미쓰히데는 허공에다 눈길을 무섭게 박았다. 그 눈에 어느 새 눈물이 어렸다. 다감한 사나이다.

"일본의 총 국주(總國主)이며 정이대장군(征夷大將軍)인 쇼군이 거처할

집도 없이 유랑하실 뿐만 아니라 종자가 겨우 다섯 사람이라니.”
"시세가 그러니까요.”
집 주인도 미쓰히데의 눈물에 자극을 받아 그만 코 메인 소리를 했다.
"구쓰키 공의 저택은 어디에 있나?”
"바로 저 숲 너머에 있습니다.”
"가까운가?”
예, 하고 주인은 대답했다.
"무사로 태어난 이상은 한번쯤 쇼군님을 배알하고 싶군.”
"글쎄, 그것은.”
그처럼 사람 좋은 주인도 말을 흐리면서 미쓰히데의 풍채를 훑어보았다. 쇼군이라고 하면 사람이라고 하기보다는 신(神)에 가깝다. 아무리 영락했다고는 하더라도 영주가 아니면 알현할 수 없는 터이니, 미노에서 흘러온 떠돌이 무사 신세로서는 그 모습을 도저히 뵈올 수 없는 것이다.
"아니, 이건 엉뚱한 잠꼬대 같은 소리를 했군. 잊어 주시게.”
"손님은 좋으신 분이시로군요.”
집 주인은 미쓰히데의 얼굴을 빤히 보았다. 현재 여러 나라의 무사들은 교토에 쇼군이 있다는 것조차 잊어버리고 싸움을 해대고 있다. 그런데 호기심 많게도 구쓰키다니로 와서 쇼군의 불행한 신세에 눈물을 흘리다니! 여간한 선인이 아니면 이럴 수는 없으리라고 집 주인은 생각한 것이다. 주인 집 식구들은 모두 한결같이 이렇게 생각한 모양이다.
미쓰히데 옆에 앉아 술을 따르고 국물을 퍼 나누던 딸도 미쓰히데의 그런 인품에 감명을 받은 모양이었다.
"많이 드셔요” 하고 촌스러운 말투로 다가와서는 술병을 기울인다.
미쓰히데는 근직한 사나이다. 이런 천한 집 화롯가에 앉아 있어도 마치 귀인의 집에 든 것처럼 자세를 허물지 않았다. 술을 따를 때마다
"감사하다”고 고개를 숙이면서 받는다. 그 거동과 음성이 처녀의 마음속에 배어들어, 몸속에서 예사가 아닌 음률을 퉁기게 하고 있었다. 아가씨는 시노(志乃)라고 했다. 이 마을의, 아니 이 마을뿐만 아니라 어느 토지·어느 마을에도 있는 풍습대로, 오늘 밤 여행자를 위해서 하룻밤의 잠자리 시중을 들게 돼 있다. 그 시각이 이르렀다. 미쓰히데는 화롯가 북쪽 방을 침소로 할당받고 있었는데, 이윽고 판자문이 열리고 촛불을 든 시노가 들어왔다.

"시노인가?"

미쓰히데는 이불 속에서 움직이는 빛을 보았다. 시노는 말없이 무릎을 꿇었다. 이윽고

"잠자리 시중을 들겠어요." 했는데,

미쓰히데는 대답하지 않았다. 이러한 점에서도 근직하여, 여행을 거듭하는 동안 이러한 호의를 받는 수가 있어도 항상 완곡하게 거절해 왔다. 그러나 오늘 밤은 좀 달랐다. 견딜 수 없이 여자가 탐났다. 아니, 이 구쓰키다니의 흙을 밟고 나서 점점 높아진 쇼군에 대한 안타까운 시적 감정이 잠자리에 들어서도 몸을 달아오르게 했다. 마음을 적셨고 눈을 말똥말똥하게 만들었다. 어쩐지 혼자 싸늘한 이불 속에서 숨을 죽이고 있기에는 견딜 수 없어졌다.

"이리로 오라구."

티 하나 없는 조용한 말소리로 미쓰히데는 말했다. 처녀는 그의 옆으로 몸을 들이밀었다.

"발이 시리시죠?"

처녀는 딱한 듯이 말했다.

"따뜻하게 덥혀 주지. 내 몸은 겨울철이라도 속옷 하나로 견딜 수 있을 만큼 뜨겁다."

"겉보기와는 다르시군요."

"겉보기가 싸늘한가?"

"처음엔 그렇게 보였어요. 그러나 화롯가에서 얘기를 들어감에 따라서 좋은 오빠 같은 생각이 들었어요."

처녀는 허벅다리를 갑자기 오므렸다.

미쓰히데의 손이 그 곳으로 간 것이다.

"얘기를 좀 해 다오."

"아케치 님께서나 해 주세요."

"규방에서 사나이는 잠자코 있는 법이야. 눈을 감고 여자가 연주하는 온갖 묘음(妙音)을 듣는 것이 즐거워."

묻는 대로 아가씨는 마을 얘기를 했다.

"무서운 얘기도 있어요."

"어떤?"

"요괴."

시노가 말했다.

"나와요, 마을의 명신(明神) 님의 신사예요. 본 사람이 몇 사람씩이나 있어요."

여행을 하노라면 곧잘 듣는 얘기다. 진지하게 듣고 있으면 한 마을에 한 마리씩은 꼭 요괴가 있어, 여러 나라를 다 합치면 몇 백만 마리의 요괴가 천하의 밤을 횡행하고 있는 게 되리라.

"어떤 요괴지?"

"무사의 모습을 한 고양이 요괴라고 합니다. 매일 밤 신사 부근에 나타나서는 기름을 핥는 거예요."

"기름을 말인가?"

괴물치고는 독창성이 없다. 미쓰히데는 웃기 시작하고

"그런 종류의 얘기는 모두 거짓말이다" 하고, 얘기에도 싫증이 났는지 그 후론 침묵을 지키면서 처녀의 몸을 더듬기 시작했다. 그 행동이 아가씨를 침묵시켰다. 아가씨의 입이 침묵을 지킴과 동시에 그 곳이 젖기 시작했다.

"시노" 하고 미쓰히데는 끌어안았다.

"새삼스러이 말하는 것 같지만 나는 미노 아케치 마을의 주민으로 아케치 주베 미쓰히데라고 한다. 미노에서는 바로 올해 9월까지도 조그맣긴 하지만 소성(小城)의 주인으로서, 일족 무사들을 모으면 7백 명 가량의 인원수를 모을 수가 있을 정도의 집안이었지. 그러나 지금은 없다. 떠돌이에 지나지 않는다. 그러나 후일, 어딘가에서 이 이름을 들을 날이 있겠지."

"……?"

"혈통은 좋다."

미쓰히데는 계속했다.

"도키 미나모토 씨의 가계다. 가문(家紋)은 도라지 꽃."

"……"

이미 몸을 열고 있는 시노는 왜 지금 무사가 전투를 할 때 대는 이름을 이 사나이가 말하는 것일까 하고 이상하게 생각했다.

"기억해 두기 바란다."

"예."

"훗날, 만일 아이가 태어났을 때에 나를 찾아오라구. 잊지 말고."

미쓰히데는 말했다. 아가씨는 겨우 이름을 댄 의미를 알았다. 얼마나 주도한 사나이일까. 아이가 태어날지도 모른다는 것을 상정(想定)하고, 그때에는 아버지로서의 책임을 질 것을 언명한 뒤에 몸의 연계를 맺으려고 하는 것이다. 생각이 주도하다기보다는 성격이 몹시 곧은지도 모른다.

"시노, 시작할 거야" 하고 미쓰히데는 말했고, 시노는 어둠 속에서 알 듯 모를 듯 고개를 끄덕였다. 차분한 사나이라고 시노가 생각한 것은 후년 시노가 여자로서 성숙한 뒤였다. 하여간 시노에게 있어서 미쓰히데는 일견 행실이 좋은 공자님 풍의 사나이였는데, 곰곰이 생각하면 어딘가 색다른 사나이이기도 했다.

새벽녘에 시노가 눈을 뜨니, 미쓰히데는 다시 시노를 품었다. 얌전하게 보이지만 대단한 정열을 가지고 있는 사나이인 것이리라.

그 다음 날, 미쓰히데는 떠나려고도 하지 않고

"이 마을이 마음에 들었으니, 한동안 체류시켜 주지 않겠는가?" 하고 은(銀)을 떡갈나무 잎만큼 크게 편 것을 집 주인에게 넘겨주었다. 집안 식구들은 미쓰히데가 체류하는 데 이의가 없었다. 그 날 저녁 때 문득

"시노, 어젯밤 얘기한 요괴의 일인데, 그곳이 명신의 신사라고 했지?" 하고 다짐을 두었다. 미쓰히데는 그러한 현상을 믿지도 않았지만 그 정체를 깨놓아서 호평을 받음으로써 구쓰키 저택에 가까이 갈 어떤 발판을 만들 수 없을까 생각한 것이다.

"오늘밤 나가 보겠다."

숲의 요괴

미쓰히데는 명신의 돌계단을 올라갔다. 숲의 나뭇가지에 반짝 초생달이 걸려 있다.

"아니" 하고 미쓰히데는 돌계단의 중간에서 몸을 구부렸다. 대단한 이유는 없었다. 짚신 끈이 늦추어진 것이다.

윙, 하고 바람이 그 등을 휩쓸고 지나갔다. 그 바람에 마른 나뭇잎이 밤하늘로 날아올랐다가 다시 숲에 쓸려 내려앉을 때에는 마치 굵은 빗방울이라도 떨어지는가 싶을 정도의 소리를 냈다.

'운 좋게 요괴가 있어 주면 좋겠는데.'

미쓰히데는 다시 돌계단을 올라가기 시작했다. 요괴를 발견하여 그 정체를 밝히든가 처치함으로써, 미쓰히데는 이 구쓰키다니에 있는 망명중의 아시카가 쇼군에게 접근할 수가 있다. 아니 접근할 수 없더라도 그 기회를 잡을 수가 있다고 생각하고 있었다.

'맨손의 떠돌이 무사에게는 그런 수법밖에는 없다.'

하여간 젊을 때는 행동할 일이다. 덮어놓고 행동하는 동안에 기회라는 것은 잡을 수 있다——죽은 도산이 미쓰히데에게 얘기한 일이 있다. 미쓰히데는 그 교훈을 믿기 때문에 이 구쓰키다니로 온 것이다. 여기에는 쇼군이 있다. 그에게 가까이 가기 위하여 요괴 퇴치라는 기묘한 행동을 개시했다.

'쇼군의 일상생활에는 화제가 적을 것이 틀림없다. 여행길의 떠돌이 무사가 요괴를 퇴치했다고 하면, 반드시 아케치 주베 미쓰히데라는 이름이 귀에 들어갈 것이 틀림없다.'

'요괴여, 나오너라.'

미쓰히데는 돌계단을 밟고 간다. 요괴라고 하더라도 미쓰히데의 인생을 결정하는 얻기 힘든 기연이 되지 말란 법도 없다.

신사 부근에 이르렀다. 신등(神燈) 빛 하나가 사전에서 새어 나온다.

미쓰히데는 이끼를 밟고 사(社) 앞으로 다가가 한참 동안 칼을 매만지면서 주변의 기척을 살피고 있었는데, 이윽고

'나올 것 같지 않군' 하고 손잡이에서 손을 떼고 성큼성큼 사전(社殿)으로 다가가 툇마루로 뛰어올라 격자문을 열었다. 등불이 흔들리고 있었다.

'오늘 밤은 여기에서 잘까.'

어떤 신이 모셔지고 있는지는 모르지만 미쓰히데는 제단 뒤쪽으로 돌아가 자리를 깔고 드러누웠다. 끄덕끄덕 조는 사이에 날이 샜다. 아침에, 시노의 집으로 돌아왔다.

"어떠했나요?"

시노는 이 호기심 많은 무사에게 결과를 물었다. 안 나와, 하고 미쓰히데는 다정한 미소를 띠고

"그것은 매일 밤 나오나?"

"거의 매일 밤이라고 합니다만. 그야 신등의 기름을 핥으러 오므로 하루라도 빠뜨릴 수 없지 않겠어요."

"왜?"

"배가 고프지 않아요."

미쓰히데는 웃었다. 시노의 몸은 어른이라도 마음은 아직 어린애인 모양이었다.

"그야 요괴라도 배가 고프겠지."

"그렇다고 생각합니다만."

시노는 진지하게 고개를 끄덕였다.

"오늘 밤도 나가 보겠어."

"옛?"

시노는 원망스러운 표정을 지었다. 오늘 밤도 자기와 자 주지 않느냐고 말하고 싶은 것이리라.

"그렇게 요괴가 좋으신가요?"

"지금은 좋아."

"왜요?"

"나는 나라에서 쫓겨난 천애의 고객(孤客)이다. 세상에서 벗어난, 이러한 순전한 떠돌이를 상대로 해 주는 것은 요괴뿐일지도 몰라."

"시노도 있는데."

"정말,"

턱 밑에 잠깐 손바닥을 대주었다.

"정말로 시노는 나를 싫어하지 않고 사랑해 주는군. 그러나 사나이는 밤만으로는 살 수 없어."

그날 밤도 미쓰히데는 신사로 들어갔다.

'오늘 밤은 잠들지 않겠다.' 하고 생각하고 제단 뒤에 앉았다. 이윽고 초경의 종소리가 들려 왔다. 그것이 다 울렸을 때, 바스락바스락 낙엽 밟는 소리가 들렸다.

'왔는가!'

숨을 죽이고 칼을 끌어당겼다.

삐걱, 격자문이 열리고 쿵하고 들어 밟는 발자국 소리가 들렸다. 이윽고 무언가 거칠게 들어 왔다.

'생각보다는 크군.'

소리·기척·조심하는 품이 상당히 크다. 달그락달그락 소리가 나는 것은 기름접시를 손으로 만지기 때문이리라.

이윽고 덧문의 격자문이 덜커덩 닫히고, 요괴는 사전을 나간 모양이었다. 미쓰히데는 재빨리 제단 앞으로 나가 격자문 너머로, 사라져가는 요괴를 보았다. 요괴의 등을 보았다. 그 등은 무사 차림이었다. 무척 거한이다.

"기다려라!"

미쓰히데는 외쳤다.

무사는 깜짝 놀라 뒤돌아다보았다.

"그 곳에서 움직이지 말라."

미쓰히데도 말하면서 격자문을 열고 밖으로 뛰어나갔다.

"밤마다 사전에서 기름을 핥는다는 요괴가 그대인가?"

"너는 누구냐?"

요괴 같은 자가 말하며 기름접시를 조심스럽게 지상에 내려놓고 쑥 칼을 뽑았다. 미쓰히데도 마루 위에서 칼을 뽑아들고 쿵 하고 땅 위로 뛰어내렸다.

벨 작정이었다. 미쓰히데는 배짱이 있다. 칼끝을 하늘로 올려 옆으로 빗겨 드는 태세를 갖추고 한 발 한 발 다가가, 이윽고 도약하며

휘익,

하고 상대방의 목을 향해 휘둘렀다. 그 무서운 칼의 흐름, 예사 놈이라면 그대로 모가지가 하늘로 퉁겼으리라. 그러나 요괴는 피하지도 않고 그것을 칼로 받았다. 정그렁 하는 불꽃이 튀었다. 칼막이가 서로 붙어 엇갈리고 있다. 상대방은 힘에 무척 자신이 있는지 그대로 물러나지 않고 칼을 가지고 미쓰히데의 칼을 밀며, 밀어대는 길로 베려는 기세를 보였다. 상대는 덮씌워오려고 했다. 키도 크고 힘은 세어 분명히 미쓰히데가 불리했다. 미쓰히데는 물러나려고 했다. 그러나 상대방의 칼에 압도당해서 움직일 수조차 없었다. 방법은 한 가지뿐이다. 상대방의 손목께를 왼쪽으로 비스듬히 밀어올려 보는 일이다. 미쓰히데는 그렇게 했다. 상대방은 어리석게도──필경 병법에서는 미쓰히데에게 뒤지는 것이리라──그에 응해서 오른편 아래쪽으로 강하게 되밀어 왔다. 미쓰히데에게는 바라는 바라고 해도 좋았다. 미쓰히데는 그 상대방의 힘을 이용하면서, 자기의 몸을 왼편으로 날리면서 확 뛰어 물러나 왼편에서 비스듬히 상대방의 얼굴을 짧게 엄습했다. 상대방도 빈틈이 없었다. 칼을 세워 그것을 받았는데, 미쓰히데는 놓쳐 버렸다.

미쓰히데는 여섯 자 간격 밖으로 탈출했다. 그곳에서 칼을 몸 앞으로 가누었다. 동시에, '기다려라.' 하고 자기에게 일렀다. 칼막이를 대고 있을 때 힐끗 본 상대의 용모가 아주 인간답게 여겨졌던 것이다.

"너는 인간이냐?"

미쓰히데치고는 얼빠진 질문을 해 버렸다.

"인간이다."

상대방은 침착하게 그 어리석은 질문에 대답했다. 인간이라면 제법 된 자이리라.

"마을에는 요괴의 소문이 떠돌고 있다."

미쓰히데는 성급히 말했다.

"요괴는 신전에서 기름을 핥는다고 한다. 생각해 보면 아까 그대는?"

"그렇다. 기름을 훔쳤다."

무사는 대답했다.

"왜 훔치나?"

미쓰히데는 다시 물었는데 말투가 확 달라져서 약하다. 이미 자기의 어리석음을 깨달은 목소리였다. 상대방도 그것을 안 것이리라. 칼끝을 천천히 아래쪽으로 내렸다.

미쓰히데도 기민하게 그것을 깨닫고 자기 쪽에서 먼저 칼을 칼집에 꽂고 "미안했소" 하고 가벼이 고개를 숙였다. 그땐 상대방도 칼을 꽂고 있었다.

"음, 알았소."

상대방은 미쓰히데로부터 사정을 듣고 담백하게 양해해 주었다. 그리 되니 과실을 범한 미쓰히데 쪽에서 이름을 대지 않을 수가 없었다.

미노의 명문 출신인 만큼 상대방에게 장중하게 이름을 대려고 했다. 그는 천애의 순진한 무사이다. 자기의 존재를 과시할 수 있는 것은 그의 경우엔 가계뿐이었다. 아케치 씨는 물론 도키 씨의 방계 가문이다. 위로는 세이와 천황(淸和天皇)으로부터 갈라져 나왔다. 미나모토 요리미쓰(源賴光)로부터 헤아려서 10대손인 도키 요리모토(土岐賴基)의 아들 히코구로(彦九郎)라는 자가 미노 아케치 마을에 살기 시작해, 처음으로 아케치 성을 썼다. 그 히코구로부터 4대째가 미쓰히데였다.

그런데 미쓰히데가

"미노 아케치 마을의 주민으로서 아케치 주베 미쓰히데"라고만 했는데도

"아아, 도키의 아케치로군" 하고 상대방은 끄덕거렸다. 아케치 씨가 어떤 가계인가를 잘 알고 있었다.

"이번에는 도산 공이 몰락해서 안됐소" 하고 그 사나이는 말했다. 여러 나라 무가의 가계와 성쇠에 통하고 있다니 대체 어떤 자일까.

"그런데 귀공은?"

"쇼군을 모시는 자로서 호소가와 효부다유 후지타카(細川兵部大輔藤孝)라는 자요."

"이거 그런 분이시라는 것을 모르고 실례를 했소."

'좋은 사람을 만났다'고 미쓰히데는 생각했다.
"그러나 왜 쇼군 측근쯤 되는 분이 이런 시골 신사의 기름 같은 것을 훔치시오?"
"밤에 등화비가 모자라서."
호소가와 후지타카는 싱싱한 목소리로 말했다.
"훔치고 있소. 그 불빛으로 책을 읽어 뒷날 일을 이룬다면 신명(神明)도 용서해 줄 것이오."
"물론."
상당한 독서가인 모양이다. 두 사람은 돌 층층대를 내려가기 시작했다. 들으니 호소가와 후지타카는 낮에는 쇼군의 시중 때문에 바빠 독서도 할 수 없기 때문에 쇼군이 잠드신 뒤에 책을 본다는 것이었다.
"밤에 책을 보려면 돈이 드오."
호소가와 후지타카는 구김살 없이 웃었다. 그 비용이 없기 때문에 명신의 기름을 훔친다는 것이다.
'쇼군께서는 상상 이상으로 궁박하신 모양이로군.'
이 한 가지만 보아도 알 수 있는 일이었다. 쇼군을 숨겨주고 있는 구쓰키다니도 그토록 힘이 있는 호족이 아니기 때문에 윤택한 생활비를 대 주지 않고 있는 것이리라. 미쓰히데는 다감한 사나이다.
이미 그것만으로 눈물이 글썽거려
"말하기도 황공스러운 일이군요." 했다.
"나는 쇼군가가 구쓰키다니로 피난하여 계신다는 말을 듣고, 그 저택을 먼 빛으로나마 배알하려고 생각하고 왔는데 그렇게까지 궁박하시다니 생각지도 못했소."
"서글픈 일이오."
호소가와 후지타카는 말했다.
"정말로"
미쓰히데는 고개를 끄덕였다.
"정이대쇼군이라고 하면 우리 일본 무사의 두령이시오. 그 두령께서 이렇게까지 궁박한 상태에 계시다니 듣기만 해도 가슴이 메어 오는 것 같소."
"난세니까요."
"그 세상의 난을 어떻게 해서든지 수습해 쇼군가를 옛날처럼 번창하게 하여, 아래로 만백성이 배불리 먹고 격양가를 부르는 태평성세를 만들고 싶 군요."

"귀한 말을 듣는군요."

호소가와 후지타카는 정말로 놀란 모양이다. 미쓰히데의 얼굴을 들여다보 듯 하며 삼탄(三嘆)했다. 이 전국에 이렇게나 열렬히 쇼군가의 부흥을 원하 는 자가 있으리라고는 생각지 않았던 것이다. 그 위에 예사 시골 무사가 아 니라 상당히 교양이 있는 듯한 것을 말끝마다에서 엿볼 수가 있었다.

'범상한 자가 아니다.'

호소가와 후지타카는 생각했다.

산을 내려와서 길거리로 나섰을 때

"어쩐지 동지를 얻은 것 같소" 하고 호소가와 후지타카는 말하고

"어떠시오, 내일 내게로 찾아와 주지 않겠소? 항간의 얘기를 들려주었으 면 하오."

"그것은 내가 바라는 바요. 꼭 찾아뵙겠소" 하고 약속하고 헤어졌다.

시노의 집까지 돌아가는 도중, 미쓰히데는 거창하게 말하면 하늘에라도 오를 것 같은 마음이었다.

'엉뚱한 요괴 퇴치가 돼 버렸군' 하고 생각하고 다시 두 사람의 맺어짐이 본래 기름이었다는 것에 생각이 미쳐

'이상한 인연이로군. 도산 공도 처음에는 기름 장사 나라야(奈良屋)의 사 위로 들어가 야마자키야를 일으켰고, 그 기름을 팔면서 미노로 오셨다 한다. 생질간이라고는 하나 같은 기름이 맺어준 인연이니 어쩐지 묘하게 됐어.'

단지 도산과는 야망의 방향이 다르다. 도산은 낡아 빠져 어떻게 해 볼 길 이 없는 아시카가적인 질서를 부수어 버리려고 하였고, 또 실제로 미노에서 실력에 의한 새로운 나라를 만들었지만, 미쓰히데는 이와는 반대로 쇠약해 버려 그림자조차 없는 아시카가 막부를 이 난세에서 재흥시키려고 하는 것 이다.

주인집의 문을 두드리니 시노가 열어 주었다. 미쓰히데가 의외로 빨리 돌 아온 것을 의아해 하며

"어떻게 되셨어요?" 하고 물었다.

싫어졌어, 나올지 안 나올지도 모를 요괴 따위를 기다리고 있다가는 추위 로 얼어 죽는다고 생각을 고쳐먹고 단념하고 돌아왔어——하고 웃으면서 말

했다.

몹시 기분이 좋았다.

"이상한 사람!"

시노에게는 사나이라는 것이 아직도 이상한 생물로 밖에는 보이지 않았다.

미쓰히데는 시노에게 물을 데워 달라고 해서 손발을 씻고 잠자리에 들었다. 이윽고 시노가 들어와서 잠자리 끝을 떠들고 몸을 넣어 왔다.

"발이 시리죠?"

전날 밤과 똑같은 말을 했다. 아니나 다를까, 시노의 다리도 싸늘하다. 미쓰히데는 전날과는 달리 아주 소탈스럽게

"내가 덥혀 주지" 하고 그 발을 자기의 발로 끼어 주었다. 별로 음탕한 마음에서 그런 것이 아니라, 미쓰히데라는 사나이에게는 그런 정다움이 있었다.

"쇼군님의 측근 중에 호소가와 효부다유 후지타카라는 분을 알고 있나?"

미쓰히데는 시노를 안기보다는 오히려 그 일로 머리 속이 가득했다.

"젊은 분?"

"그렇지, 젊어. 몸집이 크고."

아아, 하고 시노는 생각이 난 모양이다. 대단한 가인(歌人)이고 학자며, 더구나 힘이 비상한 인물이라는 것이다.

"어느 날" 하고 시노는 조그만 사건을 얘기했다. 어느 날, 쇼군이 다섯 사람의 측근들과 산을 걸어서 돌아오시는 길에, 소가 길 위에 누워 있었다. 근신들이 소를 일으켜 세우려고 여러 가지로 다루었으나 어떻게 된 노릇인지 소가 움직이지 않았다.

"그것을 그 나리께서."

소의 좌우 뿔을 잡고 질질 논 가까지 끌고 갔는데, 그 뒤 바지 먼지를 툭툭 털고 숨 하나 차 하지 않았다는 것이다.

"재미있군!"

미쓰히데는 말은 이렇게 했지만, 그 힘에 감탄한 것은 아니었다. 쓰러진 소를 끌고 간다는, 말하자면 경박하고 기교(奇矯)한, 덜렁거린다고도 할 수 있는 행동을 남 앞에서 하는 그 사나이의 행동이 재미있다고 생각한 것이었다. 그러한 정신이 없으면 호소가와 후지타카는 단지 학문을 좋아하는 무사

라는 것뿐이지, 미쓰히데에게는 논할 만한 가치가 없는 사나이였다.

'평생 교제해도 좋을 사나이 같군.'

미쓰히데는 흥분한 마음으로 이렇게 생각했다.

호소가와 후지타카.

후에 유사이(幽齋)라는 호를 쓰고 자기 아들 다다오키(忠興)와 함께 에도 시대의 히고(肥後) 구마모코(態本)에서 54만 석을 가진 호소가와가를 일으키기에 이른다. 그 다다오키의 부인이 미쓰히데의 딸로서 세례명 가라샤라고 하여, 후에 다른 사건으로 세상에 알려지기에 이르는데, 당시의 미쓰히데에게는 그때의 인연이 먼 장래에 어떻게 발전할 것인지 물론 알 길이 없었다.

결전 전야

미쓰히데가 여러 나라를 방랑하고 있는 동안, 노부나가는 오와리 기요스에 있었다. 바보의 일념과도 같은 좀처럼 보기 드문 집념으로 부지런히 국내 여러 호족들을 상대로 자잘구레한 다툼에 몰두하고 있었다.

이러한 젊은이를 노히메 등은

'저 분은 천재인지 아닌지는 모르지만 엉뚱한 활동가인 것만은 틀림없다'고 생각하게 되었다. 그러나 그가 입버릇처럼 말하는

"미노로 침공해서 살모사의 원수를 갚는다"는 한 가지 일만은 아직 꿈인 모양이었다. 워낙 미노는 군사들이 강하고 무장들이 뛰어난데다가, 더구나 노히메의 오빠인 동시에 아버지의 원수이기도 한 사이토 요시타쓰를 정점으로 하는 국내 통일이 보기 좋게 잡혀져 있어 도저히 오와리에서 기어나가 이나바 산성을 공격할 실력이 노부나가에게는 없었다. 노부나가의 이 무렵의 판도는

'오와리의 반국(半國)'이라고 통칭되고 있었지만 엄밀하게 말하면 반국은 가지고 있지 못했다. 5분의 2이리라. 도요토미(豊臣) 시대의 석(石)으로 계산한다면, 오와리의 총 수량인 33, 4만 석 중에, 16, 7만 석을 점유하고 있는 데에 지나지 않는다. 병력으로 말하면 4천 명 정도였다. 약소하다고 해도 좋다.

당연한 일이지만, 살모사의 복수 따위는 당분간 체념하지 않을 수 없었다. 그런데 미노 공격은커녕 오다가에서 전율할 만한 위험이 동쪽에서 왔다. 슨

푸(駿府)의 이마가와 요시모토(今川義元)가 움직이기 시작한 것이다. 거룡(巨龍)이 잠에서 깨어나 활동을 개시했다는 인상이었다. 이마가와 요시모토는 슨푸를 도성으로 삼고 슨(駿)·엔(遠)·산(參)의 3국을 판도로 가진 영지 총수입 백만 석의 대세력가로서, 그의 병력은 2만 5천으로 보아도 좋았다. 본래 이마가와가는 아시카가 다까우지(足利尊氏) 창업 때부터의 영주로서, 쇼군 다음 가는 명문이었다. 벼락 영주인 오다가와는 달리 도카이 지방의 백성들로부터 받는 존경이라는 것은 비교할 길도 없을 정도로 깊었다.

——만약 교토 쇼군가의 혈통이 끊어졌을 경우 기라 가(吉良家)가 그를 상속하고, 기라가에 적당한 남자가 없을 때에는 슨푸의 이마가와가가 잇는다

는 아시카가 다카모리(足利隆盛)의 전설을, 도카이 도의 백성들은 여전히 믿고 있었다. 명가임과 동시에 방대한 영토와 군사력을 가지고 있었다. 필경 그 시기에 있어서는 천하 최대 최강의 영주 중 한 명이리라.

당연히 슨푸는 작은 교토라고 해도 좋았다. 이 성하에는 교토로부터 많은 공경(公卿)들이 망명해 와 있었다. 요시모토 자신만 하더라도, 그의 어머니는 나카미카도 노부타네(中御門宣胤)의 딸이었으며 또한 요시모토의 누이동생은 야마시나(山科)로 시집가서 야마시나 고토쓰쿠(山科言繼)를 낳고 있다. 그들 궁정 사람은 교토에서는 먹을 수 없기 때문에 대거 슨푸로 와서 이마가와가의 비호 아래 살고 있었다.

요시모토는 그 작은 교토의 주재자(主宰者)다. 이 성하에서, 서민들 사이에 유행하고 있는 것이란 바둑이었다. 노부나가 따위는 두는 방법도 모르는 유희였다. 그 위에, 화가(和歌)·축국(蹴鞠)·작은 활쏘기·향(香) 피우기 모임 등이 슨푸 성 안에서 왕성하게 개최되었고 주연 같은 것은 거의 매일처럼 행해졌다.

요시모토는 범용한 사나이가 아니다. 교양도 있고 기백도 엉뚱하게 큰 면이 있었으며, 슨·엔·산의 대영주로서 충분한 자질도 가지고 있었으나 단지 교토류의 취미를 너무 많이 가지고 있었다. 공경들의 차림새를 좋아하여 무장이면서 앞머리를 밀지 않고 상투를 틀어 올렸으며, 눈썹을 밀어 버리고 윗눈썹만 놓아두었으며, 이빨은 까만 액체로 물들이고 더구나 엷은 화장을 하고 있었다.

앞에서 말한 대로 마흔 다섯 살이 되어 있었다.

"가무음곡에는 싫증이 났어" 라고 생각한 것이리라. 나이가 그러한 시기이니만큼 권세가 탐났다.

"교토로 기치를 들고 가서, 천자(天子)와 쇼군을 감싸 안고 천하의 정치를 하고 싶다"라고 말하기 시작한 것이다. 있어도 없으나 마찬가지인 천자·쇼군의 권위를 다시 일으켜 스스로 집권자가 되려고 했다. 그를 에워싸고 있는 유민(流民)인 공경들이나 문인·묵객들이

"교토를 다시 일으켜 주시오" 하고 권한 것이리라. 그들도 언제까지나 시골에서 살기보다도 교토에서 살고 싶었다. 그러려면 요시모토를 추켜세워 천하를 통일시키는 것이 가장 빠른 길이었다.

'나의 실력이라면 쉬운 일이다' 라고 요시모토는 생각했다. 사실 그러하리라. 그는 이 권세 놀음이라는 그의 나이에 어울리는 일에 열중하기 시작했고, 그 계획이 단호한 결의 하에 발표한 것은 1560년 5월 1일이었다.

새 달력으로 말하면 6월 4일이다. 이미 도카이도의 하늘은 무더위의 계절로 접어들려 하고 있었다.

노부나가의 영토는 그 연도에 있다. 누가 보아도 10배 가까운 병력을 가진 이마가와 군에게 짓밟혀 버리리라.

──슨푸의 이마가와 요시모토가 드디어 무력 상경을 개시할 모양이다.

노부나가가 이 말을 들었을 때, 그는 그다지 놀라지 않았다. 그가 가진 재료는 모두 비관적인 것뿐이었지만 단지 하나, 그를 공포에서 구해 주고 있는 자신(自信)이 한 가지 있었다.

──돌아가신 아버지가 요시모토를 이겼었다

는 선대 노부히데 때의 기록이었다. 1542년, 노부나가가 아직 아홉 살 때, 노부히데는 미카와(三河)의 아즈키 고개(小豆坂)에서 이마가와 요시모토 대군과 싸워 보기 좋게 격퇴한 바 있는 것이다. 이 기록이 없었다면 무척 공포 감각이 엷은 젊은이지만 필경 의기가 저하했을 것임에 틀림없다.

"이기실 수 있습니까?" 하고 노히메가 물었을 때

"몰라. 그러나 돌아가신 아버님은 이기셨어" 하고 노부나가는 짧게 말했다.

그러나 아버지 때와는 정세가 다르다. 오다 노부히데는 오와리에서 무위를 떨쳤고, 그 활동력과 전투법에도 정평이 있었으며, 자연히 그것이 인기가

숲의 요괴 85

되어 오와리 안에서도 오다가에 가담하는 호족이 많으므로 다소는 이마가와와 맞승부를 겨룰만큼의 병력을 가지고 있었다.

그러나 지금은 그렇지 않았다.

'멍청이님'으로 인기가 없는 것이 그에게 우환이 되고 있다.

"그러한 사나이를 우두머리로 모시면 집안이 망한다"고 생각하는 것이 인정이리라. 그 때문에 오와리 나라 안에서 비(非) 오다파의 호족들은 모조리라고 해도 좋을 만큼 이마가와와 내통하고 있었다. 이것을 이마가와 요시모토 쪽에서 볼 때에는 요시모토가 슨푸에서 군사를 내기 전에 이미 그 전선은 오와리에 있다고 해도 좋았다. 1560년 5월 12일, 요시모토는 병력 2만 5천을 이끌고 슨푸를 출발했다.

15일, 지리후(池鯉鮒) 도착

16일, 오카자키(岡崎) 도착

17일, 나루미(鳴海) 도착

18일, 구쓰카케(沓掛)

이 미카와 구쓰카케의 서쪽에 오다가의 최전선 성채인 마루네(丸根) 성채와 와시쓰(鷲津) 성채가 있다. 내일 19일은 처음으로 접촉을 하리라.

요시모토는 이 미카와 구쓰카케에서 행진을 멈추고 군을 부서별로 나눠 19일의 공격 준비를 행했다.

"오다의 성채라고 해도 파리 같을 거야."

요시모토는 이 정도로 밖에는 보고 있지 않았다. 요시모토는 군을 넷으로 나누었다. 두 성채를 무시하고 오다의 본거, 기요스 성으로 곧바로 진군하는 부대는 5천으로서, 이들이 노부나가의 직접적인 위협이 되리라. 요시모토의 본군 5천은 그 뒤를 따른다. 두 개의 성채에는 각각 군사 2천 명을 보낸다. 그 중에서 마루네 성채의 공격부대 2천 5백의 사령관이 아직 마쓰다이라 모토야스(松平元康)라고 하는, 젊은 무렵의 도쿠가와 이에야스(德川家康)였다. 그 밖에 예비대 3천, 그리고 이마가와 군의 전선 요새인 나루미 성·구쓰카케 성에 각각 충분한 수비병을 두고 있다. 이 작전 부서나 군사 수를 보면 그 어떠한 전술가가 보더라도 이마가와 군의 승리를 의심하지 않으리라.

──이마가와 쪽이 구쓰카케까지 와서 군사를 멈추고 공격 준비를 갖추고 있다. 내일 새벽부터 총공격을 개시하리라

하는 정탐군의 정보가 기요스의 노부나가에게 들어온 것은 그날 밤이었다.

"올 테면 오라지."

노부나가는 그 정보를 노히메의 방에서 들었다.

아직 평복을 입은 채다.

"곧 중신들을 모아라" 하고 명령한 뒤 방에서 나가려고 했다. 노히메는 자세를 고쳐 앉아 약간 머리를 숙이면서 그 모습을 배웅했다. 노부나가의 태도는 어느 젊은이보다도 유연하고 기민해 보였지만 그러나 승산은 있는 것일까. 그러한 지모가, 노부나가를 그처럼 이해하고 있다고 생각하는 그녀조차도 있는지 없는지 의심스러웠다.

'어떻게 하실까?'

이 도산의 딸은 생각하고 있다.

노부나가는 바깥방으로 나갔다. 중신들이 이미 모여 있어 어두컴컴한 촛불 속에서 얼굴을 모으고 있었다. 노부나가는 상단에 앉았다.

"생각을 말하여라" 하고 한 마디 외쳤다.

말씀드리고말고요, 하는 표정으로 노신인 하야시 미치가쓰(林通勝)가 나아가 쉰 듯한 목소리로 의견을 진술했다.

농성론이다. 상식이라고 해도 좋다. 적군이 연도에서 떠들어대는 군사 수는 4만(실수 2만 5천)이다. 이에 비해서 이쪽은 전선인 마루네·와시쓰에 군사를 나눠 보냈기 때문에 3천이 되지 못한다.

"들에서 적군과 싸우는 것은 본래 불리합니다. 모름지기 이 기요스 성에 농성하여 적의 진격을 저지해야만 한다고 생각합니다."

노부나가는 외면한 채 묵묵히 있었다. 다른 중신들은 의견이 없었다. 하야시 안(案)을 취할 도리밖에는 없는 것이나 아닐까 하는 것이 대개의 마음인 것 같았다. 노부나가는 둔부를 움직였다.

음식물이 끼었는지 시잇 하고 이빨을 울리고

"나는 반대다." 했다.

"예부터 성에 의지하여 싸운 자에게 신통한 말로가 없고, 거의가 격파당했다. 농성이라는 것은 사기가 떨어지고 겁이 생겨나 뜻을 변절시키는 자도 나타난다. 그러므로 전투는 국내의 성에 의지하지 말고 국경 밖으로 나가서 해라 하고 돌아가신 아버지도 말씀하셨다."

사실로 망부 노부히데의 유훈이다.

"생사는 천명이다. 내 마음은 이미 나가기로 결정되어 있다. 나와 뜻을 같이 하는 자는 나와 함께 달려 나와라."

그러나, 그러면 출발한다고 이 사나이는 말하지 않았다. 제장에게 부서를 정해 주지도 않았다. 자기의 결심을 말하기만 하고서 군의를 해산해 버리고 각각 성내의 저택으로 물러가게 한 뒤, 자기는 다시 한 번 노히메의 방으로 들어가 벌렁 드러누웠다. 밤이 길었다.

'무엇을 하시는 걸까?'

노히메는 의아스러웠다.

그 동안 노부나가가 취한 행동이라고는 벌렁 드러누워 코와 눈을 천정으로 향하고 있는 것뿐이었다. 생각하고 있는 모양이었다. 아니 생각이라는 것은 아니리라. 이미 생각 따위를 할 재료도 없었다. 노부나가는 눈을 뜬 채 가슴 속에서 자기를 납득시키려 하고 있었다.

'살려고 생각하지 말아라' 하는 것이었다. 노부나가의 얼굴이, 노히메 쪽에서 볼 때 몹시 기묘하게 보였다. 어쩐지 백랍으로 만든 불상같이 희고 투명해 보이는 것이었다.

'아름다운 얼굴이다.'

노히메는 소리를 지르고 싶을 만큼의 실감으로 그것을 보았다. 노부나가는 전신의 기(氣)를 오로지 죽음이라는 한 점에 응집시키려 하고 있었다. 젊은이의 얼굴이 이처럼 장엄하게 보이는 순간이라는 것이 이 지상에 있어도 좋단 말인가. 노히메는 숨을 죽이고 계속 보고 있었다. 하늘에 속한 것을 하늘의 허락도 없이 훔쳐보고 있는 듯한 그러한 두려움이 노히메의 몸을 지배했다. 그녀는 몸을 계속 파르르 떨고 있었다.

이윽고 노부나가는 노부나가의 얼굴로 되돌아왔다. 그 다음, 방에 노히메가 있은 데에 놀란 듯

"오노, 일이 있으면 깨워" 하고는 힘이 다한 듯한 표정으로 졸기 시작했다.

오전 두 시경이다.

"마루네 성채를 이마가와가 공격하기 시작했습니다"라는 정보가 성에 이르렀고, 사람이 달려와서 노부나가에게 보고했다.

"왔구나!"

이 젊은이는 뛰어 일어났다.

나는 듯이 복도를 달리면서

"출진의 고동을 불게 하여라" 하고 외치고, 도중에 복도에 웅크리고 있던 사이라는 노녀에게

"지금 몇 시냐?" 하고 물었다.

"한밤중이 지났습니다."

노녀는 막연한 표현으로 대답했다. 본래 정확한 숫자를 말하지 않으면 불쾌해 하는 이 젊은이가 이날 밤만은

"흠, 한밤중이 지났는가" 하고 고개를 끄덕이면서 달렸다. 이미 젊은이에 겐 어떤 숫자도 의미를 이룰 수 없었고 소용이 없었던 것이리라. 군사 수로 따져 볼 때 비참할 만큼의 수밖에는 가지고 있지 않았다.

"무구를 내와랏, 말에 안장을 얹어라, 숭늉에 만 밥을 가져와라" 하고 외치면서 바깥방으로 뛰어 들어갔다.

"북을 쳐라!"

노부나가는 명령하고 방 중앙으로 덥석덥석 나가자마자 동쪽을 향해서 좌르르 은선(銀扇)을 폈다. 예의 특기인 노래와 춤이 시작된 것이다. 누구에게 보이기 위해서가 아니다. 이미 죽음을 결심한 이 젊은이가, 지금 죽음을 향해서 돌격하려고 하는 자기 전신의 약동을 이런 형태로 표현하고 싶었으리라.

노부나가는 한편 노래하고 한편 춤을 추었다.

인간 50년
화전(化轉) 속에서 되돌아 보면
모두 꿈만 같구나
생을 한번 받을 때마다
멸하지 않는 것이 어디 있느냐.

세 번 춤추었고, 다 추고 나자 시동들이 무구를 들고 노부나가의 몸에 달려들어 갑옷을 입히기 시작했다. 이윽고 다 입혔다. 노부나가는 상단으로 나아갔다. 그 곳에 군용의 야전 의자가 놓여 있다. 그 곳에 앉았다. 쟁반상이 날라져 왔다. 그 위에 출진의 길조를 비는 물건인 다시마·황률 (절구에 찧어 껍질을 벗겨 말린 밤)이 얹혀 있었다. 노부나가는 그것을 집자마자 덥석 입 안에 집어넣었다. 그 때에는 이미 달려가고 있었다.

"뒤따라랏!"

외치자마자 현관을 나가 말에 뛰어올라 달가락달가락 달려가기 시작했다. 뒤따르는 자는 시동 7, 8기밖에는 없었다. 성내를 빠져 큰문으로 나갔을 때, 그곳에 시바타 곤로쿠 가쓰이에·모리 요시나리(森可成), 기타 백 명 가량의 인원수가 노부나가를 기다리고 있었다.

"곤로쿠(權六), 요시나리, 빠르구나. 좋았어" 하고 노부나가는 칭찬하면서 그 무리 사이를 달려 빠져나갔다. 그들은 뒤떨어질까 보냐 하고 달렸다. 길은 캄캄하다. 햇불이 꼬리를 이었고, 아쓰타(熱田)로 향하는 길가 민가는 달려 지나가는 그 한 무리의 발자국 소리와 울음이 무엇을 의미하는지 물론 몰랐다.

이 젊은이는 시정(市政)이라는 것에 그다지 관심을 나타내지 않았지만, "노부나가의 위(威)는 언어로 표현하지 않고도 묘(妙)가 있다" 라고 국내외에서는 말하고 있었다. 법을 위반하는 자를 추호도 용서하지 않는 이 사나이의 성격이 집안과 백성의 구석구석까지 알려져 있어, 다른 나라에서 온 여행자들은 노부나가의 분국(分國)에 들어오면 짐을 내려놓고 길거리에서 푹자도 도둑맞을 우려가 없었고, 상가나 농가나 밤에도 문을 잠그지 않고 잘 수가 있었다. 난세에서는 보기 드문 치안 상태라고 해도 좋다.

그 위에 오와리는 풍요한 땅이고, 더구나 요 근래 오와리 남부의 바다를 메워 논의 개발이 자꾸 진행 중이어서 백성들은 다른 영지와 비교할 때 생활이 넉넉했다. 자연히 그런 면에서의 치안도 좋았고, 군사력 및 경제력에서도 혜택을 입고 있었다. 하기는 그것은 노부나가의 힘이 아니라 그가 마침 태어난 오와리라는 국토 지체의 자연력이었다. 그런 혜택을 받은 국토 위를 지금 열심히 달려가고 있다.

노부나가는 습관대로 도중에서 말을 멈추고 한곳을 빙빙 돌면서 뒤쫓아오는 자기 군사들을 기다렸고, 기다렸다가는 또 달렸다. 노부나가의 어깨엔 어느 틈엔가 커다란 염주가 비스듬히 걸려 있었다.

밤이 어디서 샜는지, 아쓰타 대명신(大明神)에 닿았을 때는 오전 여덟 시가 되어 있었다. 그곳에서 노부나가는 잠깐 휴식을 취했다. 곧 말 발굽소리가 들렸고 2백 명 가량이 뒤따라 붙었다. 기다리면 더 늘어나리라.

한편, 구쓰카케 성에서 일박한 이마가와 구쓰키다니는 날이 새자마자 그곳에서 비로소 갑옷을 갖고 오게 하여 입었다. 그 군장은 호사스럽기 비할

데 없는 것이었는데, 하얀 갑옷 위에 빨간 비단으로 된 전투복을 입고 투구는 황금 팔룡의 앞장식이 달리고 목덜미를 덮는 것이 다섯 장 있는 것, 허리에는 이마가와에서 대대로 물려오는 두 자 여덟 치의 마쓰쿠라 촌(松倉村)에서 만든 장검에, 한 자 여덟 치의 오사모지(大左文字 : 吉野時代, 左氏)가 만든 작은 검을 차고 있었다. 그런 차림으로 금빛의 복륜(覆輪)을 단 안장을 얹은 살찐 말에 올라앉아 구쓰카케 성내에서 나가려고 할 때, 조심성없이 말에서 떨어졌다.

이 사람은 극단적으로 다리가 짧고 허리가 길다. 소년 때에 그 모습을 보고 사람들이 병신이라고 수군거렸다고조차 전해진다.

다리가 짧기 때문에 큰 말을 타기가 거북하고 두 다리로 말의 허리를 꽉 끼우기도 거북해 그 때문에 낙마한 것이리라.

그 무렵, 아쓰타에서 쉬고 있는 노부나가 밑에는 뒤늦게 달려온 무사들이 속속 모여와 드디어 천 명에 이르렀다.

바람과 비

 오다 군의 최전선 진지라고 하면 듣기에는 그럴 듯하지만 엉성한 것이었다. 마루네 성채란 그 부근의 옛 절을 개조한 것으로 당장은 뱃바닥의 판자 같은 것을 박았을 뿐이었고, 방책으로는 생목을 깊이 박아 놓았고, 성채 둘레에 단 두 간 폭의 해자를, 그것도 한 겹으로만 둘러친 것이니만큼 부강한 이마가와 군으로 볼 때에는
 ──이것이 오와리 오다의 관문인가
하고 웃고 싶었을 것이었다.
 그 마루네 성채를 공격하러 떠난 이마가와 군의 지대장이 열아홉 살의 도쿠가와 이에야스(德川家康 : 松平元康)였다. 2천 5백 명의 대부대가 점점 구릉지대의 가도를 진군해 가서 마루네 성채의 포위를 완료한 것은 19일의 해가 떠오르려는 시각이었다. 이날 해가 뜬 시각은 오전 4시 27분이었다.
 마루네 성채에는 4백 명의 인원밖에 없었다.
 "짓밟아 버리겠다!"
 이에야스의 선봉들은 칼과 창을 번뜩이며 함성을 지르고 진격했으나, 이내 성 쪽의 활·총 때문에 해자 가에서 쓰러져, 선봉대장인 마쓰다이라 기베

(松平喜兵衞)·가케 마타조(筧又藏) 등이 전사했다. 포위군이 무너지는 것을 본 성의 주장 사쿠마 다이가쿠(佐久間大學)는

"지금이다. 뒤따라라" 하고 성문을 열고 돌격해 갔기 때문에 도쿠가와 쪽의 잡병들은 티끌처럼 짓밟혔고, 부장(部將)인 고리키 신구로(高力新九郎)·노미 쇼사에몬(能見庄左衞門) 등이 전사했다. 타격을 주었다는 것을 알자, 성채군은 쫙 안으로 들어가서 성문을 닫아 버렸다.

"무리다."

말 위에서 빨간 갑옷을 입은 이에야스는 중얼거렸다. 매사에 지나치게 신중할 만큼의 이 인물은 그 성격과는 반대로 평생 야외 결전을 특기로 삼았으며, 끈기를 필요로 하는 성 공격을 가장 괴롭게 여겼다. 이때도 그에게는 유쾌한 전투가 아니었으리라.

"돌아가라. 멀리 포위하라" 하고 진용을 고치고 활부대·총부대를 진출시켜 사격으로 적의 기세를 꺾으면서 기회를 보아 돌격으로 옮기려고 했다. 그 동안 성채의 수장(守將) 사쿠마 다이가쿠는 가끔 성문을 열고 돌격하려고 했으나 그럴 때마다 사격을 당해 자기편을 잃고, 끝내 그 자신도 성문 밖에서 총탄을 맞아 말에서 거꾸로 떨어져 숨이 끊어졌다. 성채에서 그 시체를 성문 안으로 운반해 들이려고 했을 때, 도쿠가와 쪽은 틈을 주지 않고 그 꼬리를 이어 성문으로 몰려 들어가 성내의 자들을 거의 몰살시키고 성을 함락시켰으며, 다시 적과 자기편에게 함락을 알리기 위해서 불을 질러 자욱한 검은 연기가 하늘로 피어 올랐다.

좀 늦게, 마루네 성채와 함께 오다 군의 전선을 막고 있던 와시쓰 성채도 이마가와 군의 지대장 아사히나 야스요시(朝比奈泰能)의 2천 군사에 의해서 함락당했다.

한편, 기요스 성을 오전 두 시가 지나서 뛰쳐나온 노부나가가 30리를 달려서 아쓰타 명신으로 들어가, 그곳에서 오랜 휴식을 취한 것은 마지막 공격 준비를 갖추기 위해서였다.

슌코 문(春敲門)으로 들어가자마자

"아쓰타 자들에게 말해 주어라" 하고 외쳤다.

"알겠느냐. 아이들이 갖고 노는 기치라도 좋다. 모든 물들인 무명·흰비단 자락, 없으면 흰종이라도 좋다. 무엇이든, 적이 볼 때에는 기치라고 잘못

볼 흰 것들을 이 아쓰타의 높은 나무 사이사이마다 장대에 매달아 삐죽 내밀어 어마어마하게 펄럭이게 하여라."

이것이 노부나가가 내린 최초의 군령이었다.

의병(擬兵)을 만드는 것이다. 이마가와 군이 멀리서 보면

"노부나가의 본대는 아쓰타 숲에 있다. 쉽사리 움직이지 않는다"고 보이리라. 노부나가는 그렇게 하여 적을 방심시키고 시간을 얻으려고 했다.

다음에 노부나가가 아쓰타에서 한 일은 무릇 신불을 싫어하는 이 사나이가 가신들을 거느리고 신 앞에 나아가 전승의 기원을 한 것이었다.

"갸륵한 마음씨다."

뒤따라온 노신들은 속으로 놀랐다. 아버지의 장례식 때조차 관을 향해서 울부짖으며 가루향을 내던진 이 미치광이 젊은이가 어떤 심경의 변화를 일으킨 것일까.

"운이 다하면 신불에 의지하려는 마음도 일어나고, 뒤늦었지만 정상적인 사람으로 돌아가는 것일까. 불쌍한 일이로구나."

이런 말을 중얼거리는 노신도 있었다.

노부나가는 문서 담당관인 다케이 세키앙(武井夕庵)을 불러

"원문(願文)을 써라"고 명령하고, 대략 구두로 대의를 말해 주었다. 세키앙은 당장에 장문의 원문을 지었다. 이윽고 노부나가는 혼자서 사전(社殿)으로 들어가 문을 닫고 기원을 하는 모양이었다.

얼마 후 나와서 사전 툇마루에 서서,

"이상하구나" 하고 외쳤다.

"내가 기도에 정신을 쏟고 있노라니 어두컴컴한 사전의 안쪽, 신명(神明)께서 앉아 계신 부근에 검은 기가 움직였고 갑옷의 쇠가 부딪치는 소리가 들렸다. 신명께서 내 기원을 들어 주시는 거라고 믿는다."

'허어!'

하야시 미치가쓰 등의 노신은 또 놀랐다. 멍청이가 무슨 말을 하는가 싶었는데 이러한 말을 하는 것을 보면, 진실로 신이 갑주를 입고 현신했는지도 모른다고 생각을 고쳐먹기도 했다. 오히려 그렇게 생각하고 싶었다. 노신들도

'이기고 싶다'는 일념에 변함은 없다. 패하면 목숨도 영토도 뺏기고 일족은 유랑하지 않으면 안 되리라.

노부나가의 이 한 마디가 침체할 대로 침체했던 오다 군에게 다소나마 희망을 주었다.
"군사들아" 하고 노부나가는 다시 외쳤다.
"인간, 한 번 죽으면 두 번 다시 죽지 않는다. 이번에 나에게 목숨을 다오. 살아서 아쓰타 명신으로 돌아오리라고 생각지 말라."
이윽고 노부나가는 1천의 군사를 이끌고 가이조 문(海藏門)을 나섰다. 여기까지는 옛날 무장의 거동과 비슷했지만 가이조 문을 나서서 길거리로 들어선 노부나가의 모습은 무어라 말할 수 없을 정도로 기묘한 것이었다. 안장의 앞과 뒤를 양손으로 잡고 몸을 모로 하여 흔들흔들 흔들며 코끝으로 말파리의 깃소리 같은 소리를 내면서, 배운 노래를 흥얼거리고 있었다.
아쓰타 거리의 사람들은 그것을 보고,
'무딘 바보의 모습이다. 저래 가지고서는 이길 수가 없으리라'고 비웃었다고, 야마즈미(山澄) 책〈오케하사마 전투기 주(桶狹間戰鬪記註)〉에 실려 있다. 노부나가로서는 그런 방종한 승마법이 편했던 것이리라.
아쓰타 명신 약간 남쪽에 있는 가미치카마(上知我麻) 사당에서 동쪽으로 동방의 미카와(三河) 산야를 멀리 바라다볼 수가 있었다. 그 아득한 원경 속에 두 줄기의 검은 연기가 하늘을 물들이고 있는 것을 보았다.
'함락되었구나.'
노부나가는 알았으나, 표정은 변함이 없었다. 장병들이 떠들어댔고 노신한 사람이 말을 몰고 다가와
——이미 마루네·와시쓰의 두 성채는 함락된 것 같습니다
라고 가르쳐 주자, 노부나가는
"나에게도 눈이 있어."
무뚝뚝하게 말했다. 말하고 나서
"사담을 하지 말아, 대오를 흐트리지 말아. 적과 아군의 강약을 논하지 말아. 범하는 자는 베겠다"고 엄하게 명령했다. 이미 대오는 숙연해졌다.
이윽고 앞쪽에서 먼지와 피와 땀에 젖은 군사가 달려와서 노부나가의 말 앞에 무릎을 꿇고 사쿠마 다이가쿠가 전사했다는 소식을 전하자 노부나가는 안장 위에서 자세를 바로잡고,
"다이가쿠는 나보다 한 각 앞서 죽었다" 하고 하늘을 향해서 외쳤다.
노부나가는 채찍을 들어서 군에게 질풍 같은 행군 속도를 취하라고 명령

했다. 노부나가가 달렸고 군사들이 달렸다. 도중에 여러 성채의 군사들을 합류시키면서 이도타(井戶田)·아라야시키(新屋敷)를 지나 구로스에 강(黑末江)을 건너, 고나루미(古鳴海)로 빠져 그곳에서 말머리를 남쪽으로 향했다. 길은 이미 미카와에 접어들고 있었다. 이 부근부터 지형은 낮고 완만한 구릉이 되어 있다.

적정(敵情)은 알 수 없었다. 이마가와 요시모토의 본진이 어디에 있는지도 모른다. 하여간

"적을 향해서 달려가라" 하는 것만이 노부나가의 작전 원리였다. 그것밖에는 없었다. 접근하다 운이 좋으면 적의 본진도 소재를 알 수 있으리라. 그때는 곧바로 쳐들어가면 된다.

덥다. 타는 해가 무리를 태워, 인마는 땀투성이가 되면서 그저 정신없이 다리를 움직이고 있었다. 고갯길에서 숨이 막혀 쓰러지는 자도 있었지만 이내 창을 지팡이 삼아 일어나서 부대 뒤를 따랐다. 여담이지만, 도쿠가와 초기에 이날 노부나가의 마부를 했다는 사나이가 그냥 미카와 나루미에 살아 있어서, 그를 오와리 도쿠가와가의 신하 야마즈미 아와지노카미(山澄淡路守)와 나루세 하야토노카미(成瀨隼人正)가 찾아가 당시의 모양을 얘기시킨 담화인데, 야마즈미 책〈오케하사마 전투기 주〉에 있다. 그 서술을 의역하면,

'저희들의 기억이라고 해도 그날 노부나가 공은 말을 타시고 덮어놓고 산을 오르고 내리신 것 밖에는 남아 있지 않습니다. 단지 확실히 기억하고 있는 일은 그 5월 19일의 더위인데, 마치 맹렬한 불길 옆에 있는 것 같았습니다. 이 나이가 될 때까지 그러한 더위는 못 보았습니다.'

나루미 동쪽에 센쇼 사(善照寺)라는 오다측 성채가 있다. 노부나가가 그 센쇼 사 동쪽 대지(臺地)를 마주한 것은 오전 열한 시 경이었다. 서두른 것 같아도 도중에 여러 성채의 군사들을 모으면서 행군하고 있었기 때문에 아쓰타에서 센쇼 사까지 세 시간 가까이 걸린 셈이 된다.

이 센쇼 사 동쪽 대지에서 노부나가는 최후의 공격 준비를 하기 위해 행진을 일시 멈추었다. 이미 여러 곳에서 군사들이 합류해 왔기 때문에 3천 명에 달하고 있었다. 노부나가가 싸움터에 투입할 수 있는 최대한도의 군사 수라고 해도 좋다. 아쓰타 출발 이래 노부나가는 어마어마한 수의 척후를 놓아 이마가와 요시모토의 소재를 집요하게 탐색시키고 있었으나 아직도 여전히

확실한 정보가 들어오지 않았다. 그러는 동안 급보가 들어왔다.

다시 패보였다. 나루미 방면으로 진군하던 노부나가의 우익 부대 5백 명이 적의 대부대와 조우전(遭遇戰)을 벌여 궤주당했다는 것이었다. 이 때문에 우익 대장인 삿사 하야토노카미(佐佐隼人正)와 군사들 가운데 있던 아쓰타의 대궁사(大宮司) 지아키 가가노카미 스에타다(千秋加賀守季忠)가 전사했다.

"죽었는가!"

노부나가는 이렇게 말했을 뿐이었다. 그러는 동안 우익 부대의 패주병들이 합류해 왔다. 그 패주병 가운데서 마에다 마고시로(前田孫四郎 : 후의 利家)라는 스무 살 가량의 부장이 자기가 벤 모가지를 높이 들고 달려와

"주군! 첫 번째 모가지입니다" 하고 외쳤으나 노부나가는

"바봇" 했을 뿐, 외면하고 말았다. 마고시로는 그러한 노부나가에게 화가 나서 어전에서 물러나가자마자 모가지는 늪 속에 던져 넣고 말았다.

그때 노부나가의 생애와 일본 역사를 일변시켜 버린 정찰 보고가 들어왔다.

"요시모토 공은 지금 덴가쿠하자마(田樂狹間)에 장막을 둘러치고 점심을 잡숫고 계십니다"라는 것이었다. 이 보고를 가지고 온 자는 구쓰카케 마을의 호족으로서 오다 노부히데 때부터 오다가에 속해 있는 야나다 시로사에몬 마사쓰나(梁田四郎左衛門政綱)라는 자였다. 야나다는 이 날, 그 자신이 첩자를 놓아 적정을 염탐하고 있었는데 그 중의 한 명이 덴가쿠하자마 부근까지 잠입해 들어가서 이 중대한 정보를 얻은 것이었다. 노부나가는 야나다에게 후에 3천 관(貫)의 영지를 주어 그 공에 보답했다.

덧붙여 말한다. 후세에 이 결전 장소를 '오케하자마'라고 부르고 있는데, 지리를 정확하게 말하면 '덴가쿠하자마'다. 오케하자마는 덴가쿠하자마보다 1킬로 반 서쪽에 있는 부락으로 이 싸움과는 직접 관계가 없다.

"역시!"

외치자마자 노부나가는 몸을 날려 말 위에 탄 뒤, 적의 본진으로 돌격하겠다는 뜻을 밝히고

"이름을 드날리고, 가문을 일으키는 것은 이 한 싸움에 달렸다. 모두 분전해라" 하고 달려가면서,

"목적은 전군의 승리에 있다. 각자의 공명에 사로잡히지 말라. 모가지는

베지 말라. 찔러 버려라" 하고 외쳤다.
 이 센쇼 사에서 덴가쿠하자마까지의 길은 두 갈래가 있었다. 노부나가는 산 속 우회로로 접어들었다. 거리는 6킬로였다.
 그때 태양 곁에 한 조각 검은 구름이 나타나 순식간에 온 하늘로 번져 천지가 그늘져 왔다고, 야마즈미 아와지노카미가 만난 노부나가의 마부는 말하고 있다. 소나기가 쏟아질 기미가 꽉 들어차 온 것이었다.

 이보다 앞서, 이마가와 요시모토는 구쓰카케 마을로부터 오다카 마을(大高村)로 말을 몰았는데, 그 도중에 전선으로부터 온 마루네 와시쓰의 적의 성채를 공멸시켰다는 뜻의 승보를 듣고,
 "그러리라. 내 기치가 진격하는 곳에선 귀신도 피한다. 하물며 노부나가 따위가" 하고 크게 웃고 전선에서 보내온 오다가의 여러 무장의 모가지를 보고 아이처럼 기뻐했다.
 이 이마가와 쪽의 전승 소식이 싸움터 부근의 마을 마을에도 전해져, 근처에 있는 절의 중이며 신사의 신관(神官) 등이 끊일 사이 없이 전승을 축하하러 왔다. 그들은 이윽고 닥쳐올 이마가와 군의 대승리에 의해서 도카이 지방의 정치 지도가 크게 달라지리라는 것을 예견하고, 그때 절의 영지·신사의 영지를 안도(安堵)받기 위해 요시모토의 기분을 맞추어 두려는 것이 본심이었다. 그래서 술·생선·조개 등 어마어마한 축하품을 가지고 왔다.
 요시모토는 기분 좋게 그들의 인사를 받으면서 말에 채찍질을 하여 그들이 가지고 온 주효의 처분법을 생각했다. 운반하는 것은 무겁다. 버리기엔 아깝다. 결국 군을 대휴식시키고 점심을 먹으며 아울러 전승의 소연회를 베풀려고 했다. 이 당시, 아직 두 끼니만 먹던 식사 풍습이 강하게 남아 있어, 낮엔 가령 허리에 찬 병량을 먹는다고 하더라도 본대를 모조리 멈추고서 밥을 먹는 따위의 거창한 식사를 하지 않았다. 요시모토로서는 전승의 축하 기분과 주효의 헌상이라는 두 가지가 겹쳤기 때문에 그만 그런 처치를 한 것이었다.
 "좋은 장소는 없느냐?"
 "요 앞에 덴가쿠하자마라고 하는 솔밭에 에워싸인 저지대가 있습니다."
 "바로 그곳으로 하여라."
 요시모토는 명령하고 말을 몰았다. 부하가 달려와 요시모토를 위해서 야

영을 설치했다.

요시모토의 처소는 솔밭 속 잔디 위에 털가죽을 펴서 만들었고, 주위를 오동 무늬가 든 장막으로 둘러쳤다. 요시모토는 털가죽 위에 앉았다. 색이 희고 좀 뚱뚱한 그 윗몸이 길었기 때문에, 앉으니 아무리 보아도 훌륭한 도카이의 제왕이었다. 하기는, 흐르는 땀으로 인해 화장은 완전히 벗겨져 있었지만.

요시모토는 잔을 들어서 마시기 시작했고, 적당히 술기가 돌아올 때 근신들에게 소고(小鼓)를 치게 하여 약간 높은 소리로 노래를 했다. 2만 5천의 이마가와 군중과 요시모토를 친위하는 본군이 5천 명이나 덴가쿠하자마라는 조그만 분지에 완전히 들어박혀 있었다. 물론 요시모토의 장막을 에워싼 경비는 충분한 것으로서, 가도의 요소요소에는 여러 부대가 나가 있었다. 단, 불행하게도 그들도 일제히 점심을 먹고 있었다.

"비다!"

누군가가 이렇게 외친 것은 정오경이었는데, 하늘이 캄캄해졌는가 싶더니 이내 조약돌을 날릴 정도의 폭풍이 불어 닥치면서 비가 옆으로 쏟아지기 시작했다. 부근에 적당한 민가가 없었기 때문에 그 솔밭 소나무 밑둥께에서 비를 피할 수밖에 없었다. 그래서 솔밭 주위에 있는 신분이 낮은 병졸들은 사방으로 흩어져서 산그늘이나 들판 오두막집 등으로 달려 들어갔다.

이 무렵 노부나가는 산을 다 넘고 이미 골짜기에 들어와 있었는데, 도중에 이 폭풍우를 만나

'천우(天祐)인가――' 하고 미칠 듯이 기뻐했다. 그러나 아무리 무모한 사나이라고 할지라도 군을 전진시킬 수 있을 만큼 만만한 풍우가 아니었다. 땅을 기지 않으면 날아가 버릴 것만 같은 풍속이었으며, 더구나 폭포수처럼 쏟아지는 비 때문에 시계(視界)는 거의 보이지 않았다. 부대는 가느다란 계곡물 속을 진군하고 있다. 순식간에 물 깊이가 늘어 다리에 차는 자가 많았다. 그래도 노부나가는 나아갔다.

도중 6백 미터 가량의 평야를 가로질렀는데 이 부대의 행동이 풍우의 막(幕) 때문에 이마가와 쪽에서는 끝내 보이지 않았다. 노부나가는 다시 산으로 들어가 남하했다. 산에는 길이 없다. 나뭇가지 풀뿌리를 잡으면서 전군이 오르고 내렸다. 그러나 노부나가는 말에서 내리지 않았다. 아이 때부터 이상할 만큼 승마를 좋아했던 이 사나이는 말발굽을 놓을 장소만 있으면 쉽사리 말을 다룰 수가 있었다.

센쇼 사를 출발한 이래 길도 없는 산 속을 5킬로, 두 시간이 채 못 되어 덴가쿠하자마를 내려다보는 다이시가네(太子ヶ根)에 닿은 것은 오후 한 시가 지나서였으리라. 풍우가 다시 더 강해졌기 때문에 그곳에서 뜸해질 때를 기다렸다. 하늘이 약간 개고 바람이 남았다. 그 바람과 함께 전군이 덴가쿠하자마로 돌격한 것은 오후 두 시경이었다.

적의 경비진은 풍우를 피하기 위해서 사방으로 흩어져 있었다. 빗속에서 뛰쳐나온 오다 군을 본 자들도 풍우로 인해서 우군과의 연락이 끊어져 있었기 때문에 유기적인 연락을 할 수가 없어 단지 도망칠 도리밖에는 없었다. 게다가 이 난군 속에서 최대의 불행이 일어났다.

"배반자다!"라는 외침소리가 일어난 것이었다. 이마가와 군은 노부나가가 아직 아쓰타나 기껏해야 센쇼 사 부근에 있을 것이라고 생각하고 있었기 때문에 자기편의 반란이라고 밖에는 여겨지지 않았던 것이리라. 이런 혼란 속에서 그런 의혹이 일어난 이상, 자기편을 믿을 수가 없어져 버렸다. 서로서로 충돌해서는 맞싸우고 도망치고 하여 이내 군 조직이 무너져 버렸다.

요시모토는 소나무 뿌리께에 혼자 방치되었다. 근시들이 주위 어딘가에서 싸우고 있겠지만 모두 요시모토를 돌볼 여유가 없었다.

"슨푸의 영주님!" 하고 외치면서 요시모토를 향해 곧바로 창을 찔러온 자가 있었다. 오다측의 핫토리 고헤타(服部小平太)였다.

"놈, 오너라."

요시모토는 이마가와에서 대대로 물려온 '마쓰쿠라 촌의 장검' 두 자 여덟 치의 칼을 뽑자마자 들어서 고헤타의 자개 창대를 탁 베어 날리고 그대로 고헤타의 왼쪽 무릎을 베었다.

와앗, 하고 고헤타가 쓰러지려고 하자 그 곁에서 뛰어나온 붕배인 모리 신스케(毛利新助)가 장검을 휘둘러 요시모토의 목을 쳤고, 요시모토가 비틀거릴 때 달려들어 다시 찍어 눌러, 빗속에서 두 사람은 미친 듯이 뒹굴었는데 이윽고 신스케는 요시모토를 찌르고 그 모가지를 베었다. 모가지는 모가지대로 이를 악물고 있었다. 그 입 안에 신스케의 인지(人指)가 들어가 있었다.

전투가 끝난 것은 오후 세 시 전이었다. 네 시에 노부나가는 군사들을 거두어 싸움터에 머무르지 않고 바람처럼 달려서 아쓰타로 돌아가, 해가 진 뒤 기요스 성으로 들어갔다.

"오노, 이겼어!"
이 사나이는 노히메에게 한 마디 했다.

말발굽소리

오미키노모토(近江木ノ本)에서 혹고쿠 가도 고갯길을 천천히 올라가면 왼편에 시즈가타케(賤ヶ岳)가 보이고, 그 너머로 요고(余吳) 호수가 빛나고 있다. 고개에 찻집이 있다. 산비탈을 등지고 세워져 있는 찻집 주변에는 철쭉꽃이 보기 좋게 떼지어 피어, 철쭉 찻집이라고도 불리고 있었다.

아까부터 찻집에 앉아 있는 떠돌이 중이 장사꾼 같은 사나이를 상대로 도카이 지방에서 일어난 믿을 수 없는 정치적 격변에 대해서 얘기를 나누고 있었다. 얘기의 모양으로 보아 그 중은 스루가(駿河)에서 미카와·오와리·미노·북(北)오미를 지나와 이제부터 와카사(若狹)로 가려고 하는 듯 도카이 지방의 최근 정정(政情)에 대해서 참으로 자세히 알고 있었다.

"오와리의 오다 가즈사노스케 공이라고 하면 엉뚱한 바보라고 하고, 지방에선 여자며 아이들까지 멍청이 님이라고 부르고 있네. 그 멍청이 님이 글쎄 도카이 일원의 패왕, 이마가와 님을 미카와 덴가쿠하자마에서 보기 좋게 쳤네. 이마가와 공도 그래, 상대가 없어서 기요스의 멍청이 님게 베였으니 죽어도 죽을 수가 없을 만큼 분했겠지."

"언제 일입니까?"
"5월 19일이었던가."
"아!"
극히 최근의 풍문이다.
"겨우 사흘 전 일이로군요."
장사꾼은 기쁜 듯이 말했다. 이 풍문을 다음 주막거리로 가지고 가면 사람들이 기뻐하리라.

"듣자하니 이마가와 공은 대군으로서 교토로 올라가 천자·쇼군을 옹립하여 천하를 호령하려고 했다던가?"

"그 얘기는 들었어" 하고 혼자서 고개를 끄덕거린 것은, 구석에서 차를 마시고 있던 하얀 안색의 무사였다.

"도카이의 패왕이" 하고 중이 말했다.
"교토로 올라가면 천자·쇼군가의 일용(日用)은 풍요해지지. 공경이나 쇼군 측근의 무사들은 이마가와 공의 상경을 얼마나 기다리고 있었을까."

"그렇지, 목마르게 기다렸겠지" 하고 무사는 마음속으로 자기에게 속삭였다.

'가련한!'

중은 계속 말했다.

"그것도 그림속의 떡이 되고 말았어. 이마가와 공의 생각지 않은 전사 소문은 오늘쯤 교토에 닿았을 텐데, 교토 귀현 신사들의 실망이 얼마나 클까?"

"스님,"

무사가 일어섰다.

"지금의 그 얘기, 사실이오?"

"거짓이 아니야. 나는 그 싸움터를 지나 오와리로 들어와 미노를 지나서 지금 여기에 있소. 이 눈으로 보고 이 귀로 들은 일에 무슨 속임이 있겠소?"

"지당한 말씀."

무사는 정중하게 사과하고 차 값을 놓고 삿갓을 고쳐 쓴 뒤 거리로 나섰다. 무사의 발치께에, 붉은 철쭉 꽃이 햇볕 속에서 타는 듯이 피어 있었다. 무사는 한참 동안 생각에 잠긴 모양이었는데 이윽고 결심한 듯 발꿈치를 돌려, 본래 온 길로 내려가기 시작했다.

"저 무사, 에치젠(越前) 방면으로 갈 작정이 아니었던가? 되돌아갔어" 하고 중은 찻집의 노파에게 말했다.

무사는 아케치 미쓰히데였다. 실은 교토에서 에치젠 이치조다니(一乘谷)로 갈 작정으로 호수 북쪽을 지나서 이 고개로 접어들었던 것이다. 그러나 너무나 충격적인 소문을 듣고 갑자기 생각을 고쳐 오와리로 가려고 했다.

요즈음 수년, 미쓰히데는 여러 나라 호족의 동정을 알기 위해서 천하를 편력하고 있었다.

'아시카가 막부를 재흥시키고 싶다'고 생각하는 일념에 변함은 없었다. 난세를 하나로 수습하여 질서를 만들기 위해서는 일본 안의 무가의 두령인 쇼군의 권위를 회복시키는 길 밖에는 방법이 없다고 믿고, 여러 나라의 성하로 가서 그 뜻을 설파하고 돌아다녔다.

예를 들면 주고쿠(中國)의 모리 씨 영토로 들어가 가쓰라 노토노카미(柱

能登守)의 저택에 체류하며

"모리 씨의 부강은 천하에 드날리고 있습니다. 지금 뜻을 크게 품고 산요도(山陽道)를 진무하면서 교토로 군사를 진군시켜 쇼군을 옹립하여 일어선다면, 천하의 여러 호걸들이 그 바람을 타고 귀순 복종할 것입니다. 쇼군가와의 다리를 불초 미쓰히데가 놓아 드리겠습니다" 하고 설득했다.

"귀공이 쇼군가와의 다리를?" 하고, 대개의 자들이 놀랐다.

"거짓이 아닙니다."

쇼군 측근에는 미쓰히데의 친구이며 이 세상에서 단 하나의 동지라고 해도 좋을 호소가와 후지타카가 있다. 후지타카는 쇼군의 저택 안에 머물고, 미쓰히데는 밖을 담당하여 새로 막부 부흥을 위해서 연락을 취하고 있었으므로, 미쓰히데가 아무리 무위 무관이라고는 해도 쇼군의 대리와 같은 기능을 가지고 있었다.

그러나 미쓰히데가 아무리 여러 나라의 영주를 설득해도

"말씀은 정말로 옳소만은 지금 형편으로는 도저히" 하고 경원당했다. 어느 영주건 간에 인근의 영주와 서로 공방전을 벌이느라 한때나마 방심할 수 없는 정세에 있었다. 교토로 올라갈 여유 같은 것은 아무도 갖고 있지 못했다. 그렇지만 그 유세(遊說)는 헛일이 아니었다. 여러 나라를 순방하는 행동 그 자체에 열강의 동정을 알게 된다는 여분의 이득이 있었고, 또 쇼군가에도 헛일만은 아니었다. 영주들 가운데는 미쓰히데의 설득을 받았기 때문에 쇼군가의 쇠미(衰微)에 동정하여

"하다못해 일용할 비용으로라도" 하고 돈이나 곡식을 보내는 영주도 나타났기 때문이다. 더욱이 영주에 따라서는

"천자・쇼군 등 아득한 일을 내세우고 있기보다는 그대가 아예 내 밑에 있지 않겠는가?" 하고 사관(仕官)하기를 권하는 취향도 있었다. 미쓰히데는 그럴 때마다 미련 없이 거절했다. 이유는 간단하다. 쇼군을 옹립할 의사였기 때문이다. 실력도 없는 영주를 모셔 보았자 기껏해야 시골 영주의 가로 정도로 끝나게 되리라.

'――나는 아케치 씨라는 미노 미나모토 씨를 대표하는 명족 출신이다'라는 생각이 미쓰히데에게는 있었다. 영락했다고는 하나 아시카가 장군가의 지족인 이상, 천석이나 2천 석의 녹에 눈이 멀어 시골 무사가 되기보다는 천하의 주축을 움직이는 것 같은 자리를 자기의 힘으로 만들고 싶었다. 그렇기

때문에 지금은 낡은 짚신과도 같은 쇼군가를 추켜세우며 몰아치고, 그 내일의 가치를 시골 영주들에게 설득시키며 돌아다니지 않는가.

'이것이 나의 뜻이다.'

행동의 원리라고 해도 좋으리라. 미쓰히데는 이 시대로서는 진기하게도 그런 것을 가지고 있었다. 또 갖지 않으면 행동을 일으킬 수 없는 성질의 사나이였다. 그런 때, 미쓰히데는 이마가와 요시모토의 상경 소식을 들었다. 미쓰히데는 소식을 쇼군 측근의 호소가와 후지타카로부터 들은 것이다.

"드디어 쇼군가에 운이 돌아온 모양이야" 후지타카는 말했다.

"그러나 주베 공, 이마가와 요시모토 공이 무사히 상경할 수 있을는지 어떨는지?"

"글쎄?"

미쓰히데는 그 풍부한 여러 나라의 사정에 밝은 지식으로, 이마가와의 군사력이나 여러 영주의 실력을 이것저것 논하고

"이마가와 요시모토는 과연 교토로 올라가 미요시(三好) 일당을 쫓아내고 쇼군의 저택 등을 조영(造營)해 줄 거요. 거기까지는 성공하오. 문제는 요시모토의 실력으로 보아 언제까지나 그 권세를 유지할 수 있는가 하는 거요. 그것은 위태롭소."

"그러면 어떠하면 좋겠소?"

"에치젠의 아사쿠라(朝倉) 씨도 교토로 불러야 하오."

이 두 영주의 연립에 의해서 교토의 아시카가 정권을 옹호하여 간다는 것이, 이 사태에 적용하는 미쓰히데의 막부 부흥 구상이었다. 그 안이 멋있다고 결론이 내려져, 후에 장군의 교서를 내리기로 하고 당장에 아사쿠라 씨를 타진하여 설득시키기 위해 미쓰히데가 단신 에치젠의 수도 이치조다니로 가게 되었다.

'이번에야말로 오랫동안의 뜻에 싹이 튼다.'

미쓰히데는 마음도 가벼이 교토를 떠나 호수 북쪽을 북상하여 오미 기노모토에서 산길로 접어들어 고개에서 한숨 돌리기 위하여 찻집으로 들어갔을 때, 글쎄 중요한 이마가와 요시모토가 덴가쿠하자마에서 목숨을 잃었다는 얘기를 들었던 것이다. 미쓰히데는 고동이 멈출 만큼 놀라움을 느꼈다.

'어쩌면 쇼군가도 운이 없으신 것일까' 하고 암연해졌는데, 비탄에 젖어 있을 때가 아니었다. 그 풍문이 정말인지 아닌지 오와리 기요스 성하에서 확

인해 볼 일이다. 그 후에 새로운 구상을 세우지 않으면 안 된다.
　기요스로!
하고, 행동으로 충만된 이 사나이는 5월의 호북(湖北) 바람결에 옷자락을 펄럭이면서 기노모토로 내려갔다.

　오미에서 미노 세키가와라(關ヶ原)로 빠져 오가키 성(大垣城)의 성하를 지나 그곳에서 스노마타(墨股)·다케바나(竹鼻)를 지나 기소 강을 건넜다.
　'설마 그 노부나가가' 하는 의심이 미쓰히데의 머리 속에서 떠나지 않는다. 멍청이라는 노부나가의 전설이 미쓰히데의 선입관이 되어 있었다. 그렇기 때문에 이마가와 요시모토의 상경을
　——쉽사리 교토까지 올라갈 수 있겠지
하고 미쓰히데는 판단했고, 호소가와 후지타카에게도 그렇게 말했던 것이다.
　미쓰히데는 간접적이지만 노부나가와 인연이 짙었다. 죽은 도산이
　"장차 가망이 있는 자라면 미노에서는 내 조카 미쓰히데, 오와리에서는 내 사위 노부나가다"라고 말하고 있었고, 한편으로 도산은 자기가 몸으로써 배운 '전국책(戰國策)'을 미쓰히데에게 가르쳐주고, 또 미쓰히데가 들은 바에 의하면 노부나가에게도 그것을 가르친 흔적이 있었다. 말하자면 동문의 제자 관계가 아닌가. 또한 노부나가의 처, 노히메는 도산과 오미 부인의 딸이며, 오미 부인의 조카인 미쓰히데는 노히메와 외사촌 간의 혈연이 된다.
　그렇기 때문에 노부나가에 대한 미쓰히데의 심정은 복잡하다고 해도 좋았다.
　'뭐야, 노부나가 따위가' 하고 생각하는 경쟁의식 비슷한 것이 있었다. 오히려 노부나가의 소문 속에서 그 결점만을 즐겨 기억에 남겨
　'그런 멍청이의 어디가 좋단 말인가. 나의 기량과 비교하는 등, 죽은 도산 공도 만년에는 지혜의 거울이 흐려져 있었던 것 같다'고 어금니를 바득바득 가는 듯한 마음으로 이런 생각을 했다. 그런 생각 속에서 이번의 이마가와 요시모토 상경의 성패를 판단하여, 기요스의 노부나가 따위는 어차피 우렁이처럼 짓밟혀 버리리라고 생각하고 있었다.
　그 우렁이가 글쎄, 미카와까지 진격하여 덴가쿠하자마라는 곳에서 요시모토의 목을 날렸다는 것이 아닌가!

"아니 정말인 모양입니다" 하는 말을 처음으로 들은 것은 미노의 오가키 성하의 여인숙 주인에게서였다. 주인도 이웃 나라의 영주의 비평이므로 사양 없이

"결사적인 쥐가 고양이를 깨문 것과 같은 일이겠지요. 그렇더라도 사람은 겉만 보고서는 모를 것이로군요" 하고, 그다지 호의적이 아닌 비평을 내렸다.

그런데 기소 강을 건너 오와리로 들어가자, 아직 전후 열흘도 지나지 않은 만큼 영내는 전승 기분으로 들끓고 있어 미쓰히데가 지나치는 어느 마을 어느 거리에서도 덴가쿠하자마의 싸움 얘기로만 차 있었으며, 노부나가의 인기도 당연히 전과는 일변해 있었다.

"그 분은 멍청이 님이셔"라고 하던 똑같은 사람의 입에서

"군신(軍神) 마리시덴(摩利支天)이 다시 오신 게 아니실까?" 하고 손바닥을 뒤집듯 평가를 바꾸고 있었다. 바보가 하룻밤 사이에 살아 있는 신이 된 예는, 그토록 여러 나라의 진기한 얘기를 많이 보고 들은 미쓰히데로서도 처음이다.

'그러나 왜 노부나가는 덴가쿠하자마에서 요시모토의 목을 얻은 뒤, 그 기세를 몰아 추격전을 벌여 적의 본군을 궤멸시키지 않았을까. 나 같으면 그리 했을 것이다'라는 의문을 품었지만, 차차로 전투에 대해 자세히 알게 됨에 따라서 노부나가가 그 기습에 전군을 투입한 것, 기습 목적을 요시모토의 목을 벤다는 단 한 점에 두고 있었다는 것, 벤 뒤에 이마가와 군을 추격할 만한 여력이 없었다는 것 등을 알게 되었다. 오히려 그만큼 기이한 성공을 거두었으면서도, 그 전과를 확대시키지 않고 모가지 하나로 만족하여 군사들을 깨끗이 철수시킨 자제력은 보통 것이 아니었다.

'그러나, 그 뿐의 얘기지.'

미쓰히데는 마을들을 지나 이윽고 노부나가의 거성인 기요스 성하로 들어갔다. 이곳에서도 미쓰히데는 약간 놀랐다. 과연 오와리 영내의 다른 마을들에서는 전승 기분으로 들끓고 있었지만, 이 수도의 성하는 전연 상태가 달랐다. 거리에 질서가 있었고, 오히려 숙연하다는 말이 어울릴 정도의 냄새를 지니고 있었다. 거리를 지나다니는 무사들의 옷차림도 방종하지 않았으며, 백성들도 싸움 이야기는 하지 않았고, 나란히 걷고 있는 하졸들의 걸음걸이까지가 절도가 있었다.

'모두 무엇인가를 두려워하고 있다.'

그 무엇이란 노부나가이리라. 그 병적이라고 할 만큼 금율을 좋아하는 사나이는, 자기 자신은 뜻대로 구는 주제에 부하·영민들에게는 통제에 대해서 절대 복종하라고 강요하고 있었다. 자연히 이러한 성격이 오다의 가풍이 되어 있으리라.

"오와리의 무리들은 약하다"는 것이 도카이 지방의 정평이었다. 도카이 지방에서는 첫째 미노, 둘째 미카와라고 한다. 이 두 나라의 군사는 강하다. 그러나 오와리는 토지가 기름지고 농부 중에 빈농이 적은데다 바다와 육지의 교통편이 좋기 때문에 상업이 일찍부터 발달하여 맹병을 양성할 조건과는 아주 멀었다. 그러한 약병들을 이끌고 슨·엔·산 3국의 이마가와 군을 격파한 것은, 순전히 노부나가의 통솔력에 의한 것이라고 해도 좋으리라.

'어쩌면 두려워할 만한 사나이인지도 모른다.'

미쓰히데는 주인집을 정했다. 부랴부랴 오다가의 이노코 헤스케(猪子兵助)라는 자에게 편지를 써서 주막집 주인에게 주어 보냈다. 별로 깊은 이유는 없다. 다른 나라의 무사가 성하에 머무르는 경우, 쓸데없는 의심을 받지 않도록 집안 친지를 보증인으로 삼아 두는 것이 관례였다.

이노코 헤스케는 고 도산이 귀여워하던 미노 무사로서 도산이 무너진 뒤 미노를 탈출해서 지금은 오와리 오다가에 신하로 있었다. 미쓰히데는 이노코 헤스케 정도의 신분을 가진 자와는 직접적인 교제가 없었지만 그래도

"아케치 주베 미쓰히데"라고 이쪽에서 이름을 대면 이노코는 필경 기듯이 나타나리라.

이윽고 이노코 헤이스케가 주막집으로 나타나 미쓰히데에게 충분한 인사를 하고 돌아갔다. 그 다음 날이다.

미쓰히데가 거리로 나가 기요스의 스가구치(順河口) 부근을 거닐고 있노라니 저쪽에서 말발굽소리가 들려 왔고, 보고 있는 동안에 길거리의 사람들이 소나기를 만난 듯이 추녀 아래로 흩어져 무릎을 꿇었다.

"무슨 일이냐"고 묻자 주군께서 지나가신다고 백성이 말했다. 미쓰히데는 놀랐다. 백성들은 노부나가에게 떨어, 그 말발굽 소리의 울림조차 멀리서도 가려듣는 능력을 가지고 있는 것 같았다.

"나리도 어서" 하고 소매를 이끌었기 때문에 미쓰히데는 삿갓을 벗고 몸을 뒤로 끌고 물러나 추녀 아래 도사리고서 허리를 약간 굽힌 채 노부나가가

지나가기를 기다렸다.

이윽고 노부나가는 매사냥의 옷차림으로 말을 채찍질하며 나타났다. 배종은 다섯 기, 30명 가량은 되리라. 이마가와 요시모토를 친 오와리의 대장치고는 가벼운 모습이었다.

"이자가 노부나간가!"

미쓰히데는 처음으로 보았다. 이상하게 느낀 것은, 노부나가가 얼굴을 한껏 젖혀 하늘 한구석을 응시한 채 시선도 움직이지 않고 눈 하나 깜빡이지 않는 표정으로 달려 왔다가 달려가 버린 일이었다.

노부나가는 3백 간 가량 간 다음에 옆의 이노코 헤스케에게 말을 걸어

"지금 스가구치에서 묘한 놈을 보았다"고 말했다.

노부나가의 시선은 일순 미쓰히데를 알아본 모양이었지만, 당자인 미쓰히데는 들켰다는 것을 깨닫지 못했다. 오히려 노부나가를 본 그런 마음이었다. 보는 것은 물론 불경이라고 해도 좋다. 얼굴을 숙이고 시선을 땅으로 떨군 채 영주가 지나가기를 기다리는 것이 길거리의 예의여야만 했다. 노부나가가 말하는 '묘한 놈'이란 "나를 본 놈이 있어"라는 의미였다. 그것이 누구냐고 이노코 헤스케에게 물은 것이다.

이노코 헤스케도 추녀 아래의 미쓰히데를 알아보았었다.

"그것은" 하고 마음을 굳히고 대답했다.

"마님의 외사촌 되는 미노 아케치의 사람, 주베 미쓰히데라고 하는 자올시다."

"미노의 자인가?"

노부나가는 무표정하게 말했다.

"무엇을 하러 왔는지 조사해 두어라."

헤스케는 곧 말머리를 돌려 스가구치로 돌아갔는데 이미 미쓰히데는 없었다. 다시 말을 몰아 미쓰히데의 여인숙에 닿자, 여인숙에서는

"이미 떠나셨습니다" 말한다. 어디로——하고 헤스케가 거듭 물으니 "글쎄요" 여인숙의 주인은 고개를 갸웃하고 "에치젠으로, 가신 것 같은데 잘은 모르겠습니다" 하고 대답했다.

방랑의 인간

미쓰히데는 한여름 산바람에 옷자락을 불룩하게 만들면서 에치젠 이치조

다니를 향해 걷고 있었다.

'이마가와 요시모토는 덴가쿠하자마에서 목숨을 잃으셨다. 도카이의 정치 정세는 확 변했다. 나의 구상은 수정을 가하지 않으면 안 되겠지만 곧장 에치젠 이치조다니로 가자. 뒤도 모를 생각을 하는 것은 그때부터……'

이치조다니.

에치젠의 패왕, 아사쿠라 씨의 수도다. 호쿠리쿠(北陸)의 웅도라고 해도 좋았는데, 미쓰히데의 희망 또한 그곳에서 열리리라. 쓰루가(敦賀)에서부터 동쪽 70리 가량 고갯길이 이어진다. 한 줄기 오솔길이 숲 속을 누비며 계속되어, 그 숲에 햇볕이 넘쳐 손발까지 푸르게 물드는 듯한 초록의 범람 속을 거닐면서

'오는 해도 오는 해도 이처럼 계속 걷기만 하다가 끝내 나는 어찌 될 것인가' 하고 문득 공허한 생각이 든 적이 없는 것도 아니었다. 사람의 일생이란 때때로 엄습해 오는 그러한 허무와의 싸움이라고 해도 좋으리라.

기노메 고개(木芽峠)로 접어들어 한 행상인과 길동무가 됐다. 아주 여행에 익숙한 중년의 사나이로 이치조다니에 사는 자라고 한다.

"나도 이치조다니로 간다."

미쓰히데도 자기의 성명과 고향을 말했다. 상대방이 이치조다니의 자라고 하므로, 앞으로 들어갈 수도의 모양을 미리 들어두는 것도 나쁘지는 않다고 생각한 것이다.

"이치조다니는 번화한가?"

"그야 물론입죠. 아사쿠라 님 5세(世), 백년된 성하니깝쇼. 성루·신사·절간·무사님들의 저택·민가·대장간 등이 골짜기에 꽉 들어차 있어 교토의 번화스러움에 뒤지지 않습니다."

"골짜기에 있는 도시인가?"

그것이 미쓰히데에게는 재미있었다. 십 리 가량 되는 가느다란 골짜기로 단 하나의 공도(公道)가 나 있었다. 그 공도 좌우로 길이 길쭉하게 뻗어 있어, 방위하기 위해서는 공도의 앞뒤를 막기만 하면 도시는 난공불락이 된다.

'그런 지형을 골라서 수도를 삼은 예는 중국에도 없었다. 일본 조정에도 없었다. 처음으로 이치조다니를 개설한 아사쿠라 씨 중흥의 조상, 도시카게(敏景)는 천재적인 인물이었으리라.'

아사쿠라 씨의 조상은 옛날엔 다지마(但馬)에 있었던 모양이다. 아시카가

다카우지의 천하통일 사업에 참가하여 무공을 세웠고, 에치젠의 태수 대리가 되었다. 후에 태수 시바(斯波) 씨 대신 태수가 된 것이 이치조다니에 도성을 연 아사쿠라 도시카게다.

"도시카게 님은 당대로부터 5대 전의 분입니다만 신과 같은 지모의 소유자이셨던 것 같습니다요."

"그렇다고 들었어."

도시카게는 민심 수습에 뛰어난 재능이 있었던 듯, 에치젠에 떠도는 말로는 "한 알의 콩을 얻어도 손바닥을 나란히 하여 무사들과 함께 나눠 먹었고 한 동이의 술을 받아도, 졸병과 같이 따라 마셨다"고 한다.

도시카게가 써 남긴 가헌(家憲)은, 후의 아사쿠라가 번영하는 근원이 되었다고 일컬어진다고 미쓰히데는 알고 있었다.

"숙로(宿老)의 제도를 취하지 않는다"는 것이다. 문벌·혈통에 의해서 중직에 앉히지 않고 모두 실력에 의해 요직에 임용하는 것이었다. 이것은 문벌주의였던 아시카가 시대에 있어서는 믿기 어려울 만큼 진기한 조직 사상으로서, 이 체제가 있기 때문에 전국기에 돌입하고 나서도 아사쿠라가는 천하의 풍운을 견디어 왔다고 미쓰히데는 생각하고 있었다. 특히 천하를 방랑하는 무사인 미쓰히데에게 있어서는 이 체제는 매력에 찬 것으로서 '나 같은 방랑의 인간이라도 아사쿠라가를 의지해 가면 혹시 중용될지 모른다'고 생각하고 있었다. 인재를 귀히 여긴다는 풍문을 듣고 있었기 때문에 그의 다리는 북쪽의 패부(霸府)를 향하고 있는 것이었다. 뿐만 아니라 에치젠은 교토와 가깝다. 군사력은 거대하다. 유랑의 쇼군을 도와, 막부를 재흥시킬 가능성은 풍성하게 넘쳐흐르고 있으리라. 단지 하나 결점은 있다. 당주(堂主) 요시카게(義景)라는 인물이 선조 도시카게와는 닮지도 않은 범상한 사람이라는 것이다. 이것은 어쩌면 치명적인 결함일지 모른다.

"당주 요시카게 님은 어떠신가?"

미쓰히데가 말머리를 돌리자 행상인은, 질문이 질문인지라 비평을 삼가고 있었는데 이윽고

"소데키(宗滴) 님은 위대하셨습죠" 하고 다른 사람의 이름을 댔다. 소데키란 아사쿠라 씨의 일족으로서 이름이 아사쿠라 노리카게(朝倉敎景)인데 당주 요시카게의 보좌관으로서 군사·정치에 크게 활약하여 아사쿠라 씨의 위세를 오히려 도시카게 시대 이상으로 올린 인물이었다.

"그런데 애석하게도 지난 해 돌아가셨습니다요. 1555년 9월이었던가요."

도산이 죽은 전해다. 아직 얼마 되지 않은 과거였다.

"그때부터는 주군의 어가(御家)는 빛이 안 납죠."

상인은 부드럽게 이렇게 말했으나 실제로는 빛이 안 나기는커녕 소데키가 죽은 뒤의 아사쿠라는 본존 부처님이 없는 큰 절과 같다고까지 교토 부근에서는 혹평을 하고 있었다. 당주 요시카게는 몹시 무능한 것이리라.

'그까짓 것, 나를 죽은 소데키의 위치에 앉혀만 준다면 아사쿠라의 위세도 왕성해지고, 끝내는 이웃을 합병하여 교토로 올라가 쇼군을 옹립하고 천하를 호령할 수 있게 되리라.'

요시카게가 무능해도 좋다. 아니 오히려 무능한 편이 미쓰히데의 재주를 종횡무진 떨칠 수 있어 좋다고 이 사나이는 생각하고 있었다.

이치조다니에는 아는 곳이 없었지만 그곳에서 20킬로 북쪽에 나가자끼(長崎)라는 마을이 있는데, 그곳에 쇼넨 사(稱念寺)라는 절이 있었다.

그곳에다 미쓰히데는 먼저 숙소를 잡았다. 이 절은 교토에서 알게 된 센도(禪道)라는 중이 소개해 준 것으로 그 소개장에

"아케치 주베, 미노의 귀종(貴種 : 귀한 혈통)이오"라는 말이 있었기 때문에, 쇼넨 사에서도 소홀히 취급하지는 않았다.

쇼넨 사의 주지는 이치넨(一念)이라고 한다. 이치넨은 이치조다니의 고급 관리들 가운데 친지도 많고 당수 요시타게로부터도 가끔 초대를 받아 가서, 애기 자리를 모시곤 했다.

"에치젠에서의 희망은 무엇이오? 힘이 돼 드릴 수 있다면 돼 드리겠소"

하고 대면하자마자 미쓰히데의 좋은 뒷심이 될 것을 약속해 주었다. 이치넨은 필경 미쓰히데가 가지고 있는 귀족적인 풍모·예의범절에 어긋나지 않는 거동, 그리고 탁월한 교양에 홀린 것이리라.

"벼슬하시기를 원하신다면 다리를 놓아 드리지요."

"글쎄요."

그렇다고 빈자리가 되어 있는 소데키의 뒷자리에 앉고 싶다고는 할 수 없었다.

"이런 말을 하면 한낱 순전한 떠돌이 주제에 무슨 개소리냐고 웃으시겠지만, 한동안 이치조다니 성하에 살면서 아사쿠라가의 인사와도 교제를 하

여, 당가의 정세를 보고 과연 미쓰히데가 생애를 위탁할 수 있는 집안인가 아닌가를 단단히 본 뒤 처신을 결정할까 하오."

정직한 진심의 말이다.

"아, 무사는 그래야만 하오."

이치넨은 미쓰히데가 조금이라도 자기를 값싸게 보지 않는 데에 감동하여 점점 더 미쓰히데라는 기량을 크게 평가했다.

"그러므로 우선 이치조다니 성하에서 문무교수(文武敎授)의 도장을 열고 싶소."

"도장?"

이치넨은 손뼉을 쳤다.

"그거 좋은 생각을 하셨군요! 그런 것이 이치조다니에는 없소."

다른 나라에도 없다. 무사들은 태반이 문자를 배우지 않지만 배우는 자도 기껏 절간의 중에게서 배울 정도였고, 그 방면의 전문 시설은 없었다. 더구나 무(武)도 그렇다. 병법자를 자기 집으로 부르든가, 그 스승의 자택으로 밀어닥쳐 가서 재주를 배우는 것이 고작이었다.

"교수하는 내용은" 하고 미쓰히데는 말했다.

"병법·창술·화술(火術 : 총), 그리고 유학의 편개, 당(唐)의 군서(軍書)."

"허어!"

이치넨은 드디어 고개를 흔들면서 감탄해 버렸다. 이처럼 현란하고 다채로운 각 분야에 걸쳐 혼자서 교수할 수 있는 인물도 우선은 없었고, 첫째 이처럼 광범위한 종목을 일당(一堂)에서 가르쳐 주는 사립학교는 천하가 넓다고 하더라도 없으리라.

"꼭 번창할 것이오."

"번창시켜 보고 싶습니다."

"아니 내가 널리 알리지. 어딘가 이치조다니에서 저택의 한구석이라도 빌지 않으면 안 되는데 그것도 소승이 뛰어다녀 보지요."

"잘 부탁합니다."

미쓰히데는 고개를 숙였다.

그 뒤 항간의 얘기를 나눠 보고, 이치넨은 미쓰히데가 막부 재흥의 뜻에 불타고 있다는 것을 알고서는 점점 감동하여

"지금의 쇼군가는 어떤 분이시오?" 하고 천진스러운 질문을 했다.

"즉 요시테루 쇼군님은?"

실은, 미쓰히데는 벼슬이 없기 때문에 배알한 적이 없었다. 그러나 쇼군의 근신인 호소가와 후지타카를 통해서 싫증이 날 만큼 들었으므로 마치 교토에서 언제나 쇼군과 무릎을 맞대고 살고 있던 듯이 얘기를 했다. 이 말에 이치넨은 다시 감탄하고 미쓰히데에 대한 평가를 점점 더 크게 했다.

'딱하지만 할 수 없어.'

미쓰히데에게는 좀 뒷구멍이 컴컴한 구석이 있었다. 그러나 천하 방랑의 고객이 타향에서 남과의 연계를 구할 때 이 정도의 거짓말은 할 수 없는 것이라고 자기의 마음을 격려하면서 아주 조심스런 말투로 요시테루 쇼군의 일상생활을 얘기했다.

"병법자 가미이즈미 이세노카미(上泉伊勢守)의 문인 쓰가하라 보쿠덴(塚原卜傳)이란 자에게서 병법을 배우시고 인가까지 받으신 분이시오."

"병법을!"

이치넨은 놀랐다. 곧잘 놀라는 사나이다.

"쇼군가께서 병법 같은 보졸의 재주를. 이미 그렇게까지 영락해 버리셨나요?"

이치넨은 샘솟듯 눈물이 넘쳐흘렀다. 병법이라는 개인의 재주는 아직도 이름 있는 무사로부터 멸시를 받는 현상인데, 사람도 있을 텐데 쇼군가가 그것을 배우시다니 어찌된 일이란 말인가. 쇼군가의 생활이 궁박하여 서민에 가까워졌다는 인상처럼도 받아들여져서 이치넨은 갑자기 눈물을 흘린 것이다.

"그런 이유는 있겠지요."

미쓰히데는 이치넨을 조롱했다.

"다른 하나는 취미에 의한 것인지도 모르오. 더구나 가장 큰 이유는 쇼군가에게는 직속무사라는 것이 없어 신변을 지키는 것은 근신 몇 명이라는 상태이기 때문에, 끝내 호신을 위해 병법 수련을 쌓으실 마음이 생기신 것이겠지요. 그러나 인가를 받을 정도의 솜씨라면 이것은 쉬운 일이 아니지요."

"그렇소. 쉬운 일이 아니지."

이치넨은 고개를 끄덕거렸다.

여하튼 간에 이치넨은 내일 미쓰히데의 이치조다니 거주를 위한 준비를

하러 나가겠다고 말하고
 "이거 좋은 분이 에치젠으로 오셨군요. 아까부터의 얘기를 이치조다니에다 퍼뜨리기만 해도 사람들은 기뻐하겠지요" 하고 활짝 웃었다.

 다음 날 이치넨은 이치조다니로 가서 이 거리에서
 '도사(土佐)님'이라고 불리고 있는 무사를 만나서 쇼넨 사로 굴러들어 온 아케치 미쓰히데라는 무사의 일을 크게 떠들어댔다. 도사 님이란 아사쿠라의 가로로서 아사쿠라 도사노카미(朝倉土佐守)란 인물이다.
 그러나 도사노카미는 이치넨이 흥분한 정도로는 놀라지 않고
 "그처럼 재주가 있는 자라면 저택의 딴채 하나를 제공하겠으니, 그곳에서 보졸들에게 병법을 가르쳐 주면 고맙겠어" 할 뿐이었다.
 며칠이 지나 미쓰히데는 도사노카미의 집으로 들어가 그 집사와 만나 저택 안에 있는 딴채 하나를 받았다.
 "뭐야" 하고 실망했으나 이런 종류의 냉대에는 이미 익숙해져 있었다. 꼭 도사노카미를 배알할 수 있었으면 싶어서 그 뜻을 집사에게 얘기하자
 "올바른 정신인가" 하는 듯한 표정을 집사는 지었다. 도사노카미라면 아사쿠라 왕국의 가로다. 떠돌이 예인(藝人)을 만날 그런 신분의 인물이 아니다.
 "언젠가 기회를 보아 말씀드려 두지."
 집사는 싸늘하게 말했다.
 미쓰히데는 오두막 딴채에서 살게 되었다. 오두막은 완전히 마구간과 같아 바닥조차 없었고 다섯 평 가량의 봉당이 있을 뿐이었다.
 미쓰히데는 농가로 가서 짚을 얻어다가 그것을 한쪽 구석에 쌓아 올려 침구로 삼았다. 전에 아케치 성주의 아들이며 미노의 귀족으로 유복스러운 생활을 했던 옛날을 생각하면 얼마나 심한 영락인가. 즉시
 '제예교수소(諸藝教授所)'라는 간판을 걸고, 입문을 지원해 오는 자를 기다렸다. 그러나 그날그날의 양식을 얻을 길이 없었다. 그래서 쇼넨 사로 가서 이치넨으로부터 돈을 빌었다.

 그것이 거듭됨에 따라서 쇼넨 사의 이치넨도 점점 미쓰히데에 대해서 흥분이 식어 가고 말았다.

오히려

'쇼군가의 측근처럼 말하고 있었는데 이렇게 가난하다니 어찌 된 노릇일까'

단순한 식객이 아니냔 말이야, 라고까지는 생각지 않았으나 빚이 늘어감에 따라서 멸시하게 되었다.

어느 때, 몇 번째인가 적은 돈을 빌러온 미쓰히데에게 이치넨은

"주베 공, 아직 문인이 안 오오?" 하고 물었다. 말씨까지 소홀해졌다.

"아니, 오지 않소."

"딱하군."

"그러나 오지 않는 것은 할 수 없소."

미쓰히데는 빚이 늘어감에 따라 점점 자기를 높이는 태도를 취했다.

'지금이 갈림길이다' 하고 미쓰히데는 생각하고 있었다. 여행길에서 여행길로 고생을 거듭해 온 이 사나이는 이러한 경우의 자기 처신법을 알고 있었다. 이 갈림길에서 비굴해지면 한낱 거지와 다름이 없어지리라.

"이런 소문을 들었소" 하고 이치넨은 말했다.

이치조다니의 성하에 다케다가(武田家)의 무사로, 록카쿠 나미에몬(六角浪右衞門)이라는 자가 일찍부터 유랑해 와 있다. 이 사람은 가사(家士)인 모씨(某氏)의 집에 기식하면서 병법을 가르치고 있었다. 병법의 유파는 가시마 명신(鹿島明神)의 마쓰모토 비젠노카미(松本備前守)로부터 배웠다고 칭하고 있었는데, 그 정묘함은 성하에서 미치는 자가 없었다.

"그 나미에몬이 자꾸 나쁜 소문을 놓아, 주베 공에게 문인이 몰려드는 것을 방해하고 있는 것 같소."

"과연!"

미쓰히데도 그러한 소문을 듣고 있었다. 본래 병법파의 사회는 편협한 것이어서, 한 성하에 두 명의 검객은 함께 존립할 수 없다고 일컬어지고 있다. 미쓰히데가 이치조다니에서 사범이 되려고 하면 우선 록카쿠 나미에몬을 시합으로써 넘어뜨릴 수밖에는 길이 없으리라.

"시합을 하시면 어떻소?"

"그것은 어리석은 일이오."

미쓰히데는 조용히 웃었다.

"왜요?"

"검술 시합 따위는 참다운 우열로 승부가 나는 것이 아니라 승패는 운에 의한 수가 많소. 가령, 내가 재주가 뛰어나다고 하더라도 그 자리의 운과 호흡 하나로 질지도 모르오. 이 목숨을 기껏 검기(劍技)로써 잃고 싶지는 않소."

"당치 않은 말씀을 하시는군. 그러면 공은 문인을 받아들이지 않을 작정이오? 문인을 받아들이지 않으면 앞으로도 자꾸 이 산으로 요구를 하러 오지 않으면 안 되오."

귀찮다는 듯, 불쾌하게 이치넨은 말했다.

미쓰히데는 이치조다니로 돌아갔다. 이치조다니로 돌아간 다음날이다. 아침에 오두막집 안에서 음식을 찌고 있는데 문을 두드리는 자가 있었다.

'입문을 원하는 자인가' 하고 기대하면서 문을 여니 정강이가 석 자는 됨직한 거한이 서 있었다.

"나는 록카쿠 나미에몬."

엷은 웃음을 띠고 있었다.

"그대는 아케치 주베지?"

"그렇소."

"당 성하에서 병법을 교수한다는 소문을 들었는데 먼저 당지에 와서 개문(開門)하고 있는 나에게, 기다려도 기다려도 아무 인사가 없더군. 드디어 기다리다 못해서 내가 먼저 찾아왔으니 한 수 가르쳐 주겠는가?"

"가르쳐 달라니?"

"맞겨루어 보아 달란 말이야."

시합 신청이었다. 미쓰히데는 내심으로 딱하다고 생각했으나 곧 웃음을 띠고 천천히 고개를 끄덕거렸다.

"바라는 대로 해 드리지."

록카쿠(六角) 참살

"시합은 13일 진시(辰時), 장소는 가에데(楓) 말터. 알겠지?"
"알았소."
미쓰히데는 고개를 끄덕였다.
"입회인은 누구를 희망하나?"
록카쿠 나미에몬은 물었다.
"아무라도 괜찮소."
당연한 일이었다. 누구라고 이름을 댈 수 있을 만큼 미쓰히데가 아사쿠라가 신하의 얼굴을 알고 있는 것도 아니었다.
"그러면 부장(部將)인 사바에 겐조(鯖江源藏) 공, 덴류(天流)를 쓰신다. 내가 부탁해 두겠다. 괜찮겠지?"
"괜찮소."
"그날까지 열흘의 여유가 있다. 절대로 도망치지 말아라."
나미에몬이 말한 것은, 오히려 미쓰히데에게 도망쳐 달라는 것이 진심의 소리였는지 모른다. 록카쿠로서는 직업적 병법자의 간판이 있는지라 시합을 청하기는 했을망정 어떠한 결과가 나타날지 모를 시합을 이 사나이일지라도 좋아서 하려는 것은 아니니라. '도망쳐라' 하는 듯이 열흘이라는, 아주 느긋한 준비 기간을 그의 쪽에서 지정해 온 것이다.

미쓰히데는 록카쿠의 마음을 안다.

'도망쳐 버릴까.'

문득 생각을 안 해 보는 것은 아니었지만, 여기에서 도망쳐 오명을 남기면 장차의 명성에 지장이 있을 것이다.

"도망은 치지 않는다" 하고 부드럽게 말하여 록카쿠를 돌려보냈다. 그날부터 이레가 지난 날 저녁 때, 미쓰히데가 오두막 앞을 비질하고 있노라니 길거리 서녘에 저녁 이내가 엷게 흐르고 있었다. 그 저녁 이내 속에서 여행자 차림의 남녀가 이쪽으로 다가오는 것이 보였다. 역광이기 때문에 그림자처럼 보였다. 그림자가 꼭두서니 빛으로 물들면서 다가온다.

'오마키(於槇)와 야헤이지(彌平次)가 아닌가?'

아내다. 야헤이지 미쓰하루(光春)는 사촌동생이었다. 두 사람은 미쓰히데를 발견하고 종종걸음으로 달려왔다. 둘 다 곧 울 것만 같은 표정이었다.

오마키. 미쓰히데에게는 이러한 이름의 아내가 있었다. 미노에 있을 무렵 얻었다. 일족인 도키 요리사다(土岐賴定)의 딸로서 마키, 오마키(於牧)라고도 오마키(於槇)라고도 쓴다. 내성적인 성격이지만 재지(才智)가 뛰어난 여성으로 처녀 때부터 미노에서는 소문이 자자했다. 작달막했고, 용모의 혜택도 입고 있었다. 뒷날, 천하제일의 미모라고 일컬어진 호소가와 가라샤 여인을 낳은 부인이다.

미쓰히데도 평생 첩이라고 할 수 있는 여성을 두지 않을 만큼 이 아내를 사랑했으나, 뭐니뭐니해도 이 부부가 젊었을 무렵엔 세상 나름으로 볼 때에는 비참하다고 해도 과언이 아니었다. 결혼식을 올린 뒤 얼마 되지 않아 도산은 몰락해 버렸고, 아케치 씨는 새나라의 주인인 사이토 요시타쓰의 공격을 받아 성을 함락당했으며, 당주인 숙부는 전사했고 미쓰히데는 아내와 숙부의 아들 야헤이지 미쓰하루를 거느리고 국외로 도망쳐 유랑 생활을 보내지 않으면 안 되었다.

먹고 살아갈 수 있는 생활이 아니다. 교토 텐류 사(天龍寺)라는 노승이 있었다. 센도가 여러 나라를 순력하고 있을 무렵 미노 아케치 성에서 석장(錫杖)을 멈추고 3년 가량 성내에서 산 일이 있어, 그 인연으로 미쓰히데는 이 센도에서 아내와 야헤이지의 보살핌을 부탁했다. 센도는 흔쾌히 보살피겠다고 맡아 주었고, 문 앞의 셋집에 그들을 살게 했으며 쌀과 소금을 제공해 주고 있었던 것이다.
"에치젠으로 간다" 하고 미쓰히데는 교토를 떠날 때,
"만약 에치젠 아사쿠라가에서 응분의 처우를 해주게 되면 그대들을 영접하러 오겠다"라는 말을 남기고 떠났다. 언제까지나 센도의 호의에 신세를 지고 있을 수 없다는 마음이 미쓰히데의 염두에서 항상 떠나지 않았다.
'그런데 왜 지금, 이 에치젠에?'
이상하게 생각했다. 오라고 편지를 써 보낸 기억은 없는 것이다. 곧 두 사람을 오두막집으로 맞아들였다. 이미 황혼이 되어 있었는데 미쓰히데에게는 등잔불 기름 값도 없어 오두막 속은 캄캄했다.
"이런 살림이야. 아직도 너희들을 부를 만한 사정은 아닌데 대체 어찌된 노릇이냐?"
오마키가 얼굴을 들었다. "센도 님이 입적하셨습니다."
"뭣, 돌아가셨다고?"
"그래서 할 수 없이."
교토를 떠나지 않을 수가 없었던 것이리라. 오마키는 어둠 속에서 머리칼을 늘어뜨린 채 흰 얼굴을 푹 숙이고 있었다. 미쓰히데의 눈에는 분명히 보이지는 않았지만, 울고 있는 것이 아닐까 하고 여겨졌다.
"마키, 마음을 단단히 먹어야 해. 언젠가는 웃으면서 살게 된다."
"한탄 따위를 하고 있는 것이 아니에요."
"그렇다면 좋지만."
미쓰히데는 이 오마키를 칭찬해 주고 싶은 마음이 우러날 때가 있었다. 미노에 있을 때에는 도키 요리사다의 공주로서 수많은 시녀들의 시중을 받으면서 나날을 보냈다. 그런데 지금은 거지와 같은 생활로 떨어져 있지만 이 부인은 불평 한 마디 한 일이 없었다.
"배가 고프지? 밥을 먹자구" 하고 미쓰히데는 일어났으나, 과연 쌀이 남았는지 불안스러웠다. 쌀궤를 조사해 보니 죽을 끓여 먹을 정도는 되었다.
"제가 하겠어요" 하고 오마키는 일어나서 뒷문으로 나갔다. 오두막집엔 화로가 없기 때문에 밖에서 끓이지 않으면 안 된다.
야헤이지는 영리하다. 횃불을 만들어 낚싯대를 들고 밖으로 나갔다. 도중에 굶주림을 막기 위해서, 계곡을 발견하면 고기를 낚으면서 이 에치젠까지 온 것이었다. 반 각 가량 지나 저녁 끼니 준비가 되었다. 야헤이지는 횃불을 불당 구석에 놓고 그 연기와 불을 단 하나의 광명으로 삼아, 세 사람은 냄비를 에워싸고 식사를 시작했다.

"이런 살림도 재미있군."

미쓰히데가 말했다. 세상이 세상이라면 주베 미쓰히데도 야헤이지 미쓰하루도 아케치의 공자님이시다. 오마키에 이르러서는 미노에서 신적인 존중을 받고 있는 도키 일족의 공주님이시다.

"마키, 어떤가?"

"마키는 배고픈 것 따위는 조금도 괴롭지 않습니다만 당신과 헤어져 살지 않으면 안 되는 것이 쓸쓸해요."

"생각해 보면."

이 젊은 부부는 아케치 낙성 이래 함께 살아온 날짜가 스무 날 가량도 안 되지 않는가.

"이제 헤어져서 살자고는 하지 않겠어."

"어머!"

마키는 조그만 외침 소리를 질렀다.

"그럼 마키가 이곳에 살아도 좋단 말씀이신가요?"

'이곳에서'라는 오마키의 말에 미쓰히데도 가슴이 찔리는 듯한 느낌이 들었다. 이곳이라고 하지만, 이곳은 거지도 살 수 없을 것 같은 오두막 광이 아닌가.

"기뻐요."

'여자란 이러한 것일까!'

미쓰히데는 하마터면 눈물이 글썽거리려는 것을 억누르고 젓가락을 움직이고 있었다.

식사가 끝나자 야헤이지는

"아까 내로 내려갔을 때, 좋은 여울을 발견해 두었습니다. 이제 한번 더 낚시질을 하러 가서 내일 조반 물고기를 잡아오고 싶습니다" 하고 횃불을 들고 일어섰다.

"안 잡아 오면 어때."

미쓰히데가 말했지만 야헤이지는 아직 앞머리칼을 밀지 않은 (성인식을 올리면 앞머리를 밀어 버린다) 얼굴을 싱글벙글하면서

"즐거운 일인걸" 하고 나가버렸다.

후에, 노부나가의 부장(部將)이 되어 사카모토 성(坂本城)의 호수(湖水)를 건너는 등 시원스러운 무용담을 남긴 이 젊은이는, 그러한 용장이 되리라고는 생각할 수 없을 만큼 어른의 마음을 꿰뚫어보는 감수성을 지니고 있었다.

"묘한 것을 이해해 주는 놈이로군."

나중에 미쓰히데는 쓸쓸히 웃었다. 젊은 부부를 단둘이 있게 해 주겠다는 야헤이지의 이해가 미쓰히데의 가슴을 울렸다. 그 의미를 깨달은 오마키는 어둠 속에서 새빨개졌다.

"아이라고만 생각하고 있었는데 어느 결엔가 그렇게 주제넘은 마음씨를 쓰는 놈이 되어 버렸군."

"그렇지만."

오마키에게는 아직도 소년으로 비치고 있는 모양이었다.

"애티가 있어요, 나이보다도. 같이 여행을 하는 동안에도 물고기를 잡거나 새를 잡는 데만 정신이 팔려 나를 버려둔 채 숲이나 내로 가서 해가 질녘이 되어도 돌아오지 않는 수가 많았어요."

"그러면, 지금도 아주 천진스럽게 저러고 나간 것일까."

미쓰히데는 오마키를 끌어안아 올려 잠자리인 짚더미 위까지 날라가 살그머니 짚 속에 파묻히도록 놓았다. 오마키의 조그만 얼굴을 두 손바닥으로 가리고 웅크리고 앉아서 입술을 빨았다. 거기까지는 서로 귀족처럼 자란 조심성도 억제도 있는 거동이었지만 오마키가 견딜 수 없는 듯이 미쓰히데의 목을 팔로 감았을 때부터 미쓰히데의 호흡이 거칠어졌다.

"만나고 싶었어요."

오마키가 숨가쁘게 말했다. 짚더미 속에서 오마키의 하얀 정강이가 천천히, 오히려 우아로울 만큼 천천히 움직이기 시작했을 때, 미쓰히데에게는 이미 평상시의 그가 없었다. 오로지 외곬인 몸의 움직임을 오마키 속에서 계속해 갔다.

시각이 흐른 뒤, 미쓰히데는 오마키를 일으켜 주고 그 긴 머리칼을 손가락으로 풀고서 짚 부스러기를 떼어 주었다. 두 사람은 봉당으로 돌아왔다.

"좀 더 일찍 물었어야 할 텐데, 교토에서 병을 앓지나 않았나?"

"한번 감기가 걸렸었어요."

하고 싶지도 않은 부부의 대화가 계속된 뒤, 문득 미쓰히데는
"나는 야심을 당분간 줄이고 싶어" 하고 말했다. 미쓰히데의 생각은 가능하면 아사쿠라가의 군사(軍師)가 되어 궁핍한 쇼군가와 연계를 맺게 해서 아사쿠라 씨 집권 아래 아시카가 막부를 재흥시키는 것이었는데, 막상 이 이치조다니에 와 보고는 댓바람에 아사쿠라 씨 군사라는 높은 자리를 얻을 수는 없을 것 같은 느낌을 가지게 되어 있었다.
"그렇다고 가벼운 신분으로 사관해 버리면, 녹에 어울리는 가벼운 평가밖에는 얻을 수 없을 우려가 있어 그것 때문에 번민해 왔어."
그러나 오마키와 야헤이지가 이렇게 와 버린 이상 언제까지나 오두막집에서 사는 하루살이 살림을 하고 있을 수는 없었다. 그러므로 높은 소망을 팽개쳐 버리고, 살아갈 수 있는 녹봉을 받을 수 있으면 받고 싶다고 미쓰히데는 말했다.
"저어……"
오마키는 눈길을 들었다. 자기가 에치젠으로 온 것은 역시 미쓰히데에게는 방해였던가라는 의미의 말을 목소리로 표현했다. 미쓰히데는 느낀 모양이다.
"아니야" 하고 부정했다. 그러나 이내
"사나이를 취하게 하는 것은 가슴 속에서 왕성하게 솟아나고 있는 야망이라는 술이다. 나는 항상 그 술에 취해 왔다. 지금도 취하고 있다" 하고 두서없는 말을 했다.
"그러나"
미쓰히데는 화제로 되돌아갔다.
"술에 취하기만 해서는 인간 세상을 살아갈 수 없다는 것을 요즈음 겨우 깨달았다. 오마키, 사나이란 처자를 부양하지 않으면 안 돼."
"어머!"
오마키는 웃기 시작했다. 이렇게 간단한 일을 여러 나라를 유랑한 끝에 겨우 깨달았다는 것은 역시 고생을 모르고 자라난 탓인지도 모른다.
'그보다는'
이 남편의 무엇이라고 형언할 수 없는 좋은 점이 바로 이런 것일 거라고 오마키는 생각하는 것이었다.
"나는 실은 며칠 뒤에 병법 시합을 하지 않으면 안 돼. 패하면 죽는 거

야."

"옛?"

"나는 말이지" 하고 미쓰히데는 남의 말처럼 했다.

"도망칠까 하고 생각했어. 이 에치젠 이치조다니를 말이지. 어이없는 병법자와 맞싸워 목숨을 잃기에는 이 아케치 미쓰히데가 너무 아까워."

"하, 하지 마세요."

"그렇지, 그러나 당신이 이곳으로 왔어. 물러설 마음은 사라져 버렸어."

"내가 왔기 때문에?"

무슨 까닭으로요, 내가 만약 뜻을 방해하고 있다면 지금 당장 교토로 돌아가겠어요, 하고 오마키가 성급히 말하자

"아니, 그런 것이 아니야. 당신이 왔기 때문에 나는 힘껏, 그 병법자와 맞싸워 볼 마음이 우러난 거야. 싸워서 이기면 아사쿠라가 쪽에서 나를 버려두지는 않을 테니까. 2백 석이나 3백 석 그 정도의 우두머리로 써 줄 거야."

그것도 아내를 굶기지 않기 위해서다. 그 때문에 싸우는 것도 사나이 영광의 하나라는 것을 알았다고 미쓰히데는 말하는 것이었다. '그처럼 비천한 병법자 따위와.'

오마키는 이런 경우 미쓰히데에게 어떠한 말을 해야 좋을지 모른다. 오마키는 미노 아케치 마을에선 거의 신화처럼 되어 있는 미쓰히데의 소년 시대 일화를 가슴이 쪼개지는 듯한 생각으로 상기해 냈다.

미쓰히데가 열 두세 살 때다. 그 여름, 성 가의 강에서 놀고 있다가 갈대 뿌리에 다이고쿠덴(大黑天 : 七福神 중의 하나)의 목상(木像)이 흘러와 걸린 것을 발견하고 성으로 가지고 돌아갔다.

아케치 성의 젊은 무사들이

"다이고쿠덴을 주우면 천 명의 우두머리가 된다는 말이 전해져 내려옵니다. 공자님께서는 반드시 출세하실 것입니다" 하자, 미쓰히데는 잠자코 날이 두텁고 넓은 연장을 가지고 나와서 그 다이고꾸덴을 뻐개 불 속으로 던져 넣고 말았다.

숙부인 미쓰야스, 즉 야헤이지의 아버지는 그 말을 듣고 기뻐하며

"잘했다. 과연 돌아간 형님의 아들이다. 장차 만인의 우두머리가 되어 큰 이름을 드날리리라" 하고 칭찬하자 미쓰히데는 못마땅한 표정을 지었다. 만

인의 우두머리조차도 그에게는 불만이었던 것이다.
'그만한 분이 병법자 따위와 기껏 칼 재주를 겨루기 위해서 목숨을 걸어야 하다니.'
미쓰히데의 불우와 역경을 생각하면 오마키는 무슨 말로 이를 표현해야 좋을지 몰랐다.
미쓰히데의 검기, 그 자체에 대해서는 오마키는 이상하게 불안한 마음이 우러나지 않았다. 창술과 병법은, 아케치 성에 떠돌아 와 있던 나카무라 간운사이(中村閑雲齋)라는 자가 미쓰히데가 어릴 때부터 전적으로 붙어서 가르쳐 주었고, 장성한 뒤엔 간운사이조차도 패하게 만든 사이고쿠(西國)의 무사 나카가와 우곤(中川右近)이라는 병법자를 미쓰히데는 스승을 대신해서 연습창을 들고 맞서, 단 1합에 상대방의 목젖을 찢어 놓았다.
"염려 없으시겠어요?" 하고 오마키가 만일을 위해 말하자
"염려 없어"라고는 미쓰히데도 말하지 않았다. 착실한 실증적인 사고를 좋아하는 이 사나이는 그런 종류의 마음 편한 거짓말을 할 수가 없는 것이었다.
"승부는 그때의 운과 그때의 기(氣)야. 재주 같은 것은 2차적인 문제라고 해도 좋아. 그 때문에 나는 무엇이라고 할 수 없어."
"──그러나"
"걱정할 것은 없어. 록카쿠 나미에몬이라는 병법자를 쓰러뜨려도 본래 아무 것도 아니지만 지금은 내가 먹고 사느냐 못 먹느냐가 걸려 있어."
자연 필사적인 마음가짐이 되었다. 그 점 방위하는 입장인 나미에몬보다도 유리하리라, 고 미쓰히데는 말하는 것이었다.

시합은 자세히 얘기해 보았자 소용없다. 미쓰히데는 한 아름 가득 되는 검은 나무 하나를 쓰러뜨리고 그 시각 단풍나무 아래 서 있었다.
남쪽 장막의 그늘 속에서 나미에몬이 넉 자 가량의 목검을 들고 나타났다. 천천히 걸어온다. 그 허리가짐, 걸음을 옮기는 법, 눈길로 살피는 것 등 아닌 게 아니라 보통이 아니다.
'나보다도 재주가 낫다'고 미쓰히데가 보았을 때, 갑자기 자기의 검은 나무 몽둥이를 버리고
"진검으로 하자"고 땅 위를 세 발자국, 손잡이를 쥔 채 다가갔다. 진검이

라는 말을 듣고 나미에몬은 의외였던 모양이다. 이유 없는 망설임이 그 눈빛에 나타났다.

마음에 혼란이 있다. 그러나, 결심하고 넉 자의 목검을 버리고 손잡이에 손을 댄 순간 미쓰히데는 뛰어들었다. 나미에몬의 칼이 이미 칼집을 떠나 미쓰히데의 머리까지 미치고 있었으나 미쓰히데의 발도(拔刀)는 그보다도 빨라 비스듬히 번개 한 줄기를 그으며 나미에몬의 오른쪽 윗허리에서 둔한 소리를 냈다.

순간, 미쓰히데는 도약하며 엇갈려 열댓 발자국 달려가서 뒤를 돌아다보고 칼을 거두었다. 나미에몬은 숨이 끊어져 있었다.

대갈

한편, 노부나가 쪽이다.

이 해 1561년 정월, 노부나가는 기요스 성에서 신춘 축하연을 베푼 뒤
"좀 취했어" 하고 중얼거리면서 일어나 안으로 들어가 버렸다.
──주군은 술에 약하시다
라는 것을 넓은 방에 모인 가신들은 알고 있었다. 아무도 의심하지 않았다. 노부나가는 복도를 아주 천천히 걸어간다. 오른편 정원 이끼에 어젯밤 눈이 다 녹지 않고 남아 있었다. 와룡매(臥龍梅)에 봉오리가 피려 하고 있었다. 벗나무도 있다. 물론 가지는 아직도 이른 봄의 추위를 견디고 있어, 봉오리가 지려면 제법 날짜가 걸리리라.

'돌아간 장인은 벗나무를 좋아했지. 그처럼 벗나무를 좋아하는 사나이도 드물었어.'

문득 이런 생각을 했다.

'도산은 취미가 많은 분──'

이런 생각을 한 것은, 오와리에서 그처럼 바보 취급을 받던 자기를 기묘할 만큼 사랑했고, 재간을 인정했으며, 끝내는 자기의 죽음에 임해서

'미노 한 나라를 양도한다'는 양도장을 주었기 때문이었다.

'모처럼 도산으로부터 미노의 양도장을 받고 있으면서도 아직 한 조각의 종이쪽지에 불과하다.'

새 나라의 주인인 사이토 요시타쓰가 의외라고 할 만큼 미노 무사의 신망을 얻고 있어 쉽사리 미노를 공격할 수 없을 것 같았다.

'도산의 원수를 갚지 않으면 안 된다'라고 생각하면서도 세월이 흐르고 있다.

헛되이 흐르고 있는 것은 아니다. 그동안 오케하자마(桶狹間 : 田樂狹間)로 진격하여 이마가와 요시모토를 쳐서 동쪽에서 오는 위협을 제거했다.

'이젠 북쪽 미노로 진격이다'라고 생각하나 아직 그만한 자신은 없었다. 묘한 사나이다. 움직이면 전광석화 같은 행동을 하는 주제에 그럴 때까지는 정치·정찰·공작을 할 수 있는 데까지 다 해서 절대로 질 리가 없다는 계산이 확립되기 전에는 쉽사리 손을 내밀지 않는 것이었다.

'기민(機敏)'이라는 글자를 장부(帳簿)에 넣어가지고 만들어진 듯한 사나이였지만, '경솔'이라는 유사 성격만은 잊어버린 듯이 태어났다.

그러나 연회석에서 빠져나와 복도를 건너가고 있는 노부나가는 별로 도산에 대한 회구(懷舊)의 정에 잠기려고 해서 그러는 것이 아니었다. 기발한 생각을 해낸 것이다. 그러므로 가신들의 눈앞을 떠난 것이다.

'기요스의 이 성에서 사라져 버리자.'

이윽고 노히메의 방으로 들어가

"오노, 무릎을 빌려 줘" 하고 그것을 베개삼아 벌렁 드러누웠다. 눈을 감고 생각하기 시작했다.

"졸리신가요?"

"졸린다면 언제나 졸리지."

귀찮은 듯이 손을 저었다. 잠자코 있으라는 신호다. 이윽고

"오노, 30일 가량 내가 사라져 버려도 떠들지 말아."

"떠들지 않겠어요."

"안에서 감기에 걸려 들어박혀 있다고만 시녀들에게 말해 두어. 시녀들 중 마음이 확실한 자에게만 밝혀 둬. 나는 한동안 나고야 성에 있다고."

"나고야 성으로 가시나요?"

"묻지 말아."

쓸데없는 소릴 하는 듯이 노부나가는 눈을 들고 아래서 노히메를 쳐다보았다. 바로 그 뒤, 노부나가는 차를 마시는 정자로 두 가로를 불렀다. 시바타 가쓰이에와 니와 나가히데(丹羽長秀)다.

"교토로 올라간다."

두 사람은 소스라칠 듯이 놀랐다.

"무슨 말씀을 하십니까? 사면은 적에게 에워싸여 있고, 나라 안에도 아직 주군께 복종하지 않는 자가 있는 형편인데 교토라니?"
"사카이(堺)에도 간다."
노부나가는 명령할 뿐이다.
"곤로쿠(가쓰이에)는 성에 남아서 내가 없는 동안 다스려라. 고로사(五郎左 : 나가히데)는 배종해라. 배종할 땐 평복, 행장은 두드러지지 않도록. 시골 조그만 영주가 도시 구경이라도 가는 듯이 차리는 것이다. 인원수는 80명을 넘으면 안 된다."
"대체 무슨 목적으로 교토나 사카이로 가십니까?"
"구경이지."
예의 외치는 듯한 말투로 말했다. 그뿐, 입을 다물었다.
"하오면 출발은?"
"지금부터야. 말에 안장을 얹어 두어."
어물어물하다가는 벼락이 떨어진다. 시바타와 니와는 나는 듯이 사라져 버렸다.
'교토에 있는 쇼군을 만나고 싶다.'
그것이 목적의 하나.
'사카이에서 남만의 문물을 구경하고 싶다.'
그것이 목적의 둘째다. 물론 그를 채찍질하고 있는 에너지는 이 사나이의 엉뚱할 만큼 격렬한 호기심이지만, 그 호기심을 뒷받침하고 있는 묵직한 저의도 있었다. 훗날 천하를 취할 때를 위해서 중앙의 형세를 돌아보고 앞으로의 사고 재료로 삼고 싶은 것이다.
시기는 좋다. 모두들 도소산(屠蘇散)을 넣은 술에 취하고 있는 정월이다. 그리고 이마가와 씨의 위협이 사라져 버린 지금 이 잠깐 동안의 안전 기간을 이용할 도리밖에는 없었다.

밤중에 말 탄 자 20기, 도보 60명의 인원 수가 바람처럼 기요스 성을 떠나 이름 없는 바닷가에서 배를 타고 이세(伊勢)로 건너갔다. 이세를 빠져 야마토(大和)로 들어가 가쓰라기 산맥(葛城山脈)을 넘어 가와치(河內)로 빠져 하비끼노(羽曳野) 언덕을 넘어 이즈미(和泉)로 들어가 드디어 사카이 어귀에 이르렀다.

"이것이 사카이인가?"

노부나가는 말을 멈추고 앞쪽의 하늘을 가르고 있는 일대 도성의 경관을 보았다. 마치 남만이나 중원의 도시처럼 도시 둘레에 해자를 치고, 흙담을 쌓고, 그 흙담 위에는 거대한 나무를 아낌없이 써서 방책을 치고 있었다.

'도시 자체가 성이로군!'

일본의 부는 이곳으로 모이고, 정치도 모두 도시민의 자치로 행해지고 있었다. 여러 나라의 무장들도 사카이로는 군사를 몰아넣을 수 없었으며, 하물며 도시 안에서는 전쟁은커녕 말다툼조차 할 수 없었다. 원수 사이인 무사들도 칼을 뽑아들고 싸우기 위해서는, 도시 문 밖으로 나가서가 아니면 안 된다.

다른 지방에서 교전 중인 영주들도 마침 이 사카이에서 얼굴을 마주치면 친구처럼 담소를 하는 것이 예사로 되어 있었다.

'베니스 시처럼 시정관에 의해서 다스려지고 있다'고 노부나가가 이 사카이로 온 해, 역시 이곳을 방문한 선교사가 보고를 하고 있다. 부상(富商)의 태반은 해외무역을 업으로 삼고 있기 때문에, 무사를 고용해서 군사로 삼아 배에 태워가지고 해적과 싸운다. 그러한 고용병들이 도시에 있을 때에는 이 자유 도시의 부와 자치를 지키기 위한 경비군이 되고 있다.

"고로사, 열 기 가량만 나를 따라 들어오너라" 하고 노부나가는 명령했다. 80명이나 되는 무사를 시중에 넣는 것을 사카이에서는 싫어하리라고 생각한 것이었다. 70명은 시외에 분숙(分宿)시켰다.

노부나가는 말발굽 소리를 울리면서 해자에 걸린 판자 다리를 건너 큰 문으로 들어갔다. 이 문은 해가 진 뒤에 닫히고 안쪽에서 거대한 빗장이 걸린다는 것을 노부나가는 들어서 알고 있었다. 시중으로 들어가자 노부나가는 말에서 내려 도보가 되었다. 거리의 화려함은 오와리 시골뜨기들의 눈길을 뺏을 뿐이었다. 노부나가는 여인숙 거리에서 머물렀다. 기생이 있다. 술도 있다. 술은 손님이 희망만 하면 빨강·노랑의 남만 술도 나왔다. 가구도 중국식·남만식 등이 풍부히 사용되어 일본에 있는 것 같은 생각이 들지 않는다. 노부나가는 천성적으로, 전통적인 낡은 것들이 싫었고 신기한 문물을 좋아하는 성질이 있었으므로 이내 남만 물건들의 포로가 돼 버렸다.

다음 날, 상가를 기웃거리면서 그들이 어떻게 하여 이만한 부를 쌓았는가 알아보려고 했다. 해외와의 교역이었다.

'이렇게까지 부가 모이는 것일까.'
교역이라는 것의 신기로움에 감탄했다. 이어서 항구로 나갔다. 중원의 배가 있다. 성과 같은 남만 배도 항구 안팎에 닻을 내리고 있었다.
"저 뱃전에 대포수가 많은 것을 보아라" 하고 노부나가는 드디어 소리내어 말했다.
항구 이곳저곳을 우단 옷으로 감싼 남만인이 어슬렁거리고 있었다.
"저들에게 떡을 주어라" 하고 노부나가는 니와 나가히데에게 말했다. 니와 나가히데는 할 수 없이 그들을 노부나가 앞으로 모으고 땅에 한쪽 무릎을 꿇게 한 뒤 명령 받은 대로 떡을 나누어 주었다. 남만인은 떡을 손바닥 위에 얹고 노부나가를 쳐다보면서 아주 어쩔 줄 몰라 했다.
"너희들의 나라는 먼가?"
노부나가는 찌르듯이 물었다. 말이 통하지 않아 남만인은 고개를 저을 뿐이었는데 그때 배의 통역을 하고 있는 중국인이 와서 노부나가와의 대화를 통역했다.
"어떤 때는 1년 이상 바다 위에 있지 않으면 이 도시에 올 수가 없습니다."
"허어!"
노부나가는 그들의 경탄할 만한 모험 정신과 그것을 채찍질하는 야심의 장대함에 눈이 번쩍 뜨이는 것 같은 마음이었다.
"나도 그렇게 하지 않으면 안 된다" 하고 얼핏 생각하면서 더욱 그들 나라의 모양·정체·풍속 등을 캐물었다.
노부나가는 며칠 동안 사카이에 체재했다. 사카이는 그의 기개와 도량과 세계 지식을 키우기 위한 학교 역할을 했으리라.
그때까지의 노부나가에게는 일본을 제패한다는 것이 엉뚱하게 커다란 희망처럼 생각되었지만, 이 도시의 화려한 바닷바람을 쐬고 보니 일본 제패 따위는 아주 조그만 야망에 지나지 않는 듯이 여겨지기 시작했다. 아니, '일본 제패'라는 개념이, 이 젊은이의 공상 속에서 빠져 나와 극히 현실적인 당연한 희망으로서 그의 마음에 정착했다.
며칠 지난 어느 날 아침, 노부나가는 사카이를 떠나기 위해 남장(南莊)의 큰문으로 빠져서, 그곳에서 기다리고 있던 배종들을 데리고 가도를 북쪽으로 잡아들었다.

"주군, 이미 나라를 비우신 지 꽤 날짜가 지났습니다. 길을 재촉하여 돌아가시지 않으면 어떤 큰 일이 기다리고 있을지 모릅니다."

"교토로 올라간다."

노부나가는 말을 채찍질하여 간다. 교토에서 쇼군 요시테루의 거처를 찾아가 배알을 청하고 싶었다. 그것은 사카이에서 부풀게 한 일본 제패에의 야망을 현실화하기 위한 빛나는 사전 조사인 것이다. 쇼군과 면식을 통해 놓고 뒷날 다른 나라를 뺏어 실력을 갖추었을 때 일거에 교토로 올라가 쇼군을 만들고, 그 교서(教書)에 의해 자기에게 복종하지 않는 제국의 영주들을 평정하지 않으면 안 된다. 사카이의 꿈과 교토의 현실, 이 두 가지를 보고 뼛속에 아로새기는 것이 이번의 노부나가의 여행의 2대 목적이었다. 교토로 올라가지 않으면 안 된다.

교토로 들어가자 노부나가는 니조에 있는 니치렌 종(日蓮宗)의 절에 숙소를 정하고 요시테루 쇼군에게 심부름꾼을 보냈다.

요시테루에게는 거관(居館)이 없다. 요즈음은 아시카가 역대의 보리사(菩提寺:영위를 모신 절)인 도지 원(等持院)에 임시 거처를 정하고 있지만, 언제 어디서 요시테루의 목숨을 노리는 연주가 밀어닥칠지 모르기 때문에 절에서는 그런데 휩쓸려 들어가 불에라도 타는 날에는 야단이라고 생각하고 요시테루의 체재를 귀찮아하고 있는 형편이었다.

노부나가의 부하가 찾아왔을 때 쇼군 측근의 젊은이 호소가와 후지타카가 응대했다.

"알현을 윤허한다고 말씀하십니다" 하고 대답하여 후지타카는 사자를 돌려보냈다. 시골 영주가 올라오면 선사물인 금품을 놓고 갈 것이고, 조정에 관위(官位) 승격 제청권을 쇼군이 쥐고 있으므로 만약 그것을 희망한다면 얼마간의 기부금도 받을 수 있는 것이다. 내방이 절대로 폐가 되지는 않는다.

노부나가는 왔다. 무로마치식의 예법대로 거동하여 멀리 문턱 너머에서 쇼군에게 배례했다.

"오다 가즈사노스케입니다."

쇼군 측근이 아득히 하좌에서 꿇어 엎드려 있는 노부나가를 소개했다. 쇼군 요시테루는 약간 고개를 끄덕였다. 갓 스물여섯 살의 젊은이다. 피부가 거무스름하고 얼굴이 갸름하고, 눈빛엔 이상한 광채가 있다.

걸물(傑物)의 상(相)이라고는 여겨지지 않지만, 목이 굵고 팔이 늠름하여 노부나가가 상상하던 일본 최고의 귀족이라는 인상과는 무척 달랐다. 당연한 일이다. 요시테루는 지금 유행인 병법광으로, 아침저녁 목검을 휘둘러 쓰까하라보쿠덴으로부터 그 비법을 모두 전수받을 정도까지 이른 것이다.

노부나가는 말이 없는 사나이다. 쇼군도 당연히 말이 없다. 배알은 그것으로 끝나고, 뒤는 별실에서 휴식하며 호소가와 후지타카로부터 친절한 대접을 받은 뒤 도지원을 물러났다.

그날 밤 후지타카가 노부나가의 숙소로 와서 니와 나가히데를 만나
"말씀드려 둘 것이 있소" 하고 뜻밖의 사실을 가르쳐 주었다.

미노의 사이토 요시쓰로부터도 가신단이 교토로 올라와 있어, 며칠 전 쇼군에게 선물을 가지고 왔다 한다. 그 뿐만이 아니다.

"소문으로는,"

노부나가의 상경을 그들은 알고 있어 교토에서 대기했다가 사살할 밀계를 꾸미고 있다는 것이었다. 호소가와 후지타카는 오다가에 몹시 호의를 가지고 있는 듯 사이토가의 가신단 숙소까지도 가르쳐 주고 떠났다.

곧 니와 나가히데가 노부나가에게 아뢰자
"그런가?" 하고 예의 말버릇으로 끄덕거렸을 뿐이었다.

그러나 날이 새기 전, 노부나가는 갑자기 출발을 명령하여 길거리로 나가
"미노의 자객들이 머물고 있는 여인숙으로 간다" 하고 절간의 중을 길잡이로 세웠다. 니조(二條) 니시노토 원(西洞院)의 린사이 사(臨濟寺)까지 절간의 중이 안내해 왔을 때, 날이 샜다.

"절을 포위하여라" 하자마자, 노부나가는 혼자 채찍을 들고 절간 문으로 들어가 사미를 불러서 그들의 숙소인 승방으로 안내시켰다.

미노의 무리들은 승방 가운데 세 개를 다 빌어 들고 있었는데, 방금 막 잠자리에서 일어나는 참이었다. 아직 잠자리 속에 들어 있는 자도 있었다. 세수하러 나간 자도 있었다.

노부나가는 신을 신은 채 뚜벅뚜벅 방 안으로 들어가 우뚝 버티고 서서
"나는 가즈사노스케다" 대갈(大喝)했다.

방 안에 있던 열 두세 명 가량의 미노 무사들은 간담이 서늘할 만큼 놀랐다. 모두 뛰어 일어나 자세를 바로잡고 그 자리에서 저도 모르게 꿇어 엎드리고 말았다.

"항간의 소문에 의하면 너희들은 요시타쓰의 밀명을 받고 나를 해코저 하고 있다지? 왕성의 땅에서, 괘씸한 것!"

쇠를 자르는 듯 날카로운 목소리였다.

"그런 일이 있다면 용서치 않는다."

그들이 고개를 들었을 때에는 노부나가의 모습은 이미 없었다. 당황하여 칼을 가지러 달려가는 자, 노부나가의 뒤를 따라서 복도를 달려가는 자 등으로 소란해졌지만, 그들이 두 번째로 노부나가를 본 것은 노부나가가 등을 돌려대고 산문을 나가려고 할 때였다. 뒤돌아보지도 않는다. 이윽고 문 앞에서 말발굽 소리가 들렸고 그것이 북쪽으로 사라졌다.

노부나가는 오와리 기요스로 돌아갔다.

"노부나가가 은밀히 쇼군을 배알했다"라는 보고를 에치젠 이치조다니의 아케치 미쓰히데가 교토의 호소가와 후지타카의 편지로 안 것은 북국의 눈이 녹으려고 할 무렵이었다.

'오와리의 노부나가가……'

고종사촌누이인 노히메의 신랑인 만큼, 미쓰히데가 항상 그 이름을 의식한 구석에 넣고 있는 상대였다.

'그 사나이도 교토에 기치를 세울 야망이 있는가.'

비웃고 싶은 마음과 유능한 경쟁 상대에 대한 가벼운 질투.

'어쩌면 도산공이 말씀하신대로 의외의 재능을 가진 자일지도 모른다' 하고 새삼 고쳐보고 싶은 마음이 복잡하게 뒤엉킨 감개를 맛보았다.

부침(浮沈)

 록카쿠 나미에몬과의 병법 시합에 이기기는 했지만 미쓰히데의 인기는 도통 오르지 않았다.
 "먹기 궁해진 무사 두 사람이 가에데 말터에서 시합을 해서 한 사람은 죽고 한 사람은 살아남은 모양이더군."
 이런 정도의 반향이었다. 이 무슨 일인가.
 '이건 의왼데?'
 미쓰히데도 생각지 않을 수가 없었다. 록카쿠도 미쓰히데도 목숨을 걸고 시합을 한 것은 자기의 인기를 얻기 위해서다. 이래 가지고서는 죽은 록카쿠조차도 의미가 없지 않는가.
 '록카쿠도 꼴좋게 됐군.'
 미쓰히데는 다 쓰러져 가는 집 속에서 생각에 지쳐 쓰러져 버렸다. 이것저것 이유를 생각해 본 것이다. 우선, 아사쿠라가는 에치젠의 오래된 대국이다. 과연 5대 전의 아사쿠라 도시카게는 이웃 나라를 빼앗아 도읍을 이치조다니에 두고 가헌을 정하여 군법·인재의 등용법·무기의 선택법, 그리고 의복·가구·매사냥·익살맞은 재주 등의 일상생활과 오락에 이르기까지 모든 항목에 걸쳐서 아사쿠라가 운영의 기본방침을 남겼다. 이 무렵의 아사쿠라가는 북국의 태양이라고 할 수 있는 빛나는 존재였다. 그로부터 다섯 대가 흐르고 있다. 당주 요시카게는 범용하고 중신들은 무사안일한 삶에 젖었다. 가신들은 태평스럽기 짝이 없는 질서 속에서 잠자코 있다.

'놀라지 않는 거야.'

미쓰히데는 생각했다. 무슨 일에 놀란다는 싱싱함과 탄력에 찬 정신을 이치조다니 사람들은 잃어버리고 있는 것이다.

'그렇기 때문에 두 무사가 시합을 해서 한 편이 이겼다고 하는 것도 거지들의 싸움 정도로 밖에는 보고 있지 않는 것이다.'

아사쿠라 이치조다니라는 늙어 시든 사회 자체의 감수성이 노인처럼 둔해져 있는 것이다. 이런 성하에서 아무리 몸부림쳐 보아야 일약 이름을 드날린다는 낭인의 꿈은 이루기 힘들리라. 하기야 미쓰히데의 조그마한 명성을 전해 듣고 입문한 자도 있었다. 몇 사람에 지나지 않았다. 그것도 졸개들이거나 기껏해야 보병들의 우두머리, 그리고 배신(陪臣) 등 잡인과 같은 무리들 뿐이어서, 이들을 토대로 삼아 아사쿠라가에서 재능을 발휘해 본다는 것은 단지 익살스러운 얘기에 지나지 않았다.

한편, 그들에게 검술·창술 등의 투기를 가르치기는 했으나 미쓰히데가 정말로 가르쳐 주고 싶은 전략·전술의 학문을 가르쳐 줄 수는 없었다. 졸개에게 대장의 군략을 가르쳐 주어 보았자 별수가 없지 않는가?

생활도 궁박했다. 왜냐하면 미쓰히데는 그들에게서 교수료를 받지 않았던 것이다. 받으면 순전한 사범으로 전락해 버린다. 그러지 않아도 이 골짜기의 높은 사람들은 미쓰히데를,

——먹기에 궁한 자

라고 보고 있다. 미쓰히데는 자기의 품위를 유지하기 위해서는 가령 굶어죽는 한이 있더라도 교수료를 받을 수 없다고 각오하고 있었다. 그래도 얼마간의 쌀, 소금은 은연중에 집으로 들어왔다. 그 위에 오마키가 도키 일족의 공주치고는 살림 꾸려가는 솜씨가 뛰어났고, 사촌동생인 야헤이지는 산으로 사냥을 가거나 내에서 물고기나 조개류를 잡아 오는 등 일을 하기 때문에 어떻게든 먹고 살아 갈 수가 있었다.

그러던 참에 미쓰히데가 병에 걸렸다. 갑자기 든 모양이다. 열이 가라앉지 않고 음식도 잘 먹지 못하게 되어 점점 여위어 갔다. 늑막염 같은 것이었으

리라.

"내가 대신 교수를 할 테니 마음 놓으시고 요양하십시오" 하고 야헤이지가 생기 있게 말하고 미쓰히데에게서 배운 병법과 창술을 가르쳤는데, 문인 쪽에서는

——대리 수련을 해 가지고는

하는 불만이 있어 발길이 뜸해지더니 끝내 한 사람도 오지 않게 되었다. 예의 에치젠 나가사키 쇼넨 사 옆에 고안(考庵)이라는 인근 마을에 알려진 의사가 있었다. 미쓰히데와는 다소의 면식이 있기 때문에 일부러 이치조다니까지 문안을 왔는데, 그 고안이 맥을 짚어 보고

"이거 안 되겠는데. 어서 우리 집 근처로 이사하시오. 약값 같은 것은 소용없고 내가 온 마음을 기울여 고쳐 보이겠습니다" 하고 자청해 주었다.

미쓰히데는 이치조다니를 떠나, 교외인 나가사키로 옮겨 쇼넨 사의 문 앞에 있는 조그만 집을 빌렸다.

'어쩌면 이리 운이 나쁠까' 하고 생각하지 않을 수가 없었다.

미노를 떠난 뒤 여러 나라를 돌면서 수행을 하고, 아시카가가의 젊은 막료 호소가와 후지타카와도 막역한 우의를 맺고, 서로 막부 재흥을 꾀하자고 맹세를 한 뒤 그는 에치젠 아사쿠라가로 왔다. 요시카게를 설득시켜서 교토로 군사를 내게 하여, 그 군사력과 계력을 가지고 요시테루 쇼군을 받들게 하기 위해서였다. 그 야망이야말로 평원의 하늘에 걸린 무지개처럼 장대하고 화려하다고 해도 좋았다. 그러나 현실은 아사쿠라가의 가로에게조차도 가까이 가지 못했고, 나아가 이치조다니에서조차 떠나 풀섶 무성한 교외에서 병과 빈궁에 시달리고 있는 것이었다.

사촌동생인 야헤이지만 해도 그렇다. 미쓰히데는 늘 야헤이지에게

"내가 뒷날 대군을 지휘할 신분이 되는 날에는 너는 우두머리 가로가 되어 한 성을 지키고 큰 영토를 다스리면서 막상 전투가 벌어졌을 때는 내 대신 한 군의 지휘도 하지 않으면 안 된다. 그때가 돼서 재능의 부족을 한탄하지 않도록 소양을 쌓기를 게을리해서는 안 된다" 하고 말해 주는 것이었지만, 현실의 야헤이지는 소양을 쌓기는커녕 이웃 마을 농부들에게 고용당해 가서는 밭갈이나 김 매기, 새끼 꼬기 등을 하여 얼마간의 현미를 받아 가지고 돌아왔다.

오마키도 그렇다. 의사인 고안이 어느 때 오마키에게 귓속말로

"주베 공의 병에 듣는 약은 하나밖에 없습니다. 말씀드리기 뭣합니다만 조선 인삼입니다."

한 돈쭝에 황금 한 냥이라는 엄청나게 고귀한 약이다. 그러나 오마키는 돈을 마련하여 인삼을 사서 미쓰히데에게 권했다. 미쓰히데가 병석에 누워서 쳐다보니 오마키는 추운 밤에 염불을 외며 참예하는 여승처럼 흰 베로 만든 냄비 같은 두건을 쓰고 있었다.

'머리칼을 팔았는가'라고 미쓰히데는 깨닫고 이 살림의 비참함에 통곡하고 싶은 마음이 우러났다.

'장부의 빈궁은 오히려 장하다고 한다. 그러나 그런 장부도 아내를 얻고 아이를 낳아, 그 가족이 가난에 떨어질 때에는 이미 장한 기백을 유지할 수가 없다. 참다운 빈한이 뜻과 절개를 파먹어 끝내는 한낱 빈부로 떨어져 버린다'고 생각했다. 그럴 때

'반드시 뒷날 천하를 잡겠다'고 생각하는 외에는 이 참상 속에서 자기 정신을 의연하게 지킬 방법이 없었다. 미쓰히데는 마음이 비참해지면 비참해질수록 그 일을 생각했다. 염불승이 염불을 외면서 서방 정토의 아미타여래를 갈구하는 마음과도 흡사했다. 미타의 이름을 계속 외듯이 그것을 동경했고, 그것을 빌었고, 그 일이 성취될 수 있는 길을 줄곧 생각했다.

1년 만에 병은 떨어져 나갔다. 그러나 아직 병후의 쇠약이 회복되지 않아 깨끗이 나았다고까지는 할 수 없었다. 그때 에치젠에 전운(戰雲)이 일어났다.

에치젠의 이웃나라는 가가(加賀)다. 가가는 본래 도가시(富樫) 씨가 태수로서 23세(世) 5백 년 이상이나 계속돼 오고 있었다. 도가시 씨란, 기부장부(奇附帳簿)에 나오는 그 도가시 씨다. '헤이케 얘기(平家物語)'에는 도가시 뉴도(富樫入道)라고 나와 있고, '요시쓰네 기(義經記)'에는 요시쓰네 주종의 여행길을 묘사하면서

가가 나라의 도가시란 곳도 아주 가까운데
도가시노스께라는 사람이 다스리더라

라고 씌어 있다.

전통이 오랜 그 가가 영주의 집안도, 이 얘기의 앞머리에 나오는 주인공 사이토 도산이 태어나기 수년 전에 망해 버렸다. 망하게 한 것은 종교다. 정토진종(淨土眞宗)을 받드는 혼간 사(本願寺)의 문도들이 민중폭동을 일으켜 가가의 본토 무사와 연합하여 도가시 씨를 멸망시켰다. 이후 70여 년 가가 일족에는 단일 영주가 없고, 본토 무사와 혼간 사 승려·신자들이 3자 합의에 의한 일종의 공화국과 같은 형태가 되어 있다. 혼간 사 국가라고 해도 좋다.

이 가가 혼간 사 국가도 항상 내부 분열이나 노토(能登)·에치고(越後)·에치젠(越前) 등과 교전을 되풀이하여 70여 년 동안 결코 편안스럽지는 않았지만, 하여간 후에 노부나가가 혼간 사를 정벌할 때까지 이 '공화 체계'가 계속된다. '공화'라고는 하지만 복잡한 것이다. 향토 무사들이 서로 권력을 뻗치려고 하여 나라 안이 통일되기 어려웠으며, 그동안에 온갖 야심가가 나타났다가 사라지곤 했다.

당시 가가에 '쓰보사카 호키(坪坂伯耆)'라는 자가 있었다. 가가의 이시카와 군(石川郡) 쓰루기(鶴木)의 향토 무사로서, 천재적인 전술가며 권모가이기도 하여 갑자기 이 '공화국' 안에서 위세를 떨치기 시작했다. 이름을 떨치기 시작하는 중이라고 해도 좋다. 쓰보사카는 국내에서 권력을 쥐기 위해 야전군 사령관으로 원정을 하여, 국외에서 승리를 거둠으로써 국내에서의 명성을 확립하려 하고 있는 것 같았다.

"그 쓰보사카 호키가 에치젠으로 내습한다"는 소문이 들린 것은 1562년 첫 가을이었고, 연신 첩자를 이치조다니 부근에 출몰시키고 있었는데, 드디어 군사를 이끌고 국경 부근을 침노하기 시작한 것은 이 해 9월이었다.

"쓰보사카 호키라면 지용(智勇)이 호쿠리쿠 도(北陸道)에서 으뜸가는 사나이라고 들었다. 아사쿠라 가는 어찌 할 것인가" 하며, 미쓰히데는 쇼넨 사 문 앞의 누추한 거처에서 사람들의 소문을 계속 주워듣고 있었다.

드디어 출병한다 하였다. 말마다, 아사쿠라 요시카게는 가로 아사쿠라 도사노카미에게 4천의 군사를 주었고, 스스로도 1천의 후군을 이끌고 가가 에치젠의 국경에 가까운 가가 다이쇼 사(大聖寺)까지 출진하여, 그곳에 본진을 차렸다는 얘기를 들었다.

"오마키, 야헤이지, 때는 왔다."

미쓰히데는 야헤이지에게 급히 여행 차림을 시키고, 창 하나 흰 부채 하나를 들고 쇼넨 사 문 앞의 누거를 훌쩍 떠났다. 북으로. 다이쇼 사로 간다. 구즈류 천(九頭龍川)을 건너자, 국경까지 가는 길은 아사쿠라 군사의 짐수레의 왕래로 혼잡했다. 미쓰히데는 다이쇼 사로 들어가자 아사쿠라의 본영 부근에 숙소를 잡고 적과 아군의 모양을 관망했다. 적 쓰보사카 호키의 인원수는 의외로 적어 불과 천 5백 명이라 한다. 아사쿠라 군은 5천이다.

그러나 아사쿠라의 진영에서는 적 쓰보사카 호키의 작전 능력에 떨어 사기가 오르지 않았다. 그에 비해, 쓰보사카 호키가 이끄는 가가 신도병은 염불 신앙으로 뭉쳐진 결사적인 맹병으로서 투구 안쪽에 나무아미타불의 명호를 바르고

진격하면 극락

후퇴하면 지옥

이라는 종조(宗祖) 신란(親鸞)도 말한 일이 없는 기묘한 신앙을 가지고 있었다. 싸움터에서 진격하는 자만이 극락에서 왕생하고 퇴각하는 자는 지옥에 떨어진다 하는 이 시대의 혼간 사의 탁발승이 고안해 낸 비(非) 신란적인 속언이었다. 이런 신앙 아래서 싸움터를 달리기 때문에 5천의 아사쿠라 군은 소수의 가가 군에게 떨었고, 전초전에서는 번번이 격파당하고 있었다.

'내일은 아무래도 결전이 있을 모양이다'라는 날 밤, 미쓰히데는 야헤이지를 데리고 최전선으로 잠입해 들어가 어둠을 타고 적진에 접근하여 땅에 귀를 대고 인마의 소란스러운 소리를 듣기도 하고, 앞쪽 어둠을 꿰뚫고 이변(異變)을 가려보기도 하다가 이윽고

"쓰보사카는 내일 새벽에 공격할 것이다"라고 중얼거렸다.

이윽고 논밭이나 산림을 가로질러 다이쇼 사로 돌아와, 위의를 바로잡고 아사쿠라 본영을 찾아갔다.

군영의 문에서 아사쿠라의 군사들에게 잡혔는데

"절대로 수상한 자가 아니다. 미노 아케치 출신으로 아케치 주베 미쓰히데라는 자, 아사쿠라 도사노카미를 뵙고 싶다. 황급히 아뢸 말이 있다. 어진 존망의 급한 사정에 관한 일이다" 하고 늠름히 말했다. 군사는 압도당해서 순서를 밟아 아사쿠라 도사노카미에게까지 중개를 했다. 미쓰히데는 진중으로 불려 들어갔다.

진중을 걸으면서

'이 상태대로는 아사쿠라의 패배다'라는 확신을 깊이 가졌다. 진중이 늦추

어질 대로 늦추어져 각 진 사이의 연락도 좋지 않았고, 모든 진막 안 모든 병사 안에서 군졸들은 잠에 빠져 있었다. 미명에 쓰보사카 호키의 기습을 당하면 이내 혼란을 일으켜 쑥밭이 되고 말리라.

아사쿠라의 가로인 도사노카미는 미쓰히데를 인견했다. 마루 아래에 앉아 있는 미쓰히데를 보고

'나의 집 문밖 오두막에서 무예·학문 등을 교수하고 있던 미노가 이 사나이인가' 하고, 겨우 그 일을 생각해 냈다.

무슨 할 말이 있느냐고 도사노카미는 위엄 있게 말했다.

미쓰히데는 침통한 표정을 짓고

"어진의 위급함이 눈앞에 닥쳐 있습니다."

내일 아침 해가 뜨기 전에 쓰보사카 호키는 전군을 몰아 기습해 오리라고 미쓰히데는 말하고, 상대방의 반응을 보기 위해서 한참 동안 침묵했다.

"가가 군이 새벽 공격을?"

"그렇습니다."

"어떻게 그런 일을 아는가?"

'어리석은, 병학의 초보가 아닌가. 그것도 알아채지 못하고 푹 잠을 즐기다니 얼마나 이 가문은 바보인가.'

적은 소수의 군사다. 이미 양군은 50리 지경으로 접근하고 있다. 적이 소수로써 다수를 격파하려면 야간기습이든가 새벽 공격밖에는 없지 않는가. 그 가운데, 야간기습의 움직임은 미쓰히데가 정찰한 바에 의하면 우선은 없었다. 그렇다면 새벽공격이다. 쓰보사카 호키가 지장(智將)이라면 당연히 그렇게 하리라.

그러나 병학이라는 것은, 위와 같은 이치를 가르쳐 납득시키면 고마운 맛이 없어지는 법이다. 특히 아사쿠라 도사노카미 같은 범인에 대해서는 말이다. 미쓰히데는 이렇게 말했다.

"의심되신다면 고루(高樓)로 올라가 보십시오" 했다.

도사노카미는 측근 병졸들을 거느리고 망대 위로 올라가 적진의 방향을 멀리 바라다보았다. 어둡다. 별이 약간 보일 뿐 아무 것도 보이지 않는다.

"저 방향이" 하고 미쓰히데는 막막한 어둠 일각을 가리켰다.

"가가의 진입니다. 그 미유키 묘(御幸墓) 동쪽 하늘에 달무리처럼 흐릿하게 붉은 기가 서려 있는 것이 보이지 않습니까? 보이시지요?"

"안 보인다."

"보통 눈으로는 안 보입니다"라고는 미쓰히데도 말하지 않는다. 병서에 의하면 적진에 붉은 기가 서렸을 때는 새벽 공격의 징조라는 뜻을 조심스럽게 말하고

"잘 보십시오. 보실 수 있을 것입니다."

도사노카미는 계속 쏘아보고 있는 동안에 미쓰히데가 건 암시 탓인지 무엇인가 붉은 기가 피어오르는 것처럼도 보였다.

"보인다."

"하오면 준비를 하십시오."

대비를 해두어서 나쁠 리는 없다. 도사노카미는 곧 진중에 영을 내린 뒤 미쓰히데에게

"만일 적중했을 때는 은상(恩賞)으로 무엇을 바라느냐?" 하고 물었다. 미쓰히데는 아무 것도 바라지 않는다고 말했다.

"단지 어진의 말단을 맡아서 싸움을 하고 싶습니다"라고 말했다. 싸움이 있을 때 무사는 한쪽 장에게 부탁해서 '진에 끼어들어' 무공 여하에 따라서 발탁을 받는다는 것이 이 길의 상도(常道)다.

도사노카미는 받아들였다.

아니나 다를까, 축시 말(末)이 지났을 무렵, 아사쿠라 진지 주변의 초목이 갑자기 사람으로 변하면서 쓰보사카 호키가 기습해 왔다. 기습 부대는 기치도 메지 않고 횃불도 들지 않고, 갑옷 위에 흰 종이의 덧옷을 입어 자기편의 표지로 삼고서 연신 암호를 주고받으면서 진격해 왔으나, 이미 아사쿠라 군은 몇 겹으로 대비하여 그들을 기다리고 있었기 때문에 문제없이 격퇴했고, 해가 떠오르자마자 기세 있게 추격하여 적에게 섬멸적인 타격을 주었다. 미쓰히데의 공이라고 해도 좋았다. 이리 되면 아사쿠라 도사노카미와 같은 시골 영주의 가로의 경우, 맹목적이라고 할 만큼 기울어지기 시작하는 법이다.

"꼭 추천하고 싶다"고 미쓰히데를 이치조다니로 데리고 가서 자기 저택에 머물게 한 뒤 며칠 만에 요시카게에게 배알시켰다. 미쓰히데는 아사쿠라가에 사관했다. 녹은 겨우 2백 석이었다.

공략
한편, 오와리의 노부나가다.

1556년 4월 20일, 장인 도산이 죽은 지 이미 6년이 흐르고 있었다. 그 동안 노부나가는 몇 번인가 장인의 복수를 한다고 큰소리를 치면서도 기소 강 너머의 강국 '미노'를 공격할 수가 없었다.

도산을 모살한 미노의 사이토 요시타쓰가 뜻밖이라고 할 만큼 유능한 통치자라는 것이 노부나가의 야망을 꺾고 있었다고 해도 좋았다. 노부나가는 이 6년 동안 가끔 미노 영토에 손을 뻗친 적이 있지만 그때마다 요시타쓰의 교묘한 지휘와 강하기로 소문난 미노 패 때문에 격퇴당하곤 했다. 자연 노부나가가 쳐든 '장인의 복수전'이라는 기치는 하릴 없이 세월에 낡아가고 있었다.

어느 날, 노부나가는 노히메의 방에서 뒹굴면서
"나는 도산에게 속았는지도 모른다"고 말했다.
"그렇지 않나, 오노. 도산 공은 늘 자기 아들 요시타쓰를 몸집 큰 굼벵이라고 매도했어."
그대로였다. 요시타쓰는 키가 여섯 자 다섯 치, 체중이 30관이다. 보통 사람이 아니다.
――괴물 같으니!
하고 도산은 평소 요시타쓰의 이름을 부르지 않고 이렇게 흉을 보았으며, 사사건건 바보취급을 하고 있었다. 그 요시타쓰가 진실이야 어떻든 간에 세상에서는 아버지인 도산을 멸망시키고 미노의 통치권을 쥐고 나서는 아무리 보아도 바보가 아니었다. 나라는 잘 다스려지고 있다. 미노 사람들도 도키가의 피를 이어받은 요시타쓰에게 심복하고 경애하는 모양이었다.

그 위에 군사는 강하고 나라는 풍요하다. 이웃 나라의 노부나가로서는 파고들 틈이 없었다.
"아무래도 살모사의 엉뚱한 감정(鑑定) 착오였던 모양이다."
"그럴까요" 하고 노히메는 그렇다고도 아니라고도 하지 않았다. 미노 사이토가는 그녀의 친정이며, 당주인 요시타쓰는 아버지를 멸망시켰다고는 하나 그녀는 그 여섯 자 다섯 치 님을 친오빠로 알고 성장해 온 것이었다. 어느 편이냐 하면 그녀는, 거한이고 사람 좋고 웃음 띤 얼굴에 애교가 있는 그

'오빠'가 좋았다.

노부나가는 노히메에게 요시타쓰에 대해서 자세히 물었다. 그 모두가 마당에서 고사리를 꺾어 주었다든가 교토 식으로 칠한 조그만 상자를 주었다는 등의 어이없는 얘기뿐이었지만, 그 모두가 요시타쓰가 가지고 있는 인간미를 아는 데에 좋은 재료가 아니라고 할 수는 없었다. 그런 사나이이기 때문에 미노 사람들도 그에게 심복하는 것이리라.

또 어느 때 노부나가는 노히메에게 이렇게 물었다.

"요시타쓰의 딸 마바(馬場) 님이라고 하는 아가씨는 나라 안에서도 소문난 용자인 모양이지. 그대도 들었나?"

"예, 그렇다고요."

"그런가? 듣고 있었군. 그런데 그 딸에게 내 아들을 낳게 하겠다고 문득 생각했는데, 이 생각을 오노는 어떻게 보나?" 하고 엉뚱한 얘기를 노부나가는 했다. 진지한 표정이었다.

노히메에게서는 자식이 태어나지 않는다. 자식을 얻지 않으면 안 되는 필요 때문에 요즈음 노부나가는 몇 사람의 여자에게 손을 대서 몇 명인가의 아이를 낳게 했다.

노히메는 대답하지 않았다. 그러나 노부나가는 노히메의 대답 여하에는 개의치 않고 그 '묘안'에 열중했다. 곧 사자를 미노의 이나바 산성으로 보내, 요시타쓰에게 그 뜻을 말하게 했다.

요시타쓰가 철이 든 뒤로 그처럼 불쾌한 경우를 당한 일은 없으리라.

"오와리의 풋내기가 무슨 개소리냐!"고 수염을 떨면서 격노했다.

"미치기라도 했나? 나의 집안은 미노의 태수 도키가의 적류(嫡流)다. 노부나가의 집안은 근본을 캐면 오와리 태수 시바 씨의 부하의 또 부하인 집안이다. 정실부인으로 주었으면 하는 소망도 너무 지나친 소망이어늘 첩이란 무슨 말이냐" 하고 사자를 쫓아 보내버리고 말았다.

사자가 돌아와서 그 뜻을 노부나가에게 복명하자, 노부나가도 표면상으로는 요시타쓰의 무례한 말투에 화를 내는 척했지만 속으로는 '여섯 자 다섯 치도 역시 바보는 아닌 모양이다' 하고 감탄했다.

노부나가의 참뜻은 하나는 재미삼아, 다른 하나는 사이토 요시타쓰라는 사나이의 기량을 재어보고 싶었던 것이었다. 그 뒤

"오노, 첩 문제는 잘 되지 않아. 여섯 자 다섯 치 놈은 대단히 화를 낸

모양이야" 하자 노히메는 말이 말인지라 미간을 펴고 기쁜 듯이
"어머 그래요? 주군께는 딱하게 되셨군요" 하고 말한 뒤, 새삼 딱한 듯한 표정을 지었다.
'이 사람은 무슨 생각을 하고 있는가.'
정직하게 말해서 노히메로서도 노부나가의 뱃속을 알아볼 수 없을 때가 많다. 이런 얘기도 있다. 어떤 때 노부나가는 밤중이 되면 안방에서 빠져나가 본성의 맨 위층으로 올라가 창문으로 미노 방향을 보곤 했다. 그것이 밤마다의 습관처럼 되었다.
노히메가 이상하게 생각하여 어느 날,
"주군께서는 밤이 되면 미노 방향을 보시곤 하는 모양인데 무슨 일이 있나요?"
"불을 보는 거야."
노부나가는 무뚝뚝하게 말했다.
"불을?"
"실은 미노의 오랜 가로 중의 한 사람이 스스로 요시타쓰의 전도에 실망하고 나에게 은근히 통해 왔다. 나는 그자에게 만약 그 뜻이 정말이라면 이나바 산성에 불을 지르라고 말해 주었다. 그 불길이 오늘 오르는가 내일 오르는가 하고 보고 있는 거야."
노부나가는 필요 이상으로 드높은 목소리로 말했다. 노히메를 모시는 시녀 중엔 미노에서 온 자가 많았다. 당연히 오와리의 정세를 어떤 수단으로든 미노에 알리고 있었다. 그 시녀들의 귀에 들리도록 노부나가는 우정 거짓말을 한 것이었다. 그 말이 미노로 흘러 들어가 요시타쓰의 귀로 들어갔다. 요시타쓰는 자연히 중신들 이 사람 저 사람을 의심스러운 눈초리로 보지 않을 수가 없어졌다.
그러나 미노는 그리 쉽사리 무너지지는 않았다.

한데 뜻밖의 일로 무너지기 시작했다.
노부나가가 사카이·교토 시찰로부터 은밀히 돌아온 지 다섯 달째의 일이었다. 요시타쓰가 죽었다는 것이었다.
"정말인가?"
모략가인 노부나가도 처음에는 좀처럼 믿을 수가 없었다.

'나를 미노로 유인해 들이려는 책략이 아닐까' 하고 의심했다. 워낙 바로 얼마 전에 여행지인 교토에서 노부나가는 요시타쓰의 자객을 만났다. 그토록까지 해서 노부나가를 살해하려는 요시타쓰가 갑자기 자기 땅에서 부지런히 사라져 버린다는 것은 어찌 된 일일까.

"참인가 거짓인가 정탐해 오너라."

노부나가는 첩자를 놓기도 했고, 그 외에 여러 방면으로부터 정보를 얻으려고 했다. 그 결과 사실이라는 것을 알았다. 1561년 5월 11일, 요시타쓰는 이나바 산성 안에서 급서(急逝)했다. 나이 서른다섯.

"나병으로 죽었느냐?"

노부나가는 보고자에게 물었다. 요시타쓰에겐 그런 고질병이 있었다.

"아닙니다. 뇌출혈이라고 합니다."

보고자는 유시(遺詩)까지 베껴와서 노부나가에게 보였다.

30여 년,
인천(人天)을 수호하다.
찰나의 한 구절
불조부전(佛祖不傳)

이라고 선(禪) 냄새가 짙은 부처의 공덕을 기리는 시였다. 요시타쓰는 생전에 선에 심취해서 벳덴(別傳) 스님이라는 선승에게 귀의하고 있었기 때문에 그런 유시를 지은 것이리라. 선에는 아무런 흥미도 가지고 있지 않은 노부나가로서는 이 문구의 의미 따위를 알 수가 없었다. 알려고도 하지 않았다. 노부나가가 분명히 안 것은 '나의 앞길이 열렸다'는 것이었다.

"기타로(喜太郞)는 바보다!"

노부나가는 요시타쓰의 후계자를 이처럼 평가하고 있었다. 기타로의 이름은 다쓰오키(龍興), 열다섯 살이다.

요시타쓰가 죽은 것은 11일, 노부나가가 확실한 보고를 받은 것은 그 다음 날인 12일. 요시타쓰가 죽은 다음 다음 날인 13일에, 노부나가는 갑자기 갑옷으로 몸을 무장하고 출진의 고동을 불게 한 다음 기요스 성문을 달려 나갔다.

'이 기회에 미노를 친다'는 생각이었다.

이웃 나라의 불행만큼 자기 나라에 있어서의 행복은 없다. 미노 전국은 시름에 잠겨 있을 것이고 사이토가의 노신들도 넋이 빠져 있으리라. 장례준비로 분주하기도 할 것에 틀림없다. 그것이 노부나가가 노리는 점이었다. 노부나가는 악마같이 기민하게 행동했다.

노부나가는 국경인 스노마타(墨股) 부근에 6천의 군사를 집결시키고 일제히 서(西) 미노로 밀고 들어갔다. 부근 미노 무리의 두목인 히비노 시모쓰케노카미(日比野下野守), 나가이 가히노카미(長井斐守) 등은 노부나가의 불의의 내습을 이나바 산성으로 급히 보고하는 한편, 서미노 마을 마을에 고동을 불어 둔전병(屯田兵)들을 모았지만 노도와 같은 오다 군의 침략에 대항하지 못하고 두 명 다 오다 쪽에 목을 넘겨주고 말았다.

이나바 산성에서는 숙노(宿老)들이 모여 급히 군단을 편성하여 1만 명으로 밀고 나왔기 때문에 노부나가는 깨끗이 진을 거두어 오와리로 돌아갔다.

미노 무사는 강하다. 그 위에 싸움 잘 하기로 소문이 나 있다. 같은 수 이하의 오와리 군의 힘으로써는 도저히 맞설 수 없다는 것을 노부나가는 환히 알고 있었다. 아버지 노부히데의 대서부터 미노, 오와리의 대전에 있어 오와리 군이 이긴 예는 거의 없었다. 오와리로 철수한 뒤 노부나가는 미노 군에 대한 붕괴 공작을 충분히 한 뒤

"이번에야말로" 하고 7월 21일 1만의 대군을 동원하여 국경인 기소 강으로 밀고 나가, 강을 인마로 메우면서 미노 평야로 침입했다. 미노로 들어가자, 대단한 기세로 이나바 산성 성하로 육박했다. 그러나 이때도 노부나가는 참패했다.

노부나가는 기소 강을 고다노 나루(河田渡)로 건너자 곧 시바타 가쓰이에를 선봉장으로 삼아 제1진을 인솔케 하고 제2진은 이케다 노부테루, 제3진은 니와 나가히데, 스스로는 제4진을 이끌고서 타는 햇볕 아래로 진격시켰다. 그 도하 지점에서 이나바 산성까지는 불과 12, 3킬로밖에 안돼 맹공하면 일거에 이나바 산성 아래로 공격해 들어갈 수가 있으리라.

방전하러 나온 미노 군은 의외로 약해서 도처에서 격파당했다. 그들을 뒤쫓아 오다 군은 짓밟고 또 짓밟으면서 추격해 갔다.

'별 도리가 없는 노릇이로군. 요시타쓰가 죽은 뒤 미노 병은 이렇게 약해졌는가.'

노부나가도 내심으로 놀랐다. 미노 군이 갑자기 약해진 데에는 충분한 이

유와 해석을 내릴 수 있다. 요시타쓰의 죽음이라는 그 이유와 해석에 노부나가는 스스로 휘말려 판단력이 흐려졌다고 해도 좋았다.

노부나가는 후에 전략·전술의 천재라는 말을 들었지만, 이 당시는 아직만 스물일곱 살밖에는 되지 않았다. 그때까지의 경험이라고 하면 대부분이 국내의 자질구레한 싸움뿐이었고 겨우 기습전으로서 이마카와 요시모토를 살해한 오케하자마(덴가쿠하자마)의 한 싸움만이 그의 단 한번이라고 해도 좋을 대군단과의 충돌 경험이었다.

'그 오케하자마에서 나는 이겼다'는 자신이 노부나가에게는 있었다. 그 자신이 노부나가를 무작정 전진시켰다. 여담이지만 전술가로서의 노부나가의 특색은, 그 경탄할 만한 속력에 있었다. 필요한 시기와 장소에 최대의 인원수를 신속하게 집결시키고 쾌속으로 공격해, 전세가 불리하다는 것을 알면 앗, 하는 사이에 철수해 버리고 만다. 그 전법은 나폴레옹과 비슷하다.

잔 수가 많은, 교묘 치밀하고 변화무쌍한 형의 전술가는 아니다. 그런 종류의 공예적이라고까지 할 수 있는 전술가의 형은 대개는 고슈(甲州)·신슈(信州)·미노 북부 등 지형이 복잡한 지방에서 많이 배출되고 있다. 다케다 신겐(武田信玄)·사나다 마사유키(眞田昌幸)·다케나카 시게하루(竹中重活) 등의 예가 그렇다.

노부나가는 거울 바닥처럼 바라다 보이는 평탄한 오와리 평야에서 성장했고, 그 평야에서의 전투 경험에 의해서 자기를 육성시켰다. 오와리는 도로망이 발전했기 때문에 병력의 기동에는 안성맞춤이었지만, 한편 지형이 단순하기 때문에 그곳에서 자란 노부나가는 산이나 지형을 이용하는 잔 맛의 전술 사상은 결여되어 있었다.

미노의 지세는 그 점에 있어 잔 맛이 있고 음성적인 전술가를 많이 육성시켰다. 개방적인 오와리 평야인들은 승세를 타고 맹진했다. 드디어 이나바 산성이 눈앞에 닥친 나가모리(長森)까지 왔을 때, 천지가 뒤집혔으리라고 여겨질 만큼의 이변이 일어났다. 주위의 숲·덤불숲·둑·부락 등에서 어마어마한 수의 미노 병이 솟아 나와 노부나가 군을 찔렀고, 한편 퇴로를 차단하였으며 또한 그때까지 퇴각을 계속했던 미노 병이 일제히 뒤돌아서서 오다 군의 선봉을 무너뜨리기 시작한 것이었다. 미노 식의 전고(戰鼓)·징·고동 소리가 천지에 들어찼고 오다군은 완전히 포위당했다.

'안 되겠다'고 생각했을 때, 노부나가는 말머리를 오와리로 돌리고 싸움터로부터의 탈출을 꾀했으나 미노군 중에서도 맹장으로 알려져 있는 히네노 비추노카미(日根野備中守) 형제가 노부나가의 직속부대를 향해 불같이 공격해대는 바람에 꼼짝달싹할 수가 없었다.

오다군이 무너지는 것을 보고 이나바 산성에서 미노군의 주력이 왈칵 공격해 와서, 오다군을 분단하면서 포위 섬멸하러 덤벼들었다. 노부나가는 단신으로 혈로를 뚫고 겨우 오와리로 도망쳐 왔지만 강 건너편 미노에서는 나찰에 쫓기는 지옥의 망자처럼 오다병이 쫓기고 있는 참담한 전황이 벌어졌다. 이윽고 해가 떨어지고 저녁빛이 길어짐에 따라서 오다병은 구원을 받았다. 어둠을 틈타 그들은 남쪽으로 후퇴하기 시작했다.

밤이 퇴각군을 구한 것만은 아니었다. 오다군의 한 부장이 미리 수도승들의 무리를 이나바 산봉우리와 잇닿은 스이류지 산(瑞龍寺山) 기슭에 매복시켜 두었다. 그들이 미리 계획한대로 산기슭에서 엄청난 횃불을 질러댔기 때문에, 성을 비우고 들을 설치던 미노병이 "아니, 본성에 오다측 별동대가 달려들었다"고 착각하고 급히 포위진을 풀어 이나바 산으로 철수했기 때문에 오다군은 위태위태하게 호구에서 벗어날 수가 있었다. 이 횃불의 허진(虛陣)을 펴서 정군을 궤멸의 위기에서 구출해 낸 오다 측의 한 부장이란, 이날 한 부대를 이끌고서 후미에 있었던 기노시타 도기치로 히데요시(木下藤吉郎秀吉)였다.

또한 노부나가가 위기에 빠진 미노군의 교묘하기 짝이 없는 이 전술은 '10면 매복의 진'이라는 것으로, 그 입안자라고 오와리 방면에 전해질 인물은 기껏해야 만 열일곱 살이 된 젊은이였다.

젊은이는 미노 후와 군(不破郡)에 있는 보다이 산성(菩提山城)의 성주로서, 다케나카 한베 시게하루(竹中半兵衛重治)라고 했다. 뒤에 한베는 오다 가로 초빙받아 히데요시의 참모자가 되어 여러 작전에 참여했고 1579년 하슈(播州) 미키 성(三木城)공작 때 진중에서 병사한다. 하여튼 간에 노부나가는 이번 전투로 인해 적인 한베, 자기편인 도기치로에 의해서 지모지략이라는 것의 높은 가치를 깨달았으리라.

한편, 아케치 주베 미쓰히데는 이 소문을 에치젠의 이치조다니에서 듣고 "정말 노부나가는 부지런한 자로군" 하고 사촌동생 야헤이지를 잡고 감탄했다. 미쓰히데는 패해도 패해도 '미노'라는 부강한 토지로 용감히 달려드는 노부나가의 기분 나쁠 정도의 고집에 어이가 없기도 했고, 동시에 그런 집념이라면 끝내는 미노를 병합하는 것이나 아닐까 하는 생각도 들었다.

노부나가는 이미 이 해 5월에 미카와의 도쿠가와 이에야스와 동맹을 맺어 동쪽의 위협을 없앴다. 북쪽의 미노 공략에 전념할 수 있을 것이었다.

'만약 미노를 점령하면 천하를 바라다 볼 수도 있는 일이 아닌가.'

아사쿠라가에 의탁하고 있는 미쓰히데에겐 노부나가의 성장이 결코 반가운 화제는 아니었다.

미쓰히데 움직이다

미쓰히데의 야망은 하나다.

"막부를 중흥시키지 않으면 안 된다"는 것뿐이었다. 교토에서 허수아비 지위를 가지고 있는 데에 불과한 아시카가 쇼군가에게 천하의 권리를 되찾게 하고, 옛날대로 무가의 두령으로서의 위신을 회복하여 제국의 병마를 통일함으로써 자기 손으로 전란을 수습해보고 싶다는 그런 것이었다.

'기껏해야 한낱 필부의 몸으로' 하고 이 미쓰히데의 야망이 터무니없이 큰 데에, 오마키나 야헤이지조차 미쓰히데의 머리를 의심스럽게 생각하는 수가 있었다.

그러나 미쓰히데란 묘한 사나이다. 이 사나이가 에치젠 이치조다니의 집안 한 구석에서 장중하게 이런 얘기를 꺼내면 듣고 있는 오마키도, 야헤이지도, 자연이 마음이 드높아지고 심기가 약동하면서 눈앞에 극채색의 태평스러운 세상이 나타난 듯한 착각에 사로잡혀 버리는 것이었다. 미쓰히데는, 아사쿠라가로부터 2백 석. 그가 혼자의 힘으로 지상에서 얻은 최초의 수입이었다. 그런데 그 2백 석의 신분도 천하에 뜻을 둔 그에게는 대단한 기쁨이 아닌 모양이다.

실제로 아사쿠라가의 가로 아사쿠라 도사노카미에게 이끌려 처음으로 배알했을 때도

"생각하는 바가 있사오니 당가의 객격으로 취급해 주시기 바랍니다" 하며 2백 석의 봉토(封土)를 사퇴했다. 미쓰히데의 희망은 2백 석의 신분만은 받되 봉토는 필요 없다. 가족이 먹고 입을 수 있을 만큼 어고(御庫)의 쌀로 받게 해 달라. 그 대신 진퇴가 자유로운 객격으로 해 주셨으면 하는 것이었다.

에치젠의 왕 아사쿠라 요사카게는 상당히 범용한 사나이인 모양이었다. 이런 미쓰히데의 요청에 대해

"왜 그런 청을 하느냐"고 물어 보았어야만 했다. 묻기만 하는 날엔, 미쓰히데는 이때다 싶어 '막부 중흥의 뜻이 있으므로' 하는 대답을 했으리라. 그러나 요시카게는 아무 말도 묻지 않고 "그것으로 좋겠느냐" 하고 신분은 2백 석, 객격으로 대우하여 가로 도사노카미에게 의탁시키기로 하는 등, 김빠질 정도로 간단하게 미쓰히데의 희망을 받아들여 버렸다.

'어리석은 영주시로군, 왜 이유를 묻지 않는가?'

미쓰히데는 다소 조급해져, 어느 날 아사쿠라가의 부양미를 막 먹기 시작했으면서도 가로인 도사노카미에게 예복을 차려입고 나아가

"부탁드릴 것이 있습니다."

"어떤 일인가?"

"교토의 쇼군가에 다녀오고 싶사오니 얼마 동안 휴가를 주셨으면 고맙겠습니다."

시골 영주의 가로인 도사노카미는 놀랐다. 쇼군가가 쇠퇴했다고는하나 천하제일의 귀인이다. 그 쇼군에게, 바로 얼마 전까지 떠돌이 무사이던 자가 마치 자기 집으로 돌아가기라도 하려는 듯 손쉽게 놀러간다고 하니 어찌된 노릇일까?

"실은" 하고 미쓰히데는 말했다.

"쇼군가의 소자(奏者:都承旨와 같음) 호소가와 후지타카 공으로부터 이런 편지가 와 있습니다. 그러므로 급히 교토로 올라가지 않으면 안 됩니다."

거짓말이 아니라는 증거로 그 편지를 펼쳐 보였다. 그 편지를 보고 도사노카미는 마치 마법에 걸린 것처럼 깜짝 놀라

"사람이라는 것은 알고 있는 것 같으면서도 모르는 법이로군. 대체 주베 공은 어떤 사람인가. 말해 주겠나?" 하고 말투까지 바꿨다.

"글쎄요."

미쓰히데가 입을 열었다. 실은 쇼군 측근자 친구에 불과하다. 그러나 에치젠과 같은 시골에서 자기의 내막 얘기를 정직하게 말해 보았자 별수없었다.

"저는 어떻게 된 일인지 쇼군에게 신뢰를 받고 있습니다. 지난 해 가을, 연가회(連歌會)를 개최했을 때도 배석을 허가받은 일이 있고 여러 가지로 정사의 비밀에 대해서 의논상대도 되고 있습니다."

"허어, 정사상의 비밀?"

도사노카미는 조그만 얼굴을 흔들면서 감탄한 듯한 표정을 지었다.

"그런데, 이번의 소환도 뭔가 그렇게 중요한 일인가?"

"추측컨데" 하고 미쓰히데는 호소가와 후지타카로부터 오는 매번의 편지를 읽어서 알고 있는 교토의 정세를 재미있게 얘기해 주었다. 교토의 쇼군 요시테루는 미요시(三好)·마쓰나가(松永) 등 아와(阿波)와 야마시로(山城)를 지반으로 하는 영주 때문에 그들의 먹이와 같이 돼 버렸다. 그런데 니조의 저택에 사는 요시테루란 나이가 젊은데다가 병법의 면허를 받았을 정도로 기개가 있는 인물이므로 언제까지나 미요시 조케이나 마쓰나가 히사히데(松永久秀)의 허수아비가 되고 있지는 않는다.

지난 해 에치고의 나가오 데루토라(長尾輝虎:上杉謙信)의 상경을 요구하고, 그의 도움을 부탁한 것 등도 미요시·마쓰나가 도배들과 인연을 끊고 싶다는 일념의 표시였다.

데루토라는 북(北) 에쓰(越)나라의 맹병들을 이끌고서 상경하여 어마어마한 금품을 헌상한 뒤 쇼군에게 충성을 맹세하고 더구나 교토를 떠날 때 아뢰었다.

"이 몸이 교토에서 미요시 마쓰나가의 무리들을 보옵건대, 황공하옵게도 그들은 쇼군님을 존중하지 않을 뿐만 아니라 역의(逆意)마저 품고 있는 것은 의심할 여지가 없습니다. 만약 지금 명령만 내리신다면 당장 그들을 간도(奸徒)로서 주살하여, 교토를 떠나는 선물로 삼고 싶습니다. 어떻게 생각하십니까?"

데루토라는 체경 중에 명가인 우에스기(上杉)의 성을 이을 것을 허락받고, 간토(關東) 관령(管領)이란 명예직까지도 받아 형식적이지만 막부의 '중직'을 맡았다. 그에 대해 은혜를 갚는다는 의미와 데루토라의 성격적인 정의감에서 그렇게 말한 것이리라.

데루토라, 후의 우에스기 겐신이다. 그의 군사적 능력을 가지고서라면, 미요시·마쓰나가 도배 따위는 파리를 때려잡는 것만큼의 수고조차 필요 없으리라. 당장 마쓰나가 단조추 히사히데(松永彈正忠久秀) 등은 데루토라의 체경 중에는 노예와 같은 태도로 데루토라의 여관을 매일처럼 찾아가 그 비위를 맞추기에 정신이 없었던 것이다.

"어떻게 생각하십니까?"

데루토라는 거듭 물었다. 이때 쇼군 요시테루가 단 한 마디

"그러면 없애라" 했다면 후에 큰 해는 입지 않았으리라. 그런 점에선 영

리하고 용기가 있는 것 같아도 귀족으로 자라난 사람이었다. 주저했다. 그만 "그렇게까지 하지 않더라도" 하고 데루토라의 권고를 물리쳤다.

데루토라와 북 에쓰 나라의 군단은 교토에서 떠났다. 그 뒤에 미요시·마쓰나가의 횡포는 본래대로 돌아가 요시테루로서는 즐겁지 않은 매일이 계속됐다. 그렇다고 요시테루가 그 동안 팔짱만 낀 채 번민하고 있었던 것은 아니다. 요시테루에게는 모계(謀計) 재능도 있었고, 더구나 호소가와 후지타카와 같은 모신도 있었다.

'언젠가는 미요시·마쓰나가의 무리를' 하고 생각하며 교토에서 가까운, 예를 들면 오미 부근의 호족 중에서 쇼군을 좋아하는 자를 은연중에 불러 올려 비밀공작을 계속하고 있었다. 워낙 에치고의 우에스기는 지리적으로 멀어서 막상 군사행동을 취해야 할 때에는 뒤늦어 버린다.

"쇼군 님도 고생을 하시는군" 하고 도사노카미는 미쓰히데의 얘기에 부지중에 휩쓸려 들어 눈물까지 글썽이며 말했다.

"필경 호소가와 후지타카 공이 저에게 의논하고 싶은 말이 있다는 것은 그 일일 것입니다. 천하에서 믿을 만한 영주는 어디의 누구인가, 그것을 물을 것이라고 생각합니다."

"우리 아사쿠라가는 어떤가?" 하고 도사노카미는 문득 말했다.

미쓰히데는 왜 그런지 쓴웃음만 지으면서 대답하지 않았다. 도사노카미는 미쓰히데의 애매한 미소가 마음에 걸려, 거듭 "어떤가?" 하고 물었다. 미쓰히데는 일부러 시선을 비키고

"지금은 전란의 세상이라고는 하나 앞으로 10여 년 안으로 통일의 기운이 솟아날 것입니다. 과연 누가 통일할 것인지."

"누군가?"

"제가 생각건대 재빨리 쇼군과 뜻을 통하여 쇼군을 받들어 쇼군의 명령 아래 여러 영주를 규합하여서, 쇼군의 명을 받아 불복하는 여러 영주를 정벌하는 영주만이 천하를 통일하실 분이라고 봅니다."

'쇼군이 그토록 권위가 있는 것일까?'

도사노카미가 미쓰히데의 천하 통일 방식에 약간 의문을 품은 것은 이 점에서였다. 쇼군의 명령을 들을 정도라면 벌써 이 난세는 수습되었을 것이 아닌가. 이런 의문에 대해서 묻자

"그렇습니다. 말씀대로입니다" 하고 미쓰히데는 미소를 지었다. "지금은

부침 151

쇼군의 권위가 없습니다. 그러나 천하에 통일의 징조가 나타났을 때, 다시금 쇼군의 존재는 빛을 발합니다. 통일에는 주축이 필요한 것입니다. 그 주축은 쇼군이 아니면 안 되며, 안목이 있는 영주들은 당연히 그것을 꿰뚫어 볼 것입니다. 오와리의 오다 노부나가 등은 그 중에서도 으뜸가는 자라고 생각합니다."

"노부나가?"

아사쿠라 도사노카미는 비웃었다. 오다가는 그 조상조차 분명치 않은 집안으로, 떠도는 말에 의하면 조상은 이 에치젠의 니부 군(丹生郡) 오다(織田) 마을의 신관(神官)이었는데, 그러던 것이 어느 대엔가 오와리로 흘러가 그 후예가 지금의 노부나가라고 도사노카미는 듣고 있었다. 노부나가가 요즈음 제아무리 도카이 지방에서 두각을 나타내기 시작했다고 할망정, 명가인 아사쿠라가에서 볼 때에는 자기 영토 안에서 흘러나간 자의 후예에 지나지 않았다.

"노부나가가 그만한 자인가?"

"아니 모릅니다. 단지 젊은 주제에 요즈음 교토까지 몸소 정세 탐색을 떠났다는 말을 듣고, 무서울 만큼 시세에 대한 안목이 있는 자로구나 하고 감탄한 바입니다."

"교토로? 쇼군님을 배알했는가?"

"아니오. 노부나가는 가즈사노스케라고 자칭하고 있기는 하지만 정식의 관위는 없는 비천한 벼락 영주, 쇼군을 배알할 수 있는 자격 같은 것은 없습니다."

"그러리라. 그런 면에서는 우리 아사쿠라가와는 다르지. 당당한 에치젠의 태수며, 주군께서 가지고 계시는 종사위(從四位) 사효에노카미(佐兵衛督)의 관위 관직은 지금 유행하는 자칭이 아니라 당당히 교토로부터 배령한 것이다. 우리 영주님이 교토로 올라가시면 천자도 쇼군도 배알할 수 있다."

"그러하오면 올라가시겠습니까?"

미쓰히데는, 드디어 문제의 핵심을 찌를 작정으로, 빤히 도사노카미를 쏘아 보았다.

"상경하신다면, 제가 비록 힘은 없지만 교토로 급히 가 쇼군 공경들에게 맞이할 준비를 만반으로 갖추겠습니다만?"

"아니, 그것은."

가로는 애처로울 만큼 당황했다. 요시카게가 군사를 이끌고 교토로 올라간다면, 동쪽 가가의 혼간 사 신도들과도 화목을 해 두지 않으면 안 되고 연도를 가로막을 오미의 아사이(淺井)·록카쿠(六角) 등 강력한 영주와 한 싸움 벌이든가 화목한 뒤가 아니고서는 도저히 나라를 떠날 수가 없었다. 또 그만한 배짱도 아사쿠라가에는 없었다.

"어떠십니까?"

"지금 형편으로는 그럴 마음이 있어도 이웃에 발이 묶여 한 발자국도 에치젠에서 나갈 수가 없다. 마음은 태산 같지만."

"있으시군요, 마음은?"

"물론."

"그러면 그러한 뜻이 있다는 것만 쇼군님께 아뢰어 두지요. 그러나 말만으로써는 뜻이 통하지 않습니다. 영주님의 서장 한 통과, 아사쿠라가의 성의를 다한 헌상품 등을 저에게 주십시오."

미쓰히데의, 쇼군가나 호소가와 후지타카에 대한 면목도 그것으로 훤하게 서는 셈이다.

"좋은 것을 가르쳐 주었다."

도사노카미는 오히려 기뻐하며, 그것을 미쓰히데가 출발할 때까지 갖출 것을 약속했다.

극히 자연스럽게 미쓰히데는 자기 독특한 지위를 만들었다. 이때는 그의 첫 공식 상경이기도 하여 아주 단시일 안에 에치젠으로 돌아왔지만, 그때 이후로 에치젠 아사쿠라가의 연락장교로서 자주 이치조다니와 교토 사이를 왕래하여 쇼군가와 아사쿠라가를 맺는 유대가 되었다.

당연한 일이지만, 쇼군 요시테루에게도 이름과 얼굴을 기억시킬 수 있게 되었다. 뿐만 아니라 세 번째 상경 때엔, 쇼군 요시테루로부터

"여(余)는 그대를 직속처럼 생각하리라. 그렇게 생각해도 상관없겠지?"

하는 파격적인 말씀까지 들었다.

미쓰히데는 무위 무관의 몸이므로 싸리꽃이 핀 마당에 꿇어앉고, 쇼군은 지나치는 길이라는 형식으로 툇마루에 서 있었다. 이 말씀이 머리 위에서 내려왔을 때, 책모가치고는 다감한 미쓰히데는 불쑥 땅 위에 몸을 내던지고 샘

솟듯 하는 눈물로 얼굴을 더럽히면서

"소오자역(奏者役)이신 호소가와 효부다유 공에게도 말씀드립니다. 미쓰히데, 목숨이 있는 한, 아니 가령 이 몸이 멸하더라도 일곱 번 다시 태어나 쇼군님을 위해서 분골쇄신 힘을 다할 각오입니다."

정말로 억제할 길이 없이 눈물이 흘러나와 끝내 미쓰히데는 풀 위에 흐느끼며 엎어지고 말았다. 미쓰히데에게는 이런 일면이 있었다. 이 사나이가 가지고 있는 뜻밖의 가련스러움에 쇼군 요시테루도 당연히 감격했다. 뿐만 아니라 옆에서 모시고 서 있는 호소가와 후지타카조차도 옷소매로 눈을 씻었다.

그러나 후지타카는 재각(才覺)이 있는 사나이라 이러한 중에도 아케치 미쓰히데라는 다시없는 친구를 쇼군에게 돋보이게 해주는 친절과 노력을 잊지 않았다.

"미쓰히데 공은 아사쿠라가에서 녹을 받고 사관을 하는 것이 아니라 객의 대우라고 들었소. 그것이 지금 아주 형편이 좋소. 성지(城地)를 잃었다고는 하나 근본을 캐 보면 미노 아케치 마을의 주민으로서 도키 미나모토 씨의 명문 가계이고, 근본을 더 더듬으면 황공하옵게도 쇼군가의 혈통과 같소. 당연, 쇼군가 직속이라고 해도 상관없소. 지금부터는 그런 마음가짐으로 지내시도록"

하고 요시테루의 말을 다시 다짐하고, 오히려 그 다짐을 요시테루에게 들으란 듯이 했으므로, 요시테루도 문득 깨달아 미쓰히데에게 귀족이 사냥할 때나 여행할 때 입는 옷 한 벌과 흰 오동의 어문(御紋)이 든, 장식이 있는 장검 한 자루를 하사했다.

미쓰히데는 배령하고

"황공하오나 이 물건들은 미쓰히데를 낭도(郞徒)의 말석에 끼게 하여 주옵신 증거로 알고 배령하겠습니다"라고 말했다.

이 일은 아사쿠라가에서의 미쓰히데의 위치를 일변시켰다. 물론 급여되는 쌀의 양엔 변함이 없었지만 가중에서 미쓰히데를 보는 눈길이 '교토의 쇼군가에서 파견된 자'로 변했고, 요시카게에 대해서도 가로와 같은 발언권을 가지게 했다.

이 변화도 당연했으리라. 뒷날 아사쿠라가가 쇼군을 받들고 일어선다면, 미쓰히데는 쇼군가 파견의 군감(軍監) 자리에 앉게 되기 때문이다.

1564년이 되었다. 이 동안 오와리의 노부나가는 미노 탈취의 꿈을 지울 수가 없었다. 아니, 잊기는커녕 미노에 달려들었다가 미노 패의 역습을 받아 얻어맞고서 쫓겨나곤 하는 집념 깊은 공격을 되풀이하고 있었다. 1561년 이후로 해마다 연전연패를 했을 뿐, 이긴 예가 없는데도 침공을 되풀이하고 있었다.

'진력내지도 않고 끈덕지기도 하군' 하고 에치젠 땅에서 미쓰히데는 생각했고, 노부나가의 체질에 소름이 끼칠 듯이 이상스러운 깊은 집념을 발견하고 생각에 잠기지 않을 수 없었다.

'그 깊은 집념을 보면 혹시 노부나가야말로 영웅이라고 할 수 있는 자인지도 모른다.'

노부나가의 성격을, 그의 일화를 듣고 단순히 성급한 자라고만 보던 미쓰히데는 뜻밖의 생각이 들기 시작한 것이다. 미노 공략에 관한 한 노부나가의 성격은 우선 그 탐욕스러움과 집요함, 이 두 가지로써 세상에 짙은 인상을 주기 시작하고 있었다. 두 가지가 다 영웅의 중요한 자질이라고 해도 좋았다. 나아가 2패, 3패하더라도 꺾이지 않는 신경도 역시 보통이 아니리라. 더구나 큰 문제는 3패, 4패를 거듭함에 따라서 노부나가의 전법이 교묘해져 간다는 것이었다.

'그 사나이는 실패할 때마다 성장한다.'

아니, 미쓰히데가 에치젠에서 관찰한 바로는 노부나가는 성장하기 위해서 일부러 실패한다고 밖에는 여겨지지 않는 무서운 기백이 있었다.

최근의 정보로는 노부나가가 미노 침략을 위해서 오랫동안의 거성인 기요스를 버리고 미노 국경에 보다 가까운 고마키 산에 성을 쌓고 급히 지은 성하 마을을 만들어 그곳으로 가신들의 저택도 옮겨 버렸다는 것이었다. 가신들은 생활상의 불편 때문에 이 이전을 기뻐하지 않았지만 노부나가는 강행했다.

'이나바 산성의 목 밑에서 물어 뜯을 속셈이로군.'

미쓰히데는 어이없어하기도 하고 두려워하기도 하면서 오와리로부터의 정보에 비상한 관심을 계속 가져왔다.

다음 해 1563년, 노부나가는 여전히 미노 침공 작전을 단념하지 않고 지금까지 서쪽 노(濃)를 진공로(進攻路)로 삼았던 것을 과감하게 바꿔 동쪽 노로 칼날을 돌려서 올 여름 드디어 동쪽 노의 일부를 침략하여, 그 뒤 1진

1퇴를 계속하고 있다는 소문을 미쓰히데는 들었다.

그런데 그 해 5월, 미쓰히데에게도 중대한 이변이 일어났다. 쇼군 요시테루가 마쓰나가 히사히데에게 살해되었던 것이다.

칼과 쇼군

 교토를 전율시킨 1565년의 사건을 어디서부터 얘기해야만 좋을까.
 보통 '단조 공(彈正公)'이라고 불리는 자가 있었다. 벼슬은 단조 쇼히쓰(彈正少弼: 내외의 비위를 규탄하고 풍속을 바로잡는 벼슬)로서 이름은 마쓰나가 히사히데.
 역사상 사이토 도산과 함께 악인의 대표자처럼 일컬어지고 있는 사나이다. 이 얘기의 어느 대목에선가 도산이 단조와 만난 일이 있다. 그 당시 단조는 교토를 제압하고 있는 영주 미요시 조케이의 한낱 집사에 지나지 않았다. 그런데 차차로 성장하여 이제는 미요시가의 가로이면서도 사실상 미요시가의 주인처럼 되어 아와·가와치(河內)·야마시로(山城)·교토 등, 일본의 중추부를 제압하고 있었다.
 '단조 공은 악인'이라는 것은 누구 하나 모르는 사람이 없었으나, 아무도 이 단조에겐 꼼짝달싹할 수가 없었다. 강대한 군대를 가진 위에 지모가 뛰어나서 능수능란한 외교 능력을 가졌으며, 그 위에 긴키(近畿) 지방의 어느 대영주 소영주보다 전쟁을 잘했다. 미요시가의 관리 출신이므로 문서에도 밝다. 풍류도 안다. 교토의 공경, 사카이의 부상(富商) 등과 각별한 교제를 가지고 있는 것은 그가 당대 유수의 풍류인이라는 것에 큰 힘을 입고 있었다.
 그의 재능을 증명하는 것 중 하나는 그의 거성인 시기 산성(信貴山城)이다. 시기 산(信貴山)은 가와치와 야마토를 병풍처럼 가로막고 있는 이코마(生駒) 시기산맥의 한 봉우리로 해발은 480미터다. 성은 야마토측의 산중턱에 있으며, 단조는 이 성을 1560년에 쌓아 올렸다. 1560년이라면 노부나가가 오케하자마(덴가쿠하자마)에서 이마가와 요시모토를 급습하여 친 해로서, 단조는 이 무렵 가와치·야마토를 점령하기에 분주스러웠다.
 성에 천수각이 있다. 높이 하늘을 찌를 듯이 솟아 야마토 평야를 한눈으로 내려다볼 수가 있었다. 성에 천수각을 올린 최초의 예로서
 "단조 공은 일대 누각을 쌓아 올렸다더군" 하는 소문은 교토의 공경, 사카이의 백성들 사이에 큰 화젯거리가 되어 일부러 구경하러 가는 자가 많았다. 그 소문이 오와리에까지 들려 노부나가의 귀에 들어갔다.
 "재미있는 짓을 하는 사나이로군."
 새로운 것이라면 모두 좋아하고 독창적인 재능을 사랑하는 노부나가는, 이 풍문에 몹시 흥미를 품은 모양이었다. 그러나 그가 그 '천수각'을 갖게 된 것은 18년 뒤 아즈치 성(安土城)을 쌓아 올릴 때까지 기다리지 않으면 안 된다.
 '천수각'이라고 해도 그처럼 실전적인 데에 도움이 되는 것은 아니고 오히려 그 장려한 누각을 하늘 높이 쌓아올림으로써 성주의 위세와 다복함을 천하에 과시한다는, 말하자면 선전효과 쪽이 더 크다.
 당연히 세상 사람들의 마음에도
 "과연 단조 공이로군" 하고 실력 이상으로 이 사나이의 이미지가 크게 비쳤고, 그 인상이 여러 나라로 흩어져 갔다.
 시기산성을 쌓은 지 2년 뒤에 단조는 주인 미요시 조케이의 세자 요시오키(義興)가 뜻밖에도 영명하여 자기를 멀리하기 시작한다는 것을 깨닫고
 '이 젊은 주군이 있으면 주가(主家)를 자유로이 할 수가 없다'고 은밀히 독살해 버렸다.
 아버지 조케이는 요즈음 몹시 늙어 시들기 시작하고 있었다. 세상에서는
 ──요시오키 님을 단조 공이 살해했다
는 말을 수군거리고 있는데도 그만은 병사를 한 것이라고 생각하고 비탄에 젖어 갑자기 세상이 덧없어져서, 가와치 이이모리 산성(飯盛山城)에 들어박

혀 정무도 단조에게 위임해 버린 채 몸까지도 두드러지게 쇠약해졌다. 그 때문에 단조의 독무대가 되었다.

단조에게는 아직 한 사람 방해꾼이 있었다. 조케이의 친동생인 미요시 후유야스(三好冬康)였다. 후유야스는 셋쓰 이바라기 성(茨木城)의 성주로서 연가의 명인으로 알려져 있었고, '집외(集外 : 연가 집에 들지 않은 사람)' 36가선(歌仙) 중의 한 사람으로 꼽히고 있다.

단조는 늙어 시든 조케이에게,

"후유야스 공에게 모반의 기도가 있다"고 참언을 하여, 조케이의 동의를 얻어서 돌연 군사를 일으켜 후유야스를 죽여 버리고 말았다. 조케이는 뒤에야 후유야스의 결백을 알았으나 어쩔 도리가 없어서 우울한 번민 속에서 쇠사(衰死)했다. 요시오키·후유야스·조케이 세 사람이 잇따라 죽었기 때문에 미요시가는 빈 껍질과 같이 돼 버렸다. 단조는 미요시 요시쓰네(三好義繼)라는 조케이의 양자에게 주인집을 상속시켜, 그를 받들어 점점 위세를 떨쳤다. 조케이가 죽은 뒤 단조에겐 또 한 사람 방해가 되는 사나이가 있었다. 쇼군 요시테루였다.

요시테루는 고집스러운 기개를 가지고 태어났으므로 단조의 뜻대로는 되지 않았다.

'어떻게 할 도리는 없는가' 하고 단조는 생각했다.

다행히 요시후유(義冬)의 아들로서 미요시가에서 양육당하고 있는 아시카가의 핏줄을 물려받은 자가 있었다. 14대 쇼군 요시히데(義榮)였다. 그를 옹립하면 단조와 자유대로 되며 끝내는 천하를 장악할 수 있으리라고 생각했다.

'그러므로 요시테루 쇼군을 살해하지 않으면 안 된다'고 단조는 밤낮으로 생각을 거듭했다.

그 불온한 기밀을, 당연히 요시테루는 난세에 태어난 쇼군인 만큼 자기 몸을 지키는 신경만은 병적으로 날카로웠다. 가끔 단조가 니조의 쇼군 저택에 나타나서 요시테루에게 문안드린다. 그 단조의 표정을 보기만 하고, 요시테루는 '단조놈' 하고 수상한 냄새를 맡았다.

마쓰나가 단조는 미남이다. 어릴 때에는 소녀로 잘못 볼 만큼 미동이어서 조케이에게 규방에서 귀여움을 받았던 일도 있었던 것 같다. 지금은 그 용모가 지나치게 기름지다 할 정도의 얼굴에 남아 있었다. 나이치고서는 색이 희고, 눈이 크고 팽팽했으며, 그 위에 쉰 살을 넘은 사나이치고는 입술 모양이 가련했다. 이 얼핏 보기에 명랑하고 아름다운 용모의 사나이가 잇달아서 주인되는 자들을 모살해 왔다고는 도저히 생각할 수가 없었다. 그 단조가 요즈음 가끔 요시테루에게 배알을 청하고서는 쓸데없는 풍류담을 나누었고, 요시테루의 측근들에게도 기분이 나쁠 만큼 상냥하게 굴기 시작한 것이다.
그것이 요시테루에게 경계심을 불러 일으켰다.
"그 사나이의 웃음 띤 얼굴이 기분 나쁘다."
단조의 웃음 띤 얼굴이 요시테루의 꿈에까지 나타나, 그 때문에 가끔 가위에 눌리곤 하였다.
"단조를 아주 토벌하시면?"
호소가와 후지타카가 아뢰었다. 토벌이라고 해도 요시테루에게는 군대가 없었다. 이웃나라의 여러 영주들을 믿을 도리밖에는 없었다. 그 계획도 극비로 진행시키지 않으면 안 된다. 만약 그 밀모가 새어 나가면 반대로 쇼군이 단조에게 살해당해 버리는 것이다.
"잘 될까?"
"제가 가까운 나라를 돌아다녀 보겠습니다."
호소가와 후지타카는 밀사가 되어 쇼군의 교서를 가지고서 온갖 모습으로 변장하여 이웃 나라들을 돌아다니며 쇼군에게 동정적인 대영주·소영주들을 역방하기 시작했다. 물론 에치젠 아사쿠라가에 있는 아케치 미쓰히데에게도 편지를 해서
──만일의 경우에는 아사쿠라 요시카게를 설득시켜서 군세를 교토로 올라오게 하여주오
하고 부탁했다. 미쓰히데에게는 아직 아사쿠라 요시카게를 움직일 만한 세력이 없다는 것을 후지타카도 알고 있었으나 지푸라기라도 거머잡는다는 그 기분인 것이다.
물론 만일의 공방에 대비해서 쇼군의 니조 저택 해자를 깊이 파고 담장을 높이 쌓아 올렸으며, 구석구석에 망대를 세우는 공사에 착수하였다. 이 정보가 시기 산성에 있던 마쓰나가 단조의 귀에 들어갔다.
'쇼군은 벌써 내 속셈을 엿보았는가.'
유예할 수 없다. 성의 공사가 끝나기 전에 자기가 먼저 처리라 단조는 생각하고 심복인 하야시 규다유(林久大夫)라는 자를 불러

"쇼군의 일상생활을 염탐해 가지고 오너라" 하고 탐색차 상경시켰다.

규다유는 곧 교토로 올라가서 시치조(七條)의 스자쿠(朱雀) 부근 뒷거리에 사는 단골 기생집에 머물면서 매일 외출해서는 니조 관(二條館) 주변을 어슬렁거렸다.

때는 음력 5월이었다. 마침 장마철이라 매일 장맛비가 내려 니조 관의 공사도 일단 중지하게 되어, 해자 부근에는 사람의 그림자도 없었다. 교토 시민에게 물으니

"쇼군님은 장마철의 지루함을 잊기 위해서 매일 유흥으로 지내신다"고 했다.

규다유는 시기 산성으로 달려 돌아가서 그 사정을 단조에게 보고했다.

단조는 습격 계획의 실시에 착수했다. 물론 가와치 이이모리 산성에 있는 미요시가의 당주 요시쓰네를 총대장으로 삼아, 소위 '미요시 3인 패'까지도 설득시켜서 군사를 진발시켰다.

그러나 군세의 형태를 취하지 않고 인원수를 30명, 50명씩 나눠 교토로 진발시켰고, 그것도 도중에선

"사이고쿠(西國)의 어떤 영주 부하가 기요미즈 사(淸水寺) 참예를 위해 교토로 올라간다"는 체제를 갖추어 세상의 눈을 속였다.

5월 19일의 해가 진 뒤, 이들 인원들은 교토 시중 요소요소에 둔집(屯集)했다. 총대장 미요시 요시쓰네는 군사 450명을 이끌고 가모 강(鴨江) 가의 산본기(三本木)에 진을 치고 마쓰나가 단조(松永彈正)는 가라스마카스가(烏丸春日) 정면, 무로마치(室町)에는 소고 가즈마사(十河一存), 서쪽 큰길에는 미요시 쇼간(三好笑岸), 가게유 골목(勘解由小路) 부근에는 이와기 지카라노스케(岩城主稅助)가 각각 진을 쳐 니조 관 주변에 개 한 마리 빠질 수 없는 포위망을 완료했다.

그날 밤, 비가 내렸다. 니조 관의 측근 무사들은 이미 물러나 각각 자기 집으로 돌아간 터였다. 저택 안에는 시동들과 머리를 깎고 칼을 찬 잡역부들 외엔 전투력이 있는 자는 거의 없었다.

요시테루의 모신(謀臣) 호소가와 후지타카는 요즈음 며칠 동안 교토 교외의 오토쿠니 군(乙訓郡) 쇼류지(勝龍寺 : 地名)라는 곳에 있었다. 그곳에 후지타카의 얼마 안 되는 봉토와 저택이 있었던 것이다. 물론 후지타카는 이날

밤의 이변을 꿈에도 알지 못했다. 니조 관 정면은 무로마치 거리에 면해 있었는데 이 문의 개축만은 완료되어 있어 성답게 망루가 서 있었다.

비가 뜸해진 것은 밤 일곱 시가 지나서였다. 밤 여덟 시, 포위군은 일제히 횃불을 켜 들고 각각 길거리를 밀리고 밀며 진격해 가, 해자에 이르자 단조의 부대에서 친 북소리를 신호 삼아 환성을 지르며 해자로 뛰어들어 담장에 달라붙기 시작했다.

"이건 무슨 소리야!"

안의 침소에서 뛰어 일어난 것은, 쇼군 요시테루다.

'혹시 미요시 마쓰나가 당의 모반인가?'라는 생각이 들어, 확인하기 위해 측근인 누마다 가즈사노스케(沼田上總介)를 보내 정찰시켰다. 가즈사노스케가 저택 안을 달려 정문의 무로마치로 면한 망대 위로 올라가 주위를 둘러보니 큰길 좁은 길에 횃불이 꽉 들어차 있었다.

"어떤 놈이냐, 모반하는 놈들은! 공격군의 대장은 이름을 대라" 하고 아래에다 외쳐 대자 무로마치 어귀를 맡고 있던 소고 가즈마사가 군사들을 조용히 가라앉힌 뒤, 말을 해자 가까이 몰고와

"미요시 슈리다유(三好修理大夫 : 義繼)의 수하다. 연래의 유한을 풀기 위해서 오늘 밤 왔다"고 위에다 대고 외쳤다.

누마다 가즈사노스케는 망대에서 달려 내려와 요시테루에게 그 뜻을 급히 아뢰고, 곧 숙직하던 방으로 달려가 갑옷을 입고 두 사람의 힘이라야 잡아당길 수 있는 활을 들고서 망대로 돌아가려 하니, 이미 문은 격파되고 적군이 함성을 지르면서 난입하고 있는 중이었다. 요시테루의 시동들은 캄캄한 집 안에서 손으로 더듬어 갑옷을 입고 요시테루에게로 모여 왔다. 모두들 막신(幕臣) 중의 명문의 아들로서, 하타케야마·잇시키(一色)·스기하라(杉原)·와키야(脇屋)·오와키(大脇)·가지(加持)·오카베(岡部) 등, 무가(武家)로서는 유서 있는 성을 가진 면면들이었다.

요시테루는 이 날이 자기의 최후라는 것을 각오한 듯

"촛대를 더 가져오너라. 방을 환하게 밝혀라. 술은 있느냐? 어서 이리로 가져오너라. 안주는 오징어로 좋다. 여관(女官)들도 모이라고 해라. 여기서 마지막 주연을 베풀자" 하고 그 준비를 시켰다.

성관 이곳저곳에서 적측의 기세 있는 소리, 짓부수는 소리가 들려오는 가운데 황급한 주연이 베풀어졌다.

시동들은 모두 젊은 탓인지 티 없는 각오가 어느 얼굴에나 떠올라 있었다. 그 가운데 호소가와 후지타카의 친척인 호소가와 다카요시(細川隆是)라는 젊은이가 성큼성큼 나와
"주흥을 돋우겠습니다."
하자마자 여관으로부터 화려한 고소데(小袖: 짧은 옷)를 빌어 그것을 머리에서부터 뒤집어쓰고 춤을 한번 추었다.
  요시테루는 손뼉을 치며 그 춤을 칭찬하고
"그 고소데를 이리 다오" 하고, 벼루를 끌어당겨 옷 위에 거무칙칙하게 유시(遺詩)를 지었다.

  장맛비는
  이슬이냐 눈물이냐,
  두견새야 내 이름을 올려라, 구름 위까지

  그다지 잘된 시는 아니지만, 각 서른 살인 검술을 좋아하는 쇼군의 기개가 생생할 만큼 나타나 있다.
"그럼 쳐나가겠다. 모두들 이름을 더럽히지 말라."
  요시테루는 칼을 들고 일어섰다. 시동들은 옛, 하고 힘차게 소리치자마자 복도로 뛰어나가, 적을 찾아 사방으로 흩어져 달렸다. 요시테루는 그 동안에 아시카가가 대대로 물려 내려오는 등이 긴 대장용의 갑옷을 입고 목막이가 다섯 조각 달린 투구를 쓰고 도코노마(床ノ間: 방바닥을 한 층 높게 하여 벽 안으로 좀 들어가게 한 곳. 족자를 걸고 바닥에는 꽃꽂이 등을 놓는다)에 장검 열 몇 자루를 쌓아 놓은 뒤, 단신으로 복도를 달려 현관 앞마루까지 나가 달려 들어온 적의 목을 검광 일섬 보기 좋게 날렸다.
  검술을 가미이즈미 이세노카미에게서 처음 배우고, 쓰카하라 보쿠덴으로부터 비술까지 전수받은 달인이다. 요시테루만한 명인은 당시 몇 사람 없었으리라.
  현관 어귀는 좁다. 한 사람 한 사람이 덤벼들었다. 그들의 창을 피하고 연월도를 쳐 떨어뜨리며 뛰어들어 적의 갑옷과 틈을 노려, 베고, 찌르고, 혹은 목을 날리며 눈부신 활동을 했다.
'쇼군은 귀신인가!'
  공격군은 기세가 기세인지라 주춤하여 멀리서 에워싸고 쉽사리 쳐들어오

지 않는다. 그 틈에 요시테루는 방으로 달려가서 몇 자루의 칼을 안고 다시금 현관 어귀로 돌아와, 달려드는 적을 베었다.

칼은 모두 아시카가가 비장의 명검이다. 더러는 비스듬히 내려치며 갑옷과 함께 뼈까지 베는 물건도 있었는데, 그때마다 요시테루는

"잘 든다"고 핏방울을 튀기며 드높이 웃고, 갑옷까지 벤 칼은 그 자리에서 던져 버렸다. 쇠붙이를 벤 칼은 이가 빠져 다음 번 적을 양단할 수가 없기 때문이었다.

요시테루는 이미 한 마리의 살인귀로 변해 버렸다고 해도 좋았다. 재주는 있다. 죽음도 각오하고 있다. 정이대쇼군의 신분이면서 몸소 칼싸움을 벌인 사나이는 가마쿠라 이래 메이지 유신에 이르기까지 이 요시테루 이외는 없었으리라. 나아가 한 검객으로서도 병법(검술)이 발흥한 이래 이같이 활약한 사나이도 없었다.

이윽고 성관 사방에서 불길이 솟았고, 불길은 차차 타올라 현관까지 옮겨붙었기 때문에 요시테루는 물러나서 방을 성채 삼아서 분전하는 동안, 적 가운데 이케다 모(池田 某)라는 자가 있어 등 뒤에서 창으로 요시테루의 다리를 옆으로 후려쳤다.

요시테루는 뒹굴었다.

"앗! 뒹구셨다" 하고 그 위에다 삼나무 문짝을 덮어눌러 요시테루의 자유를 뺏고 틈 사이로 창을 찔렀고, 끈덕지게 찌르고 찔러서 드디어 살해했다.

이 변보를 미쓰히데가 들은 것은 우연한 일이었지만, 그가 교토를 향해서 올라오는 도중에서였다. 고슈(江州) 구사쓰(草津) 주막거리의 여인숙에서 때마침 동숙하게 된 이즈모(出雲)의 부적 상인으로부터 들었다.

'마지막이로구나' 하고 한때는 자기의 운이 없음에 암담한 생각이 들었다. 미쓰히데가 아사쿠라에서 차지하고 있는 특이한 위치는 요시테루 쇼군의 은총을 입고 있다는 것 때문만이 아닌가. 그 요시테루가 죽었다는 것은 전국의 책사(策士)로 자처하는 그로서는 마법의 씨를 잃어버린 것과 같았다.

그러나 이내 우정이 두터운 이 사나이는 벗인 호소가와 후지타카의 안부가 걱정이 되었다.

'함께 순사했을까?'

후지타카는 용사다. 열에 아홉까지는 쇼군과 같이 전사했을 것임에 틀림

없다. 미쓰히데는 구사쓰로부터 60리 24정(丁) 길을 나는 듯이 재촉하여 교토로 들어가자마자 곧 무로마치 거리를 북쪽으로 더듬어 니조의 성관을 찾아갔다. 이미 불 탄 자국일 뿐이었다.

미쓰히데는 차례차례로 거리의 사람들을 붙잡고서는, 그날 밤 쇼군을 따라 순사한 사람들의 이름을 물으며 돌아다녔다. 차차로 상황을 알게 되어, 사건 당일 밤엔 측근들은 거의 하성하여 없었다는 것, 또한 후지타카가 여행 중이라는 것 등을 알았다.

'천명일까? 호소가와 후지타카 한 사람이 살아 있는 한 막부는 망하지 않는다.'

미쓰히데는 미친 듯이 기뻐하며 우선 후지타카를 찾아야 하겠다고 생각하고 그의 봉토가 있는 오토쿠니 군 쇼류지 마을을 찾아가기 위해 교토를 떠났다.

'반드시 후지타카는 자기의 거처로 돌아가 있을 것이다.'

이렇게 확신한 것은, 마쓰나가 단조 일당이 다음 쇼군 자리에 자기들 생각대로 부릴 수 있는 요시히데를 앉히지 않으면 안 되는 필요상, 막신의 생명·신분·영지를 보장한다는 포고를 내고 있었기 때문이다. 당연 후지타카는 도망 다니지도 숨지도 않았으리라.

'후지타카를 만나서 막부 재건의 방도를 정하지 않으면 안 된다. 마쓰나가 단조 등은 요시히데 님을 옹립하려 할지 모르지만 그렇게 하게 내버려 두지는 않겠다. 나는 후지타카와 둘이서 다른 쇼군을 옹립하는 것이다.'

길을 가면서 이렇게 생각했다. 생각하면서 마음이 개어 왔다. 생각하기에 따라서는 요시테루의 죽음에 의해 자기의 전도가 양양하게 열려 온다고도 할 수 있지 않은가.

'나의 일생도 재미있어진다.'

미쓰히데는 열심히 다리를 움직여 녹음에 덮인 남 야마시로(山城)의 들판을 남하해 갔다.

염불

'저물기 전에' 하고 생각하면서 미쓰히데는 계속 걸었다.

더운 계절이어서 땀이 속옷에서부터 마직물의 홑옷까지 흠뻑 적셔, 쥐어 짜야만 할 정도가 되었지만 미쓰히데는 상관없이 걸었다. '평생 나는 오늘

이 들판을 걷고 있는 나를 잊을 수가 없으리라.'
　남 야마시로의 들에는 대나무 숲이 많다. 이미 대나무는 새 잎을 피우고, 정신이 들만큼 푸르게 들판 이곳저곳에 숲을 이루고 있었다.
　겨우 쇼류지라는 마을로 들어가
　"호소가와 효부다유 님의 저택은 어디 있느냐?"고 물으니, 봉토 임자의 저택인지라 마을 사람들은 정중한 태도로 가르쳐 주었다.
　"저 쪽에 푸조나무가 있습죠?"
　아니나 다를까, 커다란 푸조나무가 가지를 하늘로 뻗고 있었다.
　"저 푸조나무를 목표로 삼고 가십시오."
　가 보니 후지타카의 집은 과연 봉토의 주인 저택답게 얕은 해자를 둘러 파고 흙담을 둘러쳤는데 사방 일 정(一町) 가량은 되었다. '황폐했군.'
　문도 집도 짚을 얹은 지붕이었는데, 그 초가지붕에 푸른 풀이 무성하게 나 있었다.
　미쓰히데는 푸조나무 아래에 서서 문을 쾅쾅 두드렸다. 아무도 나오지 않는다. 이미 주위는 노을지기 시작하고 동녘 하늘에 저녁달이 걸려 있었다. 미쓰히데는 저회 취미(低徊趣味)가 있는 사나이다.
　'이렇게 황혼 속에서 문을 두드리고 있는 나를, 언젠가는 떠올리리라.'
　이렇게 자기를 한 폭의 일본화 속의 인물로 생각하면서 더욱 쾅쾅 계속 두드렸다. 겨우 문이 열리고 수하 같은 사나이가 조심스럽게 단검을 들고 얼굴을 내밀었다. 교토의 변사가 있은 뒤로 뜻밖의 내방자에 대해서는 이토록까지 조심하는 것이리라.
　"효부다유 공에게 말씀드려 다오. 에치젠 이치조다니의 아케치 주베 미쓰히데가 안부를 걱정하여 교토에서 달리고 달려와 지금 이르렀다고."
　"아, 아케치 님이십니까?"
　수하는 미쓰히데의 소문을 주인으로부터 들어서 알고 있는 것 같았다. 안도의 숨을 내쉬고
　"주인께옵서도 기뻐하실 것입니다. 여기서 잠깐만 기다리십시오" 하고 안으로 들어갔는데, 기다릴 것도 없이 이번엔 호소가와 후지타카가 몸소 뛰어나와
　"주베 공" 하고 목메어 하면서 손을 잡았다. 몹시 감동한 것이리라. 어둠 속이라 얼굴은 분명히 보이지 않았으나 울고 있는 것 같았다.

"자아, 여기에서는 말도 할 수 없소. 황폐한 집이지만 어서 들어오시오. 자, 들어오시오."

후지타카는 안내해 들어 객실로 데리고 간 뒤, 하녀를 한 명 불러 땀이 밴 옷을 갈아입도록 했다.

그 동안 후지타카도 모습을 감추었다.

'웬일일까……?'

미쓰히데는 바람이 불어오는 마루로 나가 멍청히 앉아서 후지타카를 기다렸다. 방은 휘둘러보기조차 딱할 정도로 거칠어져 있었다.

'세상이 바른 세상이라면 종4위 효부다유라는 벼슬을 가진 막신이라면 대단할 텐데, 이 참담한 거처는 어찌 된 노릇일까.'

이윽고 후지타카가 의복을 갈아입고 머리를 빗어올린 모습으로 나타났다. 이 점 과연 무로마치 류의 예의가 바른 사나이로서, 전각(殿閣) 안 예의 범절 속에서 자라난 사람다워 미쓰히데에게는 호감이 갔다.

"지금 차를 준비하고 있습니다" 하고 후지타카는 말했다.

'놀랍군!'

미쓰히데는 생각지 않을 수가 없었다. 호소가와 후지타카는 다도의 본고장인 교토의, 더구나 그 본토인 무로마치 어소(쇼군 저택)에서 풍류를 배웠고, 그 중에서도 쟁쟁한 젊은 다인(茶人)으로서 알려져 있다.

'살림도 어려울 터인데 손님을 대접하려고 다도로 하다니, 여간해서는 할 수 없는 일이다. 더구나 한낱 시골 무사인 나에게'라고 생각하니 미쓰히데의 가슴 속에 감동과 외경이 솟아올랐다.

"준비가 될 동안, 형제와 같은 귀공에게 내 아내를 소개하고 싶소. 상관없겠소?"

"무슨 상관이 있겠소. 후지타카 공의 부인이시라면, 전번 니조 관의 마쓰나가 단조 기습 사건 때 훌륭히 전사하신 누마타 가즈사노스케 공의 따님이시죠. 쇼군님의 일은 일이지만 얼마나 상심스러우십니까."

"아니 아니, 그것은 지금 말하지 마오. 별실에서 천천히 나의 넋두리도 말씀드리고, 의견도 나누어야 하니까요."

잠시 후 후지타카의 아내가 나타나 미쓰히데에게 인사를 드렸다. 아직 미혼의 공주처럼 젊었다. 미쓰히데도 정중히 인사를 맞받았다. 이윽고 유모 같은 여자가 나타났는데, 만 한 살이 됐을까 말까 한 사내아이를 안고 있었다.

"맏놈이오."

후지타카는 그 어린애를 소개했다. 미쓰히데는 다가앉아 애띤 얼굴을 들여다보았다.

자고 있었다.

"천진스러운 가운데도 눈썹이 곤두서고, 입술이 야무져 훌륭한 무사단(武士團)의 벳도(別堂 : 장관)감처럼 보입니다. 앞으로 훌륭한 장관이 되시겠지요."

이 아이가 후의 호소가와 다다오키(細川忠興)다. 미쓰히데의 딸, 오타마(玉 : 가라샤 부인)를 아내로 맞아 세키가와라(關ヶ原)의 진에서 활약하여 히고(肥後) 구마모토(能本) 54만 석에 봉해진다. 그런데, 이 어린애와 그런 인연을 맺게 되리라고는 들여다보고 있는 미쓰히데로서는 물론 모른다.

다실의 준비가 갖추어졌다. 안내를 받아 손님 자리에 앉으니 차가 아니라 한 그릇의 도로로(마를 갈아서 된장을 섞은 요리)가 나왔다.

'빈틈이 없군.'

미쓰히데는 그릇을 집어 올리면서 생각했다. 차가 손님을 접대하는 마음 씀씀이라면 먼 길을 달려 온 공복의 미쓰히데에게 갑자기 차를 마시게 하기보다는 우선 도로로로 위를 편하게 하고 천천히 정기를 회복시켜 주려는 마음이야말로 다도라고 할 수 있으리라.

"어떻소, 한 그릇 더?"

후지타카는 킬킬 웃고 있다. 다실로 안내하여 손님을 화로 앞에 앉혀 놓고 차가 아니라 도로로를 권하고 있는 자기가 우스웠던 것이리라.

"도로로 차로군요."

미쓰히데도 보기 드물게 서툰 농담을 하고 웃었다. 미쓰히데의 특징은 해학을 이해하지 못하는 것이었지만, 이 자리의 우스꽝스러움만은 어떻겐가 알았을 것이 틀림없다.

이윽고 산나물·잉어회가 운반돼 오고 술자리가 벌어졌다. 그동안 교토의 변사에 대한 정보를 서로 교환했다.

"단조만큼 악덕하고 포악한 사나이는 없어" 하고 후지타카는 말했다.

쇼군 요시테루만 살해한 것이 아니었다. 요시테루의 동생으로 로쿠온 사(鹿苑寺 : 通稱 金閣寺)의 주지가 돼 있는 법명 슈코(周暠)라는 자가 있다. 어느 날 밤 히라타 이즈미노카미(平田和泉守)라는 자에게 별동대를 인솔케

하여 로쿠온 사로 보내 슈코를 배알하고

"황공하오나 형님이신 쇼군님께서 니조 관에서 연가의 흥행을 즐기고 계십니다. 그 자리에 급히 모시고 오라는 하명을 내리셔서 이 몸이 맞으러 찾아뵈었습니다"라고 말하게 하여 슈코를 끌어냈다.

슈코는 갓 열일곱 살이다. 젊음이 사태를 의심시키지 않았다. 그는 히라타 이즈미노카미의 인도를 받아 로쿠온 사 문 앞에서 가마를 타고 군사들에게 에워싸여 언덕을 내려갔다. 인원들은 천천히 행진했다. 가미야 천(紙屋川) 까지 이르자 비가 점점 더 세차졌다. 선도자 두 사람이 횃불을 가지고 있을 뿐, 일체 등불을 밝히지 않았다. 사람들은 말이 없었다.

가미야 천 둑 가로 접어 들었을 때, 장소가 장소인지라 슈코는 이상하게 생각하고

"센슈(泉州) 센슈" 하고 히라타 이즈미노카미를 불렀다. 그러나 슈코는 이 아와 태생인 미요시가의 중신을 잘 알고 있는 것은 아니었다.

"센슈, 왜 불을 밝히지 않나?"

"황공하오나" 하고 히라타 이즈미노카미는 가마로 다가가서 아와 사투리로 이렇게 말했다.

"염불해 주시기 바랍니다."

"무엇?"

"염불이야말로 무명장야(無明長夜)의 등불이라고 하오니" 하고 비통한 말투로 말했다. 무명장야란 죽은 뒤에 더듬을 황천의 어두움, 영원함을 표현하는 말이다. 그 무명장야를 가는 사자(死者)의 등불이야말로 염불이라고 하는 사상이 당시 유행이던 잇코 종(一向宗)에 의해 널리 퍼져 하나의 유행처럼 되어 있었다.

"그럼 용서를!"

히라타 이즈미노카미는 외치자마자 슈코를 끌어당겨 그 가슴을 단검으로 단칼에 찌르고 재빨리 목을 베었다.

가마는 시체와 목을 태운 채 나아갔다. 곁에 히라타 이즈미노카미가 따라간다. 그러나 정말로 뒤가 찝찝한 짓을 했다고 생각했는지 연신 염불을 외면서 가마의 모가지를 향해서

"원망 말아 주시기 바랍니다. 당신이 무운의 두령의 가문에 태어난 것이 잘못입니다. 씨(핏줄)가 귀하면 화가 많습니다. 제발 내세에서는 천한 서민

의 집에 태어나십시오" 하고 설복시켰다.

인간의 운이란 모른다. 불과 몇 분 뒤, 이 염불을 좋아하는 히라타 이즈미노카미마저도 조심스럽지도 못하게 슈코의 뒤를 따라서 황천길을 재촉하고 말았다.

가메스케(龜助)라는 자가 있었다. 가미교(上京)의 오가와(小川)에 가게를 가지고 있는 미노야(美濃屋) 조데쓰(常哲)라는 자의 아들인데, 주선한 자가 있어서 슈코의 잡역부가 되어 외출 때에는 짐을 메거나 일산(日傘)같은 것을 들면서 열심히 받들고 있었다.

그자가 가마 곁을 따라가다가 어두운 밤인데도 이 이변을 눈치챘다. 호담한 사나이로서 외치지도 도망치지도 않고 숨을 죽이고 걸으면서 가해자 히라타 이즈미노카미의 동정을 엿보고 있었는데, 이즈미노카미는 슈코를 살해한 뒤 맥없이 풀이 죽어 있었다.

'지금이다'라고 생각하고 허리에 찬 두 자(二尺)의 칼을 소리도 없이 뽑아 이즈미노카미 곁으로 살그머니 다가가자마자 등에서 배까지 꿰뚫어, 소리조차 지르지 못하게 죽여 버리고 말았다.

"간인(奸人), 알았느냐!"

외친 것이 잘못이었다. 동행들이 야단법석을 피우며 이즈미노카미 곁으로 다가와

"횃불, 횃불" 하고 불을 불러 들여다보니, 방금 염불을 외고 있던 사나이가 땅 위에 길게 뻗어 있었다.

"어떤 놈이냐?"

불을 높이 들어 주변을 살펴보니 가메스케가 있었다.

가메스케는 천한 신분으로서 그 정도의 무사를 죽여 놓고 어쩐지 멍하게 서 있었다.

"네 놈이냐?"고 추궁을 받고 나서 겨우 제정신을 차리고 후다닥 도망쳤다. 뒤가 농가의 추녀였다. 그 농가의 문을 뒷방패삼아 가메스케는 칼을 겨누어 들고서 막고 막았다. 가메스케는 이미 죽음을 각오하고 있었다. 분골쇄신의 기세로 싸웠다.

"이웃 사람들에게 알린다. 미요시 공의 부하 히라타 이즈미노카미가 속여서 로쿠온 사 주지 슈코 님을 시해했다. 그래서 슈코 님의 부하 미노야의 가메스케, 그 자리에서 원수를 갚았다" 하고 시중에 온통 퍼지라는 듯 외쳤다.

그 목소리를 목표로 한 사람이 두 쪽을 내려고 베었으나 그 칼끝이 추녀를 파고들었기 때문에 허리께에 빈틈이 생겼고, 그 빈틈을 가메스케가 힘껏 베었다. 그러나 이윽고 가메스케는 칼이 난무하는 가운데에서 죽었다. 이 소문은 다음 날 시중에 번졌고 산조(三條) 부근 에비스 천(夷川) 길거리에 모가지가 효수되었다.

끓어오르는 샘물(和泉守 : 이즈미 노카미의 뜻풀이)이라고 하지만,
미노 거북이(龜 : 가메, 즉 가메스케)가 단 한입에 마셔 버렸네

그 모가지를, 사건 직후 교토로 달려 올라온 호소가와 후지타카가 은밀히 산조 에비스 천 길거리로 가서 그려 가지고 왔다. 그것을 이 자리에서 미쓰히데에게 보였다.
"미노야(美濃屋)?"
미쓰히데는 자기가 태어난 나라인 만큼 우선 가메스케의 친가가 걱정되었다.
"가메스케의 아버지는 어떠한 자요?"
"시중의 소문으로는, 미노야 조데쓰라는 장사치의 아들인 모양이오."
"아, 미노야 조데쓰라면 보통 고시로(小四郎)라고 부르는, 교토의 위쪽 오가와마치(小川町)에 사는 사람이 아닙니까?"
"맞소. 그렇게 들었소. 아는 자요?"
"그렇습니다."
미쓰히데는 이상한 인연에 놀랐다. 미노야 조데쓰는 본래 무기 고사부로(武儀小三郎)라고 하는 아케치가의 부하였다. 아케치 성이 함락되고 나서 사이토 요시타쓰의 추격자에게서 도망쳐 교토로 나와 두 칼을 버리고 상인이 되었다. 미쓰히데는 조데쓰가 구신(舊臣)이었으므로, 교토에 올라왔을 때는 가끔 숙소로 이용했던 것이다. 그러나 가메스케라는 젊은이는 만난 일이 없었다. "그렇습니까? 귀공의 구신의 아들이었군요. 이건 기묘하고 이상하기 짝이 없군요."
후지타카도 숨을 죽인 것 같은 표정이었다.
"그건 그렇다 치고 미노인들의 용감성이라니. 귀공은 미노 미나모토 씨의 명가 출신이라고는 하지만, 이미 성도 뺏기고 집안도 망해서 천하를 유랑

하시면서도 한편으로 여전히 막부의 중흥을 꾀하고 계시오. 그것조차 갸륵하다고 생각하고 있는데, 지금 귀공의 구신의 아들이 잡역부의 신분이면서 칼을 휘둘러서 슈코 님의 원수를 갚었소. 우리 막신으로서는 오히려 부끄러워하지 않으면 안 되오."

가메스케의 사건은 점점 더 미쓰히데에 대한 후지타카의 마음을 깊게 한 모양이었다.

"그런데 그 외에는?" 하고 미쓰히데는 물었다. 그 외에 그 교토 사건에 대한 정보는 없느냐는 것이었다. "그렇군요. 어소(御所. 皇宮)도 당황하셨던 모양이오."

"그렇겠지요. 하룻밤 만에 정이대쇼군께서 돌아가셨으므로 공경의 무리들은 낭패했겠지요."

"간파쿠(關白)는 물론 모두 야단법석을 피우셨던 모양이오."

니조의 요시테루 쇼군의 저택은 어소와 가깝다. 이 갑작스런 야전(夜戰)에 공경들은 대소동을 일으켜 만일의 경우 황제를 에잔(叡山)으로 몽진시킬 준비를 하면서 어소의 여러 문을 단속했는데, 새벽녘이 돼서 훌륭한 갑옷으로 몸을 감싼 무사가 30명 가량의 군사들을 거느리고 와서 어소의 문 앞에까지 이르러 커다란 목소리로 어젯밤의 경위를 설명하고

"그러므로 쇼군께서는 이미 이 세상에 계시지 않습니다. 앞으로 조정의 명령은 이 몸이 받도록 할 것입니다."

어소 안에서 구로우도(藏人: 궁중의 서무를 담당하는 직원)가 나와 조그만 문을 열고

"그대는 뉘시오?" 하고 조심조심 묻자, 그 무사는

"저는 미요시 슈리다유 요시쓰네라는 자요" 하고서는 말머리를 돌려 사라져 버렸다. 미요시 요시쓰네라는 것은 마쓰나가 단조가 자기의 말대로 움직일 수 있는 주인으로서 미요시가를 잇게 한 사나이다.

"미요시·마쓰나가의 도배들은 본국인 아와에서 양육한 요시히데 아시카가 쇼군가의 방계 공을 받들어 쇼군으로 삼고, 천하의 권세를 마음대로 휘두를 흉심을 품고 있을 거요."

"그 흉심, 분쇄하지 않으면 안 됩니다" 하고 미쓰히데는 틈을 주지 않고 말했다.

"당연히."

후지타카는 고개를 끄덕이고 나서 다시

"그러므로 선대 요시하루(義晴) 공의 차남이시며 어릴 때 승려가 되시어 지금은 나라(奈良)의 이치조 원(一乘院)의 주지로 계시는 분을 받들지 않으면 안 되오."

"아!"

미쓰히데는 그러한 적류(嫡流)가 승려가 되어 있다는 것을 몰랐다. 죽은 요시테루의 동생이며 노상에서 살해당한 슈코의 형이다.

"그 이치조 원 주지는 미요시·마쓰나가의 독수에 걸리지 않았습니까?"

"그렇소. 다행히도" 하고 호소가와 후지타카는 고개를 끄덕였으나 우수의 빛이 짙었다. 독수에 걸리지 않았지만 미요시·마쓰나가의 도배들은 요시테루를 살해함과 동시에 나라로 별동대를 보내 이치조 원을 포위하고 그 주지가 탈출할 수 없도록 엄중하게 감시를 하고 있다고 한다.

주지의 법명은 가쿠케(覺慶). 후의 15대 쇼군 요시아키(義昭)다.

"제 아무리" 하고 미쓰히데가 말했다. 목소리가 자기도 모르게 떨렸다.

"적(敵)측의 포위가 엄중하다고 하더라도 제가 이치조 원으로 쳐들어가 목숨을 걸고 주지님을 탈환해 오겠습니다."

말하고 난 미쓰히데의 두 눈이 유달리 빛났다. 제 아무리 그것이 어려운 일이라 해도 자기가 세상에서 두각을 나타낼 기회는 그 한 가지밖에는 없다고 미쓰히데는 생각했다.

"해 주시겠소?"

후지타카는 다가와서 미쓰히데의 손을 잡고

"천하가 넓다해도 쇼군 후계자의 탈환에 목숨을 버리고자 하는 건 우리 둘밖에 없소."

후지타카의 얼굴에, 솟아나고 또 솟아날 만큼의 핏기가 올랐다.

나라(奈良) 고개

탈환──

이라는 모험은 미쓰히데의 피를 무섭게 끓어오르게 한 모양이었다. '이 거사야말로 생사를 걸 가치가 있다.'

미쓰히데는 이렇게 생각하고, 있는 재지(才智)를 다하여 매일 밤낮으로 호소가와 후지타카와 그 작전을 짰다. 우선 나라의 정세를 살피지 않으면 안 된다. 두 사람은 나라로 내려갔다. 나라의 아부라사카(油坂)에 가마쿠라야

(鎌倉屋)라는 차 도구 등을 파는 가게가 있다. 주인은 하쿠사이(柏齋)라고 하여 교토에도 왕래하여 후지타카와 절친했다. 이 시대 무사들은 배신을 떡 먹듯이 해서 그 절의를 믿을 수 없었지만, 오히려 상인 가운데 협기 강한 자가 많았다. 가마쿠라야 하쿠사이 등은 그 전형적인 한 사람이었다.

두 사람은 이 아부라사카의 가마쿠라야에 묵으며 비모(誹謀)를 고백하고 부탁하자

"저를 사나이로 보아 주십니까" 하고 하쿠사이는 기뻐하며, 몸이 가루가 되더라도 협력하겠다고 단언했다.

가마쿠라야 하쿠사이는 전부터 이치조 원 귀족 절간 출입을 허락받고 있었고, 가쿠케 주지에게도 귀염을 받고 있었다.

그 인연으로

"주지님에게 밀서의 심부름을 해 주기 바라네"라는 것이 미쓰히데와 후지타카의 부탁이었다.

"쉬운 일."

가마쿠라야 하쿠사이는 두 사람에게 걱정을 시키지 않으려는 듯 일부러 손쉬운 듯이 말했으나 정말은 쉬운 일이 아니었다. 미요시·마쓰나가의 군사들이 이치조 원의 문이란 문마다 꽉 주둔해서 수상한 자는 고양이 한 마리도 출입시키지 않았다.

그러나 그런 점에서, 하쿠사이는 나라 안에 알려져 있는 얼굴이었다. 뇌물도 써서 문안으로 들어가 이윽고 안으로 안내되어 가쿠케 주지를 배알할 수가 있었다.

"하쿠사이로군. 무슨 일로 들어왔느냐?"

심하게 더듬는 버릇이 있었는데, 안타까운 듯이 긴 눈썹을 움직이면서, 이렇게 말했다. 가쿠케, 갓 스물 아홉. 과연 아시카가 쇼군가의 적류인 만큼 기품 있는 용모를 하고 있었으나, 이날은 핏기가 오르고 뺨의 털구멍이 거무칙칙하게 보였다. 미요시·마쓰나가 도배에게 언제 살해당할지 모를 자기의 운명에 완전히 풀이 죽어 있는 것 같았다.

"고쇼(御所 : 쇼군가 집안의 높임말) 님" 하고 하쿠사이는 말했다. 가쿠케 주지는 나라의 시민들에게 이렇게 존경을 받고 있었다.

"교토에서 진기한 도구가 도착했사온데, 황공하오나" 하고 도구를 펼쳐 보였다.

그 속에 중국에서 건너온 차 항아리 하나 있었다. 가타쓰키(肩衝)라고 하는, 모가지 부근이 좀 모난 검은 유약을 칠한 조그만 병으로 그다지 잘 만들어진 것은 아니었다.

그러나 가쿠케는 검은 유약을 좋아하는 버릇이 있어, 손에 들고 들여다보면서

"이 물건 놓아두고 가거라" 하고 더듬거리면서 말했다. 하쿠사이는 꿇어 엎드려

"마음에 드신다면 황공하오나 그 물건 헌상시켜 주시기 바랍니다."

"그러냐?"

가쿠케의 낯빛이 달라졌다. 공짜라는 데에 놀란 것이 아니다. 그 조그만 항아리 속에서 조그맣게 접은 종이 조각이 나온 것이다. 밀서였다. 형 요시테루의 시신(侍臣)이었던 호소가와 후지타카의 글씨로 뜻밖의 사연이 씌어 있었다.

"탈출하심이 좋으실 것입니다"라고 권하고 있다.

대략의 뜻은 '요시테루 님, 슈코 님이 돌아가신 뒤, 아시카가의 정당한 핏줄은 두 말씀드릴 것도 없이 마마님뿐이십니다. 만약 탈출하여 쇼군직을 이으실 마음이시라면 오늘부터 꾀병을 부리십시오. 병이라면 당연히 의사가 들어가 뵙지 않으면 안 됩니다. 의사는 요네다 규세(光田求政)를 이쪽에서 보내겠습니다. 그 요네다 규세의 배종으로 눈매가 시원스러운 한 사람이 갑니다. 그자는 아케치 주베 미쓰히데라고 하여 도키 미나모토 씨의 핏줄을 이은 자이오니 모든 것은 그에게 맡기시기 바랍니다'라는 것이었다.

가쿠케의 얼굴에 금시 핏기가 오르고 눈이 형형히 빛났다.

"되고 싶다"고 억누른 듯한 목소리로 중얼거렸다. 쇼군을 이름이다. 승려가 된 이 귀공자의 마음속에 갑자기 야심의 불꽃이 켜졌다.

"가마쿠라야 하쿠사이"

가쿠케 말에서 이상하게도 더듬거림이 사라졌다. 상당한 충격을 받은 탓인지 아니면 자기의 운명에 거대한 광명을 발견한 탓인지, 그것은 잘 모른다.

"이 차 항아리에는 가마쿠라구로(鎌倉黑)라는 이름을 붙여 주자. 가마쿠라구로, 전조(前兆)가 좋구나."

아시카가는 미나모토 씨의 장자다. 먼 옛날 미나모토 씨의 적류였던 미나

칼과 쇼군 175

모토 노요리토모(源賴朝)가 이즈(伊豆) 히루가시마(蛭ヶ島)의 유배에서 탈출하여 변전을 거듭한 끝에, 여러 나라의 미나모토 씨에게 영을 내려 끝내 헤이케(平家)를 쓰러뜨리고 정이대장군이 되어 가마쿠라에 막부를 일으켰다. 가쿠케는 그 요리토모의 '가마쿠라'에 생각을 두고 그 항아리에 그런 명칭을 붙인 것이리라.

하쿠사이는 이치조 원의 문을 나서자 나는 듯이 아부라사까의 집으로 돌아와 후지타카와 미쓰히데에게 그 뜻을 보고했다.

"하쿠사이, 어떻게 인사를 해야 할지 모르겠다."

후지타카는 손을 잡고 감사했고, 그 뒤에도 하쿠사이의 집에 잠복하면서 가쿠케 탈출을 위한 공작을 여러 가지로 꾸몄다.

후지타카는 교토 부근에 흩어져 있는 막신의 유지(有志)와도 은밀히 연락을 취했다. 그러나 그들의 대부분은 이 위험한 작업에 가맹하는 것을 좋아하지 않았고, 단 한 사람 잇시키 후지나가(一色藤長)라는 전 쇼군의 시동이던 젊은이가 낭인 모습으로 변장하고서 은밀히 아부라사카의 하쿠사이 집으로 찾아왔을 뿐이었다. "용감하지 못한 자는 오히려 거추장스럽소. 우리 세 사람으로 충분하지 않소."

미쓰히데는 이렇게 말했다. 잇시키 후지나가는 뜻밖에도 영리한 젊은이로 밀사로서는 큰 도움이 되었다. 우선 가쿠케 탈출 후 어디에 잠복할 것인가를 생각하지 않으면 안 된다.

"오미 고가(甲賀) 고을의 향사로 와다 고레마사(和田惟政)가 아시카가가에 바치는 뜻도 두텁고, 무략도 뛰어난 자요. 그리고 고가는 산 속이기도 하니 쉽사리 세상에 드러나지 않을 것이오" 하고 호소가와 후지타카가 제안하여 잇시키 후지나가가 그 밀사가 되어서 고가로 떠났다. 얼마 만에 돌아와서

"와다 공은 일족이 합세하여 가쿠케 님을 감춰 드리겠다고 말씀하십니다" 하고 후지타카와 미쓰히데에게 보고했다. 와다 고레마사는 뒤에 노부나가에 의해서 셋쓰 다카쓰키 성(高槻城) 성주가 된 인물이다.

교토의 의사 요네다 규세에게도 연락이 되어 모든 준비가 갖추어졌다. 앞으로는 미요시·마쓰나가 군사들의 어마어마한 포위망을 뚫고 가쿠케 주지를 탈출시킨다는 수월찮은 일만이 남았다.

해는 아직 지지 않았다. 이 날——자세히 말하면, 1563년 7월 26일, 가스가(春日) 숲에 이 지방 특유의 저녁 이내가 서리가 시작했을 무렵, 이치조

원 문 앞에

'호겐(法眼), 요네다 규세'라고 위엄 있게 관명을 대는 의사가 나타났다. 문 옆 오두막집에 대기 중이던 무사가 장창의 날을 번뜩이면서 심문하자 의사의 배종이 갑자기 앞으로 나서며

"무례하구나" 하고 일갈했다. 미쓰히데다.

"의사라고는 하나 보통 분이 아니시다. 호겐이시다."

미쓰히데의 목소리는 약간 드높을 뿐이었지만 이상하게 위엄이 있었다. 그 위엄에 미요시·마쓰나가의 군사들은 자기도 모르게 허리를 약간 굽히고

"용건은?"

"고쇼 님의 문안차."

아시카가의 시의가 요시테루에서 내려온 것이다. 경비무사들은 하는 수 없이 들어가게 했다. 문은 사족문(四足門 : 둥근 두 개의 큰 기둥 앞뒤로 각각 두 개씩의 보조 기둥이 있는 문)이다. 주위에 담장이 둘러쳐지고, 내부는 절간이라고는 하나 공경 저택의 양식을 취하고 있었으며, 침전으로 만든 편전(便殿)·잡사(雜舍)·목욕탕·무사 처소·마구간 등 교토 식의 거처를 본뜨고 있었다.

미쓰히데는 야인이다. 본래는 배종의 방에서 기다리는 것이 보통이었지만 '약상자 운반'이란 명목으로 편전으로 들어가 가쿠케의 침실까지 가서 옆방에서 대기했다. 요네다 규세는 그럴 듯하게 맥을 짚어 보고 얼마 안 되어 물러 나왔다. 첫날이었다.

다음날, 다음 다음날, 다시 그 다음날, 똑같은 시각에 나타나 편전에서 맥을 짚어 보고 약 처방을 한 뒤 돌아간다.

닷새째.

"오늘은 호겐 님이 늦는군" 하고 경비무사들이 쑥덕거릴 무렵, 미쓰히데에게 횃불을 들리고 요네다 규세는 나타났다.

"들어간다."

"들어가십시오."

무사들은 완전히 길이 들어 있었다.

호겐은 언제나처럼 진찰과 투약을 끝내고 주변에 사람이 없는 것을 보고 서는

"고쇼 님. 오늘 밤에야말로——" 하고 속삭였다.

탈출의 계책은 이미 정해져 있었다. 가쿠케 자신이 포령을 내려

──완쾌하셨다

는 핑계로 회복 축하를 위해 문간 대기소에 있는 경비군사들에게 술을 하사한다.

그대로 일은 진행되었다. 술통을 세 개의 문에 각각 배급하고

"마음껏 드십시오. 자축연입니다" 하고 시동들이 안주까지 배급하며 돌아다녔다. 미요시·마쓰나가의 군사들은 지금이야 교토를 제압하고 있다고는 하나 본래는 아와리 시골 무사들이다.

술에는 약했다. 각각 떼지어 마시기 시작했고, 밤중이 지났을 무렵에는 숙직조차도 취해 쓰러졌다.

'바로 지금──' 하고 편전에서 대기 중이던 미쓰히데는 발자국 소리를 죽여가며 다음 방에서 문지방을 타넘어 가쿠케 주지의 병석으로 다가가

"주베 미쓰히데입니다" 하고 비로소 아뢰고 황공하오나, 하며 귀인의 손을 잡았다.

"각오하십시오. 지금부터 이 어소에서 빠져 나가겠사오니, 모든 것은 이 미쓰히데를 믿어 주십시오."

"알았다."

가쿠케는 고개를 끄덕였으나, 일이 일인지라 두려운지 떠는 것 같았다. 미쓰히데는 가쿠케의 손을 잡았다.

손바닥이 부드럽다. 밖에는 바람이 불고 있었다. 가쿠케·규세·미쓰히데 세 사람은 다실의 정원을 지나 울타리를 타넘어서 기듯이 하여 서북쪽 문 곁 담장 아래까지 접근하여, 그곳에서 주위의 기척을 살폈다. 미쓰히데는 땅에 귀를 댔다.

'취해서 자고 있다.'

생각하자마자 미쓰히데는 몸을 일으켰다. 몸이 가볍다. 훌쩍 하고 담장 위로 뛰어 올랐다. 이윽고 손을 뻗쳐서 가쿠케·규세의 순서로 담장 위에 끌어올려 차례차례 길 위로 내려 뛰었다. 달은 없다. 밤눈에 익지 않은 가쿠케는 반 발자국도 다리를 움직일 수가 없었다.

"황공하오나 업겠습니다."

가볍게 업고서 발자국 소리를 죽이며 살그머니 뛰기 시작했다.

"미쓰히데, 수고한다" 하고 뒤에 15대 쇼군이 되기에 이르는 가쿠케는 미쓰히데의 귓전에 대고 속삭였다. 아마 가쿠케에게는 이때의 미쓰히데야말로

부처님을 수호하는 신장으로 여겨졌으리라.

미쓰히데는 빠르다.

'이 사나이는 밤에도 보이는 것일까?'

가쿠케가 어안이 벙벙해질 정도의 빠른 속력으로 미쓰히데는 어둠 속을 나는 듯이 달렸다.

숲을 빠지자 이윽고 앞쪽에 니가쓰 당(二月堂)의 등불 빛이 보여 왔다.

"조금만 더 참으십시오."

미쓰히데는 말하고 니가쓰 당 아래에 닿았다. 어둠 속에서 호소가와 후지타카와 잇시키 후지나가가 달려나와 길 위에 엎드렸다.

"그대들의 이 충의와 절개, 과분하게 생각한다."

가쿠케는 목소리를 울먹였다.

미쓰히데는 업은 역할을 후지타카와 교대했다. 이윽고 일동은 달려가기 시작했다.

'이것으로 세상이 달라진다.'

오로지 뛰기만 하면서 미쓰히데는 마치 자기들의 이 한 무리가 신화를 만드는 신과 같은 느낌을 받았다.

그러나 그 감개도 오래 계속되지는 않았다. 나라 고개(奈良坂)에 이르렀을 때,

"주베" 하며 후지타카는 발길을 멈추었다. 눈 아래의 야경을 손가락질하고 있다. 한 무리의 횃불 떼가 무서운 속도로 이쪽으로 육박해 오는 것이었다. 추격군은 기마부대인 것 같았다. 보졸들도 있으리라. 불꽃은 세어 보니 대략 스물쯤 되는 것 같았다.

"후지타카 공, 여긴 내가 맡아 싸우겠소. 이 고개를 넘으면 야마시로(山城)요. 기쓰 강(木津江)을 따라서 상류로 올라가 가사기(笠置)로 나가, 산을 넘는 사잇길을 따라서 오미 고가(甲賀)로 빠지면 되오."

"그러나"

"문답할 여유가 없소. 목숨이 붙어 있으면 고가의 와다 저택에서 만납시다. 어서."

미쓰히데는 반대로 고갯길을 내려갔다. 솔밭 속에 몸을 감추고 가까이 오는 기마 떼를 기다렸다. 가슴 속에 감회가 있었다.

'지금이야말로 장부가 공명을 이룰 때——'

호소가와 후지타카 등 막신의 처지와 달라 미쓰히데는 아사쿠라가의 객대우, 신분은 무사에 지나지 않는다. 상당한 위험을 맡아 하지 않으면 장차 쇼군의 막하에서 출세해 갈 수가 없었다.

문득 엉뚱하게 오와리의 노부나가를 생각했다.

"그 사나이도 오케하자마로 진격할 때에는 죽느냐 사느냐의 막판이었으리라. 인간의 일생에는 그런 때가 필요한 법이다."

말발굽 소리가 다가왔다. 기마는 장교였고, 보행자는 군사나 졸개들이었다. 친다면 장교를 쳐야할 텐데 미쓰히데는 무슨 생각을 했는지 맨 앞의 2, 3기를 일부러 지나 보냈다.

'총을 뺏자.'

그것이 목적이었다. 미쓰히데는 총 쏘는 법을 소년 때, 아직 그것이 병기로선 신기할 무렵 도산에게 깨우침을 받아 배우기 시작했는데 지금은 그 솜씨가 천하에서 비유할 자가 없을 정도였다. 작년, 에치젠 이치조다니에서 아사쿠라 요시카게의 요청에 의해 그 어전에서 총 쏘는 재주를 보여 드렸다. 본래, 총은 그때까지의 전술을 일변시켰을 정도의 위력을 갖고 있는 것이었지만, 실제로는 좀처럼 맞지 않는다.

미쓰히데는 사격장을 이치조다니의 안요 사(安養寺) 경내에다 정하고, 40간 저쪽에다 과녁을 만들고서는 오전 여덟 시부터 쏘기 시작하여 정오까지 백 발을 발사하여, 그 가운데 흑점을 예순 여덟 번 꿰뚫었고, 나머지 서른두 발도 모두 과녁 안에다 쏘아 맞추었다. 요시카게는 범용한 쇼군이면서도 미쓰히데의 신기에는 그야말로 혀를 내둘렀다.

그런 솜씨가 있다. 미쓰히데는 어둠 속에서 뛰쳐나가자 길의 좌우로 도약하며 1섬(閃), 2섬, 3섬 하며 순식간에 세 사람의 총병을 베어 쓰러뜨렸다.

'총', 그것이 목적이다. 총을 세 자루, 그리고 화승(火繩)·탄대 등을 빼앗았고, 빼앗자마자 길 위에 우뚝 서서 세 자루를 차례로 바꿔 가면서 발사하여 순식간에 앞을 가는 3기를 쓰러뜨렸다. 싸움은 그때부터 시작되었다.

어디로

미쓰히데는 세 자루의 총을 겨드랑이에 끼고 어둠 속을 이곳저곳 달렸다.

"저기 솔밭 속으로 들어갔다!"

추격군은 저마다 외쳐대면서 미쓰히데의 뒤를 따랐다.

미쓰히데는 빙글빙글 도망 다닌다. 이것도 이 사나이의 작전이었다. 우선 시간을 벌어서 가쿠케 주지 일행을 될 수 있는 대로 멀리 도망시키는 것이 목적이었다. 나아가 이 나라 고개에서 방전하고 있는 것은 미쓰히데 한 사람만이 아니라 대여섯 명은 있다는 착각을 적에게 주기 위해서였다.

하여튼 간에 솔밭 속을 빙글빙글 돌다가는 가끔 불쑥 나타나

"맛 좀 봐라" 하고 추격자를 베었다.

미쓰히데의 작전은 그것뿐이 아니었다. 적의 횃불 무리가 그를 멀리서 포위하기 시작했다는 것을 알자 한숨을 돌리고

'슬슬 탈출할까' 하고 생각하고 한 계획을 짰다. 손에 세 줄의 화승을 늘어뜨렸다.

미쓰히데는 그것을 세 자루의 총 '불집게'에 붙이고 나자, 발소리를 죽여서 뛰어가며 한 자루씩 다섯 간 간격을 두고 각각 다른 소나무에 걸쳐 놓았다.

'준비는 되었다. 바람이 있으니까 화승은 꺼지지 않으리라.'

미쓰히데는 세 자루의 총을 들어올려 화약집 뚜껑을 열고 화약집에 도화약을 좌르르 흘려 놓고 익숙한 솜씨로 찰칵 하고 화약집 뚜껑을 닫았다.

'어느 놈을 쏠까?'

미쓰히데는 횃불의 무리들을 바라보았다. 그 하얀 연기가 흐르는 속에서 그림자처럼 오가는 기마무사가 있었다.

미쓰히데는 총을 들어 총신을 소나무 줄기에 기대고 기마 무사를 조준하고 숨을 죽였다. 이미 방아쇠에 손가락이 걸려 있었다. 그러나 왈칵 잡아당겨서는 맞지 않는다. 이미 미쓰히데 시대의 사격술에서도

"어두운 밤에 서리가 내리듯이 조용히 자연스럽게 방아쇠를 당겨라"는 말이 유행하고 있었다. 이 격발 요령에 대한 말은 그후 수백 년이 지나서도 여전히 일본 군대의 사격 조련에 쓰여졌다.

미쓰히데는 조준하고 어느 결엔가 방아쇠를 잡아 당겼다. 불집게에 끼워진 화승이 화약집의 화약가루에 닿았고, 이어서 장약(裝藥)에 인화되었으며, 굉연히 불길을 뿜었다. 탄환이 날아가 어둠 속 20간을 꿰뚫고서 기마무사를 말에서 떨어뜨렸다. 그때 미쓰히데는 이미 두 번째 소나무로 달려가 뿌리께에 웅크리고서 이번에는 무릎쏘기의 자세로 방아쇠를 잡아 당겼다.

사격이 끝나자 총을 버리고 뒹굴어서 세 번째 소나무로 가 또 다시 사격했

다. 추격군은 소연해지고 포위진이 무너졌으며, 앞을 다투어 사정거리 밖으로 도망쳐 나가려고 하였다.
'지금이다!'
미쓰히데는 땅을 찼다. 솔밭을 달려서 길 위로 나가 등을 굽히고 나라 고개를 달려 올라가기 시작했다. 5정(丁) 가량 달려가자 캄캄한 어둠 속에서 커다란 것이 뛰어 나왔다. 깜짝 놀랐으나 잘 보니 말이었다. 기수를 잃어버린 말이 여기까지 달려 온 것이리라.
'이것이야말로 다무케 산(手向山) 명신(明神)의 가호'라고 미쓰히데는 고삐를 잡고서 말을 끌어당기며, 아득한 고후쿠 사(興福寺) 방향인 다무케 산의 숲을 향해서 잠깐 기도드리는 시늉을 했다. 신불에게 대해서조차 의리를 세우는 사나이였다. 기도드리고 나서 말을 타고 북쪽 하늘을 향해서 곧장 달리기 시작했다.

미쓰히데는 그대로 10킬로를 달려 야마시로의 기쓰(木津) 부락으로 들어가 말을 버렸다. 이미 날이 새고 있었다. 어떤 절 문 안으로 들어가
"한 사발의 죽이라도 얻고 싶소. 그럴 수 있다면 해가 질 때까지 재워 줄 수 없겠소?" 하고 돈을 주며 중에게 부탁했다.
중은 수상쩍은 듯이 미쓰히데의 핏방울이 튄 고소데(小袖)를 보고 있었으나, 이윽고 "어서" 하고 승방으로 안내했다.
미쓰히데는 부엌 평상 위에서 냉죽을 먹고 그 뒤, 그 평상 위에 드러누워 곤히 잠에 빠졌다. 밤이 아니면 길이 위험하다고 생각한 것이었다. 해가 기울기 시작할 무렵 주위에서 인기척이 나는 데에 놀라 미쓰히데는 눈을 가느다랗게 떴다. 부엌에서 무사 다섯 사람이 서서 미쓰히데가 잠자는 모양을 들여다보고 있었다.
'중이 밀고했나?'
무사들은 아마 심문차 온 것이리라.
'기민하게 움직여야 한다.'
미쓰히데는 잠자는 척하면서 호흡을 조절하고 나서 이윽고 숨을 크게 들이마시자 벌떡 부엌 바닥으로 내려뛰고, 그길에 한 사람을 베어 버리고 부엌 밖으로 달려 나갔다. 다람쥐처럼 재빠르다. 산문으로 나왔다.
말이 매어져 있었다. 그 말에 올라타자마자 말의 허리를 차고서 기쓰의 부

락을 빠져 기쓰 강을 따라 난 길로 이가(伊賀)로 향해서 달렸다. 추격군이 미쓰히데를 뒤쫓았다.

'해야 넘어가다오.'

미쓰히데는 필사적으로 기원하면서 도망쳤다. 어둠에 섞여 들기 전에는 안전하게 도망칠 길이 없었다.

이윽고 가모(加茂)까지 왔을 때, 해가 지면서 산하는 어둠 일색으로 변했다. 미쓰히데는 말에서 내려, 종적을 감추기 위해 말을 계류로 떨어뜨려 버리고 그후로는 걸어서 동쪽으로 향했다.

얼마 후에 가사기(笠置)로 들어갔다. 그곳에서 간도로 들어가기 위해 벼랑을 뛰어내려 계류를 헤엄쳐 건너, 맞은편 벼랑에 달라붙어 벼랑길을 기어올라 산 위로 나가, 그곳에서부터 산길을 걷기 시작했다.

'이제 추격군은 오지 않는다.'

이 숲의 바다는 동쪽으로는 이가까지 계속되고, 북쪽으로는 고가까지 이어져 있다. 산림은 거의 원시림이라고 해도 좋을만하였고, 거목의 가지들이 하늘을 뒤덮어 때로는 칼을 뽑아 나무를 치면서 나아가지 않으면 안 되었다. 미쓰히데는 산 속에서 이틀 동안 노숙하고 사흘째에 겨우 오미 고가 군의 시가라키(信樂)마을로 들어갔다. 시가라키는 산 속 마을로 지방에서는 '시가라키 골짜기(信樂谷)'라고 부르고 있는 그대로 주위가 산으로 에워싸인 사발 밑바닥 같은 조그만 분지다. 황궁이 나라에 있을 때 쇼무 천황(聖武天皇)이 일시 이곳에 이궁(離宮)을 두신 일로 알려져 있다.

'이젠 걸을 수 없다……!'

미노 탈출 이래 그처럼 천하를 방랑해 온 미쓰히데도 굶주림과 피로로 인해 쓰러질 지경이 되었다.

한 농가를 찾아가 허리의 주머니를 열어 돈을 보이고

"무엇이든 요기를 하게 해 주지 않겠나?" 하고 정중히 부탁했다.

워낙 처절한 모습이다. 의복은 찢어지고 곳곳에 피가 튀어 묻어 있고 짚신은 오른발에만 신고 있었다.

"뉘신지요?"

"미노 사람 아케치 주베라는 자다. 산 속에서 곰이 덤벼들어 이꼴이 됐다."

농부는 미쓰히데를 집 안으로 모셔 들여 툇마루에 앉히고 음식을 주었다.

농부는 중년의 작달막한 사나이였다. 말투가 부드러워 교토의 말에 가까왔다.

"여긴 고가 군인가?"

"예, 고가에 낍니다. 나리는 어디까지 가십니까?"

"와다까지."

고가 군에 속한 곳이었다.

"여기서 가까운가?"

"아니, 고가는 산골이지만 무척 넓어서요. 여기서부터 산 속 길로 80리는 될 것입니다. 와다 어느 분을 찾아 가십니까?"

"와다 공이야."

"아, 이가노카미 님 말씀이십니까?"

농부는 한층 말투가 정중해졌다.

이 고가 산골은 세상에서 '고가 향사(甲賀鄕士)'라고 불리는 53가(家)에 의해 분할 지배되고 있고, 그 53가의 향사들은 서로서로 사이가 좋아 동맹을 맺어 결속하여 외부에서 오는 군사적, 정치적 압력에 대항하고 있었다.

"이 부근은 누가 지배하나?"

"다라오 시로효에노죠(多羅尾四郞兵衛尉) 님이십니다. 저택은 저쪽 다라오에 있습니다."

"어떤 분인가?"

"인품도 훌륭하시고 무도도 상당히 뛰어나신 분이라고 듣고 있습니다."

'만나 보자'라고 생각한 것은, 미쓰히데의 기민성이었다. 다음 쇼군이어야 할 가쿠케 주지가 오다를 탈출하여 이 고가의 와다 고레마사 저택에 의탁하게 된다면 한 사람이라도 합력해 줄 무사가 아쉽다.

'설복시켜 편으로 만들어 버리자'라고 생각하고 농부에게 길을 안내시켜 다라오 저택으로 가 보았다.

저택 앞에 커다란 삼나무가 있었다. 다라오가는 당대 시로효에노조 미쓰토시(四郞兵衛尉光俊)까지 13대 계속돼 온 오래된 호족으로서 저택도 해자와 호를 둘러쳐 성채처럼 짓기는 했지만, 문이나 집은 어딘가 교토의 공경 저택 비슷했다.

"미노 사람, 아케치 주베라는 자" 하고 미쓰히데는 공손하게 부하들에게 부탁하여 면회를 신청했다.

다라오 시로효에노조는 지방에서는 최고의 권력자인데도, 미쓰히데라는 어디서 굴러먹던 놈이지도 모를 여행자를 선뜻 만나 주었다. 의외로 젊었다. 키는 다섯 자 일곱 치 가량, 뼈대가 당당한 위장부였지만 용모는 오히려 공경풍의 생김새고 생각이 깊은 듯한 사나이였다.

미쓰히데는 갑자기 용건을 꺼내지는 않고 자연스럽게 여러 나라의 정세 등을 얘기했다.

다라오 시로효에노조는 아주 지혜 깊은 듯한 표정으로 일일이 고개를 끄덕이고 그때마다

"과연" 이라든가

"아아 그럴 수도 있겠군" 하는 둥, 맞장구를 쳤다.

이 당시 지방의 호족들은 여행하는 승려·무사·수행자 등을 즐겨 집에 머물게 하고 여러 나라의 정세를 듣기에 노력했던 것이다. 산중에 사는 다라오 시로효에노조로서는 미쓰히데의 풍부한 견문, 명석한 해석이 기쁘지 않을 리가 없었다.

'이건 평범한 인물이 아니다' 하고 차차 생각하기 시작했는데, 시간이 흐를수록 말투가 점점 더 정중해졌다. 화제는 당연히 앞서 교토에서 일어난 경천동지의 쇼군 시역사건에 미쳤다.

"제군(弟君)까지 죽인 모양이더군요?" 하고 다라오는 말했다.

그 모양을 미쓰히데가 자세히 얘기하자, 놀랍게도 다라오는 그 이상으로 자세히 알고 있었다.

'과연 고가의 향사' 하고 미쓰히데도 생각지 않을 수가 없었다. 고가 무사는 이 산 너머 이가(伊賀) 향사들과 나란히 소위 인자(忍者)들로서 이름이 높다. 세상의 움직임이나 정보에 대한 감각의 날카로움은 보통이 아니다.

"고가 분들은" 하고 미쓰히데는 말했다.

"교토도 가깝고, 더구나 산 속에 군사들을 감추어 두어 외부에서 침략하기가 어렵습니다. 그 때문에 대대로 쇼군들의 신뢰가 두터워 가끔 이 향사들을 믿으셨을 때가 많았소."

"아니 아니, 반대의 경우도 있었지요."

9대 쇼군 요시나오(義尙) 당시, 요시나오가 몸소 막부군을 이끌고 이 오미의 영주 록카쿠 다카요리(六角高賴)를 공격했을 때 고가 향사단은 록카쿠 측에 가담하여 쇼군 요시나오가 있는 마가리노 성(鉤城)을 단독 야습하여

쇼군에게 전상을 입히고 끝내 죽음에 이르게 한 일이 있다. 다라오는 그 말을 하고 있는 모양이었다.

"유명한 마가리노 진(陣) 얘기로군요" 하고 미쓰히데는 씁쓸하게 웃었다. 이 야습은 고가 무리들의 이름을 드날렸고

──고가 자들은 마법을 쓰는가

라고조차 세상에서 쑥덕거리게 했다. 별로 마법을 쓰는 것은 아니고, 고가는 산속 나라고 소호족들이 할거하고 있기 때문에 자연히 진법의 재주가 세세해져서 평야에서 자란 무사들이 생각지도 못할 일을 해치운다.

"전 쇼군에게는" 하고 다라오 시로효에노조는 말했다.

"또 한 분 제군(弟君)이 계시지요? 분명히 나라 이치조 원 주지인……"

"그렇습니다."

미쓰히데는 끄덕거렸다.

"그 주지님은 어떻게 하고 계십니까?" 하고 다라오는 물었다. 과연 고가 향사라고 하지만 며칠 전에 일어난 주지 실종사건까지는 못 들은 모양이었다.

'말해야 하나?'

미쓰히데는 망설였다.

'아니 이 인물의 마음속을 좀더 꿰뚫어 본 뒤에'라고 생각하고, 교묘히 화제를 피해 얘기를 자연스럽게 시가(詩歌)・관현(管弦)으로 가지고 갔다. 놀랍게도 이 다라오 시로효에노조는 그 방면에도 밝았다. 고가 향사는 가계가 오래된 만큼 교양의 누적이라는 것이 있는지도 모른다.

다라오는 미쓰히데의 교양의 깊이에 놀라 마치 손을 잡을 것만 같은 태도가 되어

"꼭 오늘 밤 이 집에 머물러 주시지 않겠소? 부탁드립니다" 하고 생각대로 돼 주었다.

밤에 함께 술을 나누며 온갖 얘기를 나눈 뒤,

'이 인물은 믿을 수 있다'는 마음을 미쓰히데는 갖게 되었다. 다라오 시로효에노조는 아무래도 미쓰히데와 질이 같은 사나이로서 전통적인 친위에 대한 애착이나 동경이 강한 성질인 것 같았다.

"쇼군가가 있고 나서의 무가"라든가

"지금 세상은 아랫자가 위를 누르는 등, 질서도 뭐고 없소. 이렇게 된 것

도 무로마치 님(쇼군)의 힘이 쇠약해졌기 때문이오"라는 둥, 막부 권력 재흥론으로도 받아들여질 수 있는 말을 하곤 했다.

미쓰히데는 이날 밤, 저택의 객전에서 묵으며 잠자리에서 이것저것 생각한 끝에 다음 날 아침이 되자

"실은 다음 쇼군이 돼야 할 가쿠케 주지님은 여기에서 80리 저쪽의 똑같은 고가 땅 안 와다 저택에 몸을 숨기고 계시오" 하고 소리를 낮추어서 말했다.

"단 이건 천하의 비사(秘事)입니다."

"당연한 말씀"

다라오는 상쾌하게 끄덕이고서

"그대가 예사 분이 아니라곤 생각하고 있었는데 아니나 다를까, 가쿠케 주지님의 측근이셨던가. 제가 그만한 비사의 고백을 들은 이상 힘은 없지만 주지님을 위해서 힘을 다하고 싶소" 하고 시원스러운 눈매로 말했다.

미쓰히데는 그날도 다라오가 만류하는 대로 머물렀다. 인연이라는 것은 미묘하다고 할 밖에 없다. 다라오 시로효에노조는 이때 미쓰히데와 친교를 맺음으로써 세상에 출세했다고 해도 좋다.

후에 미쓰히데의 주선으로 오다 노부나가를 모셔, 고가 시가라키에 저택을 둔 채 야마시로·이가 등에 떨어져 있는 영지를 받아 총계 6만 석의 영주가 되었으며, 그 뒤 히데요시(秀吉)을 받들었고, 도요또미 히데쓰구(豊臣秀次) 사건에 연좌되어 영지의 대부분을 압수당했지만 그후 이에야스(家康)를 받들어 고가 군의 대관(代官: 막부 직할 영지의 지방 민정 장관)이 되어 대대로 대관을 세습하면서 막부 말기에까지 이르고 있다.

사흘째 되는 날 아침, 미쓰히데도 다라오 관을 떠나 80리 산길을 걸어서 고가 군 와다의 와다 고레마사 저택으로 들어갔다. 미쓰히데의 모습을 보고 미칠 듯이 기뻐한 것은 막부 신하 호소가와 후지타카였다.

"무사하셨군" 하고 손을 잡아 현관으로 끌어올린 뒤 곧 가쿠케에게 아뢰었다. "나를" 하고 가쿠케는 심하게 더듬거리면서 말했다.

"업고 그는 달렸어. 추격군을 맞아 싸우겠다고 나라 고개에서 헤어졌는데 무사했던가?"

"온 몸이 피투성이입니다. 이만저만 분전하지 않은 모양입니다."

"충성스러운 자여" 하고 가쿠케는 눈물을 흘렸다.

"곧 어전에 나오도록 하려 했으나 주베 미쓰히데는 무위 무관. 어전에 나올 수가 없습니다."

"무슨 말이냐, 나도 유랑의 신세다. 격식 같은 것은 아무래도 좋지 않나."

"그러나"

후지타카는 계속 사양했으나 가쿠케는 짜증이 나는 듯 손짓을 하며

"주베는 내 은인이 아니냐? 어서 이리로" 하고 재촉했다. 가쿠케는 상당히 미쓰히데가 마음에 든 것이리라.

야망

　와다 저택은 서쪽에 정문이 있고 등 뒤의 양쪽은 나지막한 소나무 산으로 에워싸여 있다. 미쓰히데는 문 밖의 대기실 같은 방에서 기다리고 있었다. 아무리 전국이라고는 하나 무위무관의 신분으로는 그 정도의 대우밖에 받지 못한다. 마당 하나 건넌 본채에서는, 그 안에 가쿠케 주지님이 계시는지 아직 해가 넘어갈까 말까 할 때인데도 황황하게 불이 밝혀지고 사람들의 웃음소리가 왁자지껄한 것 같았다.
　'나도 빨리 입신하고 싶다.'
　미쓰히데는 저녁 어두움에 싸이면서 서글퍼지는 감정으로 그 한 가지 일만을 생각했다. 그런 생각을 할수록 떠오르는 것은 오와리의 노부나가의 일이었다. '드디어 노부나가는 미노의 이나바 산성을 함락시킨 모양이다.'
　이 일은 아직 진위가 분명치 않았지만 그러한 풍문이 이 부근까지 전해져 왔다. 사실이라면 오와리의 부(富)와 미노의 강병들을 속에 넣은 노부나가는 마치 야망에다 날개를 단 것과 다름없었다. 이젠 천하를 노릴 뜻을 세워도 우습지 않으리라.
　'노부나가는 복을 받고 있다. 아버지의 죽음과 함께 오와리 반국의 영토와 오다 군단을 물려 받았다. 그것만 있으면 뒤엔 능력 여하에 따라서 어떤 야망이라도 이루지 말라는 법은 없다.'

부러운 사나이라고 생각했다. 인간이 뜻을 세울 때에 미쓰히데처럼 적수공권의 신분인 자와 노부나가처럼 애당초부터 지반이 있는 자와는 상당한 차이가 있다.

'나는 아직 조그만 성 하나 갖지 못하고 이렇게 방랑자와 다름없는 처지에 놓여 있다. 나 정도쯤 되는 인물이 이 얼마나 서글픈 일인가!'

미쓰히데는 자기의 능력이 노부나가보다도 훨씬 뛰어나다는 것을 확신하고 있었다. 그것은 자만심만으로써가 아니었다.

'나와 노부나가를 벌거숭이로 만들어 저울에 달면 두말 없이 내가 뛰어나다는 것을 알 수 있을 것이다.'

그러나 적수공권의 신세로써는 어찌해 볼 도리가 없다.

'사나이 뜻을 세울 때 적수공권만큼 괴로운 것은 없다. 죽은 도산 공은 한낱 기름장수로서 미노로 왔기 때문에 그만한 재간, 그만한 노력, 그만한 모계를 써서조차 미노 한 나라를 잡는 데에 평생이 걸렸다. 만약 도산 공을 처음부터 미노 반국 정도의 영주의 집안에 태어나게 했더라면 필경 천하를 잡았으리라.'

인연이란 기묘한 것이다. 도산의 딸 노히메야말로 미쓰히데가 젊었을 때 이상으로 삼은 여성이며, 더구나 사촌간이라는 인연 때문에 미쓰히데에게 주자는 혼담도 한때 있었다는 것을 그도 듣고 있었다. 그러던 것이 '오와리의 멍청이 님'이라고 소문이 난 노부나가에게 시집을 가 버렸다. 그 이래로 노부나가는 미쓰히데에게는 어떤 종류의 감정을 통해서 밖에는 생각할 수 없는 존재가 돼 버렸다. 어떤 종류의 감정이란 질투라고 할 수도 있고 필요 이상의 경쟁심이라고도 할 수 있고, 그 두 가지를 섞은 것이라고도 할 수 있었다. 하여간 무슨 일이 있을 때마다, 무엇을 볼 때마다, 오와리의 오다 노부나가를 의식하지 않을 수가 없었다.

'벌써 벌레가 울고 있군.'

아직 가을철은 이르지만 산골인 만큼 해가 떨어지니 갑자기 바람이 싸늘해지는 것 같았다. 저녁 어둠이 짙었다. 마당 앞에 커다란 녹나무가 솟아 있다. 그 녹나무 너머에서 촛불이 하나 흔들거리면서 다가와, 섬돌께에서 멎었다. 호소가와 후지타카였다.

"주베 공, 기다리게 했군요. 모기가 대단하지요."

"아아, 모기!"

생각에 잠겼던 탓인지 그것을 깨닫지 못했다. 그러고 보니 정강이나 팔, 여기저기가 가렵다. 이 와다 관의 자들은 미쓰히데를 위해서 모깃불을 하나 피워줄 만큼의 마음도 써 주지 않았던 것이다.

"주베 공, 기뻐해 주오. 주지님께서는 생명의 은인 주베를 꼭 만나 감사를 하고 싶다, 방으로 들여라, 주효를 준비해라 하며 이만저만 좋아하시지 않습니다."

"감사한 일이군요."

미쓰히데는 얌전하게 고개를 숙였다. 뭐니뭐니해도 가쿠케를 위해서 목숨을 걸고 여기까지 온 것이다. 그 정도로 기뻐하는 것은 당연한 일이었다.

"안내하겠소" 하고 후지타카는 촛불을 쳐들었다. 미쓰히데는 마당으로 내려가 후지타카와 함께 마당을 가로질렀다.

"벌레가 울고 있군요" 하고 후지타카는 말하고, 이 집에 와서 읊었다는 최근의 영가(詠歌) 한 수를 미쓰히데에게 피로했다. 여전히 옛사람 중에도 드물 만큼 솜씨가 있었다.

미쓰히데는 가쿠케 주지에게 할당된 이 성관 안의 서원으로 들어갔다. 말이 나온 김에 말하지만, 이 성관 자리는 가쿠케가 머물던 곳이라고 해서 지금도 시가 현 고가 군 와다(滋賀縣甲賀郡和田)의 고아자(小字)인 가도타(門田)라는 곳에 '쇼군관'이라고 하여 젖꼭지나무 울타리를 둘러쳐 보존하고 있다. 미쓰히데는 마루방인 옆방에 앉았다.

꿇어 엎드리자, 방 안의 가쿠케는 좀 경솔할 만큼 야단을 피우며 손을 들고

"주베 왔느냐? 기다렸다"고 하고서는, 올라오너라, 어서 올라오너라 하고 야단스럽게 말했다. 방 안으로 들어가서 가쿠케와 자리를 함께 하려면 그만한 관위가 있지 않으면 안 된다. 그러나 가쿠케는 그러한 격식을 무시했다.

"주베, 사양할 것 없다. 내가 쇼군직을 이으면 그대를 4위에든 3위에든 임명하겠다. 그만한 공이 있는 그대가 아닌가?"

'좀 야단스러운 분이시로군!'

미쓰히데는 뜻밖이라 느끼면서 차례차례 머리 위로 날아오는 가쿠케, 후의 요시아키(義昭)의 목소리를 듣고 있었다.

"주베 공" 하고 후지타카가 침착하게 말했다.

"상공께서 저렇게 말씀하시오. 지금은 무위무관이지만 3위가 된 마음으로 방 안으로 드시오."

"하오면 너그러우심에 천함을 무릅쓰고" 하고 미쓰히데는 여행용 바지를 바스락거리며 무릎걸음으로 다가 들어가 방 끝에서 다시 꿇어 엎드렸다.

"고개를 들어라. 직답(直答)도 용서한다" 하고 가쿠케는 말했다.

"얼굴이 보고 싶다. 나라 고개에서 서른 명 가량의 군사를 베었다지?"

"아니, 기껏해야 일고여덟 명이었습니다."

미쓰히데는 눈을 내리깔고 말했다.

"여(余)를 보아라" 하고 얼굴을 우러르는 것도 용서되었다.

목소리가 좀 카랑카랑한 폭치고는 듬직한 얼굴이었고, 윤곽만은 아주 믿음직스러웠다. 그러나 훌륭한 윤곽과는 달리 눈·코가 조그마하여 왜 그런지 인물이 작달막하게 여겨졌다.

'아직 갓 스물여덟 살이시다. 앞으로 얼마나 재능을 발휘하실지 그것은 모른다.'

인물이야 어떻든 간에 가쿠케가 위대한 것은 아시카가 쇼군 정계(正系)의 핏줄을 이어받고 있다는 것이었다. 이 세상에서 다음의 아시카가 쇼군이 되실 분이라고는 이분 외에는 없다.

'나의 운명을 맡기기에 충분하다.'

미쓰히데는 격렬한 감동과 함께 이런 생각을 했다.

'노부나가를 따라가려면 쇼군 밑에 들어가 그 막료가 되는 수밖에 없다.'

과연 쇼군에게는 실력이 없지만 찬연한 권위가 있다. 천하의 여러 영주나 호족에게 관위를 주는(천자에게 주청하여) 명예 수여권도 가지고 있다. 미쓰히데는 이 쇼군의 측근이 되어 쇼군을 움직임으로써 천하의 풍운에 임한다는, 지금까지 아무도 한 일이 없는 경로로 천하의 권리를 꿈꾸고 있었다.

'노부나가 따위가 무엇이냐!'

미쓰히데의 머릿속에 다시 이러한 생각이 오락가락했다.

미쓰히데는 와다 저택에 머물렀다. 가쿠케는 미쓰히데가 몹시 마음에 든 듯이

"주베, 주베" 하고 부르며 곁에서 못 떠나게 했다. 워낙 미쓰히데는 여러

나라의 지리·풍속·정치·정세에 밝았고, 그 해설과 분석이 빈틈없이 명백하여 가쿠케는 세상에 이와 같은 두뇌가 있는가 하고 경탄에 찬 마음으로 보고 있는 것이었다.

그 위에 미쓰히데는 무기(武技)에 뛰어났다. 가쿠케는 어려서 승문에 들어간 탓으로 망형(亡兄)인 요시테루 쇼군과는 무기를 익히지 않았다. 당시는 유랑의 신세다. 무엇보다 아쉬운 것은 호위자였다. 신변이 조마조마한 가쿠케가 미쓰히데에게 의지하려는 것은 당연한 심정이었으리라.

그런데——

미쓰히데가 와다 관으로 들어온 다음 날, 앞으로 어떻게 할 것인가 하는 회의가 열렸다.

"널리 천하의 여러 영주에게 구원을 청하고 싶다"고 가쿠케는 말했다.

문제는 그것이었다. 천하는 어지러울 대로 어지럽다. 그 군웅 가운데서 쇼군가에 마음을 기울여 줄 자는 누구누군가.

"우선 에치고의 우에스기 데루토라(겐신)겠지요" 하고 측근인 잇시키 후지나가(一色藤長)가 말했다. 과연 그는 첫째로 꼽히리라. 지금 천하의 여러 영웅 가운데서 우에스기 데루토라만큼 쇼군을 숭배하고 공경하는 자는 없고 그 성실함, 그 의협심, 그 실력, 어느 점을 들어 보더라도 후원자로서 그를 따를 만한 자는 없다. 단지 멀리 있다.

"그 위에, 데루토라 공은 이웃 나라에 다케다 신겐(武田信玄)이라는 연래의 적수를 두고 있습니다. 신겐이 있는 한, 데루토라 공은 본국을 비워 둘 수가 없습니다. 그러므로 조속히 도움이 되지는 못할 것입니다" 하고 미쓰히데는 말하고

"그러나 데루토라야말로 제1인자로 믿고 있다는 교서와 사자를 보내실 필요가 있다고 생각합니다" 하고 말했다.

가쿠케 이하 모두들 고개를 크게 끄덕였다.

"먼 나라라고는 하면 사쓰마(薩摩)의 시마즈 가(島津家)도 요리토모 이래 명문임을 자랑으로 삼고 있으며, 더구나 당대의 시마즈 다카히사(貴久)·요시히사(義久) 부자는 비할 자 없이 쇼군가를 생각하므로 사자를 내려 보내시면 크게 감격할 것입니다. 제가 여러 나라를 유랑할 때 가고시마(鹿兒島) 성하로 들어가 친히 배알한 일이 있습니다."

미쓰히데의 견문은 멀리 가고시마에까지 미치고 있었다. 일동은 오로지

끄덕거리면서 듣고 있을 도리밖에 없었다.

"그러나 아득히 먼 나라. 그 역시 군사를 내게 할 수는 없습니다. 교서만을 내려 두시어 장차에 대비하심이 좋으리라고 생각합니다."

그 밖에 주고쿠(中國)의 모리(毛利) 씨 말도 나왔다. 이즈모(出雲)의 아마코(尼子) 씨 도사(土佐)의 조소카베(長會我部) 씨 등도 화제에 올랐다. 그러나 그들은 모두 먼나라인데다가 모두 이웃에 강적을 두어 공벌에 나날을 보내고 있으므로 본국을 벗어나 위대로 올라올 수는 없었다. 하여간 가쿠케는 후원자가 아쉽다. 강대한 후원자가 그의 병력을 거느리고서 교토로 밀고 올라와 미요시·마쓰나가의 세력을 구축해 주지 않는 한, 가쿠케가 쇼군의 지위에 앉을 수가 없는 것이었다. 첫째, 미요시·마쓰나가의 무리들은 아와에서 보호하고 있는 아시카가 요시히데를 받들어 쇼군으로 삼으려는 책모를 꾸미고 있다지 않는가. 미쓰히데 등, 가쿠케 옹립파로서는 일을 서두르지 않으면 안 된다.

"오와리의 오다 노부나가는 어떠냐? 요즈음 욱일승천(旭日昇天)의 기세라고 하지 않느냐" 하고 가쿠케조차 그 이름을 알고 있었다. 그러나 미쓰히데는 노골적으로 고개를 갸웃거렸다.

"노부나가는 아직 콩인지 팥인지도 모릅니다. 그 위에 가계가 좋지 못합니다."

헐뜯는 것이 아니라 미쓰히데는 사실로 그렇게 생각하고 있었다. 노부나가의 오다가는 가계가 좋지 않다. 쇼군을 옹립하려고 할 만큼의 열의를 가진 영주는 한 가지 점에서 공통되고 있었다. 명가(名家) 의식이다. 에치고의 우에스기 데루토라의 경우는 출신이야말로 소성이 좋지 못한 나가오 가(長尾家)지만 아시카가 직속 집안인 우에스기 씨의 뒤를 이었기 때문에 종가인 쇼군가 옹립에 점점 열심이 되었다. 또한 사쓰마의 시마즈가만 해도 그렇다. 시마즈가는 아득히 가마쿠라 막부와 함께 일어난 집안으로, 요리토모에 의해서 수호직으로 임명되었다. 그들은 벼락치기의 실력 영주가 아니라는 자랑을 갖고 있었기 때문에 무문의 두령인 아시카가를 소중히 아끼려는 의식이 강하다. 그런 점에서 오다가는 어떤가 몇 대 전에는 에치젠에서 흘러들어온 신관(神官)에 불과하다지 않는가.

"아닌 게 아니라, 현재는 힘의 세상입니다. 근본을 캐서 이러쿵저러쿵하는 것은 어리석기 짝이 없는 것처럼 여겨지겠지만 쇼군가 옹립이라는 이번 경우에 한해서만은 그렇지 않습니다. 지금 한창인, 근본은 천하지만 실력은 있다는 벼락치기 영주 따위의 마음속을 누가 믿을 수 있겠습니까? 쇼군가를 지키며 받든다는 핑계 아래 음흉한 마음을 품고 자기 야망의 도구로 삼으려고 할지도 모릅니다. 그 예는 가까이 있습니다. 미요시·마쓰나가의 무리들이야말로 그 좋은 예가 아닙니까?"

미쓰히데의 이론은 옳으리라. 그러나 말에 쓸데없는 격앙을 띤 것은 노부나가에 대한 감정이 있기 때문임에 틀림없었다.

"과연!"

승려 모습의 귀인은 순순히 고개를 끄덕이었다.

"그러므로 방책은" 하고 미쓰히데는 말했다.

"먼 나라의 야심적인 영주에게는 교서를 내리시는 데에 그치고 군사는 가까운 나라에서 모으시는 것이 좋으시리라고 생각합니다."

그러나 교토 부근의 대영주·소영주는 모두 옹졸하고 군사도 약하여 그 힘을 믿을 수가 없다. 그 가운데 겨우 오미 남부에 10여만 석의 영지를 가지고 있는 롯카쿠 조테이(六角承禎)가 우선 힘이 돼 주리라. 그리고 기슈(紀州)의 네고로 사(根來寺)에 본거를 둔 승병 집단 '네고로 패'도 좋다. 그들은 총을 많이 가지고 있고 그 사격의 정교함은 해내(海內)에 정평이 있다. 그리고 에치젠의 아사쿠라 씨.

이 집은 미쓰히데가 객 격으로 녹을 받고 있는 집안이다. 당주 요시카게는 범인일망정, 미쓰히데가 말하는 근본론에서 볼 때에는 정식의 에치젠 수호직 집안이므로 가쿠케가 부탁을 한다면 감격하리라.

"아사쿠라가에는 제가 가서 설득시켜, 가령 당주 요시카게가 몸소 대군을 이끌고 올라오지 못한다고 하더라도 당장 백이나 2백의 경호무사를 이곳 어소로 올려 보내도록 하겠습니다."

"잘 부탁한다" 하고 가쿠케는 감격에 겨운 듯 말했다. 가쿠케로서는 절간에서 뛰쳐나오면 당장 쇼군이 되리라고 생각하고 있었는데 천하의 정세가 그렇게 만만치 않다는 것을 알게 됨에 따라 마음이 초조해지기 시작하고 있었다. 그러는 동안, 가쿠케가 오미 고가 군의 토호 집에 숨어 있다는 것을 교토의 막신들이 전해 듣고 차차 모여 들었다.

여러분들이, 하고 미쓰히데는 다음과 같은 의미의 말을 했다.

"이 산 속에서 무위도식하고 계셔도 별 수 없습니다. 모두들 주지님의 밀서나 교서를 가지고 사방으로 길을 재촉하십시오."

그 노자도 없었다.

"군사를 내지 못할 먼 나라의 영주들에게는 금품을 내게 하는 것입니다. 가는 노자만 가지고 가시면 돌아올 때는 그 헌상금으로 어떻게든 돌아오실 수 있을 것입니다" 하고 미쓰히데는 말했다.

당자인 미쓰히데는 와다 관에 열흘 가량 발길을 멈추었을 뿐으로, 호소가와 후지타카와 함께 아사쿠라가를 설복시키기 위해서 에치젠 이치조다니로 갔다. 이치조다니에 닿자 미쓰히데는 곧 등성하여 요시카게 이하 중신 앞에서 유창한 열변을 토해 가쿠케 구원 대책을 일거에 결정시켰다. 호위병 파견과 금품의 헌납이 두 가지다. 그 귀로에 오미 오다니(小谷)의 아사이(淺井)씨, 오미 간논 사(觀音寺)의 록카쿠(六角) 씨를 방문하여 각각 가쿠케 응원 약속을 받고서 와다 관으로 돌아왔다.

머지않아 가쿠케는 와다의 처소가 교통상 너무 불편하기 때문에 같은 오미의 야시마(矢島)의 쇼린 사(小林寺)라는 절로 옮겨, 그곳에서 머리칼을 기르고, 이름을 아시카가 요시아키(義秋 : 昭)라고 고쳤다.

야시마는 야스(野洲), 모리야마, 구사쓰 등 가도의 요충과 가깝기 때문에 여러 나라의 정보를 듣기가 쉽다. 그 야시마로 옮긴 뒤

"오와리의 오다 노부나가의 기개가 점점 더 왕성해지는 모양이다"라는 풍문이 연신 들려오기 때문에 미쓰히데도 가만히 있을 수가 없어져서

"한번 탐색차 가보고 싶습니다" 하고 요시아키에게 신청해, 그 허락을 받고 오와리를 향해서 떠났다. 지금은 미쓰히데의 재각과 활약만이 이 쇼군가 상속자의 존재를 지탱시키고 있는 것과 같았다. 미쓰히데는 오와리로 들어갔다.

묘한 일

묘한 일이다. 필자는 이 대목에서 미쓰히데에게 너무 정신없이 쏠리고 있는 것 같다. 인정상 나도 모르게 고검(孤劍)의 미쓰히데에게 너무 연민이 간 것이리라.

그러나 그 미쓰히데도 다소의 성공을 거두었다. 즉 그의 인생을 위해서는 마법의 지팡이라고도 할 수 있는 가쿠케 주지를 손아귀에 쥘 수가 있었다. 앞으로는 팔방으로 싸돌아다니며 가쿠케의 후원자를 끌어모아, 이 아시카가

출신의 승려를 쇼군으로 만들어 가는 일만이 남아 있다.

 그처럼 이런 일에 적성인 사나이도 드물다. 이 사나이는 '분주가(奔走家)'의 형에 속한다. 여담이지만, 후세라면 이런 형태의 인간도 나온다. 특히 도쿠가와 말기가 그렇다. 막부 말기, 여러 번(藩)의 탈번 무사들은 부풀어 터질 것 같은 꿈을 존왕양이와 천황정권 수립에 걸고서 천하를 분주했다. 그러나 전국 중기에 있어서 지사·분주가라고 할 수 있는 인물은 아케치 미쓰히데밖에는 없다.

 그 미쓰히데는 여러 나라를 돌아다니면서도

 '오와리의 노부나가 동정은 어떨까' 하는 생각이 뇌리에서 떠나지 않았다. 노부나가는 어디까지 뻗칠까, 아니면 어디에서 무너져 사라져 버리는가, 그 한 가지 사실만 계속 주목했다. 주목이라고 해도 미쓰히데는 당자인 노부나가가 뻗치는 것을 희망하고 있는지 아니면 깨끗이 무너져 사라져 버리기를 빌고 있는지 그 자신도 잘 모른다. 하여간 미쓰히데는 노부나가의 근황을 살피기 위해서 오와리로 들어갔다.

 그런데, 그 노부나가──

 요즈음 몇 년 동안, 미쓰히데가 말하는 '노부나가 놈'은 미노 공략에 열중해 왔다. 군사·모략·국경 지대의 방화 등 온갖 방법을 써 왔지만 결과는 여전히 뜻대로 되지 않았다.

 "미노와 이나바 산성이 탐난다"고 몇 번 노히메 앞에서 중얼거렸던가.

 노히메는 견디다가 못해서

 "제발 탈취하실 수만 있다면요" 하고 비꼰 일이 있다. 그녀에겐, 노부나가의 공격 대상이 친정의 나라다. 아무리 망부 도산이 노부나가에게 '양도장'을 남기고 죽었다고는 하나, 그렇게 쉽사리 미노가 무너지다니 될 말이냐는 감정도 있었다.

 그런데──.

 "글쎄, 이나바 산성은 벌써 함락됐습니다. 영주인 다쓰오키 공은 성에서 도망쳐 초목이 무성한 산골에 몸만 숨기고 계십니다"고 하는 믿을 수 없는 정보를 가지고 돌아온 첩자가 있었다.

 "얼빠진 소리 말아!"

 처음에는 노부나가도 그렇게 말했다. 믿을 수 있는 일이 아니었다. 오와리

야망 197

군 수만의 끊임없는 공격에도 꿈쩍하지 않은 이나바 산성이

　함락 되었다니 대체 어찌된 노릇인가? 다쓰오키는 도망쳐 어디로 갔는가? 대체 누가 그 성을 함락시켰고, 누가 그 성에 있는가?

　"한 번 더 자세히 정탐해 보아라" 하고 간첩을 여러 명 보냈는데 그들이 잇달아 돌아와서 입을 모아 하는 말은,

　"틀림없이 함락되었습니다" 하는 놀랄 만한 사실이었다. 그러나 오와리 영토로 한 방의 총소리도 들려온 적이 없지 않는가.

　'마치 괴담 같군!'

　노부나가는 함락시킨 인물의 이름을 물었다.

　"다케나카 한베 시게하루(竹中半兵衛重治)라는 인물입니다."

　그 성을 함락시킨 얘기라는 것은, 좀 이 세상 일이 아닌 것 같이 이상한 데가 있었다.

　다케나카 집안은 미쓰히데의 아케치 씨와 동족으로 미노의 조그만 호족의 하나며, 후와 군(不破郡)의 보다이(菩提)라는 마을에 조그만 성관을 가지고 있었다. 보다이는 세키가와라로부터 2킬로 가량 북쪽에 있는 산속 마을이다.

　한베 시게하루, 후세에 천재적인 군략가로 이름을 남긴 이 사나이도 소년 때에는 대단한 인물이라는 평판은 없었다. "보다이의 한베는 얼간이다"라는 평판조차 있었다. 한베는 일찍 아버지를 여의었기 때문에 소년이면서 성주가 되었다. 약삭빠르게 떠들어대다가는 이웃의 어른 성주들에게 뺏긴다고 조심했는지도 모른다. 전국기에는 드문 독서가로서 군서(軍書)와 병서(兵書)에 정통했다.

　온화하고 말이 없는 사나이다. 이나바 산성 안에서의 여러 무장의 회합 때에는

　"아니, 한베가 저기 있었나" 하고 사람들이 새삼 깨닫지 않으면 안될 만큼 사람들 속에서도 조용한 사나이였다.

　그가 타는 말까지도 조용했다. 사나운 말을 좋아하지 않고, 살찐 말, 큰 말도 좋아하지 않았다. 여위고 얌전한 말을 좋아했으며 조용히 채찍질하며 간다. 젊은 주제에 평소에 은거자 같은 복장을 즐겨 입었고, 색도 수수한 것 밖에는 입지 않았다. 전투 때에는 물론 갑옷을 입는다. 그 갑옷은 지금도 기

후 현(岐阜縣) 세키가와라초(關ヶ原町)의 관청에 보존되어 있다. 가죽 무구로서, 가죽은 말가죽을 뒤집어 사용했고 그 위에다 옻칠을 하고 파랑과 노랑의 중간색(유록색) 실로 꿰맨 별 취미 없는 것이다. 투구에는 이치노다니(一ノ谷)의 장식물을 달고, 허리에 차는 대도는 '도라고젠(虎御前)'이라는 집안 대대로 물려온 명검을 늘 차고 다녔다.

열일고여덟 살 때 야전, 특히 남쪽에서 침입해 오는 오다 군대와의 전투에 종군하여 가끔 무공을 세워

"퇴각 때 한베가 후미를 맡아주면 그처럼 마음이 놓이는 일은 없다"는 소문이 드문드문 생겨났다. 퇴각전 때에 지휘하는 모습은 아주 조용했고, 더구나 군령 하나하나가 신처럼 정확했고 착오가 없었다. 평소 군략을 예술처럼 생각하는 구석이 있었고, 더러 말을 해도 군략에 대한 일뿐이었으며 군사 이외에는 속사(俗事)에 지나지 않는다고 생각하는 것 같았다.

스무 살에 아내를 얻었다. 부인의 친정은 미노에서도 대호족이었다. 모토스 군(本巢郡) 시바하라(芝原)의 성주 안도(安藤) 씨로, 당주는 한베의 장인인 안도 이가노카미 모리나리(安藤伊賀守守就)였다.

장인 이가노카미는 토호로서는 반갑지 않은 성격을 가지고 있었다. 능변이고 활동가고 잠시도 가만히 있지를 못한다. 자연히 하는 일에 책모가 많았다.

"한베, 주군은 딱하시다. 저래 가지고선 미노는 노부나가에게 먹혀 버리고 만다"고 늘 젊은 주군 다쓰오키의 황음과 자포자기적인 성격을 투덜거렸고, 투덜거릴 뿐만 아니라 이나바 산성에 등성해서는 다쓰오키에게 배알을 청해서

"주군께서 이런 난행을 하시면 미노도 오래가지 못합니다"라고 거침없이 말하기도 하고, 나아가 말에 더 가시가 돋치게 하여

"틀림없이 이웃 나라의 노부나가는 기뻐하고 있을 것입니다. 주군께서는 노부나가를 기쁘게 하기 위해 미노의 주인이 되신 것과 다름없습니다"라고 말했다.

그 말투가 아주 싫었으므로 다쓰오키는 이가노카미를 미워하게 되어 어느 날 주흥의 자리에서

"이가 너의 입은!" 뛰어 오르며, 부채로 이가노카미의 큰 머리를 찰싹 때리고

"물럿거라, 두 번 다시 그 낯짝을 보이지 말아" 하고 근신할 것을 명령했다. 안도 이가노카미는 이것을 원망하여 사위인 다케나카 한베를 투덜투덜 꾀었다.

"정말로 아무리 주군이라 하더라도 미노 3인조의 으뜸인 장인어른을 치시다니 다쓰오키 님도 나쁜 성질이군요."

"나쁜 성질로 끝날 일이냐. 아니, 나는 머리를 얻어맞든 출사의 길이 막히든 상관없다. 이런 주군을 모시다간 미노는 망한다. 오다에게 뺏겨 버리면 전의 아케치와 같이 미노 사람들은 모조리 영토를 떠나 제국(諸國)을 유랑하지 않으면 안 된다."

"그러면 주군의 눈을 뜨게 해 드리죠."

"어떻게 하려느냐?"

"이나바 산성을 점령하는 겁니다. 뭐, 성만 뺏자는 것이지 나라를 훔치겠다는 것은 아닙니다. 주군을 추방하고, 그럼으로써 눈을 뜨시면 맞이해 들여 모십니다."

"한베, 당치도 않은 장담을 하는구나."

이가노카미는 한편 놀라고 한편 어안이 벙벙해졌지만, 이윽고 한베로부터 그 자리에서 세운 탈취의 비책을 들음에 이르러 솔깃해졌다.

"흠, 성공할 수 있을 것 같구나."

"그러면 저에게 맡겨 주시겠습니까?"

"그럼, 맡기고 말고."

이가노카미는 한 몫의 악모가(惡謀家)가 된 듯이 흥분하여 얼굴을 달아올랐다.

그로부터 얼마 지나지 않아서다. 정확하게 말하면 1564년 2월 7일의 일이었다. 아침부터 미노의 하늘은 파랗게 개어 있었다. 한베는 예에 따라서 가벼운 옷차림으로 조용히 말을 하고 자기 패와 부하를 겨우 열여섯 명만 거느리고 당당히 이나바 산성의 큰문으로 들어갔다.

"사이토 히다노카미(齋藤飛彈守)를 만나고 싶다"고, 전(殿) 안으로 들어가 한 방 안에 앉았다. 사이토 히다노카미란 다쓰오키의 총애를 받는 사나이로써 나이도 그다지 차이가 없었다. 오로지 다쓰오키에게 아첨하여, 안도 이가노카미 구타 사건 때도

"잘 하셨습니다" 하고 오히려 다쓰오키를 충동하고, 뒹굴듯이 물러나는 안도 이가노카미의 뒤에서 매도를 내뱉은 사나이다.

"한베 공, 무슨 용무로?"

사이토 히다노카미가 들어오자 다케나카 한베는 고개를 끄덕이고 나지막한 소리로 소곤소곤 얘기를 걸었다. 그 목소리가 히다노카미에겐 들리지 않았다.

"좀더 큰 소리로 말하오" 하며 무릎걸음으로 다가 앉아서 귀를 기울였을 때 갑자기 한베가 옷깃을 잡았다.

"앗, 무슨 짓이오?" 하고 히다노카미가 외치려고 했을 때에는 이미 한베의 단검이 뽑혀,

"극락으로 가오" 하며 심장을 일격에 찌르고 있었다.

"딱하지만 할 수 없다. 군(軍)은 반드시 몇 천 몇 만의 병으로써 야전 공성(攻城)을 하라는 법은 없다. 비수를 날려 순식간에 일을 결판내는 경우도 있을 수 있다" 하며 조용히 복도로 나갔다. 그때에는 한베의 수하 열여섯 명이 사방으로 흩어져 다쓰오키의 측근 다섯 사람을 베어 죽이고 있었다.

대낮의 사건이다.

설마, 대낮 전(殿) 안에서 이런 일을 할 자가 있으리라고는 생각할 수 없었기 때문에 사람들은 오직 당황할 뿐 어쩨 볼 도리가 없었다. 워낙 황음으로 세월을 보내고 있는 다쓰오키 곁엔 도움이 될 사람도 없었으며, 더욱 이 젊은 영주에게 불쌍했던 것은 이나바 산성 경비를 담당하고 있는 가로, 히네노 비추노카미(日根野備中守)가 자기의 영지인 아쓰미 군(厚見郡) 나카시마(中島) 마을로 돌아가고 없는 동안의 일이었다는 것이다. 비추노카미 외에 이 전 안의 혼란을 수습할 인물은 없었다. 한베는 그것이 노리는 점이었다. 사이토 히다노카미를 찔러 죽이자마자 곧 사람을 내보내, 성 안 종루로 올라가서 처음엔 조용히, 다음엔 심하게 마지막엔 덤으로 한 번을 더 치고서 성 밖에다 신호를 했다.

성 밖에는 안도의 부하를 2천 명 가량 복병시켜 놓고 있었다. 그들이 일시에 일어나 함성을 지르면서 성문으로 몰려들어와, 순식간에 성내 요소요소를 점거해 버렸다. 탈취는 믿어지지 않을 만큼 멋진 솜씨로 막힘없이 진행되었다.

그런데 당자인 다쓰오키다. 이 소동이 한창일 때 자기 방에서 여자들을 상

대로 술을 마시고 있었는데 이윽고 사태를 알고, 차 당번을 보내 살피게 하니 서 미노 패 1만 명이 벌써 성 안으로 들어왔다 한다.
"1만——"
물론 한베가 퍼뜨린 유언이다. 다쓰오키는 그 수에 겁을 먹고 이제 당할 도리가 없다고 판단하여 성에서 탈출했다. 다쓰오키가 성을 탈출할 수 있도록, 한베는 몰이꾼이 짐승을 몰듯이 교묘하게 공작을 해 놓았던 것이다. 다쓰오키는 미노의 들을 달려 모토스 군 몬주 마을(文殊村)의 유코 산(祐向山)까지 도망쳐 들어갔다.
"이제 됐다" 하고 한베는 성문을 닫고 성하에 방을 내걸었다.

흉심으로 성을 빼앗은 것이 아니라 다쓰오키 님을 간하기 위해서 비상 수단에 호소한 것이다. 그러므로 향사나 서민들은 조용히 하라. 단 어성(御城)은 당분간 다케나카 한베가 맡겠다.

미노의 여러 무장에게도 이와 같은 사자를 보냈다. 미노 사람들은 전부터 다쓰오키의 난행에 불안을 품고 있던데다가 한베의 인품도 잘 알고 있었다.
"잘했다" 하고 오히려 칭찬하는 자도 있었고, 칭찬까지는 하지 않더라도 군사를 동원하려는 자는 없어서 모두들 조용히 일이 되돌아가는 것을 관망하는 태도를 취했다.

이 급변이 발발한 뒤, 며칠만인가에 노부나가의 귀로 들어간 것이다.
"한베란 어떠한 사나이냐?" 하고 미노 토인 부하를 불러 물어 보니 상당히 평판이 좋았다. 온화한 군자풍의 젊은이라는 데에 모든 평이 일치했다.
"나이는?"
"틀림없이 스물한 살입니다."
노부나가는 그 젊음에 감탄했다. 그러나 노부나가는 한베의 인품까지는 이해할 수 없었다. 한베가 일종의 의분과 술주정 격으로 다쓰오키를 쫓아 버렸다는 옛날 얘기 같은 일은, 당시에 믿을 수 있는 일이 아니었다. 욕심이 있기 때문이라고 보았다. '제2의 도산이 미노에 나타났다' 하고 노부나가는 생각했다. 그런 관점에서 사자를 이나바 산성의 우두머리인 다케나카 한베에게로 보냈다. 용건은 그 성을 나에게 양도해 달라는 것이었다.

"나에게는 고 도산 공이 준 양도장도 있다. 그러므로 이나바 산성은 내 것이다. 하지만 한베가 모처럼 애를 썼으니, 이쪽에 넘겨주는 이상 미노 반국을 주리라"고 사자에게 말하게 했다.

'그 수에 넘어가지는 않는다.'

한베는 침착하고 듬직한 표정으로 듣고 있었다. 이 젊은이에게는 물론 노부나가의 신청을 받아들일 마음은 절대로 없었으나, 만일 받아들일 경우 그 뒤 어떤 광경이 벌어질 것인가 하는 앞일까지 환하게 보였다. 노부나가는 이나바 산성을 빼앗은 뒤, 미노 반국은커녕 주군을 친 괘씸한 놈이라는 명목으로 자기를 죽여 버리리라.

"모처럼의 말씀이지만 받아들일 수 없소. 가즈사노스케 공은 무엇인가 잘못 알고 있는 것이 아니오? 내가 이런 처사를 주군에게 한 것은 의를 위해서지 사리 때문이 아닙니다."

이렇게 대답하여 오와리의 사자를 쫓아 보내고 그날 안에 몬주 마을에서 다쓰오키를 맞이하여 깨끗이 성을 돌려바치고 자기의 영토인 후와 군 보다이 산성으로 철수해 버리고 말았다.

'멋진 일을 하는 사나이다!'

노부나가는, 그 처치를 오와리 고마키 산성에서 듣고 이 난세에 다케나카 한베 같은 사나이가 있다는 것을 오히려 기뻐했다. 노부나가에게는, 이러한 욕심 없는 주정꾼을 견딜 수 없이 좋아하는 구석이 있는 모양이다.

"그 사나이를 내 부하로 삼고 싶다" 하고, 그 무렵 이미 오다가의 부장이 된 기노시타 도기치로 히데요시를 미노 보다이 마을로 보내 기어코 설복시킨 것은 그 뒤의 일이다.

도기치로는 여섯 번이나 보다이 성관으로 찾아갔다. 그러나 여섯 번 모두 한베에게 거절당했다. 한베의 거절에는 다쓰오키에게 절의를 세운다는 이유도 있었지만, 한편으론 노부나가의 가혹한 성격을 두려워했다.

'그 주군은 남을 용서 못하는 성격이다. 여하튼 간 오래 가다 보면 기분을 상하게 하는 일도 있으리라. 그때는 내 신세가 망할 것이다.'

이렇게 보고 끝까지 승낙을 하지 않았다.

그러나 한베의 내심에는 오다 노부나가라는 젊은 무장을 높이 사는 구석도 있었다.

'여하튼 간에 미노는 망하고 나는 발붙일 곳을 잃게 되리라. 그와는 반대로 노부나가는 크게 자라서 끝내는 천하에 위세를 떨칠 때가 올지 모른다. 그러므로 나의 군사 재능을 이대로 시들어 마르게 하기보다는 노부나가에 의해 크게 떨칠 자리를 얻고 싶다'는 마음도 있었다. 기노시타 도기치로는 그 점을 자극하여 끈덕지게 설복시킨 끝에 일곱 번 만에 드디어 승낙시켰다.

노부나가의 직속 신하가 된다는 것이 아니었다. 도기치로의 참모가 된다는 계약이었다. 이것은 한베가 제안한 조건이었다. 한베의 노부나가관(觀)은 불행한 형태로 적중했다. 이때 한베와 함께 귀순한 장인 안도 이가노카미 모리나리에 대해서다. 노부나가는 이가노카미의 책모를 좋아하는 성질을 싫어하여 중용하지 않았다. 이가노카미도 그것을 깨닫고, 오다가에 귀순한 미노의 두 세 명의 무장과 모반을 기도하다 실패하여 영지를 몰수당하고 무기군(武儀郡)의 산 속에 칩거했다.

그런데, 이 한베 사건의 반 년 뒤다.

'한베조차도 뺏은 이나바 산성을 내가 못 뺏을 리가 없지 않은가' 하고 노부나가는 발분하며 미노 국내에 충분히 모략의 손을 쓴 뒤, 이 해 7월 30일 갑자기 군사를 일으켰다.

원숭이 도기치로(藤吉郎)

미노 공격에는 기노시타 도기치로 히데요시라는 오와리의 부랑아 출신 장교가 연출한 역할이 가장 크다.

히데요시는 이해 만 스물일곱 살. 노부나가보다도 두 살 아래였다.

"원숭이가 제법 한다"고, 노부나가는 늘 이런 눈으로 히데요시를 보고 있었다.

노부나가에겐 드문 성격이 있다. 인간을 기능으로밖에는 보지 않는 일이다. 오다 군단을 강화하고, 다른 나라를 약탈하여 끝내는 천하를 잡겠다는 파랗게 날이 선 칼날 끝처럼 날카로운 이 '목적'을 위해서 그는 일가친척, 부하 전부를 한점에 뭉치려 하고 있었다.

그들이라고 하지만, 그들의 육체를 노부나가가 모으려고 하는 것은 아니다. 그들의 문벌도 아니다. 그들의 혈통도 아니다. 그들 아버지의 명성도 아니다. 노부나가에겐 그러한 '속성(屬性)'은 아무런 의미도 없었다.

오로지 기능이다. 그 사나이가 무엇을 할 수 있고, 얼마만큼 할 수 있는가라는 능력만으로 부하를 부렸고, 발탁했고, 때로는 제외했으며 심한 경우에는 추방하거나 죽였다. 처절한 인사(人事)였다. 이 처절한 인사를 견디어 낸 것이 히데요시다. 아니 오히려 오다가의 방침 가풍이 그랬기 때문에 이 사나이 같은 성(姓)도 근본도 없는 사나이일지라도 발탁의 행운을 만날 수가 있었다. 다른 문벌주의 나라에는 유례가 없는 일이다.

능력뿐만이 아니다. 노부나가의 부하가 되려면 활동가가 아니면 안 된다. 그것도 보통의 활약상이라면 노부나가는 좋아하지 않았다. 몸을 가루로 만들 것 같은 활약상을 노부나가는 요구했다. 그뿐만이 아니다. 귀염성이 있는 활동가를 좋아했다. 능력이 있어도 모반성이 강한 이론가를 노부나가는 좋아하지 않았고, 그러한 자들은 오다가의 날카롭기 짝이 없는 '목적'에 부적당한 자라고 하여 추방당하거나 때로는 살해당했다.

그러한 가풍이었다. 그러므로 다른 나라에서는

"가즈사노스케 공은 잔인하다. 부하에게 인정사정이 없다"라든가 "오다가에서는 보통 무사로서는 일해 나갈 수가 없다"는 말이 자자하게 나돌았다.

당장 오다가로부터 권유를 받은 이름 있는 무사들도

"오다가만은" 하고 뒷걸음질치며 거절하는 예가 많았다.

최근엔 다케나카 한베가 그랬다. 그러한 노부나가의 방침을 시동 때부터 견뎌냈을 뿐만 아니라, 노부나가의 방침에 맞는 멋진 모범으로서 두각을 나타내온 것이 기노시타 도기치로 히데요시다.

다케나카 한베가

"오다가의 직함은 싫지만 당신의 부하라면" 하고 히데요시를 인정한 것도, 그 하나는 이런 점에서였다. 노부나가의 가혹하기 짝이 없는 방침을 견뎌내어 중급의 장교가 될 만큼 입신한 사나이라는 것만으로도 보통이 아니다. 왜냐하면 노부나가라는 사나이는 입 끝으로 속일 수 있는 사나이가 아니라 부하의 골수까지도 꿰뚫어 보고 그 인간을 평가하는 사나이이기 때문이다.

'그런만큼 히데요시는 점점 더 입신할 것에 틀림없다'고 한베는 보았다.

입신하면 대군을 움직인다. 그 대군의 군사(軍師)를 한베가 맡는다. 군사로서 이처럼 재미있고 보람 있는 일은 없다. 바로 그렇기 때문에 한베도 히데요시를 모셨다.

그런데, 히데요시. 이 사나이는 남의 마음을 꿰뚫어보는 데에 재주가 있었다. 명인이라고 해도 좋다. 노부나가의 관심이 오로지 미노 공격 외에는 없다고 보고, 그 자신 한낱 장교의 신분이면서도 자기의 범위 안에서 미노 공략에 대해 몰두하고 몰두했다. 아니 범위 밖에까지도 뻗쳤다.

미노 공격의 교두보를 쌓음에 있어,

"제발 저에게" 하고 지원하여 위험을 무릅쓰고 국경선인 강 복판의 섬에서 축성작업을 하여 끝내 쌓아올렸다. 세상에서 '스노마타(墨股)의 일야성(一夜城)'이라고 불리는 공(功)이다.

노부나가는 기뻐하여

"도기치로, 네가 지켜라" 하고 명령했기 때문에 일약 히데요시는 야전 요새의 지휘관이 되었다. 이 요새에는 자기의 재량으로 긁어모은 뜨내기 무사들을 많이 넣어 놓았다. 하치스가 고로쿠(蜂順賀小六) 등이다.

이 스노마타에 주둔한 일은 히데요시의 전도를 크게 열리게 만들었다. 왜냐하면 미노에 대한 최전선이기 때문이다.

"잘 지키고 있거라" 하고 노부나가는 그 임무만을 주었으나 히데요시는 임무를 확대했다. 미노에 대한 비밀공작을 시작한 것이다. 미노 무사인 다케나카 한베를 설복시켜 자기의 부하로 삼은 것도 그 일례였다. 한베는 이용가치가 있다. 그를 통하여 미노 패들의 단결을 무너뜨리는 일을 히데요시는 시작했다. 나아가 정보도 모았다.

"원숭이는 미노의 정정(政情)에 밝다" 하고 노부나가에게 인정을 받게 되었다. 사실 오다군 가운데에서 히데요시는 두드러진 미노통이 되었고, 노부나가는 매사에 있어서 히데요시와 의논을 하지 않을 수 없게 되었다. 히데요시의 비밀공작은 무서웠다. 일례를 들면 이렇다. 미노의 본성인 이나바 산성의 일이다.

"이나바 산성은 과연 고 도산의 거성이었던 만큼 군량창고의 쌀이 어마어마합니다. 그 정도라면 2, 3년의 농성도 견디어 낼 것입니다" 하고 다케나카 한베가 말했기 때문에, 히데요시는 그러리라고 생각하고 한베와 한 계책을 꾸며 그것을 어떻게든 분산시키려고 했다. 그래서 한베를 통해, 이미 오다 측에 내통을 확약하고 있는 미노 3인조를 설복시켜 한 계책을 일러 주었다.

미노 3인조는 부랴부랴 이나바 산성에 등성하여 주군인 다쓰오키를 설득했다.

"장차 오다군은 여러 방면으로 미노를 침략해 올 것입니다. 군사나 군량을 이나바 산성에 집결시켜 놓으면 국내 각처에서 방어전을 할 수가 없습니다. 적당히 분산시켜 놓는 것이 상책이라고 생각합니다"

다쓰오키는 어리석은 자다. 아아, 그것도 일리가 있군, 하고 그 건의를 받아들여 즉시 성에서 군량미를 반출시켰고 수비병도 각지로 분산시켰다. 계책은 성공했다.

히데요시가 이 뜻을 노부나가에게 보고하자

"원숭이, 제법이군!" 하고 무릎을 치면서 다시 한번 다짐을 두었다. "분명히 군량미는 분산시켰느냐? 군사 수도 적어졌느냐? 틀림없겠지?"

"틀림없습니다. 저는 이나바 산성으로 첩자를 놓아 단단히 확인했습니다. 그러므로 틀림없습니다."

노부나가는 불확실한 일을 싫어한다. 히데요시는 그 기질을 잘 알고 있었다. 히데요시는 물러나왔다. 그 다음 날 미명이다. 노부나가는 미노에서 전선 지휘소인 고마키 산성으로 갑자기 대군을 모았다.

날은 아직 새지 않았다. 더구나 전날 밤부터 내린 비가 바람마저 대동하고 길을 파헤칠 것 같은 폭우로 변했다.

'오케하자마 때도 이러한 풍우였다.'

그 비에 노부나가는 기분이 좋아졌다. 아니 그런 풍우의 날이었기 때문에 노부나가는 갑자기 결의하여 벼락같은 군령을 내려서 불의의 작전을 행하려는 마음이 우러났던 것이다.

"적은 미카와(三河)다" 하고 노부나가는 전군에게 포고하여 우선 자기 군사들을 속였다. 미카와라면 동쪽이다. 미노 이나바 산성은 북쪽이었다. 성문으로 달려 나간 노부나가는 길 위에서 빙글빙글 말을 몰다가 이윽고 말고삐를 힘껏 잡아당겨 말머리를 북쪽으로 두고

"미노로" 하고 한 마디 외치고서는 채찍을 들었다.

오와리 고마키로부터 미노 이나바 산성까지는 20킬로가 된다. 도로는 논두렁길을 넓힌 정도의 길이었다. 군사들은 때로는 석 줄이 되고 때로는 한 줄이 되지 않을 수가 없었다. 그 좁은 북진로를 밀고 밀리며 진군해 갔다. 풍우는 뜸해지지 않고, 폭포수 속을 꿰뚫고 가는 듯한 행군이 되었다. 가끔 인마가 흙탕 속에 뒹굴어, 뒤따르는 말발굽에 짓밟혀 으깨어지는 자도 있었다.

"목표는 이나바 산성이다"라는 것을, 이미 말단 잡병들에 이르기까지 알

게 되었다.
 이나바 산성은 선대 노부히데 때부터 지칠 줄 모르고 공격을 되풀이하여 누계 몇 천 명의 오와리 군사가 그 때문에 목숨을 잃었는데도 여전히 우뚝 솟은 채 함락될 줄 모르는 성이다.
 노부나가도 비를 맞고 있다. 비는 투구의 차양에서 흘러내려 그 빗줄기 사이를 통해 겨우 앞쪽을 가는 전위부대의 횃불꽃이 보일 정도였다.
 "도기치, 도기치" 하고 노부나가는 불렀다. 전령이 달려갔고 그 뜻이 전위군에 있는 히데요시에게 전해졌다. 히데요시는 되돌아 와, 말에서 내려 고삐를 끌면서 말 위의 노부나가를 쳐다보았다.
 "도기치로, 왔습니다."
 "연구가 됐느냐?"
 노부나가는 단도직입적으로 물었다. 노부나가는 거의 앞 설명을 하지 않는다. 때로는 언어의 주격(主格)조차 떼어 버리고 아닌 밤중에 홍두깨 격으로 말한다. 상당히 기민한 두뇌와 직감을 가진 사나이가 아니면 이 사나이의 부하가 될 수 없었다.
 히데요시는 길이 들어 있었다.
 '나에게 독자적인 이나바 산성 공격의 연구가 있느냐는 말씀이로군. 주군은 그 말을 생략하셨다. 갑자기 그 연구가 돼 있느냐고 말씀하시는 것이리라.'
 물론 히데요시에게 빈틈은 없다. 연구는 되어 있었다. 되어 있는 정도가 아니라, 이 사나이는 이미 손까지 써 놓았다. 히데요시의 세심함은 그것뿐만이 아니다. 너무 독단적으로 하면 노부나가의 질투를 산다. 그것을 알고 있다. 그것을 질투라고 할 수 있을는지 어떨는지. 하여간 히데요시는 노부나가가 천재라는 것을 꿰뚫어 보고 있다. 재능이라는 것은, 재능을 더러는 질투하는 법이다. 히데요시는 질투를 받고 싶지 않다.
 그 위에 부하가 너무 재주가 뛰어나면, 예민한 부장일수록
 '어쩌면?' 하고 조심하는 마음을 일으키는 법이다. 장차 자기의 자리를 노리지 않을까 하는 경계와 두려움 때문이다. 어릴 때부터 사람들 틈에서 공생해본 히데요시는 그러한 인정의 기미를 잘 알고 있었다.
 예가 있다. 히데요시 자신의 예다. 히데요시가 뒤에 입신했을 때 창업의 공신인 다케나카 한베에게는 아주 조그만 봉토를 주고 그 공에 상당한 큰 영

지를 주지 않았다.

——왜 한베를 그와 같이 적은 녹에 내버려 두십니까?

하고 측근이 물었을 때, 히데요시는 웃으면서

"한베에게 5만 석만 주면 천하를 잡으리라."

한 일이 있다. 히데요시의 으뜸가는 참모라고 할 수 있는 구로다 간베(黑田官兵衛:如水)에게도 아주 조그만 영지를 준 데 지나지 않았다. 히데요시의 조심성이라고 해도 좋으리라. 히데요시는, 노부나가라는 까다로운 무장을 대장으로 섬기는 데에 세심히 마음을 썼다.

이 '연구'에 대해서도, 전에 노부나가에게 이러이러한 계책이 있습니다만 그것을 실시하려면 어떻게 하면 좋겠습니까, 하고 오히려 노부나가로부터 지혜를 빌리는 형식으로 말씀드린 일이 있다. 그러자 노부나가는 기꺼이 지시를 했다.

그 일을 지금 빗속을 행군 중인 노부나가는 잊어버리고 있는 모양이었다.

"주군, 이전에 지시를 받은 대로."

"지시?"

말을 몰고 있다.

"했었느냐?"

노부나가의 말은 모두 짧다.

"예, 하셨습니다. 이나바 산성 아래에 뜨내기 무사를 많이 넣어 두라는 말씀입니다. 도기치로 지시대로 요즈음 열흘 가량 전부터 그들 스노마타의 뜨내기 무사를 농부·장사꾼·행각승·수도승·거지·탁발하러 나온 고야 산(高野山)의 중·냇물의 일군 등으로 변장시켜 몇 명씩 눈에 띄지 않게 미노로 넣어 두었습니다."

"잘했다."

노부나가는 히데요시의 재기보다도 오히려 그 꾸준한 정려(精勵)에 감탄했다. 히데요시가 노린 것도 재기를 칭찬받기보다는 그 정려를 칭찬받고 싶었던 것이다.

"그런데 그 첩자(뜨내기 무사)들은 이 갑작스런 미노 공격을 알고 있느냐? 모르고 있으면 호응하지 못한다."

"그렇습니다."

히데요시는 상쾌하게 대답했다.

야망 209

"하치스가 고로쿠가 이미 달려갔습니다."

고로쿠는 히데요시가 부하로 삼은 뜨내기 무사의 두목이다. 이미 미노로 들어가서 그들을 긁어모으고 있다는 것이었다.

"어디로 모을 작정이냐?"

"황공하오나 독단적입니다마는, 스이료지 산(瑞龍寺山) 뒤쪽에."

스이료지 산이란 이나바 산의 한 봉우리다. 그 뒤쪽에 은밀히 집합시키고 있다는 것이었다.

"그래서 부탁드릴 것이 있습니다."

"무엇이냐?"

"저의 부서입니다. 스이료지 산 방면의 공격에 가담시켜 주시기 바랍니다."

"좋다."

노부나가는 선뜻 고개를 끄덕였다.

날이 새자 비는 개었으나 바람은 약해지지 않았다. 오전 열한 시 경, 노부나가는 이나바 산성 성하로 들어가 성을 크게 포위했다. 군사 1만 2천 명이다. 이나바 산성 쪽은 예의 계책에 넘어가서 수비병을 줄이고 있었기 때문에 거의 성 밖에서의 방어를 할 수가 없어 모조리 본성으로 도망쳐 들어오고 말았다.

노부나가는 전군에게 포고했다.

"승부는 두 번 다시 없다."

이 한 마디뿐이었다. 아버지 대 이래 열 몇 번이나 이 성에 피스톤 공격을 가해 왔지만 번번이 실패했었다. 그러나 이번에야말로 최후의 승부라는 의미였다. 바람은 선풍으로 변해 있었다. 그 바람을 타고 우선 화공(火攻)을 가했다. 적의 거점을 잿더미로 만들기 위해 성하 일대에 불을 지르고, 특히 신사·불각 등 눈에 두드러지는 건축물을 모조리 태워 버리게 했다. 그 검은 연기는 허공에 소용돌이를 일으키며 이나바 산의 모습을 감출 정도였다. 이 화공 때문에 오후가 되자 이나바 산성은 벌거숭이 성 같은 꼴이 돼 버리고 말았다. 그러나 천하의 견성(堅城)이다. 그래도 여전히 힘으로 공격해서는 함락되지 않는다.

노부나가는 성을 에워싸고 성 밖에 2중 3중으로 가지 달린 나무 막대기를 박아 울타리를 만들어 적의 원군의 내습을 막으면서, 지구전으로 달려들어 이나바 산성의 군량이 떨어지게 하여 말려 죽이려고 했다. 포진한 지 열 나흘째의 일이다.

히데요시는 그동안 휘하의 뜨내기 무사들을 부려서

"본성으로 가는 간도는 없느냐"고 이나바 산 주변의 지리를 탐색시켰는데, 어느 날 한 사냥꾼을 붙잡았다. 호리오 시게스케(堀尾茂助)라는 젊은이다.

인간의 운명이란 묘한 것이다. 이 이나바 산에 사는 젊은 사냥꾼이, 그 뒤 히데요시의 부하가 되어 자꾸자꾸 승진하여 도요토미 가의 제2급 중신이 되어 엔슈 하마마쓰(濱松) 12만 석의 영주가 되기에 이르는 것이다.

이 시게스케가

"이 산기슭의 일각에 다치보쿠도(達目洞)라고 하는, 조금 주름처럼 움푹 패인 곳이 있습니다. 그곳에서부터 벼랑을 기어오르면 문제없이 내성까지 올라갈 수 있습니다"

했다. 이 한 마디가 이나바 산성의 운명을 바꿨다. 히데요시는 이 시게스케를 길잡이로 삼아 새로 고용한 뜨내기 출신의 하치스가 고로쿠 외에 다섯 사람을 데리고 밤중에 벼랑을 타고 올라가 내성까지 잠입, 군량 창고에 방화를 하고, 이어서 자기 동생(히데나가 : 秀長)에게 지휘를 시키고 있는 본대 7백 명을 불러들어 다시 간도를 진군하여 천수각의 돌담에 달라붙어서 함락의 실마리를 만들었다.

그 다음 날 다쓰오키는 항복했고, 노부나가가 목숨을 살려 주어 오미로 도망쳤다. 성은 함락되었다. 노부나가는 그곳을 거성으로 삼으려 했다. 그러나 미노의 싸움 뒤의 정세가 계속 불온했던 것에, 성을 수축하기 위해서 성지기를 놓아두고 자기는 오와리로 물러나 앉아 여전히 고마키 산성을 지휘소로 삼아서 미노의 전투 경영에 임했다.

하여간 노부나가는 점령한 이 이나바 산성에는 거주하지 않았다. 그렇기 때문에 여러 나라에서는

——미노 이나바 산성은 아직 함락되지 않았다

는 풍문이 떠돌았고, 이 점이 몹시 애매한 유설(流說)이 되어 있었다.

'과연 어떤가' 하고, 그것을 확인하기 위해서 아케치 미쓰히데가 오와리로 들어온 것은 그 무렵이었다.

탐색

미쓰히데는 오와리의 나라 안을 은밀히 시찰하여 노부나가의 미노 이나바 산성 탈취가 사실이라는 것을 알았다.

'멍청이 치고는 제법 했군.'

미쓰히데는 불쾌하긴 했지만, 노부나가에 대한 인식을 조금씩 바꿔가지 않을 수가 없었다.

'오케하자마의 기습 성공은 요행이지만 이번의 이나바 산성 탈취는 요행이 아니다.'

도산이 자기의 재능과 재산을 쏟아부어 난공불락의 천험을 믿고 쌓아올린 천하의 명성이다. 그것을 요행으로 함락시킬 수 있으리라고는 미쓰히데도 생각하지 않았다. 노부나가가 자기의 기량으로 함락시켰다고 해도 좋다.

'어떻게 해서 함락시켰을까?'

군사전문가인 미쓰히데의 흥미가 쏠리는 점이었다. 그것을 더듬어 가면, 미쓰히데에게 있어서 의문의 인물인 노부나가라는 능력 정도를 알 수 있는 것이나 아닐까.

미노로 들어갔다. 미쓰히데에겐 고향이다. 오와리 영토 고오도(河波) 나루에서 배를 타고 미노 영지로 들어가 이나바 산성 성하로 들어갔을 때, 이 다감한 사나이는 눈물이 넘쳐흐르는 것을 어쩔 수가 없었다.
'……나라가 망해도 산하는 있고, 성은 봄이어서 초목이 푸르다는 것은 이러한 감상을 말하는 것이리라.'
미쓰히데는 성하 거리에 우뚝 서서 저녁노을 속에서 삿갓을 젖히고 이미 오다가의 것이 돼 버린 이나바 산성을 우러러보았다.
'도산 공의 영화도 이제는 꿈인가! 저 성 머리에 도산 공 자만의 파도무늬 깃발이 두 개 펄럭이고 있던 것이 어제의 일같이 여겨지는데.'
도시의 명칭도 함락된 뒤 노부나가에 의해서 기후(岐阜)라고 고쳐졌다. 성의 이름도 이나바 산성이 아니라 기후 성이었다.
'기후인가!'
미노 명족의 집안에서 태어난 미쓰히데에겐 옛 이름인 이나바 산성 쪽이 얼마나 좋은지 모른다. 기후라고 하는 중국식 명칭으로는 어쩐지 낯선 나라 땅 같은 생각이 드는 것이었다.
'노부나가는 개칭함으로써 미노의 인심을 일신하려고 하는 것에 틀림없다. 그건 그렇다 치고 기후라니 정말 그럴 듯하게도 붙였군.'
미쓰히데가 들은 바에 의하면, 고대 중국을 통일한 왕조인 주(周) 제국의 본래의 발상지는 섬서성(陝西省)의 기산(岐山)이었다. 노부나가는 그 기산의 기(岐)를 따서 기후라는 글씨를 골랐다. 물론 노부나가 자신이 그러한 전거(典據)를 알고 있는 것은 아니다. 다쿠겐(澤彦)이라는 선승(禪僧)을 불러서 그 중에게 새로운 지명에 대한 안을 몇 갠가 내게 하여 '기'의 유래를 듣고
"그런가, 그러한 뜻인가" 하고 당장에 기후라는 이름을 골랐다.
"노부나가는 주 왕조를 일으킬 셈인가?"
그 장대한 야망을 이 지명에 서리게 했다고 밖에는 여겨지지 않았다. 천하에 영웅호걸이 군웅처럼 떼지어 일어났다고 하더라도 노부나가처럼 단적으로 솔직하게 천하통일의 야망을 품고 있는 사나이는 혹시 없을지도 모른다.
'멍청이의 일념이랄까. 멍청이인 만큼 뜻에는 열중이다. 여념이 없으리라.'
미쓰히데는 악의를 품고 이렇게 생각했다. 기후 성 성하를 미쓰히데는 헤매다녔다. 이전엔 이 성하의 도시 이름을 '이노구치'라고 했는데, 기후로 개칭된 이래 성하의 경치까지가 일변된 듯한 느낌이 들었다.

'여기도 저기도 공사 중이로군.'

단순한 부흥공사가 아니다. 노부나가는 새로운 도시 계획을 품고, 기후라는 도시를 새로 만들어내려고 하는 것 같았다.

미쓰히데가 들은 바에 의하면, 노부나가는 성을 함락시킨 뒤 곧 오와리로 돌아갔다. 그처럼 탐내던 이 성에 입성하려고 하지 않았다. 이런 노부나가의 행동은 기묘했다.

'무엇 때문이냐' 하는 것을 미쓰히데는 오와리와 미노 현지에서 탐색하려고 했다. 현지에서 겨우 깨달았다. 노부나가는 성을 함락시킨 뒤, 성 안의 처리를 마에다 도시이에(前田利家)에게 명령하고, 또한 성하의 행정과 건설 지휘를 가로인 시바타 가쓰이에·하야시 미치가쓰 두 사람에게 명령했다.

'아무래도' 하고 미쓰히데는 생각했다. 계획적인 성하 도시 건설에 노부나가는 나선 것 같았다. 그 완성까지 2, 3년이 걸리리라고 노부나가는 보고, 스스로는 물러나 오와리에 계속 있는 것이리라.

'기후라는 이름을 붙인 것이라든지, 이 대규모적인 도시 공사라든지, 노부나가는 장차 이곳을 근거지로 삼아 세력을 사방으로 뻗치려 하고 있는 것에 틀림없다.'

기후를 오다가의 수도로 삼을 작정이라고 미쓰히데는 보았다. 그건 그렇고 도시는 대단히 혼잡했다. 미노·오와리 각지에서 목수·미장이·인부들이 수천 명이나 들어와 오다가 무사의 지휘에 따라서 온갖 현장에서 일하고 있었다. 도로도 도산 때보다는 넓게 만들고 있다는 것을 양쪽 도랑의 간격으로 알아볼 수 있었다. 그 외에 크고 작은 무사의 집들이 추녀를 나란히 하여 신축되고 있어, 그 상태로 볼 때에는 전 오다군을 이 성하에 집중시키려고 하고 있는 것이 분명했다.

다시 미쓰히데는 거리를 돌아다녔다. 이 사나이가 가장 놀란 것은 산기슭에서 공사를 진행 중인 어전을 보았을 때였다.

'이곳이 장차 노부나가가 들어갈 거관(居館)인가' 하고 미쓰히데는 작업장으로 다가갔다. 터는 도산의 거관 자리였다. 도산이 자기 취미로 설계하고 명장 오카베 마타에몬(岡部又右衛門)에게 세우게 한 거관은 전화로 불타 버려 지금은 흔적조차도 없다.

도산 거관의 불탄 자국은 깨끗이 정리가 되었고, 그 위에 이미 새로운 건축의 뼈대가 만들어지고 있었다.

'세상은 움직인다'고 생각하지 않을 수가 없었다.
"좀, 묻겠는데" 하고 미쓰히데는 길 위에서 쉬고 있는 돌을 운반하는 패거리한테 다가가 부드럽게 말을 걸었다.
"이 작업장의 도목수는 누구지?"
"저어"
인부는 탁탁 끊기는 것 같은 발음이 많은 미카와 사투리로 떠들기 시작했다. 미쓰히데로선 몹시 알아듣기 힘들었다. 우선, 인부가 미카와 자라는 것이 미쓰히데에게 하나의 감명을 주었다. 미카와는 노부나가보다 여덟 살 아래인 도쿠가와 이에야스의 영지다. 수년 전에 노부나가와 동맹을 맺어, 그 결속은 현재 보기 드물 만큼 굳다는 소문이 세상에 떠돌고 있었다.
'사실이다!'
미쓰히데는 인부를 보고 생각했다. 이에야스는 노부나가의 도시 건설을 위해서 인부를 자기 나라에서 보낸 다쓰오키. 이 굳은 결속은 오다가의 실력을 측정하는 데에 중요한 요소가 되리라.
미쓰히데는 몇 번이나 되풀이 물어서 한 이름을 들어냈다. 오카베 마타에몬이다.
'역시 오카베에게 시키고 있는가.'
오카베 마타에몬은 도산이 발견하고, 도산이 이끌어 성관 건축의 거장으로 만든 도목수로서, 이전에 이 자리에 있던 도산관도 그 인물의 손으로 세워진 것이었다.
"그 사람은 명장(名匠)이지!" 하고 미쓰히데는 인부에게 치사를 하면서, 작업장을 쳐다보았다.
'어떤 집이 세워질까?'
노부나가에게는 노부나가대로의 취미가 있을 것이 틀림없다. 그것은 아직 현재의 작업장에선 엿볼 수가 없었다. 이전의 도산 건축과 조원(造園)은 히가시야마 식(東山式 : 室町時代의 中期, 藝術·建築·工藝·造園 등이 아주 발달했다)의 은근한 멋이 나는 것으로서, 성주의 교양의 깊이를 충분히 소화할 수가 있었다.
"어떤 어전이 세워지나?"
"글쎄요, 그것을 우리 따위가 알 도리가 없지만입쇼, 도목수인 오카베 님은 아주 난처하다는 것입니다요."
"허어, 뭐가?"

"남만식(南蠻式)이라든가요. 그런 진기한 어전이 세워진다는 것입니다요."
들으니, 노부나가는 도산식의 한적한 아름다움을 버리고 건물을 3층으로 하고, 황금·붉은 옻칠·검은 옻칠을 아낌없이 쓰라고 오카베에게 명령했고, 오카베는 그 때문에 골치를 썩이고 있다는 것이었다.
'이 무슨, 무지(無智)!'
미쓰히데는 현지에 와서 처음으로 노부나가의 경멸할 만한 결함을 발견한 듯한 느낌이 들었다.
'역시 멍청이는 멍청이에 지나지 않는다.'
미쓰히데는 기뻐졌다. 전투에는 강해도 무교양을 감출 도리가 없다고 생각했다. 남만식 건축물을 만들라니 이 무슨 엉뚱한 짓인가.
'그 사나이는 몇 년 전에는 가끔 미행하여 사카이로 가 남만의 문물을 보고 왔다. 그런 화려한 것을 동경한다는 것은 어차피 시골뜨기에 지나지 않기 때문이다.'
미쓰히데는 교양주의자다. 거칠고 교양이 없는 사나이라는 것은 벽두부터 모멸하는 버릇을 가지고 있었다. 노부나가를 그 모멸의 대상으로 보았다.
'어차피 벼락치기 출세를 한 영주로군) 이라고 밖에는 생각되지 않았다.
'그 사나이는 도산 공의 딸을 부인으로 삼았다. 도산 공의 사랑도 받았다. 그러나 결국은 도산의 가르침을 잇지 못할 사나이인 것 같다.'
이 경우 미쓰히데가 생각하고 있는 '도산 공의 가르침'이라는 것은 도산이 가지고 있던 히가시야마(東山) 문화식으로 세련된 취미와 교양이다. 그러한 것을 못 가진 노부나가가 미쓰히데에게는 어쩐지 야만국의 왕처럼 생각되었다.

미쓰히데는 다시 미노의 나라 안을 돌아다녔다. 태어난 고향인 만큼 지리는 훤하다. 일가친척이나 옛 벗들도 많다. 그러한 토호의 집에 묵으면서 집안의 사정과 미노의 국정을 염탐하며 돌아다녔다. 특히 서 미노에서 가장 큰 토호의 한 사람인 안도 이가노카미 모토나리를 방문한 것은, 미쓰히데에게 커다란 수확이 있었다.
안도 이가노카미란 인물은 이 얘기에 앞서 등장했다. 되풀이 말하면 다케나카 한베의 장인으로, 한베와 함께 오다 쪽으로 배반한 인물이다.
본래 반항심이 있다. 그 위에 불평가고, 책사고, 늘 조그만 지방적인 책모

속에서 살고 있는 사나이다. 오다 쪽으로 배반을 하긴 했지만, 오다가의 대우가 기대한 만큼의 것이 되지 않는 데에 새로운 불만을 품고 있었다.

"아케치의 주베가 아닌가?"

불쑥 찾아온 미쓰히데를 보고 안도 이가노카미는 놀랐으며, 또한 반가워했다.

"아저씨도 무고하시어 반갑습니다" 하고, 미쓰히데는 얼마간 핏줄의 연관이 있기 때문에 새삼스레 아저씨라는 경칭으로 불렀다.

"주베, 유령이 아닌가 생각했다. 1556년, 아케치 성 낙성 때에 네가 죽었다는 얘기가 떠돌았어. 교토를 향해 탈출했다는 얘기도 들었고. 그런데 살아 있었는가?"

책모를 좋아하는 사나이치고는 정력이 목구멍에서 솟아오르듯이 목소리가 크다.

"지금 무엇을 하고 있느냐?" 하고 안도는 미쓰히데의 풍채를 보았다. 감빛으로 물들인 소매 없는 덧옷이 군데군데 해지고, 대도·소도의 손잡이 끈도 닳아 끊어진 곳이 있어 그다지 잘 살고 있으리라고는 여겨지지 않았다.

미쓰히데는 자기의 처지를 창피하게 생각했다.

"무사 같은 처지입니다. 에치젠 아사쿠라가에서 생활비를 받으며, 객 격의 대우를 받고는 있습니다만."

"그런가? 그대만한 재간이 있는 자가 말이지. 재간이라면 내 사위인 다케나카 한베도 젊지만 여간한 사나이가 아니야. 그러나 공평하게 보아 아케치 주베를 따르지는 못할 거야."

"황공합니다."

"그런데 오다가에 사관할 뜻이 있어서 왔나?"

"아닙니다."

미쓰히데는 일부러 일소에 붙였다. 풍채야말로 가난하지만, 그렇게 값싸게 보이지 않겠다는 높은 기개가 웃음에 떠올라 있었다.

"그렇지 않습니다" 하고 미쓰히데는 말하고, "실은 저는 내일이라도 쇼군가를 이으실 분인 전의 이치조 원 주지 가쿠케 님의 신임을 받고 있는 관계상 오다가에 사관할 수가 없습니다" 하고, 은연중에 자기의 현재의 지위 같은 것을 힐끗 내비쳤다.

"허어?"

안도는 그 한마디에 흥미를 나타냈다.

"다시 한 번 자세히 말해 다오. 그대는 쇼군가에 연고가 있는 몸이라고?"

"그것을 언젠가 세상에서는 알게 될 것입니다. 지금은 분한 노릇이지만 말씀드릴 수 없습니다."

"이것 이것, 수상한데. 그러지 말고 지금의 그 말 한 번만 더 해 다오."

안도 이가노카미 따위의 이 시골 본토배기 무사에게 그런 구름 위의 정보 같은 것은 쓸데없는 일이지만, 정보를 좋아하는 이 사나이는 성벽으로서 그런 얘기를 좋아하는 것이었다.

"단지 말씀드릴 수 있는 것은" 하고 미쓰히데는 말했다.

"가쿠케 주지님은 지금 아시카가 요시아키라고 이름을 고치시고 어떤 시골에 숨어 계십니다. 아쉬운 것은 보호자입니다. 요시아키 님을 모셔 쇼군의 자리에 오르시게 하려면, 뜻있고 힘도 있는 후원자가 필요합니다. 그러므로 이 주베……"

미래의 쇼군의 밀명을 받아 여러 나라를 순회하며 그럴 만한 영주를 물색하고 있다고 미쓰히데는 상쾌한 말투로 말했다.

"이곳으로 온 것은" 하고 미쓰히데는 말했.

"오다 공이 어떨까고 그 사전 조사차 온 셈입니다만, 그런데 이 나라의 형세는?"

"좋지 않아" 하고 안도 이가노카미는 말했다.

"좋지 않아, 좋지 않아. 내가 애써서 공작하여 이 서 미노의 여러 토호들을 포섭하여 오다 쪽으로 귀순시켜 주었는데, 노부나가 놈 그 뒤에 하는 수작이 못돼 먹었다."

"그러나 이나바 산성은 오다가가 제압하지 않았습니까?"

"그뿐이지. 내가 노부나가라면 곧 이나바 산성을 거성으로 삼고 미노의 경영을 시작했을 거야. 그런데 노부나가는 겁 많게도 미노에는 오지 않아."

"그것은 또 무엇 때문에?"

"겁쟁이이기 때문이지."

"예, 겁쟁이라는 것은 알고 있습니다. 왜 노부나가는 당장 이나바 산성에 앉아서 미노를 진정하지 않습니까?"

"미노가 아직 동요하고 있기 때문이지."

그대로였다. 서 미노는 귀순했지만, 동 미노는 아직까지 노부나가에게 항전하고 있다. 그 대표적인 자는 칼을 벼르기로 유명한, 세키(關)에 성을 가진 나가이 하야토노스케(長井隼人佐)·가모 군의 사카이와이(坂祝)에 '사루바미 성(猿バミ城)'이라는 산성을 가진 다지미 슈리(多治見修理)·도도 성(堂洞城)의 기시 가게유(岸勘解由)·가지타 성(加治田城)의 사토 기이노카미(佐藤紀伊守) 등으로서, 각각 산야에 출몰하여 완강한 저항을 계속하고 있다.

"멍청하게 굴면 정세는 다시 뒤집혀질지 모른다. 애써 내가 노부나가를 이기게 해 주었건만 이런 상태로는 도리가 없어. 노부나가는 결국 어리석은 무장이야."

'이 노인, 오다가의 은상에 불만이 있구나' 하고 미쓰히데는 보았지만, 태연스럽게

"아저씨가 노부나가라면 어떻게 하시겠습니까?"

"이나바 산성에서 지휘를 한다."

결국은 겁쟁이야, 라고 안도는 말했다.

'아니 그 겁이 무섭다' 하고 미쓰히데는 반대의 감정을 가졌다.

'성격으로 볼 때 노부나가는 그 군을 냄에 있어 전광석화, 매사에 있어서 격렬한 사나이다. 오케하자마의 급습이 그것을 증명해 주고 있다. 그러나 그런 면만 있는 것이 아니다. 이 미노 공격의 사전 공작에 대해서도 자중에 자중을 거듭하여 충분할 만큼의 이면공작을 한 뒤, 풍우를 뚫고 이나바 산성 성하로 들어왔다. 더구나 성급하게 힘으로 공격하지 않고 성하의 도시를 방화하여 벌거숭이로 만든 다음, 성 밖을 방책으로 둘러막아 지구(持久) 태세를 취하고, 마치 푹 익은 감이 가지에서 떨어지는 것과 같이 자연히 함락시켜 버렸다. 말하자면 지나치게 겁이 많다 할 정도로, 꼼짝 달싹할 수 없는 이치를 따진 공략법이다.'

그 맹렬하기가 불길과 같은 노부나가에게 이러한 면이 있다는 것은, 미쓰히데에게 의외였다. 노부나가는 기다리는 것도 알고 있다. 굴하는 것도 알고 있다. 오히려 오케하자마에서 모험적인 성공을 거둔 노부나가는 거기에 맛을 들이지 않고 반대로 모험과 도박을 아주 싫어하는 사나이가 된 것 같았다.

'오케하자마와 같은 성공은 인생에 두 번 다시 없다' 하고 노부나가는 단정하고 있는 것 같았다.

'그렇다면 만만치 않은 사나이다'라고, 미쓰히데에게는 여겨졌다. 안도 이가노카미 정도의 시골뜨기 책모가의 눈으로 볼 때에는 겁쟁이로 보이는 노부나가의 지금의 태도가 오히려 노부나가 기량의 복잡함과 거대함을 증명해 주는 것이 아닌가. 그 증거로 동 미노가 항전하고 있는데도 노부나가는 몇 년이 걸릴 것 같은 '기후' 건설에 착수하고 있는 것이다.

'알 수 없는 사나이로군!'

미쓰히데는 생각하다 말고 황급히 고개를 저었다.

'대단할 것 없다.'

이렇게 생각하려고 했다. 노부나가의 결점에 대한 엄한 비평가 노릇을 줄곧 해 왔던 미쓰히데는, 새삼 노부나가의 장점에 확대경을 갖다대려는 생각은 하지 않았다.

"정말로" 하고, 안도는 말했다.

"쇼군의 보호자가 될 만큼 장래가 있는 사나이는 아니야."

이렇게 단정한 안도 이가노카미의 결론에 미쓰히데도 감정적으로 동의하고 그날 밤은 그 저택에서 하루를 묵고, 다음 날 미노 세키가와라로 나가 가도를 북쪽으로 잡아 그의 처자가 있는 에치젠 이치조다니로 향했다.

'결국은 에치젠 아사쿠라가를 설복시켜서 요시아키 공의 보호자가 되게 할 도리밖에는 없다.'

이것은 필경 성공하리라. 왜냐하면 아사쿠라가는 명가 의식이 강해서 차기 쇼군을 보호하여 받드는 영광을 덮어놓고 좋아할 것이기 때문이다.

미쓰히데는 혹코쿠 가도를 밤을 낮삼아 자꾸자꾸 북상했다. 이미 북녘 땅의 산바람이 이 사나이의 여행복에 싸늘했다. 가을은 미쓰히데가 산을 넘고 넘어서 북으로 갈수록 점점 더 깊어지는 것 같았다.

꽃바구니

에치젠으로.

미쓰히데는 발길을 재촉하고 있다. 각오도 섰다. 무슨 일이 있더라도 아사쿠라 요시카게 영주를 설복시켜서, 요시아키의 보호자로 만들 뿐만 아니라, 노부나가보다 앞서서 아사쿠라 군을 교토로 진격시켜 미요시·마쓰나가 도배를 토벌하여 요시아키를 쇼군 자리에 앉게 하지 않으면 안 된다.

'혓바닥이 갈라지도록 설득시키고 설득시키면 게으름뱅이 요시카게도 그럴

마음이 되리라.'

　노부나가의 앞장을 질러야 한다. 그것만이 미쓰히데의 정열을 채찍질하고 있다.

　이윽고, 에치젠 아사쿠라가의 수도 이치조다니로 들어갔다. 미쓰히데는 자기 집 앞을 지나쳤다. 울타리로 심어 놓은 무궁화 잎이 이미 반가량이나 시들어 떨어져, 초라한 본채가 훤히 들여다보였다.

'오마키가 있다.'

　우물 옆에서 연신 물소리를 내면서 빨래를 하고 있는 것 같았다.

'오마키'

　가슴 속으로 중얼거리면서 미쓰히데는 들르지도 않고, 말도 걸지 않고 그냥 지나간다.

'새 고소데가 한 벌 있어야겠군.'

　울타리 너머로 본 오마키의 고소데가 너무 낡아, 미쓰히데는 가슴이 메어질 것만 같았다. 저편, 네거리 쪽에서 사촌 동생인 야헤이지 미쓰하루가 고기 종다래기를 들고 왔다. 오랫동안 만나지 않은 사이에 몰라 볼 만큼 훌륭한 젊은이로 성장해 있었다.

"앗, 이건" 하고 야헤이지 미쓰하루가 달려왔다. 미쓰히데는 걸음조차 멈추지 않고

"지금 돌아왔다. 교토·나라·오미·오와리·미노를 헤매며 여러 가지 일을 겪었다. 하여튼 간에 귀가한 뒤에 얘기하지."

"집에 들르시지도 않고?"

"응, 지금 곧 영주님을 뵈러 간다. 밤이 되어야 돌아가게 되리라."

"그러면 술을 사 가지고 오죠. 안주는 여기 있습니다" 하고 고기 종다래기를 들어 보였다.

"붕어냐?"

"예."

"그것 맛있겠군."

　미쓰히데는 재빨리 걷기 시작했다. 야헤이지 미쓰하루는 멈춰 서서 한참 동안 미쓰히데의 뒷모습을 배웅하고 있었는데 이윽고 빙그르르 발꿈치를 돌려 집쪽으로 내뛰기 시작했다. 한시바삐 미쓰히데의 부인에게 그 소식을 전하고 싶은 것이리라. 우물가에서 오마키는 그 소식을 들었다.

순식간에 뺨을 붉게 물들이고
　"정말?" 하고 세 번 가량 다짐을 두며, 야헤이지가 딱해할 만큼 당황했다. 그러나 그렇게 당황해야 할 필요는 아무 것도 없었다.
　곧 안으로 들어가서 머리칼을 풀고 화장을 고치려고 했다. 그러나 그것도 그만두었다. 창 밖을 보았다. 옆집의 단풍나무가 가지를 뻗은 채, 오마키의 시야 속에 들어왔다. 가지 하나는 시들어 버리고 다른 하나는 빨갛다. 그것을 바라다보면서 오마키는 망연히 앉아 있었다.
　그 무렵, 미쓰히데는 영주의 어전 안에 있었다. 대기실에서 기다리는 동안, 내전 의사로부터 뜻밖의 말을 들었다.
　"도사노카미 님은 병중이십니다."
　미쓰히데를 음으로 양으로 후원해 주고 있는 가로 아사쿠라 도사노카미다. 요즘 20일 동안 거의 음식조차 넘기지 못하고 자리에 누운 채라는 것이다.
　미쓰히데는 꼬치꼬치 병상을 캐묻는 동안에 슬픔이 치밀어 올랐다. 아사쿠라 집안에서는 도사노카미만을 의지하고 있었다. 이번 공작도 도사노카미를 통하여 요시카게를 설득시켜 달라고 할 생각으로 돌아왔던 것이다.
　'어째서 이렇게 일이 잘 돌아가지 않는 것일까.'
　"그러면 도사노카미 님의 병중에는 어느 분이 영주님 보좌를 하고 계십니까?"
　"교부(刑部) 공이."
　"허어, 교부님이?"
　미쓰히데가 놀라자 이 내전 의사는 그 교부라는 새 권세가에게 호의를 가지고 있지 않은 듯 미쓰히데의 귓전에 입을 다가대고
　"영주님의 기분보다도 교부님의 기분을 손상시키지 말라고 안에서는 말하고 있습니다. 아주 조심하십시오" 하고 충고해 주었다. 교부 공이란 구라타니 교부다유 쓰구토모(鞍谷刑部大輔嗣知)가 바른 이름이다. 아사쿠라가에서 이 인물의 위치를 어떻게 설명해야 좋을까. 부하가 아니다. 요시카게조차도 경어를 쓰며, 마치 귀인과 같이 대접을 하고 있는 인물이다. 가중에서는 그를 고쇼(御所)라고 존대하고 있었다. 워낙 혈통으로 볼 때에는 에치젠 아사쿠라보다 훨씬 좋다.
　교토에서 '긴가쿠 사(金閣寺)'를 지은 아시카가 3대 쇼군 요시미쓰의 차남

다이나곤(大納言：都承旨) 요시쓰구(義嗣)의 아들 쓰구토시(嗣俊)가 까닭이 있어서 이 에치젠으로 흘러 와 이마다치 군(今立郡) 구라타니(鞍谷)에 살았고, 그 뒤 쓰구도키(嗣時) 쓰구도모(嗣知)로 이어져 내려왔다.

영주인 아사쿠라가는 명가를 좋아했으므로 이 구라타니가에 봉토를 주어 계속 보호해 왔는데, 당대의 요시카게에 이르러서 더욱 인연이 깊어졌다. 요시카게의 부인이 이 구라타니 집안에서 시집을 온 것이다. 그래서 구라타니 쓰구도모는 영주의 장인이 되었고, 차차로 정치적 면에까지 참견을 하게 되었고, 도사노카미가 병으로 은퇴를 한 뒤에는 마치 가로와 같은 권력자가 되었던 것이다.

'그 곰보 나리가.'

미쓰히데는 말을 나눈 적은 없지만, 전에 먼빛으로 보았을 때 그 경솔한 걸음걸이로 미루어 보통 사람 이하로 생각했던 기억이 있다.

'그러한 사람에게 국정을 맡기다니 아사쿠라가도 앞길이 위태위태하군.'

오와리의 신흥 오다가는 지나치게 극단적일 만큼 인재주의를 취하고 있는데, 이 에치젠 아사쿠라가는 밑 빠진 혈통 존중주의를 채택하고 있었다.

'그거야 상관 없다'고 미쓰히데는 생각하고 있었다. 혈통 존중주의이기 때문에 아시카가의 옹립을 이 아사쿠라가에 부탁할 수 있는 것이다. 인간을 기능으로 밖에는 보지 않는 노부나가 따위에게 아시카가의 보호는 위태스러워 부탁할 수가 없는 것이었다.

그렇기 때문에 미쓰히데는 아사쿠라가가 혈통을 좋아하는 점이 크게 싫지 않았다. 미쓰히데 자신도 오와리의 도기치로 등과는 달라 미노의 명가 출신이며, 그것을 자랑스럽게도 생각하고 있었던 것이다.

'그러나 용렬하고 무능한 재상은 난처하다'고도 생각했다. 영주의 보좌역은 어디까지나 유능하지 않으면 안 된다. 재상의 무능은 망국으로 연결된다. 그러므로 무능만큼 커다란 죄는 없다는 것이 미쓰히데의 지론이며, 그런 생각의 원류는 고 도산으로부터 얻은 것이다.

"주베 공, 이리로" 하고 시종이 나타나 안내를 했다. 미쓰히데는 복도로 나가 약간 허리를 굽히고, 사나이다운 공손한 태도로 조용히 걸어갔다.

어전에 나가니 요시카게는 대여섯 시동들을 상대로 낮술을 마시고 있었다. 그 외에 노신이 두 사람 있었다.

'구라타니 고쇼는 안 계시다'는 것이 미쓰히데를 안도시켰다. 미쓰히데는 이미 의복을 갈아입고 조용히 꿇어 엎드려 있었다.
"무슨 용건이냐?"
요시카게의 이런 말에는 미쓰히데도 놀랐다. 자기는 아사쿠라가의 외교를 담당하여, 여러 지방을 분주히 돌아다니고 온 셈이었다. 그렇듯 분주히 다니다가 중도에서 귀국했는데 "무슨 용건이냐"라니 도대체 어찌된 일인가. 요시카게에게 별로 악의가 있기 때문이 아니란 것은 알고 있지만, 그렇더라도 미쓰히데는 몹시 풀이 죽고 말았다.
"예의 요시아키 님 이야기라면, 그대의 권유대로 신변을 경호할 군사들도 올려보냈고 금품도 바쳤다."
"예."
"그 외에 무슨 다른 생각이 떠올랐느냐?"
"생각이 떠오른 것은 아니지만, 당가(當家) 존망의 우려가 있어서 급히 귀국했습니다."
"대단하군."
요시카게는 웃기 시작했다.
"대체 무슨 말이 하고 싶은 거냐?"
"이번에 오와리·미노를 돌아다니면서 오다가의 모양을 낱낱이 보고 듣고 왔습니다" 하고, 미쓰히데는 노부나가의 놀라운 팽창을 낱낱이 보고했다.
"묘한 말을 하는군."
요시카게는 현명한 척 냉소했다.
"그대는 저번에 귀국했을 때 노부나가는 대단한 인물이 아니다, 오다가의 기세는 푸른 대나무로 바위를 두드리고 있는 것과 같다. 기세가 대단한 소리는 나고 있지만 결국은 푸른 대나무가 쪼개진 대가지 묶음처럼 갈라지고 말 것이라고 하지 않았나?"
"틀림없이 그렇습니다."
미쓰히데는 할 말이 없었다. 그렇게 보고한 것은 사실이다. 그러나 그것과 이것과는 말의 의미가 다르다.
'노부나가의 기세는 푸른 대나무다. 앞으로 반드시 터진다'고 한 것은 먼 장래를 바라다 본 노부나가 관(信長觀)을 말한 데에 지나지 않는다.
지금 말하고 있는 것은 발치에서 불이 타오르고 있는 그 현황을 말하고 있는 것이다. 말에는 손톱끝만한 모순도 없는 것이다.
"노부나가는 미노를 손에 넣은 이상 앞으로 오미로 진출하여 요시아키 님을 옹립하고, 요시아키 님의 교서를 받아 교토로 진격하여 미요시·마쓰나가 도배들을 추방하고 아시카가 쇼군가를 받들어 세울 것입니다. 불이 붙은 것과 같은 활동자이므로 반드시 그럴 것이 틀림없습니다. 그러면 당가는."
미쓰히데는 말했다.
"오다가에 뒤지게 됩니다. 에치젠은 북쪽, 오와리는 남쪽, 남북의 방향은 다르지만 오미를 사이에 둔 교토까지의 거리는 거의 같습니다. 이렇게 되면 당가와 오다가는 경마와도 같아, 어느 쪽이 빨리 교토에 이르는가에 따라서 존망이 결정됩니다."
"어떻게 하라는 것이냐?"
"다행히 당가는 북 오미의 아사이가와 우의가 깊습니다. 아사이가와 맹약을 맺으시고 한시바삐 대군을 내시어 오미의 호반(湖畔)에 계시는 요시아키 님을 받들어 교토에 기치를 올리십시오."
"그 부재중을 노리고 동녘 이웃에 있는 가가(加賀)가 쳐들어오면 어떻게 하느냐?"
"그러므로 지금 에치고의 우에스기(上杉)가와 동맹을 맺으심이 좋을 것입니다. 우에스기가는 요시아키 님을 동정하고 있은 즉, 이 동맹은 쉽사리 맺어질 것이 틀림없습니다."
미쓰히데는 다시 능란한 열변을 토해 요시카게를 설득시켰다. 요시카게는 틀림없이 마음을 움직였다.
끝내 승낙했다.
"주베, 알았다" 하고 진기하게 분명한 태도로
"그러고 보니 교토로 올라가 수도의 술과 여자를 즐기는 것이 벌써부터 기대가 되는구나" 했다.
미쓰히데는 물러났다. 그러나 성문을 나서려 했을 때, 요시카게로부터 사자가 와서 기다리라고 했다. 미쓰히데는 무슨 일인가 싶었으나, 하여튼 간에 안내된 대기실로 들어가 요시카게의 명령을 기다리기로 작정했다. 두 시간 가량 기다리는 동안에 해가 지고 배가 고파 왔다. 그러나 아무런 명령도 내리지 않는다.

'대체 어찌된 일인가.'

미쓰히데는 얌전하게 단정히 앉아 있었다. 아사쿠라가의 관례로, 가신에게는 차를 내지 않는다. 목이 마르고 허기가 져서 시력까지 희미해지기 시작했지만, 여전히 미쓰히데는 무릎을 모으고 등을 곧바로 세운 채 계속 기다렸다. 그 동안 요시카게의 일은, 기다리고 있는 미쓰히데로선 당연히 몰랐으나 나중에야 들었다. 어처구니없는 일이 안에서 벌어지고 있었다. 아까 미쓰히데가 물러간 뒤 당장 교토로 올라갈 수 있을 것만 같은 생각이 들어 자리에서 일어나 복도를 달려 내전으로 뛰어 들어가 취한 김에 큰소리를 치고, 예의 '수도의 여자가 벌써부터 기대된다'는 말을 그만 입 밖에 내고 말았다. 그 말이 부인의 귀에 들어갔다. 부인은 심부름꾼을 보내서 성 안 별저(別邸)에 있는 친정아버지 구라타니 쓰구도모에게 하소연했다.

쓰구도모는 곧 요시카게를 배알하고
"무슨 얼빠진 짓입니까?" 하고 일갈했다.

쓰구도모의 말로는, 아사쿠라가가 교토에 기치를 세운다는 것은 꿈 중의 꿈이다. 만약 요시카게가 나라를 떠나면 가가의 혼간 사 무리들이 에치젠에서 폭동을 일으켜 나라는 순식간에 망해 버린다는 것이었다.

"애당초" 하고 쓰구도모는 말했다.
"한 나라의 군주이신 분이 뜨내기의 능변에 춤을 추시다니 한탄스럽구료. 그리고 그토록 중대한 일을 이 교부와 한 마디의 상의조차 하시지 않는 것은 어찌된 일입니까?"
"교부, 알았소. 그것은 좌흥(座興)이었소."
"술자리의?"
"그렇소. 취한 김에."
"하면 지금의 말, 좌흥이었노라고 주베에게 전하십시오. 그러한 자는 성하에서 어떠한 말을 퍼뜨릴지 모르고, 또한 국외에도 에치젠 아사쿠라가 출병이란 따위의 말을 와전시킬지도 모릅니다. 세상에 대한 영향이 크므로 당장 불러세워 그 뜻을 다짐받으십시오."

이러한 경위로 해서 근신이 달려와 미쓰히데에게 기다리라고 전한 것이었다.

이윽고 요시카게의 뜻을 받은 노신인 아사쿠라 사젠(朝倉左膳)이란 노인

이 미쓰히데의 대기실로 와서

"무슨 일인지 자세한 것은 모르겠지만 주군께서는 방금의 일은 좌흥이었노라고 전하는 것이었네. 영주님의 용건은 그것 뿐, 알았느냐?"

했다.

미쓰히데는 이해할 수가 없었다. 무엇인가 이 말의 의미에는 속이 있는가 싶어 다정히 지내는 상주관(上奏官)에게 물으니, 별로 겉도 속도 없다.

'정말 희극이로군!'

미쓰히데는 웃을 기력도 없었다. 목숨을 걸고 분주한 천하의 대사가 이치조다니의 영주전 안에서는 술좌석의 좌흥밖에는 안 된다.

미쓰히데는 집으로 돌아왔다. 목욕탕에서 여진을 털고 작은 방으로 나가 처자와 야헤이지의 인사를 받았다.

이윽고 오마키가 정성들여 차린 상을 들여왔지만 미쓰히데는 침울한 표정으로 앉아 있었다. 모두들 숨을 죽이는 듯한 표정으로 미쓰히데의 무거운 침묵을 지켜보고 있었다.

이윽고 미쓰히데는 기분을 전환하고

"야헤이지도 마셔라" 하고 잔을 주었다. 야헤이지는 술을 즐기지 않는 아케치가의 핏줄치고는 드물게도 주량이 센 젊은이였다.

미쓰히데는 몇 잔 거듭하고 얼굴이 빨갛게 됐다.

"들어라, 야헤이지."

미쓰히데는 목메인 소리로 말했다.

"남자의 몸에는 외(嵬)라는 돌이 있다."

"돌이?"

"외(嵬)라고 쓴다. 형상은 돌과 같다. 내 외는 자라고 싶어하면서도 자라지 못하고, 밤에 남몰래 흐느껴 울고 있다."

야헤이지는 얼굴을 숙인 채 술을 들이마시고 있다. 사정은 모르지만 미쓰히데의 마음속 떨림이 오마키와 야헤이지의 가슴 속에 아플 만큼 전해지고 있었다.

"허어" 하고 미쓰히데는 좌석의 기분을 전환시키기 위해서 새삼스레 깨달은 듯 도코노마를 돌아다보았다. 그곳에 아까 물고기를 잡아오던 종다래기가 놓여 있었다. 그 종다래기에 단풍 한 가지를 꽂아 놓은 것이, 꽃꽂이 화분이 없는 탓이기도 했지만 오히려 한적스러움에 어울리는 아취(雅趣)가 있었다.

"이 깜찍스러움은 오마키냐 야헤이지냐?" 하며 미쓰히데는 손을 뻗쳐서 그 종다래기를 집어 들어

"좋은 꽃바구니" 하며 야헤이지에게 넘겨주었다.

"야헤이지, 지금 내가 이마요(今様 : 七·五調의 노래, 流行歌)를 노래할 테니 너는 손이 움직이는 대로, 발이 움직이는 대로, 적당히 춤을 추어라."

야헤이지는 왼쪽 옆구리에 종다래기, 오른손에 부채를 들고 일어섰다.

"노래한다."

미쓰히데는 나직한 목소리로 노래하기 시작했다.

꽃바구니에
물을 채워서
달그림자를 담고는
새지 않게 하리라
새지 않게 하리라고
감싸안기가 정녕 어렵구나

교토에서 유행하고 있는 이마요인 모양이다. 가사의 의미는, 이룰 수 없는 사랑의 슬픔을 노래하고 있었다. 꽃바구니에는 당연한 일이지만 물을 담을 수가 없고, 더구나 달그림자를 어리게 할 수도 없는 노릇이다. 그런데도 여전히 허망한 사나이는 바구니에 물을 채우려고 하고 달그림자를 어리게 하려고 한다.

그 허망함.

노래하는 미쓰히데는 자기의 뜻이 채워질 수 없어 훌쩍이는 울음소리를 이 사랑의 이마요에 서리게 하려는 것이리라. 춤추는 야헤이지의 가슴에도 그것이 전해져 온다. 울지 않으리라고 열심히 참고 있는 이 젊은이의 표정이 문득 하늘나라 사람처럼 아름다웠다.

저녁 놀

　미쓰히데는 아사쿠라가에는 실망했지만 야망을 꺾은 것은 아니었다.
　설복시키고 설복시켜, 겨우
　"교토로 출병은 하지 않지만 요시아키 님의 신변이 위험하면 이 이치조다니로 모셔도 좋다. 경건히 보체를 지켜 드리겠다"는 방침을 결정시키는 데까지 이끌고 갔다. 소극적인 아사쿠라가로서는 이런 결정을 내린 것만도 커다란 일이었다. 그러나 이러한 설득도 미쓰히데의 공은 아니었다. 요시아키의 막료 호소가와 후지타카라는 재기가 뛰어난 친구의 힘을 빌어서 비로소 이 에치젠의 오래된 대국이 움직였다. 호소가와 후지타카가 미쓰히데 혼자서는 아사쿠라가를 설복시키기 힘들리라 생각하고 요시아키의 정식 사자로서 이치조다니로 와 준 것이었다.
　워낙 후지타카는 들뜬 몸이긴 하지만 효부다유(兵部大輔)의 관직을 가진 막부의 신하다. 아사쿠라가도 크게 환대했으며, 그의 말에도 귀를 기울였다. 한낱 미노에서 떠돌아온 미쓰히데와는 역시 신용도가 달랐다.
　더구나 호소가와 후지타카는 우정이 두터운 사이다.
　"주베 미쓰히데는 위대한 인재요"라든가

"이렇게 말씀드리긴 무엇 합니다만, 당가는 좋은 분을 부양하고 있소"라든가,

"하여튼 간에 요시아키 님께서는 주베 미쓰히데 공을 수족처럼 신뢰하고 계시오"라든 등, 아사쿠라 요시카게와 그의 중신들에게 말하기를 잊지 않았다.

더구나 후지타카는 이치조다니에 머무는 동안, 다른 중신의 집에서 묵지 않고 줄곧 미쓰히데의 황폐한 집을 숙소로 삼았던 것이다.

이 영향은 컸다.

"쇼군가의 직속 신하가 미쓰히데 따위의 집에서 머무신다"고 하여, 아사쿠라가 안에서의 미쓰히데 입장이 아주 좋아졌다.

집이라고는 하나, 아케치가의 집은 벽이 떨어지고 기둥 밑이 썩어 빠진 지독한 건물인 것이다. 그 위에 후지타카 같은 귀인을 대접할 재력이 없다. 그래도 미쓰히데는 후지타카의 체류 중 매일 주효를 갖추어 대접했다. 물고기는 미쓰히데가 계곡의 개울에서 낚시질해 오고, 술은 아내인 오마키가 때로는 머리칼을 팔고 때로는 옷을 팔아서 사 왔다.

미쓰히데는 만 세 살짜리 딸이 있었다. 미쓰히데가 동분서주하는 동안에 태어난 아이로서 이번에 이치조다니로 돌아왔을 때, 그 아이의 자란 모습에 미쓰히데도 놀랐다.

'아름다운 아이다.'

미쓰히데는 아버지이면서도 혀를 내두를 것 같은 마음으로 그 아이를 바라다 볼 때가 있다. 말이 없는데다 눈동자의 움직임이 활발한 딸로서, 용모는 어미를 닮았고 재지(才智)는 아버지를 닮은 것이 아닌가 여겨진다.

"이건, 비교할 자가 없는 따님이로군" 하고 후지타카도 처음 보았을 때, 경탄했을 정도였다. 비교할 자가 없다고 후지타카가 말한 것은 귀염성만이 아니다. 어린 계집애인 주제에 범하기 어려운 기품이 있다.

"공주야, 아저씨가 한번 안아 보게 해 다오" 하고 후지타카가 두 손을 뻗친 일이 있다. 딸은 고개를 저었다.

"아니, 안 되나?"

"아뇨, 안아 주시려면 그 소매에 싸서 안아 주세요" 하고 딸은 말했다. 맨손이 아니라 소매로 덮어서 안아 달라는 것이다. 듣기에 따라서는 그 의미가 소녀의 말일지도 모르지만, 그것이 후지타카에게는 천성적으로 갖추어진 높

은 기품처럼 여겨져서

"이 고귀함!" 하고 아버지 미쓰히데가 볼 때 우스울 만큼 감탄해 버리고 말았다.

"이건 천만 명에 한 명쯤 되는 아이요. 주베 공, 어떻소, 이 공주를 나의 장자 요이치로(與一郞)의 아내로 주지 않겠소?"

물론 굳은 약속은 아니다. 난세 속에서 장차 서로 어떻게 될지 모르는 판이었지만, 그 딸에게는 후지타카로 하여금 문득 그렇게 외치게 만드는 황홀한 빛이 있는 것 같았다.

"요이치로 공은 분명히 이 아이와 한 살 차이였죠?"

"그렇소. 한 살 아래요, 어떻소?"

"좋소."

단지 이 정도의 농담 비슷한 약속이 되었지만 운명은 그것을 농담으로 내버려 두지는 않았다. 이 딸은 후에 유명(幼名) 요이치로, 호소가와 다다오키(細川忠興)의 부인이 되어 세례명을 가라샤로 받고 세키가와라 대전의 전야 오사카 다마조(玉造)의 호소가와 자택에다 스스로 불을 지르고 죽는 운명이 되고 만다.

후지타카가 돌아가고 봄이 왔다. 미쓰히데에 대한 아사쿠라가의 대우가 그 이전과는 비교도 안 될 정도로 좋아졌다. 아사쿠라가로서도 전연 외교 감각이 없는 것은 아니어서 실은 오미 야시마에 머물고 있는 쇼군 후계자 요시아키의 존재를 차차로 크게 평가하기 시작한 것이었다. 요시아키도 민첩한 사나이라 여러 지방의 유력한 영주에게 사자를 파견하여 이미 사실상 쇼군으로서의 외교를 하기 시작한 것이었다. 에치고의 우에스기 데루토라(輝虎：謙信)와는 아주 친해졌고, 오와리의 오다 노부나가와도 친근해졌다.

아사쿠라가로서도 가까운 이웃 대국과 맞서기 위해 요시아키를 가볍게 볼 수는 없었다. 그래서 몇 번이나 어마어마한 금품을 요시아키의 유랑지로 보냈고, 요시아키도 그 원조 덕분으로 야시마의 유랑지에다 6천 보 사방의 해자를 판 새로운 성관을 세웠을 정도였다. 이처럼 천하에서 요시아키의 위치가 높아짐에 따라서, 아사쿠라가에서의 미쓰히데에 대한 대우도 두드러지게 좋아진 것이었다.

여름철이 되었다.

미쓰히데는 다시금 청원을 해서

저녁 놀 231

"오미의 신관에도 참예하고 또 교토까지 발을 뻗쳐, 미요시·마쓰나가의 형세를 보고 오고 싶습니다" 하고 요청했다.

아사쿠라가에서는 허락했다.

미쓰히데는 말을 타고 떠났다. 이번 여행은 신분에 어울릴 만큼, 미쓰하루 이하 다섯 배종들을 거느리고 있었다. 여섯 사람 몫의 여비란 그리 쉬운 것이 아니다.

'사치다'고는 생각했으나 가는 곳곳마다 본국으로 정보를 가지고 돌아가게 하기 위해서는 그만한 인원이 필요했다.

우선 오미로 들어가 구사쓰(草津) 앞 야스(野洲) 주막거리에서 호반 북쪽으로 꺾어 야스 강 둑길을 더듬으며 야시마로 향했다. 이 호반 부근은 교토 부근에서도 가장 논이 발전한 지방으로, 사방 수십리에 걸쳐 반해 버릴 것 같이 아름다운 논이 펼쳐져 있다. 길에 해가 한창 쨍쨍했다.

"야헤이지, 숨이 막힐 것 같은 더위로구나."

"예, 정말로."

미쓰히데 앞에서 야헤이지는 말을 타고 가면서 뒤돌아다보았다. 그 풍모는 당대의 것이 아니라 얘기 속에 나오는 가마쿠라 시대의 믿음직스러운 젊은 무사와도 흡사했다.

'훌륭한 젊은이로군' 하고 생각했다. 야헤이지의 풍모에는 오로지 미쓰히데를 믿고 미쓰히데가 만일의 경우 주저없이 순사(殉死)하려는 믿음직스러움이 풍겨 나오고 있는 것 같았다.

"야헤이지"

미쓰히데는 말의 배를 차서 말머리를 나란히 하고 말했다.

"군서(軍書)를 읽어라."

"예, 그러려고 마음먹고 있습니다."

"지금은 이 미쓰히데도 가난에 쪼들리고 있지만, 장차 말 위에서 천하를 진정시키고 싶다. 그때에 너는 대군을 지휘하지 않으면 안 된다."

"그럴 때를 즐겁게 기대하고 있습니다."

"왓하하하, 훌륭한 배짱이다."

미쓰히데는 믿음직스러운 듯이 사촌 동생을 보았다.

"배짱이라니요?"

"좀 겸손할 줄 알았는데 그때를 즐겁게 기대하고 있다 큰소리 쳤으렷다. 그토록 자신이 있느냐?"

"군법에 대해서는 형님의 전수를 받았습니다. 일본 제일의 군법 달인인 형님에게서 직접 전수를 받은 야헤이지가 10만이건 100만이건 대군을 움직이지 못할 리가 없습니다."

"일본 제일의 군법 달인이란 말이지?"

미쓰히데는 갑자기 침울해졌다.

'일본 제일의 군법 달인이 10만, 100만은커녕 겨우 다섯 사람을 데리고 오미의 시골길을 걷고 있다.'

우습기도 하고 서글프기도 했다.

"야헤이지, 야망이라는 것은" 하고 미쓰히데는 말했다.

"어쩌면 우스운 면도 있는 것이로구나."

"잘 이해할 수 없습니다. 형님이 하시는 말씀은 가끔 이해할 수 없을 때가 있습니다."

이윽고 야시마의 어소에 닿았다.

미쓰히데는 혼자서 문 안으로 들어가 호소가와 후지타카를 불러내니 그는 없었다.

"어디로?" 하고 미쓰히데가 묻자 응대하러 나온 잇시키 후지나가가

"후지타카 공은 마침 오와리의 오다가로 사자가 되어 가셨습니다. 2, 3일 안으로는 돌아올 것입니다" 하고 대답했다.

야시마 어소의 막신들은 아시카가 재흥의 은인인 미쓰히데에 대해서 지나칠 정도로 정중했다. 차례차례 나와서는 미쓰히데에게 인사를 하고

"하여간 푹 쉬십시오, 방을 한 개 마련하지요. 부하분들이 묵을 곳도 이쪽에서 마련하겠습니다" 하고 저마다 한 마디씩 했다. 그 호의가 미쓰히데에게는 눈물이 나올 만큼 기쁘게 여겨졌다. 아사쿠라가에서는 이처럼 따뜻한 대우를 받아 본 적이 없는 것이다.

"그러면 호의를 고맙게 받겠습니다" 하자, 막신의 한 사람인 호소가와 사코다유(細川左京大夫)라는 젊은이가 싹싹하게 일어나 앞장서서 미쓰히데를 안내했다.

그날 저녁 때, 미쓰히데는 무사 모자를 머리에 쓰고 도라지 무늬를 넣은 평상복을 입고 요시아키의 어전에 나갔다.

"아니 주베로구나, 반갑다" 하고 요시아키는 말하면서 상좌에 앉았다. 머리칼은 자랄 대로 자랐고, 태도나 풍모도 얼마간 활달해진 것 같았다. 단지 좀 가볍고 야단스러운 모양은 전과 다름이 없었다. 그리고 여전히 몹시 더듬거렸다.

미쓰히데가 요시아키의 건강을 경하하자,

"아니, 아니 몸 같은 것은 아무래도 좋아. 차례차례 일이 각지에서 일어나 눈이 돌아갈 지경이야" 하고 마치 분주가(奔走家)처럼 말했다.

사실 요시아키는 이 오미 야시마 마을에 머물면서 여러 곳으로 사자와 편지를 보내 여러 곳의 이름 있는 군웅(群雄)을 손 안에 쥐고 노는 듯한 정치활동을 계속하고 있었다.

"에치고의 우에스기 데루토라에게 어서 나오라고 독촉하고 있지만, 그자도 말과는 달라 선뜻 결단을 내릴 수 없는 모양이야. 워낙 데루토라가 영지를 떠나려고 하면 가이(甲斐)의 다케다 하루노부(武田晴信:信玄)가 나와 옷자락을 물고 늘어진다. 그런가 하면 간토의 호조(北條) 씨가 떠들어대거든. 하긴 내가 다케다 호조에게 사자를 보내서 우에스기 데루토라는 나에게 다시없는 자이므로 너무 으르렁거리지 말라고 말은 해 놓았지만."

"잘 하셨습니다."

"그래서 다케다 호조도 무척 황공해 하고 있는 것 같더군."

'남의 속도 모르시고' 하고 미쓰히데도 생각하면서 요시아키의 경기가 좋은 큰소리를 듣고 있었다.

"그러나 교토의 정세가 좋지 않아."

요시아키는 갑자기 얼굴을 흐렸다. 경솔한 수다스러움과 우울이 교대 교대로 요시아키의 얼굴에 나타나는 것 같았다.

"미요시·마쓰나가 무리들이 여간 강세가 아닌 것 같습니다만."

"흠."

미쓰히데가 에치젠에서 들은 정보로는, 교토를 점령 중인 미요시 3인조와 마쓰나가 단조 쇼히쓰 히사히데와의 사이에 알력이 생기기 시작하고 있다는 것이었다.

"그 점, 어떻습니까?"

"스스로 무너진다."

요시아키는 단호한 말투로 단언했으나 아무래도 그것 역시 희망적인 관측일 뿐이라고 미쓰히데는 보았다.
"스스로 무너진다는 말씀이지요?"
"악은 번영하지 못한다."
"그렇다고만은 할 수 없을 것입니다. 저는 이번에 교토에 잠입하여 그 모양을 눈으로 보고, 귀로 염탐해 가지고 오려고 생각합니다."
"그런가? 부탁한다."
요시아키는 건성으로 말했다.
그의 심통은, 현재의 군사 정세보다도 지금 셋쓰 돈다(富田 : 현 大阪府高槻 시내에 있는 곳)까지 나와 있으면서 교토에 들어가지 못하고 있는 한 귀족에 대해서였다.
그 인물은 아시카가 요시히데(足利義榮)였다.
아와(阿波)를 근거지로 삼은 미요시당이 등에 엎고 있는 쇼군 후보자다. 이 요시히데는 드디어 쇼군이 되기 위해서 교토로 올라가기 위해, 아와로부터 바다를 건너 셋쓰 돈다까지 나와 그곳 후몬 사(普門寺)라는 절을 임시 어소로 삼고 기회를 엿보고 있다는 것이었다.
"요시히데가 나왔다."
"그런 모양입니다."
"시골에서 자란 그 얼간이는 정말로 쇼군이 되려고 하고 있어."
얼간이인지는 모르지만, 그 요시히데를 등에 엎고 있는 세력이 교토를 제압하고 야마시로·셋쓰·가와치 방면에서 위세를 떨치고 있는 미요시 당인 것이다. 그러니 유리하다고 하지 않을 수가 없다.
"그런데 아직도 셋쓰 돈다로부터 더 이상 앞으로 나아가지 못하는 것은?"
셋쓰 돈다로부터 교토까지는 겨우 20킬로가 될까 말까한 거리다. 미요시 당의 쇼군 후보자가 그 20킬로 너머에 있는 교토로 들어가지 못하고 헛되이 시골 절간에서 세월을 보내고 있는 것은 어찌 된 까닭일까.
"까닭 말인가?"
요시아키의 얼굴이 갑자기 환해졌다.
"미요시와 마쓰나가가 이 판에 이르러서 갑자기 집안싸움을 벌이기 시작했기 때문이지."
'과연, 그래서 요시히데는 셋쓰 돈다에 버려진 채로군.'
"그러나"

저녁 놀 235

요시아키는 손톱을 깨물었다. 으지직으지직 소리를 내어 씹으면서
"멍청하게 굴다가는 나는 요시히데에게 뒤지고 만다. 쇼군이 될 수 없다."
"그렇습니다."
그렇게 되면 미쓰히데에게 있어서도 일은 중대하다. 혈통으로 말하면 요시아키야말로 만인이 납득할 수 있는 쇼군 계승자라고는 하나, 워낙 그의 후원자는 에치고의 우에스기, 에치젠의 아사쿠라, 오와리의 오다 등 먼 나라의 세력들로 서로 사이가 좋지 못하다.
"내 발등에 불이 떨어졌다" 하고 요시아키는 말했다.
"아아, 그래서."
미쓰히데는 호소가와 후지타카가 오와리로 내려간 사명을 겨우 깨달았다.
"오다 가즈사노스케에게 재촉하기 위해 효부다유 공을 오와리로 내려 보내신 것이로군요."
"그렇다."
"전망은 어떻습니까?"
"가즈사노스케도 미노 뒤처리에 애를 먹고 있는 모양이다. 그가 군세를 이끌고서 나를 맞이하여 교토로 올라가 미요시·마쓰나가의 도배를 내쫓는다고 한다면, 성을 막 함락당했을 뿐인 미노가 소동을 일으켜 오미의 아사이 등과 손을 잡고 가즈사노스케가 부재중인 틈을 노려 어지럽힐지도 모른다. 오와리의 오다는 그것을 두려워하고 있는 것 같았다."
미쓰히데는 그 뒤에 술을 하사받고 다시 얘기 상대를 한 뒤, 자기에게 주어진 거실로 물러 나왔다. 미쓰히데는 바쁘다.
다음 날, 야헤이지 등을 이 야시마 마을에 남긴 채 교토로 떠나, 다음 날에 교토로 잠입했다. 낱낱이 시중을 염탐하고 돌아다녀 보고 미요시 당이 얼마나 강대한 세력을 가지고 있는가를 알았다.
'이건 용이한 일이 아니로군.'
미쓰히데는 극명(克明)한 사나이다. 다시 미요시·마쓰나가의 세력 지대를 보기 위해서 야마시로부터 셋쓰·가와치·야마토(大和)까지 들어가 마쓰나가의 근거지인 나라(奈良)에는 닷새 동안이나 잠복해 있다가 탈출하여 20일 후에 오미의 야시마 마을로 돌아왔다.
호소가와 후지타카는 이미 돌아와 있었다. 미쓰히데의 얼굴을 보자마자
"형세가 절박하오" 하면서 어소 안을 손가락질했다. 무사가 뛰어 돌아치

고, 인부가 일하고, 짐을 꾸려 그것을 들고 나오고 있었다.
"호수를 건너서 와카사(若狹)든가 에치젠으로 도망치는 거요."
"까닭은?" 하고 미쓰히데는 성급히 물었으나 후지타카는 그럴 여유조차 없는 듯
"주베 공, 쇼군가의 경호를 부탁하오. 나는 배부터 구하지 않으면 안 되오" 하고는 달려 나가 버렸다.
'유위전변(有爲轉變)이란 이런 일인가!'
미쓰히데는 등에 저녁 햇살을 쬐면서 멍하니 서 있었다.

호수를 건너

그야말로 전변(轉變). 쇼군 후계자 아시카가 요시아키가 가이 호반의 마을을 떠나지 않을 수 없어진 것은 의지하고 있던 이 남 오미의 영주 롯카쿠가 갑자기 배반했기 때문이다.
'롯카쿠가?'
미쓰히데는 망연해져서 생각했다. 사람의 마음은 믿을 수가 없다. 오미 반 나라의 영주 롯카쿠는 교토에서 나날이 성장해가고 있는 미요시 3인조의 세력이 두려워져서(지금처럼 요시아키 님을 보호하고 있다가는 나중에 큰일난다. 미요시에게 요시아키와 함께 멸망당하고 만다고) 떤 것이리라. 떨었을 뿐만이 아니다. 배반한 것이다. 미요시 3인조가 엎고 있는 쇼군 후계자 요시히데를 지지하기로 결정하자 칼을 거꾸로 뒤집어서 이번에는 요시아키를 추방하려고 한 것이다.
롯카쿠의 군대는 이미 비와 호수의 남쪽 끝인 사카모토(坂本)에 집결해 있다고 한다. 더구나 이 야시마 마을의 지방 무사인 '야시마 도메이 패(矢島同名衆)'라는 조그만 집단도 롯카쿠와 내통하여, 오늘 밤에라도 요시아키의 성관을 공격하려고 하고 있다는 정보도 들어와 있다. 일각도 유예할 수 없다고 해서 오늘 밤 도주 소동이 벌어지고 있는 판이었다.
'사정은 알겠군.'
미쓰히데도 움직이기 시작했다. 야헤이지 이하 자기 부하들을 지휘하여 짐을 꾸리거나 운반하게도 했다.
야헤이지는 믿음직스러운 젊은이였다. 일하면서
"형님" 하고 미쓰히데에게 말했다.

"나는 이 성관에 남겠습니다. 만약 요시아키 님을 치려는 적이 몰려올 때, 여기에서 항전하여 보기 좋게 전사하고 싶습니다."

"너도 도망가야 해."

미쓰히데에게는 요시아키도 중요하지만, 장차 자기의 무사대장이 될 이 젊은이의 목숨도 아까웠다.

"목숨을 함부로 버리지 말아라. 뜻을 향한 인간의 길은 먼 법이다. 지금 우리들은 그 먼 고개의 어귀에 달려들었을 뿐이야. 야헤이지, 아직 목숨을 버릴 때가 아니다."

"예."

그러나 야헤이지에게는 다른 일로 의문이 있었다. 이 짐들이다. 즉 요시아키의 가재 도구였다. 처음엔 한 푼 없었던 요시아키도 여러 나라의 영주가 보내준 증정물이 모이고 모여서 웬만한 재산의 소유자가 돼 있었던 것이다. 야헤이지의 의문은

'이만한 무구와 가재를 운반하면서 도망친단 말인가?' 라는 것이었다. 짐이 방해가 되어 도저히 도망칠 수 없으리라.

"형님은 어떻게 생각하십니까?"

"버리는 거야."

미쓰히데는 독단적으로 말했다.

"나에게 한 계책이 있다. 야헤이지, 이 주변 일대에 뒹굴고 있는 눈에 띄는 짐을 배로 운반해서, 한 발 앞서 가타타(堅田:對岸)로 배에 싣고 가라. 그곳에서 버리는 거야."

"무슨 말씀이신지?"

"가타타의 무리들은 겐페이(源平) 때부터 이 비와 호수의 물을 제압하고 있는 해적 패다."

그들을 짐으로 굴복시켜 버리라고 미쓰히데는 말하는 것이었다. "그럴 바엔 빨리 해라. 나는 요시아키 님을 호위하면서 나중에 배로 떠나겠다."

이런 말을 남기고 미쓰히데는 그 자리에서 떠났다. 요시아키의 곁으로 가자, 측근의 막신들은 가문 좋은 집안에서 자란 만큼 이미 얼굴에 핏기가 없었다. 얼굴들을 보니 잇시키 후지나가·미쓰부치 후지히데(三淵藤英)·이이카와 노부카타(飯河信堅)·지코인 라이케이(智光院賴慶) 등이다.

호소가와 후지타카만이 침착하게 이런 저런 지휘를 하고 있었다. 지휘를

받고 있는 무사들은 고가(甲賀)의 호족, 와다 고레마사 배하의 고가 패였다.

"고가 패는 평소에 산 고갯길을 달리면서 일을 해온 만큼 손이 빠르고 발이 빨라 좋군요." 하고 미쓰히데가 중얼거리자 호소가와 후지타카가 다가와서

"짐이 너무 많소" 하고 난처한 표정으로 속삭였다.

요시아키가 짐에 집착하고 있는 모양이었다. 한 푼 없이 절에서 도망쳐 나온 귀공자인 만큼 재보라는 것에는 남보다 관심이 있는 것이리라.

"후지타카 공, 버리시도록 해야 하오."

"아니, 아니 우리 근신들의 말을 좀처럼 받아들이시지 않소. 그런 점에서는 귀공이 자유스러운 입장에 있소. 더구나 마음에 드셔 하시기도 하오. 귀공이 설득시켜 주시지 않겠소?"

"글쎄, 성공할까요."

미쓰히데는 자신이 없었으나 하여간 층계 위로 올라가 보았다.

"오오, 주베" 하고 요시아키는 미쓰히데를 보고 몹시 기뻤는지 경망스러울 만큼의 거조로 차양 아래까지 나왔다. 미쓰히데는 황급히 툇마루에 무릎을 꿇었다.

"정말로" 하고 요시아키는 말했다.

"나에게는 부처님의 가호가 있는지도 모른다."

"무슨 말씀이신지?"

"그 증거로 내가 위난에 처했을 때에는 늘 그대가 나타난다. 그대는 비사문천(毘沙門天 : 四天王의 하나)의 화신이 아닌가."

"황공합니다. ──하옵지만" 하고 미쓰히데는 황급히 말했다.

"이번의 위난은 나라의 이치조 원을 탈출하셨을 때와는 크게 다른 것 같습니다. 사카모토에 록카쿠 군세가 1만 이상이나 모여 있다고 하지 않습니까."

"그대에게 묘안이 있는가?"

"사태가 이렇게까지 막다른 지경에 다다르면 자질구레한 묘안·묘수는 통용되지 않습니다. 잔재주를 부리는 것보다 몸 하나를 하늘에 맡기고, 선가(禪家)에서 말하는 대용맹을 떨쳐 일직선으로 퇴거하실 도리밖에는 없습니다."

"그대는 나라에서 나를 탈출시켜 주었다. 이번에도 모두 그대의 지휘에 맡기겠다."

"맡겨 주시겠습니까? 하오면 저기 있는 어마어마한, 소중한 기물들을 버리십시오."

"기물들을?"

요시아키는 못마땅한 표정을 지었다. 모처럼 무일푼의 신세에서 벗어나 겨우 이만한 기물들로 신분을 장식할 수 있게 된 것이 아닌가.

"난처한데" 하자, 미쓰히데는 소리에 힘을 넣어

"앞으로 일본을 그 어수로 쥐실 쇼군가가 아니십니까? 이 정도의 기물 따위는 그런 입장에서 볼 때에는 티끌 같은 것입니다."

'얼마나 융통성이 없는 분일까!'

미쓰히데는 서글퍼졌다.

"맡긴다."

"앗, 맡겨 주시겠습니까?"

미쓰히데도 층계를 뛰어내려와, 호소가와 후지타카와 상의한 뒤, 짐의 반은 맞은편 호숫가 가타타의 해적에게 주고, 나머지 반은 이곳에 어지러이 버려두기로 했다.

"이곳에 버려두는 것은" 하고 미쓰히데는 말했다.

"이 지방의 본토박이 무사들에게 약탈시키기 위해서요. 그들이 약탈하고 있는 동안 시간을 벌 수 있소. 비록 3천 보 가량이라도 더 멀리 도망칠 수가 있소."

탈출은 밤에 결행되었다. 한 척의 배가 야스 강 하구를 벗어나 호수 위에 떴을 때, 기슭께에 점점이 횃불이 움직이기 시작했다.

'야시마의 본토 무사들이로군.'

미쓰히데의 계략이 들어맞은 것이다. 이 사나이는 요시아키로부터 탈출의 지휘를 맡은 뒤 곧 야시마 도메이 패에게 편지를 써서

"쇼군가께서는 이미 몽진하셨다. 우리들이 그 뒤의 집기들을 관리하고 있다. 그러나 밤이 되면 육로를 통해서 도망칠 작정이다. 그 뒤의 집기들은 그대들의 약탈에 맡길 것인 즉, 뒤를 쫓지는 말아라. 서로 목숨을 아껴서 싸움을 피하는 것이 어떤가"라고 말해 보냈다. 본토 무사들은 의외로 그런 수법에 넘어가고 마는 것이다.

배는 호수 복판으로 나갔다.

"슬슬 달이 뜰 때로군요" 하고 가인(歌人)인 호소가와 후지타카가 말했다. 오늘 밤은 어찌 된 우연인지 8월 대보름 밤이었다. 말하는 동안 동녘 하늘이 둔한 금색으로 그을기 시작했는가 싶자, 들판 저끝에서 둥그런 달이 고개를 내밀었다. 그것이 순식간에 떠오르기 시작해서 호수 위는 대낮처럼 밝아졌다. 파도가 일고 있다. 바다의 파도와는 달리 호수의 파도는 3각의 형상을 이루고 있다. 그 무수한 3각 파도가 누런빛으로 빛났다.

"이 얼마나 멋진……!"

후지타카는 시심(詩心)을 누르기 힘든 듯이 신음했다.

"지금 도망치는 몸이 아니라면" 하고 말한 것은 뱃고물께에 있는 지코인 라이케이였다. 도망치는 신세가 아니라면 훌륭한 풍치일 것이다, 하는 의미이리라.

그 말을 듣고 호소가와 후지타카가 가인치고는 지나치게 굵은 대담무쌍한 목소리로 웃었다.

"도망치는 신세이기 때문에 흥취가 있는 거야."

'후지타카의 기백이여'

미쓰히데는 달빛 아래서 호소가와 후지타카라는 무문 귀족 집안에서 자란 맹우(盟友)를 새삼스러이 다시 보게 되었다. 후지타카의 호기에 찬 한 마디로 모두들 각각 배짱을 정한 듯 배 안 공기가 몹시 침착해져 왔다.

요시아키까지

"좋아라, 좋아라" 하고 승려답게 흥을 돋우며 기분이 들뜨기 시작해

"어떤가, 모두들 한 수씩 풍회(風懷)를 읊으면?" 했다.

"그거 좋겠습니다."

젊은 잇시키 후지나가가 뱃전을 두드리며 새삼 흥을 돋우어 보이고, 즉흥적인 한 수를 만들었다. 모두들 앞을 다투어 읊었다. 그 온갖 재치에 넘치는 노래를 착실한 호소가와 후지타카가 휴대용 필기도구를 꺼내 수첩에 썼다. 마지막으로 미쓰히데와 후지타카가 발표했다. 두 사람 다, 당연한 일이지만 두드러지게 뛰어난 재치였다.

한 순(巡) 돌고 나자 요시아키가

"시(詩)가 되었다" 했다. 한시다.

"이러한 총망중이니까 음의 구별이나 제대로 갖추어졌는지 모르지만, 우

선 발표해 보자. 후지타카, 미쓰히데 웃지 말아라."
'어떠한 시인가.'
미쓰히데는 심한 흥미에 채찍질 당했다. 옛날에도 시는 뜻이라고 한다. 뜻(志)이란 남자의 심정의 울림이다. 요시아키는 사나이 기량의 밑바닥을 혹시 알 수 있을지도 모른다. 요시아키는 낮게 읊기 시작했다. 그것을 듣는 동안에 미쓰히데는 차차로 놀라운 마음을 높여갔다.

강호에 낙백(落魄)하여 남몰래 수심(愁心) 쌓였네.
외로운 배로 하룻밤, 생각은 유유(悠悠).
천공(天公)도 또한 내 생을 위로하는가 안하는가.
달도 희구나, 갈꽃 잔수(蘆花淺水)의 가을.

높이 울리는 격조는 없다고 하지만, 그나마 이만한 시를 만들 수 있는 자는 교토에도 별로 없으리라.
'인간적인 품위는 좀 낮은 인물이시지만 머리의 움직임은 잔재치를 지니고 계시다.'
이것이 미쓰히데가 은밀히 품은, 시를 통한 요시아키 평이다. 그러나 칭찬한다면 요시아키는 자기라는 것을 객관시할 수 있는 능력을 가지고 있다. 게다가 그 객관시한 자기에게서 적당히 스스로를 돌아볼 줄 아는 정서 감각도 지니고 있다.
'노부나가보다는 낫다' 하고, 이 경우 아무런 관계도 없는 노히메의 남편을 비교로 끌어냈다. 미쓰히데는 과문한 탓으로 노부나가가 시가(詩歌)를 만들었다는 얘기는 들은 일이 없다.
'무릇 정서가 없는 사나이다.'
필경, 합리주의 외곬뿐인 사나이라고 미쓰히데는 생각했다. 이(利)만을 따지는 자여서 이(利)가 되는 일이라면 인간의 배를 째는 일도 태연히 할 것이고, 이(利)가 되지 않는 일이라면 인간이 눈앞에서 빠져 죽어도 못본 척 지나갈 사나이이리라.
"주베 공" 하고 후지타카가 옆에서 소매를 끌었기 때문에 미쓰히데의 생각이 끊어졌다.
"저것을 보시오" 하고 호수 앞쪽을 가리켰다. 아니나 다를까, 그 방향 양쪽에서 배의 화톳불이 일고여덟 개, 이쪽으로 다가오는 것이었다.
"적이냐?"
요시아키가 외치듯이 노오란 소리를 질렀다. 모두들 활기를 띠면서 칼을 끌어당겼다.
"침착들 하시오. 저것은 필경 우리 편일 것이오."
미쓰히데가 말했다.
"어떻게 아느냐?"
"실은 가타타 패에게 한 발 앞서서 저의 일문인 아케치 야헤이지 미쓰하루라는 자를 사자로 내보내 두었습니다. 필경 그들이 맞이하러 온 것일 것입니다."
"과연 미쓰히데!"
요시아키는 측은할 만큼 좋아했다.
"그러면 이쪽에서도 화톳불을 환하게 밝혀서 소재를 알려줌이 좋으리라."
"아니, 만일에 만일을 기하기 위해서요" 하고 미쓰히데는 와다 고레마사의 배로 이가(伊賀) 구로다(黑田) 마을의 주민 핫토리 요스케(服部要介)라는 자를 불러
"헤엄칠 줄 아느냐?" 하고 물었다.
"그야 물론."
"그러면 나와 함께 정탐하러 가자."
미쓰히데는 훌훌 옷을 벗고 등어리에 대도를 한 자루 묶은 뒤, 그럼, 하고 일동에게 소리를 지르고 물 안으로 뛰어내려 헤엄치기 시작했다. 핫토리 요스케도 물소리를 내지 않고 조용히 헤엄쳐 간다. 이윽고 괴선(怪船) 부근에 다가가 귀를 수면 밖으로 내밀고 얘기 소리를 듣기 시작했다. 알아들을 수 없었다.
그러나 핫토리 요스케는 미쓰히데 곁으로 헤엄쳐 와서 미쓰히데의 귀에 입을 대고
"적입니다" 하고 짧게 말했다.
어째서? 하고 미쓰히데는 물었는데 그것은 이가(伊賀) 사람의 직감이라고 요스케는 말할 뿐 증거를 대지 못했다.
"알았다. 그러면 요스케, 너는 이 수면에 떠 있거라. 나는 그 배에 올라타 적인가 아군인가 직접 확인해 보겠다."

"그, 그것은."

요스케는 미쓰히데의 팔을 꽉 잡았다. 너무 대담한 짓이라는 거였다.

"……목숨이 위험합니다."

"이가 패들은 목숨을 아낀다. 요스케, 예부터 이가 출신으로 천하에 이름을 떨친 자가 없는 것은 단지 그 한 가지 때문이다."

미쓰히데는 팔을 쭉 뽑아내어 헤엄치기 시작해, 이윽고 그럴 듯이 소리를 질러

"배에 올려줘" 하고 말했다.

배 위에 있는 자가 수면을 밝히면서 장대를 내밀었다. 미쓰히데는 그 장대를 잡고 대도를 칼집 채로 등에서 벗겨, 우선 그것을 배 안으로 집어 던지고

"해칠 생각은 없다" 하고 안심시킨 뒤, 뱃전에 달라붙어 힘차게 배 안을 향해 솟구쳐 올랐다.

"아케치 미쓰히데라는 자다" 하고 우선 이름을 댄 뒤,

"가타타 사람들이지?" 하고 잇달아 내쏘았다. 그리고 다시 말했다.

"쇼군가의 편이 되겠다고 당장에 결심하여라."

뱃속의 자들은 가타타의 패들이었다. 기세에 눌린 듯한 표정으로 미쓰히데를 쏘아보고 있다. 아닌 게 아니라 요시아키를 맞이하기 위해서 배를 내어 여기까지 왔으나 노를 젓고 있는 도중에도 그들은 여러 가지로 망설인 모양이었다.

'요시아키를 죽여 그 모가지를 교토의 미요시 씨에게 바치는 것이 득인가, 아니면 맞이하여 은혜를 입혀 놓고 장래를 즐겁게 기대하는 것이 득인가' 하고 그들은 생각했다. 그런 망설임이 물 속에 있는 핫토리 요스케의 직감에 좋지 않게 전해진 것이리라. 그러나 가타타 패라고 하더라도, 알몸뚱이 사자가 갑자기 뛰어 들어와 버린 다음에는 결심을 굳힐 도리밖에 별 수가 없었다.

당수(黨首)인 가타타 다사에몬(堅田多左衛門)이란 덥석부리 수염쟁이가 창을 내리고 미쓰히데에게 인사를 올린 뒤

"삼가 편으로" 하고 나직이 말했다.

"갸륵하다."

미쓰히데는 곧 물 속의 핫토리 요스케에게 신호를 하여, 요시아키의 배에 보고를 시켰다. 무사히 일행은 호수를 건넜다. 그날 밤, 이 일행은 날이 새

기 전에 가타타에 상륙했으나 조심하기 위해 하룻밤도 자지 않고 그대로 와카사를 향해 북쪽으로 올라가기 시작했다.

전신(轉身)

유랑의 쇼군 후계자와 미쓰히데 등의 일행은 니폰 해(日本海 : 우리나라의 東海) 해안으로 나가, 여행 중의 임시 숙소라는 생각도 있어서 우선 와카사에서는 다케다 요시무네(武田義統)에게 의지했다. 와카사 다케다 씨는 멀리 가이의 다케다 신겐과 혈통을 같이하는 명족으로서, 현재도 당주인 요시무네는 아시카가에서 부인을 얻어와 무가 귀족으로서는 전형적 존재지만 워낙 약소한 영주라 전국 시대의 풍운을 견딜 만한 군단은 가지고 있지 못했다.

아시카가 요시아키도

"와카사는 임시 거처"라고 하여 도통 기대하지 않았다.

문제는 북국의 웅(雄)이라 할 수 있는 에치젠의 아사쿠라다. 이는 얼마간 믿음직스럽다. 그 때문에 미쓰히데는 호소가와 후지타카와 함께 이미 선발하여, 아사쿠라가에 요시아키를 맞이할 공작을 하게 하기 위해서 그 수도 에치젠 이치조다니로 들어갔다. 얘기는 잘 진행되었다.

"그런가, 와카사까지 와 계시는가?" 하고 영주인 아사쿠라 요시카게는 오히려 그 얘기를 듣고 어쩔 줄 몰라했다. 요시카게에게는 정치적 재능도 군사적 재능도 없다. 그가 당황한 것은 구가의 호인적인 당주 성격에 의한 것으로서, '황송한 일이구나. 장차 쇼군 자리에 오르실 귀인을 이웃 나라 와카사의 약소한 영주의 조그만 성에 임시 숙박시키다니 견딜 수 없는 일)이라는 감정이 앞섰던 것이다.

"미쓰히데, 곧 모시고 오너라" 하고 말했다.

단지 아사쿠라가에서 회의를 연 결과 사시게 할 장소가 문제였다. 수도인 이치조다니가 보호하기에는 가장 적당하지만 워낙 가늘고 길쭉한 골짜기라 유유히 사시게 할 토지도 없었고 건물도 없었다.

"쓰루가(敦賀)가 좋다"는 결론이 나왔다. 쓰루가는 이치조다니와는 달리 해안으로 면해 만일의 경우 해상으로 탈출도 가능하며, 그 위에 육상 교통의 요충이기도 하여 요시아키가 여러 나라의 영주에게 사자를 보내거나 사자를 맞이하는 데에 편리하다. 또한 쓰루가의 가나가자키 성(金ヶ崎城)은 해안으로 툭 뻐져나간 곳(串)을 그대로 성곽으로 만든 요새로, 2만이나 3만의 인

원으로는 함락당할 우려가 없는 성이었다.

"과연 쓰루가라면!" 하고 미쓰히데도 후지타카도 승낙했기 때문에 아사쿠라가에서는 9월 초, 당당한 의장용 군세를 갖추어 와카사까지 요시아키를 맞이하러 가기로 되었다. 그 의장용 군세의 선두로 아케치 주베 미쓰히데는 나아갔다. 그때 나이 만 서른아홉 살이었다. 이미 젊지 않다. 이룬 일 없이 헛되이 나이만을 먹어온 것은 미쓰히데에게는 견딜 수 없는 초조였지만 그 용자는 젊었고, 시원스러운 눈매나 깨끗한 눈썹은 청운의 뜻에 불타는 낙양(洛陽)의 청년 서생과도 비슷했다.

그러나 미쓰히데의 군용(軍容)은 이미 서생의 그것이 아니었다. 2백 명의 기마·보병을 이끌고 미노의 도키 일족의 상징인 도라지 깃발을 펄럭이며 당당히 한 부대의 군용을 떨치며 와카사에의 가도를 나아갔다. 그에는 다소의 속임수가 있었다. 미쓰히데가 이끈 수세(手勢) 중, 직속병이라는 것은 야헤이지 이하 열 몇 명에 지나지 않고, 나머지는 미쓰히데의 뒷심이 돼 주고 있는 아사쿠라가로인 아사쿠라 도사노카미로부터 빌려온 무사였다.

'미쓰히데는 아사쿠라가에서 그만한 대우를 받고 있는가'라는 말을 듣고 싶은 허세가 있었다.

아시카가 요시아키에게도, 친구 호소가와 후지타카에게도 그렇게 여겨지고 싶었다. 미쓰히데는 씩씩하게 와카사에 나타나 다케다로부터 요시아키를 인수 받아 쓰루가 만 해안선을 통과하면서 가나가자키 성으로 들어갔다. 그 뒤의 미쓰히데가 하는 일은 요시아키와 아사쿠라가 사이에서 연락관 노릇을 하는 일이었다.

쓰루가의 가나가자키 성에 들어간 다음 날 성급한 작은 동물 같은 구석이 있는 아시카가 요시아키는

"미쓰히데, 아사쿠라 가는 나를 위해서 교토로 군세를 내 줄까?" 하고 다짐을 두었다.

"글쎄, 어떨까요. 저는 극력 그것을 권하고 있습니다만 아사쿠라가의 가풍은 진취를 좋아하지 않고 오래된 우물에 사는 개구리처럼 오로지 바람을 피하고 뜨거운 햇볕을 피해, 무사 제일주의로서 보내고 싶다는 생각으로 응어리져 있는 것 같습니다. 며칠 뒤에 이치조다니로부터 영주님이 몸소 대접을 하고저 올 터인즉, 쇼군님께서 설복시켜 보시면 어떠하올지요?"

"설복시키긴 시켜 보겠지만."

요시아키는 말했다. 요시아키는 소상인처럼 성급하게 물건을 파는 방법을 쓰는 사나이다. 설복시키지 말라고 해도 시키리라. 며칠 뒤에 아사쿠라 요시카게가 멀리 기노메 고개(木ノ芽峠)의 험로를 넘어 쓰루가의 들판으로 들어와 가나가자키로 등성하여 요시아키에게 문안을 드렸다. 아사쿠라 요시카게는 성 안 쓰키미(月見) 어전에 주연을 베풀어, 이치조다니에서 데리고 온 미녀 스무 명에게 요시아키를 접대시켜 크게 환대했다. 아사쿠라 요시카게는 술을 좋아하는 사나이다. 호주(豪酒)인데다가 취태가 재미있었다. 취하면 춤을 추는 것이다.

"자, 북을 치고 피리를 불어라" 하고 야단스럽게 춤을 추고, 끝내는 춤에 정신이 팔려 자기 자신도 어디에서 어떤 춤을 추고 있는지 알 수 없게 되는 사나이다.

그 틈틈이 잔을 받들고 요시아키의 어전으로 나아가

"술을 받으십시오" 하며 술을 강권하는 것이었다. 이러한 성질의 사나이에게는 요시아키도 천하 국가의 문제를 꺼낼 틈이 없었다. 끝내 견디지 못해

"요시카게, 좀 할 얘기가 있다. 여자들을 물러가게 해 다오. 악기도 중지해라" 하고 노오란 소리를 질렀다.

아사쿠라 영주는 깜짝 놀랐다. 무엇인가 접대함에 있어서 마음에 들지 않는 것이 있었는가 여겨져

"술이다 술. 이봐 계집들, 왜 그렇게 맹숭맹숭하게 앉아 있느냐. 술을 받들어 올려라. 자, 받들어 올려라" 하고 떠들어대는 형편이라 요시아키도 실마리를 잡지 못하고 끝내 미쓰히데를 무릎 가까이 불러

"저자의 취태는 진정인가, 어떤 수법인가?" 하고 조그만 소리로 물어 보았다.

미쓰히데는 창피한 듯이 고개를 숙이고

"수법이 아닙니다. 진정입니다. 저분은 저뿐이며, 표리는 없습니다" 하고 대답했다. 저 취태에 표리가 있고, 취태 그 자체가 요시아키의 요구를 얼버무려 버리려는 수법이라면 아사쿠라 요시카게도 아주 쓸모없는 사나이는 아니리라. 하지만 분하게도 그것이 곧이곧인 것이다.

"저것이 곧이곧대로인가."

요시아키도 실망한 모양이다.

다음 날, 아사쿠라 요시카게는 술기가 사라지지 않은 얼굴을 새파랗게 지

저녁 놀 247

니고 이치조다니로 돌아갔다.
"곧이곧대로인가!"
요시아키는 뒤에 몇 번이고 웃었다. 이미 진정으로 아사쿠라 요시카게에게서 기대를 거두어 버린 것이리라.
저녁때부터 측근만의 회의를 열고
"아사쿠라 요시카게는 저 모양이다. 언제까지나 이 아사쿠라 영지인 쓰루가에 있어도 좋을지 어떨지. 있어 보았자 아무런 이(利)도 없으리라" 하고 성급한 제안을 했다.
덧붙여 말한다면 이 회의에 노부나가는 아사쿠라가의 부하라고 하여 자리에 끼지 못했다.
"본래 아사쿠라 요시카게 따위는 의지할 만한 사람이 못됩니다. 처음부터 뻔한 일이었습니다" 한 것은 호소가와 후지타카다.
"문제는 아사쿠라가 아닙니다. 에치젠 저쪽은 가가(혼간 사 영지), 가가 그 너머는 에치고, 그 에치고의 우에스기 데루토라입니다."
후지타카가 말하는 점은 명석했다. 에치고의 우에스기야말로 군사력도 그렇고 성실함도 그렇고 믿을 만한 존재인데, 지금 가이의 다케다 씨와 가와나카시마(川中島)를 싸움터로 몇 번씩이나 대전투를 벌여 상경을 생각할 여지가 없다. 단 다케다 씨를 멸망시키든가 강화를 이룩하든가 어떠한 형태로든 일이 수습되는대로 요시아키를 받들어 상경한다는 것은, 데루토라가 몇 번씩 말해 왔다. 막상 우에스기가 상경하게 된다면 에치젠 아사쿠라는 저절로 뒤에서 밀려 자연히 그 선봉이 되어 상경하지 않을 수가 없으리라.
"아직 때가 이르지 않았습니다. 시간을 기다리셔야 할 것입니다. 기다리시려면 이 쓰루가 가나가자키 성이 어디보다 나은 요새가 아닙니까?"
"우에스기와 다케다의 싸움은 언제 끝나는가. 전혀 끝이 없지 않은가. 그러한 고에쓰(甲越)의 소란을 이 쓰루가에서 기다리는 것인가. 기다리는 동안에 요시히데(義榮)가 쇼군 자리에 오르고 만다."
"그러나"
호소가와 후지타카는 말문이 막혔다.
'그것 밖에 없지 않나. 기다리고 기다린다. 그 외에, 이 무력한 쇼군 후계자에게 어떤 수가 있을 것인가.'
후지타카는 생각했다. 실은 후지타카는 자기 자신이 세상에 끌어 낸 이 요시아키라는 승려 출신의 귀인이 너무나 경박한 성격인데 다소 싫증이 나기 시작하고 있었다. 그러나 그래도 요시아키를 받들고 나가지 않으면 안 된다고 체념하고 있었다. 후지타카는 막신이다. 그 외에 다른 길이 없다고 결심하고 있었다.

회의는 하루로 끝난 것이 아니다. 가나가자키 성의 내전 한 방에서 며칠이고 며칠이고 되풀이되었다. 그동안 미쓰히데는 실내에 들어갈 수가 없었다.

"절대로 소외하려는 것이 아니오" 하고 후지타카는 딱한 듯이 말했다. 의제가 의제인 만큼 아사쿠라가의 욕설도 나온다. 미쓰히데가 동석한다면 미쓰히데 자신도 괴로울 것이고, 다른 자들도 생각대로의 발언을 할 수가 없다는 이유를 미쓰히데에게 들려주었다. "알고 있소."

미쓰히데는 일부러 밝게 웃고 상대방에게 신경을 쓰지 않게 하려고 했으나 내심은 우울했다. 제외당한 자로서의 씁쓸함도 있었다.

'모든 일에 있어, 아사쿠라 요시카게의 우유부단한 성격이나 결단성 없음이 나의 입장을 비소하게 만들고 있다.'

미쓰히데도 가만히 있은 것은 아니다. 쓰루가와 이치조다니 사이를 왕복하면서 요시카게와 그 노신에게 상경 진발 결의를 재촉은 해 보았다.

그럴 때마다 아사쿠라가의 태도는

"미친 것과 다름없는 망상이야. 이 조그만 에치젠 아사쿠라가가 교토 부근을 제압한 미요시·마쓰나가에게 대항할 수 있다고 생각하느냐. 당치 않아. 교토에 닿기 전에 오미에서 산산조각으로 패망 당하는 것이 고작이겠지" 하는 것이었다. 그러나 아사쿠라가도

"우에스기가 움직이면 움직인다"는 평계는 가지고 있었다. 일본 최강의 군단인 우에스기만 움직이면 그들이 가는 곳의 군소 영주들도 앞을 다투어 그 편으로 끼어들어, 교토에서의 싸움은 승리할 것이 뻔하다.

'그 우에스기가 움직이지 못하는 것이다. 다케다 신겐에게 물려 버린 이상, 움직일 수 있는 것은 10년 앞인지 20년 앞인지 예측조차 할 수 없는 일이다.'

그렇다면 아사쿠라가 가까운 장래에 도저히 교토로 나갈 수는 절대로 없다고 할 수 있다. 동시에 아사쿠라에게 의지하는 이상, 아시카가 요시아키는 쇼군이 될 가망은 없다고 봐야 한다. 요시아키가 쇼군이 될 수 없다면, 그곳에다 자기 몸의 장래를 걸고 있는 미쓰히데에겐, 뜻을 천하에 펼 기회는 찾

아오지 않는 셈이 된다.
'더구나 나는 늙어간다. 내년에는 갓 마흔이 되지 않는가.'
이치조다니와 쓰루가와의 산길을 왕복하면서 미쓰히데의 초조는 나날이 높아가는 것 같았다.

그러한 어느 날 미쓰히데는 이치조다니의 저택 한 방으로 부인 오마키와 야헤이지 미쓰하루를 불러
"평생의 결의를 말하고 싶다"고 하고, 장지문 밖에 사람이 없느냐고 야헤이지에게 다짐을 둔 뒤, 조용히 얘기하기 시작했다.
얘기하면서 자기의 마음을 정리한다는 듯한 태도였다.
"아사쿠라가는 틀렸어" 하고 우선 미쓰히데는 말하고 위와 같은 이유를 설명한 뒤에, 이 아사쿠라가 아래에서는 자기는 매장당해 버릴 것이라고 말했다.
그 뒤 한참 동안 침묵을 지켰다. 그 침묵에 견디지 못했는지 젊은 야헤이지 미쓰하루는 미쓰히데의 마음을 사주(使嗾)하듯이 말했다.
"오와리의 가즈사노스케 공은 지금 도카이 도(東海道)를 제패하고 미노를 탈취하는데, 젊지만 고금의 명장처럼 보입니다."
"너는 노부나가가 좋으냐?"
"좋습니다. 아직 어린 탓인지 오와리, 오다 노부나가 등의 말을 들으면 눈 앞에서 광채가 빛나는 것 같은 생각이 듭니다."
"말해 둔다."
미쓰히데는 우울한 표정으로 말했다.
"나는 노부나가가 싫다. 내가 만일 노부나가를 좋아한다면 일은 손쉽다. 나는 오다가의 부인의 사촌 오빠이기도 하니 말하자면 오다가와는 인척의 몸이다. 언제든지 의탁하기만 하면 많은 녹으로 받아들여 주리라. 그럼에도 불구하고 항상 오다가를 피해 오늘날에 이른 것은 그 노부나가와는 성미가 맞지 않기 때문이다."
미쓰히데는 다시 말했다.
"야헤이지, 지금 노부나가야말로 명장이라고 말했겠다. 그러나 이 미쓰히데의 눈으로 볼 때에는 아무리 보아도 대단한 인물처럼 여겨지지 않는다. 지금 여기에 이 미쓰히데에게 3천 명의 군사만 있으면 노부나가 따위 두려워

할 것도 없다"고 소리를 낮추었다.

 표정은 점점 어두워졌다. 마음속에서 거역하려는 것이 있는 것을 무리하게 억누르려는 듯한 말투로

 "그 노부나가에게" 하고 미쓰히데는 말했다.

 "나는 신사(臣仕)하려고 생각한다. 아사쿠라 요시카게에 비하면, 노부나가는 의연한 영웅아(英雄兒)다. 옛말에도 좋은 새는 좋은 나무를 고른다는 말이 있다. 오다가 좋은 나무라고는 생각지 않으나, 아사쿠라가에 비하면 우뚝우뚝 하늘로 치솟는 거수(巨樹)가 될 것임에 틀림이 없다."

 한참 동안 입을 다물었다가 이윽고

 "내 결의란 그것이다" 하고 위부(胃腑)의 뜻을 왈칵 토해 내는 것 같은 말투로 말했다.

 '가엾으시게도'

 야헤이지 미쓰하루는 미쓰히데의 그러한 모양에 동정을 느꼈으나 몸속에서는 솟아오르는 밝은 감동을 억누를 수가 없었다. 노부나가라는 존재는, 어쩐지 젊은이의 마음을 흥분시키는 내일에의 희망이라는 화려한 인상을 지니고 있었다.

 "형님, 그 결의 경하합니다" 하고 자기도 모르게 외치고 이어서

 "줄은 닿습니까?" 하고 억누를 수 없는 듯 큰 소리로 말했다.

 "얼마든지 있다. 부인인 노히메에게 편지를 내도 좋고, 옛 벗인 미노 사람 이노코 헤이스케를 통해도 좋다. 그러나 나는 그러한 수법은 쓰지 않겠다."

 "하시면?"

 "그런 줄을 타면 낮은 자리밖에는 못 얻는다. 처음부터 한 부대의 대장이 되고 싶다. 한 부대의 대장이 아니면 큰 공을 바랄 수가 없다. 큰 공을 세우지 못하면 천하를 노려볼 수 있는 존재가 되지 못한다."

 "그러나 처음부터 한 부대의 대장이란?"

 "될 수 있다."

 미쓰히데는 이 점에 자신이 있었다. 노부나가가 인재의 평가에 천재적인 안목을 가지고 있다는 것도 미쓰히데는 알고 있고, 또한 굶주린 자가 음식을 찾듯이 인재를 찾고 있다는 것도 알고 있었다.

 "그러므로" 하고 미쓰히데는 말했다.

아시카가 요시아키가 의지해 갈 곳을 오다가로 결정시키는 것이다. 오다 가는 현재로서는 곧 상경한다는 것이 무리이지만, 그 빠른 성장으로 볼 때에는 우에스기가 움직이기를 기다리는 것보다는 더 빨리 상경을 실현시키리라. 현재, 아시카가 요시아키의 막하에서 오다에게 의지하는데 적극적으로 반대하고 있는 것은 이 미쓰히데뿐이다. 그 미쓰히데가 노부나가 쪽으로 돌아 버리면 요시아키 이하는 급격히 오다 쪽으로 기울어지리라. 그 오다 공작을 위해 미쓰히데는 아시카가 추천의 장(將)으로서 오다 가로 간다. 추천인은 아시카가 요시아키인 것이다.

"노부나가도 장차 쇼군을 받들고 천하를 호령하려고 한다. 그 쇼군 후계자로부터 파견되어 온 장(將)이라면 당연히 소홀하게 다룰 수는 없다. 소홀하게는커녕 황금을 다루듯이 다루리라."

얘기하면서 미쓰히데의 배짱은 정해졌고, 방법도 정해졌다. 앞으로는 요시아키를 설복시킬 일뿐이다. 그러나 탐욕스럽게 설복시키려고는 하지 않는다. 그 기회를 기다렸다.

표범의 가죽

 미노의 이나바 산성을 함락시킨 뒤 노부나가의 움직임은 좀 늘어진 것 같았다.
 교토나 여러 나라에서도
 "노부나가, 노부나가" 하는 소리는 그다지 들을 수 없게 되었다. 오케하자마에서의 이마가와 요시모토 토벌, 다시 미노 이나바 산성 함락, 이 충격적인 두 사건이 노부나가의 이름을 세상에 크게 날리게 했는데 그 뒤 노부나가는 세상을 놀라게 할 만한 일을 하지 않았다. 미노가 안정되지 않기 때문이다. 이 나라는 겐페이(源平) 쟁란 이후의 미나모토 씨(源氏 : 土岐氏)의 근거지로 가마쿠라 무사 기질이 강해, 본성이 함락당했다고 해서 본토 무사들이 이내 이웃 나라의 정복자에게 고개를 숙이지 않고 의외로 완고한 항전주의자가 많았다. 그들이 산성에 농성하며 절망적인 항전을 계속했다.
 노부나가는 그 소탕에 몰두했다. 그 점령지의 안정에 분망하여 화려한 대작전을 할 만한 여유가 노부나가에게는 없었다. 자연 세상의 입에 오르지 않았다.
 "미노를 진정시키지 않으면."

노부나가는 늘 이렇게 말했다. 미노를 진정시키지 않으면 어떠한 큰일도 할 수 없다. 말대로 미노를 진정시키는 날에는 어떠한 큰일도 할 수 있으리라. 나라는 부유하고, 군사는 강하고, 더구나 교통은 사통팔달이다. 가령 서미노의 세키가와라는 지점을 하나 예로 들어보더라도 그렇다. 이 세키가와라 부근에서 방사(放射) 상태로 큰 길이 천하를 향해 뻗쳐 있다. 위대(上方)와 간토(關東)를 잇는 나카센 도(中仙道), 이세(伊勢)로 빠지는 이세 가도, 또한 북쪽으로 가는 혹코쿠 가도가 달리고 있다. 천하에 대해 군사를 움직이려면 미노만큼 좋은 근거지는 없다.

"미노를 제압하는 자는 천하를 제압한다"라는 것은 노부나가의 장인 사이토 도산이 남긴 말이다. 도산은 이 땅에 와서 이 땅을 제압했지만 끝내 다꾸지 못한 천하에의 꿈을 실현시키지 못한 채 나가라 강가에서 비명에 죽었다. 미노, 지금은 기후 현.

그 노부나가가 선택한 '기후(岐阜)'라는 새 명칭의 옛 이나바 산성, 신 기후 성은 지금 그의 새로운 설계에 의해서 새로운 단장을 서두르고 있다. 이 동안 노부나가는 군대를 오와리 기요스 성, 오와리 고마키 성, 기후의 신성(新城) 아래, 미노 오가키 성 등에 나눠 주둔시키면서 기후 성의 낙성을 기다리고 있었다. 가만히 기다리고 있는 것이 아니다. 그런 점에선 보기 드물만큼의 활동가다. 말하자면 이 기다리는 시간을 외교에 기울였다.

노부나가의 최종 목적은 교토에 오다가의 기치를 세우는 일이다. 그를 위한 앞길에 있는 강적이 북 오미의 아사이다. 그렇다고 아사이를 토벌할 수 있을 만한 무력이 노부나가에게는 없기 때문에 수단을 다 써서 우호를 맺고, 미인으로 소문이 높은 누이동생 오이치(市) 아씨를 아사이가의 젊은 당주 나가마사(長政)에게 시집을 보냈다. 아사이가와는 인척간이 되었다. '막상 교토로 올라갈 때에는 아사이가 동맹을 해 주든가 해 주지 않더라도 우호적으로 군대 수송의 안전을 보장해 주리라' 하는 것이 목적이었다. 노부나가는 아사이 외에도 필요하다고 생각되는 방면에는 외교의 손을 뻗쳤는데 그가 가장 두려워한 것은 가이의 다케다 신겐이었다. '신겐은 못 당한다'라는 것은 노부나가가 피아의 군사력을 냉정히 분석해 보고 내린 결론이었다. 단순한 이해가 아니다. 전율이라고 해도 좋았다.

병력은 오다군의 곱이다. 신겐은 충분히 3만 명 이상을 국외로 파견할 수가 있으리라. 군사 수만 아니라, 군사의 소질이 오다 병과 다케다 병에게는 엄청난 차이가 있었다.

노부나가의 오와리 병은 본래 도카이 제일의 약병으로 여겨져 왔다. 동녘 이웃의 미노 병에게 훨씬 미치지 못한다. 그 약병인 오와리 패가 천하의 풍설(風雪) 속에서 질구(疾驅)하기 시작한 것은 오다가의 선대 노부히데의 단련과, 노부나가의 천재적 능력이 있었기 때문이다. 노부나가를 얻고 나서 비로소 오와리 패는 움직이기 시작했는데, 그래도 천하 최강이라고 할 수 있는 다케다의 고슈군에게는 도저히 미치지 못한다. 병마가 강한 위에, 에치고의 우에스기 겐신과 나란히 신겐은 이미 신에 가까울 만큼 싸움의 고수로 꼽히고 있다. 작전이 뛰어날 뿐만 아니라 군제(軍制)·전법(戰法)이 독창적이어서 장병은 신겐의 호령 한 마디에 손발처럼 움직이고, 죽음을 두려워하지 않을뿐더러 오히려 신겐의 명령 아래 죽기를 원하고 있는 것 같은 무리들이었다. '도저히 못 당한다'고 노부나가가 보고 있는 것도 무리는 아니었다.

더구나 형편이 나쁜 것은, 그 신겐의 평생 목적이 노부나가와 같이 교토에 다케다 마름(菱)의 기치를 세우는 일이었다. 이 신겐의 웅도(雄圖)는 북쪽 에치고로부터 겐신(謙信)이 늘 도전해 옴으로써 불행하게도 실현이 질질 지연되고 있다. 만약 북쪽의 겐신만 없다면 신겐은 쉽사리 도카이 도로 남하하여 그 길목에 있는 이에야스·노부나가를 짓밟고 유유히 교토로 들어올 수 있었으리라. 노부나가의 행운이라고 해도 좋다. 만약 겐신이라는, 예술가가 예술을 사랑하는 것 같은 마음으로 싸움을 사랑하는 기묘한 천재가 신겐의 북쪽에 없었다면 노부나가 따위는 벌써 싸움터의 이슬로 사라져 버렸던가 아니면 신겐의 말 고삐를 잡지 않으면 안 되었으리라.

'나는 악운이 세다'고 노부나가는 생각했을까 어떨까. 본래 이 무신론자는 운 같은 것을 믿는 일이 없었다. 운 같은 것은 언제 변전할지도 모른다. 언제 겐신이 싸움을 걸어올지 모른다. 그때에는 저 맹수의 무리들 같은 고슈 다케다군이 노도처럼 오와리 미노로 진격해 들어오리라.

'신겐을 길들일 도리밖에는 없다.'

노부나가는 다케다에 대한 태도를 이 일점에다 조였다. 길들인다지만, 상대방은 어느 만큼의 지모가 있는지 상상조차 하지 못할 만한 거인이다. 더구나 세상을 겪어 왔다. 신겐은 이미 마흔 고개의 반을 넘고 있었다. 길들인다는 것은, 이렇게 되면 회유가 아니다. 굴욕을 한껏 맛보며 아첨과 미태(媚態) 외교를 할 도리밖에는 없었다. 오히려 이쪽이 길들어 버리지 않으면 위험했다. 길들이는 것이나 길들여지는 것이나 어차피 효과는 같다. 위험이 사라진다.

이 경우,

"신겐에게 귀염을 받는다"는 것이었다. 고양이처럼 상대방의 정강이에 머리를 부벼대며 꼬리를 치는 것이다. 꼬리치면 상대방은 밉다고는 생각하지 않으리라.

'고양이처럼 접촉한다'고 노부나가는 작정했다. 고양이는 꼬리치지만, 본래 음흉한 동물이다. 고양이의 마음속은 인간에게 길들여지고 있다고는 생각하지 않을지도 모른다. 뜻밖에, 꼬리침으로써 인간을 길들였다고 고양이는 생각하고 있을지도 모른다. 노부나가는 그 방법을 택했다. 자꾸자꾸 선물을 보냈다. 국력을 기울인 재보(財寶)가 미쿠니(三國)의 경계를 넘어서 가이 나라로 가끔 운반되어 갔다.

'묘한 꼬마로군' 하고 신겐은 처음에 생각했다. 이어서

'방심할 수 없다'고 신겐은 경계했다. 다케다 신겐이라는 희대의 책모가는 그 반생동안 헤아릴 수 없을 만큼 사람을 속여 왔으나 아직까지 사람에게 속은 일은 없었다. '오와리의 꼬마에게 무슨 속셈이 있는지 모른다'고 조심했다.

그런 점에서는 빈틈이 없는 신겐이다. 몇 사람의 첩자를 오와리에 놓아 노부나가의 언동을 엿보게 했으나 수상한 점은 없었다.

없을 뿐만 아니라

"가이 대승정(大僧正 : 信玄)처럼 흠모할 만한 분은 없다. 사사건건이 나의 본보기가 된다" 하고, 평소 좌우에 말하고 있는 모양이었다. 이 말투는 무릇 노부나가답지 않은 영탄조였지만 다케다의 첩자들은 거기까지 꿰뚫어 볼 머리는 없었다.

돌아와서 신겐에게 보고했다. 그들의 보고는 모조리 노부나가의 자기에 대한 성실함, 우의를 나타내는 것으로서 나쁜 정보는 하나도 없었나. '묘한 꼬마로군' 하고 생각하는 신겐의 술회가, 얼마간 그 '꼬마'에서 애교를 느끼기 시작하게 됐다.

노부나가도 빈틈이 없었다. 신겐에 대한 친선 사절로는 가중에서도 으뜸가는 웅변가를 보냈다. 오다 가몬노스케(織田掃部助)라는 일족의 사람으로 전에 오와리에서 흘러들어가 다케다 가에 신사하던 자인데, 늘 사절로서 진

상물을 운반했고 그때마다 신겐에게

"가즈사노스케가 영주님을 존경하는 품은, 흡사 젖먹이가 어머니를 따르는 것과 같은 점이 있습니다" 라는 등의 말을 했다.

신겐은 본래 말 잘하는 자의 말을 믿지는 않는다. 오히려 말이 달콤하면 달콤할수록 경계하고

'점점 조심해야 하겠군' 하고 마음을 긴장시켰다. 그러나 오와리는 몇 갠가의 영지를 가운데 두고 있기 때문에 지금의 신겐에게 있어서는 노부나가라는 꼬마는 직접 이해관계가 없었다. 이 때문에 그처럼 신경을 곤두세우거나 하지는 않았다. 단지 방심할 수 없다는 단단한 마음으로, 신겐은 노부나가를 보고 있었던 것이다.

어느 때 문득,

"노부나가가 바친 진상물을 이리 가져오너라" 근시(近侍)에게 명령했다. 속의 물건만 아니라 포장 채로 가져오라고 신겐은 말했다.

노부나가의 진상물은 호화로운 것이다. 워낙 그 포장 상자로부터가 옻칠을 한 것이었다. 유(類)가 없는 것이라고 해도 좋다. 포장 상자 따위는 초라한 판자로 만든 상자라도 좋지 않은가.

옻칠한 것이 비싸다는 것은, 어느 시대나 변함이 없다. 그것이 값비싼 이유는 정신이 아득해질 만큼 수공이 걸리기 때문이다. 칠하고서는 말리고 말린 뒤에 다시 칠하여, 충분하게 만들려면 일곱 번, 여덟 번씩 그것을 되풀이하지 않으면 안 되므로, 조그만 목기 하나를 만드는데에도 물건에 따라서는 반 년, 일 년씩 걸린다. 그러나 간략한 방법도 있다. 현재도 그 간략한 방법이 값싼 칠기에 이용되고 있는데, 풀칠을 하는 방법이다. 옻을 풀로 고정시켜서 쓱 한 번 발라 속이는 방법이다. 외견상으로는 모른다. 그러나 사용해 보면 곧 벗어져 버리고 붉은 본바탕이 나와 보기에도 무참한 꼴이 된다.

'그런 것이 틀림없다' 하고 신겐은 보았다. 곧 그 포장 상자 하나를 어전으로 가져오게 하여 천천히 허리에서 소검을 뽑았다.

사각——

하고 상자의 모퉁이를 긁었다. 긁은 자국을 신겐은 자세히 들여다보았다. 이윽고 고개를 들었을 때의 신겐의 눈에 감동이 떠올랐다. 긁은 곳에 옻칠의 층이 나타났는데 극상품이라고 할 수 있다. 일곱 번 칠한 옻 상자였다. 본래는 송판 상자로도 충분한 짐 상자에, 이만큼 값비싼 칠기를 사용한다는 것은

무엇을 뜻하는가! 대답은 하나다.

"성실한 사나이다" 하는 것이었다. 신겐만한 자가, 정성에 정성을 기울인 '오와리의 꼬마' 속임수에 멋있게 넘어간 것이다.

"노부나가란 아주 미덥고 충실한 자다. 그가 늘 말해 보이는 것들은 어쩌면 거짓이 아닐지도 모른다. 이것이 증거다" 하고 좌우에게도 그 긁은 자국을 보였다. 좌우도 숨을 들이마시면서 감탄했다.

노부나가에게는 속셈이 있었다. 장차의 일은 별도로 하고 우선 다케다가와 인척을 맺고 싶다는 것이었다. 적당한 때를 보아서 그런 청을 넣었다. 미노라곤 해도 기소(木曾)에 가까운 곳인 나에기(苗木)라는 곳에 도야마 간타로(遠山勘太郎)라는 성주가 있다. 나에기란 현재 관광지인 에나쿄(惠那峽) 부근이다. 도야마 씨는 남북조 이래의 명족으로서 가까운 나라에서 모르는 자가 없다. 여담이지만 에도키(江戸期)의 이름 있는 부교(奉行: 捕盜大將)로 '도야마의 긴(金)상'이라고 하여 야담이나 영화로 알려져 있는 도야마 사에몬노조 가게모도(遠山左衛門尉景元)라는 인물은 그 자손이다. 도야마가의 본가는 도쿠가와가(德川家)의 영주 틈에 들어 있어 나에기에 1만 21석의 봉토를 가지고 유신(維新: 明治維新)까지 이어져 왔다. 이 도야마가에, 죽은 도산의 정실 오미 부인의 여동생이 시집갔다. 도야마 간타로의 아내다. 그들에게 유키히메(雪姬)라는 딸이 있다. 노히메의 이종사촌 동생이라고 하여 노부나가는 미노 경략 초기에 도야마 씨에게 공작하여 자기편으로 끌어 들이고, 그 유키히메를 양녀로서 오와리에 맡아 기르고 있었다. 미모다. 아케치의 핏줄을 이어받은 자는 미남 미녀가 많다고 하는데 유키히메는 그 대표적인 존재였다. 그 아름다움은 사람들의 입을 통해서 가이까지 알려져 있었다.

"그 유키히메를 제발 가쓰요리(勝賴) 님에게" 하고 노부나가의 사자, 오다 가몬노스케가 신겐에게 청을 넣었다. 유키히메는 오다가의 친딸이 아니다. 가쓰요리는 다케다가의 대를 이을 자다. 거절당하리라고 생각했으나 신겐은 뜻밖에 시원히 "좋겠지" 했다.

이 점, 노부나가의 외교는 보기 좋게 성공했다. 그렇기는 하나 그 유키히메는 노부가쓰(信勝)를 낳고 그 산후에 죽었다. 그것이 1566년말이다. 유키히메의 죽음으로 인연이 끊어졌다고 해서, 노부나가는 다시 다른 혼담을 넣었다. 혼담을 꺼낸 것은 이 얘기에 있어, 약간 뒷일이 된다.

1567년 가을이다. 이번 혼담은 앞서 것보다 더욱 다케다가에는 기우는

것이었다. 노부나가의 청은

"공주이신 기쿠히메(菊姬) 님을" 하는 것이었다. 기쿠히메는 신겐의 딸로 아직 갓 일곱 살밖에 되지 않았다. 더구나 사위가 될 노부나가의 장남 노부타다(信忠)는 아직 갓 열한 살이다. 그 며느리로 달라는 것이다. 며느리라는 것은 나쁘게 해석하면 인질이라고도 할 수 있다. 아래가 되는 오다가에서 청을 넣을 수 있는 혼담이 아닌 것이다.

이때야말로 거절당하리라고 각오했으나 이 일 건도 "좋겠지" 하고 신겐은 쾌히 승낙했다.

이 무렵 신겐에게는 노부나가의 이용 가치가 크게 늘어나기 시작했다. 막상 교토로 갈 때에 연도의 노부나가를 선봉으로 세워 반항하는 자들을 짓밟으려고 생각하기 시작하고 있었다. 노부나가도 그것은 알고 있다.

"교토로 올라가실 때에는 이 가즈사노스케, 필사적으로 활동하여 앞길의 청소를 담당하겠습니다" 하고 몇 번이나 아뢰어 왔다. 이 말을 신겐만한 자가 어린애같이 순순히 믿게 되었다.

"노부나가는 나에게 다시없는 자다"라고 좌우에도 말했다. 그 '다시없는' 관계를, 신겐은 다시 결혼정책에 의해서 굳히려고 했다. 사랑하는 자기 딸을 말하자면 인질이 될지도 모르는 위험을 범하면서 오다가에 줄 약속을 한 것이다.

'신겐도 뜻밖에 어리석다.'

노부나가는 호랑이 수염을 가지고 노는 것 같은 느낌으로 이렇게 생각했으리라. 그러나 겉으로는 아주 기뻐했다.

어린 동자와 동녀의 약혼이 맺어진 것은 1567년 11월이었다. 노부나가는 부랴부랴 그 인사로 예의 방대한 진상물을 가이로 보냈다. 호랑이 가죽 다섯 장, 그리고 표범 가죽이 다섯 장, 그 위에 비단 5백 폭 등 놀라운 진품들뿐이었다. 다케다 신겐으로부터도 그에 대한 답례의 물건들이 전해져 왔다. 가이는 산지의 나라여서 오와리처럼 상업지도 아니고 땅도 메마르다. 정성껏 답례품으로 짐승 가죽이 보내어져 왔는데, 곰 가죽이었다. 그 외에 초·옻·말 등이 있다. 오와리라는 선진 경제권에 있는 오다가로서는 별로 진기한 물건들이 아니다.

그러나 노부나가는 기뻐하고, 다케다가의 사자인 신슈 이이다(飯田)의 성주 아키야마 호키노카미 하루치카(秋山伯耆守晴近)를 크게 환대하고

표범의 가죽 259

"우리 미노의 나가라 강에는 세상에서도 진기한 것이 있소. 가마우지요"
하고 그 무뚝뚝한 자가 아키야마의 손을 이끌 듯이 하면서 함께 구경하러 나가 어선을 타고 나가라 강에서 힘껏 환대를 했다.

이러한 노부나가는 한편으로 다음 비약에 대비해서 연신 인재를 채용하고 있었다. 새 점령지인 미노에서 두드러진 자는 자꾸자꾸 높은 녹으로 채용해 중직을 주었다. 재능이 없는 자를 워낙 극도로 싫어하는 사나이다. 재능이 없으면 조상 대대로 내려온 부하라도 중용하지 않았지만 재능만 있으면 신참이라도 중히 썼다.

그 무렵 '아케치 미쓰히데'라는 이름을, 전에 도산을 모시다 오다가의 무사 대장이 되어 있는 이노코 헤이스케로부터 들었다. 이노코는 그 무렵 에치젠의 미쓰히데로부터 편지를 받아, 미쓰히데의 근황을 알고 있었던 것이다.

그러나 미쓰히데의 편지에는 "추천해 달라"는 말은 한 자도 씌어 있지 않았다. 단지 '아사쿠라가의 객 대우에 싫증이 나기 시작했다. 머지않아 쇼군가의 지시에 따라 나의 재간을 발휘할 수 있는 곳으로 갈 작정이다'고만 씌어 있었다. 이렇게 쓰면 언젠가는 노부나가의 귀에 들어가리라고 미쓰히데는 생각한 것이다.

글 속에서 '쇼군가'라는 글씨를 몇 군데엔가 사용했다. 값싸게 보이지 않으려는 세심한 배려였다.

"메이치 고슈(明智光秀 : 아케치 미쓰히데를 이렇게도 읽음)인가."

노부나가는 중얼거렸다.

메이지 고슈, 천하에 이처럼 좋은 이름을 가진 자도 없으리라. 명(明)과 지(智)가 빛나고(光) 뛰어났다(秀)는, 마치 시(詩) 한 구절을 성과 이름으로 삼은 듯한 성명이었다. 노부나가는 관심을 가졌다.

도라지꽃

한편 에치젠의 미쓰히데는 이치조다니의 아사쿠라 성관과 가나가사키 성의 쇼군가 성관에 교대 교대 사후(伺候)하고 있었다.

가을이 됐다. 이치조다니의 자기 집 울타리에 도라지가 한 무리 있다. 하늘의 푸르름이 방울져 떨어진 듯 조그만 꽃을 피웠다.

"도라지가 꽃을 피웠군."

미쓰히데는 이날 아침 마루에서 중얼거렸다. 아내인 오마키가
"정말로요" 하고 조그만 기쁨의 소리를 질렀다. 이런 식물에 꽃이 피었다고 해서 별반 색다를 것도 없는 일이었지만, 단지 아케치가의 가문이 도라지꽃이었던 것이다. 이 꽃은 미쓰히데와 오마키의 고향 미노의 상징적인 꽃이기도 했다. 미노의 도키 씨는 종가(宗家)도 그렇지만, 아케치가 같은 지류의 집도 거의가 도라지꽃을 가문으로 삼고 있었다. 이 무늬에는 전설이 있는데, 옛날 도키 미나모토 씨가 타향에서 싸웠을 때, 자기편의 표지로 모두 투구에 도라지꽃을 끼우고 싸워 마침내 대승을 거두었다. 그 길조로 인해서, 미노의 도키 미나모토 씨는 본가도 그 지류들도 모두 이 꽃을 가문으로 쓰게 되었다고 한다.

"도라지꽃을 보고 생각이 떠올랐는데" 하고 미쓰히데는 이 기회에 오마키에게 말해 두려고 생각했다.

"나도 슬슬 꽃을 피우고 싶군."

"하시오면?"

"아사쿠라가 싫어졌어."

그것은 오마키도 알고 있다. 요즈음 아사쿠라가에서 세력을 얻고 있는 당주 요시카게의 장인 구라타니 쓰구토모라는 인물이 미쓰히데에게 사사건건 거칠게 대하고 있다는 것은 오마키의 귀에도 들어왔다.

"구라타니 교부 따위는 아사쿠라라는 낡은 우물에 생긴 장구벌레 같은 자야. 그 장구벌레가 그렇게 권세를 떨치고 있어서는 이 집도 장래가 없어."

구라타니는 미쓰히데와는 정견이 다르다. 미쓰히데는 오미에서 쇼군(아직 정식 쇼군은 아니지만) 요시아키를 끌고 와서

"이 쇼군가를 받들고 아사쿠라의 기를 교토에 세우자"는데 대해서, 구라타니는 어디까지나 보수적이었다. 요시아키 같은 자가 오면 난(亂)의 근원이 된다.

"미쓰히데는 아사쿠라가를 불 속에 내던질 작정인가?"라는 것이었다.

그러나 당주 요시카게는 쇼군가라는 무가의 두령이 자기를 의지해온 것을 덮어놓고 좋아하여 이 건에 관해서만은 구라타니의 의견을 받아들이지 않았다. 구라타니는, 그래서 미쓰히데를 참소하여 될 수 있으면 국외로 추방하려고 생각했다. 쇼군의 연락관이라고도 할 수 있는 미쓰히데만 아사쿠라가로부터 쫓아내면 자연히 아시카가 요시아키도 있기가 거북해져서 에치고의 우

에스기가쯤으로라도 흘러가리라.

"구라타니 교부의 말이 먹혀 들어갔는지 요즈음 전 안으로 들어가도 다관(茶官)조차 나에게 인사를 안 하게 되었어."

미쓰히데는 울타리의 도라지꽃을 빤히 쏘아보고 있었다.

"이 에치고에 있으면, 나는 시들기를 기다릴 뿐이야."

"그리 하오면 전에도 말씀하신대로?"

"그렇지, 오다가로 가는 거야."

미쓰히데는 말하고 나서 "그다지 달갑지 않지만" 하고 나직이 덧붙였다.

"달갑지 않기는 하지만 아사쿠라가와 비교하면 오다가는 밤과 낮같은 차이가 있으리라."

그 다음날 아침, 미쓰히데는 요시아키를 문안하기 위해 에치젠 쓰루가에 있는 가나가자키 성으로 갔다. 요시아키 쇼군은 오랜만에 온 미쓰히데를 반가이 맞아 술을 준비하고 온갖 애기를 했다. 요시아키는 늘 초조감을 가지고 있는 사나이다. 벌써 아사쿠라 가에 불만을 가지기 시작한 것 같았다.

"과연 잘해 주기는 해. 그러나 상경하여 나를 쇼군으로 앉힐 만한 기력도 실력도 없다고 보는데 그대는 어떤가?"

미쓰히데도 동감이었다. 그러나 현재, 부양미를 받고 있는 아사쿠라가의 험담을 만좌 앞에서 하기는 거북했다. 요시아키는 그것을 깨달은 듯, 미쓰히데를 정원으로 데리고 나가 정자 한 구석에 앉았다.

"여긴 아무도 오지 않는다. 사양 없이 의견을 말해 보아라."

미쓰히데는 우선 요시아키의 관측과 동감이라고 말하고,

"이렇게 된 이상은 오다 노부나가에게 의지할 길 밖에는 없습니다" 하고 말했다.

"노부나가는 위험한 사나이다."

요시아키는 잘 꿰뚫어보고 있다. 워낙 노부나가의 성격·일상·실력·움직임에 대해서 모을 수 있는 한도껏의 정보를 요시아키는 가지고 있다.

"후지타카도 처음에는 노부나가를 높이 샀지만 요즈음은 고개를 갸웃거리고 있는 모양이다."

위험하다는 것은 노부나가의 성격이다. 과연 아시카가 막부를 재흥시키려는 갸륵한 감상적 심정이 그에게 있을까 하는 것이었다.

하기는 요시아키가 노부나가에게 의지하면 노부나가는 당장은 기뻐하리라. 벼락치기 영주인 오다가에게는 금박(金箔)이 입혀지는 일이고

"요시아키의 상경에 배종한다"는 대의명분으로 교토로 가는 연도의 영주들을 짓부술 수가 있고, 짓부수기 전에 그런 명목으로 회유할 수도 있다. 한낱 요시아키도, 생각하기에 따라서는 오다가에게 무형의 커다란 전력이 되는 셈이었다.

그러나 위험하다. 실리에 철저한 노부나가의 성격으로 볼 때, 막상 교토를 정복한 뒤 요시아키가 필요 없게 되면 낡은 짚신처럼 버리는 것이 아닐까.

"무척 모진 성정(性情)의 소유자로 생각된다."

"옳으신 말씀."

미쓰히데도 그 관측에 이의가 없었다. 미쓰히데 자신은 일찍부터 이런 견해를 갖고 '오다가에게 의지하는 것은 위험하기 짝이 없는 노릇입니다' 하고 주장해 온 참이었다.

"그러나 제가 볼 때, 천하를 취하는 자는 그 오와리의 노부나가일지도 모릅니다."

"나도 그렇게 본다."

그렇다면 요시아키로선 좋고 나쁘고만을 따지고 있을 수가 없었다. 천하를 잡을 것 같은 자에게 의지한다는 것이, 이 유랑의 쇼군에게는 단 하나 밖에 없는 살 길인 셈이다.

"한 계책이 있습니다" 하고 미쓰히데는 숨을 죽이고 말했다.

"아니, 계책이라기보다는 이것은 쇼군님께 대한 청입니다."

"무슨 말이든 해 보아라. 그대의 일신상에 대해서는, 나는 할 수 있는 데까지 해 주고 싶다."

"하오면"

노부나가에게 자기를 추천해 달라고 미쓰히데는 말했다. 쇼군가인 요시아키의 추천이라면 천하에 이처럼 호화로운 소개자도 없다. 노부나가는 당연히 미쓰히데를 후대하리라.

"아사쿠라가를 물러날 생각인가?"

"단념해 버렸습니다. 조상 대대로 은혜를 입어온 주가(主家)라면 모르지만, 아사쿠라가에서의 이 미쓰히데는 창고 속의 쌀로 부양되고 있는 식객에 지나지 않습니다. 물러나도 자타가 모두 조금도 곤란할 것 없습니다."

"그런가? 그대를 오다가로 말이지."

요시아키는 영리한 사나이다. 이 미쓰히데의 제안을 속속들이 꿰뚫어 볼 수가 있었다. 오다가로 미쓰히데를, 말하자면 요시아키가 '파견'하는 것이다. '맡긴다'고 해도 좋다. 평범한 말로 하면 아시카가 쇼군 요시아키의 끄나풀로 미쓰히데는 오다가로 간다. 그의 중신이 된다.

"그러면 안심이겠군."

요시아키의 표정이 밝아졌다. 노부나가가 만약 장래에 아시카가 쇼군가에게 음흉한 일과 폭거·교만을 부릴 때에는 미쓰히데가 그것을 제지해 주리라. 아니, '주리라'가 아니다. 그 때문에 미쓰히데는 오다가로 가는 셈이고, 미쓰히데가 노부나가의 좌우에서 노부나가를 보좌하는 한 그러한 난폭·교만한 사건도 장차 일어나지 않으리라.

"묘안이로구나."

요시아키는 무릎을 쳤다.

"미쓰히데, 그 일건(一件) 나에게 맡기겠느냐?" 하고 이 책모를 좋아하는 쇼군 후계자는 잠자리를 노리는 소년과 같은 얼굴을 지었다. 성격에 대범한 구석은 그다지 없고, 늘 부지런히 지혜를 짜내 책(策)에 열중하는 구석이 있었다.

"——맡기다니 그런 말씀은."

당치도 않다는 표정을 미쓰히데는 지었다.

"미쓰히데는 고객(孤客)의 신세, 쇼군님께 매달릴 도리밖에는 없는 몸입니다."

아첨을 할 줄 모르는 사나이다. 이 말에는 미쓰히데의 슬픈 실감이 서려 있었다.

"그러면 우선 나의 직속이 되어라."

요시아키는 말했다. 좀 무리일지도 모른다. 요시아키의 직속이 되려면 관위(官位)가 필요하고, 그 관위의 주정권(조정에 대해)은 아직 정식 쇼군이 아닌 요시아키에게는 없었다.

"우선 나와 흉허물이 없는 사람 중의 하나로 해 두지. 그러면 노부나가도 그대를 소홀히 다룰 수는 없으리라."

요시아키는 곧 아사쿠라가에 사자를 보내 '미쓰히데를 내 직속으로 넘겨받고 싶다'고 청하자 아사쿠라가에서는 아주 간단하게 승낙했다.

'좀 반대를 하리라고 생각했지만.'

이런 생각이 들자 미쓰히데는 쓸쓸하기도 했고 동시에 아사쿠라가에 대한 마음의 정리도 됐다. 요시아키의 가나가자키 어소에는 여러 나라의 유력한 영주로부터 사자가 오거나 이쪽에서 사자를 보내거나 했는데, 오다가도 그 예외가 아니었다. 요시아키는 그러한 사자에게 편지를 주어, 미쓰히데에 대한 것을 노부나가에게 말해 보냈다.

"나와 흉허물이 없는 자 중에 미노 출신의 아케치 미쓰히데라는 자가 있다. 풍아(風雅)에 밝고 전례(典禮)에 통하고 있는 점 등은 대대의 막신조차 미치지 못한다. 그 외에 여러 나라를 행각하여 정세에 통하고 있는 점, 비유할 자가 없는 사람이다. 그러나 무엇보다도 이 인물은 기량·병마에 밝고 발군의 용기가 있는 사람이다. 워낙 나는 망명중인 몸이라 이만한 자를 그 가치에 상당할 만큼 부양할 수가 없다. 측은하기도 하고 아깝기도 하므로 그대가 맡아 주지 않겠는가?" 하는 글귀였다.

노부나가는 결단이 빠르다.
곧 이노코 헤이스케를 불러
"에치젠 쓰루가의 가나가자키 어소에 사자로 가라. 용건은 잘 알았습니다, 하고 아뢰는 것뿐이다. 사람을 받는다."
"누구를 말씀이십니까?"
"모르느냐. 그대와 친한 자다. 지금 쇼군가 곁에 있는."
"앗?"
이노코 헤이스케는 기쁜 빛을 띠었다. 이노코 헤이스케는 죽은 도산을 곁에서 모시고 있을 무렵, 미쓰히데라는 젊은이에게 늘 탄복하고 있었다. 도산이 자기의 정실 조카인 그 젊은이에게 얼마만큼이나 기대를 걸고 있었는지도 잘 안다.
"그럼, 어서."
헤이스케를 물러나게 한 뒤, 노부나가는 재무관을 불러
"영내에 빈 곳이 있느냐" 하고 물었다. 그 누구의 봉토도 아닌 곳이 있느냐고 물은 것이다. 있습니다, 하고 재무관은 대답했다.
"미노의 아하치 군(安八郡)에 5백 관문(五百貫文)의 봉토가 비어 있습니다."

표범의 가죽 265

석(石)으로 치면, 자그마치 5천석이 되는 땅이다. 무사대장 대우라고 해도 좋았다.

'우선 그곳을 주자.'

노부나가는 미쓰히데의 경력을 듣기만 해도 그만한 가치가 있다고 생각했다. 아시카가에 대한 다리 역할을 시키는 것이다. 천하를 잡기 위해서는, 형식적으로 반드시 아시카가가를 옹립하지 않으면 안 된다는 것을 노부나가도 알고 있었다. 그 교량 역할로는 미쓰히데가 안성맞춤의 적임자니라. 나아가 무로마치식의 전례 고사(故事)에 밝다고 한다. 장차 노부나가가 쇼군이나 궁정과 관계를 맺을 경우, 귀족 계급에 밝은 부하가 꼭 필요하다.

노부나가의 부하 중에는 야전공성의 맹자는 있지만 그러한 것은 아무도 모른다. 교양이 없는 자가 많고, 다른 가문에 사자로도 보내지 못할 무리들뿐인 것이다.

'좋은 자를 발견했다.'

노부나가는 미쓰히데를 그런 종류의 문관으로 평가하여, 그 값을 매기고 있었다.

'장(將)의 재목감인가. 하다못해 무사다운 활약을 할 수 있는가.'

여기까지는 모른다. 하기야 요시아키의 편지에 '그 점에 있어선 발군이다'라고 씌어 있었지만 노부나가는 신용하지 않았다. 군사 능력이 있고 없고는 실제로 본 뒤에, 나아가 부려본 뒤에야 알 수 있는 일이다.

'만약 쇼군가 말하듯 그런 재능도 있다면 다시 녹을 올려 주지.'

노부나가는 안으로 들어갔다.

"노, 노, 있어?"

외치면서 복도를 건너가 노히메가 거처하고 있는 한 방으로 들어갔다.

"에치젠에서 그대의 사촌 오빠가 온다" 하고 노부나가는 말했다.

"미쓰히데야, 아케치의. 반가운가?"

"예……."

노히메는 평소와는 달리 노부나가가 수다스러운 데 놀랐다.

"살모사가 귀여워했던 모양이지? 살모사의 눈이라면 틀림이 없어. 하긴 살모사는 미쓰히데에게 학문 유예(遊藝)에만 감탄하고 있었는지도 모르지만."

"총의 명수예요."

"허어, 그건 뜻밖이로군."

"다른 것은 몰라요."

노히메는 대단치 않은 거짓말을 했다. 노히메가 소녀 때에 망부(亡父)인 도산이 마치 제자처럼 곁에 불러다 놓고 여러 가지를 가르친 그 사촌 오빠의 빛나는 듯한 젊은 티가 지금도 눈을 감으면 생생히 떠오른다.

"여하튼 간에" 하고 노부나가는 다른 말을 했다.

"미쓰히데도 조상 대대의 신하나 다름없는 자야."

왜냐하면 노부나가의 장인인 도산이 나가라 강가에서 전사한 뒤, '도산에 대한 우의가 있다'고 아케치 성에서 농성하다 절의에 순사한 아케치 뉴도 미쓰야스의 조카가 미쓰히데다. 노부나가로선 도산의 공양을 위해서도 그 유족을 부양하지 않으면 안 될 판이었다.

하기는 노부나가는 그러한 축축한 감정으로 미쓰히데의 일을 생각하고 있는 셈은 아니었으나 노히메를 기쁘게 해주기 위해서 그 말도 했다. 노히메는 그런 점에서는 여자다. 금방 눈물을 머금고, '옛날 일을 일깨우지 말아 주세요'라고 말했다.

"슬퍼지나?"

"당연한 일이지요."

"감사하여라" 하고 자기의 얼굴을 가리켰다.

"나에게 말이다. 그대의 돌아가신 아버지의 원수를 이렇게 훌륭하게 갚아 주지 않았나."

"미쓰히데 님은 언제 오시나요?"

"모른다."

노부나가는 방에서 나가려다가 뒤돌아다 보고

"도산의 구신(舊臣)이던 이노코 헤이스케가 사자로 가나가자키 어소로 간다. 쇼군님을 배알한다. 이어서 미쓰히데도 만난다. 그렇게 순서가 돼 있어. 이노코 편에 그대의 시녀가 보내는 것이라고 하여 무엇인가 선물이라도 보내 줘라."

뜻밖에 노부나가는 자세한 마음 씀씀이를 보였다. 노히메가 아랫자리의 미쓰히데에게 물건을 선사할 수는 없으므로 노히메의 시녀로부터라는 명목으로 하라고 노부나가는 말하는 것이다. 물론 노히메에 달린 노녀는 미노의 옛 사이토가에서 따라온 자가 많고, 그 대개는 미쓰히데를 알고 있었다. 가

가미노가 좋다고 생각했다. 노히메는 곧 가가미노에게 그 말을 했다.
"무엇이 좋을까요?"
"잉어가 어떨까?"
그 물고기는 급류를 거슬러 올라가 폭포조차도 뛰어오른다고 한다. 오다가에 신사하여 입신하라는 의미가 서리게 하는 데는 잉어가 가장 좋다. 곧 잉어를 찾게 했다. 다행히 훌륭한 잉어가 발견되었기 때문에 그것을 검게 칠한 물통에 넣어 에치젠으로 출발하는 이노코 헤이스케에게 전하게 했다.

알현

미쓰히데는 결의하는 데 시간이 걸린다. 그러나 일단 결의를 했다고 하면 그 뒤의 이 사나이 행동은 구도(構圖)가 확실한 화가의 붓처럼 운필이 활발하다. 에치젠 아사쿠라가를 나와 무소속이 된 뒤, 곧 황급히 오다가로 달려 들어가는 것 같은 일은 하지 않았다.

"황급히 굴면 인간이 작게 보인다"고 생각하고, 일단 아사쿠라가의 수도 이치조다니에서 나온 뒤에도 에치젠에 있었다. 거처는 처음으로 에치젠으로 흘러왔을 때에 발길을 멈추었던 에치젠 나가자키의 조넨 사였다.

그곳에서 오다가로부터 온 사자, 이노코 헤이스케를 면접하고 오다가에 신사할 것을 약속했다.

"머지않아 준비가 갖추어지는 대로 가겠네. 가즈사노스케 님에게도 노히메에게도 잘 전해 주게" 하고 이 같은 고향의 옛벗에게 말했다.

고 도산의 얘기도 나왔다.

"도산 공에 대해서는 이런 얘기가 있네" 하고 헤이스케는 말했다.

"내가 젊을 때일세. 노히메 님이 오다가로 출가하신 뒤, 도산 공이 사위를 보고 싶다고 해서서 국경의 쇼도쿠 사를 회견 장소로 정하시고 장인·사위 두 분이 만나신 일이 있네. 그때 나도 도산 공을 따라서 그 절에 가 있었네."

"유명한 얘기지."

미쓰히데는 말했다. 이 극적인 회견담에 대해서는 지금은 미노·오와리 주변에서 모르는 자가 없다. 이 얘기 속에서도 이미 말했다. 도산 쪽의 배종들은 노부나가의 멍청이 같은 복장과 거동에 어안이 벙벙해서 '이런 멍청이 영주라니, 언젠가는 오와리도 도산 것이 된다'고 모두들 생각했고 오히려 희색을 띠고 귀로로 접어들었다. 그러나 도산 한 사람만은 왜 그런지 우울한 듯 했다. 그 도산의 귀로에 아카나베(茜部) 마을에서 점심을 먹을 때, 곁에 있던 이노코 헤이스케에게 "그 애송이를 어떻게 생각하느냐"고 물었다.

그때, 이노코 헤이스케만한 자도 노부나가의 인상을 일소에 붙여 무시해 버리고 "아무래도 멍청이입니다" 하자, 도산은 한숨을 내쉬고

"멍청이라니 당치않아! 언젠가 내 자손들은 그 멍청이의 문 앞에 말을 매고, 이 미노는 노부나가에 대한 처가의 지참물이 되겠지." 했다.

미쓰히데도 이 얘기는 자세히 알고 있었으나, 그때 현장에 있던 이노코 헤이스케의 입에서 새삼 듣고 보니 도산과 노부나가의 얼굴 모양, 말투가 생생히 재현되어 처음 듣는 듯한 신선함을 느꼈다.

"필경, 백세 뒤에까지도 전해질 얘기가 되겠지."

"아니 아니, 정말 어처구니없는 얘기지" 하고 헤이스케는 씁쓸히 웃었다. 자기의 신세를 돌아보아 자조적인 감상이 솟아난 모양이었다.

"이 이노코 헤이스케에겐 더없이 창피스러운 얘기지. 가즈사노스케에 대한 눈이 어려서 멍청이라고 했으면서 지금은 보라구, 그의 부하가 되어 있어. 미노도 도산 공의 예언대로 지참물이 돼 버렸네. 모두가 도산 공의 예언대로 되었어."

"후회할 건 없겠지."

미쓰히데는 천천히 웃기 시작했다.

"인간이 다르다는 것뿐이야."

미쓰히데는 죽은 도산을 스승처럼 흠모하고 있다. 헤이스케 따위가 도산의 안목에 미치지 못했다고 이제 와 후회해 봐도, 그것은 창피해 하는 것조차도 불손하다고 할 만큼 당연한 일에 지나지 않는다. 헤이스케가 돌아간 뒤, 미쓰히데도 가재의 정리에 분주해졌다. 쓸데없는 것은 모조리 돈으로 바꿨다. 지닌 돈이 늘어났다. 다행히 아사쿠라가에서는 손님 대우였기 때문에 녹을 받은 폭치고는 부양하는 부하가 적어, 오히려 그 몫만큼 돈을 저축했다.

'북국에 눈이 내리기 전에' 하고 미쓰히데가 그것을 짐수레에 싣고, 일족 낭당을 거느리고 에치젠 나가자키의 쇼넨 사를 떠난 것은 가을이 다 가는 바람 센 날이었다.

"쓰루가로."

미쓰히데는 갈 곳을 지시했다.

여하튼 간에 쓰루가의 가나가자키 성으로 가서 요시아키에게 하직을 고할 작정이었다. 중도에 여러 곳에 들렀다. 오다가에 바칠 선물을 사기 위해서였다.

'될 수 있는 대로 호화로운 것이 좋다'고 미쓰히데는 생각하고 있었다. 예사 무사라면 헌상품 같은 것은 필요 없다. 그러나 이 자부심 강한 사나이는 그런 꼴로 오다가로 들어가고 싶지는 않았다. 노부나가 부인과 사촌인 이상, 오다가의 인척이란 마음이 있었다. 더구나 '막신(幕臣)'이란 긍지도 있다. 그는 자기가 오다가로 들어가는 것을 될 수 있는 대로 화려하게 장식하고 싶었다.

일단 미쿠니미나토(三國湊)로 나갔다. 그곳은 호쿠리쿠 가도(北陸街道)에서도 손꼽는 명항으로, 니폰 해안의 물자가 많이 모이는 곳이었다. 그곳에서 포도 통을 다섯 개, 소금에 절인 건어 다발을 스무 개 샀다. 노부나가에게 바칠 선물로 할 작정이었다. 여담이지만 미쿠니미나토 부근의 시오코시(汐越)라는 어촌에서, 미쓰히데는 유명한 시오코시의 솔밭을 구경했다. 어느 소나무도 물가의 짠 바람에 시달려서 뿌리가 높이 드러나 있었고, 그 드러난 뿌리 너머로 하얀 파도가 일어나는 니폰 해(日本海 : 東海)가 보여 훌륭한 조망을 이루고 있었다. 이 '시오코시의 소나무'는 옛날 미나모토노 요시쓰네(源義經)가 오슈(奧州)로 쫓겨갈 때에 구경하다가 떠나기 싫은 티를 보였다는 전설이 남아 있어, 요시쓰네를 좋아하는 미쓰히데도 그 말을 듣고 남다른 감흥을 품고 왕조풍의 섬세한 시가를 지었다.

밀려드는 파도가
씻고 간 모래흙
생생히 붉어진 저 소나무 뿌리들

'노히메에게도 선물을'

생각하고 물건 사는 여행을 계속했다. 후추(府中)로 나가 그곳에서 에치젠 오다키(大瀧)의 명산이라고 하는 머리를 땋는 데 쓰는 종이를 30첩, 후추의 명물인 색지 천 장을 사고, 이어서 도노구치(戶口)의 명산 발대로 만든 벼룻집 문갑을 사러 보내고, 또한 쓰루가에 이르러 향로를 하나 샀으며,

그 외에 다시 잡품 쉰 개 가량을 더 샀다. 이것들을 모조리 노히메에게 선사할 생각이었다.

미쓰히데는 기후 성 아래로 들어갔다. 곧 이노코 헤이스케에게 연락하자 헤이스케는 미쓰히데 일행을 위해서 숙소를 물색했는데, 결국 이 신흥 도시 한복판에 있는 니치렌 종의 조자이 사(常在寺)로 결정되었다.
"조자이 사라니, 반갑군" 하고 미쓰히데는 말했다.
조자이 사는, 교토의 기름장수 '야마자키야 쇼구로'라고 불리던 무렵의 고 도산이 야망을 품고 미노로 흘러들어와 처음으로 신을 벗은 절이었다.
"헤이스케, 자네도 그렇고 조자이 사도 그렇고 고 도산 공 때의 인연이 자꾸 겹쳐지는군."
"아마 도산 공의 인도가 아닐까?"
헤이스케는 나직하게 웃었다.
미쓰히데는 곧 조자이 사로 들어가서 문 앞에 '아케치 주베 미쓰히데 숙(宿)'이라는 표찰을 내걸게 했다. 자기의 거실로서 서원을 빌어들고 주지와 인사도 나누었다. 당대의 주지는 니치이(日威)라고 했는데, 도산의 친구였던 개조(開祖) 니치고 대사(日護大師)로부터 3대 째였다. 절에도 도산에 대해 전해지는 애깃거리가 많았다.
"아시다시피"
주지는 말했다.
"도산 공은 젊을 때 교토의 묘카쿠 사(妙覺寺) 본산에서 승려가 되려고 수행해서 법명을 호렌보(法蓮房)라고 부르셨습니다. 지혜가 으뜸이라는 소문이 나돌았던 모양이더군요. 그 무렵, 이 절의 개조 니치고 대사도 묘카쿠 사 본산에서 수행하며 형제처럼 사이가 좋았다고 하시더군요. 그 후 도산 공은 환속해서 본산을 출분하신 뒤 뜨내기 생활을 하시기도 하고 나라야(奈良屋 : 후의 山崎屋)에 데릴사위로 들어가시기도 하시는 등 상당히 분주(奔走)하신 모양이셨습니다만, 야망을 억누를 길이 없어 이 미노로 니치고 대사를 찾아 오셨던 것입니다. 무사가 되시고 싶다고 하셔 니치고 대사께서도 친가인 나가이 가(長井家)에 추거하신 것이 도산 공의 입신의 싹이라기보다는 미노 쟁란의 발단이었지요."
"마치 아수라 같은 생활이었지요. 그분이 이 조자이 사에 신을 벗지 않았더라면 미노는 아마 지금과는 다른 형편이 됐을 것입니다."
"즉 아직도 미노 군주인 도키가 계속되리라는 말씀이신가요?"
"아니, 아니 도산 공이 미노에 나타나서 이 나라를 다시 만들었기 때문에 오랜 세월 다른 나라의 침략을 받지 않고 풍운을 견뎌온 것입니다. 도산 공이 만일 미노에 나타나지 않으셨다면 이 나라는 선대 가즈사노스케 공인 노부히데공 때에 오다가의 것이 되었겠지요."
"과연!"
주지는 아직 도산 승려가 마(魔)인지 불(佛)인지, 어떻게 이해해야 좋을지 모르는 모양이었다. 그러나 조자이 사에 도산은 몇 번이나 절간 땅을 기부해서, 전에 자기가 신을 벗었던 때와는 면목이 확 달라질 만큼 큰 절로 만들었다. 자기의 운을 열어준 니치고 대사에게 감사하는 마음이었던 모양이다. 도산이 죽은 뒤 절간은 한때 쇠퇴했으나 지금은 그의 딸 노히메가 공양료를 바치고 있으므로 얼마간 숨을 돌리게 됐다.

노부나가는 오와리 고마키 성에 있었다. 미쓰히데가 기후에 와 있다는 보고를 받자
"그 사나이, 에치젠에서 온 모양이야" 하고 노히메에게도 가르쳐 주었다.
"나는 내일 모레 기후로 가지 않으면 안 될 일이 있어. 그때 미쓰히데와도 만난다. 그 뒤 미쓰히데를 이리로 보낼 테니까 그때 그대도 만나 둬라."
노부나가는 미쓰히데에게 기대를 걸고 있었다. 쇼군가의 측근인 미쓰히데를 수하에 거느린다는 것은 자기의 천하에의 꿈에 꿈 아닌 현실의 돌을 한 개 놓는 셈이 된다.
'어떠한 사나이일까? 군진(軍陣)에서부터 시가관현(詩歌管弦)에 이르기까지 통달하고 있는 인물이라고 들었는데.'
다음 다음 날, 노부나가는 준공한 지 얼마 되지 않은 기후 성으로 들어갔다. 아버지 노부히데 때부터 2대에 걸쳐서 동경하던 이나바 산성이다.
'드디어 얻었다' 하는 노부나가의 기쁨이, 여기 저기 성의 구조를 변경시켰다. 이 노비(濃尾) 평야를 한눈에 내려다 볼 수 있는 성을 손에 넣었을 때, 노부나가는 절실하게 도산의 지상(地相)을 보는 안목과 축성의 재주에 경탄했다. 나가라 강을 천연적인 바깥 해자로 삼고 이나바 산을 모조리 성채로 만들었으며 성문과 성밖 도로를 교묘히 결합시켜, 지키기에도 밀고나가기에도 절묘한 기능성을 발휘할 수 있도록 만들어져 있었다. 자연히 이 성채

그 자체에 대해서는 노부나가가 새로 연구를 더해야 할 점이란 거의 없었다.
　성채는 수축하는 정도로서 그치고, 오히려 산기슭의 거관 신축과 성하의 구조 변경에 노부나가는 정성을 쏟았다.
　그런데 이 성을 얻고, 이 성에 가끔 머물게 되고 나서 "도산도 그다지 대단한 인물은 아니었군" 하고 노부나가는 생각하게 되었다. 산 위의 성채는 너무 불편한 것이다. 과연 견고하기 짝이 없었지만, 막상 살아 보니 견고한 것이 성주의 마음 활동을 둔하게 만드는 것이나 아닐까 하고 여겨졌다. 방위하기에는 좋다. 그 좋은 점이 껍질 속에 든 소라처럼 참신 발랄한 기분을 잃게 하고, 마음을 둔중하게 만들고, 기분을 퇴영시키고, 천하를 잡겠다는 기상을 후퇴시킨다. 그렇게 여겨졌다.
　'살모사 놈은 이 성을 만들었을 때부터 수성(守成)의 입장으로 돌아가게 된 것이 아닐까?)
　다시 말하면 도산의 퇴영적 기분이 이 성을 만들게 했다고 할 수 있다. 또 동정적으로 본다면, 도산은 인생의 중턱에서 풍운에 몸을 던져, 그 만년에 이르러서 겨우 미노 한 나라를 손에 넣었다. 손에 넣었을 때는 이미 자기의 일생은 저물려고 하고 있었다. 자연히 수성으로 돌지 않을 수가 없었으리라.
　'나는 젊다. 젊은 내가 이처럼 철벽같은 금성탕지(金城湯池)를 가질 필요는 없다. 가지면 마음이 저절로 껍질 속으로 사리게 된다. 항상 다른 나라의 영토를 짓밟고 짓밟으면서 싸울 마음이 없어진다면, 이미 나는 내가 아니다.'
　이러한 마음도 가졌다. 그래서 노부나가는 기후 성 개수에 있어서, 성보다 오히려 주거에 힘을 기울였다.
　장려한 거관이 거의 완성돼 가고 있었다. 궁전은 4층 건물이었다. 1층에는 스무 개의 방이 있었고 못자국은 모조리 황금으로 가렸다.
　2층엔 노히메의 방을 중심으로 하여 시녀들의 방이 나란히 있고, 방에는 금실 무늬의 화려한 비단이 쳐지고 망대를 만들어 성하나 이나바 산을 내려다 볼 수 있도록 연구를 했다. 3층은 다도를 위해 사용되고, 4층은 군사상의 망루로 사용된다.
　"나는 포르투갈·인도·일본의 각지를 알고 있지만, 이처럼 정교하고 미려한 궁전은 본 일이 없다"고, 나중에 기후 성하로 온 선교사 루이스 플로이스가 자기의 편지 속에 쓰고 있다. 이 '궁전'은 거의 완성되고 있었다. 노부나가가 기후에 도착한 날 밤 이곳에 머물고, 다음날 아침 1층 큰방에서 미쓰히데를 인견했다. 미쓰히데는 하좌에서 꿇어 엎드려 있었다.

'머리칼이 성근 사나이로군' 하고, 남의 신체적 특징에 과민한 노부나가는 처음에 이렇게 생각했다.

'금귤 비슷하다'

머리가 조그맣고 끝이 뾰죽한데다가 살은 붉은 기를 띠고 반짝거려 보면 볼수록 금귤과 비슷했다. 노부나가는 호기심에 찬 눈으로 그 미쓰히데의 머리만을 빤히 쏘아보았다. 소년의 눈이다. 이 노부나가 속에는 악동 때의 그가 늘 함께 살고 있었다.

'저 머리를 만져 보고 싶다'고조차 생각했다. 10년 전의 그라면 사정없이 내려가서 미쓰히데를 슬슬 쓰다듬어 보았으리라. 그러나 지금의 노부나가는 과연 그 충동을 억누를 만큼 어른이 되어 있었다.

"미쓰히데, 잘 왔다" 하고 노부나가는 외쳤다.

미쓰히데는 예법대로 옛, 하고 어깨를 움직여 점점 더 깊이 숙였다. 물론 이 무로마치식의 예법에 환한 사나이는 노부나가의 얼굴을 훔쳐보거나 하는 무례한 짓은 하지 않는다.

'대단한 목소리군' 하고 속으로 생각했다. 나무 사이를 건너뛰어 달리는 원숭이의 목소리와 어딘가 비슷했다. 영주의 아들답다고 생각했다. 자기의 말투를 스스로 억제할 필요를 경험하지 않은 사나이의 목소리였다. 얼핏 듣기엔 멍청이의 목소리였다. 그러나 오케하자마 이후, 노부나가가 해 온 일은 멍청이가 아니다.

하여간 평범한 사람의 목소리가 아닌 이상,

'역시 노부나가는 천재일지도 모른다'고 미쓰히데는 생각하려고 했다.

"물건을 바쳤지?"

예의 원숭이의 외침 소리가 날아왔다.

"부인에게도 바쳤더군. 모두 좋은 물건들이다. 나는 기쁘다."

설익은 말투를 쓰는 사나이라고 생각했다. 나무꾼이 떠들고 있는 것 같고 우아함과는 거리가 멀었다. 필경 말을 하는 법을 모르든가 천성적으로 그런 능력을 갖추지 못한 인물이리라.

"가까이 오너라."

미쓰히데는 절을 한 번 하고 고개를 숙인 채 허리를 약간 세워 조금 앞으로 나가려고 했다. 그러나 나아가는 시늉만 하고 나아갈 수는 없다는 듯한 모습으로 있었는데, 이것이 무로마치 막부의 예법이었다. 윗분에게 황공해서 위축당하고 있다는 예법상의 연기였다. 그러나 오와리의 부교(奉行 : 行政官) 자리에서 벼락출세를 한 오다가에는 그런 예법 같은 것은 없었다. 노부나가는 미쓰히데의 그런 모습을 진기한 듯이 쏘아보고 있었는데, 끝내 "그대는 절름발이냐?" 하고 넘쳐흐르는 듯한 호기심으로 물었다. 미쓰히데는 땀이 솟아나왔다.

 '이 멍청이 같으니!'라고 생각이 들자 이런 교토식 예의 작법을 취하고 있는 자기까지가 어처구니없어져, 절름발이가 아니라는 것을 보이기 위해 무릎을 세우고 슬슬 앞으로 나아가 다다미 두 장 가량 간 곳에서 다시 꿇어 엎드렸다.

 "얼굴을 들어라."

 노부나가는 명령했다. 미쓰히데는 '이제 더 사양할 것 없다'고 생각하고 고개를 쑥 들었다.

 '노히메와 닮았구나' 하고 노부나가는 생각했다.

도산의 벗나무

노부나가는 미쓰히데와 얘기를 나누는 동안, 완전히 홀려 버리고 말았다.

'이것 엉뚱한 횡재를 했군!' 하고 생각하자 입게에 저절로 웃음이 떠올랐다. 이 사나이가 얼굴에 주름을 잡고 웃는 일이란 좀처럼 없는 일이었다.

우선 미쓰히데가 지닌 전아함, 이것은 오로지 용맹하기만 한 오다가의 여러 무장에게는 없는 미덕이었다.

장차 오다가의 외교관으로서는 가장 적임자이리라. 외교관이란 말이 나왔으니 말이지, 미쓰히데는 쇼군 요시아키의 신임이 두터울 뿐만 아니라 교토의 공경·승려들 사이에도 무척 널리 알려진 것 같았다. 이런 점에서도 시골영주의 외교를 담당시키기에는 안성맞춤인 무형의 자산이라고 해도 좋았다. 이상의 것만이라면 단순한 노부나가의 사자로서의 외교 기술자의 능력에 지나지 않는다. 그보다도 미쓰히데는 오다가의 외교 그 자체를 결정할 수 있는 능력을 가지고 있다고 노부나가는 점쳤다.

왜냐하면 미쓰히데는 여러 나라를 빈틈없이 편력하여, 인물·교통·성곽·인정에 밝았고 천하의 정세를 얘기하게 하자 풍부한 견문을 재료로 삼아 명석하기 이를 데 없는 판단을 내려 보였기 때문이다.

'어쩌면 천하제일의 재간일지 모른다'

노부나가도 혀를 차는 느낌으로 미쓰히데를 보았다. 더구나 미쓰히데의 재간은 그것만이 아니었다. 위의 모든 것은 아케치 미쓰히데라는 사나이의 불과 일부분에 지나지 않는다. 미쓰히데는 그 무엇보다도 우선 군인이었다. 도술·창술·총포술에 뛰어났을 뿐만 아니라 대군을 지휘할 장수(將帥)로서의 드문 재능이 있을 것 같았다. 노부나가도 그렇게 보았다. 그럼에도 태도는 거칠지 않았고, 온화하고 우아한 모습으로 먼지조차 가라앉힐 듯이 조용히 앉아 있었다.

'이것 정말 큰 횡재를 했구나.'

노부나가는 생각하며 첫 대면치고는 지나치게 긴 시간에 걸쳐서 알현을 하고, 저녁때가 되어 겨우 미쓰히데를 물러가게 했다.

다음다음 날, 노부나가는 고마키 성으로 돌아가 노히메의 방으로 가서 "미쓰히데를 만났다"고 말했다.

노히메는 앗, 하고 뺨을 붉혔으나 곧 어떤 사람이었나요, 하고 조용히 물었다.

"금귤 대가리야" 하고 노부나가는 말했다.

"머리가요?"

"응, 반 대머리야."

'설마?'

노히메는 이렇게 생각하고 싶었다. 그녀의 기억 속에 있는 미쓰히데는 빛나는 젊은이로, 그 지나치게 균형이 잘 잡힌 얼굴은 성전(城殿) 안 여자들의 화제를 거의 독점하고 있었다.

'나이 탓일까?' 하고 생각하며 가슴 속으로 손을 꼽아 보니, 미쓰히데는 노히메보다 일곱 살 위니까 아직 마흔 살이 됐을까 말까한 나이였다. 그렇게 될 정도가 아니었다.

"부릴 만한 놈이야."

노부나가는 노히메의 무릎을 끌어당겨 뒹굴었다.

"그대의 사촌이지?"

"예."

"어느 구석인가 얼굴이 닮았어. 그 점은 좀 마음에 들지 않아."

"내 얼굴이 마음에 드시지 않나요?"

도산의 벚나무 277

노히메는 미소를 머금고 물었다. 요즈음 노부나가가 자주 시녀에게 손을 대서 아이를 낳게 하고 있는 것이 노히메의 마음의 아픔이 되어 있다.

"아니야."

노부나가는 날카롭게 말했다. 마음에 들지 않는다고 한 것은, 자기 아내의 혈연 중에서 얼굴까지 닮은 사나이라는 것은 보아서 좋은 기분이 들지 않는다는 의미였지만 귀찮아서 설명은 하지 않았다. 어릴 때부터 누구에 대해서도 자신을 설명하거나 행동의 이유를 변명하거나 하는 습관을 갖지 않은 사나이인 것이다.

"그대도 만나 봐."

노부나가는 말했다. 육친들이 거의 죽어 버린 노히메를 위해서, 그녀의 몇 안 되는 혈연자와 대면시켜 주려는 것이 노부나가의 친절한 마음이었다.

"내년이 되면."

"왜 내년이 돼야만 하나요?"

"본거를 기후 성으로 옮긴다. 그때 그 사나이의 상통을 보아. 나는 잊어버릴지 모르니 후쿠토미 헤이타로 할아범에게 일러."

후쿠토미 헤이타로는 본래 도산이 사랑하던 부하로서 노히메가 오다가로 시집올 때 따라와, 그 뒤 내전 집사일을 보고 있었다. 그 아들인 헤이사에몬(平左衞門)은 용감한 무사로, 지금은 노부나가의 친위부대 무사로서 여러 나라에 용명을 떨치고 있었다.

"기후 성이 벌써 그렇게까지?"

"음, 됐어."

노부나가는 말했다.

"이제 이나바 산마루의 본성 지붕과 산기슭의 저택의 정원을 만드는 일만이 남아 있어. 옮기는 것은 내년이야."

'내년——'이면 노히메는 자기 망부(亡父)의 나라와 성으로 돌아갈 수 있는 것이다. 이미 아버지는 돌아가시고 나라는 망하여 성도 양상이 달라졌다고는 하나, 자기 친정의 본성인 구(舊) 이나바 산성(기후 성)으로 돌아가는 것이다. 그러나 이런 모양으로 친정 쪽 성으로 돌아가리라고는 꿈에도 생각지 않고 있던 일이었다.

"오노, 그리운가?"

"아뇨, 별로."

노히메는 약간 불쾌한 듯 고개를 저었다. 부모나 옛날 가신·시녀들이 없는 성으로 돌아가 보았자 무엇이 되랴. 단지 하나, 그 어두운 감개 속에 빛이 쐬어드는 즐거운 기대가 있었다. 그 성에서 미쓰히데라는 사촌오빠를 만날 수 있을 것이다. 생각하면 그 무렵에 정답게 지낸 일족이나 가신들 가운데서 살아남은 것은 미쓰히데뿐만이 아닌가.

오다가 가신단의 이동이 행해진 것은 다음 해 9월 18일이었다. 오와리 기요스 성에서 미노 기후 성까지의 32킬로 길을 1만여 명의 무사가 기치를 펄럭이면서 꼬리에 꼬리를 물고 행진했다. 오다가 가신들의 갑옷과 투구는 오와리의 풍요함을 반영하여, 그 화려함에 있어서 해내(海內) 제일이라고 일컬어졌다. 총기 수도 많다. 그것들이 흙먼지를 일으키면서 노비 평야를 북상해 가는 광경은 장관이었다. 노히메는 고마키 성에서 출발했다. 여자들의 행렬이 수만 보 계속됐다. 모두들 기후 성으로 들어갔다. 이날부터 오다가의 본거는 미노의 기후로 옮겨진다. 미쓰히데도 성문 밖에서 입성해 오는 오와리 군사들을 맞이했다. 노히메의 여인용 가마도 지나갔다. 붉은 빛과 황금빛으로 장식된 화려한 가마를 미쓰히데는 근엄하고 착실한 표정으로 배웅했다. 그러나 다감한 이 사나이의 내심은 표정처럼 근엄하고 착실하지는 않았다.

'까닥했으면 나의 아내가 되어 있을지도 모를 여성 —)이라는 감개 없이는 그 여인용의 가마를 볼 수가 없었다. 옛날 사기야마 성의 도산을 가까이서 모실 무렵, 도산의 말은 가끔 그의 딸을 자기에게 줄 것 같이만 느껴져서 배길 수가 없었다. 그런데 오와리로 시집을 갔고, 지금은 천하의 오다 노부나가의 부인이 돼 있다.

'인간의 운명이라는 것은 모르는 것이로구나' 하고 미쓰히데는 생각하지 않을 수 없었다.

오다군의 기후 입성 열흘 가량 뒤, 노히메를 모시는 노신 후쿠토미 헤이타로가 미쓰히데에게로 와서 "주군의 각별한 배려입니다. 내전에서 마님을 뵈올 것을 허락하셨습니다" 하고 정중하게 말했다. 후쿠토미 노인은 미노 출신이기 때문에 미쓰히데의 옛날 집안을 알고 있었고, 그 탓인지 마치 주가의 사람을 대하듯이 공손했다.

미쓰히데는 사후(伺侯)했다. 남자 신하의 예의로서 마당으로 면한 복도까지 나아가 그곳에 앉았다. 노히메는 방 안에 있었다. 이 날 그녀는 정성껏 화장을 한 탓인지 스물 서너 살 정도로 밖에는 보이지 않았다.
"주베 공, 반가워요."
노히메는 둥글둥글한 습기가 어린 듯한 목소리로 나직이 말했다.
미쓰히데는 푹 꿇어 엎드렸다. 이윽고 상체를 약간 들고 아주 맑디맑은 목소리로 노히메의 무사함을 경하하고 이번 추거에 대해 감사를 올렸다.
"무슨 말씀. 나만이 추거한 것이 아니에요. 그대의 이름은 이미 높아 오와리에게서도 좋은 눈과 귀를 가진 자들은 모두 그대의 이름을 입에 담고 있었어요."
'반 대머리가 아니다.'
노히메는 말하면서 생각했다. 머리카락이 가느다란 편이므로 노부나가의 눈에는 광선 탓으로 그렇게 보인 것이리라. 노히메가 보기에 미쓰히데는 여전히 입술 모습에 무엇이라고 말할 수 없는 아취가 있었고, 눈은 시원스러웠으며, 눈썹은 쭉쭉 길었다. 이런 점은 전과 조금도 다름없었다.
"그대도 변하지 않았군요."
"그것은,"
미쓰히데는 쓸쓸히 웃었다. "장부에 대한 칭찬의 말씀이 아니십니다. 장부는 사흘 보지 않으면 괄목(刮目)하여 보아야 하느니라고 옛 책에도 있습니다. 변하는 것이야말로 장부된 자의 큰 소원입니다."
"아니 용모를 두고 말하는 거에요. 조금도 변하지 않았어요."
그뒤 두 사람은 사이토 야마시로 뉴도의 추억에 대해서 얘기를 나누었다.
"저기" 하고 노히메는 옷소매를 들어 마당을 가리켰다.
"늙은 벚나무가 있지요. 돌아가신 아버님이 세이란(青嵐)이라고 이름을 붙이고 사랑하던 거예요. 저 벚나무만이 지금 남아 있어요."
"야마시로 뉴도 님의 말씀이 나왔으니 말입니다만."
미쓰히데는 말하고 나서, 말할까 말까 망설이는 모양이었지만 이윽고 결심한 듯
"교토에서 오마아 부인을 뵈온 일이 두 번 가량 있었습니다. 대단한 대접을 받았습니다."
"오마아라니, 아버님이 교토에 살게 하셨던 본부인이라는 분이신가요?"
"예, 기름 도매상 야마자키야 쇼구로의 부인."

"들었어요."

노히메는 즐거운 듯이 웃기 시작했다.

"아버님이 곧잘 나에게 말씀하셨어요."

"야마시로 뉴도 님이?"

미쓰히데는 놀랐다. 자기가 교토에 숨겨둔 부인에 대한 말을 거침없이 딸에게 얘기해 주다니 그야말로 도산답다. 미쓰히데가 생각해 보건데, 노히메는 도산의 막내자식이며 외동딸이었다. 아마 노히메가 여자이기 때문에, 마음 놓고 자기 여자들에 대한 얘기를 해 준 것이리라.

"그것도 오다가로 시집올 날이 가까워짐에 따라서 매일처럼 오마아 님에 대한 말씀을 들려주셨어요, 아버님은."

노히메는 문득 눈물을 글썽거렸다. 아버님이 평생 동안 변함없이 사랑한 것은 오마아 님이었다는 말을 하려다가 감정이 가슴 속에서 복받쳐 올랐던 것이다.

"오마아 님은 어떤 분이며, 어떻게 사시던가요?"

노히메는 아주 듣고싶어 했다. 아버님이 사랑하던 사람에 대해 좀더 알고싶은 것이리라.

미쓰히데는 간결하게 그 인품에 대해서 얘기를 하고 "오마아 님처럼 재미있는 분은 다시없을 것입니다" 했다.

"왜요?"

"저에게 미노의 군주 사이토 야마시로 뉴도 도산 같은 사람은 모른다. 이름도 모른다. 나의 남편은 기름장수로서 야마자키야 쇼구로라고 말씀하셨으며, 오랫동안 여행하다가 가끔 돌아온 그 남편밖에는 모른다고 말씀하셨습니다."

"어머!"

노히메는 이해할 수 없는 듯한 표정이었다. 한참 동안 마당의 벚나무를 쏘아보며 생각을 가다듬은 모양이었지만 이윽고 납득이 갔는지 갑자기 볼을 상기시키고 "이 세상 사람이라고는 생각할 수 없을 정도로 재미있는 분이로군요" 하고 아주 숨가쁜 목소리로 말했다.

미쓰히데도 노히메의 벅찬 감정을 받아 미소를 띠고 있었으나, 이내 "세상에도 이상한 분이라면 야마시로 뉴도 도산 님이야말로 그렇겠지요. 미노에서는 군주, 교토에서는 야마자키야 쇼구로, 한 몸이면서 동시에 두 사람의 인생을 보낸 사람은 고금을 통해 이 세상에 존재한 일이 없습니다."
"장부의 꿈(理想)이겠지요."
노히메는 가볍게 말했는데, 미쓰히데가 갈등하는 지점까지는 역시 여자의 심정이 방해하여 따라가지 못하는 모양이었다.
"옳으신 말씀."
미쓰히데는 노히메의 말을 정면으로 받고서 끄덕거렸다. 사나이의 꿈이라고는 하지만 마신의 신통력이라고도 가지고 있지 않는 한, 도산처럼 한 사람이 두 사람 분의 인생을 보낸다는 변환(變幻) 자재로운 삶은 불가능하다. 그 점을 생각하자 도산의 추억이 과거로 가면 갈수록 그 인품의 기묘함, 경탄할 만한 인간력, 나아가서 영웅이라고밖에는 말할 도리가 없는 그 큰 배짱이 이제 와서는 신처럼만 여겨지는 것이었다.
"저에게 있어서 야마시로 뉴도 님은 스승이라고도 신이라고도 할 수 있는 분이셨습니다. 이런 마음은 지금도 변함이 없습니다. 평생 변하지 않을 것입니다."
"그대도,"
노히메는 웃었다. "두 부인을 가지셨나요?"
"아니 아니, 그 점만은 도저히 흉내낼 수가 없고, 흉내를 낼 도리조차도 없습니다. 저의 안사람은 오마키라고 하여, 저에게 사랑받는 것만을 행복으로 알고 있는 가난한 여자올시다."
"오마키 님이라고 하나요?"
노히메는 미소를 거두고, 곧 본래의 표정으로 돌아가 필경 좋은 분이겠지요, 놀러 오도록 전해 주세요, 했다.
"아이는 몇이나 되나요?"
"딸 하나입니다."
미쓰히데는 쓸쓸히 웃었다. 셋 있었다. 딸만으로는 무가(武家)의 대를 잇기에 불편하지만, 그렇다고 미쓰히데는 첩을 두려고는 하지 않았다. 그런 점에서는 여자라는 것을 싫증낼 줄 모르고 좋아한 그의 '스승'과는 달랐다.
"주베 공은 온화하시군요" 하고 노히메는 소리내어 웃었다. 그것이 미쓰히데의 마음에 들지 않은 듯 약간 목소리를 거칠게 하여
"무슨 말씀, 세상에 뜻을 둔 자가 온화할 까닭이 있습니까?" 하고 말했다.

별로 깊은 의미를 품고 한 말은 아니었지만, 이 말이 이윽고 16년 뒤에 자타가 함께 뼈저리게 느끼지 않으면 안 될 때가 오리라고는 미쓰히데도 깨닫지 못했다. 단지 그늘이 없는 온화한 미소를 띠고 지금 가을 햇볕 속에 있었다.

미쓰히데는 따분해졌다. 이 무렵 미쓰히데의 일은, 군사관(軍事官)으로서보다는 오히려 외교관으로 분주했다. 특히 대(對) 요시아키의 외교였다. 미쓰히데는 그 당시엔 아주 드물게도 노부나가로부터 봉토를 받고 있으면서, 동시에 쇼군가인 아시카가 요시아키로부터도 아주 약간이긴 했지만 녹을 받고 있었다. 한 사람이 두 주인을 섬기고 있다는 점은 진기하다고 해도 좋다.

하기는 엄밀하게 말하면 두 주군을 가지고 있다고는 할 수 없을지 모른다. 요시아키는 일본국 무가의 두령이라는 구름 위의 신분이며, 기후의 노부나가와는 너무나 큰 격차가 있고, 그 위에 요시아키는 '무가의 두령'이라고는 하나 이미 장식적인 존재여서 그로부터 녹을 받고 있다고는 하나 주군과 무사의 관계라고는 보기 힘들다. 오히려 그런 부하를 갖고 있다는 것은 오다가로서는 명예로운 일이었다. 노부나가는 그것을 환영했고, 그러한 미쓰히데기 때문에 그를 귀히 아꼈다고 할 수 있다.

미쓰히데의 당면한 일은 에치젠 가나가자키에서 아사쿠라가의 보호를 받고 있는 요시아키를 아예 기후의 오다가로 데리고 오는 것이었다. 오다가에서 요시아키를 보호한다. 나아가 노부나가가 이 쇼군 후계자를 교토로 모시고 가서 쇼군 자리에 앉히고 그 권위를 등지고 천하에 군림한다. 이 방법 이외에는 단시간에 천하를 잡을 좋은 방책이 없다고 미쓰히데는 노부나가에게 헌책했고, 노부나가도 그 의견에 아주 찬동하여 "꼭 쇼군가를 이 기후 성으로 모시고 오너라. 나 말고 천하에 그분을 쇼군 직에 앉힐 자가 있단 말이냐" 하고 될 수 있는 대로 빨리 요시아키의 이좌(移座)를 실현시키도록 명령했다. 미쓰히데도 이 때문에 기후와 에치젠 가나가자키 성을 파발처럼 왕래하느라고 전연 편안한 날이 없었다. 미쓰히데는 오로지 이 아시카가와 오다의 동맹에 자기 장래의 야망을 걸고 있었다.

천하포무(天下布武)

요시아키는 하루 빨리 쇼군이 되고 싶었다. 그런 주제에 몸은 쓰루가 만으로 삐쭉 나간 조그만 시골 성 한 구석에 틀어박혀 있었다. 바다 경치에도 신물이 났다. 안달이 나는 것도 무리는 아니다.
"아직 멀었느냐?"
하루에도 몇 번씩 말했다. 오다가로부터 맞이하러 오는 사자는――하는 의미였다. 일단 오다가에게 의지하겠다고 결심한 이상 견딜 수 없어지는 성격이었다.
"조금만 더 참으십시오. 후지타카 님과 아케치 주베 미쓰히데 님이 분주하게 움직이고 있으니까요" 하고 측근들이 그때마다 달랬다.
사실 그들은 분주하였다. 그들뿐이 아니다. 노부나가도 마찬가지였다. 오다가에서 외교 능력이 있는 부장들을 모조리 동원시켜 요시아키 영접의 외교 공작에 고심하고 있었다. 노부나가는 전국 여러 호걸 중에서도 말하자면 신흥 세력에 속한다. 그런 실력 면에서 보아 가이의 다케다나 에치고의 우에스기에게 "신분으로 보아 주제넘은 짓입니다마는 쇼군가를 저희 기후로 맞이하고 싶습니다. 오로지 충의에서 나온 뜻이오니 오해하지 마시기 바랍니다"라는 뜻의 말을 하여 그들의 양해를 받아두지 않으면 안 되었다.
그 외에 북 오미의 오다니(小谷)엔 아사이라는 막강한 신흥 영주가 있었다. 그곳은 교통상 요시아키가 쓰루가로부터 내려오는 통과국이며, 또한 노부나가가 요시아키를 모시고 상경할 때에도 통과하지 않으면 안될 영토였다. 이 때문에 아사이에 대해서는 충분하다고 여겨질 이상으로 회유해 두지 않으면 안 되었다. 다행히 아사이는, 1565년에 노부나가의 누이 오이치가 시집을 가 인척관계를 맺고 있었다.
자연히 교섭하기가 쉬웠다. 단지 남 오미의 록카쿠 조테이(六角承禎)만은 교토의 미요시 당과 동맹을 맺어 노부나가의 권유에 응할 것 같지 않았다. 어쨌든 이러한 정세였다.
"아직 멀었느냐?"
요시아키는 늘 묻고 있었는데, 드디어 노부나가의 외교가 거의 이루어져 요시아키가 기후로 옮겨 앉게 된 것은 1568년 7월이었다. 그 달 13일에 요시아키는 쓰루가를 출발하여 호쿠코쿠 가도를 남하하여 사흘째에는 오미 오다니 성으로 들어갔고, 그곳을 중도 숙소로 삼아, 며칠 동안 성주 아사이 나가마사(淺井長政)로부터 정중한 향응을 받았다. 근시인 호소가와 후지타카도 요시아키에게서 떨어지지 않고 따르고 있었다.
기후의 오다가로부터는 가로 시바타 가쓰이에를 출영(出迎) 지휘관으로 하여 오다니 성에 내보냈다.

그 가쓰이에의 보좌관으로 기노시타 도기치로 히데요시가 있었고 아시카가가에 대한 연락관 겸 의전계로서의 아케치 미쓰히데가 와 있었다.

어느 날, 호소가와 후지타카는 막신의 입장으로서 맹우인 미쓰히데에게 물었다.

"노부나가의 본심은 어떻소?"라는 것이었다.

"진정이요?" 하고 미쓰히데는 은밀한 장소였으므로 친구를 대하는 말투로 대답하였다.

"오다가를 모셔 보고 겨우 깨달은 바, 그 가즈사노스케란 분 아무래도 보통 사람이 아니오."

"그렇다면?"

"모든 것이 진정이라는 말이오. 그런 분도 드물 거요."

즉 요시아키를 맞이하겠다 하면 필사적인 기세로 그 공작을 한다. 아사쿠라 요시카게 같이 의례적인 태도가 아니라 진정이라고 미쓰히데는 말하는 것이었다. 나아가 요시아키를 상경시킨다는, 현재의 정세 하에서는 신기에 가까운 어렵기 짝이 없는 일도 진정으로 생각하고 있다는 것이었다. 미쓰히데가 말하는 '진정'이라는 것은

——목적을 향해서 무아몽중

이라는 의미인 것 같았다.

"모든 일에 있어서 그런 구석이 있소."

격렬한 목적의식을 가진 사나이로 자기가 가진 온갖 것을 그 목적을 위해 집중시킨다는, 즉 '항상, 진심으로 있는' 사나이라고 미쓰히데는 말했다.

"여자조차도" 하고 미쓰히데는 진지한 표정으로 말했다.

즉 규방에서 여자와 자고 있을 때조차도 진심으로 정을 나누면서 대한다. 진심이란 아이를 낳게 만들 것을 생각하고 있다는 말이다. 나아가 태어날 그 아이가 여자이면 그를 어떤 방면의 정략에 쓸까 하는 것조차도 생각하면서 규방에서 정을 나누는, 그러한 인물이라는 것이었다.

"허어!" 하고 우선 후지타카가 놀란 것은, 언제나 단정한 표정으로 있는 미쓰히데가 진기하게 남녀의 생생한 일을 예로 끄집어냈다는 것이었다.

"실례되는 예를 들어 황공하오."

"아니 아니, 그 예로써 가즈사노스케라는 분의 인품을 잘 알겠소. 그런

데" 하고 후지타카는 소리를 낮추었다. "가즈사노스케는 요즈음 이상한 인(印)을 쓰고 계시다는데."

"인이라니?"

"이거 말이오" 하고 후지타카는 왼손바닥을 펴고 그곳에 도장을 찍는 시늉을 했다. 주인(朱印)·흑인(黑人)이 있는 도장을 가리키는 말이다. '이상한'이라고 후지타카가 말한 것은 그 도장에 새겨진 글자를 가리키는 것 같았다.

미쓰히데는 끄덕이고

"천하포무(天下布武)"라고 말했다.

"그렇소. 그 천하포무——고래로 보기 드문 훌륭한 도장의 글이지만 그에 대해서 공은 어떻게 생각하오. 무엇인가 감상은 없나?"

"글쎄……"

미쓰히데는 아닌 게 아니라 비평을 삼갔다. 덧붙여 말한다면 도장에 글씨를 파서 자기의 이상을 표현하는 일이 여러 나라의 무장 사이에 유행되고 있었다. 그 즈음의 유행이다. 간토의 패왕이라고 할 수 있는 오다와라(小田原)의 호조 우지야스(北條氏康)는 '녹수응온(祿壽應穩)'이라는 도장이다. 의미는 '녹수(祿壽:俸祿과 生命), 탈이 없으라'는 뜻이리라. 우지야스는 겐신·신겐과 비견할 만한 명장이라고는 하나 호조가를 일으킨 시조인 영웅 호조 소오운(北條甲雲)으로부터 세어 3대째다. 결국, 그 이상은 부조가 열어 놓은 가운(家運)을 유지하여 천수를 다한다는, 말하자면 무사 평온을 빌겠다는 심경이었던 모양이다.

자신이 군신(軍神)에게 기도를 드려 태어났다고 알고 있는 우에스기 겐신의 인은 손잡이에 사자상(獅子像)을 달고, 인문은 '지제묘(地帝妙)'의 석 자였다. 지장(地藏)·제석(帝釋)·묘견(妙見)이라는 인도 3신의 문자를 한 자씩 따서 그 가호를 빌고, 또한 믿고 있었다. 종교적 성격이 강한 겐신다운 인문이다.

"그렇다면 가즈사노스케 공은 천하를 잡겠다는 야망을 가지고 있는 셈이로군요" 하고 후지타카는 말했다.

당연한 일로서, 오늘날 어떠한 무장이라고 할지라도 천하의 주인이 되기를 꿈꾸지 않는 자는 없으리라.

그러나 그것은 몽상으로 그쳐 주고쿠의 모리(毛利)는 주고쿠에서 한 발자국도 나서지 않겠다는 보수주의를 가법(家法)처럼 삼고 있고, 간토의 호조가도 영지의 안전만을 바랄 뿐 천하를 잡는 데 대한 구체적인 움직임을 보이지 않는다. 뚜렷하게 그런 뜻을 품고, 그 계획의 기초를 착실하게 굳히고 있는 것은 가이의 다케다 신겐 정도이리라.

"천하포무라니 놀랐는데?"

후지타카는 거듭 말했다. 천하에 무(武)를 편다면 정이대장군의 일이 아닌가. 즉 아시카가 쇼군의 일이 아닌가. 구체적으로 말하면 요시아키야말로 그 영예로운 자리에 앉을 분이 아닌가.

"그렇다면 가즈사노스케 공은 겉으로는 요시아키 님을 쇼군의 위체를 모신다고 하면서 내심으로는 기회를 보아 자기가 그 지위에 앉으려고 하는 것이나 아닐까요?"

하여간 막신인 호소가와 후지타카로서는, 노부나가의 친절은 고맙지만 까딱하면 음흉한 마음이 숨어 있지 않는가 그것만이 걱정이었다.

"이건 효부다유 공답지도 않군요" 하고 미쓰히데는 웃기 시작했다. 후지타카가 놀란 것은 그런 걱정을 미쓰히데가 동의해 주리라고 생각했는데 미쓰히데는 뜻밖에도

"남자란 그런 것이 아닐까요?" 한 때문이다.

"허어, 그런 것이란 말이요?"

"물론, 사나이의 뜻이란 그런 것이오. 손바닥만한 땅에 살고 있어도 해내를 집어삼킬 기개가 없으면 남자라고는 할 수 없소."

"즉, 아시카가의 천하여야 할 이 일본국의 무권(武權)을 노부나가가 빼앗으려고 하는 것이 좋은 일이라고 주베 공은 말하는 거요?"

"기개요."

미쓰히데는 답답한 듯이 말했다.

"기개의 표현이요, 천하포무란. 가즈사노스케 공이 현실적으로 아시카가의 세상을 빼앗으려는 것이 아니라."

"그렇다면 좋지만."

"아니 오히려 내가 놀랐는데, 영리한 효부다유 공답지도 않게 이해할 수 없는 말을 하니까."

"내 입장 때문에 걱정이오. 이 점, 아시카가의 녹을 받고 있는 주베 공도 같을 텐데."

"물론."

미쓰히데도 그 말에는 이의가 없다.

"그러나 기개라는 것을 이해하시라구. 나조차도 이 세상에 태어난 이상, 천하포무의 기개를 은근히 품고 있소."

"독실한 주베 공조차도?"

후지타카는 무릇 미쓰히데답지 않은 기염의 말을 듣고 소리내어 웃기 시작했다.

'웃어라.'

미쓰히데는 생각했으나 그 표정은 여전히 경건했다.

미노의 니시노쇼(西ノ庄)에 류쇼 사(立政寺)라는 절이 있다. 정토종의 유명한 절로서 경내에는 개조(開祖) 지쓰(智通)가 심은 벚나무가 있기 때문에 세상에서는 '벚나무절'이라고 부른다. 이 기후 교외의 한 절이 에치젠으로부터 오미 오다니를 지나 먼 길을 온 쇼군 요시아키의 임시 어소로 정해졌다.

요시아키가 미노로 들어온 날은 아침부터 쾌청이라, 성하의 사람들은 '쇼군가 날씨'라고 말하며 이 쾌청을 상서로운 징조처럼 떠들어댔다. 워낙 미노 나라에 요시아키만한 귀인이 온다는 것 자체가 거의 기적적인 일이어서 사람들은 단지 그것을 생각하기만 해도 상궤에서 벗어날 만큼 명랑해져 있었다. 이 시골에서는 쇼군가라면 거의 신에 가까운 존재였다.

노부나가도 예외는 아니었다. 그날 아침 이 사나이는 언제나처럼 새벽부터 마장으로 나갔는데, 한 시간 가량 동안 줄곧 채찍질을 계속하여 마치 미친 사람처럼 말을 휘몰아댔다.

'쇼군가가 온다.'

이 한 가지 사실이 노부나가처럼 무뚝뚝한 사나이를 이렇게까지 기묘하게 만들었다. 이처럼 활기가 솟아나는 것을 보면 이 시기의 노부나가는 역시 한낱 시골뜨기였음에 틀림없다.

성하의 백성들은 "쇼군께서 쓰고 나신 목욕물을 어떻게 얻을 길은 없을까" 하고 떠들어대고 있었다. 쇼군가가 목욕하고 난 탕물을 마시면 여러 가지 병에 효험이 있다는 것을 진심으로 믿고 있었다. 물론 노부나가는 소년시대부터 뚜렷한 의식을 가진 유물론자였으므로 그런 미신은 믿지 않았다. 그러나 기쁜 데는 다름이 없었다. '나도 쇼군가를 초청할 만큼 되었다'는 충족감이 있었다. 더욱 그를 흥분시키고 있는 것은, 쇼군가 초청으로 인해서 미노 사람들이 완전하게 자기에게 심복하리라는 것이었다. 점령 후 처음으로 인심이 가라앉는다.

'가즈사노스케 님이 그처럼 위대하신가' 하고 미노의 토착민들은 생각할 것이다. 이 쾌거는 도키가의 시대에도, 도산의 시대에도, 사이토 요시타쓰 다쓰오키의 시대에도 끝내 이룰 수 없었던 일이 아닌가.

노부나가는 한낮이 지나 대군을 이끌고 세키가와라까지 가서 요시아키 일행을 맞이했다. 다시 앞장서서 달려 기후의 서남쪽 교외로 들어와, 류쇼 사로 요시아키를 모셔들었다. 이어서 정식으로 배알하게 되어, 별실에서 무로마치식의 예장인 다이몬(大紋 : 가문을 크게 넣은 예복)으로 갈아 입었다.

"주베, 있느냐, 아케치의?" 하고 노부나가는 시동들에게 옷을 갈아입는 시중을 들리면서 분주하게 외쳤다. 이윽고 미쓰히데가 나타났다.

"가르쳐 다오" 하고 노부나가는 말했다.

버릇으로 말이 짧다. 그런 노부나가의 말버릇을 이해하려면 몹시 영리한 사나이라든가, 아주 오래 전서부터 가까이서 모시고 있지 않으면 알 수 없는 일이다. 미쓰히데는 망설였다.

마침 그곳에 있던 기노시타 히데요시가 조그만 목소리로 미쓰히데에게 속삭여 "배알의 예식 말이오" 하고 도와주었다. 이 히데요시라는 시동 출신의 고급 장교는 어찌 된 노릇인지 노부나가의 외침 소리를 즉석에서 이해할 수 있는 것 같았다.

"주베, 들리지 않느냐?"

노부나가는 벌써 짜증을 내고 있었다. 이 미쓰히데의 경우처럼 한 박자나 두 박자가 늦은 반응을 노부나가는 상대방이 누구든 간에 아주 싫어했다.

"옛, 가르쳐 올리겠습니다" 하고 미쓰히데도 그만 큰 목소리를 내며, 황급히 배알의 주의사항을 아뢰었다.

"객전(客殿)에서 주군께서는 쇼군께서 계신 방 안으로 덥석덥석 들어가시면 안 됩니다."

"나는 어디에 앉아야 하느냐?"

노부나가는 시선을 돌려 가느다란 눈으로 미쓰히데를 내려다보았다.

"복도올시다."

"뭐?"

좀 험악해졌다. 미쓰히데는 당황하여 "그것이 예법입니다. 쇼군께서 들어오라 하셔도 그냥 삼가는 모습을 보이셔야 합니다. 세 번 말씀하시면 비로소 무릎을 슬쩍 밀어넣는 것입니다."

"슬쩍 말인가?"

노부나가는 미쓰히데의 말투를 흉내냈다. 이미 다시 기분이 좋아진 증거였다. 배알의 의식이 행해졌다. 노부나가는 매사에 있어서 파격적인 사나이지만, 지금의 경우에는 그런 점을 전혀 내보이지 않았다. 탁월한 운동 신경과 뛰어난 직감을 가진 사나이인 만큼 훌륭하게 무로마치식의 거동을 해치웠다.

"오다 가즈사노스케올시다" 하고 요시아키를 곁에서 모시는 호소가와 후지타카가 상단의 요시아키에게 소개했다.

노부나가는 훨씬 하단에 있었다. 이윽고 약간 무릎을 밀고 나가, 호소가와 후지타카에게 헌상품 목록을 내밀었다. 후지타카는 가볍게 배례를 하고 그것을 받았다. 이 효부다유 호소가와 후지타카 정도의 막신이, 이윽고 지금 아랫자리에 꿇어 엎드려 있는 노부나가의 부하가 되리라고는 양쪽 다 꿈에도 생각지 못했으리라.

후지타카는 상단을 향해서 가볍게 고개를 숙이고, 이윽고 그 목록을 읽기 시작했다.

一, 칼 한 쌍. 명(銘)은 구니쓰나(國綱).
一, 말 한 필. 흰 바탕에 반점이 섞인 말.
一, 갑옷 두 벌.
一, 침향(沈香) 향료. 한 그릇.
一, 바탕이 오글쪼글한 비단. 백 폭.
一, 돈 천 관.

"갸륵하다."

요시아키는 형식대로 말했다. 이것이 헌상에 대한 인사말이었다. 이런 형식에 대해서는 요시아키 자신 그다지 몰랐다. 뭐니뭐니해도 3년 전까지 나라 이치조 원의 귀족 승려였던 사나이였다.

쇼군으로서의 예의범절은 몰랐지만 이러한 점은 전날에 후지타카로부터 여러 가지로 가르침을 받고 있었다. 그런 점에서는 노부나가와 그다지 다름이 없었다. 도중에 요시아키는 형식을 깨고 말았다. 견딜 수 없었던 것이다.

"가즈사노스케, 여러 가지 마음 씀씀이 감사할 말이 없다. 특히 막부 재흥의 내 비원을 곧 양해해 주어 고맙다."

다시 말했다.

"그대를 우리 집안의 수호신이라고 생각한다."

이런 종류의 극단적인 표현은 요시아키의 버릇이었다. 성격에 뿌리박은 버릇이리라.

다시 겹쳐 말했다.

"언제 교토로 돌아갈 수 있을까?"

그것이 묻고 싶었다. 2년 앞이든가 3년 앞이든가, 하여간 기한을 정하고 기다리고 싶었다. 그런데 노부나가는 요시아키가 뒤로 나자빠질 만큼 시원스럽게 말했던 것이다.

"다음 달이든가, 다음다음 달에……."

노부나가는 꿇어 엎드리면서 말했다.

"쇼군님을 받들고, 급히 군을 일으켜 중도의 역적들을 짓밟으면서 교토로 올라가, 교토에서는 미요시·마쓰나가 도배를 토벌하고 그 목을 베어 전 쇼군님의 원한을 풀어 드리는 동시에 쇼군님을 정이대장군 자리에 받들어 앉힐 것입니다."

"그, 그게 정말인가?"

요시아키는 경솔한 사나이다. 자리에서 미끄러져 내릴 것처럼 기쁨을 나타냈다.

노부나가는 허식의 말을 늘어놓은 것이 아니었다. 진정이었다. 이 사나이가 3만 대군을 이끌고서 요시아키를 받들면서 서쪽으로 올라가기 시작한 것은 이 해 9월이었다. 그 무모함에 천하가 부르르 떨었다. 전국시대의 본격적인 통일전이 시작된 것은 이때부터라고 해도 좋다.

상경군(上京軍)

미쓰히데는 오다가에 신사하고 나서 노부나가에 대한 온갖 얘기를 붕배들로부터 들었다. 젊을 때의 얘기도 말이다.

'색다른 분이다'라고 생각할 도리밖에는 없었다. 본래 영주라든가 영주의 아들이라는 것은, 무로마치식의 장려하기 짝이 없는 옷차림과 거동에 싸여 지내는 법이다. 가신이 배알하더라도 좀처럼 말을 하지 않으며, 그의 일상생활에 대해서는 거의 일부의 측근들 밖에는 모른다. 그렇게 짜여 있는 것이다.

'그러나 그분은 다른 모양이다'라고 미쓰히데는 생각했다. 미쓰히데의 이해력으로써는 거머잡기 힘든 불가해한 것이 노부나가에게는 있었다. 젊었을 때, 홋타(堀田) 모(某)라는 자의 집 부근에서 영내 쓰시마 촌(津島村)의 남녀의 윤무(輪舞)가 있었다. 노부나가는 여장을 하고 가서 춤추는 무리 속에 끼여 멋있게 추어 보였고 몸소 북도 쳤다. 쓰시마 촌의 영민들은 대단히 기뻐하여, 후에 춤추는 자들을 줄줄이 이끌고 성하까지 가서 감사의 춤을 추어 보였다.

노부나가도 섬에서 뛰어나와 "저놈은 잘 춘다" 라든가 "이놈은 서투르군"

하며 까다로운 표정으로 일일이 비평했다. 표정은 까다로웠지만 몹시 즐거웠으리라.

'그건 그렇다 치고, 그렇게 경솔한 사나이가 여러 나라의 영주 중에 있는 것일까?' 하고 미쓰히데는 생각했다. 또 미쓰히데가 들은 얘기로는, 어느 해 여름 노부나가는 오래된 연못가를 지났던 모양이다.

"이 연못에는 주인이 있습니다. 이무기입니다" 하고 그 마을의 노인이 설명했다. 노부나가는 이러한 괴물·망령·신령·귀신 등에 관한 얘기를 들으면 비상한 관심을 보인다.

"그런 것은 없다"는 것이 이 사나이의 신념이었다. 그는 이러한 눈에 보이지 않는 것들을 일체 부정하고, 신불도 인간이 만든 것이다, 그런 것은 없다, 영혼도 없다. '죽으면 단순히 흙으로 돌아가고 모든 것이 없어져 버리는 것이다. 단지 그것뿐이다'라고 세상에도 진기한 무신론을 늘 말하고 있었던 것이다.

그러므로 이 오래된 못의 주인에게 흥미를 품고, 실증해 보이겠다고 생각하고 "연못의 물을 퍼내라" 하고 명령했다. 마을 마을마다 총동원되어 통으로 물을 퍼내기 시작했다. 이럴 때 못의 둑을 끊어버리면 수량이 줄어들겠지만 그러면 논밭이 당장에 물에 잠기고 만다. 그 때문에 퍼낸 물을 일일이 멀리까지 버리러 가지 않으면 안 되었다. 그래도 노부나가는 시켰다. 철저한 실증 정신이다. 끝내 밑바닥까지 퍼낼 수 없다는 것을 알자, 노부나가는 훌렁훌렁 벌거숭이가 되어 칼 한 자루를 등에 둘러메고서는 물소리도 요란하게 뛰어들어, 물 속에서 눈을 크게 뜨고 수초를 헤치고 바위 사이를 뚫으면서 밑바닥까지 확인하고 겨우 떠올랐다.

"없다."

이런 것이 노부나가라는 인물을 성립시키고 있는 기본적인 정신이었다. 동시에 이 사나이의 방침이기도 했다.

'이건 알아두지 않으면 안 된다'라고 미쓰히데는 생각했는데, 뭐니뭐니해도 모시기에 까다로운 상대였다. 무릇, 보통 사람과는 발상의 단초부터가 달랐다. 맞장구를 치려고 생각해도 뜻하지 않은 단초로부터 노부나가는 발상해 오는 듯했고, 그 행동도 상식적이 아니었다. 상식적이 아니라고 해도 '비합리'라는 의미는 아니다. 오히려 세상의 상식이라는 것이 비합리적일 때가 많다. 가령 신불 숭배만 하더라도 그렇다.

본 일조차 없는 신불을 인간은 믿고 두려워한다. 이것이 상식이라는 것이다. 그러나 노부나가는 그렇지 않았다. 철저한 합리주의와 실증 정신을 가지고 있었다.

'그것만 하더라도 모시기 까다롭다.'

미쓰히데는 이렇게 생각하는 것이었다. 미쓰히데는 미신가가 아니었으나 신·불의 숭배자였다. 신·불을 숭배하고 공경하는 세상의 관습·상식도 존중하고, 그에 이의를 제기하려고 하지 않았다.

신·불은 도산도 그것을 믿지 않았으리라. 그러나 묘카쿠 사의 학승 출신인 그 인물은 신·불을 교묘히 이용했다. 자기에게 법화경의 영험이 갖추어져 있는 사람이라고 믿게 하고, 그것을 믿는 인간의 어리석음이나 약함을 이용했다. 노부나가는 벽두부터 무시한다. 미쓰히데는 좀 달랐다. 신·불에 대해 도산처럼 불령(不逞)하지도 않았고 노부나가처럼 가혹하지도 않았다. 오히려 미쓰히데는 경건했다.

'나와는 뿌리부터 다르게 생긴 인간인 모양이다'라는 것은 미쓰히데로서도 알 수 있었다.

경건함이라는 것이 노부나가에게는 선천적으로 없는 것 같았다. 어쩌면 요시아키에게 대해서도 그럴지 모른다. 신불에 대해 경건하지 않은 인간이 과연 천황이나 쇼군이라는, 그에 가까운 존귀한 핏줄에 대해서 경건할 수 있을까 어떨까?

'있을 수 없다.'

미쓰히데는 이렇게 생각했다. 장차 요시아키를 버리지 않을까. 요시아키는 지금의 노부나가에겐 도구에 지나지 않는 것이 아닐까. 그러나, 그렇다고 하더라도 노부나가의 훌륭한 솜씨는 이 도구를 멋지게 사용했다는 점이었다.

노부나가는 상경군을 진발시킴에 있어서 교토까지의 연도에 있는 여러 호걸들에게 "나는 주제넘은 일이지만 요시아키 님을 받들고 교토로 올라가 쇼군의 자리에 앉히겠습니다. 사심은 없습니다. 제발 이 미충(微衷)을 대견히 여겨 힘이 돼 주십시오" 하고 외교적인 손을 썼다.

연도에 있는 가장 큰 강호인 아사이에 대해서는, 노부나가가 몸소 몇 명의 친위대를 이끌고 그 근거지인 오다니 성으로 가서 매부인 아사이 나가마사를 면회하여 "함께 손잡고 상경하지 않겠는가?" 하고 쇼군 호위에 관한 군사동맹을 맺었다. 아사이 가로서는 요시아키에 대한 일이므로 물론 이의는 없었다. 요시아키의 혈통에 대한 신성관은 젊은 나가마사조차도 강하게 가지고 있었다.

여담이지만, 노부나가는 실은 자기의 누이 오이치의 남편인 이 아사이 나가마사와는 이때 처음으로 얼굴을 마주 대했다. 나가마사는 거한이다. 전략 감각에는 약하지만 전투 지휘관으로서는 제1급의 젊은 대장이리라.

"이 기회에 노부나가 공을" 하고 나가마사의 모신(謀臣)인 엔도 기사에몬(遠藤喜左衛門)이 귀띔했다. 성 안에서 노부나가가 주연의 대접을 받고 있을 때였다.

"자살(刺殺)해 버리시면?" 하고 기사에몬은 말했다. 나가마사는 어리석은 소리 말라고 일소에 붙였다. 웃으면 덥석부리수염이지만 애교가 있는 표정이 되는 사나이였다.

"오이치의 오라비다. 그럴 수 있는가!"

하여간 아사이는 노부나가 군과 함께 상경하기로 결심했다. 북 오미는 이것으로 처리되었다. 남 오미의 산악지대도 귀순했다. 이 산악지대에는 고가의 무리들이 떼지어 살고 있었다. 고가 무리들은 옛날부터 쇼군가에 충실했고 그리고 고가 패의 우두머리 와다 고레마사가 지금은 요시아키 곁에서 모시고 있다. 이 고레마사가 몸소 고가 지방으로 가서 그들을 귀순시켰다. 그런데 완강히 노부나가의 청을 퉁겨버린 자가 있다. 남 오미를 영지로 삼고 간논지 성(觀音寺城)을 근거지로 삼고 있는 록카쿠 조테이였다.

"나는 요시히데 님 이외의 쇼군은 인정할 수 없다"고 조테이는 말했다.

이 사나이의 올바른 이름은 사사키(佐佐木)다. 록카쿠는 통칭이었다. 이름은 요시카타(義賢)이며, 입문하여 조테이라고 불렸다. 미나모토노 요리토모 이래 오미의 수호직으로서 이 시대에 으뜸가는 명가였다. 가로인 아사이가 몇 대 전에 주가에 반기를 들고 자립하여 북 오미의 영주가 됐다. 록카쿠 조테이는 지금은 남 오미를 점유하고 있다.

"노부나가란 어디서 굴러먹던 놈이냐?" 하고, 명가의식이 강한 사나이는 오다가 따위를 티끌만큼도 여기지 않았다. 첫째, 사정으로 보아서도 동맹을 맺을 수가 없었다. 록카쿠 조테이는 일찍부터 미요시 당과 공모하여 미요시 당이 받들고 있는 아시카가 요시히데를 지지하고 있었던 것이다.

"나의 영내를 통과하고 싶거든 화살로 인사를 올려라" 하고, 오다가의 사자를 당장에 쫓아 보내 버렸다.
　사자는 기후로 돌아가 조테이의 말대로 노부나가에게 보고했다.
　"조테이 뉴도, 그렇게 말했느냐?"
　노부나가는 별로 표정을 바꾸지 않는다. 단지 그때에 말소리에 변화가 있었다. 높게 외쳤다.

　노부나가가 상경군을 이끌고 기후를 진발한 것은, 이 해 9월 5일이다. 운명적으로 말하면 노부나가가 영광에의 계단을 한 발자국 밟고 올라갔다고 할 수 있으리라. 오다군은 조상 대대의 오와리군을 중심으로 새로 끼어든 미노·이세의 무리들을 더하고, 다시 동쪽의 동맹자인 미카와의 도쿠가와 이에야스도 그의 부장 마쓰다이라 노부이치(松平信一)를 대리로 파견하여 군세에 가담시켜, 그 총수가 3만 5천에 이르렀다. 북 오미를 통과할 때, 아사이 나가마사의 군 8천이 이에 가담하여 4만이 넘었다. 이 4만이 비와 호수의 동쪽 기슭을 남하해, 며칠 동안에 록카쿠 쪽 성 열여덟 개를 주르르 궤멸시켜 버리는 무서운 진격속도를 보였고, 마지막엔 호반에 있는 간논지 성에 대해 노부나가가 몸소 진두에서 돌격하여 짓부수어 버렸다.
　조테이 뉴도는 성을 탈출 도주하여 고가로부터 산을 타고 이가로 도망쳐 요리토모 이래의 명가는 거의 눈 깜짝할 사이라고 해도 좋을 만큼 어처구니 없게 멸망해 버렸다.
　'경탄할 만하다.'
　군중에 있는 미쓰히데는 생각했다. 미쓰히데도 전문가인 이상, 이 압도적인 전승에 놀란 것은 아니다. 노부나가라는 인물을 재인식할 마음이 우러난 것이다.
　'이 사나이는 이길 수 있을 때까지 준비한다'는 사실에 놀랐다. 이 진격전이 시작되기 전에, 노부나가는 모든 외교 수단을 다해서 인근의 여러 호걸들을 조용히 있게 하고, 나아가 동맹군을 늘려 끝내는 4만을 넘은 대군단을 갖출 때까지 밀고 간 연후에야 겨우 발길을 내디뎠다. 발길을 내딛자 질풍처럼 오미를 석권하고, 경이적인 전승을 이룩했다. 자기편조차도 자기군의 강함에 망연해질 정도였다.
　'승리하는 것은 당연한 일이다. 노부나가는 반드시 이길 수 있는 데까지 조건을 쌓아 올리고 있다. 그 강한 인내심.'

놀랄 수밖에 없다. 이 사람이 저 오케하자마 때에 소부대를 이끌고 풍우를 뚫고 이마가와군을 기습한 노부나가라고는 생각할 수 없었다. 노부나가는 자기의 선례를 되풀이하지 않는다는 데에 미쓰히데는 감탄했다. 보통 사람이 할 수 있는 일이 아니었다. 보통 사람이라면 자기가 젊을 때의 기공(奇功)을 자랑으로 삼고, 그 전법이 좋다고 생각되면 그것을 모방하여 백전(百戰)이라도 그 방법으로 치를만 하지만, 노부나가는 그렇지 않았다.

오케하자마 기습공격은 궁지에 몰린 쥐가 마치 고양이를 문 것과 다름이 없다고 자기 스스로 그것을 잘 알고 있는 것 같았다. 그 오케하자마의 전공을 노부나가 자신이 가장 과소평가하고 있었다. 그 후로는 골수까지 합리주의 정신으로 전쟁이라는 것을 하기 시작했다. 이번의 상경 작전이 좋은 예였다.

"싸움은 적보다 인원 수가 배 이상인 쪽이 이긴다"라는 가장 평범한, 보통 사람이 생각하는 전술 사상 위에 노부나가는 서 있었던 것이다. 실은 이것에 미쓰히데는 놀란 것이었다.

'나의 생각과는 다르다.'

미쓰히데는 스스로 전술의 달인이라고 자처하고 있었다. 전술의 달인이란, 과병(寡兵)으로써 대군을 격파한다는 데에 예술적이라고 할 수 있을 정도의 의욕을 가지고 있다. 그렇기 때문에 바로 전술이며, 그 점이 범인과 다른 점이고, 그럴 수 있어야만 전문가라고 할 수 있지 않겠는가.

미쓰히데는 그 일을 전심(專心)으로 연구했고, 고금의 전쟁 예를 조사했으며, 고대 중국의 병서들을 읽었다.

'그런데 노부나가는 범인의 방법을 취한다. 알 수 없는 사나이야.'

호반의 숙영 중에 미쓰히데는 야헤이지 미쓰하루에게 살그머니 말했다.

"록카쿠 조테이라면 젊을 때부터 전쟁의 명수로 알려진 사나이다. 사실 명인이었다. 그렇기 때문에 노부나가 따위, 라고 생각하고 그 사자를 쫓아보냈을 게다. 조테이는 자기가 승리하리라고 생각하고 있었을 것이다."

그런데 졌다.

"묘한 일이야."

조테이는 달인이다. 교묘하고 정교하기 짝이 없는 전술을 세워 준비를 하고 각 진을 배치했다. 보통 경우라면 여기에서 예술적인 공방전이 전개되었을 터였다. 그러나 노부나가의 방법은 그런 것이 아니었다. 홍수와 같은 것이었다. 기다리고 있던 조테이 뉴도의 여러 진지들을 눈 깜짝할 사이에 휩쓸어 버렸다. 조테이는 자기의 '재주'를 부려볼 장소도 여유도 없이 혼비백산하여 이가로 도망쳤다.

"그것이 군법일까?"

미쓰히데는 이상해서 견딜 수가 없었다. 미쓰히데는 조테이 뉴도를 전투의 달인이라고 생각했고 존경도 하고 있었다. 왜냐하면 그의 전술 사상은 조테이 쪽에 속해 있었다. 그쪽 계통은 조테이뿐만이 아니었다. 신겐도, 겐신도 그 계통 중에서 거대한 자들이리라.

'그런데 노부나가는 다른 모양이다.'

이러한 노부나가의 방법을 인정한다면 자기의 전술사상이 고색창연한 휴지로 변해버리고 만다. 그러나 그런 노부나가가 홍수처럼 오미 평야로 밀려들어 모조리 휩쓸어 버리지 않았는가. 현실은 노부나가의 승리였다.

"재능이 망하고 범인의 방법이 좋은 시대가 되었는지도 모른다"고 미쓰히데는 야헤이지에게 말했다.

노부나가는 기후 출발 후, 스무하루 만에 교토에 입경했다. 노부나가는 교토로 들어오기 직전 미쓰히데를 불러서 "선봉이 되어 시중을 안도시켜라" 하고 명령했다.

선봉이라고는 하나 중요한 적인 미요시·마쓰나가 도배들은 오미에서의 참패에 놀라 교토를 떠나 셋스·가와치·야마토로 물러가고, 시중에는 적병 한 명의 그림자도 보이지 않을 것이었다. 이때의 미쓰히데의 역할은 말하자면 교토의 치안사령관이라고 할 수 있었다. 하여튼 간에 미쓰히데에게 수도로 제일 먼저 들어갈 영예가 주어진 것이었다. '내 재능이 인정받았다'고 미쓰히데는 생각했다.

사실 오미 진격전에 보인 미쓰히데의 멋진 싸움, 그 공은 발군이라고 해도 좋았다. 간논지 성 함락에 있어서는 기노시타 도기치로의 기략이 공을 세웠기 때문에 그것을 무공의 으뜸으로 꼽는다면 성 공격 때 선봉에서 분전한 미쓰히데는 그 다음의 공이었다. '미쓰히데는 한다'고 천재적인 인물 감식안을 가지고 있는 노부나가는 이렇게 꿰뚫어 본 것이리라. 미쓰히데는 자기 부대를 이끌고 선발하여, 아와타(粟田) 어귀로 해서 산조 가와라(三條河原)를 건너 왕성의 성 안으로 들어갔다. 미쓰히데는 곧 야헤이지를 불러 시중 각처에 '난폭 금지'의 표찰을 세우게 했다. 노부나가의 명령에 의한 것이었다. 노부나가는 자기 군사가 시민의 폐가 되는 것을 병적일 만큼 싫어했다. 표찰을 세운 효과는 있었다. 오다가의 장병들은 노부나가의 성격을 알고 있다. 군령을 어기면 어찌 되는가를 몸으로써 알고 있었기 때문이다. 모두들 그 표찰에 씌어진 군령을 철저히 지켰다.

노부나가는 교토 남쪽 교외에 있는 도 사(東寺)로 들어갔고, 아시카가 요시아키를 곧 교토 동쪽 교에 있는 기요미즈 사(淸木寺)로 모셨다. 쇼군이 된 것을 선포하려는 데는 수속의 날짜가 걸린다. 조정에 대한 교섭에는 그 방면에 면식이 많은 호소가와 후지타카가 주로 맡고, 와다 고레마사와 미쓰히데가 그를 도왔다. 1565년 나라 이치조 원으로부터 요시아키를 탈출시킨 이래, 모두 풍설을 함께 견뎌온 동지였다.

미쓰히데는 공경 저택을 차례차례 방문하면서 감개를 억누를 수가 없었다. '마침내 여기까지 밀고 왔군.'

지난날 막부 재흥에 뜻을 두고 초야에 묻혀 있으면서 분주히 뛰어다니던 때를 생각해 보면, 지금 갑자기 찾아온 이 현실이 꿈으로 밖에는 여겨지지 않았다.

교토 사람들

노부나가는 그다지 군사적 실력이 없는 시기에 신병(神兵)이 하늘에서 내려온 것과 같이 당돌하게 요시아키를 받들고 교토로 올라와 군정을 폈다. 무서운 행동력이다. 더구나 거칠고 호담스럽지 않다. 그 행동력 뒤에는 치밀한 계산과 준비가 있다는 것을, 오다가의 휘하에 있는 미쓰히데는 자세히 알았다.

'놀라운 사나이다.'

천하를 잡을 수 있는 사나이라고 미쓰히데가 생각한 것은, 상경 후 노부나가의 태도였다. 군율이 준열하기 짝이 없었다. 예를 들면 오다가의 시자(侍者) 중에 모(某)라는 자가 있었는데, 시내에서 장사꾼에게 난폭한 짓을 했다. 그 태도가 그야말로 점령군의 위세를 등에 짊어진 밉살스러운 것이었기 때문에, 지나가던 노부나가의 친위부대 무사 이와코시 도조(岩越藤藏)라는 자가

"이놈, 주군의 얼굴에 흙칠을 하는 놈" 하고 군중들 앞에서 구타하고 오

라를 지워 노부나가의 거처로 데리고 갔다. 노부나가의 그 뒤 처치가 이 사나이가 아니면 할 수 없는 솔직함과 핵심을 찌르는 교묘한 정치적 배려가 넘쳐흐르는 것이었다.
"그 놈을 문 앞의 나무에 묶어 둬라."
녀석은 가련하게도 문 앞 큰 나무에 묶여, 산 채로 구경거리가 되어 노부나가를 방문해 오는 수도의 귀족들 눈에 일일이 띄었다.
'과연 오다 공!' 하고 수도의 지식 계급도 서민들도, 단 이 한 가지의 일로 인해서 노부나가의 인격에 커다란 신뢰감을 품었다. 먼 옛날의 기요 요시나카(木曾義仲)의 예를 들 것까지도 없이, 왕성에 와서 난폭하게 군 점령군 중에 오래 천하를 다스린 자는 없다. 노부나가의 행동이 그런 선례를 알고서인지 어떤지는 미쓰히데도 모른다. 하여간 노부나가가 그 준엄한 군율로 인해서 대단한 인기를 얻은 것만은 틀림이 없고, 그 인기가 이윽고 지방에까지 흘러가 오와리 기요스의 한 토호의 집에서 태어난 이 사나이의 인상을 크게 좋게 만드는 데에 도움이 되었다. 천하를 잡으려는 자는 이만큼 철저한 질서 감각을 가지고 있지 않으면 안 된다는 것을 미쓰히데는 알고 있었다. 그것이 가장 중요한 자격의 하나였다.
'노부나가에게는 그것이 있다.'
어쩌면 천성적인 것인지도 모른다. 하여간 옛날부터 노부나가의 오다군이라는 것은 군규(軍規)가 엄정하여, 오다군뿐만 아니라 오다가의 영민들도 죄를 범한다는 것을 다른 영지의 영민들과는 비교도 되지 않을 만큼 두려워하고 있었다. 그들은 영주인 노부나가가 무서운 것이다. 그렇다고 오다가의 형벌이 지나치게 엄하지는 않았다. 단지, 장병들도 영민들도 노부나가의 성격을 잘 알고 있었다.
'늘어지고 어지러운 것을 싫어하신다'는 것을 뼈저리게 알고 있다. 즉 노부나가는 선천적으로 질서 감각에 지나치게 예민한 성격이리라.
'정녕 노부나가야말로'
난세를 진정시켜 새로운 질서를 일으키는 데에 안성맞춤일지도 모른다고 미쓰히데는 보았다. 그러한 인격을 가진 자를 교토의 서민들뿐만 아니라, 전국 방방곡곡에서 애타게 기다리고 있는 것이나 아닐까.
노부나가가 상경한 이래, 노부나가의 숙소에는 축하차 찾아드는 왕성의 인사들로 현관이 대만원이었다. 연가사(連歌師)인 쇼하(紹巴)도 찾아왔다.

이 사투무라 쇼하(里村紹巴)라는 일본 제일의 연가사는 전에 오와리 기요스 성에 놀러와서 노부나가도 잘 알고 있다. 쇼하는 진상물을 헌상했다. 부채 두 자루였다. 부채는 스에히로(末廣)라고 해서 상서로운 물건으로 여겨지고 있다. 물론 연가사이므로 이 두 자루의 부채에 뜻이 어리게 하고 있었다. 직감이 뛰어난 노부나가는 이내 풀고서

니혼(二本 : _{부채 두 자루라는 뜻이면서도
日本과 음이 같음})을 얻는 오늘의 기쁨

이라고 읊었다.
뒷 구절은 꿇어 엎드려 있는 쇼하가 잇지 않으면 안 된다. 그 점에 있어서는 달인이었다. 웃음 띤 얼굴을 갸웃거리면서 이렇게 읊었다.

천년 만년 부채춤은 이어지리라

상단의 노부나가는 기분이 좋아 흠흠 하고 세 번 고개를 끄덕거렸다. 축하하러 오는 자는 연일 끊임이 없었다. 공경·주지·신관들뿐만 아니라 시내의 의사나 무사들도 왔고, 직공들도 자기들이 만든 것을 받쳐들고 찾아왔다. 노부나가는 그것을 귀찮아하지 않고 일일이 대면해 주고, 한 사람 한 사람에게 각자 인사를 해 주었다. 이것이 대단한 호평이었다.
"귀신이라고 생각했는데, 뜻밖이로군" 하고 교토의 사람들은 서로 기뻐하면서 쑥덕거렸다.
어느 날, 이 노부나가의 숙소에 한 늙은 여승이 찾아왔다.
"어느 분이십니까?"
문 앞 초소에서 오다가의 부하가 정중하게 물었다. 배종으로 데리고 있는 시녀 두 사람의 의상이 너무 호화로운 것과 남자 배종들에게 메게 한 멜대 위의 헌상품이 훌륭한 것으로 몹시 문벌이 높은 여승 주지이든가 뭐라고 생각한 것이다.
"사가(嵯峨) 덴류 사(天龍寺) 옆에 사는 묘오(妙鶯)라는 여승입니다" 하고, 좀 살이 찐 늙은 여승은 하얀 얼굴에 미소를 띠고 대답했다.
"묘오란 어떤 글씨인지요?"
"묘란 묘법연화경(妙法蓮華經)의 묘, 오란 원앙새 암컷 쪽 글씨입니다."

"허어!"

받아적고 있던 무사는 모르는 채 휘말려들 듯이 웃었다. 늙은 여승이 풍기고 있는 분위기가 밝고, 그 소리가 탄주하는 듯한 울림이 있었기 때문에 무사는 자기도 모르게 즐거운 기분이 된 것이리라.

"이렇게" 하고 늙은 여승은 무사에게 손바닥을 내밀게 하여 자기 손가락으로 '오(鳶)'라고 썼다. 무사는 이해하고 기장을 하기 시작했는데, 해에 그을은 그 뺨 주변에 미소가 서리서리 감돌고 있는 것은 지금의 손바닥 감촉이 그 무사의 마음을 녹여버렸기 때문인 것 같았다.

"한데 위(位)는?"

"위 같은 건 없어요. 평범한 여승이에요."

"당 오다가와의 인연은?"

"별로" 하고 말끝을 좀 높이듯 하며, 노여승은 풍요하게 웃었다.

그 모습을 겨우 일고여덟 간 떨어진 곳에서 아케치 주베 미쓰히데가 보고 있었다.

'오마아가 아닌가?'

그러나 그 묘오라는 여승은 초소의 허락을 받고 문 안으로 사라져 버렸다. 미쓰히데는 기다렸다. 사 반각 가량 있다가 그 늙은 여승은 나왔다.

"스님은 오마아 님이 아니십니까?" 하고 미쓰히데는 말을 걸었다. 오마아는 멈춰 서서 미쓰히데의 얼굴을 빤히 보고 있었으나 이윽고 미소를 띠었다.

"아케치 주베 미쓰히데 님이시군요."

"저번에는" 하고 미쓰히데는 전에 사가노의 오마아의 암자를 찾아갔을 때 대접을 받은 데 대해 감사를 드리고

"여기서는 무례하므로" 하며 오마아를 미쓰히데가 빌려 들고 있는 커다란 민가로 안내했다.

"그렇습니까?"

그 뒤의 미쓰히데의 변전에 대해서 다 듣고 난 오마아는 천천히 고개를 끄덕였다.

'아름다움이 그냥 그대로 청결한 느낌으로 늦게 했군.'

미쓰히데는 감탄 비슷한 느낌으로 오마아를 보았다.

"그런데 오늘은 일부러 오셨는데" 하고 미쓰히데는 말했다.

"어떠한 마음으로?" 하고 묻자, 오마아는 갑자기 그늘진 표정이 되어 눈을 내려깔았다.
"어떠한 마음이십니까?"
미쓰히데는 감수성이 예민한 사나이다. 오마아의 심경을 어쩐지 알 것만 같았다. 그러나 오마아는 그러한 미쓰히데의 상상을 뒤엎고 의외의 말을 했다.
"너무 날씨가 좋으므로."
——그래서 시내로 나온 김에 뵈오러 왔다는 것이었다.
미쓰히데는 소리를 내어 웃었다.
"거짓말이겠지요?"
"아니 거짓말이 아닙니다. 이유는 많이 있는 것 같지만, 하나하나 이유를 말하려고 하면 그쪽이 오히려 거짓으로 생각되어서, 뭐 날씨가 좋았기 때문이라는 것이 정말 같은 느낌이 듭니다. 비가 오면 나오지 않았을 테니까요."
"과연!"
미쓰히데는 오마아의 얼굴을 보면서 골똘히 생각을 했다.
'이 여성은 남편 도산에 대해서 얘기할 때는 야마자키야 쇼구로라면 알지만 미노의 사이토 도산은 모른다는 말투를 쓴다. 보기보다는 마음의 굴절이 복잡한 분인 것 같다.'
술과 과자와 생선회가 나왔다. 오마아는 미쓰히데에게 술을 따라 받아 몇 잔 거듭 마시는 동안에 얼근히 취해 왔다.
"생각하면" 하고 미쓰히데는 말했다.
"오다가와 오마아 님과의 인연은 깊지요. 가즈사노스케(信長)의 정실부인 노히메 님은 도산 님의 씨이십니다. 초소에서 그렇게 말씀하셨으면 일동은 깜짝 놀라서 대우도 훨씬 달라졌을 텐데요."
"그러한 것은 나와는 아무런 상관이 없어요. 돌아가신 남편은 교토의 기름장수로서 가끔 미노로 가셨어요. 그것밖에는 몰라요."
"재미있는 분이셨습니다."
"정말로."
오마아는 고개를 끄덕이고 먼 곳을 보는 듯한 눈매를 지었다.
"교토를 떠나 처음으로 미노에 여행가실 때, 오마아, 몇 년만 기다려라.

반드시 쇼군이 돼서 돌아온다고 말씀하셨어요."

"오마아 님, 그것을 정말로 들으시고 배웅하셨나요?"

"글쎄, 그런 기이한 분이 아니신가요. 진정인지 거짓인지. 하지만 거짓은 거짓대로 목숨을 걸고 가는 분이셨으므로 속는 줄 알아도 그것이 말할 수 없이 즐거웠습니다. 그런 이상한 분은 두 번 다시 이 세상에 나타나지 않으실 거예요."

"오마아 님도 이상한 분이시구요."

"그런데" 하고 오마아는 쇼구로의 일을 회상하는 듯 미쓰히데의 말은 귀에 들어오지 않는 것 같았다.

"그런데 그분은 가끔 바람처럼 교토로 돌아오셔서는 나를 안고, 오마아여 머지않아 군사를 이끌고 교토로 올라오겠다, 그때까지 기다려 하고 말씀하시고, 또 말씀하시고, 그렇게 말씀하시는 동안에 끝내 일생을 보내버리고 말았어요."

미쓰히데도 고개를 숙이고 듣고 있었다.

"그 사람은"

오마아는 얼굴을 약간 돌렸다.

"이번의 노부나가 님처럼 아름답고 늠름한 상경의 모습을 자기 꿈속에 그리고 있었겠지요. 그것이 그분에게 다 꾸지 못한 꿈이 돼 버렸습니다."

"그래서?"

미쓰히데는 얼굴을 들었다. 그래서, 노부나가의 숙소까지 경하를 하러 오셨느냐고 묻고 싶었던 것이다. 오마아는 민감하게 미쓰히데의 말을 느끼고 고개를 끄덕거렸다. 죽은 남편이 다 꾸지 못한 상경의 꿈을 그 사위가 보기 좋게 성공시킨 것을, 오마아는 복잡한 감상을 품고 기뻐하는 것이리라.

"상경, 상경, 하고 말씀하시던 일이 이 일이었던가 하고 여겨질 화려한 광경을 내 눈으로 확인하고 싶었던 거예요."

"과연!"

"인간의 세상이란 덧없습니다만 묘체(妙諦)가 깊은 것이로군요. 오마아 따위는 마치 야마자키야 쇼구로라는 남편의 연극을 구경하기 위해서 태어난 것과도 같습니다. 연극은 그분이 미노의 나가라 강가에서 돌아가신 뒤에도 이렇게 계속되고 있어요."

"그렇습니다. 도산 공이 이 세상에서 제일 눈독을 들이고 본 사나이에 의

해서 계속되고 있습니다."

"노부나가 공 말씀입니까?"

"예."

"미쓰히데 공은 어떠했습니까?" 하고 오마아는 미쓰히데의 얼굴을 들여다보았다. 이 사나이라면 죽은 야마자키야 쇼구로도 상당히 눈독을 들였으리라고 생각한 것이다.

"나 따위는."

미쓰히데는 고개를 젓고 자기 일은 얘기하려고 하지 않았다. 오마아는 그러한 미쓰히데를 보고 있었는데, 이윽고

"매사가 수라도(修羅道)로군요" 하고 약하게 말했다. 수라도란 아수라도(阿修羅道)의 약어이다. 불전에서 말하는 여섯 종류의 미계(迷界)──지옥·아귀·축생·수라·인간·천상의 육취(六趣)──중의 하나다. 수라도엔 자아가 강한, 매사에 의심 깊은 사람들이 간다. 그 세계에는 아수라라는 악귀가 떼지어 살고 있으며 아수라 왕이 지배하고, 선신(善神)인 범천(梵天)·제석(帝釋)과 투쟁하여 그 투쟁이 영원히 그치지 않는다. 그러한 세계가 죽은 남편이나 노부나가·미쓰히데의 세계라고 오마아는 말하는 것이다.

"그럴까요?"

미쓰히데는 불만이었다. "나는 이 길 이외에는 난세를 구할 보살행이 없다고 생각합니다만."

"노부나가 님도 자기의 길을 그렇게 생각하고 계시나요?"

"그러리라고 믿습니다만."

오마아는 쿡 하고 웃었다.

"왜 웃으십니까?"

"저 오마아도 언젠가는 남편이 사시는 저쪽 기슭으로 갑니다. 그때 저쪽 기슭 강가에서 남편과 만나 뜬세상 시절에 만난 노부나가 공이나 미쓰히데 공의 일을 여러 가지로 얘기하겠지요. 그 두 사람은 자기의 길을 보살행이라고 믿고 있는 듯하다고요."

"도산 공은 무엇이라고 말씀하실까요?"

"모릅니다. 그 사람은 수라도에만 살다가 끝내 보살행의 광명에까지 미치지 못하시고 세상을 끝내셨으니까요."

오마아는 그 뒤 두세 가지 얘기를 나누다가 돌아갔다.

'몇 살이실까?'

미쓰히데는 현관까지 배웅하면서 생각해 보았는데 추측조차 할 수 없었다. 그러나 저런 노령이어서는 이제 다음에 다시 만날 수도 없으리라고 여겨졌다.

노부나가는 역시 교토로 올라오기는 올라왔으나 오래 체재할 수 있는 정세가 아니었다. 언젠가 일이 처리되는 대로 기후로 되돌아가지 않으면 안 되었다. 그동안 노부나가는 분주했다. 항복해 온 마쓰나가 히사히데를 용서하는 한편, 저항하는 야마시로·셋쓰의 미요시군을 소탕했다. 셋쓰 돈다 성(富田城)에서 미요시 당에게 옹립되고 있던 아시카가 요시히데는 아와로 도망쳤지만 곧 병사하고 말았다. 마쓰나가 히사히데의 항복을 용서하는 데 있어서 요시아키는 난색을 보였다.

"가즈사노스케, 그자는 형님을 시역한 대역도가 아닌가?" 했으나, 이럴 경우 노부나가의 눈에는 순(順)과 역(逆)이 있을 수가 없었다. 이해만이 있었다. 마쓰나가 히사히데는 교토 부근의 유력한 군사세력이다. 이 사나이를 적으로 돌려 토벌에 애를 태우기보다는 자기편으로 만들어 오히려 토벌시키는 편이 훨씬 유리했다.

"독에는 사용법이 있습니다" 하고 노부나가는 요시아키에게 아뢰었다. 당자인 마쓰나가 히사히데에게는

"야마토 일국을 준다. 뜻대로 평정하여라" 하고 1만 명의 군사를 빌려 주었다.

셋쓰의 여러 성들은 주르르 처리되었다. 빈 성이 돼버린 셋쓰 아쿠타가와 성(芥川城)은 요시아키 직속인 고가의 토호 와다 고레마사에게 주었고, 셋쓰 이타미 성(伊丹城)의 이타미 지까오키(伊丹親興)는 전에 무로마치 막부를 재흥시키려는 뜻이 있었던 사나이인지라 기꺼이 편이 되었고, 셋쓰 이케다 가쓰마사(池田勝政)는 반항 없이 항복했다.

또 야마시로의 나가오카에 있는 쇼류지 성(勝龍寺城)은 전에 호소가와가 대대의 지성이었으나, 지금은 미요시 당의 이와나리 지카라노스케(岩成主稅助)라는 무사 출신의 사나이가 점거하고 있었다. 그것을 노부나가는 공격하여, 이와나리를 항복시켜 그 성을 이전의 소유자인 막부의 신하 호소가와 후지타카에게 주었다.

미쓰히데는 이때 교토의 시정(市政)을 담당하고 있었기 때문에 야마시로

쇼류지 성 공격에 참가하지 못했으나, 그 성이 회복된 것을 친구를 위해 기뻐해 주었다. 야마시로의 쇼류지 성은 현재의 지리로 말하면 한큐 전차(阪急電車) 무코마치(向日町) 부근에 있었고, 오늘날 그 유적은 참대 숲이 되어 있다. 성하 일대를 좁은 호칭으로는 '나가오카'라고 부르고, 넓은 호칭으로는 '니시노오카(西ノ岡)'라고 한다. 우연이지만 고 도산의 고향이다.

대원 성취

이 해, 1568년.

교토에 겨울철을 느끼게 하는 우박이 내린 10월 18일, 유랑의 무가귀족 아시카가 요시아키는 노부나가의 힘에 의해서 쇼군에 임명되었다. 어소에서 그 의식을 경호하기 위해서 군사를 이끌고 도열하고 있던 미쓰히데는 '나의 반생에 이처럼 기쁜 날이 있으리라고는 생각지도 않았다' 하고 눈물이 치솟아 올라 멈출 줄을 몰랐다.

'종사위(從四位) 하(下)로 서임(敍任)받고 참의(參議), 사곤에곤노주조(左近御權中將 : 친위대장의 하나)로 임명받고, 정이대장군으로 하임 받았구나.'

미쓰히데는 아시카가 요시아키가 새삼 차지하고 들어앉은 관위나 관식을 몇 번이나 중얼거렸고, 중얼거릴 때마다 감회가 새롭게 일어나 눈물이 배어 나왔다.

저쪽에서 무장을 한 차림으로 나타난 오다가의 고급 장교 기노시타 도기치로 히데요시가

"오오, 주베 공" 하고 미쓰히데의 얼굴을 힐끗 들여다보고 싱긋 밝은 미소를 띠었다.

"울 일이 무언가?"

하고 도기치로는 비웃고 싶었겠지만, 미쓰히데는 도기치로처럼 즉석에서 핵을 찌르는 익살로 응수할 수 없는 성질이었으므로 당황하여 품속의 휴지를 꺼내 진지한 표정으로 코를 푸는 시늉을 했다. 이 때문에 도기치로는 어색해져서 자갈길을 밟고 저쪽으로 가 버렸다.

'저런 사나이가 무엇을 알랴'는 마음이 미쓰히데에게는 있었다.

'저 사나이에게는 뜻이란 것이 없다.'

미쓰히데는 그렇게 도기치로를 보고 있었다. 과연 당장은 절묘한 재각의 인물임에는 틀림이 없지만 인간으로서 원대한 뜻을 가지고 있는 사나이라고

는 생각되지 않았다.

'인간으로서의 가치는 뜻을 가지고 있느냐 아니냐에 달려 있다.'

미쓰히데는 그처럼 생각하고 그 점에 있어서 스스로를 크게 평가하고 있었다.

'나는 근래 몇 년, 떠돌이 무사의 신세면서도 아시카가 막부 재흥의 큰뜻을 세우고 여러 나라를 편력하여 비바람에 시달리면서 드디어 오늘날 이렇듯 큰 원을 이루었다. 이 감개는 오늘의 성의(盛儀)를 경비하는 오다가 3만의 군병 중 오로지 나만이 독점하고 있는 것이다. 나 이외에 아는 자가 없다.'

한낱 교토 부교(奉行 : 시경 경찰 국장 격)로서 이 성대한 의식을 경호하고 있는 미쓰히데 따위보다는, 당자인 아시카가 요시아키 쪽이 몇 배인가 즐거움이 더 클 것만은 확실했다. 요시아키는 정이대장군이 된 이상, 당연히 요리토모(賴朝) 이래의 선례에 따라 막부를 만들 일이 용서된다. 요시아키는 그럴 작정이었고, 그것이 그의 꿈이기도 했다. 그 동안 그는 임시 어소를 기요미즈 사에서 혼고쿠 사(本國寺)로 옮기고 있었다. 혼고쿠 사는 니치렌 종의 교토 본산이다.

쇼군으로 임명된 다음 날, 요시아키는 임시 어소인 혼고쿠 사로 노부나가를 불러 너무 기쁜 나머지

"이처럼 유랑의 신세에서 정이대장군을 상속할 수 있게 된 것은 모두가 그대 덕분이다. 앞으로 그대를 아버지라고 부르겠다"라고 말했다.

노부나가는 요시아키보다는 겨우 세 살 위였다. 거의 동갑과 다름없는 요시아키로부터 아버지라고 불리는 것이, 노부나가에게는 아무래도 감각적으로 기묘한 느낌이었다.

"너무 황공하옵니다" 하고 난처한 듯이 말했다.

노부나가로 볼 때에는 요시아키의 들뜬 기쁨을 따라갈 수 없는 듯한 생각이 들었다.

요시아키는 요시아키대로 자기의 즐거움과 감사를 어떻게 표현해야 좋을지 몰랐다. 생각한 결과 "부장군이 돼 주게나"라고 말했다.

우스운 일이다. 노부나가로서는 요시아키처럼 엉뚱한 승려 출신의 자질구레한 인간의 부하가 되기 위해서 야전공성의 고생을 거듭해 온 것은 아니었다.

'요시아키는 잘못 생각하고 있다'고 생각하지 않을 수가 없었다. 천하의 무인 집안으로부터 존중을 받고 있는 요시아키의 '피'야말로 존중할 만한 것이다. 그렇기 때문에 고심참담한 결과 이번 상경의 뜻을 이루었고, 요시아키로 하여금 그 '피'에 적당한 정이대장군 자리에 앉힌 것이었다.

——그렇기 때문에 막부를 만든다고 한다면 이건 별도다. 막부라는 낡아빠진 중세의 통치기구를 지금 재현하여 그가 스스로 우두머리가 된다는 것은 아무래도 시원스럽지가 않았다.

'요시아키의 피도 크게 존중하고 이용도 하고 싶다. 그렇기 때문에 쇼군 자리에도 앉혔다. 그러나 막부를 만들게 하고 싶지는 않다. 만든다면 그것은 나 자신이리라.'

노부나가는 막연히 이렇게 생각하고 있다. 이 인물을 움직이고 있는 것은 단순한 권력욕이나 영토욕이 아니라, 중세적인 혼돈을 깨부수고 새로운 통일국가를 만들려는 혁명가적인 욕망이었다. 혁명가 얘기가 나왔으니 말이지, 노부나가의 경우처럼 명확한 혁명가가 나타난 예는 일본 사상 드물다고 해도 과언이 아니다. 그는 정치상의 변혁뿐만 아니라 경제·종교상의 변혁까지도 막연히 의식하고 있었고, 그 어떤 부분은 착착 실현시켰다.

그러나 요시아키는 다르다. 요시아키는 중세적인 최대의 권위인 '무로마치 막부의 부흥'이라는 것에만 정열을 쏟았고, 그 일에만 관심을 가졌다. 이 서른두 살이 된 귀인은 이미 살아 있으면서도 과거의 망령이었지만, 노부나가는 미래만을 생각한다. 더구나 그 생각은 아무도 엿볼 수 없는 혁명아였다. 사상이 맞을 리가 없다. 그러나, 현재 서로 이용 가치가 있다는 점으로 악수가 성립되고 있었다. 그러한 관계라는 것을 요시아키는 너무나 기쁜 나머지 깨닫지 못했다.

'부장군이라면 뛰어 오를 듯 기뻐하리라고 생각했는데' 하고 요시아키는, 노부나가의 사퇴한 참뜻을 이해하지 못했다. 상당히 겸손한 사나이라고 생각했다.

"어쩐다?" 하고 요시아키는 생각하다가 "그렇다면 간료(管領)는 어떤가?"

숨가쁜 소리로 말했다.

간료라는 것은 막부 신하중 최고직이다. 후의 도쿠가와 막부의 관직 중 다이로(大老 : 수석 집정 보좌관)와 얼마간 비슷하다. 무로마치 막부의 융성기에 있어서는

상경군 309

시바(斯波)·호소가와·하다케야마의 세 집안이 교대교대로 이 자리에 앉도록 되어 있었다.

"어떤가?"

"아니, 사퇴하겠습니다" 하고 노부나가는 말했고, 쇼군 측근인 호소가와 후지타카를 불러

"쇼군께서는 저렇게 말씀하시지만, 노부나가에게는 관직 관위의 야심은 없소. 단지 하늘은 높은 법. 쇼군가의 원수를 토벌하는 데만 내 뜻은 쏠려 있소. 쇼군가께서 두 번 다시 그런 걱정을 안 하시도록 단단히 말씀드려 주오" 하고 나직막한 소리로 말했다.

후지타카는 쇼군의 자리 가까이 다가가 노부나가의 그러한 속마음을 아뢰었다.

"과연!"

요시아키는 감동하여 크게 고개를 끄덕였다. 요시아키는 에치젠 가나가자키 성에서 여러 나라의 정세를 둘러보고 있던 무렵, 노부나가의 너무나도 책모가 많은 성격에 불안을 품은 일이 있지만 듣는 것과 보는 것과는 커다란 차이가 있었다.

'어쩌면 이렇게 겸허한 사나이일까'

그날 노부나가가 물러간 뒤, 요시아키는 측근들을 불러서 노부나가에 대한 우대 방법을 강구했다.

"영토를 줄까?"

요시아키는 묘안처럼 외쳤다. 이런 점이 요시아키의 이상스러운 점이었다.

'주려고 해도 쇼군가에는 한 자의 영지도 없지 않은가' 하고 측근 중의 우두머리인 호소가와 후지타카는 어쩔 줄 모르는 마음으로 이 새 쇼군을 우러러 보았다. 역시 중세의 망령인 것이다. 옛날엔 역시 쇼군은 천하의 주인이며 영주를 바꿔 배치할 수도 있었고 또 쇼군가의 직할령이라는 것도 있었다. 그러나 그것은 백 년 전의 일이다. 전국이 난세가 되고나서는, 여러 나라는 강한 자가 점령하는 대로 돼 돌아가고 쇼군령이라는 것은 풀뿌리를 헤치고 찾아봐도 아무데고 있을 리가 없었다.

'쇼군이 되면 그러한 신분이 됐다고 생각하고 계시다!'

그러나 요시아키는 이런 생각에 한껏 기분이 좋아져 있었다.

"어떤가? 좋은 안이 아닌가"라고 말하고
"노부나가에게는 교토 부근의 나라를 하나 주지. 오미(近江)·야마시로·셋쓰·이즈미(和泉)·가와치(河內), 아무 곳이고 좋으니 소망하는 곳을 봉토로 가지라고 전하고 오너라."
다음 날, 그 사자로서 후지타카가 떠났다.
'난처한 일이다' 하고 이 뛰어난 상식가는 생각했다.
'난처한 일이다. 새 쇼군님은 어릴 때부터 승원에 계셨기 때문에 시세라는 것을 모르시고 계시는 것이나 아닐까?'
예를 들면 요시아키가 열거한 나라 중의 하나를 얻는다 하더라도 요시아키가 뺏어 주는 것이 아니다. 노부나가가 병마를 움직여 피투성이가 돼서 뺏지 않으면 안 되는 것이다. 그런 이상 준다고는 할 수 없다.
후지타카는 노부나가의 숙소로 가서 그런 뜻을 말했다.
"나라를?"
노부나가는 아니나 다를까, 묘한 얼굴을 했다. 후지타카는 그것을 보고 땀이 내뱉다.
"황공합니다."
후지타카는 부드럽게 미소를 지었다. "쇼군님께서는 오랫동안 승방 생활을 하신 뒤에 속세로 나오셨기 때문에 세상살이를 모르는 곳이 있습니다."
"과연!"
노부나가는 이내 고개를 끄덕였다. 너무 세상을 모르는 처치이므로 당장 그 자리에서 발끈하지는 않았다.
"알고 있네. 그런 보상은 사양한다고 말씀드려 주게."
"황공합니다."
"그런데" 하고 노부나가는 말했다.
"그토록 말씀하신다면 부디 청할 것이 있네."
"무엇이온지?"
"사카이·오쓰·구사쓰에 행정관을 두어도 용서해 주기 바라네."
"그것이라면"
쉬운 일입니다, 하고 후지타카가 하마터면 당장 대답을 했을 정도로, 아주 사소한 소망이었다. 후지타카는 곧 쇼군의 어소로 되돌아가 그 사실을 요시아키에게 말씀드리자, 그는 조그만 몸을 약간 흔들면서

상경군 311

"물론 그렇게 해 주고말고. 그건 그렇고 노부나가란 욕심도 없는 사나이로군" 하고 감탄했다.

이날 저녁 때, 미쓰히데는 혼고쿠 사 경내에 있는 호소가와 후지타카의 숙영을 찾아 갔다.
"아니, 볼 일은 없소" 하고 미쓰히데는 배종에게 들려 가지고 온 건어와 술을 들고 들어가, 후지타카에게 방을 하나 비우게 한 뒤 두 사람이서 방해꾼 없는 사소한 연회석을 마련했다.
"상경 이후 서로 싸움터를 돌아치느라고 얘기를 나눌 틈도 없었소."
이것이 이 조그만 연회의 목적이었다. 두 사람의 옛 동지는, 우선 쇼군가 부흥이라는 대원 성취를 서로 축하했다.
"옛날 구쓰기다니의 한 등불 아래서 얘기를 나누었을 때, 설마 이처럼 빨리 쇼군가가 다시 일어나리라고는 생각지도 못한 일이었지."
후지타카는 말하고 나서 미쓰히데의 손을 잡고
"귀공 덕분이오"라고 말했다.
미쓰히데는 급히 고개를 흔들고, 나는 아무런 공도 세운 것이 없다고 말하며
"귀공을 비롯하여, 막부 신하 여러분의 노력에 의한 거요. 아니 아니, 무엇보다도 새 쇼군의 행운 때문이지" 하고 말했다.
"단조추(彈正忠: 信長의 새 벼슬 이름) 님 덕분인 것은 두말 할 것도 없소."
"그렇소. 그것은 두말 할 것 없소" 하고 미쓰히데도 고개를 끄덕거렸다. 이번의 쾌거가 노부나가의 천재적인 군략·공략의 선물이라는 것을 두 사람 모두 놀라운 마음으로 느끼고 있었다.
"그런데" 하고 후지타카는 오늘 노부나가가 영지를 소망하지 않고 세 도시를 관리할 것을 소망했노라는 얘기를 했다.
"세 도시?"
"구사쓰·오쓰·사카이요. 대체 단조추 님은 어떤 의도를 가지고 계시는 것일까?"
"구사쓰는……"
이것은 뻔하다. 오미 구사쓰의 주막거리는 나카센 도와 도카이 도의 분기점에 해당되며, 이곳에 행정 관청을 설치해 둔다는 것은 기후의 노부나가가

교토를 원거리에서 지배함에 있어서 군사적인 편의상의 처치였다. 이것은 후지타카도 안다.

"오쓰는?" 하고 후지타카는 미쓰히데에게 감상을 물었다.

미쓰히데는 고개를 갸웃거리면서 한동안 생각하고 있었다. 이 미쓰히데라는 사나이는 후지타카가 이 세상에 태어난 이래 보아온 인간 중에서 단연 뛰어난 우수한 두뇌를 가진 사나이지만, 단지 직감력 면에서 뛰어나지 못해 여러 가지로 생각을 거듭하는 버릇이 있었다. 이윽고 고개를 들었을 때 미쓰히데의 얼굴은 거의 복숭아 빛이라고 해도 좋을 만큼 붉게 상기돼 있었다.

"오쓰엔 물건과 돈이 모여드오."

비와 호수의 바싹 남쪽에 위치한 이 주막거리는 호수의 항구로 알려져 있다. 호상(湖上) 교통의 요충으론 오미뿐만 아니라 와카사·에치젠 등의 북국(北國), 미노 등의 동쪽 나라의 물자도 일단은 이 호수에 떴다가 끝내는 오쓰의 호수 항구로 모여든다.

'과연 운상금(運上金 : 상품세)을 거두어들이기 위해서인가!' 미쓰히데는 노부나가의 좋은 착안에 감탄의 신음이 나올 것만 같았다. 이것은 거의 천재적인 착안이라고 할 수 있었다. 지금 여러 영토의 패권을 잡고 있는 우에스기 겐신이나 다케다 신겐, 호조 우지마사 등만 하더라도 모두들 그 경제적인 식견은 농업에만 머무르고 있다. 노부나가처럼 상업에 착안하는 소유자는 누구 한 사람 없었다.

'노부나가의 고향인 오와리가 아쓰타(熱田) 부근을 중심으로 일찍부터 상업이 왕성했던 탓도 있으리라. 아니면 상인 출신인 도산의 영향일지도 모르고.'

오쓰의 의문이 풀리면 사카이는 더욱 쉽다. 사카이라는 바다의 항구는 이미 중국 대륙이나 동남아시아, 멀리는 유럽까지 알려진 일본의 대표적 항구도시다.

'쌀로 밖에는 계산할 줄 모르는 영주와 달리 노부나가는 금전이라는 것을 알고 있다.'

미쓰히데가 이상과 같은 감상을 말하자 후지타카도 과연, 하고 고개를 끄덕거렸다.

"색다른 분이시군요."

후지타카는 아직 그 정도의 이해력 밖에는 보이지 않았다.

노부나가는 요시아키가 쇼군으로 임명된 지 나흘 만에 참내를 허락받았다. 물론 관위가 낮기 때문에 전(殿) 위로 올라가는 것은 허용되지 않았으나 하여간 주렴 너머에 천자가 계시는 거리에까지 접근할 수 있는 영광은, 무장으로서 또 다시 얻을 수 없는 그러한 영예였다. 그 참내를 끝낸 날 오후, 요시아키는 혼고쿠 사의 어소로 노부나가를 청하여 그를 위한 축하연을 베풀었다.

"경하할 일이로고."

요시아키는 말하고 그날의 축하연의 취향을 노부나가에게 알렸다. 간세다유(觀世太夫)를 불러 노(能 : 가면음악극)를 흥행케 한다는 것이다.

"경사스런 흥행으로는 13번의 노를 하는 것이 길례로 여겨진다. 찬찬히 보아라"라고 요시아키가 말하자, 노부나가는 씁쓸한 얼굴로

"아직 천하를 평정한 것은 아닙니다. 여러 나라에 여러 호걸들이 서로 다투며 맞서고 있는 오늘날, 겨우 이 헤이안(平安 : 京都)을 진정시켰다는 것만으로는 아무런 안심의 씨앗이 될 수 없습니다. 그리고 미요시 패는 우리들에게 쫓겨 아와로 도망쳐 갔다고는 하나, 호시탐탐 교토 회복의 기회를 노리고 있습니다. 이런 상태를 기뻐하여 13번 노를 흥행하는 따위는 어린애 장난 같은 일이 아니겠습니까? 예사로운 5번으로 좋습니다" 했기 때문에 흥행 거리가 갑자기 변경되고 5번에서만 그쳤다.

또한 흥행 중, 요시아키는 기분이 좋아

"단조추는 북의 명수라더군. 한 번 들을 수 없겠는가?" 했으나 노부나가는 정말로 요시아키의 경솔함에 맞장구를 칠 수 없는 기분이 되었는지 몹시 불쾌한 듯이 손을 저었다.

"칠 수 없습니다" 하고 대답했지만 요시아키는 집요하게 권유했다. 노부나가는 끝내 화를 내고 미쓰히데를 불러

"칠 수 없는 것은 칠 수 없다고 아뢰고 오너라" 하고 거친 오와리 말투로 내던지듯이 말했다.

이것이 22일이다.

25일에, 노부나가는 요시아키를 교토에 남겨 놓고 기후로 돌아가기 위해 대군을 이끌고 교토를 등지고 말았다. 노부나가가 교토에 머무른 기간은 겨우 한 달 남짓이었다.

"단조추는 여(余)를 버리는가?" 하고 요시아키는 노부나가의 이 갑작스러운 결정에 놀라서 소란을 피우며 설득시키듯이 말했으나, 노부나가는 일단 결정한 이 방침을 바꾸지 않았다.

단지 얼마간의 수비 부대만을 남겨 두었다. 그 수비 부대의 장령은 기노시타 도기치로를 비롯하여 사쿠마 노부모리(佐久間信盛)·무라이 사다카쓰(村井貞勝)·니와 나가히데(丹羽長秀) 등이었으며, 그 군사는 5천 명이었다.

미쓰히데의 신분은 이러한 장령들보다 약간 아래에 속한다. 미쓰히데는 남겨졌다. 미쓰히데가 명령을 받은 임무는 요시아키의 숙관인 혼고쿠 사의 직접 경비였다.

──노부나가가 없는 틈에 미요시 당이 습격하는 것이나?
하는 불안이 누구의 가슴에도 있었으나 겨우 두 달 남짓해서 그 의구가 사실로 나타났다.

정월 5일, 미요시 당이 줄잡아 1만 명의 군사를 거느리고 갑자기 교토로 들어와 혼고쿠 사의 요시아키 저택을 포위한 것이었다. 수비대장인 미쓰히데는 사수(死守)를 결심하고 용전을 개시했다.

습격

'미요시 당의 습격'이라는 보고를 받았을 때, 미쓰히데는 혼고쿠 사의 경내에 있는 자원(子院)에 누워 있었다. 잠자리를 걷어차고 뛰어 일어나자마자 도코노마의 갑옷을 향해 돌진했다.

"나의 군사적 재능을 보일 때다" 하는 기세가 미쓰히데의 손발, 손가락 끝까지 팽팽하게 지배하고 있었다.

"장부의 공업(功業)은 그 시초가 중요하다. 모두들 사력을 다하여라" 하고 복도에 늘어선 야헤이지 미쓰하루 등 여러 대장에게 말하고 그들에게 정확한 지시를 내리자마자 곧 달려가게 했다.

오다군에게는 불행한 시기에 해당한다. 노부나가는 이미 주력군을 이끌고 기후로 돌아가 버렸고, 교토 경비를 위해서 남은 여러 무장도 사카이·오쓰·야마시로 쇼류지·셋쓰 아쿠타가와 등의 새 점령지로 흩어져 버려 교토 경비는 미쓰히데와 그의 지배 아래 있는 2천 명의 군병에게만 맡겨져 있었다. 그러나 그런 만큼 미쓰히데의 군사적 재능을 발휘할 절호의 기회라고 해도 좋았다. 하기야 패배하면 죽음이 있을 뿐이지만.

미쓰히데는 큰 사다리를 본당에 걸치게 하고 주르르 큰 지붕 위로 올라갔다. 하늘 가득히 별이 반짝이고 있었다. 그 별의 수보다도 어마어마한 횃불이 절간 주위에 꽉 들어차 있었고, 그 뒤쪽으로 아득히 가쓰라 강(桂江) 부근에까지 미치고 있었다.

'1만——'이라고 미쓰히데는 보았다. 그 1만의 대군에 이미 포위당하고 있다. 이 포위진이 죄어들어 선봉군의 공격이 개시되는 것은 필경 한 시간 뒤이리라.

이렇게 보았다.

'미요시 당도 얕볼 수 없다.'

일단 노부나가에게 교토로부터 쫓겨났다고 할망정, 땅에서 솟아오르듯 이렇게 은밀하게 교토 남부를 포위한다는 것은 심상치 않은 작전 지도자가 있는 증거이리라. 그 너무나 멋진 솜씨에

"적군은 마쓰나가 단조(久秀)에 의해 지휘되고 있다."는 소문이 한때 떠돌았을 정도였다. 그러나 이것은 와전에 지나지 않았다. 마쓰나가 히사히데는 노부나가에게 항복한 뒤, 지금은 얌전히 야마토 평정 사업에 종사하고 있었다. 그편이 자기에게는 득책이라고, 이 딱지가 붙은 음흉한 자는 생각하고 있는 것 같았다. 뒤에 안 일이지만, 적군의 지휘자는 싸움의 명수로 알려진 미요시 조칸(三好長閑)이며 그 외에 미요시 휴가노카미(三好日向守)·미요시 시모쓰케노카미(三好下野守), 시노하라 겐바(篠原玄蕃), 나라 사곤(奈良左近) 등등, 그 당시 천하에 이름을 떨치던 미요시 당의 호걸들이 지휘관으로 참가하고 있었다.

'목적은 요시아키 쇼군을 시해하려는 한 가지뿐이리라'고 미쓰히데는 보았다. 적의 제일 목표는 전력을 기울여 요시아키의 거관인 이 혼고쿠 사로 돌격하는 것임에 틀림이 없다. 요시아키를 살해한 뒤 교토의 점령 작전을 개시한다는 것이 제2단계의 행동이리라.

미쓰히데도 지붕에서 내려와 큰 승방의 요시아키의 거처 툇마루에 무릎을 꿇었다. 무릎걸음으로 방 안으로 들어가자 요시아키는 안달이 나는 듯이 물었다.

"미쓰히데, 어떻게 되는가?"

"안심하시옵소서. 내일 안으로 격퇴해 보이겠습니다."

"2천 명의 군사로 말이냐?"

요시아키는 다급한 목소리로 물었다. 미쓰히데는 침착하게 고개를 끄덕이

고

"승패가 군사의 다과(多寡)에 있는 것은 아닙니다."
"무엇에 있는가."
"장(將)의 능력에 있습니다."
미쓰히데가 전에 없이 장담하듯 단언하자, 그 말엔 요시아키도 안도한 듯
"과연, 미쓰히데로다" 하고, 자기를 나라 이치조 원에서 구출한 뒤의 미쓰히데의 눈부신 활동을 상기하고 이렇게 말했다.
미쓰히데는 요시아키 거처의 툇마루를 지휘소로 삼고, 차례차례로 명령을 내렸다. 사 반각 가량 만에 수색병들이 잇따라 돌아와서 걱정스런 보고를 했다. 밀사도 사방으로 보내 놓았다. 우선 기후의 노부나가에게로, 나아가 교토 부근의 각지에 흩어져 있는 오다군의 제장에게로……
'후반 부대가 있다'는 것이 미쓰히데의 작전을 세우기 쉽게 해 주었다. 군사의 수는 5분지 1이라고 하나, 이 점만은 적보다도 유리하리라. 자, 이제 작전이다.
——농성책을 취한다.
이럴 경우에 흔히 쓰는 전술이었다. 이 혼고쿠 사의 해자 한 겹, 담장 하나를 방벽으로 삼아 막고 막는 동안에 교토 부근의 각지에서 아군이 달려온다. 그러나 미쓰히데는 그 방법을 쓰지 않았다. 이 사나이의 전술은 상식을 뛰어넘고 있었다.
'꼭 나 혼자 힘으로 무공을 세우고 싶다'는 분발심이었다. 미쓰히데는 방어측이면서, 공격성도 가미하려고 했다. 2천의 군사를 세 패로 나누어서, 본대는 자기가 장악하며 혼고쿠 사의 방위에 사용한다. 다른 두 부대는 외부로 내보내, 한 부대는 적의 정면을 공격하고 다른 한 부대는 우회하여 적의 배후를 찌르게 하려는 것이었다. 배후를 공격하는 유격대 대장은 야헤이지 미쓰하루였다. 이 야헤이지에게는 동시에 야마시로 쇼류지 성으로부터 구원차 달려올 호소가와 후지타카 군과의 연락의 사명을 짊어지웠다. 이미 군사는 동원되었다. 적과의 총격전이 시작된 것은 날이 새기 전이었다. 적의 일대도 벽에서 백 미터 되는 지점까지 육박하고 있었다.

미쓰히데는 지휘소를 산문 곁에 급히 세워진 높은 망대 위로 옮겼다.
"모두들 있는 힘을 다 내라"고 몇 번인가 망대 위에서 외쳤다. 맹렬한 목

소리였다. 이 사나이의 목소리는 얼굴과는 달리 큰 모양이다. 미쓰히데가 있는 망대 위에는 아케치가 대대의 진영 표지인 미나모토 씨의 흰 바탕에 도키도라지를 물들인 깃발이 여명의 바람결에 펄럭이고 있었다.

공격하는 무리들은

"야아, 대장은 저기 있다" 하고, 너무나 노골적으로 드러낸 지휘관의 위치에 반은 어이없어하면서 활·총 부대를 차례차례 진출시켜 사격을 집중시켰다. 탄환이 미쓰히데의 몸 주위에 집중되기 시작했으나, 이 사나이는 상당히 호담한 모양이었다. 꼿꼿이 서서 움직이지 않는다.

"안으로 물러가십시오" 하고 부하와 요리키(與力 : 보좌관) 등이 몇 번이나 외쳤으나 미쓰히데는 그들에게 미소로 응할 뿐이었다. 도코로자와 산스케(所澤三助)라는 자가 끝내 미쓰히데의 갑옷 자락을 잡아끌어 자세를 낮게 하려고 했으나 미쓰히데는 뿌리치고서

"생각하는 것이 있어서 그런다"라고 말했다.

미쓰히데가 생각하는 것이 있다고 한 것은, 자기가 이 문가 망대에 있는 것을 미끼로 적의 주력을 이곳에 집중시키려고 하는 일이었다. 적의 주력이 집중되면, 그 안에는 이름 있는 부장급도 당연히 있으리라. 그들을 미쓰히데 자신의 사격 솜씨로 쏘아 맞추고, 장을 잃고 허물어질 때 문을 열고 돌격해 나가려고 하는 것이 그가 생각하고 있는 구상이었다.

"탄환은 나를 피해 간다. 나에겐 탄환도 화살도 맞지 않는다" 하고 도코로자와 산스케에게 말했다.

'맞을지도 모른다.'

미쓰히데도 속으로 생각하고 있었다. 미쓰히데는 자기의 청운을 이 화살과 탄환 속에서 시험하려고 하고 있었다.

'나에겐 청운이 있는가 없는가.'

청운이라는 것처럼 중요한 것은 없으리라. 미쓰히데의 원망(願望)은 이 난세 속에서 자기를 영웅으로 키워 가는 일이었다. 과연 영웅이 될 수 있을지 어떨지. 영웅에겐 당연한 일이지만 기량과 재간이 있어야 한다. 그것이 자기에게는 갖추어져 있다고 미쓰히데는 믿고 있다. 그러나 기량과 재간만으로는 영웅이 될 수 없는 법이다. 좋은 운이 필요했다. 천운이 있는지 어떤지로 끝내는 결정되는 것이라고 미쓰히데는 믿고 있었다.

그러므로

'이 정도의 화살과 탄환 속에 몸을 내세웠을 뿐으로서 맞을 정도라면, 이 아케치 주베 미쓰히데도 본래 청운이 없다는 증거다. 그 정도의 나라면 이 망대 위에서 최후를 마치자'라고 생각하고 있었다.

그런데 이 문. 절에서는 도 문(唐門)이라고 칭하며 서쪽으로 면해 있었는데, 절에서 가장 중요한 문으로 여겨지고 있었다. 기둥은 거목을 썼고 문짝은 두터워, 그대로 성문으로 사용해도 괜찮을 정도로 호장한 건조물이었다. 덧붙여 말한다면 혼고쿠 사는 니치렌 종의 4대본산의 하나로 동서 이정(二丁), 남북 1만 8천 보, 교토에서도 손꼽는 큰 절이었다. 주된 건조물만도 본당·도문·숫시 문(出仕門)·고라이 문(高麗門)·승방·거실·면접소·서원·현관·오중탑 등이 있어 그대로 평성(平城)으로 사용할 수 있을 정도의 것이었다. 또한 여담이지만 아시카가가와의 인연도 깊다. 아시카가 다카우지의 숙부가 되는 니치조(日靜)가 다카우지의 후원을 받아 세운 것으로 되어 있고, 그 뒤 무역을 좋아한 아시카가 요시미쓰가 비싼 값을 치르고 조선에서 사들인 모든 경(經)을 이 절에 봉납하고 있었다. 당대 요시아키가 이 혼고쿠 사를 거관으로 삼고 있는 것은, 이러한 인연에 의한 것이었다.

'날이 밝았군.'

미쓰히데는 정면의 서산 연봉들이 남빛 대기 속에 떠오르기 시작한 것을 보았다. 혼고쿠 사의 남쪽 옆은 시치조 도량(七條道場)이라고 불리는 구야 염불도량(空也念佛道場)이었다. 그 담장까지 적이 몰려들어 왔을 때, 미쓰히데는 되는 대로 총을 겨누어 들었다. 이 시대에는 무사들은 물론, 한 부대의 대장이 몸소 총을 드는 법이란 없었지만 미쓰히데의 경우엔 일본 제1의 총의 명수로 알려져 있었기 때문에 아무도 그것을 기이하게 생각지 않았다.

'적당한 기마무사는 없는가' 하고 미쓰히데는 눈 아래에 전개되고 있는 적의 대열을 둘러보았는데, 이윽고 총을 겨냥하자 자연스럽게 격발했다. 굉연히 폭발음이 일어났고 하얀 연기가 미쓰히데의 몸을 에워쌌다. 탄환은 화약에 퉁겨져 60간을 날아 적군의 총부대 대장을 쓰러뜨렸다.

"다음" 하고, 미쓰히데는 흰 연기 속에서 손을 뻗쳤다. 옆에는 이미 장전한 총을 받쳐들고 있는 자가 있었다. 미쓰히데는 그것을 집어 들었다.

굉연한 폭발이 차례차례 일어나면서 적군의 기마무사를 쓰러뜨렸다. 그러는 동안 문이 열리고 미쓰히데의 직속부대가 창날을 나란히 하고 돌격을 개시했다. 적은 무너졌다. 그때, 앞서 미쓰히데가 보내 놓은 유격대가 적의 중군 측면을 짓밟아 무너뜨리기 시작했다.

'해냈구나!'고

미쓰히데가 가슴 속으로 외쳤을 때 아득히 적의 뒤쪽에서 흙먼지가 일어나고 야헤이지 미쓰하루의 유격대가 적진으로 돌격해 들어가는 것이 멀리 보였다.

'야헤이지는 젊지만 싸움을 잘한다'고 생각한 것은, 야헤이지의 부대 뒤쪽에 뭉게뭉게 흙먼지가 일어나는 것을 미쓰히데는 보았기 때문이다. 쇼류지에서 달려 온 호소가와 후지타카의 원군임에 틀림없었다. 야헤이지는 후지타카의 원군과 교묘히 연계를 유지하면서 그 도착 직전에 적진으로 돌입한 것이리라. 이윽고 후지타카군도 싸움터에 참가했다. 군사 4백 명에 지나지 않았다. 상대방은 1만 명의 대군이다. 미쓰히데·후지타카의 부대가 제아무리 달려 돌아쳐 보았자, 적을 혼란시킬 수는 있어도 궤멸시킬 수는 없었다. "종을 쳐라" 하고 미쓰히데는 말했다. 미리 약속해 둔 신호로서, 미쓰히데가 종을 치면 적 중에 있는 유격대는 후지타카의 부대와 함께 혼고쿠 사로 철수하게 되어 있었다.

부대는 망대 위 미쓰히데의 신호대로 움직였다. 적 중에 있으면서도 멋진 진퇴였다. 그 진퇴를 미쓰히데는 빤히 관찰하면서

'어떻든 내 방법이 성공했다'고 생각했다.

군사훈련 말이다. 이 사나이는 이 시대의 지휘관으로서는 드물게 군사의 훈련에 힘을 쏟았고, 지휘하는 대로 움직이도록 장병들을 조련시켜 왔다. 그것이 보기 좋게 성공했다.

'머지않아 아케치의 군사는 강하다는 평가를 얻게 되리라.' 미쓰히데는 눈 아래 싸움터에서 정연히 진퇴하는 아케치 부대를 보면서 장래에 대해서 커다란 희망을 품었다. 이윽고 미쓰히데는 각 부대를 혼고쿠 사로 수용한 뒤에 망루에서 내려왔다. 호소가와 후지타카가 본당 마루에서 투구를 벗고 땀을 씻고 있었다.

"야아, 후지타카 공" 하고 미쓰히데는 다가갔다.

후지타카는 미소를 띠고 미쓰히데를 위해서 마루의 먼지를 털었다.

"황공하이."

미쓰히데는 앉아서, 곧 작전회의를 시작했다. 미쓰히데의 예측으로는 정오까지 아군이 5천 명으로 늘어날 것이라는 말이었다. 여러 무장들이 달려

오는 대로 공세로 나가 적을 일거에 가쓰라 강으로 몰아넣고 싶다고 미쓰히데는 말했다.
"가능할까?"
거한인 후지타카는 고개를 갸웃거렸다. 그러는 동안, 기타노(北野) 덴신(天神)에서 무라이 사다카쓰가 군사 5백 명을 이끌고 달려 왔고, 셋쓰 아쿠타가와 성으로부터 와다 고레마사가 군사 4백 명을 이끌고 혼고쿠 사로 들어왔다. 그 제장들이 쇼군 요시아키의 어전에 모여 작전회의를 열었다.
"회의 전에" 하고 요시아키는 뜻밖의 말을 했다.
"노부나가가 올 동안은 임시로 미쓰히데를 대장으로 삼아라."
모두들 놀랐다. 당자인 미쓰히데 자신이 아연했을 정도였다.
'누구의 공작인가?'
얼굴을 둘러보니, 요시아키 가까이에 있는 후지타카의 표정만이 냉정했다.
'흠, 후지타카의 지혜인가.'
미쓰히데는 깨달았다.
후지타카가 쇼군에게 그런 지혜를 준 것은 적절했다고 해도 좋다. 지금 적을 맞이하여 여러 무장이 통제 없이 행동할 경우 패배는 면할 길이 없으리라.
'그렇다고 하더라도 나를 임시 대장으로 뽑다니.'
미쓰히데는 물론 여러 무장의 말석이라고 해도 좋았다. 그런데 후지타카는 쇼군의 권위를 빌어서 군령의 중핵에 앉혀 준 것이었다.
'꼭 가져야 할 것은 역시 친구로군.'
미쓰히데는 생각했다. 동시에 일의 조정자로서 후지타카의 재능을 높이 평가했다. 미쓰히데는 곧 작전을 세워 여러 무장을 배치했고, 기틀이 무르익자마자 공세를 취해서 해가질 때까지 적군을 가쓰라 강에 몰아넣고, 오쓰 방면에서 달려온 니와 나가히데의 원군을 얻어서 일거에 궤주시켜 버렸다.

이 변보를 기후에서 들은 노부나가가 급히 교토로 들어온 것은, 사변이 발생한 지 닷새째 되는 1569년 정월 10일이었다. 곧 잔적을 소탕하고 난이 진정되자 논공행상을 행해 미쓰히데의 무공을 제1등으로 했다. 오다가에 있어서 미쓰히데의 위치는 이 일전을 기회로 해서 비약적으로 올라간 셈이다.

조개 아홉 개

교토 난이 일단 낙착된 뒤, 미쓰히데는 노부나가라는 인물에 대해서 생각했다.

비교할 자가 없는 사나이라고 생각하지 않을 수가 없었다. 뭐니뭐니해도 교토의 혼고쿠 사의 쇼군관이 적군에게 포위당했다는 변보가 노부나가의 기후 성으로 들어간 것은 정월 엿새였다.

"교토로 올라간다" 하고, 노부나가는 뛰어오를 듯이 말했다. 항상 오다군은 출진 준비를 한 채 평시도 대기한다는 것이 특징이었기 때문에, 이 한 마디는 그대로 군령이 되었다.

그런데 이 날은 전날 밤부터의 모진 눈보라 때문에 도저히 군사를 진발시킬 만한 날씨가 아니었다. 야산은 흰색 일색으로 변했고, 가도도 무릎까지 빠질 정도로 눈이 쌓여 있었다. 이럴 경우 겐신이나 신겐일지라도

'교토의 전황을 좀 보고 나서' 하고 생각하면서 나쁜 날씨가 회복되기를 기다리리라. 출병한다고 하더라도 부장을 파견할 것이 틀림없었다. 이런 점, 노부나가는 색달랐다. 오케하자마 이래 늘 그는 몸소 달려나갔고, 전군의 앞장을 섰다. 행동력의 덩어리 같은 사나이라고 해도 좋다. 곧 갑옷을 입고, 그 위에 도롱이를 뒤집어썼다. 현관에서 뛰어나가니 말이 기다리고 있었다. 예의 한 마디만을 했을 뿐이므로, 전군의 출발 준비가 쉽사리 갖추어질 수 없다. 현관에서 기다리고 있었던 것은 겨우 직속부하 10기 가량과, 노부나가의 대장용 짐을 말 열 마리에 쌓은 짐부대만이었다. 노부나가가 덤벙이가 아닌 것은, 그 짐 하나하나를 점검하기 시작한 것만으로도 알 수 있다.

"그 기마에서 짐 하나를 내려라" 하고 세 번째의 말을 채찍으로 가리켰다.

"내린 짐은 이 말에 실어라."

짐을 균등화시키고 있는 것이다. 교토까지 눈 속 행군에 말이 견뎌낼 수 있을지 어떨지 노부나가의 눈은 자세히 살폈다. 실제로 이 맹속도의 눈 속 행군으로 인하여 오다군의 다른 짐부대가 자꾸자꾸 낙오됐고, 오미 가도에서 몇 명의 인부가 얼어 죽었다. 노부나가가 채찍을 휘두르며 눈의 천지로 뛰어나가 달리고 달려서 교토로 들어온 것은 놀랍게도 이틀 뒤였다. 기후와 교토 사이는 좋은 날씨라고 하더라도 사흘 길이다.

오사카 산(遠坂山)을 넘어, 교토로 들어오자 눈이 비로 바뀌기 시작했다.

이때 노부나가를 뒤따른 자는 겨우 10기밖에 되지 않았고, 그 전군이 도착한 것은 완전히 하루가 지나서였다.

'신속이란 노부나가를 위해서 있는 말인가' 하고 미쓰히데는 생각했다.

난리 후에, 미쓰히데는 노부나가를 배알하고

"이런 변이 생긴 것도 쇼군님에게 거관이 없으시기 때문."이라고, 쇼군관의 건설을 상신했다. 물론 이것은 미쓰히데만의 발안이 아니라 노부나가도 일찍부터 이렇게 생각하고 있었다.

미쓰히데는 이러한 경우, 말투에 너무 구석구석 신경을 쓴다.

"빨리 말하여라" 하고 노부나가가 짜증을 낼 정도였다.

미쓰히데의 말은, 쇼군관을 짓는 것과 황궁을 크게 중축하는 일이 오다가의 권위를 천하에 드날리는 길이라는 것이었다.

"이것이 급선무입니다. 이 두 가지를 서두르시면 천하의 영웅호걸보다 한 발 앞서시게 되겠지요."

쇼군과 천황이라는 일본의 2대 권위를 회복함으로써, 노부나가는 '그 다음 자'라는 위치를 천하에 인상시킬 수 있으리라는 것이 미쓰히데의 논지였다.

"알고 있다."

노부나가는 미쓰히데의 신중한 말투에 짜증을 내면서도 그러한 교양과 감각을 몸에 붙인 미쓰히데의 존재를 믿음직스럽게도 여기고 있었다.

'곤로쿠 등에게는 없는 점이다.'

우두머리 가로인 시바타 가쓰이에 말이다. 시바타뿐만이 아니라 하야시·사쿠마 등등, '오다가의 삼로(三老)'라는 역대 중신들이 갖지 못한 감각이었다. 삼로 아래 부장의 무리들도 야전공성의 호걸들뿐이었고, 그들 가운데에는 글씨를 쓸 수 없는 자조차 있었고, '천자(天子)란 무엇인가'라는 질문을 받아도 당장 대답을 못하는 자조차 있었다.

"쇼군의 신관을 어느 곳에 지으면 좋으냐?"

노부나가는 물었다. 이 사나이는 항상 구체적인 일을 요구했다.

그 점을 미쓰히데는 알고 있었다. 준비된 교토 지도를 꺼내서 노부나가 앞에 펼쳤다. 다다미 두 장 가량은 될 만큼 커다란 것이었다.

"이곳이" 하고 미쓰히데는 그 가운데 한 지점을 가리켰다. 그곳만이 네모진 공백으로 남아 있었다. 전 쇼군 요시테루의 '니조의 어소'라고 불리던 장소다. 1565년, 미요시·마쓰나가 때문에 요시테루가 습격당해 살해되었을 때

이 어소도 불탔고, 그 이래로 불탄 자국인 채 남아 있었다. 그곳의 정확한 거리 이름은 가데노고지 무로마치(勘解由小路室町)가 된다.

"그곳이다."

노부나가는 말했다. 그 한 마디로 쇼군관 신축 건은 결정되었다.

노부나가도 쇼군의 저택을 전 시대보다도 장려한 것으로 만들고 싶다고 생각했다. 왜냐하면 쇼군이야말로 난세의 질서를 회복하는 정치적 중심이라고 보았기 때문이다.

'웅대 화려한 쇼군관을 세우면, 천하의 인심은 안정된다.'

이 건축물은 난세의 진정제로서 효용이 있으리라. 노부나가는 쇼군에 대해서도 이 정도의 실용 가치밖에는 인정하지 않고 있었다. 이 점, 송학(宋學)을 배운 미쓰히데는 황실과 쇼군이라는 존재에 대해서 몹시 사상적이었다.

'그러나 목적이 같으면 그것으로 좋다.'

미쓰히데는 이렇게 생각하고 있었다. 미쓰히데와 노부나가의 황실 및 쇼군에 대한 태도는 지금 형식상으로는 완전히 합치되어 있었다. 합치되고 있을 뿐만 아니라, 실리 이외에는 환영적인 관념을 인정하지 않는 노부나가쪽이 행동적으로 보다 열성적이었다. 가령 미쓰히데가 지금 노부나가의 위치에 있다고 하더라도 그만한 행동 능력은 가지지 못했으리라.

"내가 총감독관이 된다"고 노부나가는 말했다. 몸소 무로마치 어소(쇼군관)의 건설장관을 자청하고 나선 것이었다. 그 실무적인 공사관으로는 무라이 민부(村井民部)와 시마다 신노스케(島田新之助)가 임명되었다.

노부나가는 우선 이미 존재하는 부지를 동북으로 3천보씩 확장하여 그 주변에 있던 신쇼고쿠라쿠 사(眞正極樂寺)와 민가를 허물게 했다. 부지 주변에 해자를 둘러 파고 그 주위를 두길 다섯 자 높이의 돌담으로 둘러쌌다. 이에 필요한 인부는 오와리·미노·이세·오미·이가·와카사·야마시로·단바·셋쓰·가와치·이즈미·하리마(播磨)로부터 징모하여 무릇 2만 명에 이르렀다.

"두 달 안으로 완공해라" 하는 것이 노부나가의 지상 명령이었다. 그 공사 현장을 본 포르투갈의 선교사는

"이만한 궁전을 만들기 위해서는 유럽이라면 얼마만한 돈이 들지 모른다. 그러나 일본에서는 놀랄 만큼 노동력이 싸서, 인부들은 하루 6, 7홉의 쌀만 주면 얼마든지 모여든다"며 감탄했다.

노부나가는 돌담 공사를 대담한 편법으로 해치웠다.

돌담의 돌은, 보통 경우라면 셋쓰의 산들에서 떼어내거나 세토나이카이(瀨戶內海)의 섬들에서 운반해 오지 않으면 안 되지만

오래 걸린다고 노부나가는 보았다. 두 공사관 무라이·시마다에게

"돌 같은 것은 주변 절을 두루 돌아다녀 돌부처를 가지고 오너라. 그걸 쪼개서 돌담으로 쌓아 올려라."

노부나가로서는, 돌부처는 단순한 돌일 뿐이지 부처라고는 인정하고 있지 않았다. 그는 사후의 세계에 대해서도 '영혼 같은 것은 없다'고 단정하고, 신불의 존재 따위도 부정하였다. 그것을 깊게 인정하는 고전적 교양인인 미쓰히데보다는 노부나가 쪽이 사상적으로는 훨씬 혁명적인 존재라고 할 수 있다.

'석불을!'

미쓰히데는 씁쓸하게 생각했고, 그러한 노부나가의 사고방식에 위험을 느꼈다. 돌부처의 권위를 인정하지 않는다면, 이윽고는 쇼군의 권위를 인정하지 않게 되는 것이나 아닐까.

무서운 사나이라고 미쓰히데는 생각했다. 미쓰히데는 불교라는 사상미(思想美)를 동경하고 있는 사나이다. 불교의 종교적 권위를 존중하는 사나이이기도 했다. 어쩌면 미쓰히데는, 자신은 깨닫지 못하는 점인지도 모르지만 구래(舊來)의 모든 권위를 존중하고 싶어 하는 성격으로 태어났는지도 모른다. 물론 노부나가는 미쓰히데가 마음 아파하는 것 따위는 아랑곳하지 않았다. 성 안 건조물에 대해서도 그러했다. 새로 세우기보다는 그 주변 큰 절의 현관이라든가 서원 등을 해체하여 운반해 오는 편이 빠르다. 노부나가는 그렇게 해치웠다. 물론 쇼군의 거주구나 의례를 행하는 건물은 새로 세웠으나 그렇지 않은 부분은 자꾸자꾸 기존의 것들을 운반해 왔다.

'엉터리다'고 미쓰히데는 생각했으나 노부나가가 이렇게라도 하지 않으면 두 달 안에 이만한 대궁전은 서지 못하리라. 노부나가에게 지금 필요한 것은 될 수 있는 대로 빨리 쇼군의 어소를 세워 천하의 진정제가 되게끔 하는 것이리라. 그것이 필요하다면, 노부나가는 채찍을 휘두르며 매진하는 사나이다.

정원이 필요하다고 하자

"어디 가서 정원을 찾아오너라" 하고 명령했다. 지쇼 사(慈照寺 : 銀閣寺)

의 정원이 좋다고 하여, 그것을 벗겨다가 공사 현장으로 운반해 오게 했다.

물론 정원석은 한 둘의 절간 것으로는 될 것 같지도 않았다. 이것을 깨달은 것은 막신으로서 공사 현장을 돕고 있는 호소가와 후지타카였다. 후지타카는 무용·정략·글, 세 가지 재능을 충분히 갖추고 있는, 말하자면 전형적인 재주꾼이었다.

'노부나가와 친해 두고 싶다'고 이전부터 생각하고 있었고, 당장 미쓰히데를 통해서 항상 후지타카 같은 온화한 방법으로 노부나가에게 필요 이상의 접근을 하고 있었다.

"나의 옛 저택에 커다란 돌이 있는데" 하고 어느 날 미쓰히데에게 말했다. 호소가와 후지타카의 옛 저택이라는 곳은 옛날부터 교토에서 대표적인 무인 저택으로 소문난 것이었다. 그 정원에 '후지도 석(藤戶石)'이라는 이름이 붙어 있는 동산만큼 큰 정원석이 있었다. 후지타카는 그것을 이번 공사에 기부한다는 것이었다.

"말씀드려 주지 않겠나?"

후지타카가 말했기 때문에 미쓰히데는 그 말을 그대로 노부나가에게 아뢰었다.

"운반하여라."

노부나가는 말했고, 뿐만 아니라 측근 몇 기를 거느리고 말을 달려서 몸소 후지타카의 옛 저택으로 찾아가 그 '동산만하다'는 정원석을 보았다. 이러한 것을 신기해하는 성격은 소년 때부터의 것이며, 그것을 자기의 눈으로 확인하고 싶다는 이상할 정도의 실증 정신도 소년 때부터의 것이었다.

그 높고 큰 거석을 보자

"과연 동산만하군" 하고 감탄하고 나서 곧 운반준비를 하도록 했다.

뿐만이 아니었다. 노부나가는 그 돌이 큰 데에 감탄한 나머지 운반의 지휘까지 했다.

'색다른 사나이다.'

바른 자세를 중히 여기는 미쓰히데에게는 그러한 노부나가가 이해되지 않았다. 대장인 자로서는 너무 경솔하지 않는가.

노부나가는 소년 때부터 제례(祭禮)가 좋아서 견딜 수 없는 사나이였다. 이 돌 운반을 제례로 하기 위해서, 우선 돌을 비단으로 싸게 했다. 그것을 2월에 피는 온갖 꽃으로 장식했다. 또한 몇 개의 굵은 밧줄로 묶고, 밧줄은 붉고 흰 천으로 장식했으며, 자기의 부장이나 교토의 부상(富商) 등에게 끌게 했다. 미쓰히데도 끌어야 했다. 후지타카도 물론 끌었다. 후지도 석이 지나가는 길에는 통나무를 주르르 깔아 놓았다. 그 위로 돌은 미끄러져 갔다. 그 운반에 위세를 더하기 위해 노부나가는 4, 50명의 피리와 북의 악공들을 모아 돌의 앞뒤에서 가락을 맞추게 했다.

'어처구니없다'고 미쓰히데는 생각했으나 이 진묘한 돌 운반은 교토의 시중에 폭발적인 인기를 불러 일으켰다. 시민들에겐 근래 수백 년 동안에 없었던 구경거리인지도 몰랐다.

"과연 오다 님, 엉뚱한 일을 하시는군" 하고 교토 밖 아다기(愛宕)나 가쓰라(桂) 부근에서조차 사람들이 몰려와 구경꾼은 10만을 넘었고, 그 때문에 죽은 사람까지 생기는 소동이 벌어졌다.

'이제 태평이 온 것이 아닐까?' 하고 문득 착각을 일으켰다. 이러한 사회 심리까지 노부나가가 계산한 것은 아니었고, 이 경우, 노부나가는 그가 하고 싶은 일을 하는 데에 지나지 않았다. 이 점, 노부나가가 자신이 새로운 시대를 창조하는 성격으로 태어났다고 밖에는 달리 볼 도리가 없으리라. 여담이지만 노부나가가 창조한 이 거석 운반의 새로운 양식은 후에 히데요시도 흉내를 냈고, 다시 그 뒤에 가토 기요마사(加藤淸正)가 도쿠가와가(德川家)의 나고야 성 공사를 도왔을 때도 사용했다.

하여간 공사는 놀랄 만큼 빨리 진척되었다. "이만한 공사라면, 4, 5년은 걸린다"고 포르투갈의 선교사 루이스 프로이스조차도 어림잡고 있었는데, 두 달째에는 거의 완성에 가까워졌다. 이 공사의 기록적인 속도가, 노부나가의 능력을 신비적으로 보일 만큼 세상에 강한 인상을 남겼다.

노부나가는 직접 현장 감독까지 했다. 그 방법이 일류였다. 칼을 뽑아들고 현장을 돌아다녔다. 작업 군규(軍規)의 엄숙함이야말로 노부나가가 가장 강하게 요구하는 점이었다.

어느 날 노부나가가 돌계단을 걸어 내려오면서 넓은 공사장을 휘둘러보고 있노라니, 한 잡역부가 지나가는 젊은 부인을 희롱하고 있는 것이 보였다. 잡역부는 그 부인 곁으로 희롱하면서 다가가 장옷을 떠들고 얼굴을 보려고 했다. 잡역부는 불행했다. 노부나가는 이미 돌 층층대를 뛰어내려 잡역부 곁에까지 달려와 있었다. 대갈하자마자 그 잡역부의 모가지를 날렸다. 잡역부의 모가지는 장옷을 떠들고 함빡 웃던 그 음란한 웃음 띤 얼굴로 허공에 날아 올랐다. 노부나가는 말없이 현장을 떠났다. 이 사나이의 치안과 질서에 대한 강렬한 태도가 이 행동에도 나타나 있다.

그는 교토 시중에 충만해 있는 오다가의 군세에 대해서

'일전 참(一錢斬)'이라는 형벌을 포고하고 있었다. 시중에서 시민들로부터 가령 일전이라도 훔치면 베어 버린다는, 전례 없는 형벌이었다. 이 경우 노부나가 스스로 그 형벌대로 실행한 데에 지나지 않았다.

드디어 4월에 들어서서 무로마치 어소는 완공되었고, 그달 10일, 쇼군 요시아키는 혼고쿠 사의 임시 어소를 떠나 새로운 어소로 옮겼다. 미쓰히데는 그날부터 어소의 경비대장으로서 밤낮으로 경계에 임하게 됐다.

어느 날 아침 아직 새벽녘에 어소 주변을 순시하고 있노라니 문 밖에 묘한 물건이 나란히 놓여 있는 것이 발견되었다. 대합 껍질이었다. 아홉 개 있었다. 아홉 개 모두 껍질이 조금씩 떨어져 나가 있었다.

'무엇일까?'

미쓰히데는 줍게 한 뒤 생각에 잠겼다. 누군가의 장난인 것만은 틀림이 없었다. 교토 사람들은 속이 신랄하다고 듣고 있었다. 이 떨어져 나간 아홉 개의 대합 껍질이 어쩐지 쇼군이나 노부나가에 대한 비평이라고 미쓰히데에겐 해석되었다.

'아홉 개의 조개(九貝 : 일본 음은 구가이)'라고 반추하고 있는 동안에 구가이(公界와 음이 같다)의 의미라는 것을 깨닫게 되었다. 구가이(公界)라는 것은 그 당시 흔히 사용되던 말로서 공(共), 즉 공식적인 장소라든지 세상이나 체면 등등의 의미로 쓰여졌다.

'구가이 자(公界者)'라는 것은 세상에 내놓아도 부끄럽지 않은 훌륭한 사나이라는 의미였다.

그 구가이가 훼손되어 있다고 한다면, 구가이 사람과는 반대되는 뜻이다. 요컨대 '쓸개 빠진 자'라는 의미이리라. 그렇다면 이 새 어소의 주인이 된 신쇼군 요시아키를 가리킨 모양이다.

——지금의 쇼군은 못난이라 자기 집도 남에게 지어 받는다.

는 비평이었다.

미쓰히데는 이렇게 해석하자, 이것을 어떻게 처리할까 하고 생각했다. 역시 노부나가에게 보고하지 않을 수가 없으리라. 그다지 마음이 내키지 않았으나 이날 노부나가에게 보고했다. 미쓰히데의 육중한 입으로부터 해설을 듣고 나자 노부나가는 터져나갈 듯이 웃기 시작했다.
"옳은 말이다!"
그 뒤엔 아무 말도 하지 않았다.

새싹이 튼 벚나무

쇼군 요시아키는 노부나가가 자기 거관을 짓고 있는 동안 따분했다. 매사냥을 하면서 날을 보내고 있었으나 여자가 아쉬워졌다.
"좋은 여자가 있었으면" 하고 미쓰히데에게 말했다. 미쓰히데는 법적으로는 막신이기도 하고 오다가의 가신이기도 한 관계상, 거의 매일처럼 임시 어소에 사후(伺候)하고 있었다.
"그것은" 하고 당혹했다. 무리도 아니었다. 미쓰히데처럼 자기를 영웅으로 생각하고 있는 사나이는 그리 흔하지 않다. 그런 사람에게 여자의 주선 따위나 시킨 데 대한 놀라움이었다.
'나를 어떻게 생각하고 계시는 것일까?'
떠돌이 무사 출신의 신분이라 무심히, 아쉬운 대로 부려먹으려고 하는 것일까? 전에 미쓰히데는 유망(流亡)의 쇼군을 위해서 몸을 바쳐 분주했고, 때로는 요시아키의 신변을 지키기 위해서 칼날을 휘둘러 적을 벤 일도 있었다. 결국은 그런 호위자 정도로 밖에는 자기를 평가해 주고 있지 않는 것이나 아닐까.
'이분은 나의 가치를 너무 낮게 보고 계시다.'
그렇다고 밖에는 여겨지지 않았다. 미쓰히데는 원래, 그러한 것에 지나치게 과민한 신경의 소유자다.
"여자들의 일은, 이 미쓰히데는 모릅니다" 하자, 요시아키는 어떻게 착각을 했는지 엷은 입술을 찢어질 듯이 벌리고 웃으면서
"그대는 아내를 소중히 아끼는 나머지 유녀(遊女)와도 자지 않는 모양이더군" 하고 야유했다. 미쓰히데가 다시없을 만큼 행실이 굳다는 소문은 오다가의 가중에도 퍼져 있었다.
"여자가 싫은가?"
"좋습니다. 그러나 다수의 처첩을 거느리고 그들을 다루면서 안 사람을 편안히 해 줄만한 기량이 이 미쓰히데에게는 없습니다. 하와, 못 당해 낼 일을 하지 않도록 조심하고 있습니다."

"그대 같은 호걸치고서는 어울리지 않는 일이로군."

요시아키는 내뱉고 미쓰히데를 물러가게 한 뒤, 호소가와 후지타카를 불러 똑같은 일을 명령했다.

"알았습니다······."

후지타카는 생각에 잠겼다. 생각이 깊은 이 사나이는 항상 즉답을 피하는 것이 버릇이었다.

'쇼군님도 탐욕스러우시긴' 하고 생각했다. 여자에 대해서 말이다.

요시아키는 소년 때부터 머리를 깎이고 절간에 보내어져, 오랫동안 이치조 원의 주지 노릇을 하고 있었다. 여인이 금단된 생활 속에서 어른이 된 것이다. 그러나 유랑 중 머리칼이 자라기 시작할 무렵부터 욕이 탐탐해져 거처를 이리저리 옮기는 생활 속에서 그 지방, 그 지방의 여자를 불러서는 잠자리 시중을 들게 했다. 때로는 유부녀조차도 소망하여, 그 남편인 본토무사로부터

"유랑인인 주제에" 라는 매도를 받고, 하마터면 재소(在所)에서 쫓겨날 뻔한 일조차 있었다. 오랜 금단 끝에 인간 세상으로 나왔기 때문에, 이런 종류의 욕심을 견제할 수 없게 된 것이리라.

교토에 들어와 쇼군의 자리에 앉고 나서도 시녀들은 거의 손을 댔다. 그러나 요시아키는 본래 염복이 없었던 것이리라. 여자들은 후지타카의 눈으로 볼 때에도 변변한 자가 없었다.

"이상한 일이야."

요시아키도 그 일에 대해서 말했다.

"나는 오랫동안 승방에 있었다. 그 때문에 여자를 보는 눈이 흐려진 모양이야. 지금은 세상에 나와서 쇼군 자리에 앉았다. 앉자마자 샛바람이 솔솔 파고든다."

"지금의 이 처지가 만족스러우시지 못하시단 말씀이시지요?"

"만족은 하고 있다. 그러나 이런 위치에 어울릴 만한 것이 몇 개인가 빠져 있어."

그 가장 큰 결점은 무가의 두령으로서의 권력을 갖지 못했다는 것이었다. 다음으론 "여자야"라고 말했다. 물론 정실부인이 아니었다. 정실부인은 요시아키의 위치에 적합한 집안으로부터 언젠가는 간택해 오지 않으면 안 된다.

"그러므로, 좋은 여자가 아쉬워."

그 여자는 미인일 것이 첫째가는 조건이었다. 이어서 가문도 봐야 한다. 재기도 있어야 한다. 왜냐하면 잡다한 여인들을 거느리고 있는 요시아키의 후궁들도 다루지 않으면 안 되기 때문이다. 정실부인이 없는 아시카가 쇼군가의 사생활을 관리할 수 있는 주부같은 여자가 필요한 것이다.

"하긴!"

노부나가는 영리하게도 사견(私見)을 말하지 않고 연신 고개를 끄덕거리고 있었다. 그러나 속은 그렇지 않았다.

'그 정도의 선택도 스스로 하실 수 없는가?'라는 생각이 들었다. 요시아키에 대한 실망이라고 해도 좋았다. 후지타카는 이 쇼군의 형님인 고 요시테루를 모셔왔지만, 요시테루는 무슨 일이든지 스스로 할 수 있는 사나이였다. 칼을 배워도 정묘한 영역에 달했고, 또한 돌아가실 때도 몸소 몇 사람의 적을 베었는지 헤아릴 수 없을 정도였다.

'난세의 쇼군은 그래야만 한다'라고 후지타카는 생각했고, 그렇기 때문에 요시테루를 흠모하고 동경하고, 요세데루를 위해서 막부 재흥의 운동을 하기 위해서 필사적으로 분주했다.

'형님보다는 훨씬 격이 떨어지신다.'

생각하면서, 결국에는 요시아키의 명령을 완곡하게 거절했다. 그 뒤 후지타카는 도저히 견딜 수 없어져서 부하에게 술을 들리고 미쓰히데의 진소(陣所)를 찾아갔다. 미쓰히데 이외엔 이 괴로운 마음을 알아 줄 상대가 없었다.

"우리들은 간난신고를 함께하면서 무로마치 쇼군가의 재흥에 분주했소. 이제 재흥은 이루어졌소. 그러나 저런 쇼군님이어서는!"

후지타카는 취기가 돌면서 목소리가 울먹여 왔다. 요시아키에 대한 걱정 때문에 눈물이 솟은 것이 아니라 자기의 청춘을 바친 상대가 너무나 그 자리에 어울리지 않는 인물이라는 것이 서글펐던 것이다.

"미쓰히데 공은 어찌 생각하나?"

"글쎄……."

미쓰히데도 입이 무겁다. 그도 '쇼군가의 재흥'이라는 점에서는 자기의 정열을 기울인 보답이 있다고 생각하지만, 당자인 요시아키에 대해서는 '난처한 분'이라고 생각할 도리밖에는 없었다.

머리가 좋고, 더구나 인간이 너무 경솔한 것이다. 쇼군의 위치에 앉는 자로서는 이처럼 비적격자가 없다.

"쇼군이라는 것은 상당한 기량이 있는 분이시든가 대단한 바보가 아니면 앉지 못하는 자리지. 그 중간은 있을 수 없어."

미쓰히데와 후지타카의 근심은, 지금 상태의 요시아키라면 언젠가는 그 지위에서 쫓겨나든가 살해당하든가 하리라는 우려였다. 물론 요시아키를 쇼군 자리에 앉힌 노부나가에게 의해서다.

'그때 우리들은 난처해진다'고 후지타카도 요시아키도 생각하는 것이었다. 입장 때문에, 아시카가와 오다가 사이에 끼지 않으면 안 되었다.

"아직 귀공은 나은 편이야."

미쓰히데는 말했다. 후지타카는 순전한 막신이며 미쓰히데처럼 오다가의 신하를 겸하고 있는 것이 아니기 때문이다.

"나처럼 쇼군가로부터도 녹을 받고 오다가로부터도 봉토를 받아, 양쪽의 무사대장에 이름이 올라 있는 자에겐 만일의 일이 있으면 어쩔 수가 없네."

"나의 입장도 다름이 없네."

후지타카는 말했다. 후지타카는 노부나가로부터 녹은 받고 있지 않지만 노부나가의 무력에 의해 조상 대대의 거성인 쇼류지 성을 탈환해 받았고, 그곳 성주로 앉게 된 것이었다. 사실상 노부나가의 직속이 아닌 부하 영주라고 해도 좋은 처지였다.

요시아키는 다른 자에게 명령하여, 지금의 자기에게 어울리는 측실을 찾아내게 하여 그것을 얻었다. 오요시(才慶)라는 여자였다. 출신은 반슈(播州)였다. 이 반슈에서 비젠(備前)에 걸쳐서 판도를 가지고 있는 영주 중에 우라카미(浦上)라는 분이 있다. 그의 신하로, 반슈의 명문이라고 일컬어지는 우노(宇野)가 오요시의 가문이었다. 전통 있는 집안의 딸인 만큼 오요시는 음곡·시가의 소양이 풍부하여, 이런 점만으로도 시골 여자들만을 품어온 요시아키를 기쁘게 해 주었다.

"나는 비로소 여자를 접했다" 하고 오요시와 첫날밤을 차린 규방에서 요시아키는 말하고, 마치 왕조 때의 청년 공경들이 사랑하는 여자들을 찾아 살짝 잠입한 것처럼 날이 훤하게 샐 때까지 얘기를 나누었다. 여자의 교양은 상대만 바로 만나면 그 매력을 더하기 때문에 중요한 역할을 하는 것이리라.

요시아키에게 교양이 있다는 것이 아니다. 적어도 교양에 대한 동경은 있었다. 그 필요도 있었다. 그는 앞으로 무관의 최고직에 앉은 자로서 공경들과 접촉해 가지 않으면 안 된다. 공경의 대화는 고가(古歌)나 중국의 고사를 내포한 것이 많아, 만약 그것을 이해하지 못하면 그것만으로도 그들로부터 비웃음을 산다.

"측실로는 좋은 여자를" 하고, 그가 후지타카와 미쓰히데에게 한 말은 요시아키 나름대로 이유가 있었던 것이다. 좋은 여자란 단순한 미인만이 아니라는 것을, 무인치고는 드문 지식인인 그들 두 사람이 어찌된 노릇인지 이해해 주지 못했던 것뿐이었다.

매일 밤, 규방을 함께 했다. 이 오요시가 후에 관위(官位)를 받아 아시카가 쇼군가의 수석 상궁이 되기에 이르는데 이것은 지금은 상관이 없는 일이다. 오요시가 이 거관으로 들어와서 닷새쯤 지난날 밤부터 요시아키의 규방에서의 태도가 달라졌다. 소년처럼 오요시에게 응석을 부리게 된 것이다. 규방 안에서의 요시아키에겐 쇼군의 위엄이라는 것이 전연 없었다.

'어찌 된 셈일까?'

열아홉 살의 오요시는 이 서른 두 살의 무문의 황제라고도 할 수 있는 사나이를 이상하게 생각했다.

'나를 의지하신다'는 것이 기쁘기도 했지만, 대답에 난처해질 때가 있었다.

"사나이라는 것은 마음 놓을 수 없다. 여자인 그대만이 믿음직스럽다"는 말을 하기 시작한 것은, 노부나가가 만들어 준 가데노코지 무로마치의 신관으로 옮기고 나서 사흘째의 일이었다. 물론 옆방 숙직자에게 들리지 않도록 오요시의 귓전에다 입술을 갖다대고 속삭인 것이었다. "그대만이 믿음직스럽다" 하고 다시 한 번 말했다. 요시아키라는 인물은 기묘한 사나이로서, 이 말이 무척 마음에 드는 모양이었다. 여자인 오요시에게만 아니라, 노부나가에게도, 수염 텁석부리 다케다 신겐에게도, 남색가인 우에스기 겐신에게도 서면으로 써 보낸 일이 있다. 무력으로 자립할 수 없는 요시아키의 처치로서는 이런 말을 속삭이는 것이 단 하나의 처세법이었으리라.

노부나가가 쇼군의 자리에 앉혀준 작년 10월 18일, 궁궐에서 물러나온 그는 노부나가에게

"그대의 은혜를 나는 영원히 대대로 잊지 않겠다. 그대를 아버지로 생각

한다"라고 말해, 자기의 감동을 이런 최대급의 언어로써 표현했다. 그런 성격인 것이다. 말뿐만 아니라 공문서나 사신(私信)에도

"아버지, 단조추 공"이라고 썼다.

노부나가는 이 무렵 종 5위 하, 단조추 관위를 조정으로부터 하사받고 있었다.

'아버지란 말인가!'

노부나가는 이때 이렇게 중얼거리는 듯한 표정으로 근지럽다는 듯이 앉아 있었을 뿐이었다. 요시아키에게는 듬성듬성한 코밑수염이 나 있다. 노부나가보다 불과 세 살 아래일 뿐이었다. 그 사나이로부터

"아버지"라는 응석을 받고 노부나가도 어떤 표정으로 응대해야 할지 난처했으리라. 그런데 그 '아버지'라고 부른 날부터 아직 반 년 밖에는 지나지 않았다.

"노부나가 놈은, 그 속셈을 알 수 없어" 하고 요시아키는 신관의 규방에서 오요시에게 말하기 시작한 것이었다.

오요시는 내심으로 놀랐다.

"나를 장식물로 삼고 있다."

요시아키는 말했다. 이것은 사실이었다. 노부나가는 요시아키를 쇼군으로 앉히기는 했지만 막부를 차리게는 하지 않았던 것이다.

"정이대장군은 막부를 차리도록 돼 있다. 천하의 쇼군으로서 막부를 갖지 못했다는 것은 인간으로서 얼굴을 갖지 못한 것과 같다."

막부를 차리는 것이 요시아키의 소망이었다. 요시아키는 단순히 쇼군이 될 작정으로 지금까지 부지런히 괴로운 유랑을 계속해 온 것은 아니었다. 쇼군이라는 명예직만이 탐난다면, 이전의 이치조 원 주지만 하더라도 충분한 영예직이었다. 요시아키의 골치 아픈 점은 막부라는 권력기관이 탐난다는 것이었다. 노부나가로선

'무슨 어리석은 소리를!' 하는 마음이리라. 권력을 잡으려면 그만한 무력이 있어야만 하고, 그만한 무력을 만들기 위해서는 천하에 반거하고 있는 영웅호걸들을 평정한 뒤가 아니면 안 된다. 이런 점에 있어서 요시아키는 몰락한 귀족들 특유의 꿈과 현실의 구별을 이해하지 못하는 머리 구조를 갖고 있는 모양이었다.

"노부나가는 나의 권위를 이용만 할 속셈을 가진 사나이인 모양이야."

"하오나, 단조추 님은 마마를 위해서 이만한 어소를 지어 드렸사온데."
"너는 노부나가의 밀정이냐?"
요시아키는 진정으로 얼굴을 굳히고서, 오요시의 얼굴을 들여다보았다.
"아닙니다. 그와 같은……."
"그러리라. 너처럼 아름다운 여자가 밀정일 리가 없지."
"마마께선 의심 깊은 성질이신 모양이시옵군요."
오요시는 살갗을 내맡기고 있는 귀인에게 날카로운 비평을 시도해 보았다. 물론 중요한 의미를 품고 한 말이 아니라 극히 자극적인 사랑의 속삭임 중의 한 마디였던 데 지나지 않는다.
"옳다."
요시아키는 깔깔 웃었다. 이런 천진한 한 마디도 오요시기 때문에 그런 재기가 나타나는 것이라고, 이 세상모르는 승려 출신의 새 쇼군은 생각하는 것이었다.
"언젠가 노부나가에게 단단히 맛을 보여 주어야지."
"무슨 말씀이신지?"
오요시는 아직 천하의 정치 정세라는 것을 잘 모른다.
"세상에는 노부나가 이상의 자가 있다. 가이의 다케다 신겐, 에치고의 우에스기 겐신이 그렇지. 그들은 벼락 출세자인 노부나가 따위와는 달라서 쇼군을 진심으로 존중하고 있어."
"하옵시면?"
"그들에게 편지를 띄운다. 사자를 보낸다. 그러면 상경해 오지. 노부나가 따위는 한나절 만에 쫓겨날 것이 틀림없어."
'그런가?'
오요시는 생각했다. 요시아키가 규방에서 토하는 기염을 듣고 있으면, 천하의 일은 모조리 요시아키의 손바닥 위에서 뒹굴고 있는 것 같은 느낌이 들었다.
"모두들 개야."
요시아키는 말했다.
"강한 개가 있는가 하면 약한 개도 있어. 어떤 개를 끌고 오든, 그 선택권은 나한테 있어"라는 의미의 말을, 요시아키는 누누이 오요시에게 들려주었다.

자랑하는 것 같기도 했고 한탄하는 것 같기도 한 이상한 말이었다. 그 노부나가는 항상 바쁜 사나이였다. 새 쇼군관이 완공되자, 벌써 기후로 돌아가겠다는 말을 꺼냈다. 언제나 그렇지만 기묘한 사나이였다. 교토에 오래 머무르는 것을 두려워하는 것 같았다. 사실 노부나가는 분주스러웠다. 근거지인 오와리에서 바다 건너에 있는 이세(伊勢)를 공략 중이었던 것이다.

"역시 돌아가나?"

요시아키가 거의 울음소리로 외친 것은 노부나가가 하직하러 온 4월 20일이었다. 요시아키가 신거로 옮긴 뒤 겨우 이레 밖에 지나지 않았다.

"꽃은 벌써 졌지만 새싹이 돋는 벚나무도 제법 볼 만한 풍정일 텐데 벌써 말 머리를 돌리는가?"

"새싹이 돋는 벚나무?"

노부나가는 요시아키의 얼굴을 구멍이 뚫어질 만큼 쏘아보았다. 벚나무 꽃이나 잎을 구경하러 노부나가가 교토로 올라온 것은 아니다. 요즈음 반 년 동안 노부나가는 설중(雪中) 행군을 하여 미요시 당의 침입군을 짓부수어 버렸고, 요시아키의 신관을 축성하는 등, 1인 3역격으로 분주하게 움직였다.

"이제부터 이세 정벌입니다."

노부나가는 부지런히 어전에서 물러나왔다.

그 모양을 보고 요시아키는 '무엇이 성에 거슬렀는가' 하고 생각하고, 당황하여 노부나가의 뒤를 따라갔다. 쇼군의 자태가 아니었다. 요시아키는 문 앞까지 나와 노부나가를 배웅했다. 노부나가는 절을 드리고 말 위에 올라탔다. 돌아다보니 요시아키의 두 눈에 넘칠 것 같은 눈물이 괴어 있었다. '아버지'와의 이별을 슬퍼하고 있는 것 같았다. 요시아키는 이별이 애석해 그대로 문 밖에 서서, 노부나가의 군열이 아와다 어귀 쪽으로 꼬부라져 돌아갈 때까지 배웅했다. 이 이상스러운 석별의 모습도 요시아키의 본심이었다. 노부나가가 사라짐으로써, 당연히 교토는 텅 비고 만다. 이것을 노려, 다시금 교토를 엿보는 자가 다시 몰려오지 않을까 싶어 요시아키는 불안해서 견딜 수 없는 것이다. 그러한 요시아키의 모습을 교토 경비대장인 미쓰히데도 어쩐지 슬픈 눈길로 쏘아보고 있었다. 이 슬픔은 오랜 유랑 기간 중의 동지였던 후지타카 이외는 알 수 없으리라.

히데요시 (秀吉)

큰 사건이 있었다.

미쓰히데는 노부나가가 교토를 떠나기 며칠 전

"부재중의 교토 수호직으로는 내가 임명되리라"는 기대가 뇌리를 왔다갔다 했다.

'되고 싶다'는 생각이 미쓰히데에게는 강했다.

당연한 일이었다. 미쓰히데의 이름은 이미 교토에서 모르는 자가 없었으며, 공경과 쇼군, 그들을 에워싼 교토의 귀인들에겐

"아케치 공만큼 마음씨 고운 사람은 없다. 무인답지 않게 의전(儀典)에 밝고, 글이 깊고, 태도는 우아하여 마치 교토에서 자란 사람 같다. 시골 무사인 오다의 신하로는 귀중한 존재이리라"고 호평이 대단했다. 이 호평은, 오랫동안 불우한 처지에 있던 미쓰히데에겐 기쁜 일이 아닐 수 없었다.

부지런히 공경·막신과의 사교에 노력하여, 노부나가의 세력이 자연히 이 왕성의 토양에 뿌리를 박도록 노력해 왔다. 교토 사교계에 있어서 오다가의 가장 화려한 외교관이 된 셈으로 미쓰히데는 거동했다.

'이상한 놈이로군.'

민감한 노부나가는 그러한 미쓰히데의 움직임을 가만히 보고 있었는데, 입에는 내지 않았다.

'그런 일은 그런 대로 좋다'고 생각했다. 의전 사회에 있어서의 외교관인 셈으로 미쓰히데를 받아들인 것이었고, 그 능력과 군사적 재능을 사서 발탁에 이은 발탁을 노부나가는 시도해 왔다. 그러나 노부나가는 아무래도 미쓰히데의 그러한 움직임을 잘 한다 하고 무릎을 치며 칭찬할 마음은 우러나지 않았다.

'저런 종류의 인간은 마음에 들지 않는다'는 감정이 어딘가 마음속 깊이 들어 있다. 노부나가가 좋아하는 형은, 시원스럽고 성격이 거칠면서도 착실하고 고지식한 무사다운 사나이였다. 본래 세상의 의례나 교양에 반항하여 허리둘레에 팔매질할 돌멩이를 넣은 주머니를 잔뜩 매달고 돌아친 노부나가다. 자라서도 그런 종류의 인간이 좋아질 리가 없었다. 싫은 놈이라고까지는 생각지 않았으나 아주 교양이 있는 듯한 미쓰히데의 얼굴 모습·말투·태도를 보고 있으면 그다지 유쾌하지는 않은 것도 사실이었다.

얘기는 돌아가, 교토 수호직 건이다.

"당연히 미쓰히데 공이 맡으리라" 하고 공경들이나 막신들은 수군거리고 있었다. 교토 사람들은 불안스럽기도 했다. 노부나가가 없는 동안, 또 다시 무슨 일이 일어날지 모른다. 미쓰히데라면 군사 능력이 월등히 뛰어나고, 그 위에 마음까지도 알고 있어 접촉하기가 쉽기도 했다.

"제발 미쓰히데 공을" 하고 빌듯이 그것을 바라고 있었고, 미쓰히데 본인에게도

"귀공이 맡으시지요" 하고 노골적으로 다짐을 두는 자도 있었다.

"아니 모든 것이 단조추 님 뜻대로지요."

미쓰히데는 상대하지 않았으나, 이렇게까지 기대를 받고 나면, 만약 임명되지 않았을 경우 현저하게 사나이의 값이 떨어지게 된다.

'어쩔 것인가.'

미쓰히데는 무척 생각했으나, 이건 자청할 길밖에는 없다고 생각했다.

아직 노부나가가 교토에 있을 때, 쇼군 요시아키에게 배알을 청해

"저의 뜻은 아닙니다만" 하고 교토 수호직 인선(人選)에 대한 이야기를 꺼냈다. 요시아키의 입을 통해서 노부나가에게 말하게 하려고 생각한 것이다.

엽관 운동이라고도 할 수 있는 것이지만 이 당시의 무사에게는 그런 의식보다는

"나야말로 그 자리에 안성맞춤이다. 그러니까 임명되는 것은 당연하다"는 비교적 순수한 감정이 있었다.

"아니, 어차피 노부나가는 그대를 임명하리라."

요시아키도 극히 자연스럽게 말했다. 그러나 미쓰히데는 더욱

"부디 한 마디만 거들어 주시면" 하고 간청했기 때문에 요시아키도 그런 마음이 우러나 노부나가가 신관으로 참예한 날,

"떠난 뒤의 경비에 관한 일인데" 하고 노부나가에게 말을 꺼냈다.

"제발 최고관을 한 사람 골라 주기 바란다. 그 자리엔 외곬의 무사 성격만 가진 자는 난처하다. 문무겸전의 사나이야말로 바람직스럽다. 그러므로 아케치 미쓰히데야말로 적임자라고 생각하는데 어떤가?"

"……"

노부나가는 침묵했다. 자기 집안의 인사에 개입당하고 싶지 않다는 마음이었다. 하물며 '장식물'인 쇼군에게 그러한 권능을 갖게 해서 전례를 만들

어 버리면 나중에 처리하기 곤란한 일이 생겨난다.
　그렇게 하도록 고려해 보고 싶다는 말을 목구멍으로 삼키고, 노부나가는 다소 불쾌한 듯이 어전을 물러 나왔다.
　실은, 이 일에 대해서는 어제도 조정에서 구가(久我) 다이나곤(大納言 : 옛 관제의 도승지격)을 통해서
　"왕성을 수호의 임무를 감당할 자를 주둔시켜라" 라는 어명을 받고 있었다. 노부나가는 인간의 재능을 꿰뚫어 보는 점에 있어서는 거의 신에 가까울 만큼의 능력을 갖고 있었다.
　"미쓰히데를 남겨 두면 쇼군이나 공경들은 기뻐하리라"라고 생각했다. 그러나 노부나가는 단순히 그들을 기쁘게 하기 위해서 교토 수호직을 두는 것은 아니라고 생각하고 있었다. 오다가의 무위(武威)·무권(武權)을 그들에게 보이지 않으면 안 되었다.
　'그 점에선 미쓰히데는 적임자가 아니다.'
　왜냐하면 그는 교토 인사에게 너무 밀착하여 지나치게 귀여움을 받기 때문이다. 너무 귀여움을 받으면 '권위'가 서지 않는다.
　경우에 따라서는, 교토의 귀여움을 너무 받는 존재는 노부나가에게 위험하다. 가마쿠라 막부를 편 요리토모는 교토에 주류중인 동생 요시쓰네가 너무나 조정의 귀여움을 받아 조정과 지나치게 밀착한 것을 질투하고 시의(猜疑)하여
　'어쩌면 교토의 권위의 포로가 되어 모반을 일으키는 것이나 아닐까' 하고 관찰하였고, 끝내는 단정을 내려 요시쓰네를 구축할 결의를 품었다. 이 경우 요리토모의 입장과 노부나가의 입장은 똑같았다.
　'교토에는 아예 무뚝뚝한 사나이를 둘 필요가 있다'고 노부나가는 생각했다. 그렇다고 시바타 가쓰이에·사쿠마 시게모리·니와 나가히데 등의 무리들은 적임자가 아니다. 모두들 오다가 대대의 용맹 과감한 군인들이지만, 그들이 교토에서 군정을 펴면 사사건건이 교토 인사의 반감을 사서 끝내 민심은 오다가에서 떨어져나가 버리리라.
　'강(剛)과 유(柔)를 아울러 갖춘 자라고 한다면.'
　아주 어려운 인선이지만 단 한 사람 적임자가 있다. 그 이름은 이미 노부나가의 의중에 있었다.

노부나가는 교토를 떠나기 이틀 전 '그 이름'을 구가 다이나곤을 통해 왕궁에 아뢰었고, 다시 노부나가 몸소 쇼군관에 사후하여 요시아키를 배알하고

"저의 대관(代官)을 결정했습니다"라고 아뢰었다. 요시아키는 바싹 관심을 보였다.

"누군가?"

"기노시타 도기치로 히데요시라는 자올시다."

요시아키는 앗 하고 표정을 보이고

"이건 뜻밖이로군. 들리는 말에 의하면 기노시타 도기치로 히데요시라는 그대의 무사 대장은 성씨도 가문도 없고, 졸병 속에서 기어오른 무학(無學)의 무사라지 않는가. 그러한 인물이 교토 수호라니 뜻밖이로군."

"불만이십니까?"

"아니."

요시아키는 식초를 마신 듯한 얼굴로 침묵을 지키고 있었다. 자기와 천하의 신변을 지켜야 할 소임에, 전연 추측조차 할 수 없는 사나이가 앉는다는 것은 불유쾌하다기보다 아예 기분이 나쁘기까지 했다.

"기노시타 도기치로의 솜씨는 이 노부나가가 잘 알고 있소."

노부나가는 경어를 사용하지 않고 단호히 말했다. 자기의 인사권에 개입하지 말라는 느낌이 내 풍기고 있다.

"그렇기 때문에 임명한 것이오. 앞으로 도기치로가 교토에 있는 한, 이 노부나가가 교토에 있는 것과 같소. 그렇게 아십시오."

그대로 물러나 버렸다.

미쓰히데도 이 자리에 배석하여 이 뜻밖의 발표를 노부나가, 바로 그 사람의 목소리로 들었다.

'도기치로인가!'

뜻하지조차 않은 인선이었다.

오다가 대대의 가신인 시바타·니와·하야시·사쿠마 중의 한 사람이라면 미쓰히데는

'역시 문벌인가!' 하고 인선의 이유를 납득했으리라. 그러나 노부나가라는 자는 문벌주의가 아니라 인재주의였다. 그 점이 미쓰히데가 노부나가에게 계속 느끼고 있는 매력이었고, 실제로 그러한 신기풍의 오다가이기 때문에

습격 341

신참자인 미쓰히데나 짚신 당번 출신의 히데요시조차 때로는 가로직 급의 중책에 기용되고 있었다.

'도기치로는'

미쓰히데는 노부나가가 무엇을 생각하고 있는지 알 수 없게 됐다. 미쓰히데는 도기치로의 군재(軍才)·기략이 월등히 뛰어났다는 것은 인정하고 있다. 그러나 그래도 자기 이상이라고는 생각하고 있지 않다.

'하물며 의전에 대해서는 무엇 하나 아는 것이 있으리오.'

그 위에 미쓰히데는 도기치로의 성격을 그다지 달갑게 여기고 있지 않았다.

길이나 어소 안에서 서로 엇지나가도 도기치로는 온 얼굴로 활짝 웃고 천성적인 커다란 목소리로

"야아, 주베 공, 좋은 날씨로군" 하고 활달하게 얘기를 걸어주었지만 미쓰히데는 언제나 조용히 고개만 마주 끄덕여줄 뿐이었다.

'활달은 무지한 탓이다.'

교양이 없는 사나이처럼 무서운 것은 없다고 미쓰히데는 생각하고 있었다. 도기치로가 주인 노부나가의 뜻을 받아들이는 그 기민함, 빈틈없음, 나아가 뻔뻔스러운 아첨 따위는 교양이 없는 자만이 가지고 있는 감정이라고 할 수 있으리라. 미쓰히데로서는 좀처럼 흉내낼 수 없었다.

'그 사나이가?'

역시 노부나가 정도의 사나이일지라도 추종이라는 것은 필요한 모양이라고 미쓰히데는 생각했다. 이 날 진영으로 돌아와서 야헤이지 미쓰하루를 불러 술 상대를 시켰다.

"불쾌한 일이 있었다" 하고 나서 그 얘기를 했다. 히데요시가 교토 수호의 최고관이고, 미쓰히데와 무라이 사다카쓰가 그 보좌가 된다는 것이었다.

"오마키를 부르고 싶군."

미쓰히데는 다른 말을 꺼냈다. 부인인 오마키는 기후 성 성하에 있다.

"난 좀 피곤해."

미쓰히데는 허공으로 눈길을 던졌다. 교토로 들어온 이래 군사(軍事)에, 시정(市政)에, 밤낮으로 분주하느라고 신경을 쉬게 한 날이 없었다. 그 위에 미쓰히데는 다른 무장처럼 주둔하는 곳곳에서 여자를 얻을 수는 없는 성질이었다. 전에 여러 나라를 방랑할 때 오미의 구쓰기다니에서 마을 색시와

하룻밤을 함께 한 사실만 제외하면, 오마키 외에 거의 여자라는 것을 모른다.

"부르고 싶다."

미쓰히데는 잔을 입술로 가져가면서 중얼거렸다. 오마키의 살갗, 냄새까지가 뇌리에 떠올라오는 것 같았다.

"그렇게 무리한 말씀을 하시지 마십시오."

야헤이지는 말했다. 무장에겐 처자를 주가(主家)의 성하에 두는 것이 일종의 법적인 관습이었다. 반역을 하지 않는다는 맹세의 표시이며, 그 인질이라는 의미이기도 하다.

"형님은 고지식하십니다."

야헤이지는 싱싱한 얼굴에 미소를 띠고 나서 새삼 큰 소리를 내어 웃었다. 미쓰히데의 기분을 어떻게 풀려는 것이리라.

"여자는 교토에도 있지 않습니까?"

"창녀 말이냐?"

"그렇습니다. 창녀 말입니다. 가중의 여러 무장·우두머리들은 진소, 진소마다 창녀를 불러들여 무척 재미를 보는 모양입니다."

"창녀는 싫다."

"때론 약입니다. 피로도 달아나고 마음도 활짝 갤 것입니다."

그리고 보면 미쓰히데의 지금의 음산함이나 곤두선 신경은, 오랫동안 여자를 상대하지 않은 탓도 있으리라. 그래서 미쓰히데의 부하들도 마음이 거북했다. 주인이 바람을 피우지 않기 때문에 우두머리격인 자들까지도 몸을 사렸고, 나아가 그 아래 아래의 자들까지 어딘가 항상 울적했다.

"도라지 무늬의 진지는, 싸움엔 강하지만 평소에는 진지 앞을 지나노라면 어딘가 음산하다"는 말을 듣고 있었다. 왁자하게 떠들썩한 구석이 없는 것이다. 그런 탓인지 가끔 병졸끼리 칼을 뽑아들고 처절한 큰 싸움을 벌이는 것도 반드시 '도라지 무늬 진지'였다.

"형님, 제가 좋은 여자를 데리고 올까요?" 하고 이 기회에 야헤이지는 권했다. 야헤이지는 아케치가의 기분을 일신시키는 것은, 미쓰히데가 가벼운 마음으로 바람을 피워 주는 도리밖에는 없다고 생각하고 있었다.

"어떠십니까?"

"좋지만, 다음에 하지."

미쓰히데는 취해 왔다. 푹 취하면 오마키가 그리운 마음도 조금은 없어진 다는 것을 미쓰히데는 알고 있었다.

그 다음다음 날 노부나가는 교토를 떠났다. 노부나가가 교토를 떠남과 동시에 그가 없는 동안에 대리관인 기노시타 도기치로의 직무가 시작된다. 도기치로는 노부나가의 대열을 아와다 어귀까지 배웅한 뒤, 교토로 되돌아와
'자, 무로마치관으로 갈까?' 하고 말을 니조로 몰았다. 무로마치관이란 쇼군관의 통칭이다.

도기치로는 새로 취임한 '교토 수호직'의 자격으로 등관하여, 쇼군가의 집사인 우에노 나카쓰카사다유(上野中務大輔)를 불러내서
"쇼군님을 뵙고 싶다"고 신청했다. 도기치로 개인이 정식 자격을 가지고 배알하는 것은 이것이 처음이었다. 이 배알 신청 중에는, 교토 수호직이라는 직책의 기쁨을 맛보고 싶은 이유도 있었으리라.
"잠깐만" 하고 막신 우에노 나카쓰카사다유는 도기치로를 기다리게 한 뒤, 요시아키의 뜻을 물었다.
"안 된다."
요시아키는 미쓰히데가 선발되지 않은 이 인사가 불유쾌했다. 소성조차 모르는 기노시타 도기치로를 지금 만나고 싶지도 않았다. 그리고 도기치로에게 본때를 보여주고 싶은 마음이기도 했다.
"그 하인 출신은 쇼군이 어떤 것인지를 모르리라. 쇼군을 배알하려면 선례 격식이 있는 법이지. 갑작스러운 배알은 할 수 없는 법이다. 그렇다는 것을 단단히 가르쳐 주어라" 하고 요시아키는 집사에게 말했다.
집사 우에노 나카쓰카사다유는 도기치로에게로 되돌아가서 그대로 말을 전하고
"다음에 날을 정하여 어떤 하명이 내리실 것이오." 했다.
그 말을 듣자마자 도기치로는 당장에 말했다.
"그 말씀은 나카쓰카사 공의 의견이시오, 아니면 쇼군님의 말씀이시오?"
놀랄 만큼 큰 목소리였다.
"말씀하시오. 사정에 따라서 이 도기치로, 그냥 있지는 않겠소."
도기치로는 지혜 많은 사나이다. 교토에 남은 자기를 쇼군이나 공경이 어떻게 보는가도 미리 알고 있었고, 또 그들에 대한 노부나가의 속마음도 잘

꿰뚫어 보고 있었다.

'원만하게 꾸려 나가면서도 권위를 잘 유지해라'는 것이 노부나가가 자기에게 건 기대라고 생각하고, 취임한 날에 일부러 이 싸움을 건 것이었다. 그것도 두 눈에 불꽃이 될 듯한 무서운 표정으로 집사에게 소리쳤다. 쇼군가 집사는 '나카쓰카사다유'라는 영주격 관위를 가지고 있지만 도기치로는 무위 무관의 신분에 지나지 않는다.

"어느 쪽이오?" 하고 캐묻자 집사는 떨어버려

"물론 쇼군님의 분부시오"라고 대답했다.

"그것은 부당하오. 쇼군님께서 말씀하시는 선례 격식이라는 것이 무엇이오? 이 도기치로는 노부나가의 대관으로서 교토 수호직을 맡은 몸, 그런데도 쇼군님께서는 노부나가에게 격식을 찾으신단 말이오? 노부나가가 교토를 떠나자마자 당장 그 은혜라도 잊으셨단 말이오!"

한쪽 무릎을 세우고 상대방을 벨 것만 같은 기세로 말했으므로 우에노 나카쓰카사다유는 혼이 달아나 복도를 뒹굴 듯이 달려가서 그 뜻을 요시아키에게 아뢰었다.

"그렇게 말하더냐?"

요시아키도 떨어 버렸다. 곧 정중하게 도기치로를 불러들이고, 요시아키는 황급히 상단(上段)의 자리에 나타나 앉았다.

"아까는 집사가 무례를 범한 모양인데" 하고 요시아키가 말하자 도기치로는 고개를 젓고

"매사에 오해라는 것이 있는 법입니다" 하고 잊은 듯한 표정을 지었다.

그 뒤, 요시아키는 술을 내려서 좌석을 부드럽게 하였다. 그러자 도기치로는 싸움터의 우스꽝스러운 얘기와 시정의 여자 얘기 따위를 꺼내 요시아키를 흠뻑 웃기며 두 시간 가량 환담한 뒤에 물러갔다. 이 최초의 배알에 배석한 요시아키의 측근까지가 이 도기치로에 대한 평판만을 수군덕거렸다.

요시아키도 도기치로가 물러간 뒤 몇 번이나 신음했고, 오히려 두려운 듯 "노부나가는 만만치 않은 가신을 가지고 있다"고 중얼거렸다. 자연히 미쓰히데와의 대비(對比)가 몇 번이나 요시아키의 뇌리에 오락가락했으리라.

팔자 타령

'교토 수호직'이라는 중직에 기노시타 도기치로 히데요시가 발탁되어 취임은 했지만 오래는 가지 않았다. 도기치로는 어디까지나 군인이다. 적어도 노부나가는 그렇게 보고 있었다.

"원숭이 놈이 없으면 불편하다"고 기후의 근거지에서 노부나가는 생각하게끔 되었다.

'원숭이 놈을 교토에 두어, 공경이나 쇼군 측근들과 교제시켜 보았자 별수 없다.'

비경제적이라는 것이다. 도기치로는 싸움터에 두어야만 아침에 적을 부수고, 저녁에 적의 성을 함락시키는 능력을 발휘하리라.

'교토는 오히려 미쓰히데가 낫다.'

그는 최적임자였다. 노부나가도 마음이 변했다. 마음이 변하자, 곧 도기치로에게 소환을 띄웠다.

"교토는 미쓰히데가 남아라."

물론 아케치 미쓰히데뿐만 아니라 무라이 사다카쓰나 아사야마 니치조(朝山日乘) 등등의 군관도 남았다. 도기치로는 교토를 떠나 1569년 여름부터 개시된 노부나가의 이세(伊勢) 정벌에 종군했다.
미쓰히데는 교토에 남았다.

"나는 말이지, 노부나가를 믿을 수 없다."
요시아키가 가장 신뢰하고 있는 미쓰히데에게 터놓은 것은 무로마치 관 정원의 단풍나무가 핏빛처럼 물들기 시작했을 무렵이었다. 미쓰히데는 바싹 긴장했다. 요시아키가 언젠가는 이런 말을 하리라고 은근히 두려워하던 참이었다.
"가까이 오너라. 그대와 나지막한 소리로 얘기를 나누고 싶다."
요시아키는 팔걸이에서 몸을 앞으로 내밀며 소리를 낮추어서 말했다. 그런 요시아키의 목소리를 양지바른 정원에 떼지어 있는 참새들의 지저귐 소리가 집어삼켜 버렸다.
"참새 놈들이 시끄럽구나."
요시아키는 정원을 보고 짜증을 냈다. 그런 요시아키의 얼굴이 어딘가 참새와 비슷했다.
"밀담도 할 수 없군."
귀에 거슬려 신경이 곤두섰다.
"예, 참새가."
미쓰히데는 정원을 보고, 그 속에 있는 늙은 회양목에 눈길을 쏟았다. 무성한 회양목 잎 속에 참새가 대여섯 마리 자꾸 들락날락하고 있었다.
"저 회양목에" 하고 미쓰히데도 웃었다. "검은 열매가 열려 있습니다. 참새는 그것을 좋아하고 있는 것이겠지요."
"쫓아라."
"제가?"
"아깨지 미쓰히데쯤 되는 자에게 참새를 쫓게 하는 것은 인도(人道)가 아니지만 나는 그대를 신뢰하고 있다. 모든 것──말하자면 참새든 독수리든 그대 손으로 쫓아 주기를 바란다."
'독수리든?'
암암리에 노부나가를 가리키고 있다는 것을 미쓰히데도 알 듯한 마음이 들었다. 그 일을 깨닫자 미쓰히데도 당황하여
"독수리는 저로서는 쫓을 수가 없습니다. 참새라면 쫓아 드리지요."

일부러 서둘러대는 듯한 태도를 짓고 정원으로 뛰어나가서 참새를 쫓았다.

"앗하하하하!"

요시아키는 진지하기 짝이 없는 미쓰히데의 그 서둘러 대는 품이 몹시 우스웠던 듯, 미쓰히데가 자리에 돌아와 앉고 나서도 웃고 있었다.

"그대는 소심한 자로군."

그처럼 '독수리'가 무서운가, 모반을 할 수 없는가, 라고 야유한 것이다.

"그렇습니다. 주군을 모시는 무사의 마음은 항상 소심한 법입니다. 주군에 대해서는 밤낮으로 세심히 마음을 쓰고 있습니다."

"이봐 이봐, 나도 그대의 주인이다."

"옳으신 말씀. 쇼군님에게는 있는 마음을 다하여 옥체에 탈이 없으시도록 생각을 거듭하고……"

"있단 말이지?"

요시아키는 몸을 더욱 내밀었다.

"나는 막부를 만들 작정이다."

'앗!' 하고 미쓰히데는 생각했다. 노부나가는 요시아키를 쇼군으로 삼고 성관까지 지어 주었으나, 그에게 막부를 열게 할 기척은 없었다.

'확실히 노부나가에게는 그럴 마음이 없다.'

요시아키에게 막부를 만들게 해 버리면 천하는 요시아키의 것이 되어 버리고 만다. 노부나가가 무엇 때문에 애를 써서 교토를 진정시켰는지 그 의미가 없어진다.

'노부나가는 자신이 오다 막부를 펴려고 하고 있는 것이다. 그것을 수립할 때까지의 민심 평정의 편법으로 요시아키를 쇼군으로 앉히고 있는 데에 불과하다. 요시아키는 쇼군으로 앉은 것만으로 만족해야만 할 것이다. 말하자면 어린애가 장난감을 얻고서 기뻐하는 것처럼.'

요시아키는 쇼군 자리를 얻었다. 그가 살고 있는 성관조차 지어 받았다. 모든 것이 당자인 요시아키가 팔짱을 끼고 있는 동안에 일이 진행되었다.

'그것으로 만족해야만 할 것이다. 이 위에 또 다시 막부를 만들어 정권을 쥐고 싶다는 말을 꺼내면, 노부나가는 와락 태도를 일변시킬 것임에 틀림없다.'

"너무 염치가 없는 일입니다" 하고 미쓰히데는 달래려고 했으나, 거기까

지는 말하지 못하고 단지
"좀 더 시기를 기다리십시오"라고 아뢰었다.
미쓰히데의 미적지근한 태도를 보고 요시아키는 금방 불쾌한 표정을 지었다.
"무슨 말인가, 미쓰히데? 그대는 나를 나라의 이치조 원에서 탈출시켰을 때, 초야에 묻힌 몸이지만 막부를 재흥케 하고 천하를 진정시키고 싶습니다——라고 말하지 않았는가. 그것은 거짓말이냐?"
"아닙니다."
미쓰히데의 이마에 땀이 내뱄다.
"거짓말이 아닙니다. 그러나 매사에는 자연스럽게 돌아가는 시운이라는 것이 있습니다."
'나라 이치조 원에서 이 아시카가 쇼군의 핏줄을 이어받은 자를 훔쳐냈을 때엔 나도 한낱 떠돌이 무사에 지나지 않았다. 책임도 없었고 현실도 몰랐다. 그러나 지금은 오다가의 가신이다. 현실로부터 비약했다. 소년이 꿈을 구가하듯이 할 수는 없다. 요시아키가 막부를 연다면 지금까지는 아시카가가의 다시없는 충신이었던 노부나가는 불상(佛相)을 벗어던져 버리고 마왕으로 둔갑할 것이 틀림없다.'
미쓰히데는 그것을 손에 잡듯이 안다.
"무리를 하시지 마십시오."
"뭐가 무리냐?"
요시아키는 발끈한 모양이다.
"정이대장군이라는 관직은 어느 분으로부터 임명 받았다고 생각하느냐?"
"황공하오나 구중궁궐 안에 계옵시는 분으로부터입니다."
"옳다. 거기까지 알고 있으면서 주저할 것이 무엇이 있느냐. 쇼군이 된 이상, 나는 막부를 만든다."
"……."
미쓰히데의 입장은 괴로웠다. 쇼군가의 부하인 동시에 오다가의 부하이기도 한 것이다.
"미쓰히데, 왜 잠자코 있느냐?"
"저의 입장으로서는 지금의 경우, 돌처럼 잠자코 있을 도리밖에는 없습니다."

"알았다."

요시아키는 갑자기 밝은 목소리를 냈다. 요시아키는 자기의 막부 수립 활동을, 오다가의 교토 대리관인 미쓰히데가 '묵인한다'는 의미로 받아들인 것이었다.

요시아키의 행동은 활발해졌다. 노부나가에게 아무런 양해도 얻지 않고, 자꾸 제국의 강호들에게 '쇼군 교서'라는 것을 발송하기 시작한 것이다.

내용은 요컨대

"싸움을 그쳐라" 하는 것이었다. 이미 전란이 오랫동안 계속되었다. 이제 다른 나라와 교전하기를 그쳐라, 하는 것이었다. 특히, 본래 요시아키에게 호의적인 에치고의 우에스기 씨, 붕고(豊後)의 오토모(大友) 씨, 아키(安藝)의 모리(毛利) 씨에게는 꿀처럼 달콤한 태도로 써 보냈다.

"불화가 있으면 내가 조정하마"고 말해 보냈다. 조정쯤으로 가라앉지 않는다는 것을 요시아키도 알고 있었으나, 하여간 이렇게 하명적(下命的)인 태도로 나감으로써 세상에는 쇼군이 있다는 것을 알리고 싶었고, 이미 사실상으로 무로마치 막부는 존재한다는 것을 인식시키고 싶었다. 요시아키는 이 '음모'에 몰두했다. 오사카(大阪)의 혼간 사(本國寺)나 에치젠의 아사쿠라 씨에게도 줄을 댔다. 모두들 옛 권위에 따르기를 기뻐하는 가문들이었다. 옛 권위, 바로 그 자체인 에이 산(叡山)과도 손을 잡았다.

그들은 모두

"노부나가가 수상하다"고 보고 있었다.

"노부나가가 쇼군을 옹립한 것은 천하를 빼앗을 흉심을 품고 있기 때문이다."

이렇게 보고 있고, 또한 노부나가가 요시아키 옹립이란 핑계로 재빠르게 교토를 진압한 것을 질투했고, 위험시했고, 다음에는 자기 몸이 위험하다고 전율했으며,

"이리 된 이상, 요시아키 쇼군을 노부나가와 이간시키지 않으면 안 된다"고 한결같이 보고서, 모두들 요시아키에게 답례의 사자를 보내 친교를 깊게 하려고 했다.

끝내 요시아키는 대담하게도 막부를 만들 비용을 여러 나라의 호족들에게 부과시키고 말았다. 그리고, 에치젠의 아사쿠라 씨 등은 재빨리 그 비용을 보내왔다. 모두들 노부나가를 무시한 채였다.

'이거 대단한 일이 벌어지겠다.'

미쓰히데는 노부나가의 성격을 알고 있다.

어느 날, 막신 호소가와 후지타카의 저택으로 가서 후지타카를 만나 그 일에 대해서 의논을 했다.

"나도 어찌해야 좋을지 모르고 있는 판이오."

후지타카는 말했다.

"몇 번이나 간언 드렸소. 그러나 아무래도 성격이신 것 같소. 쉽사리 편승해 버리시오. 그 위에, 항상 들볶이고 있는 콩처럼 마음에 침착함이 없으시고 자잘구레한 계책을 농하고 계신단 말이오."

"옳은 말인데, 지금 이 상태가 계속되면 기후 공(노부나가)의 대철퇴가 떨어질 것은 뻔한 일, 왜 귀공이 좀 더 강력히 간언 드리지 않소?"

"안 되오."

후지타카는 말했다.

"이미 나도 못마땅하신 듯, 쇼군께서는 경원하고 계시오."

이러는 동안도 노부나가는 기후나 이세의 싸움터에서, 기회를 보아서는 바람처럼 상경하여 며칠씩 머무르다가 떠나가고 했다. 이 해 12월 11일, 노부나가는 이세 평정의 보고를 위해서 상경하여 요시아키를 배알하자, 갑자기

"마음대로 하지 마십시오" 하고 고언을 토로했다. 그 말에는 요시아키도 불끈했다.

"무엇이 마음대로인가! 나는 정이대장군이 아닌가. 그 직무에 충실할 뿐이다" 하고 덧붙였다.

노부나가는 침묵했다. 이 사나이는 본래 언변에 능하지 않다. 오히려 그에게 있어서 침묵이야말로 가장 두려운 웅변이었다. 말없이 물러나왔다.

쇼군 따위가 뭐냐는 마음이 무럭무럭 일어나고 있다. 노부나가는 그러한 요시아키를 세운 자기의 실패를 느끼지 않을 수가 없었다. 말을 타고 찬바람을 가르며 묘카쿠 사의 숙소로 향했는데, 말을 몰면서도

'어떻게 해 줄까' 하는 생각이 가슴 속에 불꽃이 되어 타올랐다.

'실패했다'는 의미는, 쇼군 따위를 옹립할 것이 아니라 왜 천자를 받들지 않았는가 하는 것이었다.

'천자 쪽이 더 높다'는 지식이, 돌아가신 아버지 오다 노부히데가 다시 없이 천자를 좋아했기 때문에 노부나가에게는 소년 때부터 있었다. 노부히데 같은 시골의 토호가 진기하게도 이런 지식을 가지고 있었던 것은, 노부히데가 연가(連歌)를 좋아하여 서울에서 내려오는 연가사들에게서 배운 탓이리라.

노부나가가 소년일 때, 아버지가

"기쓰보시야, 일본에서 누가 제일 높으냐?"라고 물어, 즉석에서 "쇼군"이라고 대답했는데, 아버지는 뜻밖에도 고개를 젓고서 "교토의 천자다"라고 말했다.

이 지식은 아버지 노부히데의 자랑 중의 하나로서, 곧잘 가신들에게도 똑같은 질문을 하고서는 '천자다' 하고 자랑스러운 듯 가르쳐 주고는 했다. 이만한 것을 알고 있는 것은 여러 나라의 영주 중에도 몇 명 없었다.

"높다는 증거가 있습니까?" 하고 노부나가는 아버지에게 물은 일이 있었다. 노부나가는 무슨 일이든지 실증이 없으면 믿지 않았다.

"관위를 보아라. 이세노카미라든가 단조추라는 관위는 우리 시골 사람들이 쇼군가에게 돈을 바치고 받는 것이다. 그러나 그러한 쇼군가도 어떠하냐면, 무사시노카미(武藏守)라는 관위를 주겠다고 할 수는 없다. 쇼군이 천자에게 상주하여 비로소 임명되는 것이다. 그러므로 쇼군가는 천자와의 중개역에 지나지 않는다."

"천자는 싸움에 강하신가요?" 하고 노부나가는 묻자

"천자는 군사를 부리시지 않는다. 평소엔 오로지 신(神)만을 받들고 계시다."

'신주(神主)의 우두머리인가) 할 정도로 노부나가는 이해하고 있었다.

그런데 이처럼 교토로 올라올 때마다 느끼는 것은, 교토 사람들이 쇼군보다 천자 쪽이 높다는 것을 극히 상식처럼 가지고들 있다는 것이었다. 이러한 데에는 노부나가도 사상을 일변시키지 않을 수가 없었다. 배하의 도기치로 등은 재빨리 이런 사정을 깨닫고

"쇼군보다도 천자 쪽이 훨씬 위대하십니다. 교토에서는 꽃 장사·인부들조차도 그것을 알고 있습니다" 하고 아뢰고 있었다. 도기치로의 말은 이왕 떠받들려면 천자를 떠받들라는 것이었다. 보다 위대한 쪽이 보다 이용 가치가 많은 법이다.

그 위에 천자는 아무리 떠받들어도
——그러므로, 막부를 만들겠다
고는 하지 않는 법이다. 그런 점에선 신과 같아 지배권을 바라지 않는다. 이처럼 고마운 일은 없는 것 같았다. 단지 노부나가가 미심쩍어 하는 것은
'과연 천자가 일본 통일의 중핵적 존재가 될 수 있을까 없을까.' 하는 것이었다. 쇼군이라면 '무가의 두령'이라고 하여 영주들은 두려워하고 공경한다. 그러나 천자는 어떨까? '일본 만민의 종가(宗家)'라는 것만으로는 사람들이 두려워하지 않는 것이나 아닐까? 무엇보다 천자야말로 위대하다는 지식이 만천하의 여러 영주들에게 없다면, 천자의 이용가치가 없다. 생각하면 천자는 황폐한 궁궐에 살며 매일의 수라상마저 거르는 형편이다. 그러므로 세상의 멸시를 받는 것은 당연하리라.
'오히려 쇼군관보다는 천자의 어소를 훌륭하게 만들 필요가 있다. 그것만으로도 세상 사람들은 천자의 존귀함을 더 안다.'
노부나가의 발상은 항상 구체적이었다. 더구나 생각한 바를 곧 실행하는 힘도 가열할 정도였다. 이 사나이는 이미 쇼군관이 준공된 이해 4월, 당장에 1만 관(貫)의 거비를 들여서 어소를 대증축 중이었다. 그것이 완성되려면, 아마 내년 말쯤 되리라.
노부나가는 쇼군관에서 물러나와 묘카쿠 사로 향하는 동안, 갑자기 "어소로" 하고 행렬을 돌리게 했다. 공사 현장을 보기 위해서였다.
이윽고 어소의 공사 현장을 빙글빙글 돈 뒤 곁에 있는 미쓰히데에게
"천자는 왜 위대한지 알고 있느냐?"고 물었다. 미쓰히데가 공손히 왕자(王者)와 패자(霸者)와의 차이를 학문적으로 말하려고 하자
"좋아. 천자는 위대한 거다. 왜냐하면 나는 쇼군은 언제든지 뵈올 수 있으나 아직 천자를 배알한 적은 없다"고 말했다. 노부나가는 아직도 관위가 낮기 때문에 승전(昇殿)할 자격을 갖기 못하고 있는 것이었다. "알겠느냐?"
노부나가는 곁눈질로 미쓰히데를 보았다. 그 눈길은 미쓰히데가 쇼군의 부하이기도 하다는 것을 충분히 의식하고 있는 모양이었다. 노부나가는 해를 교토에서 넘겼다.
해가 바뀐 정월 23일, 노부나가는 미쓰히데 등 교토의 사정관(司政官)을 불러서

팔자 타령 353

"쇼군에게 말씀드려라" 하고 요시아키의 행동을 제약하는 단호한 방침을 분명히 했다. 노부나가는 군말을 못하도록 떠들어댔고, 미쓰히데 등은 오로지 듣기만 하여 마지막엔 그것을 조문(條文)으로 만들지 않을 수가 없었다. 조문은 다섯 개 조로 이루어졌다.

'지금까지 여러 나라로 내린 명령서는 모두 파기할 것'

'여러 나라로 내서(內書)를 내리실 때에는 반드시 노부나가와 의논하시고, 노부나가의 첨부장을 붙일 것' 등이었다.

미쓰히데 등은 할 수 없이 노부나가의 뜻을 받들어 쇼군의 거관으로 들어가 그 뜻을 전했다.

"만약 듣지 않으신다면 쇼군님에게 좋은 일이 없으실 것임을 깨달으십시오" 하고 니치렌 종의 승려로서 오다 가의 문관으로 있는 아사야마 니치조는 말했다. 미쓰히데는 고개를 숙인 채, 오로지 침묵을 지키고 있었다.

"듣겠다."

요시아키는 파랗게 질려, 오히려 니치조의 기분을 맞추듯이 미소를 띠고

"아버지(노부나가를 일컬음) 단조추에게 잘 말해 다오" 하면서 서장의 오른쪽 어깨께에 몸소 도장을 들어 묵인을 찍었다.

'막부 재흥의 소망도 사라졌다.'

미쓰히데는 고개를 숙인 채 생각했다. 왕년에 막부 재흥을 위해서 그처럼 분주하던 자기가 지금 얄궂게도 '막부를 만들지 말라'는 서약을 요시아키에게 요구하고 있다.

'가혹한 것은 사관(仕官)이라는 말이 있는데, 정말 핵심을 찌른 말이로군)이라는 생각이 들어, 팔자를 한탄하지 않을 수가 없었다.

매화 한 가지

'좋아, 노부나가를 넘어뜨리겠다' 하고 쇼군 요시아키가 본격적으로 각오를 한 것은 그 직후였다.

여담이지만 이해, 즉 1570년은 개원(改元)되어 '겐키(元龜) 원년'이 되었다. 겐키, 나아가 덴쇼(天正)로 이어지는 이 역사적 계절은 전국 통일을 지향하는 여러 호걸들의 처절한 격투기가 된다. 겐키 원년은 그 돌입의 해라고 해도 좋다.

"노부나가를 쓰러뜨린다"고 결의를 한 쇼군 요시아키야말로 여러 호걸들

의 격투에 불을 붙인 사람이었다. 요시아키는 여러 나라에 밀사를 보내
 '반(反) 오다 동맹'이라고도 할 수 있는 거대한 전국 조직을 순식간에 만들어 냈다.

 에치고, 우에스기 겐신
 에치젠, 아사쿠라 요시카게
 가이, 다케다 신겐
 아키, 모리 모토나리(毛利元就)
 셋쓰, 혼간 사(승려의 본산)
 오미, 에이 산(승려의 본산)

 이들이 그 동맹원이었다. 물론 동맹은 노부나가에겐 어디까지나 비밀리에 행하여졌다. 그 동맹원들 중, 지리적으로도 교토로 진출하기 쉬운 군사 세력인 에치젠의 아사쿠라 요시카게를 쇼군 요시아키는 특히 기대했고 자주 밀사를 보냈다.
 '에치젠만은 일어서 준다'는 것이 요시아키의 기대였다. 사실, 에치젠 이치조다니에 수부(首府)를 둔 아사쿠라는 노부나가가 하는 짓에 격노하여
 "언젠가는 보복을" 하고 그 기회를 엿보고 있었다. 아사쿠라 가로서는 무리도 아니었다. 전에 자기에게 의지해 온 요시아키를, 노부나가는 교묘히 가로채서 교토로 데리고 가서 쇼군의 자리에 앉히고 말았다.
 "속았다"는 분노가 있었다.
 그 위에, 노부나가는 그 요시아키 쇼군에게 막부를 만들게 하지 않고 마치 허수아비처럼 다루어, 요시아키를 이용해서 자기의 야심을 멋대로 채우고 있다는 의분도 있었다.

 이러한 형세를 민감하게 느끼고 있는 것은 당자인 노부나가였다. 그러나 노부나가는 분주스러웠다. 그 자신이 일일이 요시아키의 암약을 감시하고 있을 도리는 없었다.
 이 1570년 정월에도 교토에는 짧은 기간 머물렀을 뿐으로, 근거지 기후로 철수해 버리고 말았다. 철수할 때에도 미쓰히데 등의 재경관(在京官)을 모아

"쇼군은 방마(放馬)가 된 모양이다"라고 말했다. 방마란 말이 고삐 없이 멋대로 몰아치는 것을 말한다.

"고삐를 잘 죄어라."

노부나가는 엄명을 내렸다. 미쓰히데는, 자기가 오다가로 모셔 들인 쇼군인 만큼 노부나가로부터 야유를 받는 것 같은 느낌이 들어 몹시 괴로웠다. 그 괴로운 몫만큼, 남보다도 열심히 노부나가를 위해서 일했다. 그러나 노부나가를 위해서 너무 힘을 다 기울이면 요시아키에게 좋지 않다.

실제로, 요시아키는

"미쓰히데, 그대는 어느 쪽에 마음이 있느냐?"고 노부나가가 기후로 돌아가고 없는 동안 미쓰히데를 추궁했다.

"두 분께서 모두 탈이 없으시라고 비는 것만이 이 미쓰히데의 입장입니다."

"두 분?"

요시아키는 그 말이 걸렸다. 두 분이라면 쇼군인 자기와, 한낱 단조추에 지나지 않는 노부나가를 동격으로 취급하는 말이 아닌가. 착실한 미쓰히데는 자기의 실언에 놀라서 그것을 사죄했다.

며칠이 지나 요시아키는 기분이 돌아서서

"미쓰히데, 좋은 것을 주겠다" 하고 주인장(朱印狀)을 한 장 주었다. 보니 야마시로(山城: 교토와 그 교외)의 시모구제노쇼(下久世莊)를 준다고 씌어 있었다.

"노부나가의 허락을 받지 않고 나에게서 봉토를 받았다면 그는 화를 내리라. 아니 아니 염려 말아. 노부나가에게는 내가 잘 말해 두겠다" 하고 요시아키는 미쓰히데의 입장을 이해하여 친절하게 말해 주었다.

"배려하심 고맙게 생각합니다."

"그 대신 내 은혜를 잊지 말라. 그대는 본래 아시카가의 부하이기도 하고 오다가의 부하이기도 하다. 그러므로 나의 이(利)를 앞세우고 오다가의 이(利)를 뒤로 돌려라. 그런 마음으로 신사(臣仕)하여라. 알았느냐?"

요시아키도 미쓰히데의 존재를 무시할 수가 없었다. 경우에 따라서는 이 미쓰히데를 포섭하여 노부나가에게 반기를 들게 하는 수법도 있다. 그렇기 때문에 봉토를 늘려준 것이다. 그러나 미쓰히데가 물러나온 뒤에, 자기 집에 비치해 놓은 야마시로 나라의 토지대장을 보니 시모구제노쇼는 아시카가 쇼군가의 토지가 아니었다.

'이런 이런' 하고 생각했다.

남의 토지다. 시모구제노쇼의 영주는 교토에서 제일 큰 진언밀교(眞言密敎)의 대사(大寺)인 도 사(東寺 : 敎王議國寺)였다. 만일을 위해서 부하를 현지와 도오 사로 보내 조사시키니 그것이 틀림없었다.

'그 쇼군님답군……'

화도 내지 않았다. 요시아키는 미쓰히데를 속인 것이 아니라 성격이 소홀한 것이리라.

'이래 놓고 충의를 다하라니 은혜를 억지로 입히는 것이로군.'

뚜렷이 이러한 말로 생각한 것은 아니지만, 미쓰히데는 이러한 요시아키의 경솔함에 차차로 정이 떨어져 가는 마음을 어쩔 수가 없었다.

이 해 2월 초, 기후의 노부나가는 다시 비와 호 동쪽 기슭을 통해 교토로 올라왔다.

노부나가는 오쓰의 거리를 지날 때,

"교토에서의 숙소는 아케치 저택으로 하겠다" 하고 갑자기 곁에 있는 후쿠토미 헤이사에몬에게 말했다. 후쿠토미는 놀랐다. 부하의 저택에 머무른다는 것은 이례적이었다.

"주베의 저택 말씀이십니까?"

"다시 말을 시키지 말아라."

노부나가는 부하로부터 명령에 대한 다짐을 받는 것을 무엇보다도 싫어하는 사나이였다. 다시 말하면 다짐을 두고서 겨우 명령을 이해하는 것 같은, 말하자면 둔감한 부하에 짜증을 내는 성질이었다. 이 명령은 곧 구체화되어 선발대 몇 기가 교토로 달려갔다.

'신기한 일도 있구나!' 하고 군중(軍中)에서 고개를 갸웃거린 것은 기노시타 도기치로 히데요시였다. 도기치로는 매화나무 한 가지를 길가의 농가에서 꺾어 그것을 입에 물고 말을 채찍질하고 있었다.

'주군에겐 일곱 가지 불가사의가 있다.'

그 하나는, 노부나가가 교토에 저택을 가지려 하지 않는 것이었다. 쇼군관을 짓고 어소를 증축하여도 자기의 교토 저택은 가지려 하지 않았다.

'뜻이 크신 증거다.'

도기치로는 이렇게 이해했다. 우선 첫째로 교토 저택을 지으면 제국의 호걸들이

──드디어 노부나가 놈, 탈을 벗었는가! 교토에 영주하여 정권을 잡을 작정이군.
 하면서 크게 떠들리라. 그들에게 쓸데없는 적의를 주는 것은 외교상 바람직스럽지 못하다. 다른 하나의 이유는 경제 문제다. 교토에 쓸데없는 저택을 지을 비용이 있으면 그것을 군사비로 투입해야만 할 것이었다.
 '언젠가 천하를 잡으면 교토의 성관은 순식간에 만들 수 있다. 그때까지 쓸데없이 화려하게 차리려 하시지 않는 것 같다.'
 그렇더라도 이렇게 자주 상경하는데 언제나 숙소에 머무른다는 것은 좀처럼 강인한 의지가 없고서는 하기 힘든 일이다.
 '주군께서는 정말로?'
 도기치로는 이렇게 생각했다. 노부나가가 늘 머무는 숙소는 교토의 니치렌 종 본산인 묘카쿠 사였다. 후에 혼노 사(本能寺)를 증축시키고, 그곳을 상숙(常宿)으로 삼게 된다. 노부나가는 평생 교토에 자기 집을 갖지 않았다. 묘카쿠 사 본산을 거처로 삼은 것은 이 절이 교토의 중심부 가까이 있다는 편리함과, 또한 장인 사이토 도산이 소년 시절을 그곳에서 보냈다는 인연에 그리움을 느꼈기 때문이리라.
 당초 노부나가는
 "이 절에 호렌보라는 지혜와 언변이 으뜸가는 학생이 있었다. 그 사람이 절을 뛰쳐나와 기름장수가 되었고, 다시 미노로 내려가 나라를 빼앗았는데, 바로 나의 장인 사이토 야마시로 뉴도 도산이다"라고 묘카쿠 사의 어스름한 정원을 산책하면서 좌우에게 말한 일이 있다. 그런 종류의 추억담을 싫어하는 노부나가로서는 진기스러운 술회였다. 그런데 이번 길에는 묘카쿠 사를 이용하지 않는다. 미쓰히데의 저택이라고 한다.
 "그 살짝 대머리, 얼마나 운이 좋은가!"
 도기치로는 미쓰히데의 행운이 왜 그런지 부럽게 느껴졌다.
 미쓰히데는 요즈음 노부나가의 허락을 받아, 전에 미요시 조케이의 별택이었다는 넓은 저택을 수리하고 그곳을 표면적인 관청 겸 사저로 삼고 있었다. 저택은 전 시대의 교토의 지배자가 소유하고 있었던 곳이니만큼 담장도 해자도 당당한 것이었고, 그 위에 저택 안의 차를 마시는 정자나 정원도 온갖 취미가 깃들여져 있었다.
 '차를 좋아하시는 주군께서는 그곳을 이용하려는 것이리라.'

도기치로는 그렇게 생각했다.

"제 집에 주군께서!"
사자의 급보를 듣고 미쓰히데는 놀랐다.
"그런데 주군께서는 지금 어느 부근을?"
"이미 오쓰를 지나시고 계실 것이므로, 곧 뒤따라 도착하실 것입니다."
'이거 야단이로군.'
미쓰히데는 사자를 돌려보낸 뒤 부하들을 불러모아 기민하게 노부나가를 맞이할 준비를 갖추었다.
'차 준비도 할까?' 하고 생각했으나 주제넘은 짓일 듯하여 그만두었다. 노부나가는 부하에게 다도를 즐기는 것을 용서하고 있지 않았던 것이다.
'준비는 소박하고 간결한 편이 좋다.'
이렇게 생각하고, 그런 방침으로 통일을 했다. 저택 안 자기 부하들은 모조리 밖으로 내보냈고, 미쓰히데도 저택에서 떠나 문 앞에 자리 잡고 있었다.
'하여튼 간에' 하고 노부나가의 도착을 기다리면서, 마음속에서 들뜨는 기분을 억누를 수가 없었다.
'내 집을 숙소로 삼겠다고 하시는 이상, 나라는 자를 몹시.'
……노부나가는 마음에 들어 하는 것이리라. 위험한 자라든가 또는 싫은 자의 저택에 머무를 리가 없다.
'그렇지 않을까?'
이윽고 노부나가의 행렬이 도착했고, 노부나가는 문 앞에 말을 내렸다.
미쓰히데는 야헤이지 등 중신들과 함께 꿇어 엎드려 있었다.
"주베, 안내하여라."
노부나가는 외쳤다. 미쓰히데는 선도(先導)하여 문 안으로 들어갔다. 그동안 노부나가는 기분이 좋았다. 노부나가의 그 좋은 기분은 밤중이 되어도 변함이 없었다. 미쓰히데를 불러서 교토의 정세, 요시아키의 근황을 보고 시켰다.
"그 사람의 음분(淫奔)함은 아직 그치지 않았느냐?" 하고 미쓰히데에게 물었다. 요시아키의 예의 음모 버릇에 대한 말이다.
"요즈음은 훨씬."

미쓰히데는 말했다. 얌전해졌다는 뜻의 말을 자질구레한 구체적인 예를 들어서 말했다.
"그대는, 후하군."
노부나가는 여전히 기분 좋게 말했다.
"그대가 쇼군의 녹을 받고 있는 사람이라는 입장 때문에 할 수 없는 일인지 모르지만, 아무래도 그대가 보는 것은 후한 것 같아."
"황공합니다."
"증거가 있다" 하고 노부나가는 말했다.
요시아키가 에치젠의 아사쿠라에 보낸 밀사를 노부나가의 부장이 남 오미에서 한 사람, 북 오미에서 한 사람, 붙잡아 목을 베고 그 밀서를 손에 넣었다는 것이었다.
"더구나 최근의 일이다."
'아사쿠라에 밀사를?'
의외는 아니었다. 요시아키가 요즈음 점점 아사쿠라와 깊이 맺어지고 있는 것 같다는 것은 미쓰히데로서도 어느 정도 느끼기 시작하고 있었다. 그러나 그 정도의 애매한 인상을 노부나가에게 보고한다는 것은 요시아키를 위해서 조심되었다.
"버릇이 나쁜 쇼군이야."
노부나가는 이렇게 말하고, 별로 미쓰히데의 재경관으로서의 불찰을 책하지는 않았다.
미쓰히데는 안도의 숨을 쉬었다. 평소의 노부나가라면 이 정도의 둔감함을
'태만'이라고 해서, 얼마나 책하고 얼마나 노할지 모른다. 이번에 한해서 이상스럽게도 온화했다. 입경한 다음 날, 노부나가는 쇼군관에게 사후하여 요시아키의 안부를 물었다.
'기분 나쁘다……'고 요시아키가 생각했을 만큼 노부나가는 기분이 좋아서, 언제나 웃는 일이 없는 이 기후의 호걸이 시종 입매에 웃음을 띠고 다도의 얘기 등, 부담 없는 화제를 꺼내고는 환담을 했다. 그대로 재경 이틀 만에 교토를 떠났다.
'무엇을 하러 왔는가?'
교토의 소식통들은 모두들 고개를 갸웃거렸다. 물론 요시아키도 미쓰히데

도 알지 못했다. 노부나가가 돌아간 뒤, 요시아키는 미쓰히데를 불렀다. 이 날은 다실로 안내되었다.

'중요한 말씀이 계시는가?'

미쓰히데는 오히려 그것을 두려워했다. 음모가인 요시아키는 측근을 물리친 다실에서 얘기를 나눈다는 것은, 때가 때인 만큼 미쓰히데는 남의 말이 두려웠다.

"쇼군님. 하다못해 다도의 자라도 이 자리에 끼도록 해 주시기 바랍니다."

"무엇 때문에 말이냐. 나와 그대 사이가 아닌가?"

미소 띤 둥그런 얼굴로 요시아키는 말했다. 웃으면 이 쇼군은 거의 대여섯 살의 어린애 같은 얼굴이 된다.

요시아키는 몸소 주인 노릇을 하여, 미쓰히데를 위해서 차를 끓였다. 미쓰히데가 그것을 받아 한 모금 마시고 나자

"맛이 어떠냐"고 묻는 대신 요시아키는 소리를 낮추어

"노부나가는 망한다"고 속삭였다.

미쓰히데는 놀랐다. 그러나 요시아키는 미쓰히데의 심경 따위는 아랑곳없이

"셋쓰 이시야마(石山 : 大阪)에서 혼간 사가 일어난다. 그것을 쥬고쿠의 모리가 뒤를 민다. 동시에 북쪽에서 에치젠군이 공격해 내려온다."

"쇼군님!"

미쓰히데는 소리를 푹 낮추었다.

"그, 그런 불장난은 하지 마십시오."

"어찌 불장난이란 말이냐! 노부나가 놈에게 쇼군이 얼마나 두려운 것인가를 보여 주겠다."

"쇼군님!"

미쓰히데는 오른손을 짚었다. 그러나 미쓰히데가 말하기보다도 빨리 요시아키는

"그대는 살해하는 거다. 노부나가를" 하고 자기 말의 자극성을 즐기는 듯한 표정으로 말했다.

"그 일을 후지타카 공에게 말씀하셨습니까?"

"아니, 말하지 않았다. 후지타카는 막신의 명가에 태어났으면서도 요즈음 나를 멀리하고 자주 노부나가에게 접근하고 있다. 그러한 사나이에게 위

험해서 어찌 말할 수 있단 말이냐."

'……'

미쓰히데는 잠자코 요시아키를 쳐다보았다. 요시아키의 기묘함은 아케치 주베 미쓰히데라는 순수한 무사 출신 신분의 심정을 손톱 끝만큼도 의심하지 않는다는 것이었다.

'뭐니뭐니해도 나라 이치조 원을 탈출한 뒤로, 이분을 호위하기 위해서 나는 목숨을 걸고 글자 그대로 창날이 소나기처럼 쏟아지는 속을 꿰뚫고 왔다.'

자연히 요시아키는 자기의 생명을 지켜 준 미쓰히데에게, 사리를 넘어선 신뢰의 감정을 품고 있는 것이리라.

'그 심정을 생각하면'

……애틋하다, 고 미쓰히데는 일종의 부성애 같은 것을 요시아키에게 느끼는 것이다.

"여러 나라의 영웅호걸들이 모조리 일어나서 노부나가를 토벌한다. 다행히 그대는 노부나가의 측근이다. 기회를 보아 찔러라."

'이것을 노부나가에게 보고해야 하나, 어떻게 해야 하나.'

미쓰히데는 고개를 푹 숙이면서 몸이 싸늘해지는 것을 느꼈다. 등·겨드랑이·가슴에 땀이 흠뻑 흘렀다.

"미쓰히데, 얼굴이 창백하구나."

"그, 그렇습니다. 차가 걸린 모양입니다."

미쓰히데는 말을 마치고 종이를 꺼냈다. 입술을 천천히 닦았다. 눈앞 어두컴컴한 마루에 흰 매화 한 가지가 꽂혀 있었다. 꽃은 다섯 잎이었다.

'쇼군인가, 노부나가인가…….'

어느 한쪽을 배반함이 없이는 미쓰히데는 앞으로 살아갈 수가 없으리라.

유락(遊樂)

이날 밤, 아케치 야헤이지 미쓰하루가 미쓰히데의 방으로 불리어 갔다.

"주군, 어찌된 일이십니까?" 하고 야헤이지가 놀랐을 만큼 미쓰히데의 모습에는 생기가 없었다. 눈 가장자리가 거무칙칙해졌고, 어깨가 푹 처져 병자 같았다.

"몸이?"

"괜찮다. 야헤이지, 수고스럽다만 오늘 밤 사자가 되어 교토를 떠나 기후로 가 주지 않겠느냐?"
"손쉬운 일입니다."
"가지고 가는 것은 편지다. 절대로 중도에서 남에게 빼앗기지 말아라."
"만일의 경우에는 태워 버리지요. 될 수 있으면 내용을 밝혀 주시기 바랍니다."
"요시아키가 모반을 하신다."
"옛?"
"놀라지 마라. 요시아키의 모반에 대해서는 기후의 주군도 어렴풋이 눈치 채고 계시다. 그러나 네가 가지고 가는 나의 밀서에 의해서 모반에 대한 일은."
……결정적인 사실이 되리라고 미쓰히데는 말했다.
"요시아키는 기후 공이 싫으신 거야. 그래서 우에스기·다케다·호조·모리·혼간 사·아사쿠라·에이 산 등과 연계를 맺고 그들의 세력을 교토로 불러모아 일거에 오다군을 구축하신다. 요시아키가 누구보다 믿는 것은 에치젠의 아사쿠라다."
"주군."
야헤이지는 다가앉았다. 이 민감한 젊은이는 미쓰히데의 입장과 그 심경을 모조리 알 수 있었다.
"주군, 괴로우시겠습니다."
"나 말이냐? 괴롭다."
미쓰히데는 웃었다. 야헤이지에게는 울고 있는 것처럼 보였다. 생각하면 쇼군 요시아키라는 존재는 미쓰히데의 작품 같은 것이었다. 오랫동안 정혼을 다 기울여서 겨우 쇼군의 자리에 앉히고 오늘날같이 무로마치 관의 번영을 보기에 이르렀다. 그렇게 쌓아 올린 누각을 자기의 손으로 허물지 않으면 안 되는 것이다.
"이것이 밀서다. 이 밀서가 그대의 손으로 기후에 닿았을 때, 내 다년간의 꿈은 허물어진다."
"그러면 전하지 않겠습니다."
야헤이지는 말했다.
"그렇지. 그럴 수도 있지. 전하지 않고 요시아키 님의 음모에 가담한다면, 나는 닥쳐올 무로마치 막부 체제 아래에서 제일 큰 영주가 되리라. 요시아키 님도 그것을 약속하고 계시는 듯하다. 반드시 그렇게 된다."
"주군은 오다가의 역대 신하가 아닙니다. 더구나 두 주군을 모시고 계시는 천하에 보기 드문 이상한 분이십니다. 그러므로 아시카가, 오다, 어느 쪽을 받드시더라도 어느 쪽엔가는 충(忠)이오니 걱정하실 것 없습니다."
"야헤이지."
미쓰히데는 말했다.
"오다를 버리고 아시카가를 받들라는 말이냐?"
"그것이 주군의 젊으실 때부터의 숙원이 아니겠습니까? 외로이 천하를 분주하신 것도 무로마치 막부의 재흥을 위해서가 아니십니까?"
야헤이지의 본심은 오다가를 버리고 아시카가 쪽에 붙는 것이 유리하다는 것이 아니었다. 인간, 청년 시절의 뜻을 이루는 쪽이 행복하다는 것이었다.
"가령 실패하더라도, 태어난 보람이 있는 것이 아니겠습니까?"
"옳은 말이다."
미쓰히데는 말했다.
"그렇기 때문에 나는 그 편지를 쓸 때까지 무척 괴로워했다."
"끝내 막부에 대한 꿈을 버리실 작정이십니까?"
"요시아키 님은 그릇이 아니다."
미쓰히데는 말했다.
"그리고 기후 공이 내가 생각하는 것 이상의 인물 같다. 그분이 에치젠의 아사쿠라 요시카게 정도의 어리석은 인물이라면, 요시아키는 다리를 쭉 뻗고 쇼군 자리에 앉아 있으면 그것으로 족하고 무로마치 막부로 재흥시킬 수 있을는지 모른다. 그러나 기후 공은 그렇지 않다."
미쓰히데는 어두운 표정이 되었다.
"기후 공은 교토로 올라오셔서, 세상에는 쇼군 이상의 존재가 계시다는 것을 깨달으셨다. 말하기도 황공한 천자님이다."
노부나가의 망부 노부히데는 천자님을 다시없이 좋아했으므로 그 존재는 노부나가도 전부터 알고 있었으나 막상 교토로 올라와 보고, 쇼군 따위는 아득히 밑이라는 것을 노부나가는 알았다.
"기후 공은 늦거나 이르거나 간에, 요시아키 님을 버리고 천자를 직접 받들게 되리라. 그 편이 일본 만민을 외복(畏服)시키는 데에 족하다."
……쇼군의 권위 시대는 이미 지나간 것이다, 라고 미쓰히데는 생각하지

않을 수가 없다.

"이미 오늘날에 이르러서는, 나는 기후 공을 택하지 않을 수가 없다" 하고 미쓰히데는 괴로운 듯이 말했다.

미쓰히데의 고전적 교양에서 본다면 쇼군과 막부의 통제 아래 여러 나라의 무사가 정연히 천하에 위치하고 있는 정체(政體)야말로 바람직스러운 일이지만, 그것은 어디까지나 좋아하는 데에 불과하다. 사태는 좋아하는 것을 따지고 있을 계제가 아니다.

'그 교활하기만 한 것이 재주인 요시아키 쇼군에게 붙어 있으면 나는 망하는 것이다'라는 이해 계산을 하지 않으면 안 될 지경에까지 이르러 있다.

"아케치 미쓰히데는 멸망하고 싶지 않다."

"주군께서는 정말로 부자유스러우신."

야헤이지는 웃기 시작했다. 세상의 보통 무장이라면 이해의 타산만으로 행동한다. 미쓰히데에게는 항상 형이상의 사태가 있었다. 기껏 관념론을 짜낸 끝에, 결국은 세상의 보통 무장과 같은 이해론으로 낙착돼 버리는 것이다.

"그 말씀을 애당초에 하셨더라면 저도 가타부타 없이 기후로 떠날 것을."

"나는 시원스럽지 못하지."

미쓰히데는 쓸쓸히 웃었다.

"학문이 너무 깊으신 탓이겠죠."

"별로 그런 학문도 없지만, 아무튼 저 도기치로처럼, 시원시원하게 행동할 수 없는 점이 나의 단점이다."

"도기치로는 어차피 하인 출신. 주군과는 비교가 되지 않습니다."

'그럴까?'

미쓰히데는 고개를 갸웃거리지 않을 수 없었다.

'출신이 좋지 않고 교양이 없는 사나이만큼 난세에 강한 자는 없다. 내가 생각을 한 번 하고 있는 동안에 그 사나이는 벌써 행동하고 있다. 노부나가에 대해서 내가 할 수 없는 아첨도 그 사나이는 할 수 있다.'

"그럼 곧,"

야헤이지는 일어섰다. 그로부터 사반각 후, 야헤이지는 부하 가운데서 강한 자 10여 기를 뽑아 거느리고 기후로 떠났다. 기후 성 안에서 노부나가는 그 밀서를 보았다.

보자마자, "왔는가!" 하고 중얼거리고 힘차게 고개를 들었다.

이러한 사태를 노부나가는 일찍부터 꿰뚫어 보고 있었던 것이다. 꿰뚫어 보고 있었을 뿐이 아니라 확실한 정보가 들어오는 대로 행동으로 옮길 예정을 마련하고 있었다.

"헤이(平), 헤이!" 하고 외쳤다.

노부나가의 유능한 전령장교인 후쿠토미 헤이사에몬이 꿇어 엎드렸다.

"엔슈(遠州) 하마마쓰(濱松)로 가거라."

"무엇을 하러 가는 것입니까?"

"도쿠가와 공을 만나는 것이다."

"만나 뵈옵고?"

"그것만으로 좋다. 모든 것은 이전에 도쿠가와 공에게 말해 두었다. 가거라" 하고 노부나가가 말했다.

노부나가의 동맹자인 '미카와(三河) 공'은 지난 해, 옛 이름 마쓰다이라 이에야스(松平家康)를 고쳐, 새로 도쿠가와 이에야스로 개명하고 있었다. 이 개성(改姓)은 일부러 노부나가에게 중개를 부탁해서, 쇼군을 거쳐 천자의 윤허를 얻는다는 이례적인 절차를 밟았다. 자기의 성을 바꾸는 데에 윤허를 얻는 예는 좀처럼 없으리라. 이에야스는 이 무렵, '나는 미나모토(源) 씨의 핏줄이다'라고 일컫기 시작하고 있었다.

물론 확실한 근거가 있는 것이 아니라, 그렇게 사칭하고 있는 데에 불과했다. 그 사칭을 말하자면 공칭(公稱)하기 위해서 "윤허에 의해 개성했다"는 수속을 밟은 것이다. 미카와 마쓰다이라 마을의 토호 출신인, 정체 모를 벼락 영주라면 아시카가 쇼군을 배알하거나 어소를 참내하거나 하는 데에 모양새가 좋지 않으리라고 생각한 것이리라. 전 시대의 아시카가 영주인 오와리 시바·미노 도키·미카와 기라(吉良)·스루가(駿河) 이마가와 등은 계보 혈통이 뚜렷한 미나모토의 핏줄을 이은 집안이었으므로

"마쓰다이라는 어디에서 벼락출세한 자야?"

따위의 말을, 쇼군이나 그의 측근들로부터 듣고 싶지 않았던 것이리라. 하여튼 간에 후쿠토미 헤이사에몬은 이에야스의 새로운 거성인 엔슈의 하마마쓰 성으로 급행했다.

"단조추 공이 그렇게 말씀하시더냐? 그러면 될 수 있는 대로 빨리 준비를 갖추고 가겠노라고 아뢰어라" 하고 이에야스는 후쿠토미 헤이사에몬에게 말

했다. 사자인 후쿠토미는 얘기의 내용이 무엇인지는 끝내 거머잡을 수가 없었다. 후쿠토미뿐만이 아니다. 노부나가의 중신들도 알지 못했다.

"교토로 올라간다"고 노부나가는 발표했을 뿐이었다.

——그럼 또 교토에서 쇼군을 배알하려는가?

라고 중신들은 생각했다. 매년 있는 일이라 진기하지도 않았다.

기후를 출발하기 직전에야 노부나가는

"쇼군관 낙성 축하를 교토에서 베푼다. 될 수 있는 대로 화려하게 하고 싶다"고 말했다. 이 축하 행사의 준비를 위해서 각 책임자들이 앞서 교토로 떠났다.

"될 수 있는 대로 화려하게" 라는 취지로, 오다가와 동맹 관계에 있는 여러 영주들에게도 영을 내렸다.

"교토로 모이라"는 것이었다. 도쿠가와 이에야스·히다의 아네고지 주나곤(姉小路中納言)·이세의 기타바타케 주쇼(北畠中將)·가와치의 미요시 요시쓰네·야마토의 마쓰나가 히사히데 등등이다.

단, 그날은 '4월 14일'이라고 했다.

과연, 그 무렵의 교토는 기후도 좋아 낙성 축하 행사를 하는 데는 가장 좋은 날씨였다. 그러나 노부나가가 자기 군단에 출발 명령을 내린 것은 2월 25일이었다. 그날까지 한 달 이상이나 여유가 있었다.

'무엇인가 있다!'

노부나가의 중신들은 약간 미심쩍어하면서도 노부나가의 참마음을 알아챌 수가 없었다.

더구나 평상시의 노부나가라면 신속 과감한 급행군을 하는데,

"봄이다. 천천히 말을 몰아라" 하고 전군에 느릿느릿한 속도의 명령을 내렸다. 변환 자재여서, 이 사나이가 항상 무엇을 생각하는지 전혀 알 수가 없었다. 오다군단은 천천히 비와 호 동쪽 기슭을 행군하여 행군 이틀째엔 조라쿠 사(常樂寺)에서 숙영을 했다. 후의 아즈치(安土)다. 아즈치 마을은 비와 호가 크게 만을 이루면서 구부러져 든 그 기슭에 있었는데, 물가 고을의 풍경은 호반의 영지 중에서 으뜸이라고 할 수 있었다.

"이 고을의 봄 경치는 좋구나" 하고 노부나가는 교토로 가고 오는 동안, 늘 싫증낼 줄 모르고 바라본 풍경이었다. 그곳에 조라쿠 사라는 커다란 절이 있다. 승방 등이 많아서 군단의 숙영에는 안성맞춤이었다. 노부나가는 그곳

에서 머물렀다.

"어차피 바쁘지 않은 여행이다. 도쿠가와 공이 올 때까지 천천히 머무르겠다" 했다. 그는 이 조라쿠 사 부근이 몹시 마음에 들었던 듯 뒤에 이곳에 아즈치 성(安土城)을 쌓았다.

'무슨 속셈을 가지고 계신가?' 하고, 모두들 어안이 벙벙해질 정도로 노부나가는 천천히 머물렀다. 날짜가 흘러 3월이 되어도 일어서지 않았다. 교토로 가려고도 하지 않는 것이었다.

'왜 이와 같은 시골에?'

병졸들까지도 이상하게 생각했다. 이윽고 그들은, 노부나가가 다른 뜻 없이 유산(遊山)의 작정으로 두류(逗留)하고 있다는 것을 알았다.

"씨름판을 벌이겠다. 근처 힘 있는 자들을 불러 모아라" 하고 말을 꺼내기 시작한 것이었다.

'과연 다년간 싸움터를 달려 돌아다니신 몸을 쉬고 계시는 거로군. 가끔 쉬시는 것도 좋겠지' 하고 부하들도 마음이 느긋해져 왔다. 씨름 흥행을 위해서, 임시 진행관에 기세 쇼슌안(木瀨藏春庵)이라는 승려 차림의 근시장(近侍長)이 선택되었다. 기세는 씨름통이었다. 아주 신바람이 나서 오미 지방의 마을마다 사자를 보내 길거리에 방을 내붙여 선수들을 긁어모았다. 예선을 하여 강호들을 골라서 조라쿠 사 경내에서 본시합을 하게 했다. 노부나가는 높은 난간 너머에서 구경하고 있었다. 소년 때부터 씨름을 무척 좋아했으므로 안색을 바꾸고 승부의 잔 수까지도 구경했다. 역사(力士)들의 이름이 재미있다.

구다라데라노 시카(百濟寺ノ鹿 : 백제사의 사슴)

구다라데라노 고시카(百濟寺ノ小鹿 : 백제사의 아기 사슴) 등은 형제 역사로 무척 강했다.

다이토 마사곤(正權)

나가미쓰(長光)

미야시 메사에몬(宮居眼左衛門)

이 메사에몬은 노부나가가 과연, 하고 감탄했을 정도로 눈이 컸다.

가와라데라노 다이신(河原寺ノ大進)

하시 고조(ハシ小僧)

후카오 마타지로(深尾又次郎)

나마즈에노 마타이치로(鯰江ノ又一郞)

아오지노 요에몬(靑地ノ與右衞門)

이 중에서도 나마즈에와 아오지의 강함은 월등히 뛰어났기 때문에, 노부나가는 난간 아래까지 불러서 큰 소리로 칭찬하고

"너희 두 사람을 고용해 역사(力士)로 삼겠다. 오늘부터 가중에 들어와서 씨름 관장관(管掌官) 노릇을 하여라" 했다. 이 명예에 그들의 출신 마을까지가 크게 생색을 내서 온 마을 사람들이 춤추면서 조라쿠 사의 숙영까지 감사를 드리러 왔다. 이 때문에 점점 오미의 길거리는 끓고 끓어,

"기후 님은 멋진 유락을 하신다"고 이웃 나라까지 소문이 자자했다. 한참 전란 때였으므로, 이 노부나가의 거동은 길을 가는 여행자들의 눈에 아주 선명한 인상을 주었으리라.

노부나가가 오미 조라쿠 사에서 일어난 것은 3월 4일이었다. 5일 날, 교토로 들어갔다. 숙사가 다르다. 이번은 언제나 머무르던 묘카쿠 사가 아니었다. 개인의 저택이었다. 교토의 의사로서 나카라이 로안(牛井驢庵)이라는 자의 저택이었다.

"로안의 집에서 머무르고 싶다. 준비를 해 두어라" 라는 명령이 재경관인 미쓰히데에게로 온 것은 그 전날이었다.

미쓰히데는 당황하지 않을 수가 없었다. 곧 나카라이 로안의 집으로 가서 그 준비를 갖추었는데,

'왜 이러한 의사의 집에?' 라고 생각하지 않을 수가 없었다. 하기는 의사라고는 하나, 나카라이 가는 천자의 시의로서 관위도 높았고, 또 쇼군이나 부호의 맥도 보기 때문에 부유하기도 했다. 저택은 어지간히 넓었으나 그렇다고 큰 절을 따라가지는 못한다.

'아무 곳이든 머무르고 싶어 하시는 분이다.'

미쓰히데는 어이가 없었다.

이윽고 노부나가가 도착하자

"로안, 차 도구를 보고 싶다"라고 말했기 때문에 미쓰히데에게도 노부나가의 참뜻이 이해되어 왔다. 로안은 교토 부근에서도 유명한 다인으로, 그가 소장하고 있는 도구 중에는 뛰어난 물건들이 많았다.

노부나가는 극단적으로 차를 좋아했다. 특히 도구에는 사족을 못썼다. 로안은 곧 사카이의 다도 동배들에게 사자를 보내서, 노부나가에게 보일 자랑

스러운 물건들을 가지고 모여 들도록 통보했다. 곧 그들이 모여들었다. 노부나가는 탐이 나서 그것들을 팔라고 명령했고, 각각 억울하지 않을 대금을 치르었다.

이에야스도 입경했다. 이윽고 4월이 되자 오다 계의 대영주·소영주들이 교토에 구름처럼 모여들었고, 그 달 14일, 쇼군관에서 성대한 낙성 행사가 행해졌으며 노(能)의 흥행 등이 있었다. 노부나가는 천하를 방심시켰다.

그 며칠 뒤에 교토를 떠나 비와 호반을 급진군하여 북으로 향해 에치젠으로 들어가서, 아사쿠라 쪽의 데즈쓰 성(手筒城)을 공격, 교토에서 노 흥행을 한 다음 날부터 열흘째에 그 성을 빼앗아 버렸다. 아사쿠라가로서는 정말로 아닌 밤중에 홍두깨 격이어서 방위 태세조차 충분하지 않았다.

'과연 비와 호반이나 교토에서의 유락은 이러한 속셈이 있었기 때문이었던가.'

군중에서 활약하고 있는 미쓰히데조차도 적의 성을 공격하면서 이런 생각을 하고는 아연해질 정도였다. 노부나가는 요시아키를 추궁하지 않고 요시아키가 믿고 있는 에치젠 아사쿠라가를 치려고 한 것이었다.

죽음을 걸고

 에치젠 쓰루가의 평야로 내습한 오다의 대군을 보고 에치젠 아사쿠라군은 "천병이 내려왔는가" 하고 혼이 달아났다.
 노부나가의 갑작스러운 침입에 놀라기도 했지만, 오다군 군장(軍裝)의 눈부신 아름다움에 천병인가 하고 놀란 것이다.
 에치젠 아사쿠라는 대국이라고는 하나 결국은 생산력이 약한 북국이며, 또한 태평양 연안의 여러 나라보다도 무구의 진보에서 뒤떨어지고 있었다. 그런 점에서 오다군의 본거지인 오와리는 아마 일본에서 으뜸으로 부유한 지방이라고 해도 좋으리라. 특히 노부나가의 아버지 대가 되어서 관개가 진보되어 손톱끝만한 황무지도 없었고, 또한 이세 만을 향해 무서운 기세로 간척 사업이 진행되고 있었다.
 그 뿐만 아니라 오와리는 해로교통의 요충으로 상업이 크게 발달하여 현금 보유량의 면에서도 일본 해안의 에치젠과는 비교가 되지 않았으리라. 무구의 화려함에 에치젠군이 경탄한 것도 무리가 아니다. 더구나 주장인 노부나가는, 그 누구보다도 취미가 화려한 사나이다.
 '어쩌면 저토록 파격적인 분이실까!'

오다군의 한 무장인 아케치 주베 미쓰히데조차 대장 노부나가의 모습에 놀랐을 정도였다. 파격적이라는 것은 의상의 기호가 정통적이 아니라 사치스럽다, 또는 분방하다는 의미다. 노부나가의 군장은 감색 바탕에 금실 무늬 비단 갑옷, 머리에는 은빛 별로 덮은 투구, 허리에는 황금으로 만든 칼을 차고, 말은 흑룡이 아닌가 여겨질 정도이고, 그 말 주위에 총대장의 표지인 열 폭 큰 기치를 펄럭이었고, 기치의 바탕은 모조리 적갈색이었다. 그 노부나가의 친위 부대는, 우선 졸병 부대로 활, 총, 삼 간 길이 자루의 온통 시뻘건 창이 300자루, 기마 무사 부대는 똑같은 갑옷투구의 무사 500기라는 화려함이었다. 똑같은 군장이라는 착상은 이 노부나가가 최초이리라.

노부나가는 음악은 모른다. 그러나 그림·공예 등의 조형 예술에 대해서는 천재적인 안목을 가지고 있었다. 그러나 사나이이기 때문에 자기 군대의 군용에 대해서는 그것을 예술품처럼 생각하고 있었던 것이다. 데즈쓰 성 따위는 일순간에 함락되었다. 이 오다군의 군용을 본 것만으로 아사쿠라 군사들의 전의는 움츠러들고 말았던 것이다.

다음엔 쓰루가 평야의 본성인 가나가자키 성이었다. 공격에 앞서서 노부나가는 미쓰히데를 불러서

"그대도 가나가자키를 잘 알고 있지?" 하고 물었다.

알고 있을 정도가 아니다. 미쓰히데는 아사쿠라가의 구신이다. 그 지성(支城)인 가나가자키 성에는 유랑하던 당시 쇼군 요시아키도 체류했고, 그 요시아키를 접대하기 위해 가끔 에치젠 이치조다니의 수부로부터 찾아가서 그 성에 머물렀던 것이다.

"그림으로 그려라" 하고 노부나가는 말했다.

미쓰히데는 할 수 없이 종이를 펴고 종군하는 화공으로부터 그림물감을 빌어 재빨리 그렸다. 노부나가는 항상 신속함을 요구했다.

"재미있는 그림이로군."

노부나가는 진지하게 소리를 내어 웃었다. 가나가자키 성은 가느다란 곶을 요새화한 곳이다. 곶의 뿌리께가 성의 큰문이다. 해자는 성 큰문 앞에 두 겹으로 있을 뿐, 나머지 세 방면은 모두 바다이며 벼랑이었다. 그 바다에는 물결이 그려지고 두세 개, 흰 돛조차 떠 있었던 것이다. 그 흰 돛을 그린 미쓰히데의 익살이 노부나가의 마음에 들었던 모양이다.

"그대에겐 옛 주가(主家)를 치는 것이다. 어떤 기분이냐?"

노부나가는 진지한 얼굴로 물었다.

"별다른 애증은 없습니다. 오로지 무사로서 무사다운 일을 하고 싶을 따름입니다."

"밉지도 애틋하지도 않다니, 식초도 아니고 술도 아닌 물 같은 마음이냐?"

"예, 물 같은" 하고 미쓰히데는 대답하지 않을 수 없었다. 그러나 인간인 이상 어찌 그러한 심경이 없으랴. 미쓰히데에게 있어서 에치젠의 산하는 유랑 시대의 마지막을 장식하는 추억이 깊은 곳이며, 더구나 이 기간에 아사쿠라가의 녹을 받아 처자의 입을 부양해 온 터였다. 또한 구지(舊知)의 인간들도 많다. 군사학을 가르친 제자들도 있다. 쓴 추억도 많지만, 또한 음으로 양으로 미쓰히데를 위해서 감싸 준 아사쿠라가의 노신들도 있었던 것이었다. 본래 에치젠 사람은 정의가 두텁다.

'그들과 싸움터에서 마주치고 싶지 않다'라는 감정이 쓰루가 평야로 들어선 미쓰히데의 뇌리를 항상 차지하고 있었다. 절대로 물과 같은 심경이 아니었다.

공격이 시작되었다. 미쓰히데는 최전선으로 진출했다. 눈앞 가나가자키 성에선, 바깥 방책에 총을 걸고 연신 쏘아댄다. 그 기세에 오다군도 주춤 움츠러들어 멀리서 총을 쏘아댔으나 모두 해자 앞에 탄환이 떨어져, 한 방도 적에게 맞지는 않았다.

미쓰히데는 안타까워서 말에서 뛰어 내려 몸소 집총한 졸개 쉰 명을 거느리고

"총은 적의 30간, 40간 앞까지 나아가지 않으면 효험이 없는 것이다" 하고 질타하며, 그 자신이 총을 들고서는 풀밭 위를 달려 적에게로 다가가서

"총이란 이런 것이다" 하고 두 방을 쏘았다. 그 용기에 집총한 졸개들이 앞으로 나갔고, 또한 다른 부대의 졸개들도 밀려들었다. 그리 되자 화력에 있어서 오다군은 절대로 우세해졌다. 뭐니뭐니해도, 이 공격 정면에 나와 있는 총만 하더라도 2000정은 되리라. 그것이 좁은 가나가자키 성의 방책과 성문·망대로 집중하는 것이다. 조그마한 성은 납 탄환의 소나기를 받아서 숨 쉴 틈조차 없었다.

'묘한 일도 있군.'

공격 지휘를 하면서 미쓰히데는 생각했다. 성 동쪽에 기노메(木ノ芽)고개

의 높은 산봉우리가 병풍처럼 가로 놓여 있다. 그 병풍 너머로 에치젠 본군이 지성을 구원하러 올 만도 한데, 적의 본군은 도무지 나타나지 않는 것이었다.

'이치조다니는 무엇을 하고 있는가!'

적의 일이지만, 미쓰히데는 그 서투른 작전에 안달이 날 정도였다. 기묘한 감정이라고 하지 않을 수가 없다.

'역시 옛집에 대한 고구(故舊)의 정이라는 것이리라. 물과 같은 심경이 아니다' 하고 은근히 생각했다.

성은 하루 만에 함락되었다. 수장(守將) 아사쿠라 가게쓰네(朝倉景恒)는 이치조다니의 본군이 구원하러 오지 않는 데에 견디다 못해 노부나가에게 개성 항복해 온 것이었다. 노부나가는 용서했다. 노부나가가 여기서 섬멸주의를 쓰지 않은 것은 에치젠 공략의 근거지로서 일각이라도 빨리 이 가나가자키 성이 아쉬웠기 때문이다. 항장(降將) 아사쿠라 가게쓰네는 패병들을 이끌고 기노메 고개의 동쪽으로 사라져 갔다.

'어쩌면 저리도 허약할까!'

미쓰히데는 그날 밤, 진중에서 이 북쪽 노대국(老大國)의 허망스러움에 화가 났다.

"아케치 공은 본래 아사쿠라가에 계셨지?" 하고 그 진중에서 다른 장교들이 곧잘 얘기를 걸어왔다. 만약 아사쿠라군이 강하다면

"있었지" 하고 미쓰히데는 가슴을 펴고 대답할 수가 있었으리라. 무문은 강할수록 점점 더 강한 쪽을 좋아하며, 그곳에 전에 사적(士籍)을 두었던 미쓰히데의 이력도 빛나는 것이다. 그러나 이 경우는 반대였다. 오다 쪽이 탐색한 보고로는 에치젠의 수도 이치조다니에서는 이 사변으로 아니나 다를까, 기세를 돋우고 있다는 것이었지만, 당자인 총대장 아사쿠라 요시카게는 거의 아무런 반응도 나타내지 않고

"어떠냐, 쓰루가까지 내가 몸소 출마하지 않으면 안 되느냐?" 하고 노신들에게 물었다 한다. 직접 출마하는 것이 아무래도 귀찮은 모양이었다. 그를 보좌하는 노신의 질도 좋지 않았다. 일족 문벌에 둘러싸여 있고, 누구 하나 기백이 있는 사나이가 없다는 것을 미쓰히데는 잘 알고 있었다. 알고 있을 뿐만 아니라 미쓰히데가 아사쿠라가를 모시던 당시, 신참자인 그는 그 두터운 문벌의 벽에 몹시 애를 먹었던 쓰디쓴 기억이 있었다.

"무슨 말씀을 하시는 겁니까?" 하고 요시카게를 꾸짖는 노인도 없었다. 단지, 총대장의 출마는 고례(古例)입니다, 고례에 따르십시오 하는 자가 있을 뿐이었다. 요시카게는 그것이 '고례'라는 의식이기나 한 것 같은 마음으로 할 수 없이 출마했다. 그러나 행군 도중에 온갖 이유를 붙여서 이치조다니로 되돌아가고 말았다. 전군의 사기는 한꺼번에 떨어지고 말았다. 구원군의 지휘는 일족의 아사쿠라 가게마쓰(朝倉景鏡)에게 위임되었는데, 가게마쓰도 몸소 불 속의 밤을 주울 마음이 우러나지 않아, 후추(府中 : 武生)까지 가서 그곳에 군사를 멈추고 움직이지 않았다. 그러한 정보가 이미 오다군의 야전 진지에 닿아, 미쓰히데도 그것을 들어서 알고 있었다.

가나가자키 성이 성문을 연 날 밤, 미쓰히데는 본영으로 불려가서 노부나가로부터

"그대는 기노메 동쪽으로부터 이치조다니까지의 지리에 밝다. 선봉인 미카와 공(德川家康)을 보좌해라" 하는 명령을 받았다.

에치젠의 본토로 난입해 들어가기 위한 전투 행군의 부서 결정에서 선두로 뽑힌 것이었다. 미쓰히데는 자기의 좋은 무운을 기뻐하며

"감사한 처분입니다" 하고 감사를 드렸다.

선봉군은 오다가의 동맹군인 도쿠가와 이에야스다. 이에야스는 미카와 군 5000을 이끌고 있었다. 그 미카와의 우군(友軍)과 동행하여, 미쓰히데는 전군의 제일 선두를 진군할 수가 있는 것이다. 위험이 많은 대신 공명을 세울 기회도 무수히 있으리라.

"부럽소."

이러한 표정으로 축하를 해 준 사나이가 있었다. 미쓰히데는 잊지도 않는다. 날짜는 명령을 받은 다음 날이었으며, 장소는 본영 방책 곁의 뿌리가 드러난 소나무께였다. 아침부터 무더운 날이었으며, 하늘이 물들인 듯이 푸르렀다.

"아아, 도기치로 공이오" 하고 키가 큰 미쓰히데는 거의 내려다보는 듯 가까운 거리에서 작달막한 사나이인 기노시타 도기치로와 마주 섰다. 작달막한 사나이였지만, 도기치로는 오다가의 장교로서는 보기에 나쁘지 않았다. 화려한 비단 전복을 감색 갑옷 위에 입어, 그 감색이 비단을 통해 내비쳐 아주 시원스럽게 보였다.

"아니, 아시다시피 나는 에치젠의 산하에 좀 밝소. 주군께서는 그 점을 사

주신 거겠지요."

"기노메 고개를 넘어서 이치조다니까지 길은 얼마나 머오?"

"160리."

"그 중간에 성은 몇 개나 있소?"

"성채까지 합치면 16 성이던가요."

"10리에 성 하나씩이라니, 이건 아주 단단한 나라로군."

도기치로는 고개를 젓고 나서

"그 가운데 두드러지는 성은?"

"후추 성(府中城)이겠지요" 하고 말하고 미쓰히데는 어떤 것을 깨달았다. 도기치로는 미쓰히데로부터 될 수 있는 대로 병요지지(兵要地誌)를 들어 두어, 자기가 공명을 세울 장소를 미리 예정해 두려고 하는 모양이었다.

'빈틈없는 마음 씀씀이군' 하고 내심 혀를 찼다. 무사로서 공명에 마음을 쓰지 않는 자는 없지만, 대개의 무사들은 싸움이 벌어지는 가운데서 돼 돌아가는 대로 좋은 공명거리를 찾으려고 한다. 그러나 도기치로는 달랐다. 노부나가의 정략을 미리 상정하고, 그 상정 속에서 적극적으로 자기가 공명을 세울 장소를 만들어내려고 하는 사나이 같았다.

"그런 속셈이시오?" 하고 미쓰히데는 물어 보았다.

도기치로는 밝게 웃고서

"과연 주베 공, 잘 꿰뚫어 보셨소. 후추 성에 대해서 가르쳐 주오" 하고 합장하는 시늉을 했다. 이런 장난스러운 흉내를 내도 이 사나이의 경우 조금도 야비한 느낌이 들지 않는 것이었다.

"그럼 거기 웅크리고 앉으시오" 하고 미쓰히데는 자기도 웅크리고 앉아서, 지면에다 부러진 못으로 그림을 그리기 시작했다.

"여기가 본성, 여기가 내성" 하고 그려가는 동안에 정밀하기 비할 데 없는 성곽도가 지면에 이루어져 갔다.

'이 사나이, 잘도 이렇게 자세히' 하고 도기치로는 눈썹을 치켜들어 미쓰히데를 보았다. 기와의 숫자까지 외고 있는 것이나 아닐까 여겨질 정도의 기억력이었다. 그러나 도기치로는 실은 미쓰히데의 설명 따위는 그다지 듣고 있지 않았다. 이 뛰어나게 직감력이 좋은 하인 출신의 장교는, 이미 후추 성을 공격할 때 자기가 쳐들어 갈 각오와 행동이 번뜩인 것 같았다.

"정말 고맙소."

도기치로는 일어나서

"그건 그렇고 도쿠가와 공과 함께 선진이라는 것은 부럽소. 돈을 주고 사고 싶은 운이오" 라는 말을 남기고 사라져 버렸다.

도기치로와 헤어진 뒤 미쓰히데는 자기 부대와 짐을 꾸려 가지고 쓰루가를 출발했다. 이미 선봉인 도쿠가와 공은 기노메 고개 기슭의 신산지(深山寺)라는 산마을 부근까지 전진하여 있는 것이다. 미쓰히데는 해가 있는 동안에 뒤따라가지 않으면 안 되었다. 뜨거운 햇볕 아래를 아케치 군은 급행군 했다. 고개는 험해서 때로는 말조차 발굽을 미끄러뜨려 모로 넘어지는 둥 곤란을 겪었다. 40리 산고개를 행군해서 신보(新保)라는 부락 앞까지 갔을 때, 도쿠가와 군이 휴식을 취하고 있었다. 미쓰히데는 즉시 말에서 내려 도보로 미카와군의 무리 속을 헤치며 이에야스의 야전 의자를 찾아가서 정중하게 인사를 했다.

"야, 아케치 공."

이에야스는 느릿느릿한 말투로 미쓰히데보다도 더 정중하게 인사를 했다. 이에야스는 1570년에 만 스물여덟 살이 된다. 턱이 불룩했으며 눈이 동그란 동안(童顔)의 소유자로서, 이 젊은이의 정중한 태도는 오다가 장교들에게서도 호평이 자자했다. 미쓰히데같은 오다가의 중급 장교에 대해서도 이 미카와의 영주는 소홀한 태도를 보이지 않는다.

"길 안내를 하겠습니다" 하고 미쓰히데가 말하자 이에야스는 살이 토실토실 찐 조그만 손바닥을 흔들면서

"황공하오, 아케치 공과 같은 분에게. 그러나 나는 에치젠은 낯선 곳이니 여러 가지로 지도해 주시기 바라오" 했다. 이에야스는, 노부나가가 파견한 연락 장교에게 노부나가를 대하는 태도와도 비근한 겸손한 태도로 접하는 것이었다.

이날 밤은 신보 부근에서 숙영을 했다. 다음 날, 미쓰히데는 적정 정찰을 겸해서 선발했고, 고개 위에까지 가서 그곳에서 머물렀다.

'이 앞길은 위험하다'고 본 것이었다. 이미 고개 저쪽에는 아사쿠라의 소부대가 연신 출몰하고 있는 모양이었다.

"오늘 밤은 이 부근에서 숙영하는 것이 좋을 것입니다."

이에야스에게도 전하고, 또한 정탐군을 놓아 전방을 정찰했다. 그 28일 밤, 오다군은 이 군단이 전에 경험한 일이 없는 이변에 부딪쳤다. 지금까지

오다가와 동맹 관계에 있었던 북 오미의 아사이 39만 석이 갑자기 에치젠 아사쿠라에게 호응하여, 오다군의 퇴로를 끊고, 쓰루가에 가두어 포위 섬멸하려는 행동으로 나왔다. 쓰루가의 진중에서 이 변보를 들은 노부나가는

"설마, 아사이가?······" 하고 처음에는 믿지 못하겠다는 듯한 표정이었다. 아사이가의 젊은 당주 나가마사(長政)에게 노부나가는 자기의 누이동생 오이치를 시집보냈다. 나가마사는 독실한 성격의 사나이로서 배반 따위를 하는 사나이가 아니었다. 그러나 곧 사실이라는 것을 알았다. 그때 노부나가는 이미 쓰루가에 없었다. 신과 같이 신속했다. 이 둔주를 전 군단에 고한 것이 아니라, 겨우 뒤를 따르는 친위 부대의 인원만을 거느린 채 어둠을 틈타 탈출하여 아사이 영지가 아닌 비와 호 서쪽 기슭의 산악을 꿰뚫고 교토에의 둔주를 개시했다. 뒤에 남은 군단들은 차례차례로 이 부대 증발의 이변을 깨닫고 퇴각 부서도 정하는 둥 마는 둥 쓰루가를 떠나기 시작했다. 새벽녘이 되어 태반의 오다군이 좁은 쓰루가 평야로부터 사라졌다. 모르는 것은 최전선에 나가 있는 미쓰히데와 이에야스였다. 그 도쿠가와군에게, 뜻밖에도 기노시타 도기치로로부터 전령이 와서 이 변보를 알려 주었다. "허어, 단조추가 벌써——" 하고 이에야스는 눈을 둥그렇게 뜨고 곧 퇴각 부서를 갖추어 언덕을 내려가기 시작했다.

미쓰히데는 제일 후미다. 도기치로의 전령은 친절하니 미쓰히데에게도 왔다. 이 전령은 도기치로의 호의에 의한 것이지, 노부나가의 명령에 의한 것은 아니었다.

"감사하더라고 아뢰어라" 하고 미쓰히데는 말 위에서 인사를 나누고,

"그런데 도기치로 공은 어디에 계시는가?" 하고 물었다.

"가나가자키 성에" 하고 전령은 대답했다. 뜻밖에도 도기치로는 이 퇴각전의 후미 부대를 자청하고 나서서 가나가자키 성의 수비에 임했다는 것이었다. 전군이 퇴각한 뒤 비로소 도기치로 군은 퇴각하는 셈인데, 그때는 필경 아사쿠라·아사이의 군이 꽉 들어차, 기다리고 있는 운명은 죽음 밖에는 없으리라.

'그 사나이, 묘한 임무를 자청하고 나섰군.'

미쓰히데는 생각했다. 도기치로라는 공명을 좋아하는 사나이는 끝내 9할 9푼의 죽음을 걸고 나머지 일 푼의 공명을 사려고 하는 것 같았다.

'그 사나이는 죽으리라.'

미쓰히데는 말을 급히 몰았다. 이미 산 위에 아사쿠라의 추격 부대가 나타나기 시작하고 있었던 것이다.

퇴각

태양이 미쓰히데의 동쪽에 있었다. 산 위의 아사쿠라군이 볼 때에는 퇴각해 가는 오다군은 다시없는 사격 목표였으리라.

'지독한 싸움이 되어 버렸군.'

말고삐를 잡아당기면서 미쓰히데는 생각했다. 언덕이 험해졌다. 언덕길은 앙상한 바위가 드러나서 말발굽을 놓기가 어려웠다. 해가 떠오름에 따라 투구가 달아오르기 시작했다.

"대체 어디까지 퇴각하는 것인가요?" 하고 야헤이지 미쓰하루가 물었다. 퇴각전이라는 것은 어딘가 방전(防戰)하기 쉬운 장소까지 가면 멈추는 것이 보통이다. 야헤이지는 그 퇴각이 끝나는 지점을 물은 것이다.

"그런 것이 있나?"

미쓰히데는 턱에서 떨어지는 땀을 손목으로 씻었다. 손목의 쇠 조각이 턱의 피부를 태웠다.

"있나, 라고 하시는 까닭은?"

"없다는 뜻이다. 곰곰이 생각해 보면 우리 주군만큼 색다른 사람은 없다."

"무슨 말씀이신지?"

"주군께서는 아득히 교토까지 도망치신 것이다."

"이 에치젠에서?"

"그렇지, 이 에치젠에서지."

미쓰히데는 노부나가의 사고법이라는 것을 전혀 이해할 수가 없었다. 전술가의 발상을 말이다.

'나라면 좀더 다른 싸움을 한다'고 생각했다.

아닌 게 아니라, 노부나가는 신처럼 빠르다. 지금 방금 교토에 있었는가 하면 니폰해(日本海)로 변한 에치젠의 벌판까지 하늘에서 내려온 듯 나타났다. 그건 좋다. 그렇기 때문에 아사쿠라의 지성인 데즈쓰 성·가나가자키 성은 하루 이틀 만에 떨어졌다. 성이 이렇게 빨리 함락된다는 것은 고금에 보기 드문 일이다. 그런데 북 오미의 아사이가 배반했다. 오다군의 후방을 차단하고 노부나가를 좁은 쓰루가의 뜰에 가두고, 아사쿠라군과 함께 포위 섬멸하려고 거사한 것이다. 멋진 전술이라고 할 수 있다. 왜냐하면 노부나가와 그 휘하 수만의 군세가 복작거리고 있는 쓰루가 평야라는 것은, 세 방면이 산비탈에 에워싸이고 전면은 바다다. 그곳에 수만의 오다군이 복작거리고 있는 상태는 마치 고양이에게 생선을 바친 듯한 꼴로서 몰살시키기에 이처럼 좋은 지리적 조건은 없었다.

노부나가도 자기의 위기를 깨달았다. 깨달음과 동시에 사라져 버린 것이다. 자기편을 버리고 단기로 사라졌다. 더구나 교토로. 그 퇴각로의 길이는 이 역시 고금 미증유였다. 쓰루가 평야로 멋지게 훌렁 날아내려 온 것도 그렇지만, 그 철저한 도망 또한 보통 사람이 아니다.

'그러니까 색다른 사람이다.'

미쓰히데는 생각했다. 보통 전술가라면 이렇게는 하지 않는다. 야헤이지 미쓰하루처럼 싸움터를 일단 탈출하여, 적당한 장소에서 방전하며 사소한 충돌을 벌여 적이 나오는 모양을 살펴서 약하다고 보면 역습하고, 강하다고 보면 다시 물러난다. 그 재주가 교묘하면 교묘할수록 명장이라고 할 수 있는 셈이다.

'나 같으면 그렇게 하겠다.'

미쓰히데도 생각했는데, 그러나 노부나가가 하는 방법에 비해서 자신이 있는 것은 아니다. 어쩌면 노부나가의 방법은 전술상의 기성 개념을 깰 만큼 천재적이라고 할 수 있을지 모른다.

'생각하고 싶지는 않지만, 그럴지도 모른다.'

쓰루가 평야에서 후방의 아사이의 배반을 깨달았을 때에 노부나가는 '이 원정은 걸어치웠다'고 순간적으로 결심했다. 싸우려고 생각하면 어떻게든 밀고 밀리며 모가지만을 많이 따는 전투는 할 수 있으나, 노부나가라는 사나이는 그런 호색가다운 미련이 없는 사나이인 모양이었다. 일전을 벌이지 않고 도망쳤다. 전략적으로 말하면, 본래 교토에 군단을 집결시켜 놓고서 에치젠의 아사쿠라를 기습한다는 것은 무리 중의 무리다. 단지 무리를 해서 가능성을 찾아보는 길이 전혀 없다고 할 수는 없다. 있기 때문에 노부나가는 했다. 그 가능성은 단 하나의 가냘픈 조건으로 지탱되고 있었다. 북 오미의 아사이가 우군이라는 것이다. 아사이는 적극적으로 전투에 참가하지는 않았지만, 오다군의 영내 통과를 허락하고 태도는 예상대로 우의적이었다. 그렇기 때문에 아사이는 후방의 위험이 되지 않았다. 그러므로 노부나가는 교토에서 멀리 에치젠을 기습한다는 기략으로 나왔다. 이 기략의 성공은 비단실 같은 가느다란 한 오리의 조건으로 지탱되고 있었다.
'아사이는 배반을 하지 않는다.'
그러나 그 조건은 허물어졌다. 조건이 허물어져도 이미 행동을 일으켜 버린 이상, 보통은 미련이 남는 법이다. 실제로 승리하고 있는 싸움이다. 에치젠 영토의 일부를 단 이틀 만에 점령하고 성을 두 개나 함락시켰다. 보통이라면 이 전과와 이미 행동을 일으켜 버린 체온의 뜨거움에 이끌려서 다음 행동을 거듭해 갈 것임에 틀림없다.
'보통이라면 그렇게 한다.'
미쓰히데는 생각했다. 그리고 보통이라면 그 행동을 거듭하면 할수록, 반대로 신세를 몰락시켜 가는 법이다.
'그렇다, 반대 반대로 나간다. 보통이라면 그렇게 나간다. 그렇게 나가지 않는 것이 재주라는 것이다. 나라면 이런 장면에서야말로 재주를 발휘한다' 고 노부나가는 승부를 걷어치워 버렸다. 순간적으로 도망쳐 버린 것이다. 도망치면 상처를 입지 않고, 일전(一戰)도 교전하지 않는 이상 '졌다'는 소문을 천하에 내지 않고 넘길 수 있다. 이런 시기의 노부나가에게
——에치젠에서 졌다
는 악평이 조금이라도 나오면 기내(畿內)에서 새로 편이 된 본토 무사들은 오다가에 가담하고 있는 것을 불안으로 삼고 동요하여, 다른 적, 가령 셋쓰의 혼간 사 등을 의지하여 떠나가리라. 그 악평이 노부나가는 두려운 것이다.
'그렇다면 이 노부나가의 연기 같은 운신과 전군(全軍)의 교토에의 총 퇴각은 제갈공명조차도 생각지 못하는 재주 중의 최대의 것일지도 모르겠구나.'
미쓰히데는 여러 가지로 반추했다. 그러는 동안도 퇴각전에 바쁘다. 1정(丁)을 후퇴해서는 멈춰 총을 후방으로 난사시키고서는 다시 1정을 물러난다. 이런 교묘한 점에서는 오다군의 제장들 가운데서도 미쓰히데만큼의 재주꾼은 없으리라. 재주꾼이라면 이에야스도 그렇다. 이 젊은 미카와의 영주는 동맹자인 노부나가에게 버림을 받았어도 불평조차 하지 않았다.
'미카와 공도 또한 색다르시군' 하고 미쓰히데는 노부나가에 대한 눈과는 전연 다른 눈으로 도쿠가와 이에야스라는 젊은이를 보았다.

'바보처럼 둥글둥글한 분이시다'라고 생각했다.

버림받은 지독한 변을 당했으면서도 이에야스가 말한 감상이라는 것은 "허어, 단조추는 벌써 안 계시는가"라는 것뿐이었다.

이에야스는 살갗이 하얀 지방질로서, 두 눈이 동그랗다. 얼굴이 크고 다리가 짧은, 일견 낙천적인 느낌이 드는 육체적 조건도 힘이 되어서, 그 놀람은 어느 편인가 하면 바람직한 익살을 곁들이고 있었다.

'좋은 젊은이로군.'

미쓰히데는 이에야스의 등을 보면서 생각했다. 인간이 궁지에 몰리면 생각지 않은 약점이 나타나는 법이지만, 이 젊은이는 선천적으로 지니고 태어난 장자(長者)의 풍모를 조금도 허물어뜨리지 않았다.

산기슭을 달려 내려와서 평야로 나왔을 즈음, 적의 추격이 심해졌다. 미쓰히데는 말 위에서 기민하게 지휘를 했는데, 이에야스 역시 그 점에선 변함이 없었다. 이에야스는 뒤쫓아 오는 적 무사에게 몸소 안장 위에서 총을 들고 몇 발인가 쏘았다. 대장이 몸소 총을 든다는 것은 그 시대의 관습으로는 없는 일이었다. 이에야스가 즐겨 그렇게 한 것이 아니라 그렇게 하지 않을 수 없을 만큼 적의 추격이 심했다.

이에야스와 미쓰히데의 부대는 한 무리가 되어 달려갔다. 이윽고 쓰루가·가나가자키 성의 방책이 눈앞에 보이기 시작했다. 이 성은 자진하여 전군의 후미를 맡고 나선 기노시타 도기치로가 지키고 있을 것이었다.

'그 사나이의 무서운 충의(忠義)여!'

미쓰히데는 악의가 아니라 정말로 그렇게 생각했다. 필경 도기치로는 밀물 같은 아사쿠라군에게 집어 삼키어서 죽으리라. 아니 누구나가 그렇게 생각했다. 생각한 증거로서 최후미의 이에야스·미쓰히데가 올 때까지 온갖 종류의 미담이 이 방책을 통과하는 여러 무장에 의해서 만들어졌다. 여러 무장은 감동한 것이다. 노부나가 및 자기네들을 무사히 퇴각시키기 위해서 도기치로는 죽는 것이다.

"수고하오. 무운을 빌겠소" 하고 여러 무장은 모두들 말에서 내려 방책 안에 있을 도기치로를 향해 경례를 했다. 그 뿐만이 아니다. 도기치로는 부하가 2, 3백 명 정도의 장교였으므로 전력은 그다지 없다. 그것을 보다 못한 제장들이 3기, 5기, 7기씩 자기 부하 중에서도 가장 도움이 되는 무사를 골라 도기치로에게 붙여서 남겨두고 갔다. 그것이 지금의 도기치로에게 대해서는 무엇보다도 좋은 대접이었다. 이윽고 이에야스의 군 및 오다가의 연락장교인 미쓰히데의 부대가 나타났다.

"야아, 미카와 공, 그리고 주베 공" 하고 도기치로는 방책 안에서 외쳤다.

"무사히 교토로 돌아가시오. 무운을 빌고 있겠소."

명랑한 목소리였지만 경우가 경우인 만큼, 미쓰히데에게는 비통하게 들렸다. 그 동안도 언덕을 달려 내려와서 추격해 오는 아사쿠라군은 점점 늘어났다. 이에야스·미쓰히데는 그 상대를 하지 않을 수가 없었다. 때로는 전군이 거꾸로 밀고 나갔다가 그 틈에 퇴각했다. 그 퇴각의 지원을 도기치로는 방책 안에서 해 주는 것이었다. 있는 대로 총을 내밀고 요란하게 아사쿠라군에게 쏘아댔다.

'고마운 노릇이로군.'

미쓰히데는 도기치로의 처치를 얼마나 고맙게 생각한 것일까. 이에야스도 똑같았을 것에 틀림없다. 단지 이에야스라는 사나이는 만년의 그의 인상과는 달리 미카와의 독실한 농부라는 면이 있었고, 몹시 의리가 두터웠고, 넘쳐흐를 만큼 호인적인 면을 지니고 있었다.

"주베 공, 저건 못 본 척할 수가 없군요" 하고, 이에야스는 탄우 속에서 말했던 것이다.

"저것이라니요?"

"기노시타 공 말이오."

이에야스의 말은 도기치로를 이 싸움터에 버려두고 자기들만이 차마 퇴각할 수가 없다는 것이었다.

'나야말로 노부나가에게 버림받은 사나이가 아닌가.'

미쓰히데는 언뜻 생각했다. 이에야스는 그 일을 원망하지 않을 뿐만 아니라 도기치로조차도 구제해 가지고 가자는 것이었다. "어떻소. 함께 성으로 들어가지 않으시겠소?"

"그렇소. 그렇게 합시다" 하고 미쓰히데도 찬성했다.

전술적으로도 나쁜 방법이 아니다. 버림받은 자가 제각기 도망치기보다 셋이서 힘을 합하여 한 뭉치가 되어 도망치는 편이, 보다 손해가 적으리라. 이에야스는 도기치로에게 그런 의향을 말했다.

방책 안의 도기치로는 뛰어오를 듯이 기뻐하여

"고맙소" 하고 부하에게 방책의 문을 열게 했다.

이에야스·미쓰히데의 부대는 와르르 밀려들었다. 이 때문에 방어의 화력이 늘어났다. 도쿠가와·아케치·기노시타, 세 부대의 집중 부대가 총구를 나란히 하고 쏘아댔으며, 총신이 뜨겁게 달아오르면 물통에 집어넣어 식혀 가지고서는 쏘아댔다. 물론 사격만이 아니다. 사격하는 틈틈이 방책을 열고서는 돌격하여 때로는 적군을 10정(丁)이나 밖으로 몰아냈다. 이 일전은

　　노부나가가 일생일대의 곤란지사였는데 이에야스공이 히데요시의 세력에 가담하셔 일전을 벌이셨을 때, 스스로 총을 들으시고 아사쿠라군을 막으시었다.

이런 식으로 '도조 군감(東照軍監)'을 비롯한 이에야스 일대의 기록에 뜨겁게 씌어 있다. 도쿠가와로서는 잊어버리기 힘든 체험이었으리라. 도기치로 히데요시에게 있어서도 일생 중에 잊을 수 없는 하루였다. 세월이 흘러 히데요시가 천하를 잡고 이에야스와 화목하여 이에야스를 상경시켜 비로소 주종의 관계를 맺었을때, 히데요시는 이에야스의 손을 잡고

"옛날 가나가자키의 퇴각 때, 도쿠가와 공의 도움을 받아 구사(九死)에 일생(一生)을 얻었소. 그때의 일을 꿈에도 잊지 않고 있소." 했을 정도였다.

이윽고 아사쿠라군이 멀리 물러났다.

"지금이다."

도기치로도, 이에야스와 미쓰히데도 동시에 이렇게 생각했다. 지금이 아니고서는 방책을 열고 도망칠 기회는 없다고 보고, 차례차례 부서를 따라서 퇴각을 개시했다. 5리쯤 행군하는 동안에 다시 아사쿠라군이 추격해 왔다. 그럴 때마다 이에야스 부대·히데요시 부대·미쓰히데 부대가 정연히 움직여서 후방의 적군과 싸웠고, 싸우고 나서는 퇴각했고, 때로는 전개(展開)를 했고, 때로는 달려서 퇴각을 했다. 가장 곤란하다는 퇴각 전에서 이 세 부대만큼 보기 좋게 그것을 해치운 예는 없었다. 앞서 가는 다른 오다군의 여러 부대 중 병졸이 사산(四散)하여 버린 부대도 있었다. 대형이 허물어졌기 때문에 쓸데없는 사상자가 많이 나왔으나, 제일 후미의 세 부대만은 거의 상처가 없을 정도였다.

겨우 에치젠·와카사 국경에 이르렀을 때 해가 졌다. 이 세 부대는 도중에

앞서 간 여러 부대의 낙오자들을 수용하면서 어둠 속을 나아갔다.
 "주군은 무사하신가?" 하고 도기치로는 낙오자들을 모을 때마다 매번 그것을 물었으나 아무도 대답할 수 있는 자가 없었다. 실은 노부나가의 생명이 무사했다는 것을 이 세 사람이 안 것은 교토로 돌아온 뒤였다. 노부나가의 도망은 그야말로 경쾌한 것이었다. 쓰루가의 진에서,
 ——도망친다
고 결정했을 때는, 당장에 갑옷을 벗어 던졌다. 갑옷이 무거우면 말에게 부담이 간다. 교토까지의 먼 길의 퇴각행에 우선 말이 지쳐 버리는 것이다. 노부나가는 고소데만을 입고, 그 위에 새하얀 엷은 하오리(羽織: 짧은겉옷)만 입고 말을 탔다. 엷은 하오리에는 나비의 무늬가 들어 있었다. 본래 오다가는 모과 무늬다. 모과를 고리 모양으로 썬 단면을 도안화한 무늬다. 이 나비의 화려한 무늬는 이 시기에 노부나가가 무척이나 좋아한 의장(意匠)으로서, 그때의 엷은 하오리 무늬가 그것이었다. 노부나가가 말을 몰면 엷은 하오리가 바람에 펄럭였고 나비가 너울너울 움직였다.
 와카사 경계에서, 부하들이 상당히 따라 붙었다. 워낙 길은 산 속으로 꿈틀꿈틀 나 있다. 비와 호수 동쪽 해안의 평야는 아사이 씨의 영토이므로 일부러 험한 서쪽 기슭 길을 택한 것이었다. 참담한 퇴각 행이었다. 도중에, 적인지 우군인지 분명치 않은 호족이 성채를 쌓은 채 버티고 있다. 노부나가는 우선 와카사 사가키(佐柄)의 성에 들러 성주 아와야 엣추노카미(粟屋越中守)에게 부탁하여 그에게 안내시켜, 드디어 구쓰기다니로 들어섰다. 구쓰기다니의 영주는 구쓰기 시나노노카미 모토쓰나(朽木信濃守元綱)다.
 '저어 구쓰기다니 성엔 제가 가서 설복시키겠습니다. 그 성주인 시나노노카미와도 예부터 친한 사이입니다' 하며 설득의 소임을 자청하고 나선 것은 때마침 노부나가의 진지에 있던 마쓰나가 단조 히사히데였다. 단조는 전에 쇼군 요시테루를 죽인 악명 높은 사나이인데 이때에는 어떻게 해서든지 노부나가의 도움이 되고 싶었던 것이리라.
 "만약 구쓰기 시나노노카미가 다른 마음을 먹는다면, 저는 그 자리에서 서로 엇찔러 죽겠습니다"라는 말을 남기고 구쓰기다니로 앞서 떠났다. 그 뒷모습을 보고 노부나가는
 "내 운은 아직 시들지 않은 것 같다"고 크게 웃었다.
 왜냐하면 마쓰나가 히사히데만큼 이(利)에 민감한 사나이가 패군의 장인

노부나가를 위해서 한 목숨을 걸고 구쓰기를 설복시키려고 하는 것이다. 그 악당인 히사히데가 이 상태에서도 희망을 걸어주는 이상, 아직도 안심이라는 의미로 노부나가는 웃었다.

구쓰기 씨는 아무 말씸 없이 협력했다. 노부나가가 교토로 달려 돌아온 것은 4월 30일이었다. 그 뒤 속속 오다군은 귀경하여, 최후의 이에야스·히데요시·미쓰히데가 돌아온 것은, 노부나가보다 훨씬 늦은 5월 6일이었다.

인간의 운명

5월경이라면 사계절의 색채가 분명한 교토에서도 가장 향그러운 계절이다. 에치젠에서 도망쳐 돌아온 노부나가는 히가시 산(東山)의 푸르름 속에 에워싸여, 여숙인 기요미즈 사(清水寺)에 조용히 들어박혀 지냈다.

'이 녹음의 아름다움, 에치젠의 패군은 마치 거짓말 같은 느낌이 든다.'

그 시미즈 언덕으로 올라와 노부나가에게 사후할 때마다 미쓰히데는 생각하는 것이었다. 미쓰히데에게는 다소의 영탄(詠嘆) 취미가 있었다. 이런 감정의 습관은 이 시대를 사는 자에게 있어선 쓸데없는 것이었다. 미쓰히데는 언덕을 올라간다. 올라가면서 며칠 전의 일을 생각하고 있었다.

그날, 에치젠에서 교토로 돌아와 비로소 무로마치(室町)의 성관에 사후하여 쇼군 요시아키를 배알했다. 교토 수호직으로서 당연한 인사였다.

"야아, 미쓰히데. 돌아왔느냐."

요시아키는 손뼉이라도 칠 것 같이 명랑한 기분으로 말했다. 혈색이 좋았고 미소가 사라지지 않았다. 마치 오다군의 미증유의 패주를 자기의 복인 듯이 기뻐하는 것 같았다. 무리도 아니었다. 미쓰히데는 이 쇼군의 속셈을 손에 잡듯이 알고 있는 터이다. 노부나가의 이번의 뜻밖의 퇴각은, 비밀리에 반 오다 동맹을 유도하고 있는 요시아키가 쓴 줄거리라고 말 못할 것도 없었다. 그 효능이 직접적으로 나타난 것은 아니라고 하더라도, 적어도 요시아키가 바라던 결과가 눈앞에 나타난 것만은 사실이었다. '장래 희망을 품을 수가 있다'고 요시아키는 생각하고 있으리라. 이것을 계기로 노부나가가 내리막에 접어들어 이윽고 쇠퇴한다면, 이 노부나가의 장식품에 불과한 아시카가 쇼군은 명실공히 정이대장군이 되어, 오랜 염원이던 무로마치 막부를 만들 수가 있다.

"미쓰히데, 기뻐하여라" 하고 요시아키는 외치고 싶을 정도였다. 무로마치 막부 재흥이라는 화려한 꿈을 전에는 함께 꾸어 온 동지가 아니었던가. 아니, 지금도 요시아키는 미쓰히데를 계속 동지로 보고 있었다. 그렇기 때문에 오다군의 보기 드문 패전에 대해, 요시아키는 미쓰히데에게만 보이는 개방적인 웃음을 띤 얼굴을 보였던 것이다.

'난처한 일이다.'

미쓰히데는 이런 생각이 안 드는 것도 아니었다. 요시아키의 측근에는 여러 명의 막신이 있다. 그 막신들은 요즈음 이미 노부나가의 가신과 같아져 버려, 어떤 험담을 쑥덕거릴지 모른다.

"에치젠에서의 전투담을 얘기해 보아라. 그대의 항상 그 멋있던 수법을 들려 다오."

"아니, 다른 싸움이라면 또 모르지만 이번은 우리 편이 총붕괴되어 버려, 말씀드려 보았자 명예로운 일은 아닙니다."

"그대만이 이겼다고? 그렇게 들었다."

"아니, 아니."

미쓰히데는 속으로 떨었다. 요시아키의 지금의 말이 그냥 그대로 노부나가의 귀에 들어가기라도 한다면 대단한 오해를 낳게 된다.

'이분에겐 어찌해야 좋을지 모르겠군.'

머리는 나쁘지 않지만 경솔하고, 성급하고, 더구나 입이 가볍다. 요시아키의 이 성질과 존재는 지금 미쓰히데의 무거운 짐이 되어 가고 있다.

"가나가자키의 철수 말씀이십니까?"

"그렇다. 그 후미 부대의 싸움 말이다."

"그 공은 저의 것이 아닙니다. 첫째가는 공은 기노시타 도기치로, 둘째는 미카와 공, 저는 단지 두 분 뒤에 붙어 있는 데 지나지 않습니다."

"겸손하군."

"아니, 아니 쇼군님. 그것은 사실입니다. 그렇게 기억해 주시기 바랍니다. 이 일, 엎드려 빕니다."

미쓰히데는 꿇어 엎드렸다. 필사적이었다. 사실상 겸손이 아닌 것이다. 뒤에 붙어 있었다는 것이 정직한 것이며 내세울 공명 같은 것은 세우지 않았다. 그러나 요시아키는 그렇게 받아들이지 않았다.

"자기를 자랑하지 않는다는 것은 그대의 옛날부터의 미덕이로군."

요시아키는 미쓰히데의 보호자로 자처하고 있다. 역성꾼이기도 했다. 요시아키로선 도기치로 히데요시나 도쿠가와 이에야스 따위에게 지게하고 싶지가 않았다.

"이 일은 노부나가에게 말해 두겠다"라고 했기 때문에 미쓰히데는 소스라칠 듯이 놀라서 다다미 위에 얼굴을 대고 통곡하고 싶어졌다.

얼굴을 들고 낯빛을 바꿔

"저에게 공은 없었습니다"라고 말하려고 했으나 그 이상은 항변이 된다. 귀인을 대하는 태도가 아니다. 미쓰히데는 순간적으로 생각하여 자기의 심정을 읊은 노래를 한 수 불렀다. 의미는 대단한 것이 아니었다. 에치젠의 해변까지 갔으나 이룬 일 없이 돌아왔다. 그러나 시(詩)의 명승지인 게히(氣比)의 솔밭을 본 것만 해도 수확이었다는 의미를 고어·현대어를 섞어 보기 좋게 읊었다.

"과연 미쓰히데로군!"

요시아키는 무릎을 치면서 기뻐했다.

'정말로 난처하군' 하고, 지금 기요미즈 언덕을 올라가면서 미쓰히데는 생각하는 것이었다.

'인간의 운명이란 알쏭달쏭한 것이로다' 하고, 옛날 도산은 말했다. 미쓰히데는 그것을 뼈에 아로새겨 오늘날까지의 지침으로 삼아 왔다. 도산은 사실로 만들었다. 나라야의 오마아도, 쿠데타에 의해서 영주의 지위로 올라 앉혀진 도키 요리아키도, 도산의 소산물인 작품이었다. 그러한 작품군이 도산의 운을 열어주었고, 그 결과 도산은 미노의 영주가 되었다.

'나의 수공품은 쇼군 요시아키다.'

확실히 그랬다. 평범한 나라 이치조 원의 승려였던 요시아키를 발굴하여 여러 나라를 의지해 순방했고, 끝내 노부나가와 결합시킴으로써 쇼군의 위치에 올려 앉혔다. 그 덕분에 미쓰히데는 오늘날의 운을 열었다.

'도산의 경우엔 수공품이 많았으나, 나는 요시아키 님 하나밖엔 없다. 그런데도 지금 그 하나 때문에 애를 먹고 있다.'

이럴 경우 도산이라면 이미 쓸데없는 작품이 된 요시아키를 어찌 할까? 어쩌면 이 이상은 오히려 방해라고 보고 죽여 버릴지도 모른다.

'그러나 나는 그럴 수가 없어.'

미쓰히데는 언덕을 올라갔다.

노부나가는 상단에서 미쓰히데를 보았다.

'이놈, 전날 쇼군 앞에서 묘한 노래를 읊었다고.'

노부나가는 그 노래를 요시아키로부터 들었다. 그 노래는 노부나가의 에치젠 공격의 실패를 비웃는 뜻으로 받아들여진다.

"주베, 그댄 소나무가 좋은가?"

"무슨 말씀이시온지요?"

"게히의 솔밭 말이다. 에치젠 쓰루가까지 간 것은 그것을 보고 싶었기 때문이라고 쇼군님께 말씀드린 모양이 아닌가?"

"그것은 시(詩)입니다."

그것은 시적인 표현이라는 뜻의 말을 한 것인데, 노부나가에겐 그 말투가 마음에 들지 않았다.

"주군께서는 시를 모르십니까?" 하는 듯이 들렸다. 본래 노부나가에겐 그런 중세적인 언어 유희는 체질적으로 맞지 않았고, 섬뜩할 만큼 싫기도 했던 것이다. 노부나가의 감수성은 항상 과거와 단절된 전위적인 문물을 좋아했고, 그것을 온몸으로 즐기려는 티가 있었다.

"그대는 가인이냐?"고 물었다.

울림소리에 얼마간의 증오가 서려 있었다. 노부나가가 싫어하는 전통 예술은 노부나가가 싫어하는 '약속된 일'로 이루어져 있다. 시의 경우, 약속이라는 것은 가령 시 속에서 읊어진 명승지이며, 또한 전거(典據)가 되는 명시의 어휘 등이었다. 그러한 약속된 일의 토대 위에서 전통예술은 성립되어 있고, 그것을 많이 기억하고 있는 것이 도회 지식의 교양으로 여겨지고 있다. 노부나가는 그런 것은 아무것도 모른다. 체질적으로 받아들여지지 않는 것이었다. 받아들여지지 않을 뿐만 아니라 증오하고 가능하면 파괴하고 싶다고조차 생각하고 있었다. 말하자면 노부나가의 적이었다. 시도(詩道)뿐만 아니라 모든 중세적인 권위가 말이다. 물론 남도(南都)·북령(北嶺)의 불교도 그 속에 포함되어 있다.

"가인이냐?"고 한 말에는, 너는 나의 적인 그러한 자와 한패냐는 울림이 서려 있었다. 어디까지나 울림이다. 이 말을 한 노부나가 자신, 분명히 그것을 의식하고 한 셈은 아니다.

"다른 얘기를 하겠다" 하고 노부나가는 말했다.

"지금부터 길을 떠나거라. 북쪽으로 가거라. 북 오미로 가서 아사이의 진

배치를 보고 오너라. 열흘 뒤에는 돌아오너라."

북 오미의 적정 정찰을 하러 가라는 것이었다. 물론 아사이의 진지 구성의 정찰을 위해 노부나가는 많은 첩자들을 놓아두었지만 그것으로는 부족하다. 가능하면 대전투를 지도할 수 있는 장령급 능력자에게 정찰시킬 필요가 있었다. 노부나가는 미쓰히데를 그 임무로 발탁한 것이다.

그 증거로 미쓰히데는

"내가 보는 눈으로, 아사이의 진을 보아라" 했다. 내가 보는 눈으로, 라는 것은 총사령관인 노부나가가 된 셈으로 대(對) 아사이 작전의 정찰을 하라는 의미다.

'신뢰를 얻고 있다.'

미쓰히데는 안도했다. 곧 물러나와 자기의 교토 저택으로 돌아와서 수도승으로 변장했다. 승복을 입으면서

'결국 오다가에서, 만일의 경우 노부나가의 대리가 될 수 있는 자는 나와 기노시타 도기치로뿐이 아닌가.'

대대의 가로인 시바타 가쓰이에 등에 대해서는, 노부나가는 단순히 전투 지휘관으로서 밖에는 기대하고 있지 않다고 미쓰히데는 보았다. 미쓰히데와 도기치로에 한해서 전투도 할 수 있고 전략의 두뇌도 가지고 있다고 노부나가는 보고 있는 모양이었다.

"야헤이지" 하고 손뼉을 쳐서 야헤이지 미쓰하루를 불렀다. 야헤이지가 복도에 무릎을 꿇었을 때에는 미쓰히데는 수도자의 모습으로 변해 있었다.

야헤이지는 놀라서 까닭을 물었다. 듣고 나서 더욱 놀랐다.

"주군은 오다가의 한 무장이 아니십니까. 왜 그러한 이가자(伊賀者: 첩자·인자 등) 흉내를 내십니까?"

"그 점이 그 분의 재미있는 점이야."

노부나가는 항상 관례를 무시한다. 필요하다면 호랑이에게 쥐를 잡게 하고, 찻물을 끓이는 솥에 밥을 짓는 일도 쉽사리 발상하는 두뇌였다.

"열흘 만에 돌아온다. 그때까지 돌아오지 않으면 아사이 영지에서 목숨을 잃었다고 알아라."

"주군, 그것은——"

야헤이지는 이 오미행을 막으려고 했다. 그러나 미쓰히데는 툇마루에서 마당으로 뛰어 내렸다.

"안심하여라. 내가 한번이라도 남이 다투는 창칼에 부상을 당한 일이 있었더냐."

살그머니 뒷문으로 빠져나갔다.

아와다 어귀로 해서 오사카 산(蓬坂山)을 넘어, 저녁때엔 비와 호수가 내려다보이는 언덕을 내려가 한밤중에 오쓰에 닿았다. 오쓰는 오미지만 오다의 영토였다. 그 거리에선 임제선종(臨濟禪宗)의 절간인 요센 사(養禪寺)라는 조그만 절간에서 머물렀다. 이 절에는 도산도 두세 번 머무른 일이 있었고, 지금의 늙은 주지인 소겐(宗源)은, 도산의 모습을 잘 기억하고 있다는 것이었다. 소겐은 미쓰히데의 갑작스러운 방문과 그 뜻밖의 행장에 놀란 모양인데 아무 말도 하지 않았다.

야식 때,

"아사이는 3대째야. 초대 아사이 스케마사(淺井亮政) 공이 도산처럼 야무졌지."

초대 스케마사는 1495년 태생이라고 하니, 도산과는 거의 비슷한 때에 태어난 셈이다. 한 일도 도산과 비슷했다.

스케마사는 북 오미의 수호직인 영주 교고쿠(京極) 가의 하급 무사의 집에 태어나, 온갖 권모술수를 다해서 주가인 교고쿠가를 가로채고 끝내는 오미 북부 39만 석의 영토 위에 군림한 사나이다. 그런 만큼 일화도 많다. 그는 스물세 살 때 주가의 가로 우에사카 야스미쓰(上坂泰舜)를 무력으로써 내쫓아 버리고 그 영토를 빼앗았는데, 그 이후의 신흥 아사이가의 군대의 강함은 무서울 정도였다. 무사를 뽑는 데에 가문을 보지 않았다. 무용이 있는 자라면, 농부라고 할지라도 그날부터 말을 타는 사관(士官)의 신분으로 만들었다. 겁쟁이는 문벌이 있는 자라도 봉토를 압수하고 쌀로 급여를 주었다. 급여란 졸병에게 주는 급여 방식으로써 석(石)으로 세지 않는다. 사람들은 그리 되는 것을 수치로 알고 다투어 무공을 세웠다. 인간을 다루는 멋진 솜씨는 절묘하다고 해도 좋았으며, 아사이가의 영내에서는 농부까지가 쇠스랑·괭이를 쥐는 법이 다르다는 말을 들었다. 스케마사는 농부·상인들을 가리지 않고 열여섯 살이 되면, 성내에 불러서 한 사람씩 배알을 허락했다. 말을 걸어 주는 것이다. 말은 일정했다.

"무엇을 좋아하느냐?"는 한 마디였다. 인간 열여섯 살이 되면 자기의 장래에 희망이나 뜻을 가진다. 무엇을 좋아하느냐는 것은, 너는 무엇이 되고 싶으냐는 의미였다.

"무예를 좋아합니다"라고 대답하는 자가 있으면 스케마사는 고개를 끄덕거리고,

"내년에 너의 무예를 보자"라고 말했다. 즉 1년 동안 힘들여 닦게 하고 1년 뒤에 쓸 수 있는가 어떤가 시험해 주겠다는 의미였다. 시험에 합격하면 가중의 인원으로 발탁한다. 이 때문에 아사이령(領)은 항상 계급이 고정되어 있지 않고 능력만 있으면 누구든지 무사가 될 수 있었다.

"논일밖에는 재주도 희망도 없습니다"라고 대답하면 스케마사는 역시 고개를 끄덕이고서

"가을이 되면 너의 논을 보러 가겠다" 했다. 좋은 농부가 되라는 의미다.

"저는 장사밖에는 할 줄 모릅니다"라고 대답하면 스케마사는 지금은 어떤 물건의 값이 비싸고 어떤 물건이 값이 싸냐고 묻는다. 이렇게 말을 해 주면 상인의 아들도 분기하는 것이다. 스케마사는 남의 마음을 환히 꿰뚫어 보고 있었다. 남의 마음 얘기가 나왔으니 말이지 스케마사는 아사이 신사부로(淺井新三郞)라는 이름이었던 젊을 무렵, 어느 날 오미의 기모토(木本)의 지장당(地藏堂)으로 참배했다. 이 지장당은 바른 이름을 조신 사(淨信寺)라고 하여, 교고쿠 집안의 무사들이 대대로 신앙하고 있는 절이었다.

"여러 가지로 이 지장보살님은 고마운 영험을 보이셨다고요" 하고 당지기인 승의 기분을 맞추어 주고 그 온갖 영험들에 대해서 얘기를 시켰다.

"증거가 있습니까?"

"있지요" 하고 당지기는 신자들의 명부를 꺼내서

"어디 사시는 어느 분은 어떤 병에 걸려서 생명이 위험하셨는데, 이 지장보살님께 기원을 드려 나으셨습니다" 하는 따위의 얘기를, 싫증낼 줄 모르고 떠들었다. 아사이 신사부로 스케마사도 그 말을 싫증낼 줄 모르고 듣고, 남김없이 기억했다.

그가 옛 주가(主家) 교고쿠가의 내부에서 세력을 부식시킬 때, 그 얘기를 이용하여 예의 신도 명부에 기재되어 있는 무사를 만나면

"귀공의 어머님은 오래 전부터 지장보살님을 모시고 있소. 귀공은 그 지장보살님께 기도를 드려서 태어난 분이니까, 자신을 소중히 소중히 하시오"라는 등의 말을 했다. 사람들은 그가 그런 점에 이르기까지 자기를 알아주고 있는 데에 놀랐고, 또 갑자기 친숙해져서 그의 패에 끼어들었다.

물론 스케마사는 지장의 수법 하나만이 아니라, 온갖 인심 수람의 재주를 복합하여 사용했을 것이 틀림없다. 그러나 지장의 당지기로서는 자기가 얘기해 들려준 신도 명부의 한 조항, 한 조항을 기억함으로써 스케마사가 북오미 39만 석의 영주로 출세한 것이라고 믿고 있다.

참예할 때마다 투덜거리며

"나 따위는 어떤가. 이 지장님을 30년 동안 모셔 등불을 밝히고, 꽃을 바치고, 당의 지붕이 새면 그것을 고치고, 아침저녁으로 보살님 앞을 청소하여 오로지 봉사하고 있는데도 두끼니 밥도 먹기 힘든 걸승(乞僧) 처지에서 벗어날 수가 없다. 그런데 신사부로란 풋내기 놈은 단 한 번 참예하여, 나를 속여 신도 명부를 꺼내게 하여, 그것을 씨앗으로 저렇게 엄청난 신분이 되어 버렸다"고 지껄이고 지껄였다.

스케마사가 죽고 히사마사(久政)가 당주가 됐다. 히사마사는 범용한 자여서, 아사이가의 무사들이 불평을 품고 끝내는 히사마사에게 강요하여 은거시키고 히사마사의 아들 나가마사(長政)를 세웠다. 나가마사는 젊었지만 영자(英姿)가 활발한 인물로서, 조부 스케마사의 패업(霸業)을 잇는 자라고 가중에서 기대를 받고 있었다.

——그 아사이 가는 대(對) 오다 전쟁을 앞두고 어떤 군비를 갖추고 있는가

그것이 미쓰히데의 정찰 목적이었다.

전쟁 방법

수도자로 변장한 미쓰히데는 쇠로 만든 장검을 차고, 수도복을 바람에 펄럭이면서 오미 가도를 이곳저곳 싸돌아 다녔다. 큰길에는 아사이 족의 검문소가 많았다. 특히 지금은 임전 태세인 만큼 여행자의 출입 감시는 엄했다.

일일이 불러 세워져

"스님은 어느 절에 계시며, 무슨 목적으로 어디로 가십니까?"라는 것을 집요하게 질문 당했다.

"근무에 수고하십니다."

미쓰히데는 항상 침착했다. 그 위에 이 사나이는 오랫동안 여러 나라를 유랑한지라 검문소의 벼슬아치들을 다루는 데에 익숙해져 있었고, 그 위에 변장한 수도승의 행동거지도 아주 그럴 듯했다.

"저는 야마토 나라의 요시노 산(吉野山)의 장왕당(藏王堂 : 藏王權現을 모신 절)에 적을 둔 수도승으로서, 긴푸센 사(金峰山寺)의 지붕을 수리할 성금을 모으기 위해 각국에 기부를 받으러 다니는 자입니다. 이제부터 미노로 내려가 미카와로 가서 엔슈 가도의 해변가를 지나 슨푸로 가, 그곳에서 49일의 기부금 모집을 끝내고 야마토로 돌아가려고 합니다."

수도자의 행동이나 수도법 등을 시켜 봐도 진짜 수도자보다 잘하고 음성에 힘이 서려 있어서, 듣고 있는 검문소 벼슬아치들 가운데 '고맙소' 하고 외친 자가 있을 정도였다.

북 오미의 기노모토(木ノ本)의 검문소에서는 때마침 북쪽에서 다른 수도자가 왔기 때문에

"스님 저 자를 시험해 주시지 않겠습니까" 하고 초병이 미쓰히데에게 부탁했을 정도였다.

미쓰히데는 아사이 영토를 이리 저리 돌아다녔다. 주성(主城)인 오타니 성도 자세히 보았고, 그 지성들도 모두 살폈으며, 그 외에 온갖 전략적인 장소도 멀리서 바라보았고, 때로는 접근도 해 보았다. 그 결과

'아사이는 생각했던 것보다 강하다. 노부나가의 실력으로 쳐들어가도 호락호락하게 지지는 않으리라'라는 결론에 이르렀다.

노대국인 에치젠의 아사쿠라와는 달라, 아사이는 이제 3대째인 신흥국가이니만큼 졸개나 농부까지가 주군의 위난을 보고서 분기하는 일면이 있었다. 군사는 강했고 여러 무장의 단결도 굳었다. 미쓰히데가 본 바에 의하면, 아사이가의 중신 가운데서 모략이라도 쓰지 않으면 오다 쪽으로 탈출할 만한 사람은 한 사람도 없을 것 같았다.

'제법이로구나.'

적이면서도 미쓰히데가 감탄하고 싶어질 정도로 성성한 전의(戰意)가 온 영내에 넘쳐흐르고 있었다. 3대 전의 아사이 스케마사의 개성적인 통치법이 지금도 구석구석에까지 살아 있는 것 같았다.

아사이는 39만 석. 군사는 약 1만. 그처럼 대단한 영주는 아니지만, 그 실력은 백만 석에 필적하리라. 그 위에 아사이는 단독이 아니다. 북쪽의 아사쿠라와 동맹을 맺어 공동작전을 취하고 있다. 아사쿠라가가 무능한 지휘관이 많다고는 하나 87만 석의 대영지와 2만 명 이상의 군대를 가진 니폰 해변의 강국이다. 아사쿠라, 아사이가 동맹을 맺으면 노부나가로서도 호락호락할 리가 없다.

미쓰히데는 대담하게도 아사이 영의 북쪽 오지라고 할 수 있는 북국 가도인 기노모토, 요고(余吳), 야나가세(柳ヶ瀨)까지 잠입하여, 에치젠 아사쿠라군이 어느 정도 와 있는가도 낱낱이 살폈다. 이윽고 남쪽으로 내려가 야스(野洲)까지 가서 그곳에 숙소를 잡았다. 야스는 같은 오미이면서도 오다의

세력 아래에 있어서, 그곳까지 온 이상 우선은 위험이 없다고 봐도 좋았다. 숙소는 그 지방의 장자로서, 다치이리 간사이(立入閑齋)라는 자의 저택이었다. 간사이는 유랑 시대의 미쓰히데나, 쇼군 요시아키가 가쿠케이(覺慶)라고 칭하던 당시, 가쿠케이를 등에 업듯이 하고서 그 부근을 전전하던 무렵의 미쓰히데를 잘 알고 있었다.

"주베 공도 이만저만 출세하시지 않았군요" 하고 미쓰히데의 출세를 축복해 주었다.

"아니, 이런 것이 출세일까."

미쓰히데는 이렇게 말하는 점으로 보아, 재미가 별로 없는 사나이다. 남이 축복해 주면 순순히 기뻐해야만 귀염성이 있는데, 물 같은 표정으로 말했다.

"좋지 않으십니까?"

"아니, 좋은 팔자란 간사이 공 같은 사람을 두고 하는 말일 게요."

"어째서 나 같은 자가?"

"저 미카미 산(三上山)을 보시오. 세상의 흥망성쇠와는 아무런 상관없이 저렇게 아름다운 산을 정원의 원경으로 갖고서 매일 싫증낼 줄 모르고 바라다보지 않소. 뜬세상을 솜씨 있게 살아가는 것은 간사이 공이 아니시오?"

"이거 풍류적인 말씀을 해 주시는군요."

'여전히 마음에 걸리는 사나이로군'라고 간사이는 생각한 듯이, 콧방울의 주름으로 약간 웃었다.

간사이가 놀랍게도, 그 미묘한 웃음을 미쓰히데는 깨달은 모양이다. 그러한 기민함이라기보다는 반성의 버릇이 지나치게 많다는 것도 미쓰히데의 특징이리라.

"이런 좀 마음 걸리는 말을 한 모양이로군요" 하고 미쓰히데는 웃었다.

"아니, 원 당치 않으신 말씀."

간사이는 황급히 화제를 바꿔서

"모처럼 영광스럽게 찾아주셨으므로 시골 그릇들이라도 꺼내다가 차라도 대접해 드릴까요?"

"그것 고맙소."

집안에 다실이 있었다. 이미 해가 졌으나 간사이는 정원 이곳저곳에 불을 밝히게 하고 미쓰히데를 화로 앞으로 청했다.

"기후 님(노부나가)은 대단히 차를 좋아하시는 모양이시더군요?"
"그렇소. 이만저만한 도락이 아니오."
미쓰히데는 순순히 고개를 끄덕였다. 노부나가의 교양이라면 차(茶)이리라. 그 차 도구에 대한 안식도 보통이 아니다.
'아마 노히메가 친히 가르쳐 드렸으리라.'
미쓰히데는 생각하고 있었다. 노부나가의 아버지 노부히데는 연가(連歌)만은 좋아했으나 그 외에 특별히 좋아하는 취미가 있는 사나이가 아닌지라 기요스 오다가의 가풍은 살벌했다. 그러나 노부나가는 노히메를 맞이한 뒤 다도에 정신이 팔려, 지난 해 교토로 올라오자마자 마치 굶주린 사람이 음식물을 찾듯이 차 도구를 찾았다.
"노히메는 아버지 도산으로부터 다도의 훈도를 받으셨다. 노부나가는 그것을 이어받았다. 노부나가는 많은 것을 도산으로부터 이어받았으나, 그 중에서 가장 큰 것은 미노 한 나라와 차가 아닐까."
전쟁을 하는 방법도 더러 아주 닮은 데가 있었다. 도산의 전술 사상을 한마디로 말하면, 커다란 물결이 밀려들 듯 공격하고 썰물이 쓸려나가듯 물러간다는 것으로서, 도산은 그것을 상징하기 위해서 두 개의 파도를 도안화하여 가문에도 쓰고 기치의 문장(紋章)으로도 삼고 있었다. 노부나가가 저번 에치젠 가나가자키를 공격한 것이 바로 그것을 그대로 행한 것으로서, 교토에서 아득히 큰 파도처럼 밀려왔다가 큰 파도가 밀려나가듯 철수를 했다.
'그것은 도산 식이로구나.'
미쓰히데는 생각하면서 차를 마셨다. 이렇게 생각하면서도 미쓰히데의 뇌리에 있는 영상은 도산의 모습이 아니라 노히메였다.
'풋사랑의 여운일까.'
이렇게 쓴웃음을 지으면서도, 동시에 노히메를 아내로 삼은 노부나가에 대한 질투가 그렇게 세월이 지난 지금까지도 아직 사라지지 않고 있는 것이었다.
"워낙 기후 님께서" 하고 간사이는 말했다.
"그처럼 대단한 도락으로 삼으시므로 가중에 한다하는 분들 사이에서도 아마 다도가 왕성하시겠지요?"
"그건, 그렇지 않소."
"허어."

간사이는 그 까닭을 듣고 싶어 했다.
"오다가에서 차 도구를 가지신 분은 주인 노부나가 공뿐이오."
노부나가가 그런 결정을 내린 것이다. 부장들에겐 사유의 도구를 갖는 것은 허락지 않았고, 스스로가 주인이 되어 베푸는 다회를 열게 하지 않았다. 엄히 중지시키고 있었다.
"과연."
간사이는 곧 노부나가의 이유를 깨달은 모양이었다. 오다군단은 천하를 잡기 위해서 항상 임전 태세에 있어야만 하며, 그 긴장이 풀어지는 것을 노부나가는 싫어하는 것이리라.
"그야말로 오다가처럼 엄한 가풍을 세우는 영주님은 달리 없을 것입니다."
"그렇소."
미쓰히데는 여전히 물과 같은 표정으로 고개를 끄덕거렸다. 생각하고 있는 것은 노부나가의 운이다.
'노부나가에게 앞으로 운이 있을까?'
운이라는 것은, 여러 나라 영주의 기량을 판정하는 방법으로는 중요한 관측법이다. 기량이 있어도 운이 없는 자는 끝내 영웅적 사업을 성취시킬 수가 없다.
'아니나 다를까, 오케하자마 이후, 노부나가는 운이 따르고 따른 대장이었다. 그러나 이번의 가나가자키의 퇴각 이후의 장래는 어떨까. 운이 노부나가를 버린 것이 아닐까.'
"주베 공" 하고 간사이는 말했다.
"다시 한 잔 더, 어떻습니까?"
"아니, 이젠."
미쓰히데는 고개를 숙였다.
"충분합니다."

미쓰히데는 교토로 돌아가 북 오미의 정찰 결과를 노부나가에게 보고했다. 그 보고의 훌륭함은 달리 비할 길이 없었다.
"우선 본 그대로" 하고 미리 못박고 나서, 보고 들은 일을 크고 작은 것까지 통틀어 말하였다. 그러나 미쓰히데가 꺼내는 사실들은 모두가 무미무취하여 물처럼 싱거웠다. 판단은 노부나가에게 일임시키기 위해서였다.

이어서

"미쓰히데가 생각건대" 하고 똑같은 재료를 주관을 길게 깔아 설명하고, 그 진실을 전하려고 했다.

'헛된 일이다' 하고 중도에서 미쓰히데가 몇 번이나 말할 기력을 잃어버릴 만큼 노부나가라는 사나이는 말하기가 거북한 대장이었다. 외면을 하고 있는 것이다. 가끔 정원을 보거나, 시동들에게서 휴지를 받아 얼굴을 문질러대거나 하고 있었다. 미쓰히데는 누구에게 얘기를 하고 있는지 스스로도 알 수 없게 되었다.

그러나 노부나가의 내심은 달랐다.

'이 금귤 대가리처럼 사물을 보는 놈은 내 휘하에 없을 게야. 글쎄, 도기치로 정도일까.'

다시

'이번, 아사이·아사쿠라로 출마할 때, 이 금귤 대가리에게 한 부대의 대장 노릇을 시켜야지' 하고 가슴 속으로, 미쓰히데에겐 운명적인 생각을 차례차례로 거듭하고 있었다. 이윽고 노부나가는 비로소 깨달은 듯 미쓰히데를 보았다. 미쓰히데는 침묵을 지키고 있었다.

"왜 울지(鳴) 않나?"

노부나가는 피리나 생황(笙簧)인지 이렇게 말했다. 그 말투는 그야말로 이 사나이다웠지만, 노부나가에게 익숙지 못한 미쓰히데에게는 유쾌한 말이 아니었다.

"이미 아시고 계시니까요."

"끝났느냐?"

노부나가는 일어서서 그냥 말도 걸지 않고 안으로 들어가 버렸다.

'뭐가 마음에 들지 않으셨는가?'

미쓰히데의 마음은 당연히 불안으로 떨었는데, 동시에 아플 만큼 몹시 자존심을 상했다.

'저 사나이가 오다가의 당주이며 내가 그 가신인 것은 하늘이 배정한 것이지 그 이상의 것은 아니다.'

능력은 똑같거나 아니면 자기 쪽이 위라고 미쓰히데는 생각했다. 주객은 천운일 뿐이다. 그 천운을 입은 주제에 저 사나이처럼 거만스럽게 굴어도 좋을까 어떨까. 미쓰히데는 계속 생각했다. 그러나 노부나가가 거만스럽다면 거만스러울는지 모르나, 그는 자기의 거동이 남을 얼마만큼 상심시키는가에 대해서 지금까지 생각해 본 일이 없었다. 이 사나이는 태어날 때, 그런 종류의 일을 이것저것 생각할 감각을 갖지 않고서 이 세상에 나온 것 같았다.

노부나가가 안으로 들어간 것은, 단순히 배가 고프다는 것만의 이유였다. 안에서 숭늉을 부은 밥 준비를 시킨 뒤 세 공기를 훌훌 먹었다. 수저를 움직이면서도 머리 속에는 미쓰히데의 보고가 있었다. 그 보고를 기초로 다음 행동을 결정하려 하고 있었다. 다 먹고 나자 노부나가는 다시금 나와서 상단에 앉았다. 그 동안 아케치 미쓰히데가 쓰디쓴 마음으로 꿇어 엎드려 있은 것을 노부나가는 물론 생각지 못했으리라. 앉자마자 노부나가는 미쓰히데에게 두세 마디 질문을 하고, 그 대답을 듣자

"좋다. 물러가거라" 하고 파리를 쫓는 듯한 손시늉을 하면서 말했다. 미쓰히데는 물러나왔다.

'어디 보자……'라는 마음이 복도를 물러가는 미쓰히데의 가슴 속에 도사리고 있었다. 노부나가의 거동이 남을 다루는 일에 오다가에서 잔뼈가 굵은 역대의 부하라면 익숙해서 아무런 감정을 품지 않을 일이라도, 신참인 미쓰히데의 경우에는 그렇지 못했다.

그 뒤 노부나가는 기노시타 도기치로 등을 불러

"내일 기후로 떠난다. 길을 선도하여라" 하고 갑자기 호령을 내렸다. 매사에 갑작스러운 버릇을 그들은 잘 알고 있었다.

──길을 선도하여라.

라는 것은 너무나 압축된 명령이었지만 그들은 노부나가가 되묻는 것을 싫어하는 것을 알고 있어

"예, 곧" 하고 준비에 착수했다.

'선도하여라' 하는 짧은 명령 속에는 중대한 내용이 포함되어 있다. 노부나가는 기후로 돌아가는 도중에 있는 오미를 아사이 쪽이 차단하고 있어 통과할 수 없을지도 모른다. 이 말을 길게 한다면 '간도(間道)를 찾아 연도의 지방 무사들과도 줄을 대 두어라' 하는 것이 되리라.

도기치로 등은 각각 군세를 거느리고 오미로 달려가 노부나가를 통과시킬 간도를 찾았다.

당초 오미의 오다 편 지방 무사들은 모두들 생각에 잠긴 듯한 표정에 단념의 빛을 띠고서

"그러한 길은 없을 것 같습니다"라고 말했으나,

"과연, 없는가"라는 따위의 말을 하고 있을 수는 없었다. 이미 도기치로 등이 오미 구사쓰에 닿았을 때에는, 노부나가는 교토를 출발하고 난 다음인 것이다.

팔방을 살펴, 지구사 고개라는 오미 간자키(神崎) 군에서 이세의 미에(三重) 군으로 빠지는 놀랄 만한 험로를 발견했다. 기껏해야 오미의 서부 산악 지대의 나무꾼이나 산돼지 사냥꾼이 알고 있을 정도의 것이었고, 길도 길이라고 할 수 없을 정도의 것으로, 계곡을 따라 산의 움푹 낮은 능선 지대를 넘어가는, 말하자면 사슴의 길 같은 경로였다. 현재의 지리로 말하자면, 이 지구사 고개 부근에 있는 고자이쇼 산(御左所山)이 로프 웨이로 알려지고 얼마간 유명해져 있다. 이 길이 노부나가의 오미 통과로로 선택되어, 지방의 오다 계 무사가 길 안내와 경호를 맡게 되었다. 그 지방 무사들이란, 여담이지만 후에 크게 가문을 일으키게 되는 가마우(薄生)가의 이 당시 당주, 가마우 가타히데(薄生賢秀) 등이었다.

노부나가는 이 길을 잡았다.

음력 5월 30일이라서 산 속의 밀림은 찌는 듯이 더웠고, 그 때문에 말 위의 노부나가는 반나체 위에 얇은 겉옷만을 걸친 모습으로, 번번이 길을 오르락내리락하면서 험로를 파고 들어갔다. 이 산 속에서 전에 남 오미의 영주였으며, 지금은 오미·고가 고을에 유랑하고 있는 사사키 조테이(佐佐木承禎：六角義賢)가 밀파한 사나이가 노부나가를 저격했다. 사나이는 총의 집단으로 널리 알려진 기슈(紀州) 네고로(根來)의 중으로서, 머리칼은 깎지 않았고 흰 옷을 입었으며, 배낭을 짊어져 분장을 하고, 자신만만한 총에 두 개의 탄환을 장전하고 숲 속에 숨어 있었다. 이름은 스기다니 센주보(杉谷善住坊)라고 했다. 겨냥을 하여 쏜 결과, 탄환은 두 개 다 노부나가의 모습께로 날아 들어갔으나 노부나가의 몸에는 맞지 않고 소매에 구멍을 뚫었다. 이때 노부나가는 소란을 피우지 않고 통과하였으며 하수인을 수배하라고 직접적인 지시를 내리지 않았다. 나중에 배하의 군대들이 센주보를 사로잡았다.

……

미쓰히데는 이때 이 일행에 끼지 않았고, 수호직으로 교토에 있었다. 이 진기한 일을 나중에 들었을 때,

'노부나가의 운이 그렇게까지나 강한가' 하고 어안이 벙벙한 생각이 들었

다. 스기다니 센주보라면 네고로 패 중에서도 총의 명수로서 알려져 있고, 그 저격 거리는 겨우 12, 3간 정도로 가까웠다. 맞지 않았다는 것이 오히려 이상하다고 할 수 있으리라.

'노부나가는 아사이·아사쿠라를 이기리라. 이기고 나서 점점 그의 운은 뻗쳐 가리라' 하고 미쓰히데는 생각했다.

국경

'5월 21일, 노슈(濃州) 기후로 귀진.'

이것은 〈노부나가 공기(信長公記)〉 속에 있는 간결한 문장이다. 지구사 고개에서의 위난도 노부나가에게는 별다른 영향을 주지 않았는지 이 사나이는 잊어버린 듯이 기후로 돌아왔다.

"오노, 돌아왔다" 하고 내실 어귀에서 맞이한 노히메의 뺨으로 손을 뻗쳐 찰싹, 하고 손가락으로 뺨을 퉁겼다.

'아파요——' 라고 생각했으나, 노히메는 참지 않으면 안 되었다. 결국은 노부나가 나름의 애정 표현인 것이리라.

그날 밤,

"오노, 이 방으로 와서 자라" 하고 노부나가는 복도까지 나와, 저 끝까지도 들릴 만큼 큰 소리로 말했다. 방에 있던 노히메는 그야말로 시녀들에게 부끄러웠으나 곧 자리에서 일어나 노부나가의 말에 따랐다. 누워서 얘기를 나누었다.

"오미의 지구사 고개라고 하는 데서" 하고 노히메가 그 위난에 대해서 자세히 물으려고 하자, 노부나가는 가로막았다.

"재미도 없는 얘기다."

보통이라면 이만한 화제가 없는데도 노부나가에게는 재미가 없었다. 본래부터 그러했다. 노부나가에겐 자기의 지난 일을 되돌아보며 이런 저런 얘기를 하는 취미 따위는 전연 없었다. 항상 이 사나이는 다음에 일어날 일들에 대해 정신이 없었다.

"오노" 하고 노부나가는 말했다.

"쓸데없는 말을 하는 여자가 되어 버렸군."

"되어 버렸다니 뜻밖입니다."

노히메는 서운한 듯이 말했다. 그녀는 노부나가와 한 살 차이이므로 만 서른다섯 살이었다. 되어 버렸다는 것은 너무하다는 생각이 들었다.
"모처럼 마음을 써 왔는데요."
"알아듣지 못하는 여자로군."
"무슨 말씀이신지."
"있기 때문에, 인간이야"라고 노부나가는 말했다. 늘 그렇듯 너무 짧은 말이라 의미는 잘 알 수가 없지만, 인간의 일생에서 여러 가지의 일이 있다. 그것이 있기 때문에 인간이라는 의미이리라.
"그것이 50년의 즐거움이지" 하고 노부나가는 말했다. 인간을 일장의 꿈처럼 보고 있는 이 사나이에겐, 다음에 무슨 일이 일어나는가 하는 것이 새로 만든 연극을 기대하듯이 재미있다는 그런 의미 같았다.
"오미라는 말이 났으니 말이지만."
노부나가는 돌아누워서 노히메의 목에 숨결을 내뿜었다.
"네모노가타리노사토(寢物語ノ里 : 베갯머리 송사 마을이라는 뜻)라는 마을이 있는데."
"마을 이름인가요?"
"그렇지."
노부나가는 웃지도 않고 고개를 끄덕거렸다. 미노에서 오미로 들어가려면, 미노 세키가와라를 지나 산 사이를 빠지면서 넘어가야 한다. 그 국경의 오미 쪽에 있는 조그만 마을이 베갯머리 송사 마을이라는 것이었다.
"어쩌면 그렇게 색기가 감돌까" 하고 노히메가 말했다.
여담이지만 노부나가보다도 좀 뒤 시절에 센가(千家)의 3대째인가 되는 종장(宗匠)이 차 국자를 만들어 호평이 대단했는데 그 이름이 네모노가타리(寢物語)였다. 실제로 차 국자는 진기스럽게도 두 자루가 한 쌍으로 되어 있고, 그것이 대롱 속에 넣어져 있다. 차 국자가 두 자루, 한 통 속에서 사이 좋게 자고 있기 때문에 이 이름을 붙였다고 사람들은 상상했으나, 그렇지는 않다. 그렇다면 차(茶) 정도에 '색기'가 너무 지나치다고 할 수 있으리라. 이름을 붙인 익살스럼에는 좀더 큰 사연이 있었다. 그 통 뒤쪽에 이름을 붙인 이유가 새겨져 있는데

　　오미와 미노의 대로 만들었으므로

라는 것이었다. 이것이 맹점이다. 한 자루는 오미의 대로 만들었고, 다른 한

자루는 미노의 대로 만들었다. 그 국경의 마을이 '네모노가타리노사토(베갯머리 송사 마을)'다. 그러나 노히메 때에는 이런 익살은 없었다. 왜 그런 기묘한 마을 이름이 붙었는가 하는 발단은 별로 색기가 있는 것은 아닌 것 같았다. 이 마을의 민가에는 일자 집(一字家)이 많다(한일자로 방을 여러 개 넣어,각각 다른 세대들이 산다). 벽 하나로 이웃집과 가로막혀 있다. 그러므로 이웃 사람들끼리 서로 잠을 자면서 서로 얘기를 할 수 있었다는 정도의 뜻인 모양이다. 이 마을은 또 다른 이름도 가지고 있었는데 그것도 색달랐다.

'다케쿠라베'라는 것이었다. 한문으로 長兢(다케쿠라베,키재기란 뜻이다)라고 쓴다. 다케쿠라베 마을이라고 불렀다. 그 이름의 기원도 좀 익살스럽다. 여행자가 간다. 미노쪽에서 오미로 넘어간다. 이 국경 마을을 잡아들면 가로 좌우의 산 높이가 같은 정도가 된다.

──어느 산이 더 높은가?

하고 가는 도중에 지루한 나머지 비교하면서 걸어가기 때문에 키재기라는 것이다. 그러나 노부나가의 두뇌에는 그러한 유장한 자의(字義)를 캐 보려는 속셈 같은 것은 없다. 노부나가는 대(對) 아사이 작전만을 생각하고 있다. 다케쿠라베 마을과 그 부근의 가리야스(刈安) 마을의 두 산에 오미의 아사이가 갑자기 성을 쌓은 것이다. 엄밀하게 따지자면 성채 규모지만, 하여간 군병들을 넣고 총을 많이 배치하여 눈 아래의 가도를 지나서 오미로 들어가는 노부나가의 군세를 이곳에서 제압하려고 하고 있었다. 요컨대 다케쿠라베 성채·가리야스 성채는, 아사이의 국경진지라고 할 수 있으리라.

"이 두 성채가 방해물이로군" 하는 것이 노부나가의 잠자리 얘기였다. 물론 노히메가 거기까지 알지는 못한다.

'화살로 뺏으려면 실패한다'고 노부나가는 생각했다. 이 좁은 국경지대에 다수의 군병을 넣어 길거리에서 복작거리게 만들면, 아사이·아사쿠라의 연합군은 웬 떡이냐 싶어 돌격해 들어오리라. 좁은 길거리에서의 전투라 군사들은 당연히 1대 1 싸움을 벌이게 된다.

'1대 1이 되면 오와리군은 패할지 모른다'라고 노부나가는 생각했다. 군사들은 문명이 발달하고 더구나 토지가 풍요한 오와리보다도 북국인 아사쿠라나 북 오미의 아사이군 쪽이 강할 것은 뻔하다. 오다군이 강한 것은 오로지 총수인 노부나가와, 노부나가가 채용하여 양성한 각급 지휘관의 우수함에 있는 것이다. 그것을 노부나가는 뼈저릴 만큼 잘 알고 있었다.
'계략으로 뺏자.'
노부나가의 생각은 당연히 이렇게 결정되었지만, 막상 그것을 담당할 인물이 문제였다.
'도기치로가 좋다.'
당장에 이렇게 결정했다. 그의 재각이라면, 그 두 성채의 수비장을 교묘히 이쪽으로 배신시켜, 만일의 경우에 무용지물이 돼 버리게 만들리라.
"네모노가타리노사토 얘기는 어찌 되셨나요?"
"그것 말인가."
노부나가는 침묵에서 깨어났다.
"계략으로 뺏는다."
"어머, 계략으로요."
노히메는 웃기 시작했다. 뭣이 뭣인지 잘 몰랐으나, 남녀의 잠자리 얘기를 계략으로 훔친다는 것은, 예부터 가인(歌人)도 다인도 생각조차 한 일이 없는 발상인 것이다.
"재미있으시네요."
"당연하지."

다음 날, 노부나가는 기노시타 도기치로를 불러 그런 뜻을 명령했다. 이 두 성채는 아사이가의 무장인 호리(堀)·히구치(桶口)가 지키고 있었다. 설복시키라는 것이었다.
"알았습니다."
도기치로는 마치 손뼉이라도 칠 듯이 명랑하게 대답했다. 이 사나이의 대답은 언제나 그렇게 믿음직스럽기만 했다.
"곧 떠나겠느냐?"
"곧" 하고 도기치로는 사라졌다.
그 뒤, 노부나가는 다케쿠라베·가리야스 성채 일에 대해서는 전혀 생각지 않게 되었다. 설령 잊어버리고 있더라도 도기치로는 잘해 주리라. 그 뒤에 싸움터의 일을 생각했다. 아사이의 본거지, 오타니 성을 중심으로 삼은 북오미의 산하가 주된 결전장이 되는 셈인데, 노부나가의 뇌리에는 이미 선명한 전략·전술의 지도가 이루어져 있었다. 그 지도에는, 싸움터가 아니라 큰 성 작은 성에 기치가 펄럭이었다. 성벽 위에선 군사들이 움직였으며, 그 군사들의 숫자까지도 기입되어 있었다. 그것은 모조리 미쓰히데의 두뇌를 통해서 이루어진 지도였다. 그 지도를 기반으로 노부나가는 생각을 더욱 쌓아갔다.

'도기치로와 미쓰히데로구나, 결국은——' 하고, 보통 사나이라면 이렇게 술회하리라. 그러나 노부나가에겐 언제나 그런 한가한 사람의 술회와 같은 쓸데없는 감상 따위는 없었다. 호흡을 할 때 두 콧구멍의 고마움을 사람들은 의식하지 않듯이, 노부나가는 이 두 사람의 고마움을 의식하지 않았다. 단지 공장(工匠)의 손도끼처럼 점점 더 그들의 능력을 닦고, 손잡이를 손때로 반들반들하게 만들어 더욱 더 잘 사용할 수 있도록 교묘하게 부려갈 뿐이었다. 이 기후 성에서의 일상의 삽화가 있다. 전투에 대한 것이 아니다.

노부나가의 신변 가까이에서 비서 같은 소임을 맡고 있는 사나이 중에 스가야 구에몬(管屋九右衛門)이라는 사나이가 있다. 참으로 서무 처리에 뛰어난 인물로서, 노부나가는 이 인물도 손때로 반들반들 만들 만큼 부려 오고 있었다. 여담이지만, 스가야는 오다 가와는 한집안인 오다 노부타쓰(織田信辰)의 아들로서 말하자면 오다가 중에서는 명족의 아들이지만, 그렇다고 노부나가는 다른 영주처럼 스가야를 대장으로 부리려고는 하지 않았다. 비서로밖에는 사용치 않는다. 스가야는 서무라면 무슨 일이든지 처리하지만 전투에 대해서는 아주 무능하기 때문이었다. 스가야 구에몬은 후에 혼노 사(本能寺) 불길 속에서 죽는다.

그 스가야에게 어느 날, 노부나가와 그 가족의 식사를 담당하는 주방장인 이치하라 고에몬(市原五右衛門)이라는 사나이가 찾아와서

"황공하오나 말씀 좀 들어 주실 수 없겠습니까?"라고 했다. 의논하고 싶다는 것이었다.

"무슨 일이냐?"

"쓰보우치 세키사이(坪內石齋)의 일입니다"라고 주방장은 말했으나, 스가야는 당장에 세키사이가 어떤 자인가 생각해 낼 수가 없었다.

"기억이 나지 않는데……?"

"옥에 갇혀 있는 교토의 세키사이 말입니다. 요리 솜씨가 교토 제일이라고 하는……."

이런 말까지 듣고 나서 스가야는 아아, 하고 그는 아직 살아 있느냐고 물었다.

"그렇습니다. 살아 있습니다. 옥에 갇힌 지 4년째가 됩니다만 병 한번 앓지 않았습니다."

"인간은 단단한 것이로군."

스가야는 감탄했다. 쓰보우치 세키사이는 죄가 있었던 것이 아니었다. 이 사나이는 교토의 전 시대 지배자였던 미요시가의 주방장을 지낸 사나이로서 오다군이 교토에서 미요시 패를 몰아냈을 때 불행하게도 포로가 됐다. 그렇다고 요리인이므로 죽일 것까지 없었다. 그 자를 기후로 호송시켜서 성 안의 옥에 가두어 놓은 것이었다. 노부나가도 아마 그 일을 잊어버리고 있는 것이리라. 주방장인 이찌하라의 말로서는, 세키사이 정도의 요리인을 옥에 가두어 두는 것은 아깝다는 것이었다.

"세키사이는 일본의 보물입니다."

교토 요리에 뛰어나고, 특히 무가의 두령인 쇼군가의 요리법에 밝아서 무로마치식의 학·잉어 요리는 두말 할 것 없고, 제례용 상까지도 차릴 수 있는 사나이였다.

"어떻습니까, 옥에서 꺼내 새로 당가에서 고용하여 오다가의 요리인으로서 부리시면?"

'지당한 말)이라고 스가야도 생각했기 때문에 곧 노부나가에게 아뢰었다. 노부나가는 고개를 끄덕이고 나서

"잘한다면 고용하겠다" 했다. 일본에서 으뜸가는 교토 요리의 명인이라고 해도 노부나가는 놀라지도 않았고, 고마워하지도 않았다. 곧 세키사이는 옥에서 석방되어, 시원스러운 옷이 입혀진 뒤 주방으로 보내어졌다. 이번 요리에서 실패하면 다시금 옥으로 되끌려가는 것이다. 자연히 주방에서 일하는 자들까지도 세키사이 때문에 긴장했다.

이윽고 상은 차려졌다. 그것을 소임을 맡은 자가 받쳐 들고 노부나가에게로 갔다. 노부나가는 수저를 들었다. 국물을 꿀꺽 마시고나서 묘한 표정을 지었다. 이윽고 구운 생선을 먹고, 찐 생선을 먹고, 야채를 먹어치우면서, 깡그리 비워 버렸다.

그때 스가야가 들어와서 어떠하십니까──하고 묻자, 노부나가는 큰 소리로 꾸짖어

"그런 것을 먹을 수 있느냐. 세키사이놈, 잘도 그런 것을 먹으라고 했구나. 요리인으로서 요리를 잘못하면, 이 세상에 있을 이유가 없다. 죽여라" 했다.

스가야도 할 수 없이 물러나가 그 뜻을 세키사이에게 전했다. 세키사이는 커다란 까까중머리를 가진 아주 작달막한 노인이었다. 천천히 고개를 끄덕인 채 전혀 동요의 빛조차 띠지 않았다.

"웬 일인가, 세키사이 ?"

"아니, 알았습니다. 하오나 한번만 더 요리상을 바치도록 해 주시지 않겠습니까? 그것이 맛이 없으시다면 세키사이의 솜씨가 없는 것이니 주저없이 목을 쳐 주십시오" 했기 때문에 스가야도 당연한 청이라고 생각하고 그런 뜻을 노부나가에게 아뢰었다. 노부나가도 억지로 뿌리치지는 않았다.

"그렇다면 내일 조반상도 차리게 하라" 하고 약간 양보했다.

이튿날 아침이 되어, 노부나가는 세키사이의 요리상을 대했다. 국물을 한 입 삼키고서는 고개를 갸웃거렸다.

"이것은 세키사이의 솜씨냐?"

"그렇습니다" 하고 시중드는 시동이 상체를 굽혔다. 노부나가는 다시 먹었다. 본래 대식가인 만큼 상 위의 것들을 오로지 먹어 치우고 나서 수저를 놓으며

"세키사이를 용서하라, 고에몬처럼 주방의 우두머리로 쓰겠다. 아주 맛있었다" 하고 기분이 다시 좋아졌다. 요리의 맛도 맛이지만, 인간의 유능함을 보는 것이 노부나가가 가장 즐거워하는 점이다.

스가야도 그처럼 세키사이에게 전했다. 세키사이는 놀라지도 않고

"그렇습니까. 고마우신 처분이십니다" 하고 틀에 박힌 인사를 담긴 채 사라져 버렸다. 후에 주방의 벼슬아치들이 이상스럽게 생각했다. 왜 처음의 요리가 그처럼 맛이 없었던가 하는 점이었다.

"세키사이 공답지도 않은 일이다"고 수군거렸는데, 이윽고 세키사이가 다른 자에게 이렇게 얘기했다는 소문이 들려왔다.

"첫 상이야말로 내 솜씨를 있는 대로 다 짜내 만든 교토의 요리맛이지."

그래서 맛이 없었다. 될 수 있는 대로 재료 그 자체의 맛을 살려, 소금·간장 등의 조미료로 죽이지 않았다. 산뜻한 맛을 도시의 귀현 신사들은 좋아하는 것이었다. 그런데 두 번째의, 노부나가의 마음에 든 요리야말로 두터운

화장을 시킨 짙은맛으로, 소금·간장·달콤한 양념 등을 흠뻑 써서 감자 등은 색이 변할 정도로 쪘다.

"시골식으로 만든 거지" 하고 세키사이는 말했다. 어차피 노부나가도 오와리의 토호 출신의 시골뜨기에 지나지 않는다는 것을 세키사이는 암암리에 말하고 싶었던 것이다. 이 소문이 돌고 돌아 노부나가의 귀에 들어갔다. 뜻밖에 노부나가는 화를 내지 않았다.

"당연한 말이다" 하고 노부나가는 말했다.

이 사나이는 도시의 맛을 몰라서 그런 것이 아니었다. 쇼군 요시아키나 공경·의사·다인 등과 어울려 그들의 대접을 받기도 해서, 그런 경험으로 인해 잘 알고 있었다. 알고 있을 뿐만 아니라 그 어처구니없을 정도로 엷은 맛을 노부나가는 증오하고 있었다. 그렇기 때문에 세키사이의 엷은 맛을 혀에 맛보았을 때,

'저놈도 그런가' 하고 화를 내서 죽이라고 한 것이었다. 이유는 무능하기 때문이란다. 제 아무리 교토에서 으뜸가는 요리인일지라도 노부나가에게 도움이 되지 않으면 무능할 뿐이다.

"나의 요리인이 아닌가."

노부나가의 혀를 기쁘게 하고 노부나가의 식욕을 자극하고, 그의 혈육을 만드는 데에 도움이 되어야만 노부나가의 요리인으로서 유능한 것이다.

"다음 날 아침, 맛을 바꾸었다. 그래야만 세키사이는 내 밑에서 일할 수 있다."

노부나가는 말했다.

이 유능·무능의 평가법은 다른 무관·문관에 대해서도 말할 수 있는 것이다. 도기치로는 유능했다. 미쓰히데도 또한 노부나가에게 유능했다. 그러나 세키사이의 그 솜씨 있는 변전(變轉)은 동시에 도기치로가 지닌 맛이기도 했지만, 노부나가도 그런 임기응변의 전환을 할 수 있을지 어떨지는 아직 알 수 없었다.

아네 강(姉江)

노부나가는 채찍질을 하며 기후 성을 나와 서쪽 오미로 향했다. 1570년 6월 19일이었다. 이끄는 군사는 3만 명.

노부나가는 성문을 나오자마자 전령을 말 곁으로 불러

"오늘 밤은 네모노가타리노사토에서 묵는다"고 외치고, 그 준비를 명령했다. 네모노가타리노사토는 별명, 다케쿠라베 마을. 그 연유는 앞의 정경에서 이미 말했다. 이 기묘한 이름을 가진 국경 마을의 성채도 이미 오다 쪽으로 귀순했다.

예정대로 이날 네모노가타리노사토에서 숙영하고, 다음 날 20일 전격적으로 적의 영내로 침입했다. 아사이 쪽은 움직이지 않았다. 총조차 쏘지 않았고, 소부대의 군사도 내지 않았다. 전군이 성에 들어박혀 침묵을 지켰고, 단지 표표한 바람 속에서 깃발만이 펄럭이고 있었다. 이 날 오미의 하늘은 맑게 개었고, 바람만이 호수와 들판을 휘몰아치고 있었다.

"아사이는 움직이지 않는구나."

노부나가는 몇 번씩이나 중얼거렸다. 적이 움직이지 않는 속에서 3만의 오다군이 땅을 기는 거룡(巨龍)처럼 온 나라를 누비고 다녔다. 전군(全軍)에 의한 위력 정찰이라고 할 수 있으리라. 적국에 대한 침입전의 형태로서는 진기한 꼴이 되었다. 침입당한 아사이 쪽은 거북이처럼 목을 움츠리고 오로지 적이 영내를 구경하는 대로 맡기고 있었다. 하기야 팔짱만을 끼고 있는 것은 아니다. 주성 오타니 성에서는 노부나가가 기후를 출발했다는 것을 듣자마자 동맹국인 에치젠 아사쿠라를 향해서 급사를 파견했다. 파발은 19일 저녁 무렵 오타니 성문을 전광처럼 달려 나가 오로지 북국 가도를 달리고 달렸다. 아사쿠라의 원군을 청하기 위해서였다.

"아사쿠라군이 올 때까지 움직이지 말라"는 것이 아사쿠라 쪽의 방침이었다. 젊은 장교들은 안달을 했으나 수뇌부에서는 한 방의 총탄도 쏘지 못하게 했다.

한편, 노부나가는 아사이 쪽의 제 이성(第二城)이라고도 할 수 있는 요코야마 성(横山城) 산기슭을 천천히 정찰하여 충분히 바라다 본 뒤, 그곳에 견제할 부대를 남겨 놓고 다시 북쪽으로 진군하여 적의 주성인 오타니 성으로 육박했다. 오타니 성은 높이 495미터의 오가쿠 산(大嶽山) 허리에 있는 한 봉우리에 본성을 쌓고 온 산을 요새화한 불락(不落)이라고 할 수 있는 성이었다.

"기슭에 불을 질러 보아라."

노부나가는 명령했다. 기슭의 무사 저택 거리를 불살라 버리면, 혹시 성병이 달려 내려올지 모른다. 노부나가는 시도해 보았다. 그러나 적은 움직이지 않았다.

"견고하기 짝이 없군" 하고 노부나가는 도라고제 산(虎御前山)의 산마루 진지에서 중얼거렸다. 이 도라고제 산은 오타니 성과 비스듬히 마주 대하고 있고, 높이는 219미터였다. 전에 미쓰히데가 이 적지를 정찰했을 때,

——진은 도라고제 산에 두시는 것이 어울릴까 생각합니다. 하오나 오타니 성은 급히 공격하시면 지독한 손해를 입으실 것입니다

라고 보고한 산이었다. 오타니 성은 직선거리가 1200미터밖에 되지 않아, 눈이 좋은 사나이가 바라보면 적성의 성루 위에 있는 인간의 움직임까지 알 수 있을 정도였다.

"어찌해야 할까?"

노부나가는 군의(軍議)를 열었다. 여러 무장들이 몰려들었다. 히데요시·미쓰히데도 이 무리 속에 끼어 있었다.

중신인 사쿠마 노부모리가 나와

"주군께서는 오타니 성을 급히 공격하려 하시옵니까?" 하고 물었다.

노부나가는 표정 없이 침묵을 지키고 있었다. 이런 점에서 부하들이 말을 하기가 아주 어려운 사나이였다. 그러나 사쿠마는 오다가 대대의 중신이므로, 미쓰히데 등과는 달리 말을 하기가 비교적 쉬운 입장이었다. 노부나가는 겨우 입을 열었다.

"하시려 하시옵니까, 라니 무슨 말이 그러냐?"

"그렇다면 잘못이십니다. 지금 급히 성을 함락시키려 하시면, 아군의 3분지 1을 잃을 것입니다. 더구나 그 공성 중에 에치젠으로부터 아사쿠라의 대군이 몰려 내려와 아군의 배후를 엄습하면 점점 더 어려운 싸움이 됩니다."

"빨리 말하여라."

노부나가는 무표정하게 독촉했다. 그런 설명을 듣지 않더라도 환히 알고 있었다. 어떻게 해야 하느냐는 결론만을 들으면 충분했다.

"급히 이 도라고제 산에서 철수하여 적의 오타니 성으로부터 멀어져, 충분한 거리를 두고서 적의 동정을 살피는 것이 제일입니다." 하는 것이 사쿠마 노부모리의 결론의 요지였다. 노부나가는 고개를 끄덕이고

"나의 의견과 같다"고 말했다. 노부나가가 군의를 여는 것은 항상 이랬다. 여러 무장에게 의견을 말하게 하고 가장 자기 마음에 드는 의견이 나오

면
　——나의 생각과 같다
고 고개를 끄덕거리고, 곧 채용하여 이내 회의를 산회시켜 버렸다. 역시 이 사나이는 천재이리라.

　다음 날인 22일, 노부나가는 도라고제 산에서 내려와 행군 서열을 정하고, 오타니 성으로부터 멀어져 거의 국경에 가까운 야다타(彌高) 마을까지 철수했다.

　이런 노부나가의 퇴진을 오타니 성에서 내려다보고 있던 아사이 쪽의 젊은 장교들은

　"지금 출전해야만 한다"고 떠들어대기 시작했다. 적은 등을 보이고 철수해 가는 것이다. 뒤쫓아가서 치면 칠 수 있는 추격전이 될 것은 뻔했다.

　그러나 노신들은

　"아니 아니, 자중, 자중. 만사는 아사쿠라군이 구원하러 온 다음이다"라고 주장하며 양보하지 않았다.

　젊은 당주인 아사이 나가마사도 참다못해 화를 내며

　"추격해야 하지 않겠는가" 하고 마루를 두드리며 외쳤으나 노신들은 완강히 자중설을 양보하지 않았다. 아사이가의 불행은 노신들이 당주인 나가마사를

　——어리신 분

이라 보고 그 능력을 신용하지 않으며, 그런가 하면 선대의 당주 히사마사를 어리석으신 분으로 보고 은거시켜 모든 방침을 중신 회의에서 결정해 가는 데에 있었다. 더구나 중신 중에 영재(英才)가 없었고 모두들 경험주의자들뿐이어서, 내세우는 의견에 번뜩이는 것이 없었다. 평범한 경험설만이 군의를 지배했고, 더구나 결정을 내릴 때까지 시간이 걸렸다. 도저히 급한 전투에는 도움이 되지 못했다.

　"군신들이 말하는 대로다. 나가마사, 자중하여라" 하고 은거중인 히사히데까지가 평범한 중신들 틈에 끼어 참견을 해서, 분기한 나가마사를 억눌렀다.

　나가마사는 단념할 수밖에 없었다. 그러나 휘하의 혈기왕성한 소장 무사들은 그 정도로는 가라앉지 않았다. 그들은 수뇌부의 능력을 신용하지 않았고, 따라서 항상 군령에 불신을 품고 있었다.

"쳇, 겁도 많군" 하며 들끓었다. 젊은 무리들은 이미 군령을 듣지 않고, 자기의 주변에 있는 자들을 긁어모아 산을 달려 내려가기 시작했다. 살짝 빠져 나가서 싸우려는 것이었다.

5백 명 가량이 산에서 내려가 길거리를 달려 오다군의 뒤를 쫓았다. 오다군의 후군은 야나다 마사타쓰(梁田政辰)·주조 스에나가(中條季長)·삿사 나리마사(佐佐成政)의 세 무장이었다. 곁들여 말한다면 야나다 마사타쓰는 본래 오와리 구쓰카게(沓掛)의 촌장 정도의 집안 사람이었으나, 아버지 마사쓰나(政綱)가 노부나가 개운(開運)의 토대가 된 오케하자마 전투에 종군하여 도중에 그가 내보낸 척후가

——이마가와 요시모토는 덴가쿠하자마에서 휴식하며 한낮의 소연회를 베풀고 있다

는 정보를 가지고 돌아왔기 때문에 노부나가에게 보고했고, 보고하고 나서

——지금 급습하시면 어떠십니까?

의견을 말했다. 노부나가는 용약 덴가쿠하자마로 쇄도하여 요시모토의 모가지를 베었다.

"그야말로 공명이 으뜸이다"라고, 싸움이 끝난 뒤 노부나가는 야나다 마사쓰나에게 구쓰카게 성과 3천 관의 봉토를 주었다. 마사타쓰는 그의 아들이다. 노부나가는 은혜에 구애당하지 않는 사나이였지만 이 야나다가만은 소중히 아끼고 있었다.

아사이군이 뒤를 따라붙었다. 야나다의 군사는 있는 기력을 다해서 싸웠으나 아사이군 쪽이 훨씬 강했다. 순식간에 혼란을 일으켰다. 다른 주조·삿사의 두 무장도 부대를 들려서 추격병과 싸워 겨우 오후가 돼서 그들을 뿌리치고 노부나가의 본대와 합류했다.

그 다음 날인 23일, 노부나가는 다쓰가바나(龍ヶ鼻)라는 언덕 위에 본영을 옮기고, 적의 제2성인 요코야마 성을 함락시키기 위해서 전력을 기울여 포위했다. 그러나 함락되지 않았다.

'요코야마 성은 적의 미끼가 아닐까?' 하고 공격군 쪽에 속해 있는 미쓰히데는 문득 의심을 품었다. 적의 전술은, 요코야마 성 산기슭에 오다군을 모아놓고 아사쿠라군의 내원과 함께 오다군의 등 뒤를 크게 포위하려고 생각하고 있는 것이나 아닐까 여겨졌다.

"그렇지 않겠소?"

때마침 미쓰히데의 진 앞을 지나가던 기노시타 도기치로에게 얘기를 걸었다.

도기치로는 고개를 끄덕거리고

"정말, 그대로일 거요" 하고 독도 약도 되지 않는 대답을 남긴 채 사라져 버렸다.

'영리한 척하는 놈이로군.'

도기치로는 생각했다. 도기치로는 항상 그처럼 미쓰히데를 보고 있었다. 노부나가가 그 정도의 일을 못 깨달을 리가 없다고 도기치로는 보고 있었다. 싸움이란 항상 비단실 한 오리로 돌을 늘어뜨리고 있는 것과 같다. 바람을 받아 돌이 움직일 때마다 비단실은 끊어질 듯이 된다. 당연하다. 도기치로가 볼 때에는 미쓰히데는 그 당연한 말을 하고 있을 뿐이었다. 싸움이란 그 끊어지느냐, 끊어지지 않느냐 하는 절단점에서 얼마만큼의 활약을 하는가에 걸려 있다. 노부나가는 위험을 무릅쓰고 그 절단점에서 요코야마 성 공격의 일을 서두르고 있는 데에 지나지 않는다. 도기치로는 그렇게 보고 있었다. 그런데, 미쓰히데의 근심은 들어맞았다.

27일, 한밤중이 지나서 오다군의 등 뒤에 어마어마한 횃불이 나타난 것이었다. 그러나, 멀었다. 미쓰히데가 있는 장소로부터 2킬로 내지 3킬로 북쪽 언덕 기슭에 나타난 것이다. 기슭 일대는 불바다와 같았다.

'드디어 아사쿠라군이 이르렀구나' 하고 생각했다.

추측컨대, 아사쿠라군의 내원과 함께 오타니 성의 아사이군도 성에서 내려와 합세하여 들에서 움직이며 야전 활동을 개시한 것이리라. 더구나 야간에 움직이고 있는 것을 보면, 내일 새벽 밝기 전에 오다군의 배후를 습격하려는 기도임에 틀림이 없다.

'노부나가는 어찌할까?'

미쓰히데는 비평자의 마음으로 생각했다.

같은 시각 다쓰가바나 산 위, 본영에 있던 노부나가도 당연히 그 불빛을 보았다. 뿐만이 아니라 척후가 차례차례로 돌아와 그것을 보고했다.

"5만"이라는 자도 있었고, 1만이라는 자도 있었다. 5만이라는 것은, 아사이・아사쿠라의 동원 능력으로 보아 너무 과대하지만, 그렇다고 1만은 지나치게 과소하리라.

"이 요코야마 성이 함락되기 전에 벌써 왔는가" 하고 노부나가는 중얼거렸다. 비단실은 끊어졌다고 할 수 있으리라. 옆에 시바타 가쓰이에·기노시타 히데요시 등이 있었다.

"나는 아무래도 적의 술책에 빠진 것 같다. 그 적은 내일 아침, 강을 건너서 습격해 온다."

이곳에서 움직이지 않고 진에 머무르고 있는 한 자멸이다. 노부나가는 구상을 일변시켜서 새로운 운을 펴지 않으면 안 되었다.

"반대로 습격할 뿐이지" 라고 결심하고, 방시(防矢) 장치가 된 갑옷을 입은 무사들을 모았다. 그들은 전령 장교였다. 노부나가 곁에 열아홉 명이 있었다. 모두들 뽑고 뽑은 명예로운 자들로서, 무용뿐 아니라 군략의 재능이 없으면 그 소임을 해내지 못한다. 그 전령 무관들은 두 조로 나누어져 있었다. 한 조는 등에 검은 천으로 된 방시 장치를 달고 있었고, 다른 한 조는 등에 붉은 방시 장치를 걸치고 있었다.

"각 진에 전하여라" 하고 노부나가는 말했다. 그 한 마디가 떨어진 뒤, 시바타 가쓰이에가 대신 노부나가의 명령을 자세히 전했다.

각 진의 진용을 바꾸는 것이었다. 공성용의 태세에서 야전용의 태세로 바꾸지 않으면 안 되었다. 이런 밤중에 이 전환은 거의 지난한 일이라고 해도 좋았다. 방시 장치를 한 무사가 각각 횃불을 들고 사방으로 달려갔다. 노부나가는 요코야마 성을 견제하는 군사 5000명만을 남겨 놓고, 다른 오다군 2만 3000명을 여섯 개 부대로 나눠 그 여섯 명의 무장에게 각각 3000명에서 5000명까지의 군사를 나눠주었다. 나머지는 노부나가의 친위대로 삼았다. 그 여섯 무장 중에, 기노시타 도기치로가 들어 있었다. 이미 시바타 가쓰이에·사쿠마 노부모리 등, 오다가의 가로와 동격 지휘관이 되어 있었다. 그러나 미쓰히데는 들어 있지 않았다. 그보다도 하급 지휘관이다.

다시 노부나가 군에게 한 가지 다행스러운 일이 있었다. 그날 낮에 미카와의 도쿠가와 이에야스가 군사 5000명을 이끌고 싸움터에 참가한 것이었다. 이해 이에야스는 갓 스물아홉 살밖에 되지 않았다.

노부나가가 야전용의 부서를 생각하고 있을 때, 이에야스가 나아가

"저는 어느 부서를 맡을까요. 지시해 주십시오" 하고 묻자 노부나가는

"이미 결정했다"고 무뚝뚝하게 말했다.

부서는 이미 결정된 뒤라, 도쿠가와 이에야스군이 담당할 장소가 없는 것

이었다. "그렇다면" 하고 노부나가는 말했다. 예비군이 되라고 명령한 것이다. 예비군은 후방에 위치하고 있다가 전황이 변하여 새로운 군대가 필요할 때 투입되는 것으로서, 이에야스로서는 명예로운 일이 아니었다.

"그것은 난처합니다. 모처럼, 아득히 먼 미카와로부터 달려왔는데 그 정도로는 무사의 수치가 됩니다" 하고 탄원했다.

노부나가는 이 미카와의 젊은 활동자의 성격을 잘 알고 있었다. 예비군으로 명령하면 반드시 분발하리라고 꿰뚫어보고 있었다.

"그러면 귀공은 아사쿠라군을 맡으라" 하고 노부나가는 뜻밖의 말을 했다. 좌우에서 듣는 자들은 은근히 놀랐다. 적은 아사이·아사쿠라 연합군이라고는 하나 아사쿠라군 쪽이 인원수가 많은 것이다. 그리고 개개의 군사도 아사쿠라 쪽이 강하리라. 이에야스가 그들과 대항하려면, 적어도 1만, 2만의 군사가 필요할 것이나 이에야스의 미카와군은 5000명밖에는 없었다.

노부나가의 좌우의 자들은 이에야스가 거절하리라고 생각했으나, 이에야스는 오히려 희색을 띠고

"고마우신 명령이십니다" 하고 즉석에서 승낙했다. 이런 점이 이 동그란 얼굴의 젊은이가, 노부나가에게 보여온 성실함이라는 것이리라.

"그러나 적은 많다"고 노부나가는 말했다.

"필요한 만큼의 인원수를 말하라. 장(將)의 이름을 대어라."

"알겠습니다."

이에야스는 한참 생각하다가 미노 출신인 오다가의 부장 이나바 요시미찌(稻葉良道), 단 한 사람을 지명했다. 이나바는 천 명의 장(將)에 지나지 않는다. 그렇다면 이에야스는 불과 5000명의 무장에게서 6000명으로 늘어난 데에 지나지 않는 것이다.

"그것만으로 되겠는가?"

노부나가는 정말 의외인 듯이 말했다.

이에야스는 정직하게 머리를 숙이고 대답했다.

"그것만으로 좋습니다. 나는 조그만 영토를 가진 자라, 적은 군세만을 다루어 왔습니다. 대군을 빌려 주셔도 부릴 수가 없습니다."

이에야스는 젊지만 노부나가라는 까다로운 동맹자를 모시는 방법을 충분히 알고 있었던 것이다. 거기다가 미카와군은 강하다. 이 싸움터에서는 에치젠·오미·오와리·미노·미카와, 다섯 나라의 군사가 서로 싸우지만, 미카와군

이 아마 가장 강하리라. 그것을 이에야스는 알고 있었다.

"가령 에치젠 아사쿠라군이 몇 명 있든 제가 거느린 군사들만으로 격파하여 보이겠습니다" 하고 이에야스는 말했다.

"믿음직스럽다."

노부나가는 한 마디 했을 뿐, 그 이상은 말하지 않았다.

시각이 흘렀다. 오전 세 시, 노부나가는 다시금 전령 무사들을 보내 각 부대의 진격을 명령하였다. 오다군은 북쪽으로 향했다. 북쪽에는 아네 강(姉江)이 서쪽으로 향하여 둑을 끼고 있었다.

싸움터

　아네 강은 비와 호수가 흘러들고 있다. 미노·오미 국경의 산에서 그 근원이 솟아나와 도중에 산 속 바위 벼랑에서 폭포가 되어 떨어지는 장소도 있지만 일단 이부키 산(伊吹山) 서쪽 기슭을 감돌아 비와 호수 동쪽 기슭으로 나오면, 강의 모습은 갑자기 순순해진다. 싸움터를 서쪽으로 향해서 아네 강은 천천히 흐르고 있다. 그 강둑을 향해 미쓰히데는 군사를 지휘하면서 나아갔다. 캄캄하다. 밤은 아직 새지 않았다.
　"야헤이지, 실수하지 마라. 우리 생애 공명(功名)의 날이다" 하고 곁에 있는 야헤이지 미쓰하루에게 말했다. 말과 말, 군사와 군사가 서로 비벼대듯 북쪽으로 밀고 갔다.
　미쓰히데는 이케다 노부테루(池田信輝)의 2번 부대(二番部隊)에 속해, 군사 천 명을 지휘하고 있었다. 미쓰히데가 이만큼 대규모적인 전투에 참가하는 것은 이번이 처음이었다. 덧붙여 말한다면, 북진하는 오다군의 야전 대형은 1번에서 6번까지 여섯 개의 부대로 나누어져 있다. 그러나 세기에 따라서는 12단(段)이라고도 할 수 있었다. 가장 후미에 있는 노부나가의 본대를 합치면 13단의 구성이다. 미쓰히데는 가장 앞줄에서 헤아려 제4단 째의 횡대를 지휘하고 있었다.

'내 솜씨를 천하에 보이겠다.'

미쓰히데는 마음속으로 은근히 결심하고 있었다. 지금까지 오다가에서는 어느 쪽이냐 하면, 사정관(司政官)으로서의 기능을 높이 평가받고 있었다. 그러나 문관의 일은 자기의 본령이 아니다.

'내 본령은, 군사를 부리는 책모에 있다'고 미쓰히데는 생각하고 있다.

밤안개가 차차로 개고 맞은편 기슭의 적의 횃불이 겨우 선명히 보이기 시작했다. 적도 다가오고 있다. 그 사이에 아네 강이 가로놓여 있다. 태양이 이부키 산에 떠오를 때, 싸움이 개시되리라. 날은 6월 28일이다. 오전 네 시가 좀 지나, 갑자기 하늘이 하얗게 개고 들판이 드러났다.

"밀고 나가라!"

미쓰히데는 외쳤다. 동서 10리에 걸친 싸움터 이곳저곳에서 징·북·고동 소리가 갑자기 울리며, 이윽고 총 소리·행진 소리들이 천지에 꽉 들어찼다.

"밀고 나가라!"

미쓰히데는 계속 외쳐댔다. 그러나 달려가는 것은 무리였다. 전면에 5천 명의 아군이 나아가고 있다. 태양은 점점 높이 떠올라 적과 아군은 아네 강 양쪽 기슭에 이르러 드디어 강을 사이에 끼고 총격전을 개시했다. 가장 깊숙이 파고 들어가고 있는 것은 좌익을 담당한 도쿠가와군으로, 그들은 맞은편 아사쿠라군과 총격전을 개시했다. 북국의 군사는 강하고 사납다. 총격전을 그다지 좋아하지 않고 답답해 못 견디겠다는 듯이 강안으로 뛰어들어서 떼를 지어 진격해 왔다. 강의 깊이는 1미터 정도였고, 흐름도 급하지 않았다. 그들이 물에서 올라와 차례차례로 도쿠가와군에 도전하면서 끝내 처절한 혼전 상태가 벌어져, 도쿠가와군은 밀리기 시작했다.

미쓰히데는 그보다도 1킬로 가량 동쪽 싸움터에 있었다. 그러나 우세하지는 않았다. 여기에서도 정면의 적인 아사이군은 다시없는 용감성을 발휘하여 오다군의 총화 밑을 꿰뚫고 도강하여, 순식간에 오다군의 1번 전열을 꿰뚫고 2번 전열로 돌입해 들어왔다.

'너무 약하구나!'

미쓰히데가 마음속으로 어찌해야 좋을지 모를 정도로 오다군은 약했다. 전면의 사카이 마사히사(坂井政尙)의 1번 전열이 무너져 궤주해 오는 데에 미쓰히데의 부대가 휘말려들어, 수습할 수조차 없었다.

"야헤이지, 군사를 기치 아래로 모아라."

미쓰히데는 이렇게 되면 이상스러울 정도로 냉정해지는 사나이였다. 도라지의 기치를 움직이지 않고 오로지 조용히 사리며, 난전이 벌어진 틈으로 말을 몰아대어 우선 군사를 수습하기에 전념했다.

군사를 반 이상 수습하자

"목숨을 아끼지 말라" 하고 말의 배를 차며 기치를 휘몰았다. 노리는 것은 흙먼지를 일으키면서 돌입하고 있는 아사이군의 측면이었다. 격돌하여 혼전이 벌어졌다. 미쓰히데 자신 창을 휘둘러 찌르고 진격하여 끝내는 아사이군의 후방으로 꿰뚫고 나아가 그곳에서 말머리를 돌렸다. 아사이군은 노부나가의 본진을 습격할 작정이리라. 오다군의 벽을 무너뜨리고 무너뜨리면서 안으로 안으로 전진해 간다. 미쓰히데는 주변에 있는 소부대를 수습하여 그 후방을 차단하고, 적의 후방에서 공격해 댔다. 그런 미쓰히데의 기치의 움직임을 본진 언덕 위에서 노부나가가 멀리 바라보고 있었다.

'주베는 싸움을 알고 있다.'

노부나가는 선명한 도라지 무늬의 기치가 경쾌하게 움직이는 데에 감탄했다. 전세(戰勢)는 오다군에게 비세(非勢)였다. 전열은 1번 선에서 3번 선까지 격파당해, 4번의 시바타 가쓰이에가 겨우 버티고 있는데 지나지 않았다. 그러나 노부나가는 침착했다. 에치젠 쓰루가의 가나가자키로부터 둔주하던 그 노부나가는 다른 사람 같았다.

'이긴다.'

이 사나이는 냉정하게 계산하고 있었다. 아군은 아직 충분한 예비대를 가지고 있지만, 적은 거느린 인원을 거의 모두 싸움터에 투입해 버린 것 같았다. 노부나가는 이 싸움터에서는 예비대의 다과가 승패를 결정하리라는 것을 내다보고 있었다.

드디어 5번 선의 모리 요시나리(森可成)의 부대까지 무너지기 시작했다. 모리 요시나리는 사이토 도산의 부하로서, 사이토가 멸망한 후 노부나가가 초청하여 미노 가네야마(兼山)의 성주로 삼았다. 덧붙여 말한다면, 후에 노부나가의 총애를 받은 모리 란마루(森蘭丸)는 이 요시나리의 둘째 아들이었다. 아사이군의 공격은 점점 더 처절해져 끝내 이 모리 요시나리의 5번 선도 눈에 띄게 허물어지기 시작했다. 이미 오다군은 제일 처음의 전선에서 십여 정(丁)이나 물러나 있었다.

'패했는가!' 하고, 전황이 전황인지라 노부나가도 생각했는데, 이미 싸움터를 외면하고 얼굴을 들어서 하늘을 쳐다보기도 하고 오른편의 이부키 산을 보기도 했다. 이런 상태의 전황에 있어서는 총수 자신이,

——졌다

고 생각한 순간부터 패배가 시작된다는 것을 노부나가는 알고 있었다. 노부나가는 생각하지 않으려고 했다. 이때 기적이 일어났다.

기적을 일으킨 인물은 오다군의 좌익에서 아사쿠라군과 싸우고 있는 이에야스였다. 그곳도 허물어질 대로 허물어져, 아사쿠라의 군사들은 거의 이에야스의 말 앞에 육박할 정도의 기세로 쳐들어오고 있었다. 이에야스는 말 위에서 지휘채를 흔들고 북을 치게 하면서 열심히 방전하고 있었으나, 문득

'지금 아사쿠라의 측면을 찌르는 군사가 있었으면' 하고 생각했다. 인원수는 적이 배 이상이나 많았고, 더구나 이런 방전이 한창일 때는 그만한 인원수를 떼어내기란 불가능에 가까웠다.

'그러나 하지 않으면 죽는다'는 일념이 이에야스의 행동을 비약시켰다. 이에야스는 난전 중에서 사카키바라 야스마사(榊原康政)를 불러 그 작전을 말한 뒤,

"곧 가라"고 소리쳤다. 야스마사도 군사들을 긁어모아 물논을 가로질러 아득한 하류 쪽으로 달려가 그곳에서 아네 강을 건넜다. 그 부근은 싸움터가 아니었다. 저쪽 기슭은 3미터 이상의 벼랑이었지만, 그곳을 기어 올라 기슭 위에서 군사들을 정리한 뒤, 먼 거리를 달려 아사쿠라군의 우측을 찔렀다. 아사쿠라군은 동요했다.

적의 정면에 있는 이에야스는 기회를 놓치지 않고

"밀어라, 밀어라" 하고 여러 부대를 격려하여 돌격에 돌격을 거듭했기 때문에, 아사쿠라군은 들떠서 이윽고 궤주하기 시작했다. 노부나가는 산 위에서 이것을 보고 있었는데

'지금이 기회다'라고 생각하고, 전령을 보내 요코야마 성에 대비한 부대를 차출하여 아사이군의 좌익을 찌르게 했다. 또한 이에야스군에 가세하러 나와 있던 이나바 요시미치는 군사들을 선회시켜서 아사이군의 우익을 찔렀다. 아사이군은 일거에 붕괴하여 궤주하기 시작했다.

"가라" 하고, 노부나가는 일제히 고동을 불게 하고 본군의 일부를 나눠

추격시켰다. 그러자 싸움터 주변에 흩어져 있던 아군의 패병들은 일제히 세력을 되찾아 눈 속을 달려 추격군에 참가했다.

전세는 역전했다. 노부나가가 몸소 선두에 서서 기세로써 적을 뒤쫓아 아네 강을 건넜고, 다시 추격했다. 적은 드디어 오타니 성으로 도망쳐 들어갔는데, 노부나가는 거기까지는 추격하지 않았다. 추격하다가 성하의 분지(盆地)에서 반대로 포위당할까 두려워서였다. 곧 군사들을 수습하여 훨씬 후방으로 물러나, 그곳에서 전후 처치를 취했다.

"이 기회에 승세를 몰아 오타니 성을 공격하여 아사이의 숨통을 끊어야만 합니다" 하고 시바타 가쓰이에 등이 아뢰었으나 노부나가는 받아들이지 않았다.

'교토로 올라가지 않으면 안 된다.'

사실, 그럴 필요가 있었다. 교토 근처 셋쓰·가와치 방면에 시코쿠(四國)의 아와(阿波)로부터 미요시 당이 상륙하여 노부나가의 점령지를 휩쓸고 다닌다는 정보가 들어와 있었다. 노부나가는 지금 여기에서 결정적인 싸움을 하기보다는 '아네 강의 대승리'라는 소문만 나게 한 채, 다른 행동으로 나갈 필요가 있었다. 나가지 않으면 지금까지 쌓아 올린 노부나가의 지반은 허물어져 버리리라. 오미에서의 노부나가는 차례차례로 처치를 취했다. 우선 아사이 쪽의 제2성인 요코야마 성을 포위하여 그것을 개성시키고, 그곳에 기노시타 도기치로를 수비장으로 잔류시킨 뒤, 적의 제3성이라고 할 수 있는 사와야마 성(佐和山城)에는 견제하는 성채를 쌓아 니와 나가히데(丹羽長秀)를 두고, 아사이 영내의 산과 산에 수비대를 남기고 나서 7월 4일 교토로 들어갔다. 곧 쇼군 요시아키를 배알하고 아네 강에서의 승전을 보고했다.

"경하한다"고, 요시아키는 손뼉을 치며 몹시 기뻐하는 모습을 보였으나 내심은 달랐다. 노부나가의 승전은 요시아키의 불행이었다. 요시아키의 구상으로는, 이번의 이 일전에서 노부나가야말로 패망해야만 했다.

'이 사나이는 운이 어디까지 뻗친 것일까' 하고 밉살스럽게 여겨졌으나, 표면은 오로지 미소를 띠고

"축연을 베풀지 않으면 안 되겠군" 했다. 그러나 노부나가는 무뚝뚝한 말투로 거절했다.

"다음 날에."

사양의 말은 이것뿐이었다. 노부나가는 물러나와 나흘째 되는 날 교토를

떠나, 늘 그렇듯 바람 같은 속도로 기후로 돌아갔다. 미쓰히데는 교토 수호직으로서 남았다. 노부나가가 교토를 떠난 다음 날, 미쓰히데는 요시아키의 부름을 받아 다실로 안내되어 몸소 끓인 차를 대접받았다.
"밀담하기에는 다실이 좋다"고 요시아키는 말했다. 알현실이라면 의례상의 인원들이 배석하므로 조심스러워서 은밀한 얘기를 하기가 거북하다.
"미쓰히데, 그대의 연달은 무공, 필경 노부나가가 길이 새기며 고마워하리라."
"아니 아니, 저 따위는."
"겸손하지 말라. 그대의 평판이 좋다는 것은 듣고 있다."
"쇼군님이 비호해 주시는 덕분입니다."
"미쓰히데, 정말 마음속으로 그렇게 생각하느냐?"
요시아키는 입을 이지러뜨리며 진지한 얼굴이 되었다.
'위태하다.'
미쓰히데는 경계했다. 요시아키가 이런 표정을 지을 때에는 가슴 속에서 반드시 음모가 샘솟고 있는 것이다.
"나도 그대를 다시없는 사람으로 믿고 있다" 하고는 한참 동안 입을 다물었다가
"미쓰히데, 그대는 쇼군인 나의 직속 부하라는 것을 잊지는 않았겠지?"
했다.
신분은 쇼군의 직속 부하며, 녹은 오다가에서 받고 있는 것이 미쓰히데의 입장이었다.
"나에게 그대에게 나눠줄 만한 봉토가 없다. 그렇기 때문에 그대에게 녹을 받게 하기 위해 임시로 오다가에 맡겼다. 그 일을 잊지 말라."
미쓰히데는 고개를 숙일 도리밖에 없었다.
"그런데, 이번 아네 강에서 대패를 맛본 아사쿠라·아사이는 쇼군 가 존립을 위해서 지금까지 의리를 다 바쳐온 영주다. 앞으로도 크게 충의를 다해 줄 것이다. 이 두 영주는 무슨 일이 있더라도 멸망시켜서는 안 된다. 무로마치 쇼군의 위신을 걸고서라도 존속시키고 싶다."
"어찌하시려는 것입니까?"
미쓰히데는 놀랐다.
"모르겠느냐? 노부나가와 화해시키고 싶다."

'그게 어디 될 법한 소립니까.'

미쓰히데는 외치고 싶었다. 아사이·아사쿠라가와 오다가는 이미 원수 이상의 사이라 어느 쪽인가가 잡아먹기 전에는 이 관계의 종말은 있을 수 없다.

"무리입니다. 쇼군님이 아사쿠라·아사이를 어여삐여겨 그들을 존속시켜 주시려는 인자(仁慈)는 다시 없이 거룩하십니다만, 이제 와선 아사이·아사쿠라의 존속은 오다가를 멸망시킨다는 것과 같은 뜻이 되어 있습니다. 이미 2년 전의 정세가 아닙니다."

"알고 있다."

"하옵시면 오다가를 멸망시키겠다는 것입니까?"

"쇼군이라는 것은 말이지" 하고 요시아키는 말했다.

"어느 쪽이 자기에게 충성스러운가에 따라서 영주에게 상벌을 내리지 않으면 안 되는 자리다."

"하온데……"

미쓰히데는 갑자기 태도를 엄숙히 고쳤다. 실은 미쓰히데에게도 요시아키에게 중대한 요청사항이 있었다. 그것은 노부나가로부터 그가 교토를 물러가기 직전에 명령을 받은 것이다.

"무엇인가? 말하여라."

"머지않아 새 전투가 벌어질 것입니다. 적은 교토 북쪽의 아사이·아사쿠라든지 교토 남쪽의 미요시군이 되겠지만 자세한 것은 모르겠습니다. 하여간 그 전투 때에 쇼군님의 친정(親征)을 우러르고 싶다는 것이 노부나가 공의 무리한 소망입니다."

"미쓰히데!"

요시아키는 말문이 막혀 버렸다. 지금 요시아키가 미쓰히데를 통해서 노부나가에게 요청시키려고 한 아사이·아사쿠라와의 화해안과, 방금 미쓰히데가 꺼낸 '그들을 친정하시라'는 요청 사항과는 전혀 상반되는 것이 아닌가.

"그대는 올바른 정신으로 말하고 있는 거냐?"

"쇼군님, 황공하오나"

미쓰히데는 고개를 숙였다.

"올바른 정신입니다. 쓴 약을 마시는 셈 치시고 노부나가의 요청을 받아들여 주십시오."

"그대는 누구의 부하냐?"

"그것을 따지지 마시기 바랍니다. 미쓰히데는 괴롭습니다."
"그대를 괴롭히지 않으리라."
요시아키는 갑자기 힘을 잃었다.
"그러나 친정이라니, 이것은 또?"
"그렇습니다. 그런 생각을 짜낸 노부나가의 의중은 따로 있을 것입니다. 노부나가는 쇼군님께서 은밀히 무엇을 추진하시는지 충분히 알고 있습니다. 아사이·아사쿠라와 밀통하고 계시는 것도, 아와로부터 미요시 당을 부르셔서 은밀히 셋쓰에 상륙시키신 것도 노부나가는 이미 알고 있습니다. 그렇기 때문에 그들을 치는 오다군 위에 쇼군님을 받들고 가려는 것입니다."
"알았다. 더 말하지 말라. ──잘 알았다고 기후에 전해라" 하는 요시아키의 말소리는 점점 더 작아졌다. 요시아키는 거의 체질적이라고 할 수 있을 만한 음모가이긴 하지만, 그렇다고 음모의 동조자인 아사이나 아사쿠라가 귀여운 것은 아니었다. 늘 자기 몸이 더 사랑스러웠다.
"이번 싸움에는 아시카가가의 백기를 진두에 내세워, 아사쿠라나 아사이를 치겠다. 그렇게 노부나가에게 전하여라. 기꺼이 기치를 들겠다고 전하여라."
그 목소리까지가 순순했다. 요시아키에게 변절은 손바닥을 뒤집는 것보다도 자연스러웠다.
'이 사람 밑에서는 바른 정신으로는 일할 수가 없겠구나!'
미쓰히데는 서글퍼졌다.
"쇼군님, 이것은 미쓰히데가 쇼군님의 부하로서 말씀드리는 것입니다. 아시카가가를 위해서는 당분간 갓난아기처럼 무심히 노부나가의 품에 안겨 계시는 것이 좋으리라고 생각합니다."
"언제까지 말이냐?"
"시기는 알 수 없습니다. 예측할 수 있는 일이 아닙니다. 그러나 언젠가는 쇼군님을 위해서 반가운 날도 올 것입니다. 그 날을 그저 무심하게 기다리십시오."
"기다려야 하는가."
요시아키는 망연한 눈을 어두컴컴한 다실 공간 속에서 크게 떴다.

여자탐색

요시아키의 생활을 좀 얘기하고 싶다. 노부나가에게 옹립되어 쇼군이 됐을 무렵, 그의 최대 관심사의 하나는 여자였다.

"좋은 여자를 얻고 싶다. 어디 없느냐" 하고 근신에게 명령하여 뒤지게 했다. 쇼군이 되었다는 이 멋진 현실은, 쇼군 복장의 숭엄함만으로는 한 가지 성에 차지 않는 실감이 있었다.

여자다, 라고 요시아키는 생각했다. 좋은 여자를 자유자재로 얻을 수 있는 것이야말로 인신(人臣) 최고의 권위인 쇼군의 지위에 앉은 이 실감을 자기 자신에게 납득시키고, 만족시키고, 기쁘게 하는 가장 현실적인 방법이리라.

실은, 요시아키는 가쿠케이라고 칭하던 나라 이치조 원 주지 당시에는 남색가였다. 승려가 여색을 희롱할 수는 없기 때문이다. 그 가쿠케이일 때 요시아키는 '젠오(善王)'라고 하는 사미를 총애했다. 요시아키는 쏠리기 쉬운 성격이라, 젠오를 총애하는 데 밤낮의 구별이 없었다.

그 뒤 이치조 원을 탈주하여 천하를 유랑하다가 드디어 노부나가에게 의지하고 추대되어 아시카가 가 15대 쇼군의 자리를 이었을 때,

"젠오는 어디 있는가? 찾아라" 하고 근신에게 명령했다. 쇼군이 된 자기의 기쁨과 행복을 전의 총동(寵童)에게도 나눠주고 싶었던 것이리라.

젠오는 신분이 있는 자의 아들이 아니다. 야마시로의 고마노(駒野)라는 시골 농부의 아들이었다. 그러나 미모라는 것은 반드시 귀족만의 독점물이 아니다. 사미 때의 젠오의 아름다움과 부드러움은 여자 중에도 그 유가 없으리라고 요시아키는 생각하고 있었다.

이윽고 근신이, 그 뒤 고향에 도망쳐 가 있는 젠오를 찾아내 왔다. 젠오는 신분이 없기 때문에 쇼군의 공적인 알현 장소인 바깥에서는 대면할 수가 없다. 밤에 안의 침소에서 대면했다. 젠오는 옆방에서 꿇어 엎드렸다.

"오오, 젠오냐! 반갑구나, 어서 어서 고개를 들어라."

요시아키가 급히 재촉하자, 젠오는 옛날의 정다웠던 관계를 생각해낸 것이리라. 문득 교태를 지으면서 고개를 들었다.

'뭐야, 이놈. 앞이마의 머리칼을 밀었구나.'

이미 총각 머리도 아니었고, 어린 시동들의 가지런한 소년 머리도 아니었다. 푸르칙칙하게 앞머리를 밀어 버린 훌륭한 장한이었다. 목도 굵었고, 어깨의 골격도 단단하게 성장하여 어디를 보나 옛날의 젠오의 모습은 없었다.

"그, 그대는 정말로 젠오냐?"

"예, 젠오올시다. 반갑습니다."

그 목소리의 굵직굵직함, 요시아키는 두 손바닥으로 귀를 가리고 싶을 정도였다.

"역시 인간은 성장하는 것이로구나."

요시아키가 나라 이치조 원을 탈출한 지 햇수로 5년째가 된다. 요시아키는 그때 갓 스물아홉 살, 지금은 서른세 살이었다. 젠오만이 나이를 먹지 않고 있을 수는 없는 노릇이다.

"그 뒤 어떻게 됐느냐?"

"예, 주지님이."

"이봐, 쇼군님이라고 불러라. 지금은 아시카가가 제15대 쇼군이다."

"예, 쇼군님께서 나라 이치조 원을 탈출하신 뒤, 저는 버림 받았습니다."

"그때는 워낙 일이 비계(秘計)를 필요로 했기 때문에 할 수가 없었다. 그러나 가엾은 일을 했다고 훨씬 뒤까지 후회했다. 용서하여라."

"원망스럽습니다" 하고 미소를 띠었지만, 옛날의 우아한 교태는 지어지기 어려웠다.

"이봐 이봐, 사과하고 있다. 말하지 말아라. 그 뒤 어떻게 되었느냐?"

"주지님이 계시지 않는 이치조 원에 한동안 있었습니다만, 사람의 마음이란 믿을 수 없는 것입니다."

"어째서?"

"시승(侍僧)이셨던 조카이(常海) 님이 쇼군님이 계시지 않음을 기화로 끈덕지게 졸라……."

"조카이 놈, 그런 짓을 했는가?"

요시아키는 안달이 나는 듯이 말했다.

"힘에 눌릴 뻔한 일도 있었습니다만 따르지 않았습니다. 견디다 못해 절에서 도망쳐 나온 것입니다. 도망친다고 해도 쇼군님을 잃어버린 저는 멈출 나무를 잃어버린 새와 같아, 갈 곳이 없었습니다. 할 수 없이 태어난 고향인 야마시로 고마노로 돌아와, 그곳에서 부끄럽지만 산일·논일을 하고 있습니다."

물론 벌써 성인례를 올리고, 지금은 호리 마고하치로(堀孫八郎)라는 이름을 쓰고 있다.

"가엾은 짓을 했다. 이리 가까이 오너라" 하고 손을 들어, 손짓으로 불렀다. 이런 것이 요시아키의 정에 약한 점이리라. 이미 젠오의 변모한 모습을 보고 흥이 깨지기는 했지만, 그렇다고 박정하게 대해줄 마음은 우러나지 않았다.

"고맙습니다."

호리 마고하치로는 젠오이던 옛날을 생각해 내고, 옛날대로의 거동으로 요시아키에게 접근했다. 요시아키는 손을 돌려서 어깨를 안아 주었다. 웬걸, 바위를 안고 있는 것 같았다.

"너는 좀, 논일을 지나치게 했구나."

그래도 마음 약한 요시아키는 '물러가라'고는 할 수 없었고, 여전히 이 장한을 안으려고 했으나, 그래 가지고는 요시아키가 안겼다는 것이 어울릴 정도였다.

'중도(衆道)는 걷어 치워야지' 하고, 요시아키는 이때 거의 충격적으로 그런 결의를 했다. 중도란 남색(男色)의 일이다. 이미 절간의 승려가 아닌 요시아키가 무엇 때문에 부자유스럽게 중도에 의리를 세울 필요가 있을까.

요시아키는 슬슬 호리 마고하치로를 풀어 놓고

"나는 이처럼" 하고 자기의 상투를 가리키며

"머리칼을 길렀다. 이 때문에 이미 그것을 끊은 지 오래 된다. 그러나 마고하치로, 너를 버리지는 않겠다. 한 몫의 장부로 만들어 줄 테니 얼마 동안 이 관에 머물러라."

"써 주시겠습니까?"

마고하치로로서도 잠자리 시중을 들기보다는 그 편이 나았다.

"그러나 그렇다고 하더라도 나는 노부나가에 받들려진 장식품이므로, 지금 당장 너에게 봉토를 줄 힘이 없다. 좀 시기를 기다려라."

"기다리겠습니다."

"그런데 마고하치로, 묻겠는데" 하고 요시아키는 몸을 내밀었다. "너에게 누이가 있느냐? 누이가 없으면 사촌 누이라도 좋다."

이런 것이 요시아키의 뻔뻔스러운 점이었다. 말이 말인지라 마고하치로도 불쾌한 표정을 짓고

"없습니다."

사실로 없었다.

"그러냐, 그것 애석하구나."
마고하치로의 누이나 사촌 누이라면 어쩌면 아름다우리라고 생각한 것이었다.

그 뒤, 무척 여자들을 얻었다. 그러나 요시아키가 만족할 수 있을 만한 여자가 없었다.
"어디, 좋은 여자는 없느냐?"
요시아키는 똑같은 질문을 호소가와 후지타카에게도, 미쓰히데에게도 한 일이 있었다.
"저는 그런 길에는 어둡습니다."
후지타카도 미쓰히데도 똑같은 말로 거절했다. 그들은 무장으로서의 기능적인 자부와 자신이 있기 때문에, 여자를 주선하여 쇼군의 기분을 맞추려고는 생각지 않았다.
'난처한 분이시다' 하고, 이런 점도 미쓰히데는 곤란하게 생각했다. 요시아키는 스물아홉 살까지는 승방에 있어서 여자를 몰랐기 때문에, 여자란 아주 뛰어난 열락을 안겨주는 생물이라고 지나치게 동경하고 있었다. 그래서 자기가 손에 넣은 여자에게 차례차례로 실망하여
——이럴 리가 없다. 세상에는 보다 좋은 여자가 있으리라.
하고 악착같이 희망을 걸었고, 더구나 그 희망을 버릴 줄 몰랐다.
호소가와 후지타카는 언젠가
"여자란 그런 정도의 것입니다" 하고 간언 드린 일이 있다. 미쓰히데의 부탁을 받고서였다.
실제로 교토 수호직인 미쓰히데로서는 견딜 수가 없었다. 미쓰히데는, 동관(同官)인 무라이 사다카쓰(村井貞勝)와 함께 아시카가가의 가계 장부를 감사하고 있는데, 후궁의 비용이 점점 더 커져 가는 데에 어떤 두려움을 품고 있었다.
"후지타카 공, 실은 쇼군님의 여색에 대한 일인데, 아니 아니 이렇게 말씀 드려도 여색이란 사람의 버릇이므로 여색 그 자체를 이러쿵저러쿵 얘기하려고는 생각지 않네. 그러나 쇼군님의 경우, 그것은 여색이 아닐세."
"과연, 틀림없어——"
후지타카는 미쓰히데가 말하는 의미를 알 수가 있었다. 요시아키의 경우

는 여자에게 빠지는 것이 아니라, 의상의 도락을 가진 자가 차례차례로 옷을 바꿔 가듯이 여자를 바꾸고 있는 데에 지나지 않는다. 더구나 그래도 쇼군가이므로 마음에 들지 않게 된 여자를 버릴 수는 없고, 그냥 후궁에서 양성하지 않으면 안 된다. 후궁은 그러한 여자들이 모여 가기만 했다.

"쇼군가의 경비는 오다가가 제공한 2만 관의 토지에서 오르는 수익으로 충당하고 있네. 그러나 지금의 상태로는."

파산할 도리밖에는 없다고 미쓰히데는 말하는 것이었다.

그 경제적 핍박은 요시아키도 충분히 느끼고 있어, 미쓰히데의 얼굴을 볼 때마다

"쇼군가의 비용을 좀 더 늘려 줄 수는 없겠나?" 하고 떼를 썼다. 뻔뻔스럽다고 할 수 있으리라. 지금의 쇼군가 비용은 기후의 노부나가가 각지의 싸움터에서 크게 활약하고 활약하여, 그 몫에서 제공하고 있다. 노부나가 자신 별로 천하를 잡은 것이 아니며, 그 판도도 오와리·미노에다 교토 부근을 겨우 합친 정도의 한 영주에 지나지 않는다. 그러나 요시아키는 태어나면서부터의 귀족이다. 물건은 아랫사람에게 말만 하면 바치는 것이라고 알고 있었다.

"미쓰히데, 지금의 비용으로써는 쇼군의 체면을 유지할 수가 없다. 노부나가나 그대에게 충의심이 있다면 어떻게 좀 해 다오" 했다.

후궁의 인원이 많습니다, 하고 미쓰히데는 말하려고 하는 것이었으나, 역대의 신하가 아니므로 거기까지는 참견할 수가 없었다. 그래서 그 간언을 호소가와 후지타카에게 부탁한 것이었다.

그것을 후지타카에게 부탁할 때

"쇼군님께선 늘 핍박하다는 생각을 가지고 계시오. 자기는 옹색하다는 부족감을 늘 가지고 계시오. 이런 마음이 결국은 오다가를 버리고 다른 영주에게 의지하려는 모반심을 크게 해 가는 거요. 단순한 여자 문제쯤을 뛰어넘게 되는 거요."

이것이 요시아키의 엽색에 대해서 미쓰히데가 품고 있는 공포였다. 단순한 엽색으로는 그치지 않는다는 것이었다. 후지타카는 부탁받은 터라 몇 번이나 요시아키에게 간언했으나, 요시아키는 그치지 않았다.

끝내는

"효부다유의 그 분별기가 서린 낯짝을 보는 것도 싫다"는 말을 꺼내게 되

어, 후지타카가 사후해도 핑계를 대고 만나주지 않게 되었다.

그러는 동안에 요시아키의 엽색이 그쳤다. 요시아키가 만족할 수 있는 여자를 얻은 것이다. 뜻밖에, 가까이 있었다.

요시아키에게 우에노 나카쓰카사쇼유 기요노부(上野中務少輔淸信)라는 총신이 있었다. 우에노가도 대대로 막신 부하다. 그 조상은 무사시(武藏)의 주민 우에노 다로 요리토(上野大郎賴遠)라고 하여, 아시카가 막부의 창업자인 다카우지(尊氏)의 근신이었다. 대대로 막부에 사관(仕官)하여, 지금의 기요노부에까지 이르고 있다. 기요노부는 요시아키의 기분을 맞추는 것 이외에는 아무 것도 할 줄 모르는 사나이였다.

——여자를 찾아라

는 말을 듣고 사방으로 마음 가는 곳을 찾던 중에, 문득 자기 딸을 바쳐 보았다. 여위고 작달막한 여자로서 그다지 미인은 아니었으나, 그녀가 의외로 요시아키의 마음에 든 것이다. 후궁에서는

'쇼유노쓰보네(少輔ノ局 : 局은 女官)'라고 불리며 요시아키의 총애를 한 몸에 모았다. 요시아키는 엽색을 걷어치웠다.

'알 수 없는 노릇이로군.'

미쓰히데는 아시카가 어소 밖에 있으면서 은근히 이 이변에 눈을 크게 뜨고 있었는데, 이상(異常)은 그것만으로는 그치지 않았다. 예의 마고하치로다.

요시아키는 이 왕년의 총동을 버려 둘 수 있을 만큼 매정하지는 못했다.

"저어, 나카쓰카사" 하고 어느 날, 우에노 나카쓰카사쇼유 기요노부에게 말했다.

"의논하겠는데."

"옛, 무슨 말씀이든지 하시옵소서."

기요노부는 딸을 바치고 나서 요시아키의 총애를 제일 많이 받는 자가 되어, 요시아키로부터 일의 공사(公私)건, 대소든, 의논을 받는 입장이 되어 있었다.

"그대에겐 아들이 없지, 아마?"

"없습니다."

"그래서 말인데, 저 마고하치로를 그대의 양자로 삼지 않겠는가?"

기요노부는 놀랐으나 쇼군의 이전 총동을 양자로 삼는 것이 자기의 영달의 길일 것이라고 생각하고, 괴롭기는 했지만 승낙했다. 그러나 마고하치로는 농부의 아들이다. 그대로는 아시카가의 막신인 명문의 사위나 양자가 될 수는 없었다. 그래서 요시아키는 우선 마고하치로를 막신인 잇시키가(一色家)의 양자로 삼고, 그런 연후에 요시아키의 유자(猶子)로 삼았다. 마치(猶), 아들(子) 같다는 뜻이다. 유자는 양자보다 훨씬 가벼운 관계지만, 아시카가 쇼군의 유자라면 대단한 존재다. 그 유자로서, 우에노 나카쓰카사쇼유 기요노부에게 마고하치로를 입격시켰다.

마고하치로는 우에노 마사노부(上野政信)가 되었다. 뿐만 아니라, 요시아키는 천자에게 상신하여 관위도 받아 주었다. 종오위(從五位) 하(下) 야마토노카미(大和守)다.

요시아키에게 정치란 마치 놀음이었다. 도하의 사람들도 정말 이토록 어처구니없는 데는 놀라서

야마시로(山城)
고마노(駒野) 부근의 오이 농사꾼
우에노(上野)가 되었구나

라는 풍자시가 쇼군관 곁의 소나무에 내걸렸다.

'고마노 부근의 오이 농사꾼'이라는 것은 마고하치로가 고마노에서 오이 농사를 하고 있었기 때문이다. 그래서 우에노 나카쓰카사쇼유 기요노부의 위치는 점점 더 묵직해졌다. 요시아키의 예의 병적이라고 할 만한 음모벽의 한쪽을 짊어진 것이 이 우에노 나카쓰카사쇼유 기요노부였다.

기요노부는 요시아키의 편지를 운반하는 담당자가 되었다. 기요노부 자신은 여행을 떠날 수 없었으나 자기 부하를 사방으로 보내 각국 영주에게 심부름을 시키는 것이다. 이래서 반(反) 오다 동맹은 차차로 활발해졌다.

앞에서 미쓰히데가 노부나가의 말이라고 하여

"머지않아 셋쓰에서 준동하고 있는 미요시 당을 퇴치할 작정인데, 그때 쇼군님께서 몸소 출마해 주시기를 바랍니다"는 뜻을 요시아키에게 아뢰었다고 말했다. 친정이라고는 해도 요시아키는 형식상으로 전진(戰陣)에 말을 내세우는 것뿐이지만, 그렇더라도 적인 미요시 당의 등 뒤에서 은밀히 줄을

넣고 있는 것은 요시아키 자신인 것이다. 그 요시아키가 미요시 정벌의 진두에 나선다면 어찌 될 것인가. 그것이 노부나가의 야유였다.
　——할 수 없다
고 생각하고 요시아키는 승낙했다.
　미쓰히데가 물러간 뒤, 우에노 나카쓰카사쇼유 기요노부가 은밀히 배알하여
　"쇼군님, 기뻐해 주시기 바랍니다. 가이의 다케다 신겐이 그 휘하의 군을 동원하여, 대거 서상(西上)에서 교토에 기치를 세우겠노라고 말하고 있습니다. 신겐이 오면 노부나가 따위는 당장에 분쇄 당할 것입니다. 이제 조금만 더 인내하시면 됩니다" 했다.
　실은 다케다 신겐에게서 온 밀서는 한 달 전에도 요시아키의 손에 들어와 있었다. 만만치 않은 글귀였다.

　一, 내년에는 교토로 올라가고 싶다. 올라가는 대로 1만 필(疋)의 비용을 드리겠다.
　二, 저의 아들, 시로 가쓰요리(四郎勝賴)에게 쇼군님의 이름자의 한 자와 관위를 내려 주시기 바란다.
　三, 아직도 노부나가라는 사나이는 각국에 편지를 띄울 경우 쇼군의 명에 의해서라고 칭하고 있는데, 어차피 거짓말이리라. 쇼군님께선 부디부디 조심하시기 바란다

는 것이 대략의 내용이었다. 그에 대한 상세한 편지가 지금 우에노 나카쓰카사쇼유 기요노부에게도 보내어져 온 것이었다.
　"그러냐, 신겐의 서상 준비는 그렇게까지 진행되어 있느냐?"
　요시아키는 금세 뺨을 붉게 상기시켰다. 좀 전 미쓰히데와 대면했을 때의 음울함과는 마치 다른 사람 같았다. 사실 그 소식은 요시아키를 기쁘게 하기에 충분한 것이었다. 다케다 신겐의 군사력이 노부나가의 군사력을 몇 배 앞지르는 것이라는 것은 요시아키뿐만 아니라 온 세상에서 인정하고 있었다.

변보(變報)
　노부나가의 생애에는 휴식이 없다. 그 중에서도 가장 다망하기 짝이 없었

던 것이 이 시기이리라. 아네 강에서 아사이·아사쿠라의 연합군을 격파하고 기후로 돌아오자마자 셋쓰·이시야마(石山)의 혼간 사가 반(反) 노부나가의 기치를 든 것을 알았다.

"중들까지, 그런가."

급보를 들었을 때, 순간적으로 이렇게 외쳤는데 목소리는 메말라 있었다. 그는 당장에 군령을 발하여, 군사 3만 명을 이끌고 기후를 출발했다. 비와 호반을 지나, 사흘 만에 교토로 들어가 혼노 사의 숙관에서 하룻밤을 묵었다.

"교토에 있는 세 사람을 불러라" 하고 곧 명령했다. 교토의 세 사람이란, 교토의 시정을 맡고 있는 아케치 미쓰히데·무라이 사다카쓰·아사야마 니치조다. 니치조만이 승려였다. 이즈모(出雲) 출신으로 노부나가가 귀히 여기는 문관 중의 한 사람이었다.

세 사람이 사후(伺候)하자

"무로마치의 갈비 무 님에게 별 이상은 없었느냐"고 말했다. 갈비 무란 쇼군 요시아키다. 과연 얼굴이 어딘가 빼빼마른 무를 닮았으므로 노부나가가 그렇게 붙인 것이었다.

노부나가는 남의 별명을 붙이는 데에 아주 절묘한 재주가 있어, 도기치로 히데요시는 '대머리 쥐'라고 부른다. 원숭이라고도 부른다. 그러나 대머리 쥐라고 하는 편이 훨씬 도기치로 풍모를 생생히 묘사하고 있다.

미쓰히데에겐 '금귤 대가릿' 하고 외쳤다. 도기치로도 미쓰히데도 머리칼의 질이 너무나 보드라운 편이라 두 사람 다 벌써 머리칼이 듬성해졌는데 그 모양새는 아주 달랐다. 도기치로는 머리칼이 닳아 끊어진 것처럼 듬성듬성하게 엷어져, 그 점으로 보아 대머리 쥐라고 하는 편이 안성맞춤이다.

미쓰히데의 젊은 대머리(이미 젊지도 않았지만)는 그 점, 머리 꼭대기가 거의 맨살을 드러내 상투를 올리기 위해 면도질을 하지 않아도 될 정도였다. 그 맨살이 발갛게 반짝거려, 그 색과 모양이 금귤 그대로였다. 그런데, 쇼군 요시아키는 빼빼 무다.

"니치조, 어떠냐?"

노부나가는 이 니치렌 종의 승려에게 물었다. 일부러 미쓰히데를 무시한 것은 미쓰히데가 막신이라는 것을 고려했기 때문이다.

니치조가 요시아키의 일상에 대해서 별다름이 없다고 아뢰자

"좀더 욕설을 하란 말이야. 빼빼 무 님이 얼마나 음흉한 사나이인가 하는 욕을 말이다."

노부나가는 미심쩍었던 것이다. 지금 반 오다 동맹은 혼간 사·미요시·에이 산·아사이·아사쿠라·다케다 등으로 멋있게 싸여 있어, 노부나가가 비와 호반의 아네 강에서 아사이·아사쿠라를 쳤는가 싶기가 무섭게 이내 아와에서 미요시 당들이 오사카 만으로 상륙하고, 잇따라 혼간 사가 전기(戰旗)를 들었으며, 동시에 동쪽에서는 다케다 신겐의 움직임이 이상해지는 형편으로, 노부나가에게 몰매를 때리려는 그 움직임이 아주 조직적이었고 기능성으로 꽉 차 있었다.

'빼빼 무 놈이 미심쩍다.'

노부나가는 생각지 않을 수가 없었다. 요시아키가 사방팔방으로 밀사를 내보내고 있기 때문에 이렇게 기능적인 활약을 할 수 있으리라.

'틀림없이 그럴 것이다'라고 생각하고 있기 때문에 노부나가는 무엇인가 확증을 잡고 싶었다.

"하오면 허락을 받아."

"겉치레는 말고 어서 말해라."

"말씀드리겠습니다."

니치조는 요시아키에 관한 두세 가지의 행장을 들어서 노부나가와 똑같은 관측을 했다. 무라이 사다카쓰도 그에게 맞장구를 쳤다.

"주베는 어떠냐?" 하고 노부나가는 미쓰히데에게 묻지 않고 말머리를 확 돌려

"빼빼 무는 응낙했느냐?"고 물었다.

말이 너무 짧기 때문에 그 내용을 추측하지 않으면 안 되었는데, 요컨대 '승낙'이란 '오다군의 진두에 설 것을 요시아키 쇼군은 승낙했느냐?'는 의미리라.

"옛."

미쓰히데가 상체를 굽히자 노부나가는

"쓸데없는 광설(廣舌)은 듣기 싫다. 승낙했는가 안 했는가를 말하라."

"승낙하셨습니다."

"그렇다면 나는 내일 아침 셋쓰로 출발한다. 함께 출진하시라고 전하라."

'내일 아침——'

이건 성급하기 짝이 없다. 지금부터 출진 준비를 시작하여 과연 늦지 않을까.

"저는 이제부터 무로마치 어소로."

달려가서 그런 뜻을 전하겠다고 하자 노부나가는 약간 턱만을 끌어당겼다. 미쓰히데는 물러나, 문 앞에서 말에 뛰어오르자마자 서쪽으로 달려가기 시작했다. 이윽고 무로마치의 쇼군관으로 가서 중개역인 우에노 나카쓰카사 쇼유 기요노부를 불러내 노부나가의 요구를 전했다.

"안, 안 되오" 하고 우에노 기요노부는 너무나 뜻밖의 사태에 당황하여 위압적으로 나왔다.

"안 된다니, 무슨 말이오?"

미쓰히데는 싸늘하게 물었다. 미쓰히데는 이 우에노 기요노부라는, 딸을 희생물로 하여 요시아키의 총애를 한 몸에 모으고 있는 작달막한 사나이에게 아무래도 호감이 가지 않았다.

"물어볼 것도 없는 일 아니오?"

기요노부는 큰 소리로 말했다.

"지금부터 준비를 해서서 내일 아침에 출진이라니 무슨 당치 않은 일이오. 쇼군님을 농사꾼이나 야인으로 아는 거요. 대체 쇼군님을 어떻게 보는 거요. 쇼군님이 출진하실 때에는 궁궐에 참내하여 보고 드리지 않으면 안될 것이고, 때와 장소에 따라서는 절도(節刀 : 쇼군이 출진할 때 천황이 내려 주는 칼)를 받지 않으면 안되며, 또한 쇼군 출진의 고사를 들춰 고사에 의한 도구·인원수를 갖추지 않으면 안 되오."

"어리석은 일이오."

미쓰히데도 그만 노부나가의 권위를 내세우는 태도를 취했다.

"지금은 난세가 아니오. 만약, 지금 어소에 적세가 밀려왔다고 합시다. 그런 판에도 역시 고사를 조사한 뒤에 출진하실 거요?"

"현재 적은 어디 있소?"

"셋쓰."

"교토로부터 130리 남쪽이오. 그 적이 교토로 밀려온 것은 아니지 않소. 충분한 시간적 여유가 있소. 당연히 쇼군은 위용을 갖추지 않으면 안 되오."

"얼마만큼이나 기다리면 되겠소?"

"대략 열흘" 하고 우에노 기요노부는 입가에 엷은 미소를 띠고 말했으므로, 그토록이나 온후했던 미쓰히데도 발끈했다.

"나카쓰카사, 어서 상주하시오. 내일 아침의 출진, 늦어지면 귀공의 목을 그대로 두지 않을 거요."

하자마자 한 자 다섯 치 가량 되는 소도를 확 뽑았다. 혼이 달아난 것은 우에노 기요노부다.

"주베 미쓰히데, 미, 미쳤소? 여기를 어느 곳으로 아는 거요. 전(殿) 안이오."

"정신 차리란 말이얏" 하며 미쓰히데는 소도의 하얀 칼날 한복판을 붙잡고 우두둑 꺾었다.

"대나무에 은박(銀箔)이오."

미쓰히데는 대나무 칼을 버리고 다시 기요노부에게 육박했으므로, 기요노부는 견딜 수 없어서 안으로 달려 들어갔다. 그대로 요시아키의 처소로 들어가 그 사정을 급히 아뢰자, 요시아키 쪽이 오히려 떨었다.

"미쓰히데가 발끈했나요?"

요시아키가 느끼고 있는 미쓰히데는 온화하고 생각이 깊은 신사인 것이다. 그런 사람이 전 안에서 칼을 뽑아들고 쇼군 측근을 협박하다니 어찌된 일일까. 요시아키가 볼 때, 오다가라는 것은 노부나가 이하 이리 떼의 집단과 다름이 없다. 미쓰히데만이 이해성이 있는 온화한 군자라고 생각하고 있었던 만큼

'그 미쓰히데까지가' 라는 의외의 생각이 경악이 됐고, 충격이 됐고, 끝내는 오다가의 무서움을 요시아키의 피부로 느끼게 만드는 결과에 이른 것이리라.

"저, 미쓰히데에게 사죄를 내리십시오. 전 안에서 발도한 것은 용서할 수 없는 죄올시다."

"칼은 은박한 대나무 조각이라지 않는가?"

"그렇습니다."

"생각해 보아라. 대나무 조각인데 사죄를 내릴 수 있겠느냐. 미쓰히데란 그렇게나 주도한 사나이다."

결국 출진 준비를 하게 되었고, 쇼군관은 그 때문에 큰 소란이 벌어졌다.

쇼군 요시아키가 군사들을 이끌고서 교토로 출발한 날은 1570년 8월 30일이다. 그날은 호소가와 후지타카의 거성(居城)인 교토 남쪽 교외의 쇼류지 성에서 하룻밤을 묵고, 다음날 셋쓰로 들어갔다. 셋쓰에 있는 오다군의 요새 가운데 하나가 나카노시마 성(中ノ島城)이었다. 성은 호소가와 후지타카가 지키고 있었다. 요시아키는 그 성으로 들어갔다. 성두에 아시카가가의 가문을 물들인 겐지(源氏)의 백기가 높이 오르자 싸움터에 미묘한 변화가 일어났다.

"쇼군께서 친정하셨다"고 하여 오다군의 사기가 갑자기 높아졌으며, 멀리서 이 소문을 들은 기슈 네고로의 승병단이

──쇼군님의 친정이시라면

하여 종군을 신청해 왔다. 그들은 노부나가의 명의로 보낸 권유장만으로는 끝내 참전하지 않았던 것이다.

'과연 쇼군님의 위광(威光)은 빛을 잃지 않았다' 하고 고전적인 권위를 좋아하는 미쓰히데는 나카노시마 성에서 펄럭이는 백기를 보고 거의 눈물이 솟아날 것 같은 생각조차 들었다.

노부나가는 혼간 사의 거곽(巨郭)과 요도 강(淀江) 하나를 사이에 두고 마주 있는 덴만 궁(天滿宮)의 숲을 본진으로 삼아, 활발한 전투 활동을 개시했다. 이 싸움터에서 미쓰히데는 이미 시바타·사쿠마·니와·기노시타 등등 오다가의 사단장격들과 어깨를 나란히 하여 한 부대의 대장으로 발탁되어 있었다. 이미 노부나가는 미쓰히데를

'부릴 수 있다'고 꿰뚫어보고 있었다. 싸움터에서 그의 탁월한 지휘 능력은 남 오미 공격·북국 공격·아네 강 전투에서 충분히 실증되고 있었다.

오다가의 가중에서도

"집총 부대를 다루는 교묘함과 성의 공격법에 있어서 아케치 공은 일본에서 으뜸가는 것이 아닐까"라는 소문이 자자했다.

이 무렵 싸움터의 주역이 돼 가고 있던 총에 대해서는 그 효과적인 사용법을 모르는 자들이 많아, 그런 면에서 미쓰히데의 화력 사용법은 노부나가조차도 속으로 공포를 느낄 만큼 뛰어났다.

'그 사나이에게는 마음에 들지 않는 구석이 많다. 그러나 부릴 수 있다'고 노부나가는 생각하고 있었다. 노부나가는 철두철미 인간을 기능적으로 보려는 사나이로서, 그러한 노부나가의 사상이야말로 오늘날 일본 제일의 오다

군단을 만들었다고 말해도 좋으리라.

미쓰히데에게도 서글픈 일은 아니었다. 오다가에 와서 겨우 몇 년 밖에는 되지 않았는데, 발탁에 이은 발탁으로 지난날의 신세와 비교해 볼 때 꿈같은 입신을 하고 있다. 자기의 재능·기술이 높이 평가되는 것만큼 인생의 행복은 없으리라.

'활약하지 않으면 안 된다'고 생각하고 있었다. 사실, 이 셋쓰 평야에서의 싸움터에서 미쓰히데는 열심히 활약했고, 그 존재는 항상 적과 아군에게 빛나는 인상을 주었다.

"단지 얼마간 몸을 사리는 경향이 있다"고, 뒷날 미쓰히데의 사위가 된 호소가와 다다오키는 장인 미쓰히데에게 얘기했다. 전략 전술 및 전투 지휘에 명인과 같은 솜씨를 발휘하기는 하지만, 군사들을 이끌고 난군 속으로 돌격할 때 다른 오다가의 부장들같이 저돌을 하지 않았다.

'얼마간 몸을 사리는' 것이었다. 지적으로 계산한 지휘에는 뛰어나지만, 자기의 죽음을 얼마간 두려워하는 구석이 약간 있다는 인상을 약간 사람들에게 주었다. 그러는 동안에 북쪽에서 이변(異變)이 일어났다.

'아사이·아사쿠라가 다시금 전투 활동을 개시했다'는 급보가 덴만 궁 숲에 있는 노부나가에게로 들어온 것이었다.

오미의 아네 강에서 그토록 타격을 입은 아사이·아사쿠라군이지만 궤멸되지는 않아, 지금 그 상처를 고치고 겨우 군사를 움직일 수 있을 정도가 되어 노부나가가 셋쓰에서 미요시 당과 혼간 사에서 못박혀 있는 것을 기회로 남하하여, 노부나가의 후방을 위협하려고 하는 모양이었다. 노부나가에게 이만한 위기는 없으리라. 더욱 노부나가에게 불쾌한 일은 정보가 애매하여 그 이상의 것을 알 수 없는 일이었다.

'누구에게 정찰시킬까' 하고 생각했을 때 갑자기 미쓰히데의 이름이 떠올랐다. 미쓰히데라든가 기노시타 도기치로 이외에는 정찰을 할 수 있는 자가 없다고 노부나가는 보고 있었다.

"주베를 불러라" 하고 노부나가는 명령했다.

미쓰히데는 셋쓰의 노타(野田) 방면의 전선에 있었는데, 곧 본영으로 돌아왔다.

"오미에서 덜 죽은 놈들이 다시 꿈틀거리고 있다."

"아사이·아사쿠라입니까?" 하고 미쓰히데가 다짐을 두었으나, 노부나가는

그에게 대답하지 않고

"곧 가라"고 명령했다.

노부나가의 참신한 전술이라고 해도 좋았다. 이 정찰행은 단순한 정찰 장교로서 미쓰히데 개인을 출발시키는 것이 아니라, 미쓰히데에게 한 군을 인솔시켜 적지에 강행 침입시켜서 그 정황을 육안으로 보고 오게 하려는 것이었다. 후세 서양 전술에서 말하는 위력 정찰이라고 할 수 있는 것으로서, 노부나가의 천재적 창의라고 할 수 있었다.

"그렇다면" 하고 미쓰히데는 물러나, 노타 방면의 진에서 즉시 철수하여 군사 2천을 이끌고 그길로 교토로 향했다.

'아사이·아사쿠라는 노부나가가 없는 것을 기화로 교토를 점령할 작정임에 틀림없다'고 미쓰히데는 적의 의도를 추측하고서, 그 상정(想定)에 따라서 적정을 관찰하려고 하고 있었다.

다음 날, 미쓰히데는 교토로 들어갔다. 도시의 큰 길을 달려가면서

'뜻밖에 조용하구나' 하고 안심했으나, 이미 선행시킨 정찰원들의 보고에 의하면 시민의 동요는 상당히 심각하여, 오늘내일이라도 재화(財貨)를 꾸려 도망치려는 자가 많다는 것이었다.

'오다군에 대한 신용이 떨어지고 있구나'고 생각했다. 이전의 오다군의 신용은 대단한 것이어서, 교토를 엿보는 다른 세력이 나타나도

──오다 단조추 님에겐 견딜 수 없으리라

고 보고 가재를 꾸려 가지고 도망치려고 하는 공기는 없었다. 그러나 오다군의 적이 동서남북에서 일어난 오늘날, 벌써 평가는 일변해 버렸다. 내일이라도 노부나가가 몰락하리라고 보고 있는 것이나 아닐까.

더욱 시중의 유언은

"쇼군님도 노부나가를 버리신 모양이야" 라는 것이었다.

당자인 쇼군님 요시아키는 셋쓰의 싸움터에서 이미 교토로 돌아와 있었다. 노부나가가 요시아키의 출마가 정략적인 성공이라고 보고 싸움터에서 철수시킨 것이었다.

'어쩌면 그 유언은 요시아키 님이 몸소 퍼뜨린 말인지도 모른다'고 생각했으나, 그에 관여하고 있을 여유는 없었다. 교토를 빠져 오사카 고개(逢坂峠)를 넘어 오쓰로 나가 그곳에서 일단 군사를 멈추었을 때, 패주병들이 길거리를 궤주해 왔다.

미쓰히데는 놀랐다. 패주병들은 모두 오미를 수비하던 오다 병들이었다. 들으니 오미 일대에서 도량하기 시작한 아사이·아사쿠라의 군사는 2만 8천이란 대군으로써 오다군의 점령지를 차례차례 공격하고, 끝내 우사야마 성(宇佐山城)을 공격하여 함락시켰다고 한다. 우사야마 성의 수비대장은 노부나가의 친동생인 오다 노부하루(織田信治)와 모리 요시나리(森可城)의 두 사람이었다. 그 두 사람이 낙성과 함께 전사했다는 것이었다.

'이건 대단한 사태로구나' 하고 미쓰히데는 추측했다.

우선, 그 패잔병들을 잡아 자기 군에 가담시켰다. 그들이 교토로 들어감으로써 다시 유언의 씨가 될 것을 미쓰히데는 우려한 것이었다. 미쓰히데는 다음 날 적의 대군과의 접촉을 주의 깊게 피하면서 더욱 오미 깊숙이 침입하여 상황을 살펴, 아사이·아사쿠라군은 비와 호수 주변의 하치오지(八王子)·히에노쓰지(比叡辻)·가타타(堅田)·와니(和爾) 등등, 오다군의 거점을 점령한 뒤 한 부대는 아득히 남하하여 야마시로에까지 나타나 다이고(醍醐)와 야마시나(山科)의 부락을 불태우고 물러간 것을 알았다.

미쓰히데는 충분히 정찰했다. 그 이상 오미에 머무르기를 피하고 급히 남하하여 셋쓰로 돌아가 노부나가에게 보고했다. 미쓰히데는 낱낱이 아뢰었다.

노부나가는 빤히 미쓰히데를 쏘아보며 반문하지도 않고, 고개를 끄덕이지도 않으면서 듣고 있었으나, 이윽고 다 듣고 나자

"그런가" 하고 이 사나이의 기묘한 말버릇으로 말한 뒤, 곧 전선의 여러 무장들을 모아

"군사를 돌려 오미의 적을 친다"는 새로운 결심을 말한 뒤 군의를 열어 새 국면에 대한 부서를 새로 편성했다.

그 뒤 노부나가는 전광과 같은 속도로 교토에 나타나 오미로 들어가 에이 산의 비와 호수 쪽 기슭에 있는 사카모토 성에 포진하여 아사이·아사쿠라에 대한 전투 행위를 개시했다. 그러나 아사이·아사쿠라 쪽은 노부나가의 도착을 보고 두려워하여, 오다군과의 결전을 피하고 본영을 에이 산 위에 두었다.

전황은 산악전을 예상시키기에 이르렀으나 아사이·아사쿠라군은 어디까지나 결전을 피하고 각지에 소부대를 내보내서는 방화하여, 오다군을 분주하게 만들어 지쳐버리게 하려고 했다. 노부나가는 전군의 부서를 바꿔 에이 산

자체를 포위하여 여러 곳에 성채를 쌓고, 그 자신은 우사미 성으로 들어가 그곳을 본영으로 삼아 에이 산의 높은 봉우리를 바라보았다.

눈 내리는 계절

 가을이 깊었다. 그러나 비와 호수 남쪽 산들에서는 체진이 계속되었고, 전국은 움직이지 않아 오마키의 몰락은 이제 누구의 눈에도 분명해지고 있었다.
 '몰락인가!'
 진중에 있는 미쓰히데도 그렇게 생각했다. 천하는 반 오다 동맹의 움직임으로 꽉 차 있는데, 당자인 노부나가는 이 에이 산기슭에 못 박힌 채 꼼짝달싹할 수가 없는 것이었다.
 '이대로 가다가는 멸망되기를 기다릴 뿐이다' 하고 미쓰히데는 생각했다.
 아사이·아사쿠라의 주력은 에이 산 봉우리나 골짜기에 들어박혀 방벽을 쌓고, 절의 당과 탑을 임시 성채로 만들어 눈 아래 오다군과 대치하면서, 더구나 요새전을 각오하고 움직이지 않는 것이었다.
 '저들은 정말 영리하구나.'
 미쓰히데는 아사이·아사쿠라 장(將)들의 전략 두뇌에 경탄할 정도였다. 지금과 같은 천하의 정세 하에서는, 에이 산의 아사이·아사쿠라가 움직이지 않는 것이야말로 가장 좋은 전략이었다. 오다가의 대군을 이 오미의 에이 산

기슭에 못박아두는 것이야말로 승리에의 길이었다.
 어느 땐가 가이의 다케다 신겐이 일본 최강의 군단을 이끌고서 스루가(駿河) 가도로 나와, 오다가의 본거지인 오와리·미노를 찌르리라. 다시 셋쓰에서는 혼간 사의 지원에 의해 미요시 당이 점점 전장을 확대시켜 끝내는 노부나가의 점령 하에 있는 교토를 찌를 것이 틀림없다.
 '사면초가'라는 고대 중국의 말을 미쓰히데는 생각해 냈다. 노부나가의 주위는 적군의 군가로 꽉 차 있었다. 노부나가에게는 미카와의 도쿠가와 이에야스 외에 천하에 우군으로 삼을 영주는 한 사람도 없는 것이었다.
 '그 영리한 미카와 공이 잘도 배반하지 않고 붙어 있는구나' 하고 미쓰히데는 오히려 감탄할 정도로 나이 젊은 이에야스에 대해서 생각했다. 본래 이에야스는 오다가의 여러 무장 사이에서
 ──도쿠가와 공은 젊으신데도 불구하고 모든 일에 의리가 두터우시다 라는 칭찬을 받고 있었는데, 그것은 별로 깊은 의미가 있어서 그런 것은 아니었다. 이에야스는 젊지만 오다가의 여러 무장들에 대해서 몹시 공손하여, 길거리에서 만나도 지나치게 정중할 정도로 인사를 하는 점이 있어, 여러 무장들은 이 주가(主家)의 동맹자가 인사성이 깊은 데에 오히려 황공해 했고, 그것이 사람들의 이에야스의 인간 평가에 대한 눈금이 되어 있었다.
 '인사성이 깊기만 한 것이 아니라 마음씨까지가 독실한 것 같다.'
 이리 되니, 미쓰히데도 그렇게 생각하지 않을 수가 없었다.
 '뒤집어 생각해 보면 미카와의 도쿠가와 공은 오다가와의 연계가 여기까지 깊이 들어온 이상, 이미 운명을 함께 할 것을 각오하지 않으면 안 되리라. 흥망을 함께 하실 결심을 도쿠가와 공은 하고 계시는 것이 틀림없다.'
 그건 그렇고 당자인 노부나가다.
 '노부나가는 어떻게 할 작정인가?'
하고 미쓰히데는, 반은 이런 현상을 근심하고 반은 흥미를 갖고 자신이 은밀히 재능의 경쟁상대로 삼고 있는 노부나가가 어떻게 나오는가를 지켜보고 있었다.
 그런데──
 사흘에 한 번 가량, 미쓰히데는 자기의 진을 떠나 노부나가의 본진에 사후하여 온갖 명령을 받는다. 그때마다,
 '침착하지 못하다.'

는 인상을 미쓰히데는 노부나가로부터 받았다. 이러한, 말하자면 절대절명의 경우, 전설적인 영웅이라면 초조를 깊이 감추고 겉으로는 태연자약하리라. 그러나 노부나가는 그렇지 않았다. 끊임없이 분주하게 움직이고 있었다.

"더, 더, 유인해라" 고 늘 주변에 외쳐대고 있었다. 유인하라는 것은, 오다군을 산악전으로 이끌어 넣은 아사이·아사쿠라군에 대해서 계속 진지 공격을 하라는 것이었다. 그러나 그 유인은 항상 헛수고로 그쳤다. 어떤 산채의 적도 소라가 껍질 속으로 숨어버린 듯 도발에 응해 오지 않는 것이었다.

'이제 더할 길이 없는가!'
라고 노부나가가 생각지 않는 듯, 실패하는 헛수고이든 하여간에 그 재주 없는 물리적 자극만을 되풀이시키고 있었다. 그러나 그뿐만이 아니다.

한편으로는 헛일이라는 것을 알면서도 떠오르는 한도껏의 재주를 노부나가는 시험하고 있는 것이었다. 예를 들면 옛날식의 도전장이다.

노부나가는 비서관인 스가야 구사에몬(管屋九左衛門)을 사자로 삼아, 산마루의 아사쿠라 쪽 본진으로 보내

"이렇게 체진하고 있어도 군사들이 서로 지쳐버릴 뿐 끝장이 나지 않는다. 적당히 산에서 내려오라. 넓은 들에서 서로 진을 치고 전군을 휘몰아, 자웅을 결하자" 하고 신청하게 했다.

그러나 아사쿠라 쪽의 여러 무장들은 비웃었을 뿐이었다.

"노부나가는 초조해하기 시작했다."

그들은 기뻐하며, 앞길에 희망을 품고서 물론 노부나가의 신청을 일축했다.

'——노부나가는'
하고, 이때도 미쓰히데는 생각했다.

'어리석은 방책이든, 하책(下策)이든 간에 하여간 쓸 수 있는 수법을 끊임없이, 빈틈없이 쓰려고 하고 있다.'

그 초조함은 보기 딱할 정도였다. 미쓰히데가 생각건대, 노부나가 정도의 천재로서도 이 팔방이 꽉 막힌 듯한 현황을 타개할 수법은 떠오르지 않는 것이리라.

'노부나가는 돌 감옥에 갇힌 것과 같구나.'

미쓰히데도 생각했다. 물론 미쓰히데가 만약 노부나가의 입장에 처했다고 하더라도 지금 하고 있는 것처럼 그저 헛되이 돌 감옥의 벽을 주먹으로 난타

하는 하책을 되풀이할 뿐이리라.

'그 사나이의 운의 시험, 지혜 시험이로구나.'

그 노부나가는 그가 되풀이하고 있는 벽을 두드리는 하책의 하나로서, 에이 산 엔랴쿠 사(延曆寺)에도 사자를 올려 보냈다.

"아사이·아사쿠라와 손을 끊어라. 그들을 산에서 쫓아내라" 하는 요구를 절 쪽에 했다.

에이 산 엔랴꾸 사는 일본의 가장 강대한 무장 종교단체로서 헤이안(平安)시대 이래, 가끔 지상의 권력과 대항하여 거의 불패의 역사를 아로새겨 왔다.

'야마보시(山法師)'

라는 통칭으로 알려져 있는 그 승병들은 중이면서도 중이 아니라

'각국의 절도·강도·산적·해적처럼 욕심이 대단하여 생사를 모르는 놈들이다'라고 여겨져 왔다.

그들의 세력도 전국기에 들어와서 여러 나라의 엔랴꾸 사의 영지가 소재지의 영주들에게 횡령당했기 때문에 경제적으로 쇠미해졌으나, 그래도 산 위에는 3000곳에 승려들이 살았고, 열여섯 골짜기에 있는 3000의 절간·승방은 의연히 건재하여 그들의 성채가 되어 있었다.

그 야마보시들의 생활은

'생선·새·여자까지 뜻대로 하는 악역(惡逆)이니라'고 노부나가의 서기였던 오타 우시카즈(太田牛一)가 그의 저서 〈노부나가 공기(公記)〉에 밉살머리스럽게 쓴 대로, 승려 중의 무뢰한이라고 할 수 있는 존재이리라. 그 에이 산이 아사이·아사쿠라와 동맹하여 그들에게 이 산악을 제공하고 있는 것이었다.

노부나가의 사자가 된 것은 그의 가로 사쿠마 노부모리였다.

"아사이·아사쿠라의 인원들을 몰아내면 다소간의 사령(寺領)도 기부하리라. 그러나 요구를 듣지 않을 경우에는 3000의 절간·승방들을 모조리 불살라 버리겠는데 그래도 좋은가!" 하고 위협했는데, 저쪽에서는 놀라지도 않고

"아사이·아사쿠라 양가는 우리 엔랴꾸 사의 큰 시주다. 절이 시주를 위하는 데에 있어 무엇을 사양하랴. 애석한 일이지만 귀의(貴意)를 따를 수 없다"고 튕겨 버렸다.

'그러리라.'

고전주의자인 미쓰히데도 에이 산 엔랴꾸 사의 태도를 오히려 자연스럽게 여겼고 노부나가의 요구를 비상식적이라고 생각했다. 산문에는 산문의 역사적 권위가 있고, 왕조 이래 제왕조차도 에이 산의 권위에는 거역하지 못했으며 거역하려고도 하지 않았다. 고래로 이 나라의 권력자들은 왕법(王法 : ^{지상의}_{지배권})은 불법을 침범하지 못한다는 사상을 가지고 전통적으로 에이 산을 두려워하여, 때로는 꿇어 엎드릴 것 같은 태도로 조심해 오고 있었다.

'사리를 몰라도 분수가 있지'라고 미쓰히데는 생각했다. 에이 산의 권위에 반항하여 성공한 예가 고금에 없었다.

노부나가는 사쿠마 노부모리의 복명을 받았을 때,

"그러냐?" 했을 뿐, 후엔 눈길을 들어서 우사 산 본진의 상목 숲을 쳐다본 채 입을 다물었다. 노부나가가 이때 어떤 생각을 했는지 옆에 있는 미쓰히데도 엿볼 도리가 없었다.

노부나가는 여전히 체진을 계속했다. 무서울 만큼의 참을성이라고 할 수 있으리라. 11월이 되어 천지가 얼기 시작하고, 산위·산기슭에 눈이 내려쌓여 양군의 체진은 점점 곤란을 극하게 됐다.

"눈이다. 눈이다" 하고, 이 무렵이 되어 매일처럼 노부나가는 중얼거리기 시작했다.

미쓰히데도 몇 번인가 이 중얼거림을 들었다. 적설(積雪)은 싸움터의 교통을 최악의 상태로 만들었고, 특히 병졸들의 고통은 이만저만한 것이 아니었다. 그 눈을 노부나가만이 기뻐하여, 이 눈의 계절이 오기를 기다리고 기다린 것만 같았다. 사실 노부나가는 이 눈을 그가 가지고 있는 최대한의 인내력으로써 기다리고 기다려 온 것이다. 눈이야말로 그를, 미쓰히데가 말하는 '돌 감옥'에서 꺼내 주리라.

그 무렵, 노부나가는 미쓰히데를 불렀다. 미쓰히데는 사자를 만나보고, 아노(阿太)의 자기 진에서 우사 산 노부나가 본진까지 쏟아져 내리는 눈발을 뚫고 말을 달렸다.

"주베, 곧 교토로 가라" 하고 노부나가는 오랫동안 보지 못했던 명랑한 표정이었다.

"보아라. 눈이 내리고 있다. 그대의 그럴 듯한 얼굴이 도움이 될 때가 왔다."
'무슨 말일까?'
노부나가의 말은 늘 포착하기가 어려웠다. 눈과 미쓰히데의 얼굴이 어쨌단 말인가. 덧붙여 말한다면, 그럴 듯한 얼굴이라고 노부나가는 말했는데, 노부나가가 그 무엇을 싫어한다고 하더라도 이런 종류의 얼굴만큼 싫어하는 것은 없다. 반대로 괴상망칙하게 생긴 인간은 좋았다.

오다가에 모(某)라는 호걸이 있었는데 평소 술주정꾼으로 널리 알려져 있었다. 어느 날 다른 영주에게서 사자가 와서 아주 그럴 듯하게 앉아 있었다. 이 모에겐 사자의 그럴 듯한 꼴이 우스워 견딜 수 없었던 듯, 사자가 기다리고 있는 방의 미닫이를 드르르 열고

"이봐, 이봐."

갑자기 자기의 고환을 꺼내 놓고 찰싹찰싹 두드리면서 야유했다. 사자는 크게 당혹했다. 보통 영주라면 이 모의 짓궂은 장난은 할복(割腹 : 배를 가르고 죽는 것)감이리라. 그러나 노부나가는 아주 색달라서, 나중에 그 말을 듣고 딩굴듯이 웃으면서

"그러냐? 그래서 그 그럴 듯한 놈들은 어떤 상판을 하였더냐?" 하고 정신없이 그 짓궂은 장난을 한 자에게 물었다.

노부나가는 어릴 때 미친 도련님이라고 불린 사나이지만, 성장한 뒤 그런 버릇이 없어진 듯이 보였다. 그러나 속에는 그런 이색적인 호기심이 생생하게 살아 있는 듯 교토로 처음 들어와 그 점령 사령관이 되었을 때에도

"오늘부터는 이 오다 노부나가가 교토의 귀현이나 서민의 보호자가 된다. 치안을 혼란시키는 악인은 목을 벨 테니 선인들은 안도하라." 는 것을 선포하고 있는 셈이리라. 말을 타고 도시의 대로를 누릴 때의 분장이야말로 이색적이었다. 칼집에 아시나카(足半 : 짚신의 한 가지)를 매달고, 허리에는 소년 때처럼 주머니를 차고 있었다. 더구나 그 주머니도 비단의 우차케에 주머니(打替袋 : 밑바닥이 없이 서로 엇갈려 차는 주머니)로서, 안에 쌀을 넣고 있었다. 뿐만 아니라 별도로 비상시의 밥을 넣는 주머니도 매달았고, 또한 자기 밥뿐만 아니라 안장 뒤쪽에 말의 사료 주머니까지 매단 모습이었다. 요컨대, 악인을 보면 한달음에 쫓아가서 사로잡겠다는 의지를 그 모습으로 보여 주고 있는 것이었다.

이러한 사나이가 항상 푹 가라앉은 표정을 보이는 미쓰히데의 예의 바른, 그럴 듯한 얼굴을 좋아할 리가 없었다. 그러나 그 이색적인 면이 복장의 기

호뿐만 아니라 말투에까지 나오는 것은 부하들에겐 두통거리였다.

지금 미쓰히데에게 한 말은 3단으로 나뉘어 있었다. 곧 교토로 가거라. 보아라, 눈이 내리고 있다. 그대의 그럴 듯한 얼굴이 도움이 될 때가 왔다.

'무슨 의미일까?'

미쓰히데는 분주하게 머리를 움직였다. 만일 우물쭈물하다가는 당장에 머리 꼭대기부터 매성(罵聲)을 듣는다. 이 노부나가류의 '수수께끼' 같은 명령 해독에 가장 뛰어난 기지를 발휘하는 것은 기노시타 도기치로였는데, 미쓰히데는 도기치로만큼 기전(機轉)을 회전시킬 수가 없었다.

그러나 해독할 수 있었다.

'교토로 가거라. 쇼군 요시아키에게로 가라는 것이다. 눈 때문에 산 위의 아사쿠라군은 곤란을 겪고 있다. 아사쿠라군의 본국은 에치젠이다. 이미 에치젠은 큰 눈이 내렸으리라. 에치젠으로부터 비와 호수 서쪽 기슭의 산악 도로를 이용하여 에이 산의 전선 진지로 수송되어 오는 병량·탄약도 그 보급로에 내려쌓이는 눈 때문에 끊어져 있으리라. 앞으로 겨울철로 접어들어, 에이 산의 아사쿠라군은 자연히 굶주려 가리라. 결국 쇼군 요시아키가 조정하게 되면 아사쿠라군도 지옥에서 부처 만난 격으로 본국으로 돌아갈 것이 틀림없다. 그러므로 너의 그럴 듯한 얼굴을 쇼군 요시아키 앞에 내밀어, 요시아키에게 이 조정역을 맡게 하여라, 하는 것이겠지.'

미쓰히데는 여기까지 해독하자

"알겠습니다. 곧 떠나 교토의 무로마치관까지 급행하겠습니다." 하고 상쾌하게 대답했다. 노부나가는 만족하여

"단 이쪽의 약점을 내뱉진 말아." 하고 다짐을 두었다.

미쓰히데는 곧 우사야마 성에서 내려가 아노(穴太)의 자기 진지의 지휘를 야헤이지 미쓰하루에게 맡기고, 자신은 경기(輕騎) 몇 마리를 이끌고 눈보라를 뚫으며 교토로 달려갔다.

교토도 눈이다. 미쓰히데가 큰길의 눈을 흩날리며 쇼군관에 사후하자, 곧 알현이 허가되었다. 미쓰히데는 성급히 요시아키의 어전으로 나갔다.

"오오, 미쓰히데인가." 하고, 우선 요시아키의 목소리가 들렸고 주렴이 걷어졌다. 요시아키는 침을 흘릴 것 같은 얼굴로 추운 듯이 앉아 있었다.

"오미의 전진도 아마 눈경치겠지." 하고 요시아키는 눈으로 웃었다. 요시아키의 뇌리에서는 눈 속에서 온갖 고통을 겪고 있는 노부나가의 모양이 생

생히 보이는 것이리라. 이 전선의 교착(膠着)이 계속되는 한 노부나가의 운명은 몰락밖에는 없다.

"쇼군님."

미쓰히데는 그렇게 생각한다는 것을 깨닫고 소리에 힘을 넣었다. 목소리에 자연스러운 긴장감을 서리게 했다.

"쇼군님의 후원자인 아사쿠라나 아사이도 이제 오미의 눈 속에서 자멸할 것입니다."

"뭣?"

요시아키는 입술을 벌렸다. 멍청해졌다.

"어째서 그러냐. 왜 아사쿠라·아사이가 눈 때문에 망하느냐?"

"병량의 보급이 계속되지 않습니다. 봄의 해빙기까지엔 반수가 죽고 반수는 항복할 것입니다."

미쓰히데는 요시아키의 이해 쪽에 서서 이 싸움의 전도를 해설했다. 아사쿠라의 운명이 절망적이라는 미쓰히데 일류의 명석한 논리로 설명하고

"지금 화해의 중개를 하십시오. 그러면 아사쿠라나 아사이에게도 은혜를 입히게 됩니다. 노부나가에게도 쇼군의 권위를 과시하는 것이 될 것입니다."

다시 그 〈쇼군 권위론〉을 누누이 설명하자, 요시아키도 끝내 그 얘기에 솔깃이 쏠려 마지막에는 몸을 일으킬 듯

"미쓰히데, 그대의 말대로다" 하고 손바닥을 두드리면서 찬동했다.

미쓰히데는 그날 밤 쇼군의 교서(敎書)를 두 통 기초하여, 다음 날 그것에 흑인을 찍게 하고 요시아키가 선발한 사신에게 주어 출발시켰다.

아사쿠라에의 사신은 기라라 고개(雲母坂)를 넘어 에이 산으로 올라갔고, 노부나가에게 가는 사신의 오미 행에는 미쓰히데가 독행했다.

화해는 12월 13일로 성립되면서 노부나가가 우선 군사를 철수시켰으며, 이어서 아사이·아사쿠라군이 에이 산을 떠나 각각 본국으로 철퇴했다.

노부나가는 화해가 성립된 사흘 뒤 큰눈을 무릅쓰고 비와 호수 동쪽 기슭의 사와야마 성으로 들어가, 이어서 이틀 뒤인 18일 기후로 돌아갔다. 노부나가는 천후를 전략화함으로써 위기일발로 호랑이 입에서 탈출했다고 할 수 있으리라.

폭염

노부나가가 다시금 대군을 이끌고서 오미에 나타난 것은 다음해, 1571년 8월이었다.

지난해 그믐 큰눈을 무릅쓰고 기후로 돌아간 뒤 노부나가는 다망하기 짝이 없었다. 이세로 군사를 출동시켜 나가시마(長島) 지방에 웅거한 혼간 사의 폭동 토벌에 실패하기도 했고, 또, 기노시타 도기치로 등에게 맡겨둔 오미의 대(對) 아사이 지구전을 기후에서 지도하기도 하고, 다시 그 기간에 마쓰나가 히사히데의 배반을 만나기도 하여 어느 한 사건을 놓고 보더라도 이 기간은 노부나가에게 참담하지 않은 사실이 없었다.

그러나 이 사나이는 신경이 어떻게 되어 있는지 항상 똑같은 표정을 한 채 도무지 동요하는 눈치조차도 없었다. 더구나 그의 운명의 파멸을 힐끗 비치게 하는 것과 같은 풍설이, 사실의 채색을 짙게 하고 있었다. 다케다 신겐의 서상(西上)이다.

도카이 도의 견제는 이제 이에야스에게 맡길 도리밖에는 없었다. 이 때문에 이에야스는 이해 5월부터 미카와의 방위에 전념하여, 자진하여 스루가로 군사를 출동시켜 신겐의 유격 부대와 자주 접촉하고 있었다.

노부나가는 반대로 서쪽으로 향했다.

1571년 8월 18일, 5만 명의 군사를 거느리고 오미 가도로 들어가 아사이 군을 그 본거지인 오타니 성에 못 박아 놓고, 영지 안 작은 성들을 차례차례 짓부수어 9월 11일 비와 호수 남쪽 기슭까지 나가 야마오카(山岡) 다마바야시(玉林)란 곳에 야전 본진을 두었다.

"단순한 소탕전이었는가?" 하고 교토의 수다꾼들도 생각했고, 오다가의 장병들도 생각했다. 이번의 오미 침공의 적은 모조리 소부대·소성(小城)·폭동자들에 지나지 않았기 때문이다.

"예에 따라 기후로 돌아가신다"고 장병들은 모두 생각했다. 노부나가는 거의 모든 경우, 자기의 속을 누구에게도 밝히지 않았다.

다음 12일 출발. 고동이 울고 선발 부대가 움직였다. 본진은 여전히 움직이지 않았다.

'드디어 귀국이신가!'

하고 군중에 있는 미쓰히데도 생각했다. 미쓰히데도 기후에 있는 아내인 오마키와 오랜 만에 만날 수 있으리라. 그런데 행군을 개시한 순간 노부나가의 본진으로부터 전령장교들의 무리가 쏟아져 나와 달렸고, 그 중의 한 기가 미쓰히데에게도 왔다.

"아케치 공은 사카모토(板本)로 가서 히에 대사(日吉大社)를 포위하시오."

미쓰히데는 어안이 벙벙했다. 방향이 다르지 않는가.

"적은 누구냐?"

"후에 알리겠노라고 하십니다."

전령장교는 사라졌다. 미쓰히데는 부대의 머리를 돌려서 에이 산 기슭의 사카모토로 향하는 도중, 다시금 전령장교가 달려와

"적은 에이 산이오"라고 말했다. 미쓰히데의 포위 부서가 사카모토인 것처럼 제장들도 각각 부서를 맡아, 그것을 연결시키면 개미 한 마리 기어나가지 못할 정도의 에이 산 포위진이 이루어진다.

"그런데?"

"절간 승방을 모조리 재를 만들라. 인간이란 인간은 승려·남녀를 불문하고 한 놈도 살려 놓지 말라는 명령이시오. 아케치 공, 절대로 실수를 마시오."

"잠깐만."

"무엇이오?"

"그것뿐인가?"

미쓰히데는 말고삐를 잡아당기면서 전령장교를 보았다.

"그것뿐이오."

"……."

미쓰히데는 하마터면 안장에서 떨어질 뻔했다. 에이 산은 왕성(王城)을 진호(鎭護)하는 지존의 거찰(巨刹)이 아닌가. 일본에서는 천년 전부터 왕법은 천자에게, 불법은 에이 산이라고 하여 역대의 천자들이 얼마나 에이 산을 존숭하고, 동시에 두려워해 왔는지 모른다. 아득히 왕조의 세상 때, 가장 고집이 센 법황이라고까지 일컬어진 시라가와 법황(白河法皇)조차도 짐의 뜻대로 되지 않는 것은 가모 강(鴨江)의 흐름과 야마보시(山法師 : 에이산의 승려)라고 한탄했다고 한다.

'노부나가는 에이 산의 역사·전통·권위라는 것을 모르는 것이다.'

미쓰히데는 생각했다.

에이 산의 권위는 일본 정신계의 지배자라는 것뿐만 아니라 간무 천황(桓武天皇) 이래 역대 천자의 영위를 그곳에 모셔 이 세상을 떠난 영혼의 무리들이 극락에 상주하는 것을 보증하고, 또한 살아 있는 천자나 귀족의 신변에 화가 일어나지 않도록 밤낮으로 기도하고 있는 신령스러운 터전인 것이다. 그 신령스러운 터전을 불사르고 승려를 상해한다는 것은 어찌 된 일일까.

"못하시도록 간언 드려야지."

미쓰히데는 야헤이지 미쓰하루에게 이런 말을 남기고, 단기로 말 머리를 돌려 행군 방향과 역행하기 시작했다.

'있어서 될 일인가.'

안장 위의 미쓰히데는 허리가 떨릴 것 같은 마음으로 이렇게 생각했다. 미쓰히데 같은 고전적 취미의 소유자가 볼 때, 노부나가가 하는 이러한 일은 야만인의 소행으로 밖에는 여겨지지 않았다.

미쓰히데가 노부나가의 대열에 가까이 가자, 운 좋게 노부나가는 대열에서 떨어져 길가 논둑길에 털썩 주저앉아 떡을 집어먹고 있는 중이었다. 등 뒤, 좌우에 근위무장·전령·시동들이 진지한 표정으로 늘어서 있었고 시동 중의 한 사람이 붉은 빛의 자루가 긴 일산을 받쳐 들고, 노부나가의 머리 위로 내려 쏟아지는 뜨거운 햇살을 막고 있었다.

'저런——'

어안이 벙벙한 느낌으로 그 광경을 보았다. 노부나가의 좌우의 호화로움으로 볼 때는 과연 현란한 왕후(王侯)의 모습이었지만, 떡을 먹고 있는 당사자인 노부나가의 생생함은 아무래도 만인(蠻人)으로 밖에는 여겨지지 않았다.

"뭐냐?"

노부나가는 눈앞에서 무릎을 꿇은 미쓰히데를 보고 눈썹을 찡그렸다. 이 지혜 명민한 사나이는 이미 미쓰히데가 무슨 말을 하러 왔는지 깨닫고 있었다. 갑자기

"뻔한 말이라면 하지 말아" 하고 외쳤다. 미쓰히데의 전쟁과 행정 기능의 뛰어남은 누구보다도 인정하고 있는 노부나가지만, 한편 뻔한 일을 뭔 체하면서 너절하게 설복시키려는 미쓰히데의 버릇이 죽이고 싶도록 견딜 수 없었다.

"말해라."

"에이 산 엔랴꾸 사를 불살라 버리는 일에 대해서 말씀입니다."
"말하지 말아."
"아니 말씀드리지 않으면 안 됩니다. 본래 에이 산 엔랴꾸 사는 700년 전의 옛날, 덴쿄 대사(傳敎大師)가 천태(天台)에게 현밀(顯密)을 전하기 위해서 칙명으로 영접받은 산으로서, 그 이후로 조정의 존숭이 두터워……"
"주베, 너는 중이냐?"
노부나가 쪽이 어안이 벙벙한 표정으로 미쓰히데를 보았다.
"아니, 중이 아닙니다."
"아니면 악인에게 가담할 작정이냐?"
"악인이란……?"
"에이 산의 중들 말이다."

이런 말을 듣자 미쓰히데는 한 마디도 할 수 없었다. 현실의 에이 산의 승려는 창·칼을 들고 살생을 좋아하며, 생선과 고기를 먹고, 여인을 가까이하고, 학문을 닦지 않으며, 절의 본존을 받들지도 않고, 부처님 앞에 등불조차 밝히지 않는 파계 삼매의 생활을 하고 있다는 것은 교토 주변의 상식이 되어 있다. 더욱 요즘에는 산기슭의 사카모토에서 승려가 여인과 동거하거나, 공설 욕탕에 여자를 끌어넣어 속인(俗人)조차도 얼굴을 붉힐 정도의 짓궂은 장난을 하고 있다는 것도 널리 알려져 있었다.

"그러한 놈들이 국가를 진호하고 왕법을 명호(冥護)하고, 또한 천자의 육체가 무사하심을 기도해 보았자 효험이 있을 리가 없다."
"하오나."
미쓰히데는 비지땀을 흘리고 있었다.
"호시(法師)들이 아무리 음란 파계한다고 해도 산에는 3000의 부처님이 계십니다. 부처님에게는 죄가 없으실 것입니다."
"죄가 있다. 그런 무뢰한 중놈을 눈앞에 보고 있으면서 불벌을 내리지 않고 700년 동안이나 보아 왔다는 건 부처들의 태만이 아닌가! 나는 그 부처들에게 커다란 쇠몽둥이를 내려 주려는 것이다."
"하오나."
미쓰히데는 있는 교양을 짜내서 에이 산의 부처들을 위해서 다시 변명했다. 노부나가는 그러한 미쓰히데를 이상한 동물이라도 보듯 하고 있었는데 문득 빤히 들여다보며

"주베, 너는 진심으로 부처를 믿고 있느냐?"
"믿느니 믿지 않느니 하는 것보다도 남이 존중하는 것은 존중하라는 말이 있습니다."
"그대는 모르는 모양이로구나, 그것은" 하고 다시 한참 더 미쓰히데를 들여다보면서
"금속과 나무로 만든 것이야."
진지한 얼굴로 말했다.
"나무와 금속으로 만든 것이긴 하지만."
"나무는 나무, 금속은 금속이다. 나무나 금속으로 만든 것을 부처라고 세상을 속인 놈들이 우선 제1의 악인이다."
"하오나, 뭐니뭐니해도 예부터 전해 내려온 것이므로."
"주베, 실성했느냐? 그대가 사사건건 좋아하는 낡은 요괴들을 짓부수고 깔아뭉개어 새로운 세상이 오게 하는 것이야말로 이 단조추의 큰일이다. 그것을 위해서는 부처도 죽여라."
말이 짧은 노부나가로서는 평소에 없는 장광설이었다. 미쓰히데는 할 수 없어 고개를 끄덕이고서
"그러나 세상의 소문이 아주 나쁘게 돌 것입니다. 이번 일은 미쓰히데에게 맡겨 주십시오."
"어떻게 하겠느냐?"
"절간을 불태우지 않고 승려도 죽이지 않고, 그들을 에이 산에서 추방하는 것만으로 일을 처리하겠습니다."
"금귤 대가리."
노부나가는 이 차원에서 다른 회화를 되풀이하고 있는 것이 귀찮아진 것이리라. 갑자기 미쓰히데의 머리꼭지를 잡고 휘둘러댔다.
'으음'
미쓰히데는 참았다.
"너에게 알리려면, 이 길밖에는 없다."
"주군."
"백년 동안 너와 얘기해 보았자 결론은 나지 않으리라."
노부나가가 미쓰히데의 머리를 잡아 짓이기고 싶을 정도로 견딜 수 없는 것은, 평범하기 짝이 없는 차원에 사는 사람인 주제에 말을 장식하고 그럴

듯한 태도로 학식이 있다는 것을 자랑삼아 현명한 듯이 자기를 설복시키고 싶어하는 점이었다.
"멍청잇!"
노부나가는 미쓰히데의 머리를 잡은 채 힘껏 뒹굴었다. 이것이 노부나가의 '말'이었다. 노부나가는 항상 말을 쓰지 않았다. 그러나 그 경우, 노부나가의 정신은 월등하게 뛰어나 미쓰히데보다 높은 차원에 있었다. 노부나가가 만약 능변이었더라면 그가 품고 있는 이 나라의 사상사(思想史) 상의 최초의 무신론을 미쓰히데에게 죽 펴, 미쓰히데가 지니고 있는 옛 것을 답습한 교양주의를 조소하려 했으리라. 겸하여 유해무익한 중세의 도깨비 허깨비들을 퇴치하여, 노부나가가 좋아하는 이치에 맞는 세상도 미쓰히데에게 설복시켰어야 했을 것이다.
그러나——
노부나가는 논파(論破)해야 할 이 논적(論敵)을 수확이 끝난 논바닥 위에 뒹굴려 버린 데에 지나지 않았다. 미쓰히데는 아주 크게 뒹굴어서 상투까지 진흙투성이가 되었다.
에이 산의 학살은 처참하기 짝이 없었다. 오다군 5만이 산 위·산 허리·골짜기마다 날뛰면서 닥치는 대로 절간을 불사르고 도망쳐 나오는 승려들을 잡아 죽였으며 시체를 불속에 던져 넣었다. 검은 연기는 산을 덮었고, 하늘을 찔렀으며 살 타는 냄새가 백리 사방에 번졌다.
"흔적조차 없애 버려라!"
노부나가는 명령했다. 한 사람도 살려 둘 것을 용서치 않았다. 본래 비합리적인 것을 병적일 만큼 미워하는 노부나가에게 승려들은 손발이 달린 괴물로 밖에는 보이지 않았다.
"이 자들을 사람이라고 생각지 말라. 괴물이다. 신불들은 태만하여 그들을 지옥에 떨어뜨리기를 게을리했다. 신불과 중, 모두 죽여라. 노부나가가 대신 지옥이 어떤 것인가를 보여 주겠다."
노부나가의 명령은 늘 구체적이어서 학살이 진행되는 동안
"산마다 동굴이 있으리라. 하나하나 남김없이 찾아라" 하고 말했다. 아니나 다를까, 동굴 안으로 도망쳐 들어간 자도 많았다. 그들은 한 사람 남김없이 잡혀나와 목이 잘렸다.
미쓰히데도 그것을 지휘하기 위해서 연기 속을 헤매 다녔다. 근본이 되는

중당(中堂)을 비롯하여 400 몇 개의 건물이 타오르는 이 기묘한 싸움터에서는 여기저기서 솟아오르는 맹렬한 연기 때문에 때로는 숨쉬기조차 곤란했다.
 싸움터라고 하니 말이지만, 분명히 이 학살은 노부나가에겐 싸움이었으리라. 노부나가는 그 지나치게 과단스러운 성격으로 지금 역사에 싸움을 걸어 그 과거를 소탕해버리려 하고 있었다.
 미쓰히데는 그 이유를 알 수가 없었다. 단지 노부나가의 충실한 군사 관로서 다른 여러 무장들과 함께 이 학살의 업무를 수행하고 있었다.
 "여자들은 어찌 할까요?"
 노부나가에게 물어보러 오는 부장이 있었다.
 "죽여라."
 여자는 이 성역에 있어서는 안 될 터인데도 현실적으론 일일이 헤아릴 수 없을 만큼 나타났다. 그녀들은 모조리 목을 잘렸다. 미쓰히데는 눈을 가리지 않을 수가 없었다. 그리고 미쓰히데에게 더욱 애석한 생각을 품게 한 것은 이 에이 산에서 지자(智者)·상인(上人)이라고 불린 고승들이었다. 그 중에는 미쓰히데가 이름이나 얼굴을 알고 있는 명승도 있어서 그들이 소위 악승의 종류가 아니라는 것을 미쓰히데는 누구보다도 잘 알고 있었다.
 그러한 가운데 미쓰히데가 현장을 걷고 있노라니, 병졸에게 이끌려 꿇어 앉혀진 한 노승이 미쓰히데를 보고 비명을 지르며 구명(救命)을 하소했다.
 "단쿠(湛空)요. 전에 뵌 일이 있는 단쿠" 하며 승은 절규했다. 알고 있을 정도가 아니라 단쿠 상인이라면 천자의 사부로서, 미쓰히데도 궁신(宮臣) 저택에서 만나 그의 학풍을 경모하고 있었다.
 미쓰히데는 외면하고 못들은 척, 급히 지나쳤다. 부탁을 받아도 미쓰히데의 힘으로는 어찌 해볼 도리가 없었다. 그러나 미쓰히데는 여남은 발자국 가서 뒤돌아 보았다. 그러나 그때에는 지금까지 외쳐대고 있던 단쿠의 목이 땅의 이끼 속에서 뒹굴고 있었다.
 '노부나가는 마신인가——' 하고, 이 순간처럼 미쓰히데가 노부나가를 증오한 일은 없다. 그 노부나가는 본진에 계속 앉아, 이 대규모적인 학살 업무가 빈틈없이 행하여지도록 주도한 지시를 계속하고 있었다. 때로는 현장에서 장령 격의 사나이가 달려와
 "모(某)는 당대 으뜸의 학승이므로 살려주시기를 탄원합니다" 하고 부탁을 해도, 노부나가는 안색조차 바꾸지 않고

"옥(玉)·석(石), 함께 으깬다"고 명령했다. 오히려 노부나가가 볼 때에는, 이 악덕의 부(府)를 조장한 것은 그러한 도심(道心)이 굳은 명승·고승들이었다. 그들의 명성이 부패자들의 나쁜 소문을 방위해 왔다고도 할 수 있는 것이다.

드디어 이 1571년 9월 12일의 단 하루 동안에 에이 산은 단 하나의 당(堂)도 남김없이 불태워졌고, 승속(僧俗) 남녀 3000명이 모조리 학살당했다.

"마침 이 날은 성(聖) 미카엘의 축일(祝日)이었다"고 이 불교 승려의 학살을 기뻐한 체일 중의 남만(南蠻) 신부가 생기 넘치는 문장으로 본국에 보고했지만, 물론 노부나가로선 알 수 없는 일이었다. 이 학살 직후 미쓰히데는 노부나가로부터 뜻밖의 봉토를 받았다.

"사카모토 성주가 되어라" 한 것이다. 사카모토는 에이 산의 오미 측 산기슭에 있어, 엔랴꾸가 지상에 있던 며칠 전까지는 수백 년 이래, 에이 산의 말하자면 종문 행정부(宗門行政府)로서 번영해 온 도시였다. 노부나가는 미쓰히데로 하여금 이 사카모토에 성을 쌓게 하고 구(舊) 에이 산 영토를 관리하는 한편, 남 오미와 교토의 수비장으로 삼으려고 했다.

그러기 위해서는 영지도 필요하다. 노부나가는 미쓰히데에게 남 오미의 시가 군(滋賀郡)을 주었다. 석(石)으로 따진다면 필경 10만 석 이상이리라. 이례적인 발탁이라고 해도 좋았다. 이 무렵엔, 노부나가가 가장 총애하던 기노시타 도기치로 히데요시조차도 자기가 통치할 수 있는 영토를 받지 못했다. 하긴 도기치로도 북 오미의 요코야마 성주이긴 했지만 그곳은 야전용의 요새로서, 아사이에 대한 야전사령관으로 성에 머물고 있는데 지나지 않던 것이다.

'대체 어찌 된 일인가?'

미쓰히데 자신이, 오다 가의 고참 중신들보다도 우대받는 자기의 입장에 어찌해야 좋을지를 몰랐다.

'그런 점이 노부나가의 노부나가다운 점일지도 모른다'

고 미쓰히데는 생각했다. 노부나가는 틀림없이 자기를 싫어하면서도, 그러나 아케치 주베 미쓰히데라는 한 인간의 재능에 대한 평가에서는 오히려 냉혹하다고 해도 좋을 정도의 태도로 재고 있었다.

금모래밭 소나무

미쓰히데는 축성가(築城家)이기도 했다.

이 사나이는 한 개의 두뇌 속에 거의 기적적이라고 할 수 있을 정도로 여러 종류의 재능을 집어넣고 있는 사나이인데, 그 중에서도 성곽 설계의 재능은 보통이 아니었다.

노부나가는 부하의 재능을 발견하는 데 뛰어났다. 단순한 발견자일 뿐만 아니라 일단 발견하면 굶주린 이리가 고기를 뜯듯, 엄청난 욕심으로 부하의 재능을 남김없이 사용하는 달인이었다. 그는 아케치 미쓰히데의 여러 종류의 재능 가운데서 전술 능력이나 총포를 사용한 새로운 전술, 그리고 행정의 재능이나 귀족 사회와의 접촉의 교묘함 등을 지금까지 사용해 왔는데, 미쓰히데의 축성의 재능을 부려먹은 일은 한번도 없었다.

"에이 산 동쪽 기슭 사카모토에 성을 쌓아라. 쌓으면 그 사카모토 성의 성주를 시켜 주겠다" 하고 명령한 것은 미쓰히데의 그 방면의 재능을 평가했기 때문이었다. 그렇지 않으면 신참자인 미쓰히데를, 다른 노신들을 두고서 일약 성주로 삼거나 하지는 않았으리라.

이 새 성은 워낙 조그만 성이라고는 하나 오다가가 처음으로 쌓는 성다운 성이었다. 노부나가가는 지금까지 기존의 성은 빼앗아왔지만, 새로 본격적인 성을 쌓은 일은 없었던 것이다. 그런 만큼 노부나가는 신중하여

"할 수 있겠느냐?" 하고 미쓰히데에게 다짐을 두었다.

"할 수 있습니다."

미쓰히데는 간결하게 대답했다. 미쓰히데는 축성을 서둘렀다. 서두르지 않으면 안 되는 것은 주인인 노부나가가 항상 속도를 사랑하는 사나이였기 때문이다.

에이 산 동쪽 기슭, 즉 오미 측의 산 밑이 비와 호수로 빠져드는 곳에 사카모토가 있다.

'수성(水城)을 짓고 싶다.'

미쓰히데는 이 성의 주제를 생각했다. 비와 호수 면에 돌 축대가 삐져 나가게 하여, 물로써 성의 세 방면을 방어할 수 있도록 함과 동시, 성 안에서 배를 출입시킬 수 있게 하여 비와 호수의 제해권(制海權)을 쥐려고 했다. 중세 이래 비와 호수는 호적(湖賊)의 소굴로써 그들의 노략질에는 노부나가도 애를 먹어왔던 것이다.

주제가 결정되자 설계는 거의 하룻밤 만에 완성되어, 인부들을 모아 공사에 착수하게 했다. 장소는 현재의 지리로 말한다면 시모시카모토(下坂本)의 솔에 해당된다. 규모는 작았다. 워낙 이 성은 미쓰히데의 생각에 따라서 성주의 거주성(居住性)을 그다지 고려하지 않고, 순전한 공방의 요새로 만들고 싶었기 때문이었다. 다행히 미쓰히데는 건축 재료를 거짓말처럼 간단히 손에 넣을 수가 있었다. 왜냐하면 이 사카모토의 땅에 에이 산 관계의 옛 절간들이 충분히 있었기 때문이다.

사토보(里坊)라고 불리는 집들이다.

왕조 이래로 승려들은 본래 산 위 엔랴꾸 사에 전원이 살아야만 할 터인데도, 산 위론 이상하게 습기가 많아 결핵에 걸리는 자가 많았기 때문에 대부분의 승려들이 산에서의 수도가 끝나면 이 사카모토의 '사토보'에서 사는 습관을 가지고 있었다. 그 사토보가 충분히 있었다. 더구나 노부나가가 에이 산 화공으로 승려들은 살해당하든가 도망치든가 하여 모든 사토보가 텅 비어 있었다.

"그 재료를 사용해라" 하고 미쓰히데는 공사 감독들에게 명령했다. 대들보·기둥·미닫이 문, 그리고 기와 등은 그냥 소용이 되었다.

공사 중 미쓰히데는 아내인 오마키와 아이들을 기후로부터 불러 사카모토에 살게 했다.

"오래된 부인의 어디가 좋은가?" 하고 오다가에서는 흉을 보는 자도 있었으나, 이 극단적인 애처가는 오마키가 옮겨오자 안색까지 달라보일 만큼 원기왕성해졌다.

오마키는 텅 빈 사토보의 한 채를 임시 거처로 삼고 있었는데, 그처럼 상쾌한 저택에 오마키는 살아 본 적이 없었다.

정원이다. 정원이라고 해도 선림(禪林)식의 담담한 조형이 아니라, 이 에이 산의 승려들이 만든 숲·샘 등은 어딘가 여체를 연상시키는 요염한 아름다움이 꽉 차 있었으며, 왕조 이래 그들 종교 귀족의 심정이 어떠한 것이었던가를 상상할 수 있었다.

"마치 영주의 저택 같아요" 하고 오마키는 소리를 질렀다. 이 말에는 미쓰히데도 실소하지 않을 수 없었다. 이미 미쓰히데는 성과 영지를 가진 영주인 것이다.

"나는 이미 영주가 아닌가?"

오마키는 이상야릇한 표정을 지었다.

"설마?"

"왜?"

"그렇지 않으신 것 같아요."

오마키가 한 말의 의미가 정확할지도 모른다. 본래 영주라면 가이의 다케다가·히타치(常陸)의 사타케가·사쓰마(薩摩)의 시마즈(島津)가 등등, 가마쿠라·무로마치 체제 이래의 수호직 영주를 가리키는 것이 언어의 정확한 의미이리라. 그에 따라, 그러한 수호직 영주가 망하고 신흥 영주들이 뻗어 나와도 세상에서는 편의상 그들을 영주라고 부르고 있다. 간토의 호조가·미카와의 도쿠가와가·야마토의 쓰쓰이가·도사(土佐)의 조소가베(長曾我部)가 등이 그렇고, 오다가는 그 중에서도 최대의 것이다. 오마키의 논리는 노부나가가 영주인 이상, 그 부하인 미쓰히데가 영주일 리가 없다는 것이었다.

"단조추 님이 위에 계시는 한, 당신은 영주가 아니지 않아요?"

오마키는 무심코 말했으나 미쓰히데는 그 말에서 이상한 울림을 느꼈다. 노부나가가 위에 있는 한——이라는 표현은 그것을 듣는 자에 따라서는 중대한 의미로 받아들일지도 모르는 일이었다.

"오마키, 그러한 말을 함부로 남 앞에서 하지 말아. 어떤 뜬소문을 퍼뜨릴지 모르는 거니까."

미쓰히데는 소문에 대해서는 극도로 소심한 사나이였다. 아니 그보다 노부나가의 지나치게 예민한 신경을, 미쓰히데라는 사나이는 너무 예민하게 받아들이는 성질이었다.

"말하지 않겠어요."

오마키는 남편의 지나치게 소심한 성격을 약간 조롱하는 듯한 미소를 띠고 말했다.

"본래 나는 남 앞에서는 말이 없는 편이니까요."

"저 말이지."

미쓰히데는 기분을 바꾸고 말했다.

"단조추 님은 쇼군님이 아버님이라고 부르고 계시고, 천하의 사람들도 보통 영주가 아니라 부장군·준쇼군(準將軍)으로 보고 있어. 그러므로 그분의 부하인 우리들도 준영주(準領主) 정도라는 말은 할 수 있을지도 몰라."

미쓰히데가 묘하게 영주라는 말을 고집하고 있는 것은, 물론 진심으로 그러는 것은 아니었다. 오랜 유랑과 궁핍 끝에 얻은 오늘날의 지위를 최소한 영주라는 화려한 말로 장식하여 오마키와 함께 서로 기뻐하고 싶었던 것이었다.

미쓰히데는 이 축성 중에도 노부나가의 동원령에 의해서 온갖 싸움터에 종군하지 않으면 안 되었고, 또 교토의 시정을 보거나 쇼군 요시아키에게도 사후하지 않으면 안 되었기 때문에 사카모토에 있을 때가 아주 드물었다.

어떤 시기, 셋쓰의 싸움터에서 돌아와 분주한 공사 현장에 나가 진척 상태를 돌아보았을 때, 문득

"가라자키(唐崎)에 소나무가 있었을 터인데."

했다.

성 밖에 가라자키라는 곳이 있다. 그 호반에 '가라자키의 외소나무'라는, 한 그루로 놀라운 풍경을 이루고 있는 유명한 소나무가 있었다는 것을 생각해 낸 것이었다.

"글쎄요. 전혀 모르겠습니다만" 하고 공사장에서 일하고 있는 그 고장의 젊은이가 말했다. 어느 젊은이도 그것을 알지 못했다.

"그게 있어야 해."

고금집(古今集)이나 신고금집(新古今集) 등에서 읊어지고 있는 시적인 명승지다.

　　가라자키 아련한 금모래밭에
　　희뿌옇게 솟아 있는 한 그루 소나무

라는 고가(古歌)도 있다.

미쓰히데가 마을 노인들을 불러 확인하니 과연 분명히 있기는 있었는데 노인들이 태어나기 전에 이미 시들어버려 벌써 전설이 됐다는 것이었다. 아마 수령(樹齡) 천년은 되는 노송으로 번성할 때에는 창룡 같은 가지가 흰 모래밭을 꿈틀거리듯 기어 수백 개의 가지가 푸르게 땅을 덮었고, 하늘로 뻗쳐올라 그 성관(盛觀)을 멀리 호수에서 보면 마치 언덕 같았다 한다.

'심어야 한다.'

이 복고(復古) 취미가 풍부한 사나이는 그 소나무를 계식(繼植)하는 데에

불타오르는 정열을 느꼈다. 그러나 심는다고 하더라도 왕년의 그러한 소나무가 어디에 있을 것인가.

미쓰히데는 이런 점에선 기인(奇人)이라고 해도 좋았다. 그런 소나무를 찾기 위해, 그처럼 다망한 속에서도 사람을 시켜 호반이나 숲 속을 찾아 헤매게 했다. 멀리 히라 산(比良山) 산마루에 올라가게 했고, 또 적지인 북 오미의 호반에까지도 보냈다. 드디어 그들은 북쪽 요고(余吳) 호수 가까이에서 모양이 좋은 소나무를 발견하여, 근처의 농부로 변장하여 뿌리를 캐기 시작한데까지는 좋았으나, 작업 중 오타니 성의 아사이군에게 발견되어 습격을 당해 버렸다.

소나무를 캐던 무리들은 괭이를 버리고 배에 올라 호수로 도망쳤지만, 세 사람이 총탄을 맞아 부상을 당했다. 그러나 미쓰히데는 단념하지 않고 부근의 요코야마 성의 진지 사령관인 기노시타 도기치로에게 사자를 보내, 소나무 캐는 작업을 엄호해 달라고 청했다. 현장에 군사를 파견해 달라는 것이었다.

"뭐라고?"

도기치로는 사정을 듣고서 어이가 없었다. 지금 오다군은 서쪽에서 봉기한 적 때문에 각지에서 악전고투를 하고 있는 판인데, 소나무를 캐기 위해서 군사를 내달라니! 대체 어떻게 생겨 먹은 신경일까. 그러나 도기치로는 본래 경쾌한 사나이다. 동료의 부탁은 언제나 선뜻 받아준 사나이였고, 그 위에 익살기도 있었다.

"백 명 가량 내 주겠소"라고 약속하고 날짜를 정했다.

당일, 도기치로의 군사가 호반으로 나갔고, 아득히 호수 남쪽 미쓰히데 쪽에서는 배로 인부가 급행하여 와서 소나무를 캐기 시작했다.

겨우 다 캐내서 뿌리를 감싼 뒤 배에 실으려고 했다. 그 배도 대단한 것이어서 노가 두 개 있는 배를 다섯 척 옆으로 이은 배로 만든 뗏목이었는데, 그 위에 소나무를 눕혔다. 겨우 다 싣고 나서 기슭을 떠났을 때,

쾅,

하고 천지가 튀는 듯한 굉음이 들리고 아사이의 부대가 총격을 가해 왔다. 아사이 쪽은 이 호반에 성채라도 쌓는가 하여 군사를 낸 것이리라. 도기치로의 부대는 그들과 응전하여, 해가 지기 전에 겨우 격토한 뒤 요코야마 성으로 철수했는데, 이 어처구니없는 전투로 인해 몇 명의 손해를 보았다. 이 일

이 기후의 노부나가 귀에 안 들어갈 리가 없었다. 전선에서의 가장 유능한 두 사령관이 소나무 한 그루를 적지로부터 훔쳐내는 경기에 놀아나고 있는 것처럼 여겨졌다.

"못난 놈들!" 하고 외치고, 그 꾸짖음을 전하기 위해서 각자의 진에 사자를 급파했다. 그런데 그 정도로 밖에 노부나가가 화를 내지 않은 것은, 이 사나이가 기인(奇人)을 좋아한 탓이리라.

'미쓰히데란 묘한 사나이다' 하고 한편으로는 이상스럽게 감탄한 것이었다.

사자가 이윽고 기후로 돌아왔다. 도기치로에게 갔던 사자는

"기노시타 공은 대단히 송구해 하며, 이건 할복해야만 한다고 펄쩍 뛰며 시뻘건 얼굴로 이 기후 방면을 향해서 무수히 고개를 숙이셨습니다" 하고 보고했기 때문에 노부나가는 와앗 하고 입을 크게 벌리고 웃고 나서 마치 원숭이 놈의 동작이 보이는 것 같다고 말했다. 그 사자와 함께 도기치로가 보낸 사자도 동행해 와서 오미에서 캔 산채·물고기·조개 등을 노부나가에게 진상했다. 그러나 미쓰히데에게로 보낸 사자는 몹시 이론적인 말을 보고했다.

"아케치 공의 말씀이십니다" 하고 가라자키의 소나무가 얼마나 고가(古歌) 속에서 유명한가를 말하고, 그것을 부활시켜 천하에 소문을 쫙 퍼뜨리는 것이야말로 주군의 위광·인자를 세상에 알리는 양책이라고 생각합니다, 라고 했다는 것이었다. 그 말에 노부나가는 격노하여

"나를 가르칠 작정이냐"고 외쳤다. 모처럼 미쓰히데의 독기가 없는 정열을 애교로 느끼고 있던 노부나가도, 그 기행의 변명이 이렇게나 이론적이고 받아들이기에 따라서는 이토록 밉살머리스러워서는 미쓰히데를 사랑할 여지가 없었다.

——귀염성이 없다

는 것이 노부나가의 진심이었으리라. 좀 더 정확히 말한다면

'그렇게 밉살머리스러워서는, 그 사나이에게서 기량·재능만을 뽑아내 우려먹을 도리밖에는 없다'는 실감이었다. 물론 미쓰히데에게서는 그의 귀염성을 나타내 보이는 것 같은 진물은 민물조개 한 상자도 오지 않았다.

당자인 미쓰히데는 자기의 언동이 그러한 형태로 노부나가에게 반사되었

으리라고는 손톱 끝만큼도 생각지 못했다. 호수의 적지로부터 운반되어온 소나무가 가라자키의 호반에 닿자, 미쓰히데는 일부러 모래톱까지 말을 몰고 나가서 맞이했다.

인부가 이윽고 백 명 가량이나 몰려와 배의 뗏목을 기슭으로 끌어당기고, 곧 소나무 아래에 수십 개의 통나무를 집어넣거나 지렛대·활차를 사용하여 모래 위로 이동시켰다. 작업은 뜻밖에 어려워 성을 쌓는 일보다도 큰일이 되었다. 미쓰히데는 몸소 현장을 지휘하여 사흘 낮 사흘 밤을 들여 겨우 나흘째 되는 날 아침, 호반에 그것을 심었다.

호수 위로 해가 떠올라 소나무의 푸른빛이 새벽빛 속에서 푸르싱싱하게 숨쉬기 시작했을 때, 미쓰히데는 그 아름다움과 자기가 이룩한 일에 대한 감동 때문에 말을 잃어버리고 말았다. 이 사나이의 이런 종류의 정열은 예를 들면, 전에 쇼군 요시아키를 나라 이치조 원의 승방에서 훔쳐내 그를 등에 업듯이 제국을 유랑하여, 드디어 노부나가에게 의지해 교토의 무로마치 저택에 옮겨 심어 아시카가를 부활시킨 당시의 정열과 아주 똑같은 것이었다.

소나무는 좀 작았다. 그러나 세월이 흘러 미쓰히데의 수명도 과거의 것이 될 무렵에는, 이 소나무도 전설의 가라자키 소나무와 똑같은 규모로 성장하여 호반의 큰 경관(景觀)이 돼 주리라.

미쓰히데는 마치 어린아이가 된 것처럼 말을 빙글빙글 몰며 소나무의 모습을 즐겼고, 끝내는 모래 위를 달리게 하여, 말을 물 속으로 몰아 한참 동안 호수에서 헤엄치게 하면서 호면에서 보는 소나무의 경관을 맛보고, 또한 전경(前景)으로 소나무를 품고 있는 사카모토 성의 위관도 바라다보며 즐겼다.

이윽고 즉흥적인 시를 읊었다.

    내가 아니면
    그 누가 심으랴, 외소나무
    조심하여 불어라
    시가(滋賀)의 호수 바람

내가 아니면 누가 심겠느냐 외소나무여, 하고 읊기 시작한 미쓰히데의 마음속 애티나는 기세를 인정해 줘야 하리라. 그러나 미쓰히데에게는 더 이상 그 소나무를 즐기고 있을 여유가 없었다. 다음 해 1572년, 풍운은 점점 더 크게 움직여 고슈의 다케다 신겐의 서상(西上)이 확실해져 왔다. 그에 따라서 오미의 아사이군의 움직임이 활발해졌고, 또한 아사이에 대한 조세(助勢)를 위해 에치젠으로부터 아사쿠라의 대군이 남하하여 호수 북쪽 산악지대에 요새를 쌓았다.

노부나가는 즉시 대군을 이끌고 해마다 거듭하여 몇 번쨴가로 오미 침공을 해, 아사이·아사쿠라군과 대치하는 동안 동쪽의 다케다 신겐이 드디어 도카이 가도(東海街道)로 나왔다.

노부나가는 놀라, 곧 군을 수습하여 기후로 돌아왔다.

12월, 도카이 도로 나온 다케다 신겐은 정면의 적인 도쿠가와 군을 연파(連破)하고 드디어 엔슈(遠州) 미카타가하라(三方ケ原)에서 이에야스와 결전을 벌여 커다란 고래가 조그만 고기에게 일격을 가하는 것과 같은 기세로 그를 격파했다. 그러나 노부나가는 기후에서 움직이지 않았다.

사면에 적을 마주하고 있으므로 움직일 수가 없었다.

신겐(信玄)

'천하의 사인(士人)·서민들이 모조리 전율하고 있다'고, 미쓰히데는 비와 호반의 사카모토 성을 축성하면서 그 일을 계속 생각하고 있었다. 내일 누가 천하의 지배자가 될지 모른다. 어떤 자가 되는가에 따라서 교토의 귀족을 비롯한 제국의 영주·호족·무사·졸병, 나아가서는 승려나 신관(神官)에 이르기까지의 개개의 운명이 일변하는 것이다.

"노부나가에게는 그런 행운을 주지 않겠다"는 입장의 자들이 인원수로 말하면 압도적으로 많다. 그들은 그것을 위해서 있는 지략을 다하여 모략하고, 사력을 다하여 항전하고 있다. 노부나가가 만일 세상의 지배자가 되면 그들은 멸망해 버릴 도리밖에는 없다. 그 반 오다 동맹 가운데서 노부나가와 직접 전투를 한 자는

셋쓰 이시야마의 혼간 사와 그 전국의 신도들.

에치젠의 아사쿠라 요시카게.

오미 북부의 아사이 나가마사.

미노에서 영지를 잃고 떠돌이가 된 사이토 요시오키와 그의 도당.

오미 남부에서 노부나가 때문에 멸망당한 록카쿠(사사키) 조테이와 그의

도당.

　미요시 당.
등이었다.

　나아가 그들을 외원자(外援者)로서 지원하고 있는 것이, 동쪽으로는 가이의 다케다 신겐이며 서쪽으로는 세토나이 연안의 제해권을 쥐고 있는 주고쿠의 모리다. 더구나 그들의 배후에서 비밀의 모주(謀主)가 되어 있는 것은 노부나가에 의해 쇼군이 된 교토의 아시카가 쇼군 요시아키였다. 이 무리들이 승리에 대한 희망으로서 거의 한가지로 기대를 건 것은 가이의 다케다 신겐이었다.

　다케다 신겐과 그가 정련(精鍊)에 정련을 거듭한 고슈 군단의 강함은 겨우 에치고의 우에스기 겐신을 제외하고서는 일본 사상 최강이라는 것은, 교토의 골목길에서 노는 세 살짜리 아이조차도 알고 있었다.

　"신겐이 일어선다면……" 하는 것이, 이미 반 오다 동맹의 패들에게는 비명을 지르고 싶을 만큼의 희망이며 기대였다. 신겐의 무력은 그만큼 강렬했으며, 또한 반 오다 동맹자들에게 가장 매력이 있는 것은 다케다 신겐이라는 인물의 사상이 전 세기에 태어나도 조금도 부자유를 느끼지 않을 만큼 낡다는 점이었다. 예를 들면 신겐은 에이 산이라는 고전적인 권위를 존중하고 존경하는 나머지, 돈을 내서 곤다이 승정(權大僧正)이라는 승위를 사서 몸소 붉은 옷을 입고 좋아할 정도였다. 뿐만 아니라 에이 산이 노부나가에 의해서 불살라졌을 때, 신겐에게로 하소연하러 온 승려에게

　"그러면 에이 산을 가이로 옮겨라"고 무시무시할 정도로 편을 들어주었다. 에이 산의 승도 이 권유에는 정말로 난처해져서 거절을 했다고 한다.

　신겐의 두뇌는 군대 지도와 경제 행정에 걸쳐서는 한 점의 비합리도 인정할 수 없을 만큼 과학적 감각으로 충만된 것이었지만, 사회적 사상에 이르러서는 겐페이(源平 : 源氏·平氏의 시대) 이래로 가장 오래된 집안의 당주답게 아주 보수적이었다. 그 보수성이 지지자들을 기쁘게 했다. 반 오다 동맹의 면면들은 우선 전 시대의 망령 같은 무로마치 쇼군이며, 에이 산 혼간 사이며, 더구나 무장들도 낡은 무로마치 체제 하의 구가(舊家)를 자랑으로 삼는 자들이 많았다.

　'다케다 신겐이라면, 옛 권위와 계급을 그대로 보존시켜 주고 신불(神佛)을 숭앙하리라'는 기대가 그야말로 컸다.

신겐이 천하의 보수세력들로부터 그토록이나 기대를 받으면서 일어설 듯 일어설 듯 기척만 보일 뿐 쉽사리 일어서지 않은 것은, 등 뒤에 간토 팔주(八州)의 왕자라고도 할 수 있는 오다와라(小田原)의 호조가 있었기 때문이다. 당주 호조 우지야스(北條氏康)는 가조인 소운(早雲)을 뛰어넘는다고 일컬어질 정도의 인물로서, 에치고의 우에스기 겐신과 가이의 다케다 신겐이 몇 번인가 침략을 거듭했으나, 우지야스는 그때마다 전략과 전투로써 그들의 야망을 꺾어 왔다. 그 우지야스가 오다 노부나가의 에이 산 방화 다음 날에 병사했다.

아들인 우지마사(氏政)는 범용했다. 다케다 신겐은 곧 그가 가장 득의로 삼는 외교책을 써서, 이 우지마사를 보기 좋게 농락하여 동맹을 맺고, 그럼으로써 간토의 숙명적인 위협을 대번에 없애 버렸다.

신겐은 안도했다.

서상(西上)!

이것이 신겐에게 가능해졌다. 여전히 북쪽 에치고에는 우에스기 겐신이 있었지만, 그에게는 불행한 사태가 있었다. 북쪽 대륙 일대에 혼간 사 폭동이 창궐하여 그 때문에 도저히 신겐의 영토를 침입할 여유가 없었다.

신겐은 움직였다. 당연히 정면의 적은 도토미(遠江)와 미카와를 판도로 가진 이에야스였다. 이에야스는 이 무렵, 그의 오랜 동안의 근거지였던 오카자키 성(岡崎城)에서 나와 신겐과 보다 가까운 엔슈 하마마쓰 성(濱松城)으로 들어가 그곳을 책원지(策源地)로 삼았다.

"하마마쓰는 적과 너무 가깝소. 본래의 오카자키 성으로 본영을 후퇴시키시오" 하고 기후의 노부나가가 일부러 사자를 보내 충고했지만, 이에야스는

"감사합니다. 그러나 생각이 있사오니" 하고 그 충고를 받아들이지 않았다. 노부나가의 충고는 전술적으로 온당했지만 그러나 이에야스의 환경 상태는 그것을 허락지 않았던 것이다.

같은 도쿠가와 세(德川勢)라고 하더라도 역대로 모셔온 자들과 구니슈(國衆 : 土着豪族)라고 불리는 외문(外門)이 있다. 그 엔슈와 미카와의 구니슈들이——이미 이에야스의 멸망은 머지않았다고 보고 신겐에게로 귀순하기 시작한 것이었다.

그런 형세 아래서 이에야스가 본성 후퇴의 연약책(軟弱策)을 취한다면 동요는 더욱 커져, 발치게가 무너져 버리게 되리라. 이에야스로서는 아무리 패

배가 눈앞에 닥쳤다고 하더라도 하마마쓰 성두에서 펄럭이고 있는 접시꽃 무늬의 백기를 후퇴시킬 수는 없었다.

1572년 10월, 신겐은 고후를 출발했다. 그가 동원한 군세는 2만 7천 명이었다. 엔슈에 있는 도쿠가와 쪽이 성을 차례차례로 함락시켜 한 성이 함락될 때마다 그 소문이 천하에 퍼지면서 그것이 노부나가의 성망에 영향을 미쳤으나, 특히 교토의 세론은 노부나가에 대해서 차차로 냉담해져 갔다.

그 동안 미쓰히데가 수비를 담당하고 있는 남 오미 지방(북 오미는 기노시타 도기치로)에서는 혼간 사 문도나 록카쿠 씨의 잔당들이 세력을 얻어, 이곳저곳에서 폭동을 일으켜 마을을 불사르고 들판을 휩쓰는 등 감당해 볼 도리가 없는 소동이 벌어졌다. 미쓰히데는 그 동안 이 토벌을 위해서 밤낮으로 뛰어다녔다.

기후에 있는 노부나가는 이때

'이에야스는 이길 수 없으리라'고 보았다. 물론 노부나가 자신이 그 주력을 다 동원하여 도카이로 진출하여 신겐과 결전을 벌여 보았자 승리는 믿을 수 없었다. 하물며 노부나가의 상황은 휘하의 군대가 셋쓰·야마시로·오미·이세의 각 전선에 산재하여 있고, 더구나 그러한 각 전선은 어느 하나도 철병시킬 여유가 없었기 때문에 동쪽에서 신겐과 결전을 벌인다는 것은 공상조차 할 수가 없었다.

'이에야스는 죽게 버려두는 거다'라고 노부나가는 계산하고 거의 쇠로 이루어진 것과 같은 마음으로 그런 생각을 했다.

이에야스는 노부나가의 가장 오래된, 더구나 단 하나의 동맹자다. 노부나가에게는 지금까지 털끝만한 의심도 보이지 않고 의리를 다해 싸워왔다.

더구나 이번의 대(對) 신겐 전도 그랬다. 이에야스가 그럴 마음만 있다면 신겐에게 귀순하여 다케다군의 선봉이 되어 노부나가를 공격할 수조차 있는 것이었다. 그가 다케다군의 선봉이 되면, 다케다군은 끝내 교토로 올라가 신겐은 천하를 통일할 수가 있었으리라.

그러나 올해 서른 살이 되는 양 볼이 불룩한 장자풍의 얼굴을 가진 사나이는, 전국기를 통해서 희귀하다고 해도 좋을 정도의 의리를 발휘했다. 노부나가와의 동맹을 지켜 신겐과 싸워 자멸할 각오를 했다. 거의 믿을 수 없을 정도로 이상한 성실함이었다. 이 의리로 뭉쳐진 젊은이가 만년에 마치 사람이 달라진 듯 전혀 반대의 평가를 받기에 이르지만 그래도 도요토미가(豊臣家)

의 제후들이 히데요시가 죽은 뒤
　——도쿠가와 공은 의리가 있다. 약속을 어기신 일이 없다. 우리들이 도쿠가와 공에게 가담하면 그 공에 보답해 주시리라.
고 믿고, 이 사나이를 받들어 세키가와라에서 도요토미 정부군을 격파하고, 끝내는 천하의 주인으로 밀어올려 버렸다. 이에야스의 그런 개성을 천하에 인식시킨 것은, 이 시기의 그런 행동이라고 해도 좋으리라.
　노부나가는 다른 입장을 취했다.
　오다 쪽의 원군 3000명을 보낼 때, 그 지휘관인 히라테 노리히데(平手汎秀)·사쿠마 노부모리(佐久間信盛)·다키가와 가즈마스(瀧川一益)를 은밀히 불러
　"수세(守勢), 수세를 취해라. 자진해서 손을 쓰지 말라."
했다. 노부나가로 볼 때에는 자진하여 싸움을 걸어 보았자 패할 것이 뻔한 이상 장병의 손해만이 헛되었다. 3000명의 원병 파견은 이에야스에 대해 의리를 세운 데 지나지 않았다.
　노부나가에게는 다른 구상이 있었다. 겐신이 내습한다는 소식을 듣고 노부나가는 갑자기 에치고의 우에스기 겐신과 동맹을 맺었는데, 겐신을 이용하여 이에야스가 패망한 뒤 어떤 형태의 결전을 벌이든가, 아니면 외교의 교묘한 재주를 다하여 신겐과의 사이에 부전(不戰) 상태를 성립시키든가(이제 와서는 마술이라고 해도 좋을 만큼 불가능한 일이지만) 그 두 가지의 주제를 열심히 생각하고 있었다. 그러나 묘안은 떠오르지 않았다.
　그런 단계에서 다케다 신겐은 이에야스의 판도 안으로 유유히 진입하여, 이에야스의 가장 중요한 성의 하나인 후타마타 성(二股城)을 함락시키고, 다시 이에야스의 본관(本貫) 땅인 미카와로 들어오려고 했다.
　'신겐의 안중에 이미 이에야스는 없다'
는 행동을 신겐은 취했다. 그 증거로, 신겐은 이에야스의 거성인 하마마쓰 성을 묵살하고 군세도 보내지 않았으며, 하마마쓰로부터 20킬로 북쪽에 있는 도로를 이용하여 그저 오로지 서쪽으로 행군하려 하고 있었다. 신겐의 목표는 교토였으며, 그 도중에 있는 이에야스와 전투를 한다는 것은 신겐에게는 시간의 낭비일 뿐이었다.
　'무시당했다——'
　이에야스는 복잡한 기분을 맛보았으리라. 그러나 침묵만 지킨다면 그 무

서운 고슈의 거수군(巨獸郡)은 차차 서쪽으로 사라져 갈 뿐인 것이다.
"어찌해야 할까?"
이에야스는 하마마쓰 성에서 군의를 열었다. 그 자리에 노부나가가 파견한 세 무장도 끼어 있었다. 그 세 사람을 비롯하여 이에야스가 직접 키운 여러 무장까지도 모두 '부전(不戰)'을 주장했다.
이 하마마쓰 성에서 숨을 죽이고 있는 한, 길을 재촉하는 거수군은 묵살해 주는 것이다. 싸워서 백에 하나라도 승산이 있다면 도전할 수도 있으리라. 그러나 그것이 거의 몽상이나 다름없는 한, 지금은 숨을 죽이고 있을 도리밖에는 없는 것이었다.
그런데 의외의 일이 일어났다. 군의 석상에서 단 한 사나이가 미친 듯이 도전안을 주장하기 시작한 것이었다.
이에야스였다.
도쿠가와가의 여러 무장도 오다가의 장교도 아연해졌다. 본래 생각이 깊고 만사에 지나칠 정도로 정신을 쏟는 성격인 이에야스에게는 있을 수 없는 일이었다.
'정신이 이상해지셨다'
이에야스의 역대 노신들은 생각했다. 사실 이에야스는 이 가혹하기 짝이 없는 운명을 앞에 놓고 평정을 잃고 있었던 것만은 분명했다. 그가 일일이 내뱉는 이유는 이미 전술론이 아니라
"지금 적이 영토 안을 지나간다. 아무리 다케다가 우세하다고 하더라도 그 유린을 방관한 채 아무 일도 하지 않는다면 남들로부터 겁쟁이라는 비웃음을 받아 이미 이 세상에서 사람답게 설 수가 없다"는 의미의 감정론이었다.
그러나 잘 생각해 보면 단순히 감정론이 아니었다. 이에야스가 죽음을 걸고 한 화살이라도 쏘아 보복하려고 하는 것은, 자기의 앞날의 성망을 생각해서 하는 일이었다. 용감한 자라는 성망이 있으면 앞으로 정치와 전쟁 등 모두 일을 하기가 수월하지만, 겁쟁이라는 말을 들으면 아무리 지략을 가지고 있어도 사람들은 깔보아 그 지략을 베풀 수도 없는 것이다.
'죽음을 걸고 앞으로의 성망을 사 두자.'
이에야스는 그렇게 생각했다. 이 분연한 결의는 이 사나이의 사려(思慮)보다는 그의 젊음이 그렇게 결정시킨 것이리라. 그러나 여러 무장들의 의견

은 모두 반대였다. 하지만 이에야스는 어디까지나 주장하여 끝내 군의(群議)를 꺾고 다음 날 아침 출격을 결정해 버렸다.

다음 날 아침 이에야스는 하마마쓰 성을 나섰다. 북쪽으로 향했다. 이에야스 군은 신겐의 3분의 1인 1만 명이었다.

미카타가하라(三方ヶ原)로 나갔다. 이윽고 다케다군이 나타났다. 싸움터가 될 예정지의 지리를 충분히 살핀 뒤, 행군 대형을 풀고 전투대형을 편성했다. 그때가 저녁 네 시였다.

신겐은 우선 그가 독창적으로 만든
'미나마타(水股)의 자(者)'
라고 하는 특수한 졸병부대를 내보냈다. 인원수 300명 가량의 돌팔매질에 뛰어난 졸병들로 전군의 선두에서 진격하여 무수한 돌팔매질을 해서 적에게 고개를 들 여유를 없애기 위한 부대였다. 그 부대가 물러가자, 이 역시 다케다군 특유의 몇 무리의 밀집한 대군이 북을 울리며 보무당당히 물결처럼, 더구나 한 발자국도 흔들림이 없이 밀려왔다.

도쿠가와군은 개수일촉(鎧袖一觸)이라고 해도 좋았다. 오다의 협력 부대도 대장 히라테 노리히데가 전사할 정도로 분전했으나 궤멸당하고, 도쿠가와군도 역전 끝에 300명의 시체를 남긴 채 궤주하였으며, 이에야스는 난군 속에서 단지 단기가 되어 도중 몇 번인가 다케다군의 추격을 받아 정신없이 달렸다. 긴장과 공포의 나머지 안장 위에서 탈분(脫糞)을 했는데, 그것조차 깨닫지 못하고 하마마쓰 성으로 도망쳐 들어갔다.

이 이에야스의 패배는 며칠 만에 교토로 전해져, 교토의 산 너머 사카모토 성에 있는 미쓰히데의 귀에도 들어갔다.

"교토 시중의 민심은 어떤가?" 하고 미쓰히데는 교토에 살게 한 정보 수집자들에게 그 정보를 명령했는데, 예상했던 것처럼 노부나가 편이 많은 궁정에서는 핏기를 잃었고 지금은 반 노부나가의 책원지로 천하가 다 알고 있는 쇼군관에서는

"이크——" 하고 생기가 감도는 듯한 기척이었으며, 쇼군관에는 승려·행인·상인 등으로 변장한 밀사들이 몇 명씩 떠나갔다는 것이었다.

이 신겐의 전승이 세상을 일변시키는가 싶었으나 사태는 곧 미묘해졌다. 신겐의 움직임이 왜 그런지 갑자기 완만해진 것이다. 그는 전군의 행군을 정

지시켰다.

12월 22일 미카타가하라에서 이기자, 그 이상은 전진하지 않고 군사를 수습하여 그대로 엔슈에 주류했고, 그 자신은 엔슈 오사카베(刑部) 마을에 숙영한 채 해를 넘기고 만 것이었다. 움직이는 기척도 없었다.

해가 바뀌어 1573년이 되었다.

교토에서는 어찌할 작정인가 라는 쑥덕거림이 시끄러웠으며, 요시아키를 비롯하여 그 계통의 동맹자들은 이제 조바심을 내기 시작했다.

가장 당혹한 것은 에치젠의 아사쿠라였다. 신겐이 노부나가의 본국으로 공격해 들어옴과 동시에 아사쿠라군은 북극 가도를 달려 내려가 북쪽과 서쪽에서 미노를 찌른다는 전략 구상이 쇼군 요시아키를 중개삼아 이미 이루어져 있었고, 아사쿠라가는 그 집안의 부침을 이 일거에 걸고 있었다. 그 때문에 아사쿠라가로부터 밀사가 엔슈로 급행하여 신겐의 숙영을 찾아가

"어찌하실 생각이시오?" 하고, 거의 힐문할 정도의 기세로 그 참 마음을 캐물었다.

신겐은 시원스럽게 대답하지 않고

"언젠가 노부나가의 모가지를 보리라" 하고 사자를 돌려보냈다.

그 뒤, 얼마 안 되어 자리를 차고 미카와로 들어가 이에야스의 지성인 노타성(野田城)을 포위했다. 그러나 공성에 활기가 없었으며, 이 정도의 소성을 함락시키는 데 한 달을 소비했다. 함락시키고 다시 전군을 서쪽으로 진발시키는가 싶었으나 다시 체진하였고, 자기는 나가시노(長篠)로 물러갔다가, 다시 부근의 호라이 사(鳳來寺)로 옮겼다.

"병이 아닌가?" 라는 정보를 기후의 노부나가가 받은 것은 이 무렵이었다. 만약 그것이 사실이라면, 노부나가에겐 거의 하늘의 은총을 받았다고 밖에는 생각할 수 없을 정도의 행운이었다.

결국 신겐은 4월 12일 신슈 이나 군(伊那郡) 고마바(駒場)의 객지 숙영에서 죽는다.

'불행한 사나이다.'

미쓰히데는 그 소문을 들었을 때 적장이면서도 원통할 정도로 한탄스러운 생각이 들었다. 결국 인간의 운명을 최후로 결정하는 것은 기량 이외의 다른 무엇이라고 미쓰히데에겐 생각되는 것이었다.

야마자키의 눈빛

지난 해 그믐부터 미쓰히데는 셋쓰의 이시야마 혼간 사를 공격하고 있었으나, 해가 바뀌어 정월엔 오미로 전전(轉戰) 명령을 받았다. 미쓰히데는 군사를 수습하여 급히 요도 강둑을 북쪽으로 올라갔다. 둔중한 자는 노부나가의 장교 노릇을 할 수 없다. 도중 셋쓰를 지나 야마시로의 셋쓰 부근에서 눈을 만났다. 눈은 내려 부는 바람결에 춤추어 길조차 분간하기 어려웠다. 때마침 해도 지려고 하던 참이라 미쓰히데는 군사를 멈추고 사람을 보내 급히 덴노 산(天王山) 기슭의 야마자키에서 숙영할 준비를 시켰다.

야마자키라면 이미 먼 옛날에 화제가 된 도산의 연고지다. 그는 그 부근에서 태어나 중이 되었고, 다시 절간에서 달려 나와 유랑하는 동안 교토의 기름 도매집 나라야의 사위가 되었다. 당시 들깨 기름의 본산은 이 야마자키에 있는 이궁(離宮) 하치만(八幡) 궁이었기 때문에 궁의 번창도 번창이려니와 이 부근 일대는 대소 상가가 추녀를 나란히 하였고, 상가 도시는 번화하여 대상도(大商都)와도 같아 보였다. 그런데 지금 미쓰히데가 말을 멈추고 있는 그 야마자키는 왕년의 번영이란 그림자도 없었다. 도산 만년에 채종(菜種)에서 기름을 짜는 방법이 고안되어 보급되면서 들깨 기름의 수요가 없어져, 이 때문에 야마자키의 상업은 몰락했고 풀이 무성한 본래의 주막거리로 되돌아갔다. 미쓰히데는 이 야마자키 마을을 통과할 때마다 세상의 심한 변천을 생각했고 도산을 추모했으며, 인간 영화의 덧없음을 생각하는 것이었다.

미쓰히데는 이 날, 도산과 연고가 있는 이궁 하치만 궁 곁의 바샤쿠 장자(馬借長者)라고 불리는 자의 저택에서 머물렀다. 저녁상을 물렸을 때, 그 숙소에서 뜻밖의 방문을 받았다. 호소가와 후지타카다.

"효부다유가?"

미쓰히데는 쉽사리 믿을 수가 없었다. 하기야 후지타카는 이 너머 야마시로 나가오카(長岡)의 영주지만, 지금은 교토에 있을 것이었다.

"어떤 차림이더냐?"

"평복에 삿갓 도롱이 차림으로 눈을 부릅뜨고 말을 타고 오신 것 같습니다. 배종은 두 사람밖에는 거느리고 계시지 않습니다."

상태가 아주 절박해 보였다.

'대단히 바쁜 일이든가 대단히 난처한 의논인 모양이군. 하여튼 개인적인

일임에 틀림이 없다.'

다행히 이 장자의 저택에는 다실이 있었다. 미쓰히데는 그 방에 숯불을 충분히 피우게 하고 후지타카를 초청했다.

'그와도 인연이 오래되었다.'

이 야마자키의 토지 탓인지 미쓰히데는 툭하면 마음이 회고적이 됐다.

'이미 10년, 그 이상 되는가?'

한낱 떠돌이 무사의 신분으로 아시카가 쇼군가를 재흥시키기 위해서 정신없이 분주하던 무렵의 생각을 하면, 불과 10여 년 전인데도 망망하고 아득한 시대처럼 여겨졌다. 그 무렵에 유랑하던 막신 호소가와 후지타카를 알게 되었고, 그와 꿈을 얘기했고, 끝내는 요시아키를 꾀어내어 여러 나라로 모시고 다녔으며, 결국에는 오와리의 오다 노부나가에게 의지하여 오늘날의 무로마치 쇼군가가 이룩되었다.

미쓰히데는 그 쇼군의 신하라는 신분으로 오다가에 나가 그의 녹을 받았다. 호소가와 효부다유 후지타카도 똑같았다. 그는 조상 대대로 물려온 야마시로의 봉토를 노부나가의 힘으로 회복해 받았고, 또한 호소가와가 대대로 그곳에 살아온 쇼류지 마을의 성관 해자를 깊이 파고 망대를 높이 세워, 오다군의 남쪽 야마시로에서의 전략 단위의 하나가 되었다. 아시카가가에 신사함과 동시에, 후지타카는 오다가의 부장이기도 했다. 그 무렵의 동지였던 오미 고가군의 토호인 와다 고레마사도 그랬다. 그는 막신이면서, 오다가의 판도 셋쓰 다카쓰키 성(高槻城)의 성주가 되었지만 재작년 전사했다.

그 아시카가 계열의 오다가 무장 중에서는 미쓰히데가 지금 노부나가의 다섯 사령관 중에 끼게 되었으므로 말하자면 가장 출세한 사람이었다.

미쓰히데 놈이 오다가로 돌아서 버렸다고 쇼군 요시아키는 요즈음 미쓰히데를 몹시 미워하게 된 모양이지만, 그것을 책하는 쪽이 무리이리라. 미쓰히데는 그 재능에 의해서 차차로 중용되고 있을 뿐인 것이다.

호소가와 후지타카의 입장은 약간 복잡했다.

같은 아시카가의 부하라고는 해도 떠돌이 출신의 미쓰히데 같이 당대로 고용된 무관과는 달라, 후지타카의 경우엔 막신의 냄새가 짙었다. 뭐니뭐니해도 역대의 막신이며, 더구나 아시카가 막하에서도 대표적인 명가로, 또한 종 5위 하 효부다유라는 영주급 관위까지 가진 상당한 신분인 것이다. 자연히 미쓰히데처럼 가볍게 오다가의 근무를 할 수 있는 입장이 되지 못했다.

자연, 후지타카는 양다리를 걸치고 출사하고 있었다. 그런데 요시아키가 노부나가를 싫어하기 시작함과 동시에 오다 색이 짙은 후지타카 사이에 거북한 일이 있었고, 요즘엔 후지타카는 쇼군관에도 출사할 수 없는, 말하자면 칩거와도 같은 신세가 되고 있었다.

미쓰히데는 그 모든 것을 알고 있었다. 필경 얘기는 그 일과 관계가 있으리라고 생각하고, 눈 내린 마당으로 내려가 급히 다실로 갔다.
화로 앞에 앉자
"주베 공, 작별하러 왔소."
갑자기 후지타카는 얼굴을 씁쓸히 찌푸리고 말했다.
"아니?"
"오랫동안 신세를 졌소. 생각하는 바가 있어 나는 무로마치 공에게의 신사(臣仕)를 그만두겠소. 그러나 호소가와가 대대로 막신이었기 때문에 마음대로 물러날 수는 없으므로 나는 은거하기로 했소. 머리를 깎고 쇼류지 성에 은거하여, 풍월을 벗삼아 가도(歌道) 연구로 나머지 반생을 보내고 싶소."
미쓰히데가 놀란 나머지 침묵을 계속하고 있노라니, 후지타카는 그 침묵에 견딜 수 없는 듯 부젓가락을 들어 재 위에
'유사이(幽齋)'라는 글씨를 쓰고 이내, 어떨까 하며 고개를 들었다.
"은거명(隱居名)으로 생각한 건데."
후지타카는 올해 마흔 살이 된다. 은거는 너무 성급했고, 이 군사·전략의 능력이 뛰어난 사나이는 이제부터가 활동기라고 할 수 있을 때에 세상을 버리다니 생각만 해도 아까웠다.
"정, 정말이오?"
미쓰히데가 침묵을 지킨 끝에 처음으로 입 밖에 낸 소리는 거의 천진스럽다고 해도 과언이 아닐 정도의 말이었다. 미쓰히데는 상대방의 '은거'라는 말의 울림을 단순히 받아들였다. 앞 뒤 없이 믿었고 진심으로 놀랐으며, 놀란 나머지 침묵을 지켰다. 미쓰히데에겐 이러한, 말하자면 상대방의 기미를 잘 엿보지 못하는 진지한 구석이 있었다.
후지타카는 지금 교묘하게 에둘러 말했다. 허나 받아들이고 있는 미쓰히데는 고지식한 사나이였다. 이 둘의 재주를 모두 피울 수 있는 기노시타 도

기치로가 들으면 당장에 이해하여 다른 반응을 나타냈으리라.

'정직한 사나이다.'

후지타카는 호의를 품고 생각했다. 공경(公卿)으로 변해 버린 교토 무사인 후지타카가 볼 때에는, 미쓰히데가 제 아무리 재능이 있든 결국은 시골뜨기였다. 후지타카의 본심은 이쯤에서 요시아키를 버리고, 전속적인 형태로 오다가의 무장이 되고 싶은 것이었다. 그 때문에 미쓰히데를 움직이려고 했다.

"대체 왜 은거하려 하오?"

"나는 비사(誹事)를 알고 말았소."

"누구의?"

"쇼군님의. 무서운 일이지만 요시아키 님은 머지않아 모반하시오. 아니 지금까지 수상쩍었던 구석이 많은 것은 귀공도 아는 바와 같소. 그런데 이번은 그 유가 아니오. 교토를 탈출하여 오미로 달려가 이시야마 부근쯤의 성에 틀어박혀 공공연히 기후 공 토벌의 기치를 드실 비계를 꾸미고 계시오."

"뭣?"

미쓰히데는 놀랐다. 조만간 그렇게 될지 모른다고 두려워하고는 있었지만, 한편으론 설마 요시아키가 그렇게까지 경솔하리라고는 생각지 않고 있었다.

'신겐의 출마에 기분이 좋아지신 거다. 신겐은 엔슈 미카타가하라에서 도쿠가와의 연합군을 개수일촉으로 물리쳤다. 그 보고를 들은 쇼군님은 미칠 듯한 기쁨을 품고, 이미 노부나가의 멸망은 머지않았다고 판단하신 것이리라.'

그런데 그 믿는 다케다 신겐이 전승 후 진중에서 죽음의 병상에 누워 있는 비사를 불행하게도 요시아키는 몰랐다. 물론 미쓰히데나 후지타카도 알 도리가 없었다. 그러나 호소가와 후지타카에겐, 이들을 그 뒤의 난세 속에서도 살아가게 만든 날카로운 직감이 있었다.

── 요시아키는 망하고 노부나가는 번영한다

는 예감이었다. 하기야 노부나가는 지금 반 오다 동맹의 쇠고리 속에서 한껏 고통을 당하고 있지만 언젠가는 기민하게 활로를 발견하여 하나하나 그 적을 격파해 가리라. 노부나가에게는 그만한 운도 있고, 운 이상의 재간도 있다고 보고 있었다. 후지타카가 볼 때 그 재간이란 점에서, 고슈의 신겐 따위는 노부나가와 비교할 바가 못 되리라.

왜냐하면 다케다 신겐이 아무리 싸움에 능하다고는 하나, 오늘날까지 그가 활약하고 활약하여 겨우 자유로 할 수 있게 된 판도란 가이와 스루가에 지나지 않지 않는가.

그에 비하면 노부나가는 조건이 다르다고는 하나 이미 일본 중앙에서 10개 국 내외를 점령하고 있다.

'노부나가를'

하고 후지타카는 생각하고 있었다. 노부나가에 의지해 자기를 입신시키고 운을 열고 싶다고 후지타카는 그 온화한 표정의 그늘에서 생각하고 있었다. 그러나 후지타카의 경우, 입장이 복잡했다. 아시카가 쇼군가가 누대의 주가(主家)인 것이다. 쇼군 요시아키가 노부나가와 손을 끊으면, 당연히 후지타카도 쇼군과 함께 노부나가와 싸우지 않으면 안 된다. 만약 그것이 싫어 오다 쪽에 가담하여 노부나가의 명령 아래 대대로 모셔온 주인을 공격하면 후지타카가 지금까지 쌓아 온 온후한 덕인(德人)이라는 호평은 사라져 버리고, 주가에 활을 겨누는 배반자의 악평을 얻고 만다.

'아주 교묘히 처신하지 않으면'

하고 생각하고 은퇴라는 것에 착안한 것이었다. 후지타카는 그 앞도 내다보고 있었다. 인재에 욕심이 많은 노부나가는 후지타카가 은퇴했다는 말을 듣고, 기후로부터 사람을 보내 무슨 일이 있더라도 생각을 돌리게 하려고 설득하리라.

더구나 그 까닭을 사자에게 묻게 할 것이 틀림없다. 그때야말로 요시아키의 비사를 털어 놓는 것이다. 장차 아시카가와 오다의 싸움이 벌어지면 자기는 몸을 둘 곳이 없다. 그래서 은퇴하기로 했다고 심각하게 대답하면 요시아키 거병의 비모(秘謀)를 노부나가에게 밀고했다는 냄새는 사라지고, 더구나 밀고의 공적은 얻을 수 있다. 결국 후지타카는 밀고의 공을 세운 위에 군자·덕인의 호평도 듣게 되고, 또한 배반자의 오명을 뒤집어씀이 없이, 나아가서는 최종 목적인 오다가를 따르려는 목적도 깨끗이 이룰 수 있을 것이었다.

후지타카에겐 가도(歌道)·다도(茶道) 등의 여기(餘技)가 많지만, 그 중에서도 두드러지게 멋진 것은 요리 솜씨라고 일컬어지고 있었다. 특히 잉어요리하면, 후지타카만한 솜씨는 요리 전문가 중에도 없다고 소문이 났다. 이 교묘한 처세술은 그의 멋진 요리 솜씨를 연상시켰다. 그런데 그 재주를 미쓰히데는 알지 못했다. 그저 은퇴를 만류했지만, 후지타카는 얼굴에 우아한 미소를 띠면서 고개를 저을 뿐이었다.

"장부가 일단 각오한 것을 뒤집을 수는 없네."

"그렇다면" 하고 미쓰히데는 말했다. 나머지 문제는 요시아키의 모반이다. 미쓰히데도 이미 오다가의 성주가 될 정도로 깊이 빠져 버린 이상, 오다가의 이익을 위해서 일하지 않으면 안되었다.

"기후에 급히 알리지 않으면 안 된다."

"제발 귀공이······" 라고 후지타카는 말하고 자리에서 일어나 눈 속을 돌아갔다.

그 뒤 미쓰히데는 붓을 들어 노부나가에게 보고서를 쓰기 시작했다. 호소가와 후지타카의 갑작스러운 은퇴를 보고하고, 그 원인이 요시아키의 모반 때문인 것 같다고 썼다. 그것을 미쓰히데의 손으로 노부나가에게 급보시키는 것이 애당초부터의 후지타카의 계략이었다. 후지타카가 스스로 자기 일을 노부나가에게 보고할 수는 없는 일이었다.

미쓰히데의 역할이란 후지타카에겐, 말하자면 파발꾼에 지나지 않는다는 것을 미쓰히데는 깨닫지 못했다.

"쇼군님의 모반에 대해 상세한 것은 후지타카가 알고 있을 것입니다. 후지타카에게 캐물어 보십시오" 하고 미쓰히데는 덧붙여 썼다. 이것을 미쓰히데가 쓰리라는 것도 후지타카의 계산 속에 있었다. 밀고의 공은 미쓰히데가 아니라 자기가 얻지 않으면 안 된다.

미쓰히데는 어처구니없게도 이 편지를 쓰면서 눈물이 한없이 줄줄 흐르는 것을 어찌해 볼 도리가 없었다. 근시들이 그 심상치 않은 모양에 놀라 야헤이지 미쓰하루에게 알리러 갔을 정도였다.

이윽고 미쓰하루가 나타나, 다음 방에서 미쓰히데를 우러러보니 책상에 엎드려 있었다.

"어찌 된 일이십니까?"

용서해 주십시오, 하고 야헤이지가 무릎을 들어 문지방을 넘어가서, 주군──하고 부르자 미쓰히데는 깜짝 놀라 고개를 들었다. 야헤이지라는 것을 깨닫고 급히 팔을 들어 힘껏 눈물을 뿌리쳤다.

"야헤이지, 드디어 쇼군은 모반하신다. 나는 기후 님의 명령을 받아 그를 치지 않으면 안 될 것이다."
"주군, 잊지 마십시오. 주군은 기후 님의 부하이십니다. 가령 적이 불천신명(佛天神明)·천마귀신(天魔鬼神)이라고 해도 무사이신 한 치지 않으시면 안 되십니다."
"그런 게 아니다."
미쓰히데는 아직 망연한 채였다. 자기의 마음을 어릴 때부터 키워준 이 젊은 무사, 부대장조차도 몰라주는구나 싶었다.
"어디가 어떻게 다릅니까?"
"쇼군은 내가 옹립했다. 내가 내 등으로 업어. 1565년 7월 28일 밤, 나라 이치조 원에서 탈출시켰다. 그 때의 무게가 아직까지도 내 등에 남아 있어."
'알고 있습니다'
하고 야헤이지는 생각했다. 자기의 주군인 미쓰히데는 쇼군이 된 요시아키의 거의 병적인 음모벽에 애를 먹다 끝내는 요시아키에게 절망하여 외면할 마음까지 우러나 있지만, 미쓰히데의 마음은 그것만이 아닌 것 같았다. 미쓰히데는 떠돌이 무사 시절, 그 꿈 전부를 아시카가 쇼군의 재흥에 걸고 몇 번인가 생사의 경지를 헤맸다. 미쓰히데의 가슴 속에는 실제로 살아 있는 요시아키와는 다른 몸인, 미쓰히데 방랑 시기의 우상이라고도 할 수 있는 요시아키가 지금까지도 여전히 살고 있다. 그를 치고, 나아가 아시카가 쇼군가를 멸망시킨다면 미쓰히데의 지금까지가 무엇 때문에 존재했는지 알 수 없게 돼 버린다.
'내 자신의 과거를 치는 것이 된다.'
그 감정이 미쓰히데를 울리고 있다는 것을 야헤이지도 추찰할 수가 있었다.

매화꽃

성 안 정원에 와룡(臥龍)을 닮은 매화나무가 있다. 이미 봉오리가 부풀고, 남쪽으로 뻗은 가지에는 단 한 송이이긴 했지만 벌써 꽃이 피고 있었다.
노부나가는 그날 아침, 넘쳐흐를 것 같은 햇살 속을 뚫고 마당으로 나갔다. 한참 동안 걷다가 이윽고 활짝 핀 한 송이 매화 앞에 멈춰 서서 숨을 죽이듯 응시했다.

'쇼군을 죽여야 하나!'

생각하고 있는 것은 그 한 가지였다. 그러한 노부나가의 심상치 않은 모습을 근시들은 멀리서 우러러보고 있었다.

'무엇을 하고 계실까?'

그들은 햇볕 속에서 생각했다. 노부나가에겐 평소에 화조풍월(花鳥風月)을 즐기는 취미가 거의 없었다. 그런데 매화 한 송이를 응시하고 있다. 꼼짝도 하지 않는다.

'역시 봄인 탓일까!'

근신들은 막연히 생각했다. 봄기운이 발동하면 노부나가처럼 격렬한 활동가라고 할지라도 문득 매화에 마음을 뺏기는 일이 있는 것이리라. 그러나 노부나가의 눈에는 한 송이의 매화가 쇼군 요시아키의 모가지로 비치고 있는 것이었다. 지금까지 요시아키의 밀계를 알면서 모르는 척해 왔다. 뿐만 아니라 요시아키가 만든 함정에 몇 번이고 발을 미끄러뜨려 빠졌고, 때로는 목숨을 잃을 뻔한 일도 있었다. 그럴 때마다 죽을 힘을 다해 허우적대며 기어올라왔다.

'그 정도까지 참아 왔다. 그러나 한도가 있다. 이 이상 참다가는 자멸밖에는 없다.'

미쓰히데로부터 그날 밤에 편지가 와 닿았다. 내용은 호소가와 후지타카가 밀고한 것이었다. 쇼군 요시아키가 교토에서 벗어나 오미에서 공공연히 노부나가 타도의 군사를 일으킨다고 한다.

──죽여 버릴까!

하고 제일 먼저 생각한 것은, 말하자면 충동이었다. 죽여 버리면 상전 살해자라고 하여 장인 사이토 도산이나 마쓰나가 히사히데처럼 악명을 천하에 퍼뜨리리라.

'나의 목적은 천하 통일에 있다. 그를 위해서, 필요하다면 상전이라도 죽이지 않으면 안된다. 그러나 살해하면 악명을 뒤집어쓴다. 과거 도산은 그랬기 때문에 살모사란 별명을 얻었으며 끝내 미노 한 나라의 주인으로 그쳤을 뿐 천하를 심복시킬 만한 사나이가 되지 못했다. 나는 도산의 실수를 되풀이해서는 안 된다. 악명을 피해야만 한다.'

그 방법이 용이하지 않다. 그러나 매화를 응시하고 있는 동안에 이윽고 노부나가의 마음속에 그 구상이 떠올랐다.

노부나가는 손가락으로 채찍채를 휘게 한 뒤, 이윽고 힘을 넣어 튕겼다. 매화가 날아오르며 꽃잎이 공중에 흩어져 이윽고 너훌너훌 이끼 위에 떨어졌다. 노부나가는 이미 고개를 들고 있었다. 이윽고 의자에 앉아 서기를 불렀다.

'조조(條條)'라고 한 것은 쇼군 요시아키에게 보내는 간언장의 제명이었다. 17개조로 이루어진 그 긴 문장을 단숨에 떠들어댔다. 간언장이라고는 하나, 사실상 요시아키의 열일곱 가지의 죄를 들춘 탄핵장이었다. 나아가, 탄핵장이라기보다는 선전서(宣傳書)였다. 요시아키에게 말한다기보다는 천하의 제후나 민심에게 그의 악을 호소하려 하고 있었다.

——이렇게 나쁜 쇼군이다

라는 것을 천하에 선전한 뒤, 얼마간의 기간을 두고서 '요시아키가 개심하지 않는다'고 하여 그를 치는 것이다. 사람들은 납득하리라.

'나를 함정에 빠뜨리려고 했다'라는 말은 한 마디도 쓰지 않았다. 우선 그 제1조는 부디부디 천황을 존중하여 받들라고 그처럼 말씀드렸는데도 요즘은 예궐조차 게을리하고 계시니 괘씸하다고 썼다.

이미 노부나가는 쇼군을 부활시켜, 그 권위에 의해서 여러 영주를 호령하고 천하를 통일하려고 하는 마음을 잃어버리고 있다. 쇼군은 부려먹기 힘들다.

——도구가 되지 못한다.

노부나가는 곰곰이 생각했다. 쇼군 또한 무인인 이상, 병력을 탐내기도 하고 권력을 탐내기도 하는 것이다. 이러한 속인티가 있는 이상 도구가 되지 못한다. 그 점, 천황은 좋다. 그 존재의 존귀함을 천하의 영주들은 잊어버리고 있지만 노부나가는 새삼 가치를 발견했다. 천황은 병력도 탐내지 않고 권력도 탐내지 않는다.

의관속대(衣冠束帶)하여 조상을 받들고 있을 뿐인, 순전히 해롭지 않은 존재다. 통일의 도구로 이용하기엔 안성맞춤이리라. 천황을 위로 받들고 그 권위로써 천하를 호령하면, 인심도 심복할 것이 아닐까.

단지 천황 존재의 결점은, 그 위대함을 천하의 사람들이 모른다는 것이었다. 천하의 사람들은 천황을 대신주(大神主) 정도로 밖에는 생각지 않고 있고, 지상에서 최고로 존귀한 것이 쇼군이라고 생각하고 있다. 노부나가는 우선 그 도구의 위대함을 천하에 알릴 필요가 있었다. 그 때문에 지난날 요시

아키를 쇼군의 지위에 앉혔을 때,

"가끔 예궐하시어 천황에게 문안을 드리십시오" 하고 요구했다. 세상에 대한 현장 교육이라고 해도 좋다. 쇼군이 천황에게 문안을 드린다면 천하의 사람들은 천황의 위대함을 알리라. 그런데 요시아키는 그것을 계속하고 있는 동안에 노부나가의 속셈을 꿰뚫어 보았다.

'정말 노부나가라는 사나이의 잔꾀여. 그 자의 속셈은 장차 천황을 등에 업으려고 하고 있는 것 같다. 그 천황을 화려하게 돋뵈게 하기 위해 나라는 쇼군을 이용하고 있는 것이 아닌가!'

요시아키는, 이런 종류의 일을 냄새 맡는 감각이 유난히 날카로웠다. 노부나가가 시키는 대로 계속하는 한, 자기는 천황이라는 도구의 장엄함을 돋뵈게 만들 뿐인 우습기 짝이 없는 도구가 된다. 요시아키는 그 어리석음을 깨닫고 어떤 시기로부터 예궐을 중지했다.

노부나가는 제1조에서 그것을 문책한 것이었다. 덧붙여 말한다면 그 '간언서'는 요시아키에게로 넘어간 뒤 얼마 후에는 천하에 유포되었다. 고슈의 다케다 신겐도 죽음의 병상에서 그것을 입수하고

"노부나가는 무서운 지모를 가지고 있다"고 적이지만 감탄했다.

간언서는 요시아키의 손으로 들어갔다. 요시아키는 그것을 읽고 나서 드디어 노부나가와 인연을 끊기로 결심하고, 노부나가에게 멸망당한 남 오미의 록카쿠의 잔당에게 지령하여 비와 호수의 서쪽 기슭에 있는 호수의 항구 가타타(堅田)와, 남쪽 기슭의 이시야마 사(石山寺)로 유명한 이시야마에 성을 쌓아 공공연히 대항했다.

그런데 노부나가는 뜻밖의 행동을 취했다. 과오를 범한 것이다. 요시아키에게 화의를 신청하고 자기의 아들을 인질로 보내겠다고 까지 제안한 것이다. 장인 도산의 전철을 밟을 것을 어디까지나 두려워한 것이다. 그러나 요시아키는 일축했다.

성 안의 매화가 피었을 무렵, 노부나가는 교토 부근에 주둔 중인 여러 사령관에게 토벌령을 내렸다.

'미쓰히데 놈이 어떻게 나올까?'

노부나가의 관심사였다. 미쓰히데가 오다가에서 녹을 받고 있으면서도, 동시에 아시카가가의 신하라는 점은 호소가와 후지타카의 경우와 다름이 없

다. 후지타카는 단지 고위의 막부 신하일 뿐이었다. 그 후지타카는 두 사람의 주군의 상극을 두려워하여, 자기의 영지에 은거했다지 않는가.

'그런데, 미쓰히데 놈은?'

하고 생각하면서, 노부나가는 니와 나가히데·시바타 가쓰이에에게 지령을 내림과 동시에 미쓰히데에게도 지령을 내렸다.

미쓰히데는 때마침 사카모토 성에 돌아와 있었는데, 노부나가가 보낸 사자를 상좌에다 모시고 눈길을 내리깐 채 한껏 창백한 안색을 지으면서

"받아들이겠습니다."

했다. 미쓰히데는 사태가 이 지경이 된 이상 별수 없다고 생각했다. 자기가 분주히 돌아치며 세운 쇼군을 어차피 멸망시키지 않을 수가 없다면, 남의 힘을 빌지 않고 자기의 총화를 사용하고 싶었다.

사자가 기후로 돌아왔을 때, 노부나가는

"미쓰히데는 뭣이라고 말하더냐?" 하고, 어쩔 수 없이 미쓰히데의 그 순간의 태도가 마음에 걸렸다. 사자가 사실 그대로 아뢰자, 노부나가는 갑자기 안색을 바꾸고

"금귤 대가리놈, 그렇게 말했다고?" 하고 외쳐대 사자들을 부르르 떨게 만들었다. 노부나가의 기분을 상하게 한 미쓰히데의 문구는

——받아들이겠습니다.

라는 것이었다. 아닌 게 아니라 기묘한 대답이었다. 노부나가의 군대를 맡아 가지고 있는 사령관이라면 노부나가의 명령을 받아들인다 안 받아 들인다 할 수 있는 처지가 아니다. 명령을 삼가 받들고 그저 행동하면 되는 것이다.

'그 놈, 쇼군 퇴치가 불만스러운 모양이다.'

노부나가는 이 쇼군 퇴치에 너무나 신경을 쓰고 있었던 만큼 마음이 날카로워져 있었다. 미쓰히데의 뱃속을 그렇게 추측했다. 그런데 당자인 미쓰히데는 공성(攻城)사령관으로서 멋진 솜씨를 발휘했다. 2월 26일에 오미 이시야마 성을 함락시키고 사흘 뒤에 가타타 성을 포위한 뒤 네 시간 만에 함락시켰다.

'미쓰히데 녀석, 제법이군!'

노부나가는 생각했으나, 그 반면 밉게도 생각했다. 옛 주군인 요시아키의 성을 그처럼 시원시원히 함락시켜 버리는 신경이란 어떤 것일까. 노부나가조차도 그처럼 사방에 신경을 쓰고, 칠까 말까 번민한 끝에 겨우 단안을 내

린 일이 아닌가.

여하튼 간에 요시아키의 전선 요새는 무너졌다. 그 뒤 요시아키는 교토에 주둔하면서 교토 시가의 방위를 굳히는 한편, 사방의 영주들에게 노부나가 토벌의 교서를 연신 보내고 있었다.

노부나가는 이미 몸소 출마하여 그를 쳐야 할 터지만, 그러나 기후에서 움직이지 않았다. 동쪽의 다케다 신겐의 동정을 살피고 있는 것이다. 노부나가는 요즘 몇 달 동안 신겐의 알쏭달쏭한 정체에 의문을 품고 오다가의 첩보 능력을 다해서 그 실정을 거머잡으려고 했으나 여전히 아리송한 채였다.

"병들었다"는 정보는 얻고 있었다. 그러나 그것도 확실치는 않았다.

'쇼군은 필사적으로 신겐에게 사자를 보내고 있다. 만약 신겐이 건강하다면 엔슈의 숙영지를 떠나 선뜻 출발할 것이다'

라고 생각하며 한 달 동안 기다렸다. 그러나 도무지 엔슈에서 떠나지 않는 것을 보고

'어쩌면 병에 걸렸다는 것은 사실인지도 모른다. 그러나 본국으로 돌아가지 않는 것을 보면 상당히 중한 것이 틀림없다'

라고 판단하고 가타타가 낙성된 뒤 한 달 만에 노부나가는 대군을 이끌고 기후를 떠나 교토로 향했다.

오미의 호숫가를 남하하여 3월 29일 드디어 교토로 들어가기 위해 오사카 산으로 접어들자, 저쪽에서 가타기누(肩衣 : 어깨로부터 걸쳐 입는 옷)를 입은 무사가 세 배종을 거느리고 차차로 다가온다. 배종들은 갑주를 입고 있지 않았다.

"저건 후지타카가 아닌가?"

노부나가는 주위에 있는 자에게 확인했다. 분명히 호소가와 효부다유 후지타카임에 틀림이 없었다.

'저 풍채가 후지타카 같구나!'

노부나가는 호감을 가졌다. 주인 요시아키로부터 버림을 받았지만, 그렇다고 노부나가가 군세에 가담하여 조상 대대로 모신 주인을 칠 마음도 일어나지 않아 번민에 번민을 한 끝에 드디어 영지에 틀어박혔다는 후지타카의 고뇌가 부채 한 자루를 쥔 그의 모습에 생생히 나타나 있는 것이었다. 적어도 노부나가는 그렇게 받아들였고 후지타카도 그렇게 받아들여 줄 것을 바라는 것이 이 출영의 목적이었다.

"아아, 효부다유인가?"

노부나가는 말 위에서 말을 걸고, 모두가 놀라도록 말에서 뛰어 내렸다.

노부나가는 이 막신을 정중히 다루는 것이 이제 와선 중요한 정치였다. 역대의 막신인 후지타카조차도 요시아키를 저버렸다는 것이 여러 나라에 대한 중요한 선전 자료가 되리라.

노부나가는 길가 소나무 아래에 의자를 갖다 놓게 하고 후지타카에겐 양탄자를 준 뒤, 달인 차를 대접했다. 얘기를 들을 작정이었다.

"후지타카, 쇼군에 대한 불평을 말하여라."

후지타카는 초췌한 얼굴로 고개를 저었다.

"아무리 명령이시라 한들 그것을 제 입으로는 말씀드릴 수 없습니다. 쇼군께서 아무리 유례없이 무능한 분이시고 또한 기후 공에게 배은망덕한 분이십니다만, 그러나 저에겐 조상 대대로 모셔온 주가이십니다."

이렇게 고개를 저으면서도 후지타카는 기묘한 화술을 가지고 있어, 고개를 젓는 틈틈이 요시아키의 악모(惡謀)에 대해 늘어놓기 시작했다.

"흠, 흠."

노부나가는 콧소리를 내고 고개를 끄덕이면서 듣고 있었다. 후지타카의 이 밀고야말로 요시아키 토벌의 가장 강력한 이유가 되는 것이었다. 밀고자라기에는 후지타카의 표정은 너무나 괴로움에 차 있었고, 목소리는 시종 슬픔으로 계속 떨렸다. 그 괴로운 듯한 표정에 노부나가조차도 동정하여

"잘도 오랜 해를 참았구나" 하고 위로했을 정도였다. 그런데 노부나가는 후지타카에게 한 마디 물어 보고 싶은 것이 있었다.

——쳐도 좋은가?

라는 것이었다. 노부나가의 가슴속엔 이미 해결되어 있는 것이긴 했지만, 이 막신의 입으로 한마디 말을 시키고 싶었던 것이다.

"어떨까?" 하고 노부나가가 자연스럽게 묻자, 후지타카도 자연스럽게

"저의 입으로는 말씀드릴 수 없습니다. 하오나 그 분의 소업(所業)은 끝내 하늘이 용서치 않을 일, 하늘의 노여움이 당장에 내릴 것입니다. 이럼으로써 아시카가가 멸망하더라도, 멸망시킨 자는 다른 자가 아니옵고 실은 그분 자신입니다."

노부나가는 고개를 끄덕이고서 마지막으로 오로지 우리 집안을 모시라고 했으나 후지타카는 당분간 그런 마음이 될 수는 없노라고 굳이 사양했다. 이 태도가 노부나가에게 호감을 주었다.

'미쓰히데와는 다르다'고 깊이 생각했다.

노부나가는 후지타카의 이때 출현을 몹시 기뻐한 듯, 애장하는 단도 사다무네(貞宗)를 꺼내 후지타카에게 주고 마지막으로

"나에게 신사하여라. 기다리겠다" 했다. 기다리겠다고 한 것은 상심이 나을 날까지 기다린다는 의미다.

노부나가는 말 위의 사람이 되었다. 군은 이동해 교토로 들어갔다. 그러나 곧 전투를 개시하지는 않고 나흘째에야 겨우 니조의 쇼군관을 포위했다. 요시아키는 믿었던 신겐이 움직이지 않아 낙담하고 드디어 화의를 빌었다. 노부나가는 그 화의를 받아들였고 더구나 요시아키의 신병(身柄)과 신분을 그대로 둔 채 군을 돌려 기후로 돌아갔다.

노부나가는 어디까지나 신중한 태도를 취했다. 그러나 요시아키에게 마지막 철퇴를 내릴 준비만은 게을리 하지 않았다. 만일의 경우에는 될 수 있는 대로 교토로 빨리 올라가기 위해 비와 호수의 수운(水運)을 이용하려고 하여 사와야마(佐和山 : 彦根)의 호반에서 엄청난 거선(巨船)을 건조시켰다.

길이 백 미터 가량에 노가 백 개나 되는 거선인데, 40여 일만에 완성시켰다. 머지 않아 요시아키가 교토를 탈출하여 남쪽 교외의 우지(宇治)에 있는 마키시마 성(槇島城)에 들어박혀, 다시금 노부나가 퇴치의 기치를 들었다는 보고를 받았을 때 노부나가는 때마침 불어오는 풍랑을 뚫고 배를 내게 하여 기후에서 이틀 길로 교토까지 들어갔고, 다시 빗속에서 우지로 진군하여 마키시마 성을 포위했다.

요시아키는 다시금 살려 달라고 애걸했다.

"추방해라" 하고 노부나가는 명령했다. 이렇게까지 손을 쓴 이상, 이제 요시아키를 추방하더라도 세상에선 그것을 양해하리라.

요시아키는 추방되었고 미쓰히데와 후지타카가 그처럼 분주히 뛰어다니며 재흥시킨 무로마치 쇼군가는 멸망했다. 그 뒤 이 요시아키는 가와치(河內)·기슈(紀州)·비젠(備前)을 전전하던 끝에 마지막에는 주고쿠(中國)의 모리에게 몸을 의탁했으나, 이미 정치적으로는 폐인이나 다름이 없었다.

웃음소리

　——쇼군을 추방했다
는, 방금 자기가 단행한 행적은 어떨까. 노부나가 치고는 진기하게도 그 행동 뒤에까지 생각이 꼬리를 끌었다.
　그렇다고 후회는 아니다. 뒷맛이 나쁜 것도 아니었다. 노부나가는 본래 윤리로 행동하는 것이 아니라 이해로 행동하고 있다. 문제는 쇼군 추방의 영향이었다.
　'천하 60여 주에 할거하는 대영주 소영주들은 나의 쇼군 추방으로 충격을 받으리라. 나를 옳구나 하고 매도해대리라. 나아가 나에게 저항하기 위한 결속을 점점 더 굳히리라.'
　그래도 상관없다. 대항하는 자는 힘으로써 짓부수어 가면 그만이지만 부하인 여러 무장들은 마음속으로 어떻게 생각하고 있을까? 그 대표자가 전에 아시카가의 신적(臣籍)에 올라 있는 아케치 미쓰히데다.
　우지의 마키시마 공격 때도 미쓰히데는 연일 퍼부은 비 때문에 물살이 빠르다는 핑계로 선뜻 우지 강을 건너지 않았다. 노부나가가 그때 짜증이 나서
　——건너지 않으면 내가 건너겠다

고 후방에서 질책의 사자를 보냈고, 그제서야 미쓰히데는 겨우 강 속으로 말을 몰아넣었다.
 '저 놈은 무슨 생각인가를 하고 있다.'
 노부나가는 그것이 마음에 걸렸다. 그러므로 내친 김에 미쓰히데까지 추방해도 좋지만, 미쓰히데의 월등하게 뛰어난 군재(軍才)를 누구보다도 노부나가가 잘 알고 있었다. 지금 오다가의 군사력을 지탱하고 있는 것은 하야시·사쿠마 등 조상 대대로 내려온 문벌가가 아니라, 노부나가가 발탁한 미쓰히데와 도기치로 두 사람인 것이다. 이 두 사람의 재간을 앞으로 점점 더 부리고 부려먹는 방법 이외에 60여 주를 정복할 수는 없다.
 요시아키 추방 후 노부나가는 오미 남부·서부의 소탕전을 벌여, 요시아키에게 가담한 두 성을 힘들이지 않고 함락시켜
 "미쓰히데, 그대에게 이 두 성을 주리라" 하고 노부나가가 자신이 빼앗은 그 성을 미쓰히데에게 주었다.
 호수 동쪽의 다나카(田中 : 현 安曇川町) 성과 기도 성(木戶城)이다. 둘 다 조그만 성이긴 하지만 히라 산(比良山) 기슭의 천험을 의지하고 있었으므로, 견성이란 소문이 자자했다.
 이 뜻하지 않은 은상에
 ——아케치 공을 편애하고 계시다
는 소문을 가중에서 쑥덕거렸을 정도였다. 무리도 아니었으리라. 미쓰히데만은 벌써 성주가 되어 있었는데도, 그처럼 외교로 군사로 뛰어다닌 도기치로 히데요시는 여전히 요코야마 성의 수비대장이지 성주는 아니었던 것이다.

 이 무렵이 되자 고슈의 다케다 신겐의 죽음은 점점 확실성을 띠고 기후로 보고되었다.
 '하늘이 나를 돕는다.'
 노부나가는 오히려 자기 자신에게 놀랐다. 자기 운의 강함을 알고, 스스로 자기 운의 신봉자가 되었으며, 과단과 주도함을 뒤섞은 복잡한 행동력에 점점 광택이 나기 시작했다.
 이 해 8월 중순, 에치젠으로 쳐들어갔다. 미쓰히데는 이 원정군의 선봉 사령관이었다. 아사쿠라군을 연파하고 끝내 다른 제장과 함께 요시카게를, 오

노(大野) 겐쇼 사(賢正寺)로 몰아넣어 자살시켰다. 미쓰히데에게는 이 아사쿠라 요시카게도 옛 주군이다. 그러나 당시의 미쓰히데는 아사쿠라가에 객격으로 신사를 했을 뿐이고, 요시카게로부터 각별한 은혜를 입은 일도 없기 때문에 아시카가 요시아키의 경우와는 달라 그다지 감상(感傷)은 없었다.

"미쓰히데, 이번엔 잘 싸웠다" 하고 노부나가도 평소의 야유를 섞지 않고 순순히 칭찬해 주었고, 막 점령한 이 에치젠의 사정관(司政官)으로 미쓰히데를 잔류시켰다. 미쓰히데는 곧 기타노쇼(北ノ庄:福井)성으로 들어가 전후의 서민행정을 보았다.

나라 안 사람들은 "저 아케치라는 분을 기억하고 있는 자도 있으리라. 미노 태생으로 여러 나라를 유랑하여, 이윽고 이 나라로 흘러 들어와서 나가사키(長崎) 마을과 이치조다니에 머무르며 병법·군략 등을 가르친 낭인이셨던 모양이다. 그 뒤 한때 아사쿠라가의 녹을 받았지만, 아사쿠라가에서 후한 대우를 해 주지 않았기 때문에 쇼군을 모시고 오다가로 들어가셨지. 오다가에서는 대단한 대우를 받아 지금은 세 손가락 안에 꼽는 대출세인이셔"라고 소곤거렸고, 미쓰히데의 재간을 부려먹지 못한 아사쿠라 요시카게야말로 망할 수밖에 없어서 '멸망한 대장'이라고 모두들 말했다.

점령시 사정관으로서 미쓰히데의 평판은 좋았다. 이 사나이의 재능 중에서 으뜸가는 것은 민정(民政)의 능력인 모양이었다. 그가 아사쿠라가에 있을 무렵에 그를 못살게 굴던 무리들도, 이 지경이 되자 무릎을 꿇고 자기의 궁상을 진상하러 왔으나 모두들 기꺼이 응대해 주었다. 그동안에 노부나가는 남하했다.

에치젠으로부터 북 오미로 들어가, 아사쿠라와 한패인 아사이를 그의 본거인 오타니 성에서 포위했다. 그 방면의 선봉 사령관은 기노시타 도기치로 히데요시였다. 이미 아사이에겐 왕년의 실력은 없었다. 북 오미 일대의 지성(支城)은 이가 뽑혔고, 지금은 어금니라고 할 수 있는 오타니 성 하나로 방전하고 있었다. 그러나 아사이의 군사는 강했고 성은 견고하여, 공성에 앞서 노부나가는 1570년 개전 이후 햇수로 세어 3년 동안의 경험으로 그 어려움을 너무나 잘 알고 있었으므로 계략을 쓰려고 했다.

적정인 나가마사에게 말했다.

"용서해 준다"는 것이었다. 뿐만 아니라 성에서 물러가면 나중에 야마토 일국을 주리라는 꿈같은 조건을 제시했다.

아사이가의 장병들은 동요를 일으켰고 갑자기 전의(戰意)가 수그러졌다. 그것이 노부나가가 노린 점이었다. 더구나 이 제안이 아주 거짓말만은 아닌 것 같은 근거가 있었다. 아사이 나가마사의 부인 오이치는 노부나가의 친누이동생이었기 때문에, 그 오이치에 대한 정에 이끌려서 노부나가가 그렇게 말한 것이라고도 받아들일 수 있을 것 같았다.

"역시 오누이 간의 피는 어쩔 수 없군" 하고 성 안 인정가들은 말했고, 염전가(厭戰家)들은

"이미 믿었던 아사쿠라가 멸망하여 당가는 고립무원이다. 제발 이 노부나가의 청을 주군께서 순순히 받아들이시도록" 하고 빌었다.

그러나 당자인 나가마사는 일소에 붙였다.

"노부나가가 쓸 만한 수법이다."

나가마사는 꿰뚫어 보고 있었다. 본래 나가마사는 그 통통하게 찐 살이 젊은 뚱보의 체구로도 알 수 있듯이 권모가의 자질을 가지고 있지 않았다. 어느 쪽이냐 하면 명문가의 아들다운 순수함과 유순함을 지니고 있었기 때문에, 아직 오다가와 우호 관계에 있을 무렵 노부나가는 나가마사를 사랑했다. 예를 들면 쇼군 요시아키를 받들고 교토로 들어갔을 때에도 인사를 하러 오는 교토의 부호·신주·주지들에게 "이번 상경에는 오미 오타니의 비젠노카미(備前守:長政) 공도 함께 왔다. 그는 내 매부이니 나의 숙소로 인사를 하러 오기보다는 그의 숙소로 가 줘" 하고 일일이 말했을 정도였다. 노부나가는 그 체구가 당당한 젊은이의 성격의 순정을 꿰뚫어 보고, 꼭 이 서쪽 이웃인 오미의 판도를 갖고 있는 나가마사를 동생으로 삼아, 동쪽 이웃의 이에야스와 함께 오다가의 굳건한 동맹자로 삼고 싶었으리라. 만약 그대로 나가마사가 동맹자로 있었다면 노부나가의 교토 주변의 통일은 3년쯤은 일찍 이루어졌을 것이 틀림없다.

그러나 아사이는 배반했다. 노부나가에겐 뜻밖에도, 북쪽의 아사쿠라와 짜고 끝끝내 노부나가에게 저항했다. 항전 3년 만에 믿었던 신겐은 죽고, 동맹자인 아사쿠라는 멸망하여 이제 오타니는 고성(孤城)이 돼 버렸다.

"노부나가의 수법이다."

나가마사가 노부나가의 개성 권고를 이처럼 꿰뚫어 본 것은, 나가마사에게 모략의 재능이 있어서가 아니라 노부나가 연구를 거기까지 했기 때문이었다. 스물여덟 살이 된 이 아사이 가의 젊은 당주는, 20대 전반은 노부나가

를 처남으로 삼아 교제를 했고, 후반은 노부나가를 적으로 삼아 싸웠다. 싫든 좋든 노부나가를 보는 나가마사의 안목이 깊어지지 않을 수가 없었다.
'항전하면 멸망한다. 그러나 이름만은 아끼고 싶다.'
나가마사는 전에 노부나가가 그런 점을 사랑한 순수한 마음으로 결의를 했고, 부하들과 함께 명예를 위해서 전멸당하는 일에 한없는 도취를 느꼈다.
그러나 성내엔 동요가 일고 있었다. 이미 일족이나 중신 가운데 내통한 자가 있어, 지조가 분명한 자들도 서로 의심하여 결속이 나날이 허물어지려 하고 있었다. 나가마사는 드디어 자기의 죽음을 가장 화려하게 하기 위해 한 가지 계책을 강구했다.
곧 아사이가의 위패를 모시는 보리사(菩提寺)인 기노모토(木ノ本)의 조신사(淨信寺) 지장 보살당의 벳토 유산(別當雄山)이라는 승려를 불러
"나의 장의를 지내고 싶다"고 설득시켜, 성 안 구마다니(曲谷)란 곳에서 돌을 깎아내게 해, 이틀 걸려 석탑을 쌓게 한 뒤 비면(碑面)에 자기의 계명을 새기게 했다.

도쿠쇼인 공(德勝院公) 텐에이(天英) 소세이 대거사(宗淸大居士)

이것을 성 안 말터에 세우게 하고, 이윽고 사흘째 되는 날 날이 밝자마자 성 안의 장교급 이상을 불러 모으고
"소향(燒香)하라"고 명령한 것이었다. 당자인 나가마사가 염복을 입고 석탑 뒤에 앉아 있고, 스무 명 가량의 승려가 독경을 하기 시작했기 때문에 모두들 할 수 없이 소향을 했다. 그 뒤에 나가마사는 기무라 규타로(木村久太郎)라는 장사에게 석탑을 짊어지워 성을 탈출시켜 석탑을 호수 밑바닥에 가라앉히게 했다. 이 때문에 성 안의 무사들은 모두 필사의 각오를 했다.
역전 끝에 28일, 나가마사는 할복을 했고 성은 함락되었으며 아사이가는 멸망했다.
노부나가는 오타니 성을 점령하고, 그 성을 기노시타 도기치로에게 주어 비로소 성주로 만들었다. 미쓰히데보다 2년 뒤늦었다.

아사이·아사쿠라가 망하고 노부나가는 얼마간 휴식할 수가 있었다. 이 해도 다 가서 1574년이 되었다. 이 해의 정초, 교토 부근에서 오다군과 교전

웃음소리 493

중인 적은 이미 셋쓰 이시야마의 혼간사와 그 여당인 이세 나가마사의 폭도들밖에 남지 않았다.

노부나가는 기후 성 안에서 섣달 그믐날을 보내고, 근래 몇 년 만에 가장 안전한 정월을 맞이했다. 이미 북쪽에서 미노를 위협하던 아사쿠라는 없었고, 기후에서 교토로 왕래하는 노부나가의 군용도로를 시종 위협해 오던 아사이도 없다.

이해 설날, 기후 성하의 떠들썩함이란 도산이 이나바 산성(기후 성)을 거성으로 삼은 이래 공전절후의 것이었다. 교토 부근 각지에 진을 치고 있는 제장들이 신년 문안을 위해 기후성하로 몰려 온 것이었다. 그들이 그 전선 진지를 비울 수 있은 것은, 잠깐 동안이긴 하지만 풍운이 휴식 상태였기 때문이다.

노부나가는 전에 보지 못했을 만큼 기분이 좋았다. 대대의 신하, 외부에서 들어온 대영주·소영주들이 즐비하게 늘어앉은 가운데 도소산(屠蘇散)을 넣은 정초의 술을 석 잔 마시고, 이윽고 외부에서 들어온 영주들도 물러갔다. 남은 것은 서로 거리낌이 없는 역대의 신하들뿐이었다. 시바타·하야시·사쿠마·이케다·사사 등 선대(先代)로부터의 다섯 가로와 무장 외에, 가로 이상의 대병력을 맡고 있는 기노시타 히데요시·아케치 미쓰히데·아라키 무라시게(荒木村重) 등이 늘어앉아 있었다.

새삼 "정말로 경하하올 주군의 봄이옵니다" 하고 우두머리 신하인 시바타 가쓰이에가 경하를 했다.

그대로였다. 오늘 이날, 오다가의 주종이 기후에서 얼굴을 나란히 하고 1574년의 첫봄을 축하하리라곤, 정직하게 말해서 요즘 몇 년 동안 그들은 생각한 적도 없으리라. 몇 번인가 사신(死神)이 오다가를 침입하여 그때마다 노부나가는 사신을 꾸짖고, 그 격퇴법을 생각해 내 이 자리에 있는 사령관들을 달리게 하여 항상 최후의 일순에서 때려 내쫓았다.

'이런저런 일을 생각하면 노부나가도 자기 목줄기가 서늘해질 것이 틀림없다.'

미쓰히데는 공손히 앉아서 생각했다. 노부나가의 평상시에 보지 못하던 수다스러움도 위기에서 벗어난 안도감이 그렇게 만드는 것이리라. 이윽고 술이 나왔다.

"어이 모두들."

노부나가는 장난꾸러기 꼬마처럼 외쳤다.

"오늘 이 봄을 축하할 좋은 술안줏감이 있다" 하고 근시에게 명령하여 세 개의 오동 상자를 운반시켜 왔다.

'사발일까?'

미쓰히데는 생각했다. 모두들 그렇게 생각했을 것이 틀림없었다. 노부나가는 아이처럼 킬킬 웃으면서

"곤로쿠, 열어 보아라."

필두(筆頭)인 시바타 가쓰이에에게 명령했다. 곤로쿠는 경건히 명령을 받들어 열고, 안의 것을 꺼냈다. 검은 옻칠에 황금을 배합한 칠기 같은 그릇이었다. 아마 나무로 만든 그릇이거나 잔 같았다.

"무엇이라고 생각하느냐?"

"글쎄올시다."

가쓰이에는 고개를 갸웃거리고 있다.

"아사쿠라 요시카게·아사이 히사마사·아사이 나가마사 세 사람에게 뺏은 거다."

"허어, 그들의 광에서?"

"멍청이 같으니! 그 사신(死神)들의 대가리야" 하고 노부나가는 말했다.

모두들 앗, 하고 소리를 집어삼키고 들여다보니, 과연 두개골로 만든 그릇 같았다. 그것에 옻칠을 몇 번이고 하고 해골의 꿰맨 곳에는 금가루를 두텁게 붙여 소위 금박을 입힌 것이었다. 들어 보니 황금의 중량 때문에 뜻밖에 무거웠다.

"앗핫핫핫! 좋은 취미이십니다."

곤로쿠 가쓰이에가 웃었다. 시바타는 본래 경박하다는 인상과는 아주 먼 사나이였지만 자기 주군의 너무나 치열한 적개심에 얼이 빠져 마음의 평형을 잃고, 그것을 숨기기 위해서 황급히 홍소를 터뜨리지 않을 수가 없었으리라.

다른 무장들도 순간적으로 홍소를 터뜨리는 것이 자기를 위해서 이롭다고 생각했다. 와앗 하고 웃기 시작했고, 모든 사나이들의 상체가 심하게 흔들렸다. 단지 도기치로만은 홍소를 터뜨리지 않고 싱글싱글 웃고 있었다. 될 수 있는 대로 감정을 지운, 어린아이처럼 천진스러운 웃음을 짓고 있었다. 그도 당연히 내심의 동요를 꿰뚫어 보이지 않기 위한 연기에 지나지 않았다. 그런

데 한 사람, 색다른 표정이 있었다.

미쓰히데였다.

'웃어라——'

미쓰히데는 자기에게 열심히 명령했으나, 아무래도 웃음이 떠오르지 않았다. 이 연기력이 약한 사나이는 무능한 희극배우처럼 망연히 앉아 있었다. 그 미쓰히데의 표정으로 노부나가의 시선이 뻗쳤다. 그러나 이내 다른 곳으로 옮기고

"그것에다 술을 부어 줄 테니 모두들 신불이 자기 목숨을 가호해 준 것을 축하하여라" 하고 근시에게 술을 붓도록 했다.

"술맛이 좋습니다."

후년에 노부나가의 성행(性行)을 두려워하며 모반을 일으킨 아라키 무라시게조차도 경박하게 떠들어댔다.

이윽고 미쓰히데 앞에 그것이 운반되어 왔다. 미쓰히데는 절을 한 자기의 머리 위로 노부나가의 시선이 와 꽂히고 있는 것을 아플 만큼 계속 느끼고 있었다. 그러나 미쓰히데는 마시지 않았다.

그 두개골은 옛 주군 아사쿠라 요시카게의 것이었다. 유랑 시대 이 사나이에게 희망을 걸고 에치젠으로 가서, 더구나 이 사나이에게 실망하여 에치젠을 떠났다. 지금 이 얼마나 불행하고 익살스러운 재회를 하고 있는 것일까?

"주베엣!"

외치면서 노부나가는 일어나 상단으로부터 뛰어내려 왔다. 노부나가가 볼 때에는, 모처럼 자기가 이 독창적인 방법으로 행복과 충족감을 맛보고 있는데 미쓰히데는 자포자기가 된 유학자처럼 냉냉하게 앉아 자기를 비판하고 혐오하고 있었다. 그렇게 노부나가는 받아 들였다.

"왜 마시지 않느냐, 금큘 대가릿!"

노부나가는 그 색다른 잔을 들어 미쓰히데의 입으로 가져가서 입술을 벌리려고 했다.

"이……것은 저의 옛 주군 사코다유(左京大夫 : 요시카게)올시다."

"옛 주군이 그리우냐, 노부나가가 소중하냐?"

노부나가는 미쓰히데의 머리를 눌러 입술을 벌리게 하고, 강제로 그 술을 흘려넣었다.

"어떠냐, 옛 주군의 맛은?"

"황공하옵니다."
"미쓰히데, 이 잔을 원망하여라. 이 잔은 그대에게 무엇을 해 주었느냐. 노부나가니까 그대를 지금의 신분으로 출세시켜 준 것이다."
노부나가에게는 이러한 광기가 있었다.

인과응보

그처럼 잔인스럽고 광포한가 하면 뜻밖의 면도 이 사나이에게는 있었다.

노부나가는 미노와 오미의 국경을 몇 번이고 넘었는데, 그 부근에 야마나카(山中)라는 나카센 도(中仙道) 길목에 산마을이 있다. 세키가와라의 서쪽이 되며 이마스 고개(今須峠)에 붙어 있다. 노부나가는 그곳을 지날 때마다 언제나 같은 장소에 앉아 있는 한 거지를 보았다.

'무엇일까?'

호기심이 강한 이 사나이는 그것이 마음에 걸렸다. 왜냐하면 거지는 본래 방랑하는 것이지 한 곳에 앉아 있는 것이 아니기 때문이다.

──이치에 맞지 않는다.

노부나가에겐 가장 마음에 걸리는 점이었다. 왜 이 거지가 그의 본성인 방랑을 하지 않고 뿌리박은 듯이 몇 년이나 앉아 있는지, 노부나가는 지나칠 때마다 마음에 걸렸다.

어느 때 "마을의 노인을 불러라" 하며 고삐를 잡아당겨 말을 멈추었다. 이윽고 노인이 떨면서 나타나자, 노부나가는 말 위에서 그 거지의 기묘한 생태에 대해서 질문을 했다.

"옛, 그것은……"

노인은 안도하고, 그 거지에 대한 풍부한 지식을 피력했다. 이 지방에선 그 거지를──야마나카(山中 : 산속의뜻)의 거지라고 부르며 인간 취급을 하지 않고, 집에 사는 것도 허용하지 않는다는 것이었다. 왜냐하면 거지의 조상이 겐페이(源平) 전쟁 때 도키와 부인(常盤夫人 : 源義朝의첩)을 살해했기 때문에, 그 악업의 보복을 받아 대대로 절름발이로 태어났으며, 그 한 곳에 앉아 있을 수밖에 없게 돼버렸다는 것이다.

"도키와 부인을 말이지?"

노부나가는 고개를 끄덕거렸다.

옛날 미나모토가(源家)의 대들보였던 미나모토노요시토모의 첩이었던 도키와는 요시쓰네(義經)를 낳아서 역사상에 이름을 남겼지만 살해당하지도 않고, 큰 병에 걸리지도 않고 다른 집안으로 재혼해 가서 평범한 생애를 보냈다.

그러나 듣는 노부나가도, 애기하는 마을의 늙은이도 역사적 교양 같은 것은 없었다.

"불가에서 말하는 인과응보(因果應報)올시다."

"그런가? 인과응보란 말이지."

노부나가는 감탄한 듯이 고개를 흔들었다. 이 사나이는 내세의 영혼 존재를 믿지 않았고, 미신을 미워했으며, 기도를 비웃었고, 병적일 만큼 합리주의를 신조로 삼고 있는 터에, 인과응보라는 사상만은 귀에 상쾌하게 들리는 성격이었다. 악에는 반드시 보복이 온다는 사상이다. 노부나가는 그것을 믿지는 않았지만, 그러나 부정을 보면 어금니를 바드득바드득 갈면서 미워하는 이 사나이에게 기분 좋게 들리는 말이라고 해도 좋았다. 그러나 지금의 경우, 이 '야마나카의 원숭이'에게는 흥미가 있었다. 본래 소년 때부터 성하 서민을 틈에 섞여서 놀기를 좋아한 터라 그들에 대한 관심이 보통 대장들과는 비교도 안될 만큼 강했다.

"불쌍한 놈이다."

노부나가는 외치고, 이윽고 채찍질을 하여 사라졌다. 적에 대해서는 예를 들면 아사쿠라 요시카게·아사이 나가마사의 두개골을 공작하여 술잔으로 만들게 했을 정도로 증오심이 깊은 이 사나이도, 자기가 비호해야 할 서민에 대해서는 그와 거의 같을 만큼 깊은 연민을 느끼는 성질인 것 같다.

다음 번에 이 야마나카 마을을 지날 때, 노부나가는 말에서 내려 심부름꾼의 짐을 몸소 풀어 기후에서 준비한 무명 스무 필을 말 등에서 내려서, 놀랍게도 몸소 끌어안고 걷기 시작했다.

"이 마을에 사는 자들은 모두 잘 들어라."

노부나가는 무명을 끌어안고 걸으면서 외쳤다.

"이 무명 가운데, 열 필은 저 원숭이에게 주어라. 나머지 열 필로는 원숭이를 위해서 오막살이를 지어 주어라."

홱 길 위에 내던지고서 그냥 말을 타고 지나가 버렸다.

이 무렵 스무 필을 '야마나카의 원숭이'에게 주었을 때의 상경은 노부나가의 생애 가운데서 획기적인 일이 시작되려고 하고 있었다. 교토에서 공경

(公卿)이 되는 것이다. 공경은 무가와 비교할 경우, 공가(公家)라고 부른다. 공경이라고 부를 경우에는 삼위(三位) 이상의 조신을 지칭하며, 섭정(攝政)·간파쿠(關白: 領議政 격)·대신(大臣)·다이나곤(大納言: 司諫院 격)·산기(參議: 司諫院의 셋째 벼슬격, 우리나라 司諫院의 셋째 벼슬이지만, 獻納보다는 품계가 높다)를 말한다(다이나곤 이하는 司諫院과 비슷한 大政官의 벼슬이지만, 承政院 비슷한 일도 겸했다. 편제상으로 볼 때 그 지위는 議政府와같다. 參議는 宰相이라고도 했으므로, 지위로 보아 左贊成 격).

노부나가는 이번의 상경에서 '산기(參議)'가 되는 것이었다. 헤이케(平家) 이래로 무가의 출신으로서 공경이 된 예는 없었다. 무가가 천하의 정치를 할 경우, 미나모토노요리토모의 선례에 따라서 정이대장군이 되어 막부를 세우고 대신(大臣)의 관칭을 얻기는 하지만, 직접 조정의 신하에 끼여 공경이 되어 버린 예는 헤이케 외에는 없었다.

노부나가는 자기의 권력을 그처럼 해서 합리화시키려고 하고 있다.

'교묘하다' 하고 이때 오미 사카모토 성에서 오다가의 상경군에 끼어든 미쓰히데는 생각하였다. 왜냐하면 노부나가는 정이대장군 아시카가 요시아키를 추방하여 막부를 섬멸시켜 버린 이상, 지금 이 지경에서 오다 막부를 세운다면 60여 주의 제후들이 용서하지 않으리라. 그 위에 노부나가는 전에는 후지와라 씨(藤原氏)라고 일컬었는데, 지금은 마음이 변하여 다이라 씨(平氏)라고 칭하고 있다. 공중의 선례에 의하면 정이대장군은 미나모토 씨 출신 외에는 주어지지 않는다. 다이라 씨라고 칭해버린 이상 노부나가에게는 그 자격이 없었고, 자격이 있는 자라면 노부나가의 동맹자인 도쿠가와 이에야스였다. 이에야스는 전에는 후지와라 씨라고 사칭하고 있었으나 지금은 닛타 요시사다(新田義貞)의 자손이라고 칭하고 미나모토 씨라고 공칭하고 있는 것이었다. 이에야스가 아니면 아케치 미쓰히데였다. 미쓰히데의 경우에는 노부나가나 이에야스의 가계처럼 애매한 것이 아니라 미노 미나모토 씨의 적류 도키가의 지류로서, 그가 미나모토 씨인 것은 천하에 숨길 수 없는 사실이었다.

그것은 그렇다고 치자. 미쓰히데가 노부나가의 지모에 감탄하는 것은 아시카가 쇼군가의 영주 자리를 집어던지고 천황가의 공경이 된 것이었다. 옛날 이 나라의 통치자였다는 천황가의 신성스러움을 지금 새삼스러이 천하에 알리고, 천황의 신성스러움을 배경삼아 일본 통일의 사업을 노부나가는 진행시키려 하는 듯이 여겨졌다.

오다군은 상경했다.

노부나가는 곧 숙소인 소고쿠 사(相國寺)로 들어가, 임관 수작(受爵)의 준비를 시작했다.

조정에선 이미 노부나가의 서임준비가 되어 있었다. 이 해 3월 12일, 천황은 아스카이 마사노리(飛鳥井雅敎)를 칙사로 삼아, 노부나가를 종 3위로 봉하고 산기로 임명했다. 뿐만 아니라 노부나가의 세 아들(信忠·信雄·信包)은 각각 종 5위 상(上)에 봉해졌다.

그 다음 날, 이미 소문으로도 퍼져 미쓰히데 등도 듣고 있었지만, 미쓰히데 등 열여덟 명의 오다가 막장에 대해서도 각각 임관의 조치가 있었고 위(位)가 수여되었다. 모두들 한결같이 종 5위상이었다. 물론 노부나가의 주청에 의한 것이었다.

오다가 대대의 가로 중에선
시바타 가쓰이에가 슈리노스케(修理亮)
하야시 미찌가쓰가 사도노카미(佐渡守)
사쿠마 노부모리가 우에몬노조(右衛門尉)
니와 나가히데가 에치젠노카미(越前守)

로 되었고, 신참의 출세인으로서는 오미 고가 군의 미천한 출신인 다키가와 가즈마스(瀧川一益)가 사곤쇼겐(左近將監)이 되었다.

무장들은 노부나가가 뽑고 뽑아 그 위치까지 승진시킨 자인만큼 각각 군사 정치의 숙련자들이지만, 난세에 시골에서 자란 만큼 열여덟 명 가운데는 무학(無學)도 많아서

"내 관명(官名)은 무엇이라고 읽나?" 하고 떠들어대서 공경들의 실소를 사는 자들도 있었다.

오다가 출세인 중 첫 손가락 꼽는 기노시타 도기치로는 이번의 아사이가 패망 후 북 오미의 태반——20 수만 석을 노부나가로부터 받아 이미 남 오미의 영주가 된 미쓰히데와 나란히 벌써 당당한 영주가 되어 있었지만, 이 사나이는 지쿠젠노카미(筑前守)를 받았다.

여하튼 간에 시골 호족들이 무슨 가미(守) 무슨 조(尉), 무슨 쇼겐(將監)이라고 제멋대로 칭하고 있는 것과는 달라, 오다가의 경우는 천자로부터 정

식으로 받은 관위인 만큼 그 값어치는 눈부시게 빛났다. 도기치로의 경우는 그만한 관위를 얻은 몸인 이상, 기노시타 성(姓)으로서는 가볍다고 생각하고, 오다가 역대의 노신의 성인 시바타(柴田) 씨와 니와(丹羽) 씨의 한자씩을 따서 하시바(羽柴)라고 개성했다. 하시바 지쿠젠노카미 히데요시다.

아케치 주베 미쓰히데는

휴가노카미(日向守)

를 받았다. 그러나 미쓰히데의 경우, 노부나가가 조정에 상주해서 성을 바꾸게 했다.

고레토(惟任)다.

'고레토 휴가노카미 미나모토노미쓰히데(惟任日向守源光秀)'가 그의 정식 호칭이 되었다. 고레토는 규슈(九州)의 옛 호족의 성으로서, 난세인 오늘날에는 이미 존재하고 있지 않지만, 규슈 사람들이 들으면

——그처럼 유서가 깊은 핏줄이신가

하고 착각을 일으키리라. 노부나가는 장차 규슈 정복을 꿈꾸고 있었으므로 미리 그것을 배려하여 미쓰히데에게 고레토를 쓰도록 한 것이었다. 그런 배려에 의한 개성은 미쓰히데뿐만이 아니었다. 니와 나가히데에게는 고레즈미(惟住)를 성으로 쓰게 했고, 주조 쇼겐(中條將監)에게는 야마즈미(山澄), 하나와 구로베(塙九郞兵衞)에게는 하라타(原田) 성을 쓰게 한 것이었다. 물론 이 개성은 평소에 실제로 쓰게 하려는 것은 아니었다.

노부나가는 이 쇼코쿠 사 체재중, 미쓰히데를 은밀히 별실로 불러 중대한 일을 털어 놓았다.

"개성(改姓), 마음에 들었느냐?" 하고 우선 물었다. 여전히 찌르는 듯한 말투였으나 별로 악의는 없는 것이리라. 미쓰히데는 옛 하고 꿇어 엎드려 새삼 감사를 드렸다.

그 지긋지긋한 감사의 말 따위를 노부나가는 듣고 있지 않았다. 미쓰히데의 말을 중간에서 가로채

"그 개성을 축하해서 그대에게 단바(丹波) 일국을 주지" 했다. 옛 하고 미쓰히데는 다시 꿇어 절했으나, 준다고 하더라도 단바는 무인의 나라가 아니라, 그 일국의 통치자로 우선 하타노(波多野)가 뽑아 버릴 수 없는 실력을 가지고 있고, 그 외에도 크고 작은 호족들이 골짜기 골짜기마다 반거하여 점령해야만 할 성의 수만 하더라도 스무 개 이상은 되리라. 노부나가는 그것

을 탈취하라는 것이었다.
"몇 년 걸리겠느냐?"
"대략 5, 6년은 걸리리라고 생각합니다."
"흠."
노부나가는 좋다고도 안 된다고도 말하지 않았다. 오다가의 전력을 기울인 오미 평정의 싸움만 하더라도 그처럼 세월을 잡아먹은 것이다. 단바 평정전은 미쓰히데의 부대로만 치른다면 그만한 햇수는 걸리리라. 게다가 오다가에서 사람을 부리는 법에 따르면 미쓰히데를 단바 공략에만 전념시켜 둘 리가 없고, 그 동안 번번이 다른 전선으로 전전시킬 것이 틀림없기 때문에 미쓰히데가 말하는 대로 최소한 5, 6년은 필요로 하리라.
"돌아가서 준비하여라. 그때까지 말하지 말아라" 하고 노부나가는 말했다. 당연한 일로 이 새 방면에의 작전이 단바로 새나가면, 외교나 작전에 지장을 초래할 것이 틀림없었다.
"알겠습니다."
"말해 두겠는데" 하고 노부나가는 말했다.
"지쿠슈(筑州 : 秀吉)에게는 반슈(播州)로부터 쳐들어가서 주고쿠 일원을 점령하라고 명령했다."
'허어!'
미쓰히데는, 히데요시가 이제야 오다가의 사실상의 필두 대장이 되었다고 생각했다. 주고쿠의 모리라면, 전의 아사쿠라·아사이와는 달리 산잉(山陰) 산요(山陽)의 10개 국 대영주이며, 마치 서녘의 제왕과 같은 존재다. 그를 공략하는 담당관이 히데요시라면, 기껏해야 단바 일국을 담당케 된 미쓰히데와의 사이에는 커다란 차이가 지어졌다고 해도 좋다. 이미 노부나가의 재능 평가는 첫째 하시바 히데요시, 둘째 아케치 미쓰히데, 셋째 시바타 가쓰이에, 넷째 다키가와 가즈마스라고 할 수 있으리라.
"원숭이 놈은" 하고 노부나가는 킬킬 웃었다.
"5, 6년으로 주고쿠 10개국을 항복시켜 보이겠다고 말했다."
'원숭이 놈!'
미쓰히데는 가슴 속으로 신음했다. 미쓰히데의 계산은 일국으로 5, 6년, 히데요시의 계산은 10개국으로 5, 6년. 큰소리도 어지간히 치라고 외치고 싶었다.

"그 자는 담이 큰 자야. 그대같이 음침한 자가 아냐. 아마 5, 6년으로 처리하리라."
"상공."
산기가 된 뒤 노부나가의 호칭이 달라졌다.
"저는 틀림없는 것을 말씀드렸을 뿐입니다. 하옵고 음침한 것은 저의 선천적인 성격으로, 새삼 지쿠젠노카미처럼 담이 큰 흉내는 내지 못합니다. 흉내를 내면."
"흉내를 내면?"
노부나가는 턱을 돌렸다. 아무래도 이 미쓰히데의 장광설이 노부나가의 마음에는 들지 않았다.
"어찌된다는 거냐?"
"생각지도 않은 실수를 저지를지도 모릅니다."
미쓰히데는 울듯이 말했다. 미쓰히데에겐 견실과 치밀함이 지닌 맛인 것이다. 그것을 잊어버리고 가마우지가 해오라기의 흉내를 내면 엉뚱한 일을 저지를지도 모른다는 것이었다. 그러므로 용서해 주기를 바란다고 미쓰히데는 탄원했다.
노부나가는 이미 듣고 있지 않았다. 노부나가로서는 자기가 졸개 격에서 발탁한 히데요시와 미쓰히데라는 천재를 억지로라도 부채질하여 서로 경쟁시키고 싶다고 생각할 뿐이었다.
미쓰히데는 물러나왔다. 머지않아 군세를 모아 교토를 떠나 거성인 오미 사카모토 성으로 돌아갔다. 귀성한 그날 밤 아내 오마키에게 교토에서 겪은 온갖 일들을 얘기했다. 휴가노카미로 임관된 일, 단바를 점령하라는 명령을 받은 일을 얘기하니 오마키는 눈물을 흘렸다.
"어찌된 일이야?"
"기뻐요. 옛날의 괴로운 생활을 생각하면 지금은 꿈이라고 밖에는 생각되지 않아요."
"원, 원, 이 정도는 조그만 공(功)이야. 이 정도 일로 기쁜 눈물을 흘린대서야 아케치 주베의 아내라곤 할 수 없어."
미쓰히데는 부인에게만은 담이 큰 자인 모양이었다.
이날 밤 미쓰히데는 규방에서 오마키와 잠자리에서 얘기를 나누는 동안에 자기의 평가가 차차 커졌다.

"생각해 보라고" 하고 미쓰히데는 말했다. 오다가 십팔 장(十八將)은 제각각 천하의 호걸이지만, 결국은 싸움터를 달릴 뿐인 재간에 지나지 않는다. 자기만은 다르다. 미노를 떠나 여러 나라를 유랑하고 있을 무렵부터 조그만 영주·호족을 모셔 식록을 얻을 것을 생각지 않고 오로지

──천하를 어떻게 하느냐

그것만을 생각해 왔다. 무슨 일을 생각함에 있어서도 발상은 항상 천하였다. 아시카가 막부를 부흥시키려고 한 것도 그러했다. 그러한 일을 시바타·다키가와·하시바 무리들이 생각한 일이 있는가?

"만약 생각한 자가 있다면 오다가에서는 노부나가 외에는 없다"고 미쓰히데는 거의 흥분했다.

"오마키"

미쓰히데는 말했다. 식록이란 결국 먹이에 지나지 않는다. 식록을 얻으려고 급급하는 자는 금수와 다름이 없다. 세상의 대부분은 금수다. 오다가의 18장들도 거의가 그렇다. 단 자기만은 다르다. 영웅이란 자기의 식록을 생각지 않고 천하를 생각하는 자를 가리킨다고 미쓰히데는 자꾸자꾸 말했다.

"오마키, 그렇지 않아?"

"그래요."

오마키는 거역하지 않고 고개를 끄덕였다. 이 남편은 밖에서 심기(心氣)를 너무 쓰기 때문에, 안에서 이처럼 호언장담을 토해 겨우 마음의 평정을 유지하려 하는 것이리라.

'들어주지 않으면 안 된다'

오마키는 미쓰히데가 말하는 어느 말에나 깊이깊이 맞장구를 쳤다.

미쓰히데는 아무에게도 말할 수 없는 노부나가에 대한 불만도 오마키에게만은 설득시키듯이 하소했다. 도기치로를 담이 큰 자라고 하고 자기를 음침한 자라고 한 노부나가의 말도 오마키에게 전했다.

"지쿠슈 놈은 예의 그 남을 어리게 하는 수법으로 주고쿠 10개국을 5, 6년으로 뺏겠다고 아뢰었어. 노부나가에겐 그것이 멋진 놈으로 보이는 모양이야. 내가 정직한 말을 하면 음침하다고 한다. 그처럼 담이 큰 자가 좋다면 나도 지쿠젠의 수법으로."

여기까지 말했을 때, 오마키가 고개를 들었다. 이 사람이 저런 성격으로 그런 흉내를 낸다면 분명 어떠한 과오를 범할지 모른다.

"그것만은 하지 마세요. 사람은 자기가 지니고 태어난 성질에 따라서 재주를 부려갈 도리밖에는 없어요."

오마키는 미쓰히데를 보았다. 엷은 행등(行燈) 빛에 비친 미쓰히데의 얼굴에 바림한 듯한 짙은 그늘이 있었다.

"왜 그래, 오마키?"

갑자기 바림이 사라지고 미쓰히데는 본래의 얼굴로 돌아와 미소를 지었다.

"아니, 당신 말이 맞아. 나도 알고 있어."

낮은 목소리로 미쓰히데는 말했다.

단바(丹波)

단바는 지금의 교토 부와 효고 현(兵庫縣)에 속해 있다. 면적은 대략 사방 2000리.

'산골 원숭이'라고 이웃 나라인 교토 사람들로부터 멸시를 당해 왔듯 산과 산, 골짜기와 골짜기가 복잡한 지세를 이루고 있고, 그 산골짜기마다 조그만 호족들이 자리잡고 있으며 더구나 그 호족들의 공통된 성격은 편협하고 완고하여 외계 정세에 어두웠다.

'공격하기 힘들다.'

미쓰히데의 실감이었다. 미쓰히데의 감상으로서는 평야 지방의 적은 파리와 같아서 대군으로 쳐들어가면 흩날아가 버리지만, 산지(山地)의 적은 털 속의 이 같은 것이어서 하나 하나 등개가지 않으면 안 되었다. 허나 그런 작업을 한다면 5년이 돼도 10년이 돼도 모자라리라.

'연구해야 한다.'

미쓰히데는 신중한 성격이다. 성급한 군사행동을 삼가고 수많은 첩자를 보내 산과 산, 골짜기 골짜기의 호족들의 성격·능력·상호 이해관계·인척관계를 조사시켰다. 그 동안 미쓰히데는 단바에 한 번도 나타나지 않고 오다가의 각 전선을 전전하여 한곳에 석달 이상 머문 일이 없었다.

"노부나가는 뼈까지 갉아먹는다" 하고 부림을 당하는 미쓰히데조차 기분이 좋아질 만큼 노부나가는 그의 재능을 혹사했다. 미노로 침입한 고슈의 신겐의 아들 다케다 가쓰요리(武田勝頼)군과 교전하기 위해서 미노로 파견되는가 하면, 야마토로 전전(轉戰)하여 다몬 산성(多聞山城)의 방비를 지휘하고, 또 다시 가와치로 전전하여 미요시 당의 성을 공격하는가 하면, 오사카의 혼간 사 공격에 참가하여 그 동안 교토의 시정을 담당하는 등 그 다망은 말로 다 할 수가 없었다.

하기는 총대장인 노부나가부터가 그러했다. 그가 뛰어 돌아다니는 폼은 미쓰히데 이상으로,

——오다 공은 뎅구(天狗 : 깊은 산에 살며 얼굴이 빨갛고 코가 크며, 자유로이 하늘을 날아다닌다고 생각되는 인간처럼 생긴 상상 상의 괴물)인가?

하고 교토 사람들이 감탄할 정도로 신출귀몰이었다. 다방면화해 버린 어느 전선에도 노부나가는 나타나서 직접 지휘를 했고, 가와치의 성 공격 같은 때에는 전적(戰跡)을 보아 직접 전선으로 나가 졸병들을 몸소 지휘했다.

매사 몸소 한다는 것이 노부나가의 성격이기도 하리라. 그러나 그뿐만이 아니다. 오다가에서는 체력과 지력이 모두 가장 뛰어난 자가 노부나가 자신이었다. 노부나가는 그렇게 믿고 있었고, 사실 그러하리라. 가장 뛰어난 자를 닳아빠질 때까지 부린다는 것이 노부나가의 방식이었다. 노부나가는 자신을 가장 혹사했고, 다음으로 히데요시·미쓰히데를 혹사했다.

노부나가가 가와치의 진에 있을 때 미쓰히데의 단바 공략 계획은 이루어졌다.

'한번 말씀드려야지'라고 미쓰히데는 생각하고 진중에서 배알했다. 노부나가는 미쓰히데의 설명을 듣고 나자

"좋군" 하고 만족했다.

미쓰히데가 입안한 계획은 그처럼 잘 되어 있었다. 그러나 한 가지가 빠져 있었다.

"효부다유(후지타카)를 데리고 가거라" 하고 노부나가는 말했다.

노부나가는 이유를 말하지 않았다.

말하지 않더라도 미쓰히데는 알고 있었다. 호소가와는 아시카가 중기에 나타난 요리토모(賴元) 이후, 몇 대에 걸쳐서 단바의 수호 제후(守護諸侯)였다. 하기는 현지에 있는 일은 없고 교토에 정청(政廳)을 두고 몇 대 계속되었는데, 전국 초기에 본토에서 하타노 씨가 대두하는 바람에 호소가와는 단바와 인연이 끊어졌다. 그 호소가와와 후지타카의 호소가와와는 혈맥은 한줄이 아니지만 가호(家號)는 상속되고 있는 것이다. 후지타카가 단바로 가면 미노에서의 도키, 오와리의 시바, 미카와의 기라처럼 '옛날의 주군'이라고 하여 크게 존중을 받으리라. 자연히 정치 공작도 하기 쉽다.

미쓰히데도 실은 그것을 생각했다. 그러나 노부나가의 버릇으로서, 부하가 인사(人事)에 참견하는 것을 좋아하지 않는다. 그 위에 호소가와 후지타카라는 아시카가가에서의 옛 동료와 너무 깊은 인연을 맺으면 일견 당파를 결성하는 것 같아 노부나가가 싫어할 거라고 생각하고 사양을 한 것이었다. 그런데 노부나가가 먼저 말을 꺼냈다.

'방심할 수 없는 사람이다.'

미쓰히데는 생각했다. 우선, 단바가 반세기 이상이나 전에 호소가와가의 관할국이었던 것을 노부나가가 알고 있는 데에 놀란 것이다. 그런데도 부하가 지닌 맛을 갉아먹듯이 부려먹는 노부나가의 교묘함은 미쓰히데가 볼 때에도 천재라고 밖에는 생각할 수가 없었다.

"효부다유를 이리로 불러라."

노부나가는 근시에게 명령했다. 후지타카는 이 무렵, 이미 오다가에 정식으로 신사하여 남 아마시로(山城)의 소류지 성을 거성으로 하여 항상 노부나가의 전열에 끼어 있었으며, 미쓰히데나 히데요시보다 한 단 낮은 부장으로서 활약하고 있었다.

후지타카가 나타나자 노부나가는 곧 명령했고, 이어서

"그대들도 인척이 되어라" 하고 말했다.

후지타카의 아들 다다오키는 아직 10대 중반이지만 이번에 첫 출진으로서 아버지를 따르고 있었고, 골격도 이만저만 늠름하지 않았다. 미쓰히데의 딸은 오다마다. 후에 세례명 가라샤로 불린다. 오다마는 다다오키보다 한 살 위지만 그 아름다움은 오다가 가중에 소문이 자자했다.

'옛날 서로 그러한 약속을 한 일이 있다.'

미쓰히데와 후지타카는 서로 마주보면서 지사(志士)로서 분주히 돌아다니던 때를 문득 생각했다. 물론 서로 이의는 없었다.

"고마우신 분부십니다" 하고 미쓰히데는 경건히 감사를 드리면서 노부나가의 성격을 이상하게 생각했다. 노부나가는 비판력이 날카로워 남의 허점을 관찰하는데 있어 사소한 흠집도 놓치지 않았고, 그것을 지적할 때에는 뼈를 찌르듯 가혹하여 때로는 비판이 높아지면 가신(家臣)의 수십 년 전의 과거를 들추어 할복시키거나 추방하거나 했다. 그처럼 사정없는 사나이이지만 단 하나의 맹점은 가신 쪽에서는 절대 자기를 배반하지 않는다는 신념을 가지고 있는 듯한 일이었다. 그렇지 않으면 같은 막부 신하 두 사람을 사돈간으로 만들려는 발상은 일어나지 않으리라.
　이윽고 노부나가는 동쪽으로 사라졌다.
　미쓰히데는 교토에 남았다.
　교토를 책원지(策源地)로 삼아 단바로 사람을 보내 대소 호족들을 회유하던 시기——즉 1575년 5월 그믐께, 미쓰히데는 세상을 깜짝 놀라게 할 풍문을 들었다. 이윽고 그 확보(確報)를 입수했다.
　노부나가가 미카와의 나가시노에서 다케다 가쓰요리의 대군과 전투를 벌여, 일본 최강이라는 고 신겐의 대군단을 완전할 정도로 격파했다는 소식이었다.
　"노부나가가!"
　미쓰히데는 온몸이 떨리는 듯한 이상한 충격에 휩쓸렸다. 기쁨이라는 어설픈 감정이 아니라 공포인지도 몰랐다. 지금까지 미쓰히데는 노부나가의 사상·성품을 좋아하지 않았고, 그 재능에 대해서도
　'내 쪽이 뛰어나다'
고 은밀히 생각했으며, 그렇게 생각함으로써 노부나가로부터 받는 여러 가지 모욕을 참아온 것이었는데, 나가시노의 일전은 미쓰히데의 그런 자신을 뿌리째 흔들어 놓았다. 비로소 미쓰히데는 노부나가를 두려워했다.
　'어쩌면 그 사나이는 나 따위는 따르지도 못할 천재인지도 모른다.'
　이 대전지인 나가시노 시다라가하라(設樂原)는 동 미카와의 산골짜기에 있는 조그만 고원으로 그곳에 전개된 양군의 인원수는
　다케다군 1만 2천
　오다·도쿠가와군 3만 6천
이었다.
　그러나 다케다군은 고 신겐의 군법이 구석구석까지 미쳐서 그 정강(精強)함이란 1기가 다른 나라의 4, 5기와 맞먹는다고 일컬어지고 있었다. 병의 강약으로 볼 때, 오다가의 오와리 병은 비교적 약하다고 알려져 있다. 그러므로 세 배의 인원수가 있더라도 잘해야 호각의 싸움이라는 것이 상식이었다. 그 증거로, 싸우기 전부터 오다군의 장병은 공포에 떨었고 적진을 엿보러 간 척후들도 달려 돌아오자마자 한결같이 다케다군의 위용을 전율하는 듯한 말투로 보고했다.
　그 모양을 나중에 들었을 때, 미쓰히데도

'그랬으리라'
고 생각했다. 미쓰히데조차도 다케다군의 정정당당한 군용과, 그 귀신도 피하는 것 같은 용맹스러움을 생각할 때 은근한 전율을 느끼지 않을 수가 없었다. 그러나 현지의 노부나가에게는 이미 그것을 격파할 구상이 있었다. 그는 기후를 떠날 때부터 모든 졸병에게 재목 하나, 새끼줄 한 뭉치씩을 들게 했고, 현지에 닿자 그것으로써 예정된 싸움터에 장대한 방책을 구축하고, 곳곳에 문까지 만들었다. 또한 오다군의 집총병 1만 명 중에서 사격의 명수를 3000명 뽑아 그들을 방책 안에 넣고, 천 명씩 3단으로 전개시켜 다케다군이 가장 득의로 삼는 기마 부대의 맹공격을 기다렸다. 끝내 계략은 들어맞아 방책을 향해서 노도처럼 돌격해 온 기마 군단은 노부나가가 고안해 낸 '일제 사격'이란 세계 사상 최초의 전법 앞에 거짓말처럼 무너져 버렸다.
'어떻게 돼 먹은 사나이인가?'
교토에서 미쓰히데는 생각했다.
미쓰히데는 30년 전에 이 나라로 들어온 총이라는 새로운 병기에 대해서는 그 기계 연구나 용법상의 연구에 있어서도 일본 제일이라는 정평이 있었고, 당초 노부나가가 미쓰히데를 받아들인 것도 화술가(火術家)란 점에 매력을 느꼈기 때문이었다.
미쓰히데는 당연히 그 전법에 자신을 가지고 있었지만 노부나가가 나가시노에서 연출한 3단 교대의 일제 사격법이라는 것은 생각조차 못했다. 노부나가가 취한 그 방법은 곧, 좁은 공간 안에 천 발의 총탄이 쉴새없이 날고 있는 셈이 되는 것이 아닌가!
'생각지도 못했다.'
미쓰히데는 열패감(劣敗感)를 맛보았다. 찌구젠노카미 히데요시 같은 사나이라면 그 열패감을 당장에 노부나가에 대한 외경(畏敬)이란 질로 전화하여, 덮어놓고 노부나가를 배우려는 자세로 옮겨가리라. 그러나 미쓰히데에게는 자신(自信)을 배반한 한낱 패배일 뿐이었다. 그 결과, 미쓰히데의 경우엔 노부나가 외경이란 속편한 전화를 하지 못하고——할 수만 있었다면 얼마나 속이 편했을까——금동불(金銅佛)처럼 묵직한 상대방의 상(像)에 위압당해 하마터면 자신(自信)을 압살할 것처럼 돼 버렸다.

미쓰히데와 후지타카의 단바 공작은 진행되어, 나라 안의 거의 반가량이 오다쪽으로 쏠렸을 때, 미쓰히데는 군사 2000명을 이끌고 교토 서쪽 가쓰라(桂)에 집결했다. 후지타카도 군사 300명을 거느리고 합세하여 함께 말을 몰며 단바 가도를 향해 가, 동 단바의 가메야마 성(龜山城)을 에워쌌다 (가메야마는 현재 개칭하여 龜岡).

미쓰히데는 급공 방침을 취해 사흘 밤낮으로 불이 날 듯이 공격하여 드디어 함락시키고, 항복자를 수용하여 그 전승을 노부나가에게 보고함과 동시에 그곳을 본거로 하여 단바 공략으로 접어들었다.

거북(龜) 꼬리의 푸르름도 울창한 산 탓인가.

후지타카는 벗과 자기의 성공을 축하하며 이렇게 읊었다.

이 뒤 오다가의 무위(武威)·미쓰히데의 덕망·후지타카의 집안이라는 세 요소가 이 산국(山國) 사람들을 크게 뒤흔들어 놓아 앞을 다투어 귀순했다. 미쓰히데는 외교에 전념했다. 그것이 노부나가의 방침으로서, 노부나가의 경우엔 그 가혹한 전투조차 외교의 일부라고 해도 좋았다. 미쓰히데는 음예(陰翳)의 차이는 있다고 하나 어느 결엔가 노부나가의 방법을 충실히 답습하고 있었다. 그리고 노부나가의 욕심 많은 기호는 인재에 대한 흥미여서 인재라고 보면 가로채듯이 자기 산하에 넣었는데, 미쓰히데도 이런 방식을 취했다.

단바에도 인재는 있었다. 일찍부터 귀순한 자, 도중에 다소의 반항의 빛을 보인 자, 언제까지나 항전한 자를 포함하여 미쓰히데는 이자다 싶은 사나이를 보면

"나에게 신사(臣仕)하지 않겠소?" 하고, 이 사나이의 말버릇으로 상대방을 충분히 존중하면서 항복자도 초빙하는 형식으로 상대했다. 그 미쓰히데의 태도에 감격하여

'이 사람이야말로'

하고 기뻐하며, 도라지꽃 무늬의 군기 아래 달려온 자는

시오텐 마타베(四王天又兵衞)·나미카와 가몬노스케(並河掃部助)·하기노 히코베(萩野彦兵衞) 하카 가베곤노카미(波波伯部權頭)·나카자와 붕고(中澤豊後)·사카이 마고사에몬(酒井孫左衞門)·가지 이와미(加治石見) 등이었다.

미쓰히데는 이들을 각각 무사대장 격으로 기용하였고 시오텐 마타베를 중용했다.

시오텐 마타베는 올바른 가명을 시호텐(四方田)이라고 쓰고, 다지마노카미(但馬守)라고 칭했다. 비교할 자 없을 만큼 싸움의 능수여서, 이전부터 미쓰히데 밑에 있던 아케치 미쓰하루·사이토 도시미쓰(齋藤利三)와 함께 '아케치의 창신(槍神)'이라고 일컬어졌다.

물론, 이들 귀순자 채용에 대해서는 일일이 노부나가에게 여쭈어 보았다. 노부나가는 기분좋게 허락했다. 아케치 군단의 강화는 노부나가의 통일 사업에 좋은 영향을 가져오는 것이다. 여담이지만 위에서 말한 창신의 한 사람인 사이토 도시미쓰는 미쓰히데와 동향인 미노 사람이다.

사이토 도산은 한때 도시마사(利政)라고 일컫고 있었다. 아주 닮은 성명인데, 오히려 도산 쪽이 미노의 명가 사이토가의 가호를 뺏은 셈이므로 이 사이토 도시미쓰 쪽이 미노 사이토의 소위 정찰(正札)이라고 해도 좋다.

전에는 미노 안파치군(安八郡)에서 5, 6만 석을 봉토로 가지고 있던 소네성(曾根城) 성주 이나바 잇테쓰(稻葉一鐵)에게 신사했고, 그의 무사대장으로 있었다. 잇테쓰의 이나바가와 사이토 도시미쓰와는 본래 동족으로, 도시미쓰는 그의 딸을 아내로 맞이했던 것이다.

잇테쓰는 처음에는 도키가에게, 이어서 도산에게 신사했고, 다시 지금은 노부나가에게 신사하고 있다. 오다가의 가중에서는 완고한 자를 '잇테쓰(一徹 : 일철)'라고 부른다. 이 말이 전국에 퍼져 잇테쓰모노(一徹者 : 고집쟁이)라는 말이 일본어에 더해졌다고 일컬어질 정도이므로 이나바 잇테쓰의 성격은 추찰할 수 있으리라. 사이토 도시미쓰는 이 동족이며, 장인이며, 주인이기도 한 잇테쓰를 싫어하여, 탈주하여 같은 미노 출신으로 오다가의 부장이기도 한 미쓰히데를 모셨다. 미쓰히데는 그를 우대하여, 아케치 가의 중핵적인 사령관으로서 늘 선봉을 맡았다.

그런데 사이토 도시미쓰를 놓친 잇테쓰가 가만히 있을 리가 없다. 예의 성격으로 노부나가에게 호소했다.

노부나가는 잇테쓰를 경원하면서도 그 완고함을 우스워하는 구석이 있었다.

'알았다. 미쓰히데에게 말해서 돌려 주도록 하겠다'하고 미쓰히데의 얼굴을 볼 때마다 그 말을 했다. 그러나 미쓰히데도 사이토 도시미쓰만한 재능을 놓치고 싶지 않으므로 적당히 그 자리를 얼버무려 넘겨, 노부나가가 하는 말을 듣지 않았다. 그 동안 세월이 흘렀지만 이나바 잇테쓰는 여전히 단념하지 않고 노부나가에게 사후할 때마다 그 말을 했다.

드디어 노부나가는 귀찮아졌다. 잇테쓰의 집요함에도 화가 치밀었지만 자기의 말을 받아들이지 않는 미쓰히데에게 보다 더 화가 치밀었다.

'그 까닭이 있는 듯한 상통을 짓는 놈!' 하며 그 일을 속으로 별렀다.

미쓰히데가 진행 중인 단바 공략의 중간보고를 위해서 아즈치 성(安土城 : 이미 노부나가는 이 비와 호수 동쪽 기슭의 땅에 남만풍을 가미한 일본 최대의 거성을 쌓아 가고 있었다)으로 가서 노부나가를 배알했을 때, 노부나가는 정세의 진전에 대해서 아주 기분이 좋았다. 단바의 여러 인사들을 새로 얻은 데 대해서도 아주 기분이 좋아,

"그 놈은 어떤 놈이냐?" 하고 얼굴 생김새·특기·성벽에 이르기까지 물을 정도로 이 사나이의 인간에 대한 흥미를 크게 만족시켰지만 그 직후,

'그처럼 재미있는 무리들이 갖추어진 이상, 구라노스케(內藏助―利三)는 이제 괜찮겠지. 그놈을 잇테쓰에게 돌려줘라'고 말했다.

미쓰히데는 다시금 그 설익은 듯한 표정으로 의미 없는 말을 너절하게 늘어놓기 시작했다.

노부나가는 끝내 격노했다. 뛰어 일어나자마자

"주베, 너는 주인이 하는 말을 들을 수가 없단 말이냐?" 하고 미쓰히데의 머리를 잡고 상투를 쥔 채 힘껏 튕겼다. 미쓰히데는 벌렁 나뒹굴었으나 일어나려고 했다. 그때 노부나가가 소도(小刀)를 뽑아 베려고 했으므로 미쓰히데는 남들의 도움을 받아 그 자리에서 도망쳤다.

그래도 미쓰히데는 사이토 도시미쓰를 내놓으려고 하지 않았다.

"생사는 그대와 함께 한다. 살해당해도 그대를 놓지 않겠다"고 도시미쓰에게도 말했다. 도시미쓰도 그 말에 감동하여 미쓰히데가 말한 대로의 생애를 마쳤다.

이 미쓰히데의 가로 사이토 도시미쓰의 막내딸이 도쿠가와 3대 쇼군의 유모로 위세와 복을 누린 가스가 부인(春日夫人)인 것은 앞에서 말했다. 참고로 말한다면 이나바 마사노리(稻葉正則)가 말한 '가스가 부인 약보'에는

"가스가 부인. 유명(幻名) 후쿠(福). 사이토 구라노스케 도시미쓰의 막내딸. 어머니는 이나바 교부소유 미치아키(稻葉刑部少輔通明)의 딸이니라"고 씌어 있다.

이타미 성(伊丹城)

　오다가 장령들 가운데 아라키 셋쓰노카미 무라시게(荒木攝津守村重)라는 고관이 있다. 후세의 용어로 말한다면 지역군사령관(方面軍司令官)이라고 할 수 있으리라. 그 무렵 오다가의 지역군사령관이라면 호쿠리쿠(北陸)를 공격 중인 시바타 가쓰이에, 주고쿠를 공격중인 하시바 미쓰히데, 이세를 진정하고 있는 다키가와 가즈마스, 오사카 혼간 사를 에워싼 사쿠마 노부모리, 또한 셋쓰 일국을 담당한 아라키 무라시게, 그리고 유군(遊軍)적 존재인 역대의 가로 니와 나가히데 등이 있었다. 각각 노부나가로부터 오다가 직속의 대영주·소영주들을 나눠 받아 그들을 통할하는 높은 지위에 앉아, 이제 그들의 무명은 천하를 휩쓸고 있었다.
　신분은 가지가지였다. 아라키 무라시게도
　"천노(賤奴)의 신분에서 발탁되어" 라고 세상에서 말하고 있을 정도이므로 말하자면 꿈같은 출세를 했다.
　그 아라키 무라시게가 모반을 꾀하고 있다는 급보가 노부나가에게로 온 것은 1578년 가을, 노부나가가 호쿠리쿠 전선을 독려하고 있을 때였다.
　"응?"

위대에서 온 급사의 보고를 다 듣고 나서도, 평소에 반응이 민감한 노부나가가 이 한 가지 일에 대해서만은 안색조차 변하지 않고 오로지 고개만을 갸웃거릴 뿐이었다.

"무슨 잘못이겠지? 그 사나이가 모반을 일으킬 리가 없다."

노부나가는 믿을 수 없는 모양이었다.

곧 아즈치 성으로 돌아가기 위해서 혹고쿠 가도(北國街道)를 남하하고 있을 때, 교토 부근 산요 도(山陽道)를 담당하고 있는 제장으로부터 무라시게의 동정을 알려왔다. 그들 모두가 '모반' 이라는 결론이었다.

'알 수 없군. 대체 모반을 일으킬 만한 사정이 무라시게에게 있단 말인가?'

노부나가는 이것저것 생각해 보았다. 그러나 잘 알 수가 없었다. 그처럼 잘해 주었는데 모반이라니, 대체 어찌 된 노릇일까? 사정을 납득할 수가 없으면, 이 지나치게 날카로운 감정의 소유자로서는 진지하게 화도 나지 않는 것이었다.

"무슨 불평이 있는지 물어 봐라" 하고 단바의 전선에 있는 미쓰히데, 교토의 궁정 관계를 담당하고 있는 궁내경(宮內卿)인 호인(法印) 마쓰이 유칸(松井有閑)에게 지령하여, 급히 아라키 무라시게의 거성인 이타미 성(伊丹城)으로 노부나가의 대리로서 하향하도록 명령했다.

그 명령을 받은 미쓰히데는 급히 전선에서 떠나 교토로 가서 마쓰이 유칸과 함께 이타미(大阪府)로 향했다.

"대체 어떤 사정일까요?"

마쓰이 유칸은 물었지만 미쓰히데로서도 알 수가 없었다. 모반을 일으키지 않으면 안될 재료가 아라키 무라시게에게는 없을 것이었다.

분명히 알고 있는 것은, 아라키 무라시게는 1535년 태생으로, 태어난 지 43년이 된다. 셋쓰 이케다(池田) 부근에 사는 무사의 아들이라고 미쓰히데는 듣고 있었다.

셋쓰는 사이고쿠 가도(西國街道)로 면한 이름난 읍이다. 그곳 이케다 성주는 먼 옛날부터 지명을 성으로 삼은 이케다였는데, 무라시게는 그 집에 신사하여 20대에 두각을 나타내 30대에 가로가 되었으며, 몸소 군사를 이끌고 이곳을 약탈해 셋쓰 이바라키(茨木)·셋쓰 아마가자키(尼崎)의 양 성을 뺏고 그 성의 성주가 되어 세력이 주가를 압도했다. 아시카가 요시아키가 노부나가의 비호를 받았던 전후, 이케다가는 전부터 아시카가 쇼군가와 인연이 깊었기 때문에 이케다가의 당주 가쓰마사(勝正)는 요시아키를 모셔 그의 산하로 들어갔다. 자연히 아라키 무라시게도 요시아키의 계열로 들어가 막신이 되었다. 이 점, 무라시게는 '신참의 막신'이라는 점에서 미쓰히데와 비슷했다.

노부나가는 이케다·아라키의 주종을 보고, 가신인 아라키 무라시게 쪽이 훨씬 기량이 있다고 인정, 이케다 가쓰마사가 죽은 뒤 그 영지를 무라시게에게 잇게 하고 교토로부터 후원하여 그 영토 확장을 도우면서, 끝내 셋쓰 일국을 다스리게 하기에 이르렀다. 그 동안 무라시게는 노부나가의 명령에 의해서, 구주(舊主)인 유족 이케다 빙고노카미 시게나리(池田備後守重成)를 휘하에 넣었다. 또한 그동안 무라시게는 오다의 원군을 빌어 셋쓰 이타미 성을 공격하여 이타미를 쫓고 그 성하를 셋쓰의 수부(首府)로 삼아 그곳에 거주했다.

'대단한 군략가다.'

미쓰히데는 구 막신계의 동료로서 무라시게를 믿음직스럽게 보게 되었다.

셋쓰에 있는 무라시게의 가신단에는, 다카쓰키 성주로서 크리스챤 이름 '돈·쥬스트'로 알려진 다카야마 우곤 시게토모(高山右近重友), 창(槍)의 세베(瀨兵衛)라고 소문이 난 이바라키 성주 나카가와 기요히데(中川淸秀) 등 세상에 알려진 인재가 많았다.

"만약 모반이 확실하다면 이건 대단한 일이 벌어진다."

미쓰히데는 오다가의 전략적인 입장에서 이 사태를 걱정했다.

오다가는 여러 방면에서 작전하고 있다. 가령 미쓰히데가 담당하는 단바도, 히데요시가 담당하는 주고쿠(우선 播州)도, 사쿠마 노부모리가 담당하는 오사카 혼간 사도, 셋쓰 국(현재의 大阪市, 北攝地方, 阪神間, 神戶市의 범위)과 각각 경계를 접하고 있어, 모든 작전에 지장을 초래케 된다.

더구나 적극적으로 위협을 받게 된다.

노부나가는 이보다 앞서 무라시게에게 명령하여 셋쓰 하나쿠마(花隈)에 우미하마 성(海濱城)을 쌓게 하여, 오사까 혼간 사와 반슈의 반 오다 세력인 미키(三木) 씨와의 연락을 차단시켰는데 이 하나쿠마 성이 반대로 오다 전략의 위협이 되어 되돌아 온 것이다.

그뿐만이 아니다.

이타미 성 515

'모반'이라는 것은, 요컨대 주고쿠의 모리에게 귀순해 버리는 일인 것이다. 히로시마(廣島)에 본거를 둔 이 산잉(山陰)·산요(山陽)의 거대한 세력은 셋쓰의 미키를 최전선으로 삼아, 오다와 접촉하며 싸우고 있었다. 지금 셋쓰의 아라키 무라시게가 배반하면 셋쓰가 모리의 최전선이 되고, 오사카의 혼간 사와 연계를 맺어 모리의 전력은 엉뚱하게스리 거대해지는 셈이었다.

'모리에게는 훌륭한 책사(策士)가 있는 모양이다. 아라키 무라시게를 배반시켰다는 것은 너무나 멋진 솜씨다'

미쓰히데와 마스이 유칸은 셋쓰 이타미의 조그만 성하 거리로 들어갔다. 거리 동쪽에 구릉이 있는데, 그 지방 사람들은 아리오카 산(有岡山)이라고 부른다. 성곽은 그 구릉 위에 있었다.

"병을 앓으셨소?"

미쓰히데가 자기도 모르게 말했을 정도로, 이 대면 자리에 나온 아라키 무라시게는 여위어 있었다.

무라시게는 본래 싸움에 능숙한 사나이지만, 그렇다고 거친 인물이 아니라 다도(茶道)에선 리큐(利休) 7고제(高弟)의 한 사람으로 꼽힐 정도로 뛰어난 사나이였다.

"아니 병을 앓지는 않았소."

억지로 웃으려고 했으나 미소가 되지 않았다.

'몹시 번민하고 있다.'

그렇다면 역시 모반의 풍설은 거짓이 아닌지도 몰랐다. 덧붙여 설명한다면, 이 풍설의 제1보를 호쿠리쿠의 노부나가에게로 보낸 것은 호소가와 후지타카였다.

'모반을 생각한다고 하더라도 아직 결심을 하지 못한 단계 같다. 결심을 했다면 이렇게 여위지는 않았으리라.'

미쓰히데는 이렇게 추측하고, 될 수 있으면 생각을 돌리게 하고 싶었다. 왜냐하면 미쓰히데의 장녀가 작년 이 아리키가의 적남인 신고로 무라쓰구(新五郎村次)에게 시집을 가서 인척관계였기 때문이다. 이 아라키가 배반하면 미쓰히데는 딸을 적으로 삼아 공격하지 않으면 안 된다.

"여러 가지 풍설이 나돌고 있소."

미쓰히데는 말했다.

"그러나 아즈치 님은 그러한 풍설은 믿지도 않으시고, 기분도 부드러우시오. 단지 한 번 문안을 하라고 하여 이렇게 왔소. 남의 입에 오르내리는 미심스러운 점들은 한시바삐 없애 버리는 것이 좋을 거요."

나지막한 소리로 순순히 설득시켰다.

'남의 입에 오르내리는 미심스러운 점들'이라는 것은, 이를테면 무라시게의 부하 중에 이(利)를 탐하는 자가 있어 군량 때문에 곤경을 겪고 있는 적 쪽의 혼간 사에 쌀을 팔고 있는 자가 있다는 것, 그리고 혼간 사 공격의 일각을 무라시게가 담당하고 있으면서 최근 제멋대로 그 진을 철수해 버린 일 등이었다.

"남의 입엔 문을 만들어 달 수가 없소."

무라시게는 씁쓸히 웃었으나, 실은 이미 모리·혼간 사 쪽에 가담하리라는 것을 7할 가량은 마음속으로 결심하고 있었다. 그러나 미쓰히데는 설득했다.

가령 모반의 풍설이 나왔다고 할망정 귀공을 신임하고 계시는 아즈치님은 아무렇게도 생각지 않고 있다. 전에 그처럼 마음에 들어 하던 지쿠슈(秀吉)조차도 성을 거슬린 일이 있어 그때도 모반의 풍설이 퍼졌지만, 예의 지쿠슈는 입을 멍청하게 벌리고 지나버렸기 때문에 풍설도 멈추고 아즈치 님도 성을 푸셨다. 그 수법을 쓰시라. 이렇게 설득하자 아직 마음이 심하게 흔들리고 있는 무라시게는,

'과연 그런가!'

하고 생각하기 시작했다. 실은 모리 쪽에서 연신 밀사가 오고 있었지만, 지금이라면 본래의 길로 되돌아갈 수 있을 것 같았다. 노부나가가 그런 마음이라면 되돌아갈까, 하고 생각했다.

드디어

"전혀 기억에 없는 일입니다. 역심의 의심이란 뜻밖입니다. 그렇게 아뢰어 주오" 했다.

미쓰히데는 안도의 한숨을 내쉬었다. 그대로 이타미에서는 하룻밤도 묵지 않고 딸도 만나지 않은 채 급히 성하를 떠나 도중에서 아즈치의 노부나가에게로 급사를 보냈다. 다음 날 노부나가는 그 보고를 받고

"축하할 일"이라면서 좌우에 웃음 띤 얼굴을 돌렸다. 그 웃음이 이윽고

소문으로 퍼져 무라시게의 귀에 들어갈 것을 계산하고 있는 것이다. 노부나가는 혹고쿠에서 첫 보고를 받았을 때부터 이미 연기자였다.

'아라키 무라시게는 언젠가는 퇴치한다. 그러나 지금 배반시키면 모든 전력이 무너진다. 지금은 무슨 일이 있더라도 붙잡아 둬야 한다.'

예의 격노벽을 발휘하면 그 말이 아라키의 귀로 들어가 그는 떨고, 그로 하여금 여지없이 적 쪽으로 달려가게 하는 결과가 되리라.

'그렇게 만들 수는 없다'

고, 노부나가로서는 그 명랑함이 있는 힘을 다한 연기였다.

이 사나이의 생애 중, 1578년 가을의 한 시기처럼 미소를 계속 띤 일은 없을지 모른다.

노부나가가 자기 대리로 미쓰히데를 이타미 성으로 보낸 것도 충분히 계산한 뒤의 인선이었다. 미쓰히데의 성격은 생각이 깊고 온화하고 소심하다. 그 위에 무라시게가 인척간인 이상, 딸이 귀여워서라도 필사적으로 그 모반을 막으려고 하리라.

"하여간 축하할 일이다. 의심이 풀린 이상 곧 아즈치로 오너라. 얘기라도 좀 하라고 그에게 전하여라" 하고 이타미의 무라시게 앞으로 급사를 보냈다. 또한 무라시게의 어머니를 인질로 내놓으라고도 덧붙였다.

사자가 이타미로 내려가 무라시게에게 그 말을 전하자 무라시게는 즉석에서

"말씀대로 거행하겠소"라고 대답하고, 곧 적자 신고로를 거느리고 이타미를 출발하여 도중 이바라키까지 왔을 때, 무라시게의 부하인 이바라키 성주 나카가와 기요히데가

"글쎄 어떨지 모르겠습니다" 하고 종제(從弟) 사이라는 거리낌 없는 마음에서 야릇한 낌새를 파고들어 충고했다.

"노부나가 공의 성격은 남의 잘못을 끝까지 용서하시지 않습니다."

일단 모반의 의심을 품으신 이상 아무리 변명해도 헛일이다. 아즈치로 가면 살해당할 뿐이리라. 가령 지금 살해당하지 않더라도 공을 세우고 일을 끝낸 뒤, 옛날의 잘못이 들추어져 끝을 내거나 살해당하고 만다.

"이렇게 된 이상, 과감하게 모리에게 의지하십시오."

이렇게 말했다. 때마침 이바라키 성에 모여 있던 다른 중신 이케다 규사에몬(池出久左衞門)·후지이 가가노카미(藤井加賀守)·다카야마 우곤(高山右

近) 등도 기요히데의 의견에 찬동했다.
 "과연!"
 무라시게는 드디어 마음속으로 결심하고 그대로 이타미 성으로 돌아가 농성 준비를 했다. 그때 무라시게는, 적남의 아내인 미쓰히데의 딸을 이혼시켜 사람을 붙여 오미 사카모토의 이케치가까지 돌려보냈다. 무라시게는 자기에게 그처럼 호의를 보여준 미쓰히데를 이 모반에 휘말려들게 하고 싶지 않았던 것이다.
 무라시게의 반의(叛意)는 뚜렷해졌다.
 '왜 그 사나이는 오다가를 배반하는가?'
 미쓰히데는 여전히 알 수 없었다. 단지 알고 있는 것은 무라시게가 생김새와는 다르게 소심한 것이었다. 풍문에 너무 신경을 써서 참을 수 없게 된 것인지도 모른다. 신경 말이 났으니까 말이지만, 미쓰히데처럼 오다가의 외부에서 들어간 부장인 무라시게는 전부터 노부나가의 성격에 필요 이상으로 신경을 써서, 거의 피로해진 것처럼도 여겨졌다. 이 점, 집안에서 커 온 히데요시나 시바타 가쓰이에는 노부나가의 기질을 잘 알고 있어 응석을 부릴 수 있는 경우는 적당히 어리광도 부리고 하는 모양이었지만 무라시게나 미쓰히데는 그럴 수가 없었다.
 그에 비하면 주고쿠의 모리는 의리있는 사람으로 알려졌고, 신참자나 항복자에 대해서도 성실하고 관대했다. 무라시게의 피로할대로 피로한 신경은 그만 모리의 넓은 가풍에 편안함을 느끼는 마음을 불러일으켰는지도 모른다. 이 밖에는 방관자인 미쓰히데로선 해석할 도리가 없었다.
 한편, 아즈치의 노부나가는 무라시게가 다시 배반했다는 보고를 듣고도 여전히 관대한 태도를 배풀었다.
 반슈 히메지 성(姬路城)에 있는 히데요시에게
 "무라시게를 위무하라"고 지시했다. 히데요시는 부랴부랴 모신(謀臣) 구로다 간베(黑田官兵衞)를 이타미 성으로 보냈는데, 이미 결심을 굳힌 무라시게는 변심하지 않고 오히려 간베를 억류하여 성 안 옥에 가두어 버렸다.
 노부나가가 군사를 거느리고 일어선 것은 제1보를 들은 날부터 두 달째인 1578년 11월 초순이었다. 그러나 여전히 병력으로 이 '반란'을 해결하기를 피했다. 오다가 전체가 다방면에서 작전을 하고 있을 때, 판도 안에서 쓸데없는 전화는 외적을 이롭게 할 뿐이리라.

무라시게의 막하를 회유하려고 했다. 다카쓰키의 성주 다카야마 우곤이 다시없는 천주교도였으므로 선교사 오르간티노를 파견하여 설복시켰다. 이바라키 성주 나카가와 기요히데에게는 그의 친구들을 파견하여 설득시켰다.

그래서 다카야마·나카가와 두 사람은 변심하여 노부나가에게로 달아났고, 무라시게는 버림을 받았다. 그 뒤 이타미 성은 오다군의 중위(重圍)에 갇혔으며, 이윽고 아리키 무라시게만이 단신 성을 탈출했다. 아마가자키(尼崎)로 갔다가 다시 여러 곳을 전전한 끝에 이윽고 주고쿠의 모리에게로 망명했다. 주인에게 버림받은 장병들도 자연히 성에서 사라지는 자가 많았다.

미쓰히데는 한때, 이 이타미 성 포위에 참가하고 있었는데 도중에 노부나가의 허락을 받아 단바 전선으로 떠났고, 이 사건의 후일담을 안 것은 산에 눈이 내려 쌓이기 시작한, 다음 해 12월이었다.

노부나가는

"아라키 무라시게의 족속을 몰살하라"라는 명령에 의해서, 그때까지 누르고 눌러오던 무라시게에의 증오를 겨우 표현했다.

학살의 장소로 선발된 곳은 셋쓰 아마가자키였다. 그 나나마쓰(七松)라는 해변에 백 개 이상의 十자 기둥을 세워 임시 형장으로 만들고, 그 형장으로 이타미 성에 틀어박혀 있던 122명의 부인네를 끌어내 일제히 十자 기둥에 묶어 찔러 죽였다. 또한 그녀들이 부리고 있던 하녀 388명, 종복 124명, 계 512명을 해안 네 채의 집안에 가두고 마른 풀을 쌓은 뒤 불살라 죽였다.

'희대의 악주(惡主)'

라고 단바 고원의 눈 속에 있는 미쓰히데는 생각했다. 만약 아라키 무라시게가 자기 딸을 이혼시켜 주지 않았더라면 딸도 또한 아마가자키 나나마쓰 해안에서 참살당했으리라. 그것을 생각하니, 다른 사람과 달리 미쓰히데에겐 이타미 성 여자들의 규환과 원한이 자기 일처럼 생생히 울려오는 것 같았다.

동시에 그 가해자인 노부나가의 광기를 생각하면

'참을 수 없다'

는 생각이 쌓여왔다. 아라키 무라시게로 하여금 그 불가사의한 모반을 꾀하게 한, 말할 길 없는 피로가 미쓰히데의 마음을 풀 죽게 만드는 것 같았다.

그날 밤 미쓰히데는 진중으로 야헤이지 미쓰하루를 불러

"시즈(靜)를, 어떻게 생각하느냐?" 하고 물었다.

시즈란 아라키가에 출가했던 딸의 이름이다. 지금 오미 사카모토에 있는 그 애가 이 사건을 어떻게 느끼고 있는가, 미쓰히데의 지금 심경으로서는 그것을 억측하는 일을 견뎌낼 수가 없었다. 적어도 시즈를 그녀가 어릴 때부터 알고 있는 이 야헤이지에게 시집보내, 야헤이지의 위로 속에서 나머지 반생을 보내게 하고 싶다고 생각할 뿐이었다. 그것을 미쓰히데는 오히려 이 종제에게 애원하듯이 부탁했다.

"주군의 뜻대로."

야헤이지는 이 갑작스러운 기쁨을 그대로 느끼기보다는, 미쓰히데와 시즈 부인의 가슴 속을 생각하는 마음이 앞서는 얼굴을 들지 않고 있었다.

섬

언제부터인가 아즈치 성하에 무헨(無邊)이라는 수도자가 절간을 빌어 자리를 잡고, 괴상한 술법을 행해서 성하의 남녀를 여럿 모아들이고 있었다. 무헨은 초인인 것 같았다. 눈에서 기적을 나타내 보였고, 소경조차도 무헨에게 걸리니 당장에 눈을 떴다는 소문이 나 있었다. 그 술법은 '축시 대사 비법(丑時大事秘法)'이라고 칭하여 심야에 베푸는 듯, 해질녘부터 남녀가 문 앞에 모여들어 오막집까지 짓는 소동이었다.

"그렇게 이상스런 사나이냐?"

노부나가는 소문을 듣고 고개를 갸웃거렸다. 노부나가의 사상에는 영혼도 없고 신불도 없는데, 하물며 불가사의·기묘·영험 따위는 더욱 없었다. 그러나 탐구심이 강한 이 사나이는 그 무헨이라는 초인에게 흥미를 가졌다.

"그 자를 성으로 불러라"고 명령했다.

무헨은 이시바 사(石場寺)라는 수도자의 절에 의탁하고 있었다. 주지의 이름은 에이라보(榮螺坊)였다. 사자를 맞이한 에이라보는 무헨을 데리고 아즈치 산으로 올라갔다. 물론 두 사람은 지위가 없기 때문에 방은 주어지지 않았고, 마구간 앞 광장에서 대기했다. 이윽고 노부나가가 나타났다. 무헨을 보고 슬슬 다가가서, 이윽고

"무헨이냐?" 하고 고개를 갸웃거렸다. '뚫어지게 보시옵고 생각에 잠기신 듯하였느니라'고 기록자는 쓰고 있다.

'보통 인간이 아닌가!'

노부나가에게는 그렇게 여겨졌다. 신불이라면 조금이라도 색다른 곳이 있으리라고 생각하고 무헨의 얼굴 화장·피부빛·어깨까지 늘어진 머리칼을 훑어보기도 하고, 뒤로 돌아가서 등을 바라보기도 했으나 별로 다른 구석은 없었다.

"고향은 어디냐?"

노부나가는 물었다. 무헨은 지금이 자기 존재를 돋보일 때라고 생각하고

"고향 같은 것은 없습니다" 거만하게 대답했다. 보통 인간이 아니라고 생각하게 하고 싶었기 때문이었다.

"알쏭달쏭한 말을 하는구나. 인간이 태어난 곳이 이 일본국 아니면 당인(唐人 : 중국인), 그렇지 않으면 천축인(天竺人 : 인도인), 이 세 나라 중의 어느 나라도 아니라면 귀승(貴僧)은 괴물인가?"

노부나가는 화를 내고 있는 것이 아니라 고개를 갸웃거리면서 호기심으로 질문하고 있었다. 무헨은 휘감아 버리기 쉽다고 생각한 것이리라.

——그렇소

하는 듯이 미소를 띠었다. 노부나가는 드디어 실험해 보려고 생각하고 "그렇다면 불에 태워 보자" 하고 중얼거리고, 좌우에 화형 준비를 명령했다. 괴물이라면 당연히 타 죽을 리가 없다고 생각한 것이다.

무헨은 노부나가에 대한 연구가 부족했다. 불에 태워지는 것은 견딜 수 없는 노릇이라고 생각하고 당황하여, "고향은 있습니다. 데와(出羽)의 하구로(羽黑)라는 곳입니다" 하고 다시 말했다.

"뭐야, 너는 한낱 사기꾼이었구나!"

노부나가는 여기서 비로소 화를 내기 시작했다. 이 점에서도 무헨은 너무나 노부나가를 몰랐다. 노부나가가 무엇보다도 싫어하는 것은 속임수였다. 더구나 그 속임수를 깨어 놓는 데에 강렬한 정의감을 지니고 있었다. 에이 산을 가짜 불법이다라고 절간을 불태워 버리고, 그곳 승과 속인 3천 명을 베어 죽인 것도 이런 정신의 발작이었다. 그런데도 노부나가의 마음은 손톱 끝만큼도 상처를 입지 않았고 후회도 하지 않았다. 왜냐하면 모든 것은 정의의 행동이며 그 정의는 노부나가가 가장 좋아하는 말이기 때문이었다.

——천하 만민을 위하여

라는 정치적 이상에 뿌리를 박고 적어도 노부나가는 그렇게 믿고 있었다.

무헨에 대한 행동은 그 조그만 발로였다.

"이놈이 신불도 괴물도 아니라는 증거를 만민에게 보여 줘라" 하고 노부나가는 명령했다. 그 본보기의 기획을 노부나가는 즉석에서 생각했다. 머리칼을 짧게 깎고 머리의 군데군데를 박박 밀어 매독(梅毒)처럼 만드는 일이었다.

그것이 다 되자 "햇햇" 하고 노부나가는 악동처럼 웃었다.

무헨은 그 머리채로 벌거숭이가 되어 졸개에게 오랏줄 끝을 잡힌 채 성하를 이끌려 다녔다. 그 뒤 목숨만은 살아나서 추방되었다. 그런데 나중에 안 바로는, 무헨의 나쁜 짓은 그것뿐이 아니었다. 예의 '축시 전수(丑時傳授)' 때에, 상대방이 여자일 경우

——배꼽 겨루기

라는 흉측스러운 희롱을 하고 있었다는 것이 노부나가의 귀에 들어갔다. 노부나가는 그런 희롱법을 참아 넘길 수가 없었다.

"이 잡듯이 뒤져서라도 무헨을 찾아내 이 아즈치로 끌고 오너라" 하고 여러 나라를 공략 중인 사령관에 대해서 일제히 명령을 내렸다. 미쓰히데도 당연히 그 명령을 받았다.

기껏해야 돌중 한 놈을 가지고 이 소란스러움은 무슨 꼴인가!

미쓰히데에겐 노부나가의 그러한 악에 대한 증오나 집요함에 신경이 쑤시는 듯한 마음이 들었다. 아직 무헨 정도의 거지 중일 때에는 괜찮지만, 이 같은 정신이 오다가의 무장에게도 발동된다면……그럴 우려가 충분히 있었다.

당장 지난 해, 즉 1580년 7월, 노부나가는 그 무서운 발동을 역대의 가로인 하야시 미치카쓰에게 내렸다. 미치가쓰는 노부나가가 소년 때, 생모인 도타(土田) 부인과 짜고 동생인 오다 노부유키를 세우려고 한 노신이었지만, 그 뒤 노부나가는 용서하고 부장으로 삼아 쉴새없이 부려먹었으며 조정에 상주하여 사도노카미로 임관도 시켜 주었다. 신임이 두터워야할 텐데도 노부나가는 지난 해 갑자기 세상도 잊어 버렸을 그 미치가쓰의 옛 상처를 들춰

"20여 년 전의 구악이지만 나는 오늘날까지 참아 왔다. 이젠 더 이상 참을 수 없으니 오늘로 당가에서 나가라"고 몸 하나로 추방해 버렸다. 이 일에 오다가의 제장들은 한결같이 숨결을 죽이고 '언제 우리들도' 하고 목이 움츠러드는 것 같은 느낌이었다.

생각하면 지난 해인 1580년은, 오다가에게는 오랜 만에 눈이 녹은 듯한

해였다. 오랜 세월 노부나가의 공포였던 우에스기 겐신은 그 전전 해에 죽고, 그 전해에는 미쓰히데의 단바 공략이 완료되었으며, 이 해 4월에는 노부나가에게 가장 성가신 적이었던 오사카의 혼간 사가 항복하여 교토 주변은 빈틈없이 평정되었다.

　――이젠 하야시 미치가쓰도 필요 없다
는 형편이었으리라.

　'노부나가에게는 제장이 도구에 지나지 않는다. 쓸데없이 돼 버리면 버린다.'

　미쓰히데는 이 하야시 미치가쓰 사건 때에 생각했다.

　"도구에 지나지 않는다"는 미쓰히데의 관찰은 올바른 것이라고 해야만 하리라. 왜냐하면 후사를 상속할 때(기억하기에도 낡아빠진 얘기지만) 하야시 미치가쓰와 함께 오다 노부유키 옹립 운동을 했다는 점에서는 지금 호쿠리쿠 공략 사령관으로 나가 있는 시바타 가쓰이에도 그러했다. 가쓰이에가 같은 죄인임에도 불구하고 가쓰이에만이 용서를 받고 있다는 것은 단 한 가지 이유밖에는 생각할 수가 없었다. 가쓰이에가 유능한 도구이며, 미치가쓰가 무능한 도구였을 뿐인 것이다. 가쓰이에는 앞으로 점점 더 계속 혹사를 당하리라. 그러나 이윽고는 쓸모가 없어질 때가 온다.

　'그때는 가쓰이에도 버림받는다.'

　미쓰히데는 이렇게 생각하지 않을 수가 없었다. 아니 그것은 시바타 가쓰이에 자신이 더 잘 알고 있으리라. 이 노부나가의 천하 정복전이 거의 일단락된 1580년에는 다시 하나의 춘사(椿事)가 일어났다.

　하야시 미치가쓰·시바타 가쓰이에와 나란히 오다가의 역대의 노신이었던 사쿠마 노부모리도 갑자기 녹(祿)을 박탈당하고 진중에서 고야 산(高野山)으로 추방되고 만 것이다.

　――어찌 된 일인가?

　사쿠마 노부모리도 망연해진 모양이었다.

　이 노장도 노부나가에게 혹사당해 왔다. 1572년에는 오다군을 이끌고 미카타가하라에서 다케다 신겐과 싸웠고, 1575년에는 나가시노 싸움에 참가하여 다케다 가쓰요리와 싸웠고, 그 전후에는 오사카 혼간 사 포위 공격전의 주무자로서 성 밖 옹성(甕城)에 들어앉아 공성전을 지휘해 왔다. 그 혼간 사 공격도 무사히 낙착되었다. 물론 그 공은 노부모리 따위보다도 가끔 공성전을 도운 히데요시나 미쓰히데 쪽이 훨씬 클지 모르지만, 하여간 노부모리는 공성의 주무자다. 당연히 낙성과 함께 그 전후 5개년의 전진(戰塵)의 노고를 위로받아도 좋으리라. 그러나 노부나가는 위로하지 않고, 대신 몸소 붓을 들어 장문의 벌책서(罰責書)를 써, 그것을 노부모리 부자(父子——아들은 正勝)에게 내던졌다.

이 벌책서 사본을 미쓰히데도 읽고서, 노부나가가 인간의 어느 부분을 사랑하고 어느 부분을 미워하는가를 생생히 알았다.

노부나가의 문장은 모두(冒頭)부터

"너희들 부자는 5개년 동안이나 옹성에 들어박혀 있으면서, 선악(善惡)의 활동이 전연 없었느니라"라고 씌어 있었다.

'선악의 활동'이라는 것은 성공도 하지 않고 실패도 하지 않은, 요컨대 아무 것도 하지 않았다는 것이리라. 사실 노부모리에겐 다소 게으른 성격이 있었고, 그 위에 쓸데없는 불평을 투덜거리는 버릇이 있었다. 노부나가가 좋아하고 싫어하는 면에서 볼 때, 일하기 싫어하는 불평가만큼 싫은 것은 없었다.

노부나가는 글 속에서

"미쓰히데와 히데요시를 보아라" 하고 노부나가가 가장 좋아하는 활동자의 전형으로서 우선 이 두 사람을 들고 있다.

"미쓰히데의 단바에서의 활약은 천하에 면목을 드날린 것이다. 다음으로" 하고, 히데요시는 두 번째로 씌어 있었다.

"도기치로의 수 개국을 상대로 한 활동, 비할 자가 없느니라."

나아가 이케다 쓰네오키(池田恒興 : 勝入)의 하나쿠마 성에서의 공적을 찬양하고, 시바타 가쓰이에의 호쿠리쿠 공격의 눈부신 활약을 들고 있다.

"그런데도 너는 아무 일도 하지 않았노라. 전투가 서투르면 모략이란 수법도 있다. 모략엔 물론 연구가 필요하다. 그 연구가 떠오르지 않으면 나에게 오면 가르쳐 줄 터인데도, 과거 5년 동안 한 번도 그런 의논을 하러 온 일이 없노라."

이 점, 히데요시는 일찍부터 노부나가의 이 기질을 꿰뚫어 보고 전선에서 크고 작은 일 할 것 없이 의논을 해 왔다. 사쿠마 노부모리는 오다가 대대의 노신인 만큼, 노부나가를 그만 가벼이 보고 그러지 않았으리라.

노부나가는 또한 사쿠마 노부모리의 성격을 공격했다. 인색한이고 돈을 사랑한다는 것이었다.

"인색한 저축만을 본으로 삼는다"고 노부나가는 썼다.

아닌 게 아니라 노부모리에게는 그 버릇이 있었다. 노부나가가 영지를 늘려 주어도 무사를 고용하지 않았다. 고용하면 그만큼 노부모리에게는 감수(減收)가 되기 때문이다.

노부나가는 말했다.

"너는 인색하기 때문에 오래된 부하에게 대우도 잘 해주지 않는다. 그 때문에 사람도 모이지 않는다. 인수도 갖추어지고 유능한 부하를 많이 가지고 있으면 네가 좀 무능하다고 하더라도 이 정도의 실수는 없을 터인데 저축하는 것만이 재주이기 때문에 천하의 면목을 잃어 버렸다. 이런 흉한 꼴과 불명예는 당토(唐土 : 中國)·남만(南蠻 : 동남아시아)에도 예가 없으리라."

나아가 노부나가는 노부모리의 아들인 진구로 마사가쓰(甚九郞正勝)에 대해서도 언급하고 있는데, 거기 가서는 붓을 놀리기도 귀찮아졌는지 '그 어리석은 행위를 일일이 늘어놓아도 좋겠지만, 이젠 붓도 먹도 쓰기 힘드노라'라고 썼다. 쓰는 것마저 귀찮다는 뜻이리라.

"대략 말하면, 욕심이 많고 속이 더럽고 좋은 인재를 포섭하지 않느니라" 하고, 아들에 대해서도 아버지인 노부모리에게 한 말과 비슷한 비판을 내리고 있다.

이 판결이

"부자 함께 머리를 깎고 고야 산으로 들어가거라" 하는 것이었다. 이 처치로 인해서 노부모리 부자는 고야 산으로 쫓겨 올라갔으나 노부나가의 미움은 더욱 깊어져

"고야 산에 살아서도 안 된다. 어디든 발길 가는 대로 도망쳐라"고 명령을 바꾸었다. 노부모리 부자는 짚신 한 켤레만을 신은 채 구마노(熊野)의 깊은 산 속으로 도망쳐 들어갔다.

이 노부모리에 대한 처치나, 거지 중 무헨에 대한 처치나 똑같았다. 제국에 진을 치고 있는 제장에게 찾게 하여 드디어 무헨을 사로잡아 아즈치로 호송시켜 왔다.

이 어처구니없는 '배꼽겨루기' 돌중을 노부나가가 몸소 취조를 했다. 매도를 한 뒤 "베어라"고 명령해 목을 베었다.

'천하 만민의 도덕을 바로잡는다'는 점에 노부나가의 마음이 있다고 하더라도 그 집요함은 세상의 상정이라고는 할 수 없었다.

나아가서,
하고 미쓰히데는 생각했다. 이 1581년 2월에 일어난 사건에 대해서다. 노부나가는 3월 10일 급히 생각이 떠올라 시신 5, 6기만을 거느리고 아즈치의 성문 밖으로 달려 나가 30킬로 북쪽에 있는 나가하마(長濱)를 향해 말을 달렸다. 이런 말달리기야말로 노부나가의 소년 때부터의 오락이었는데, 만 마흔 일곱 살이 되었어도 이 즐거움만은 줄어들지 않았다.

나가하마는 히데요시의 거성이다. 노부나가는 성하로 들어가자마자
"지쿠부 섬(竹生島)으로 갈 테니 배를 준비하여라" 하고 성에 명령했다. 성주 히데요시는 주고쿠 진에 출정하여 부재중이었는데, 그의 부인 네네(寧寧)가 지휘하여 배를 냈다.

지쿠부 섬까지는 호수 위 12킬로였다. 하시바(羽柴) 측에선 노부나가가 속력을 좋아하는 것을 알고 있었기 때문에 특히 노가 많은 배를 내서 가려뽑은 노군으로 하여금 노를 젓게 했다. 노부나가는 지쿠부 섬에 닿자, 섬 안에서 아주 잠깐 동안 휴식을 취한 뒤 다시 배를 타고 나가하마로 돌아왔다.

──나가하마에서는 성에 머무르시리라
고 생각한 것은 아즈치 성의 노부나가에게 딸린 하녀들이었다. 그녀들은 그 날을 기화로 삼아 어전에서 나가 내성(內城)에서 놀거나, 성하의 소지쓰 사(桑實寺)와 야쿠시 사(藥師寺)로 참배차 가거나 했다. 당연하리라. 아즈치에서 호수 위 지쿠부 섬까지는 수륙 합쳐 왕복이 80여 킬로다. 설마 노부나가가 당일로 돌아오리라고는 생각지도 않았다. 그러나 노부나가는 나가하마에 상륙하자마자 다시금 채찍을 들어 남하하여, 해가 있는 동안에 성 안으로 달려 들어왔다. 그런데 하녀들이 없었다.

"이 태만함, 용서할 수 없다!"
노부나가는 막하에 명령했고, 무단으로 외출한 하녀들을 모두 포박시키라고 했다. 이런 종류의 눈가림·꾀부림만큼 노부나가가 싫어하는 것은 없었다. 포박되는 대로 모조리 참죄에 처했는데 소지쓰 사에 간 자들은 돌아오지 않고 절의 수좌(首座)가 그녀들을 위해 사죄하러 왔다.

"이런 죄를 빈다면, 너도 같은 죄다" 하고 수좌의 목을 베고 절에 들어박힌 하녀들을 끌어내게 하여 역시 목을 베었다.

이 변사를 미쓰히데가 들은 것은, 그가 호소가와 후지타카의 초대를 받아 단고(丹後──京都府 北部)로 놀러 나가 있는 여행지에서였다. 후지타카는 이 무렵, 노부나가로부터 단고를 얻어 미야즈 성(宮津城)을 거성으로 삼고 있을 때였다.

"단고에는 명승지가 많네. 한번 천천히 놀러 오게" 하고 후지타카는 전부터 미쓰히데에게 권유하고 있었던지라, 올 3월에 교토의 관병식을 무사히 끝낸 뒤 미쓰히데는 연가사(連歌師)인 사토무라 쇼하(里村紹巴)를 꾀어, 니폰 해로 여행을 가 있었던 것이다.

여러 나라를 싸돌아다니며 오랜 해 싸움터에서 싸움터로 전전해 온 오다가의 부장으로서는 이 잠깐 동안의 관광이야말로 전에 없는 한가한 시각이었다.

후지타카는 미쓰히데를 미야즈 만(宮津灣) 안에 있는 경승지 아마노 하시다치(天ノ橋立)로 안내해 가서, 그곳에서 연가의 연회를 베풀었다. 연회 도중에 그 풍문을 들은 것이다.

그 뒤 미쓰히데는 갑자기 노래를 그치고 어두운 표정으로 생각에 잠겼다.
"왜 그러십니까?"
종장(宗匠)인 쇼하가 물었다.
"아니……."
미쓰히데도 말을 흐렸다. 미쓰히데가 문득 두려워한 것은 이처럼 거성을 떠나, 남의 영지에서 연가나 짓고 있는 소행을 노부나가가 알면 어찌 될까 하는 것이었다. 하녀가 노부나가의 부재중 어전을 잠깐 떠났다고 해서 살해당할 지경이라면, 미쓰히데의 죄는 더욱 크다.

'노부나가는 어떤 트집을 잡아올지 모른다.'
미쓰히데의 신경은 이미 병들어 있었다.

"갑자기 용건이 생각나서" 하고, 몹시 두려운 표정으로 후지타카와 쇼하에게 핑계를 댄 뒤 그날 밤 안으로 떠나 단고 단바 백 킬로의 산길을 답파하면서 사흘 만에 가메야마(龜山)로 귀성했다.

분노의 싹

그 다음 해 1582년, 미쓰히데는 이미 갓 쉰다섯이 되었다. 오다가를 섬긴지 10여 년, 병마 창황한 속에서 자기 나이를 생각할 틈조차 없었지만 요즈음 심기가 쇠약함을 느끼게 됨에 따라서

'이미 그러한 나이인가!' 하고, 자기 몸의 일인데도 놀라지 않을 수가 없었다. 본래 건강한 편은 아니었다. 1576년 5월에는 오사카 이시야마 혼간사 공격 진중에서 병들었고, 한때는 중태에 빠져 교토로 후송된 일조차도 있었다. 이때 일본 제일의 명의라는 마나세 도산(曲名瀨道三)의 치료를 받고 겨우 목숨을 건졌다. 이 해 그믐께 아내인 오마키도 병이 들었고 미쓰히데의 병후도 좋지 않았지만, 다음 해 봄에는 병석에서 일어난 몸으로 기슈 공격에 참가했다. 그 뒤 5, 6년이 지났는데, 그 큰 병을 앓은 뒤의 섭생이 좋지 않았다는 것과 오랜 해의 야전 생활이 화가 되었는지 요즈음의 쇠퇴는 예사라고는 생각할 수가 없었다.

심기가 쇠약한 탓인지 푹 잤다고 여겨지는 일이 하룻밤도 없었고, 밤중에 끊임없이 꿈을 꾸며 소리를 지르는 등 제정신이 아니었다.

'그 탓인가——' 하고 여겨지는 기묘한 일이 있었다. 처음에는 꿈속의 일인가 싶었다. 전 쇼군 요시아키가 미쓰히데의 단바 가메야마 성으로 잠입해 온 것이었다. 그의 내방을 미쓰히데의 침소까지 알리러 온 것은 야헤이지 미쓰하루였다.

"객전으로 맞아 들여라."

미쓰히데는 자리 위에 일어나 앉아 이렇게 명령했다. 그대로 다시 쓰러져 얕은 잠을 계속했다. 아침에 눈을 뜬 뒤 몹시 머리가 쑤셨고 어젯밤의 꿈을 생각했다.

'쇼군님의 꿈을 꾸었다.'

자리 위에서 망연해졌다. 1573년, 요시아키가 노부나가에게 쫓겨 쇼군의 지위에서 떨어진 것은 벌써 옛날 일이다. 요시아키는 그 뒤 히로시마로 달려가 모리가에 몸을 의탁하고 있었는데, 여전히 천하 제패의 꿈을 잊지 못하고 여러 곳으로 밀사를 보내 반 오다 동맹 결성에 있는 힘을 다하고 있었다.

그런데 그 모처럼의 구상도 차례차례로 무너졌다. 다케다 신겐·우에스기 겐신이 잇따라 죽고, 혼간 사는 무릎을 꿇고 오다가와 화목을 맺었으며, 기슈 사이가(雜賀)의 지방무사 집단도 힘이 약해져 이제 믿을 곳이라고는 주고쿠 10개주의 왕자라고 할 수 있는 모리가 뿐이었다. 그 모리가에는 패기가 없었다. 창업자 모토나리(元就)의 유언에 따라서 패기를 금물로 삼고 있

는 그런 가풍이었다. 지금 모리가는 자기의 자위상, 노부나가의 주고쿠 담당 사령관인 하시바 히데요시와 반슈(兵庫縣)에서 싸우고 있지만, 본래 천하를 놓고 다툴 마음이 없기 때문에 싸움에 신이 나지 않았으며 노부나가·히데요시가 수단 면에서 볼 때에 후수로 들고 있는 꼴이 된다.

요시아키는 그 모리가의 독전자가 되어 있었다. 기식자이면서도 성 안에서 어전을 배당받아, 당주 데루모토(輝元)를 불러 뻔뻔스럽게 명령을 내리고 있었다. 모리가로서는 명목 없이 방어전을 계속하고 있기보다는 '쇼군의 교서를 받아 역적 노부나가를 치는 편'이 얼마간일망정 유리했고, 병사들의 정신적 지주도 되었다. 요시아키는 그 기미를 살피고 스물일곱 살의 모리가의 당주 데루모토를 '부장군(副將軍)'이라고 칭하게 하고 있었다. 모리가의 장병들에겐 그것이 얼마간이나마 자랑스러운 일이었으리라.

'딱한 분이다.'

미쓰히데도 요시아키의 그러한 근황을 들을 때마다 생각했다. 일에 실패한 이상 세상을 버리고 본래대로 승이 되면 좋을 텐데 요시아키의 집요함은 이미 체질적인 것이 된 모양이었다.

'그분에겐 쉴새없이 음모를 계속하는 것이 사는 보람일지도 모른다.'

그런 점에서 재미있는 인물이라고 여겨졌다. 그러나 미쓰히데 본인으로서는 재미있어하고 있을 상대가 아니었다. 이전의 주인이며, 지금의 주인 노부나가의 가장 성가신 적인 것이다. 노부나가로서도 아시카가 요시아키가 산요 도의 한 구석에서 음모 활동을 계속하는 한 주군을 추방한 죄의 아픔이 당연히 있어야만 하리라.

요시아키를 버리고 노부나가의 편을 들지 않을 수가 없었던 미쓰히데의 마음의 아픔도 세월과 함께 엷어지기는 했으나, 그래도 될 수 있는 한 요시아키의 일을 생각하지 않으려 하고 있었다.

그러나 꿈에 나타났다. 꿈에는 사정없이 요시아키가 나타났다. 그것도 나이를 먹음에 따라서 자주 보게 되는 것은 어찌 된 노릇일까.

쇼군님이 오신 꿈을 꾸었다, 하고 미쓰히데는 거실에서 야헤이지에게 말했다. 야헤이지는 고개를 갸웃거리고 있었다. 실은 그 일에 대해서 채근하러 와 있는 것이었다.

"주군, 꿈이 아니십니다. 어젯밤 쇼군님의 사자가 잠행해 오셔서 주군께 아뢰자, 객전으로 맞아들이라고 분명히 말씀하셨습니다."

"내가?"

미쓰히데는 믿을 수 없는 모양이었다. 그러나 점점 야헤이지로부터 그때의 모양을 듣자 아무래도 비몽사몽간에 미쓰히데는 일어나 앉아 지시한 모양이었다.

"현실이었던가? 나는 지친 것 같다."

"꼭 휴양을 하셔야만 합니다."

야헤이지는 가슴 아픈 듯 말했는데, 미쓰히데에게 휴양할 여유가 있으리라고는 생각되지 않았다. 왜냐하면 이미 노부나가로부터 다케다 가쓰요리 토벌을 위해서 고슈로 출병하라는 명령을 받고 있어 내일이라도 이 단바 가메야마를 출발하지 않으면 안 되었다. 오다군의 사령관인 한, 앞으로도 계속 혹사당하리라.

'이 혹사 끝에, 하야시 미치가쓰나 사쿠마 노부모리처럼 추방당하든가, 아라키 무라시게의 경우처럼 일족 분살(焚殺)의 명령이 기다리고 있다.'

몸 탓으로 생각도 부지불식간에 어두워지는 것일까 하고 미쓰히데도 문득 생각하지 않을 수 없었다. 미쓰히데뿐만 아니라 오다가의 쇼군들은 모두 그러하리라.

"사자란 어느 분이냐?"

"벤칸(辨觀)이라는 스님입니다. 아키(安藝) 히로시마에서 쇼군님에게 근시하고 있는 사람이라고 합니다."

"아키 사람이로구나."

미쓰히데는 기억에 없는 이름이었다.

"어찌 하시겠습니까?"

"어찌 하다니?"

미쓰히데의 얼굴이 질리기 시작했다.

"만나시겠습니까?"

야헤이지는 다짐을 두었지만, 미쓰히데의 얼굴은 이미 아까와는 딴판이었다. 고개를 푹 숙인 채, 입을 다물고 깊은 생각에 잠겨 있다.

'만나면 야단난다.'

뱃속이 얼어드는 듯한 공포와 함께 이제 새삼스러이 일의 중대함을 깨달았다. 용건은 상상할 수 있었다. 모반의 권유일 것임에 틀림이 없다. 워낙 요시아키는 누구에게나 밀사를 보내는 버릇이 있는 사람으로서 이전엔 도쿠

이타미 성 531

가와 이에야스에게조차

——여(余)에게 충성을 다하려면 노부나가를 쳐라
하는 교서를 보낸 사람이다.

하물며 미쓰히데는 요시아키 옹립의 공신이며 전의 막신이었다. 또한 현재도 미쓰히데를 정점으로 하는 지휘 조직 속엔 미쓰히데의 명령에 의해서 구 막부 신하계의 제장들이 모조리 편입되어 있었다. 말하자면 미쓰히데는 오다가에 있어서의 옛 막벌(幕閥)의 총수 같은 존재였다. 당연히 요시아키가 미쓰히데에게 밀사를 보냈다고 해도 이상할 것은 없었다.

그 위에, 같은 구 막신이라고 할지라도 호소가와 후지타카는 미워하고 있으나 미쓰히데에게는 그다지 악의를 품고 있는 눈치가 아니었다. 미쓰히데는 믿을 만하다고 요시아키가 그야말로 기대하는 것 같았다. 더구나 미쓰히데는 온후한 덕인으로서, 에이 산을 불태운 일 등 노부나가의 낡은 여러 권위에 대한 용서 없는 파괴 행동에 비판적이라는 정평은 공경이나 주지들 사이에 일반화되어 가고 있었다.

'난처하다.'

그처럼 여전히 요시아키로부터 기대를 받는다면 미쓰히데는 자멸하지 않을 수가 없었다. 가까운 예로 아라키 무라시게가 있었다.

"만나지 않겠다."

미쓰히데는 말했다.

"물러가 달라고 해라. 그 중이 만약 교서 같은 것을 내놓는다면, 속은 보지 말고 그 중의 눈앞에서 재로 만들어 버려라."

야헤이지는 그대로 처리했다. 다행히 중이 요시아키의 밀사라는 것을 아는 자는 야헤이지 외에 한 사람도 없었다.

'필경 새어나갈 리는 없으리라. 그러나 새나가면 무라시게의 전철을 밟게 된다.'

오마키도 딸들도 맹화 속에서 불타 죽으리라. 미쓰히데의 아들은 아사이 나가마사의 아들이 그러했듯, 큰 화젓가락으로 곶감꼬치 꿰듯 꿰일 것이었다.

미쓰히데는 고슈 정벌에 참진(參陣)했다. 고슈의 세력권은 다케다 신겐의 사후 10년 그의 아들 요리카쓰에 의해서 계승되어 왔는데, 나가시노의 전투에서 노부나가에게 격파당한 이래 가세는 차차 기울어 노신·벼슬아치들의 마음이 떨어져 나가고 있었다.

노부나가가 나가시노의 싸움에서 그처럼 큰 승리를 거두었는데도 불구하고 추격을 하지 않고, 군사를 일제히 서쪽으로 철수시킨 것은 아직도 다케다 군의 강인함을 두려워했기 때문이었다. 그 뒤 7년, 손을 대지 않았다.

노부나가는 무리하게 밀고 나가는 것을 피했다. 이미 가쓰요리가 민심을 잃어가고 있다는 것을 꿰뚫어보고, 잘 익은 감이 자연히 떨어지기를 기다리듯이 다케다군의 내부 붕괴의 진행을 참을성 있게 계속 기다렸다. 이런 노부나가의 멋진 완급(緩急)은 미쓰히데 따위가 아득히 못 미치는 점이었고, 미쓰히데 자신 노부나가의 기량·기략의 무서운 일면을 새삼 깨닫는 것 같은 느낌이 드는 것이었다.

신슈(信州) 스와(諏訪)에 홋케 사(法華寺)라는 절이 있다. 오다군이 신슈에 있는 다케다 편의 속성(屬城)들을 격파하면서 스와 군으로 들어갔을 때, 노부나가는 그곳을 본영으로 삼았다. 그때까지 스와 군은 다케다가의 속령이었지만 지방 무사들은 가쓰요리를 배반하고 오다 편에 붙어 노부나가의 본영에 인사를 드리기 위해 속속 모여들었다.

"저것을 보시오."

미쓰히데는 이 장관을 보고 자기도 모르게 옆에 있는 동료에게 말했다. 오다가의 무위(武威)를 그처럼 여실하게 나타내는 것은 없으리라.

'노부나가도 운이 열렸구나' 하고 생각하지 않을 수가 없었다. 요즈음 10년 동안, 노부나가는 여러 번이나 궁지에 빠져서 이미 무운이 다됐구나 싶은 시기가 한 해에 몇 번씩이나 있었지만 그때마다 노부나가는 신기(神氣)를 불러일으키고 지모를 다해서 탈출해 왔다. 요즈음 1, 2년 동안 겨우 노부나가에게도 서광이 비치기 시작하여 전에 다케다가에 붙어 있던 시나노군(信濃軍)도 가쓰요리를 저버리고 노부나가에게로 달려오려 하고 있었다.

'한 폭의 그림이 아닌가.'

여기까지 저어온 것은 9할 9푼까지 노부나가의 비범한 힘이라고 할 도리밖에는 없었다. 미쓰히데는 이렇게 생각했으나, 동시에 이렇게 생각되지도 않았다. 오늘날의 노부나가의 개운(開運)은 자기같은 곁다리 역의 노력의 결실이라고도 생각되는 것이었다. 그러한 자의식이 있는 위에 요즈음 심기가 쇠약해진 탓인지 미쓰히데는 다분이 회고적이 되어 있었다.
 그만
 "우리들이 다년간 산야에서 살며, 지혜를 짜내고 용기를 북돋워 고생한 보람이 지금에야 나타났소" 했다.
 재수없게도 이런 미쓰히데의 술회를 노부나가가 듣고 있었다. 갑자기 일어났다.
 "주베!"
 이미 미쓰히데 곁에 와 있었다. 노부나가의 가장 악질적인 발작이 시작되었다. 노부나가는 본래부터 미쓰히데의 그런 현명한 면이 싫었고, 감정을 건드렸다. 노부나가는 사쿠마·하야시·아라키라는 다년간의 공신을 요즈음 1, 2년 사이에 차례차례 추방한 일에 대해 내심 걸려 있었다. 그것을 미쓰히데가 비꼬고 있는 것이라고도 받아들여졌다.
 "다시 한 번 말하여라. ──네가" 하고 미쓰히데의 목덜미를 잡았다.
 "네가 언제 어디서 고생을 하고 무공을 세웠느냐? 말할 수 있다면 해 보아라. 고생을 한 것은 누구냐? 이 나다."
 노부나가는 미쓰히데를 밀어 쓰러뜨리고 고대(高臺)의 난간에 쾅, 하고 그 머리를 쥐어박고 다시 떼어냈다가는 계속 쥐어박았다.
 '살해당하는가.'
 생각했다. 눈이 안 보이고, 옷이 흐트러졌으나 참았다. 참을 수 없는 것은 뭇사람 앞에서 이런 변을 당하는 굴욕이었다. '이, 이놈을 죽여 버리겠다.'
 그 굴욕에서 겨우 자기를 지탱시켜 주는 생각이란 그 한 가지밖에는 없었다. 미쓰히데는 참았다. 그런 생각을 하면서 기를 쓰고 참아 이윽고 타격에서 해방됐을 때에는, 오히려 자기도 깨달을 만큼 무섭고 조용한 표정으로 돌아가 있었다.
 미쓰히데는 다시 고슈·신슈의 각지를 전전했다. 드디어 오다군은 이 해의 윤(閏) 3월 11일, 다케다 가쓰요리를 막다른 곳으로 몰아 자해시켰고, 1558년부터 그처럼 노부나가를 괴롭혀 왔던 다케다가는 멸망했다. 노부나가는 도망쳐 버린 자들 가운데 아시카가 요시아키의 밀사가 섞여 있는 것을 알고 있었다. 그 자야말로 요시아키의 반 오다 동맹의 분주자(奔走者)로, 노부나가를 몇 번인가 위기에 빠뜨려온 마물이라고도 할 수 있는 존재였다.
 흔히 사사키 지로(佐佐木次郎)라고 불렸다. 노부나가에게 멸망당한 남 오미의 옛 수호직 록카쿠(木姓・佐佐木) 조테이의 아들로서 나라가 망한 뒤에 요시아키의 휘하로 달려가 여러 곳으로 사자가 되어 돌아다녔는데 민완하기로 소문이 나 있었다. 그 자 외에 미쓰히데도 알고 있는 요시아키의 측근 야마토 아와지노카미(大和淡路守)인 중 조후쿠인(上福院) 등이 있었다.

이윽고 그들이 다케다가의 보리사(菩提寺)인 가이(甲斐)의 동 야마나시 군(山梨郡) 마쓰사토 마을(松里村)의 게이린 사(惠林寺)로 도망쳐 들어간 것을 알게 됐다. 게이린 사는 무소 국사(夢窓國師)를 창건자로 하는 사령(寺領) 300관, 승려 200명이 상주하는 임제선종(臨濟禪宗)의 큰 절이다.

가이센 쇼키(噲川紹喜)라는 국사 칭호를 가진 이름 높은 선승이 이 절의 주지가 되어 있었다. 고 신겐이 예를 다하여 교토 본찰에서 초빙한 중으로서 재지가 뛰어난 선풍(禪風)으로 널리 알려졌고 신겐과의 관계는 거의 마음의 벗이나 다름이 없었다. 이 가이센이 단호히 거부했다.

"넘겨 줄 수 없다."는 것이었다. 오다가에서는 세 번까지 사자를 보냈으나 가이센의 대답은 변함이 없었고, 그러는 동안 위의 세 사람을 도망시켜 버렸다.

노부나가는 화를 내어

"절간도 중도 함께 불살라라" 하고 명령했다. 그 집행자가 뽑혔다. 오다 구로지로(織田九郎次郎)・하세가와 요지(長谷川與次)・세키 주로에몬(關十郎右衛門)・아카자 시치로에몬(赤座七郎右衛門)의 네 사람이었다. 그들은 졸병 수백 명을 지휘하여 그 절에 있는 승려 150여 명을 누문(樓門)의 층계 위로 몰아 올려 보내고 층계 아래에 풀 더미를 쌓아놓고 불을 질러 맹화를 치솟게 하여 산 채로 불태워 버렸다. 가이센은 그 상좌에 앉아 있었다. 승려용 의자에 기대앉아 발치께에 불길을 받으면서

참다운 선(禪)은 반드시 산수(山水)를 이용하는 것이 아니노라
심두(心頭)를 멸각(滅却)하면 불길도 저절로 시원하노라

고 하는, 뒷날 이 사건을 유명하게 한 최후의 범패를 부른 것도 이때였다.

이윽고 누문은 불타 무너지고 150여 명의 살을 태우는 색다른 냄새가 주변에 서리면서 이 마을에서 5리 떨어져 있는 미쓰히데의 진중에까지도 흘러왔다.

'무엇 때문에 그렇게까지 할 필요가 있을까!'

미쓰히데는 다른 사람 이상으로 가슴이 아팠다. 가이센 쇼키는 무가 출신이고, 더구나 미노 도키 씨였으며 미쓰히데와는 동족 간이었다. 동족의 살결이 불타는 냄새를 맡고 있자니 그 이상 견딜 수가 없었다. 미쓰히데는 막을 치고 향을 사르며 경을 외려고 하다가 그 일이 노부나가의 귀에 들어갈까봐 겁이 나서 그만두었다. 그러한 자기의 소심함에 문득

'이래 가지고 노부나가를 죽일 수 있는가'라고 스스로를 비웃고 나서, 죽이겠다는 말을 입 안으로 몇 번이나 중얼거려 보았으나 그 말 마디마디마다 공허하여 자기가 그처럼 비약할 수 있는 인간이라고는 도저히 생각되지 않았다.

다음 달——.

미쓰히데는 노부나가와 함께 고슈를 떠나 아즈치를 지나서 오미 사카모토 성으로 돌아가, 노부나가로부터 명령받은 새로운 임무를 수행하기 위해 다시금 아즈치 성하의 아케치 저택으로 들어갔다. 여전히 충실하고 근면한 오다가의 으뜸가는 능숙한 신하라는 것 밖에 미쓰히데는 스스로를 발견할 수가 없었다.

광기인가?

 노부나가가 고슈로부터 아즈치로 돌아오자 하늘은 이미 여름이 되어 있었다. 덥다. 예년에 보지 못한 혹서였다. 그러나 이 더위 속에서 사람들은 여전히 분주했다. 천하는 겨우 새로운 시대로 접어들기 시작한 것 같았다.
 노부나가의 천하통일 사업은 고슈 평정 후 갑자기 새 단계로 접어들었다. 노부나가는 한 나라를 공격할 때마다 그의 법률·경제시책을 폈다. 가령 상업 활동에 있어서는 조합을 철폐시키고 서민의 한탄거리였던 통행세를 폐지해 갔다. 노부나가의 정복 사업이 진행되어 감에 따라 낡은 무로마치 체제는 흙덩어리처럼 무너져 가고, 노부나가식의 합리성이 풍부한 사회가 이루어져 가는 것 같았다. 그 혁명의 판도는 이미 도카이(東海)·교토 일대·호쿠리쿠·고슈·신슈 지방에까지 미쳤다.
 다음엔 시고쿠(四國)·간토(關東)·그리고 요 근래 몇 년 동안 교전 중인 주고쿠 지방이었다.
 주고쿠, 하시바 히데요시
 시고쿠, 오다 노부타카(부장——니와 나가히데)
 간토, 다키가와 가즈마스

였다. 이미 간토 담당의 다키가와 가즈마스는 고즈케(上野)로 들어가 있었다. 서쪽 시고쿠 원정군의 오다 노부타카·니와 나가히데는 도해작전(渡海作戰)을 위해 군사를 오사카에 집결시키고 있었다

미쓰히데는 오랜만에 전무(戰務)에서 헤어나 있었다. 왜냐하면 긴키(近畿) 평정 담당관이던 미쓰히데는 긴키가 낙착했기 때문에 당장 병마를 움직일 장소가 없었다. 그러나 노부나가는 그러한 미쓰히데에게 휴식을 주지 않았다.

"미카와 공의 접대를 봉행하라" 하고 명령한 것이다.

도카이의 이에야스도 다케다의 위협이 사라져 오래간만에 전쟁에서 해방되어 있었다. 노부나가는 이 이에야스에게 스루가 1국을 주었다. 이에야스에겐 자기가 점령한 미카와·도토미(遠江) 양국에 다시 한 나라가 더해진 것이었다. 오랜 세월, 오다가를 위해서 동쪽의 방벽이 되어 다케다 씨의 서진(西進)을 막았으며, 몇 번인가 멸망의 위기를 당하면서도 노부나가와의 맹약을 배반한 일이 없었던 이에야스에 대해서 노부나가가 준 사례 보수는 겨우 한 나라였다.

'상공께선 어쩌면 그렇게 인색하실까?'

사람들은 마음속으로 생각했다. 노부나가의 공업(功業)을 도와 온 오래된 동맹자에 대해 너무나 초라한 사례가 아니겠느냐는 것이었지만, 한편 노부나가에게도 속엔 그럴 만한 이유가 있는 것이리라. 이에야스에게 큰 영국(領國)을 주면 오다가를 앞지를지도 모른다. 노부나가가 죽은 뒤, 오다가의 자손들은 이에야스에게 멸망당할지도 모르니, 그 위기를 막기 위해서 노부나가는 이에야스를 도카이 3국의 영주로 머물게 만들려는 속셈인 것 같았다.

'노부나가 공의 심정은 복잡하다' 하고, 요즈음에 와서 꿰뚫어 본 것은 주고쿠의 담당관인 하시바 히데요시였다. 노부나가로서는, 천하를 평정하기 위해서 제장에게 은상의 희망을 주면서 일을 시키지 않으면 안 된다. 당장 천하를 평정했을 때에는 도쿠가와 이에야스·시바타 가쓰이에·니와 나가히데·아케치 미히데·하시바 히데요시·다키가와 가즈마스의 여섯 고관에게는 각각 여러 나라로 이루어진 대영토를 주지 않으면 안 되리라. 실제로 노부나가는 일본국을 나눠 줄 것 같이 선심 좋은 얘기를 꺼낼 때조차 있었다. 그러나 그것이 현실화된다면 오다가의 천하는 성립되지 않는다. 대영주가 너무

나 많아서 쇼군이 조종할 수 없었던 무로마치 체제가 좋은 예였다. 자연히 창업 공신들을 죄로 몰아넣어 차차 살해해 가지 않으면 안 되리라. 고대 중국의 한제국(漢帝國)이 이룩됐을 때도 공신 말살이 행하여졌고, 그곳에는 '사냥터의 토끼를 다 잡고 나면 사냥개가 필요 없어져서 주인에게 잡아먹혀 버리고 만다. 나라의 공업(功業)이나 신하의 운명도 이와 같다'는 의미의 격언조차 있어, 이러한 사정의 진실을 꿰뚫고 있었다. 이미 하야시 미치가쓰·사쿠마 노부모리는 정리되었지만 받아들이기에 따라서는 이 사실이야말로 오다 제국 수립 후 공신들의 운명을 시사하는 것이리라.

'나도 일하고 일한 끝에 결국은 살해당하겠지' 하는 만성적인 불안을 요즈음 미쓰히데는 느끼는 일이 많았다. 하시바 히데요시 등은 기민하게 그것을 느끼고 있었다. 그래서 자식이 없는 것을 다행으로 삼아, 노부나가에게 청해서 그의 넷째 아들 오쓰기마루(於次丸)를 양자로 맞아 성인이 되는 관례식을 올리고, 히데카쓰(秀勝)라고 이름을 간 뒤 그를 사자(嗣子)로 삼았다. 노부나가로 볼 때에는 히데요시에게 제 아무리 영지를 주더라도 결국은 오다가의 아들이 상속받게 되는 것이었다. 이 점, 히데요시는 날카롭게 노부나가의 마음을 꿰뚫어 보고 있었다. 더구나 히데요시는 지금 진행 중인 주고쿠 정벌의 싸움터에서 아즈치 성으로 연락차 돌아왔을 때,

"저에게는 장차 조선(朝鮮)을 주시기 바랍니다" 하고, 반은 진지한 표정으로 말하여 은상으로서의 영토를 전연 바라지 않는다는 것을 언명했다. 더구나 그때 히데요시의 말투가 교묘하게 울렸다.

이윽고 주고쿠도 처리됩니다. 그 정벌이 완료되면 주고쿠 여러 주(州)는 상공 측근의 노노무라(野野村)·후쿠토미(福富)·야베(矢部)·모리(森) 등에게 하사하시옵기 바랍니다. 그 뒤 규슈(九州) 정벌의 명령을 내려 주십시오. 그곳을 정벌하면 1년 동안만 규슈를 지배시켜 주시기 바랍니다. 그 1년 동안에 군량을 저축하여 군선을 만들고, 규슈는 상공에게 반납해 올린 뒤, 조선으로 건너가겠습니다. 그 조선을 받을 수 있다면 고맙게 생각하겠습니다

그러자 노부나가는 크게 웃고,
"지쿠젠은 마음이 큰 자로구나." 했다.

그런데 이에야스의 스루가 1국의 배령(拜領) 건이다. 이에야스는 그 초라한 은상에 대해서 불만을 품지 않았다. 노부나가의 심정에 대해서 깊이깊이 생각하고 크게 기뻐하는 것처럼 보이면서 부랴부랴 가신을 아즈치로 올려보내

"곧 하마마쓰를 떠나 감사의 예를 올리러 찾아가 뵙겠습니다" 하고 아뢰게 했다. 이 정도의 은상으로써 이처럼 크게 기뻐하는 모양을 보인 것은 이에야스의 마음의 재주라고 할 수 있으리라. 그처럼 야단스럽게 굴면

── 뜻밖에 이에야스는 마음이 작고 귀여운 놈이다.

라고 노부나가는 생각할 것이 틀림없다. 이에야스는 노부나가에게 그렇게 보이지 않으면 앞으로 신변의 위험이 끊임없었다. 지금 만약 기뻐하지 않고 유유히 버티고 있으면

── 이에야스 놈은 부족하다고 보는가?

노부나가는 의심하리라. 그리되면 노부나가는 이에야스를 욕심이 많은 야심가라고 보고, 앞으로 그러한 각도에서 이에야스를 판단하여 끝내는 제거할 수단을 강구할 것이 틀림없었다.

그 이에야스가 5월 15일에 아즈치 성으로 들어오게 되었다. 미쓰히데가 그 접대역으로 임명받았을 때, 노부나가는 성 전체로써 환대하고 싶다, 그럴 셈으로 준비를 하여라 하고 명령했다.

노부나가는 한 나라밖에는 이에야스에게 주지 않았지만, 오다가가 그 얼마나 이에야스의 다년간의 활동에 대해서 감사하고 있는가 하는 것을 이 접대로써 나타내 보이고 싶은 속셈이었다.

접대의 구상은 모두 노부나가의 발상으로 그것을 집행관인 미쓰히데에게 일일이 지시했다. 노부나가는 이에야스를 위해서 아즈치 성에서 새로운 도로까지도 닦았다. 또한 이에야스가 출발한 뒤 매일 밤 묵을 장소에 인근의 영주들을 사후시켜서 접대하도록 했다. 오미 반바(番場)의 경우, 노부나가는 니와 나가히데를 파견하여 그곳에 하룻밤만을 위한 어전을 급히 짓게 하여 묵도록 했다.

아즈치의 성내에서는 네 패(四座)의 명수들을 한데 모은 가면 희극을 베풀었고, 그 외에 단바(丹波)의 잡예(雜藝)꾼인 우메 와카다유(梅若太夫)에게 가면무를 추게 했다. 이 우메 와카다유의 춤이 아주 볼품이 없었기 때문에

"이놈, 미카와 공 앞에서 창피를 당하게 했구나" 하고, 노부나가는 자리에서 달려내려가 그 가면 무자(假面舞者)를 이에야스 앞으로 끌고 가서 주먹을 휘두르며 때렸다. 그처럼 열심히 노부나가는 이에야스를 향응했다.

"저것은 광기인가, 제정신인가?"

접대역인 미쓰히데는 어른이라고는 생각할 수 없는 노부나가의 거동을 싸늘한 눈초리로 보고 있었다. 올바른 정신이라면 노부나가의 이에야스에 대한 유별난 대접은 어찌 된 일일까. 필경 노부나가는 이에야스에게 준 스루가 1국의 초라한 상을 꺼림칙하게 생각하고 있기 때문이리라. 이에야스에게 대한 감사를 영지로써가 아니라 접대의 정성으로써 나타내려고 노부나가는 생각하고 있는 것이 틀림없었다.

'교활한 분이다.'

미쓰히데는 이제 노부나가라는 사나이를 이렇게 악의로 밖에는 볼 수 없게 되어 버렸다. 그것은 그렇고 노부나가의 응대하는 태도는 무서울 정도여서, 20일의 '이때엔 이미 미쓰히데는 아즈치에 없었다) 고운 사(高雲寺) 절간에서의 연회 때에는 노부나가가 몸소 이에야스를 위하여 상을 날라왔을 정도였다.

이 이에야스가 아즈치에 체재 중인 17일, 비추(備中) 진중에 있는 히데요시로부터 노부나가에게 급사가 왔다.

"상공의 출마를 바랍니다"는 것이었다. 근래 몇 년 동안, 모리 쪽에 대해서 전투와 계략을 거듭해 오던 하시바 히데요시가 드디어 모리 본군을 비추로 끌어내 자웅을 겨룰 형태로까지 상황을 이끌어 왔다는 것이었다. 그 이상은 저의 힘에 겨우니 상공께서 몸소 출마하시어 전투를 구석구석에 이르기까지 지휘해 주십시오, 하고 히데요시는 간청해 온 것이었다.

나의 힘에 겹다는 것은 히데요시의 거짓말이었다. 히데요시의 군사는 3만, 모리의 군사도 3만, 양쪽은 거의 동수였다. 그러나 히데요시는 이 결전까지 모리 쪽에 속한 비추의 다카마쓰 성(高松城) 주변에 26정에 이르는 긴 둑을 쌓아 아모리 강(足守江)의 물을 막았다가 터놓아 수공(水攻) 중이었고, 또한 히데요시 쪽은 땅(地)의 이(利)를 차지하여 승세도 타고 있어서 모든 점에서 유리했다. 히데요시가 그럴 마음만 있으면 혼자 힘으로 승리를 거둘 수가 있으리라.

그러나 노부나가의 성격을 환히 알고 있는 히데요시는 혼자 힘으로 승리를 거두는 것을 두려워했다. 한낱 사령관의 신분으로서 모리와 같은 대적을 공멸해 버리는 큰 공을 세운다면, 뒤에 오다가와의 조화가 어색해져서 노부나가가 어떠한 상상을 할지도 모르는 일이었다. 이 경우, 적을 궤멸시키는 공은 노부나가 자신이 세우도록 해야만 하리라. 지금까지의 중요한 싸움터에서는 항상, 노부나가 자신이 지휘를 취해 왔던 것이다.

"제발" 하고 히데요시의 급사는 간청했다. 노부나가는 그 급사를 이에야스를 접대하는 자리에서 맞이했는데

"오오, 가지 않으면 안 되리라" 하고 무릎을 쳤다.

노부나가의 결단은 빨라 그 자리에서 호리 규타로(堀久太郞)를 정사(正使)로 삼아 비추로 내려 보내

"곧 출마하겠다"고 히데요시에게 알리게 했다.

한편 제장에게 동원령을 내렸다. 제일 먼저 미쓰히데에게 진발령이 내렸다. 이에야스가 아즈치로 들어온 지 사흘째였다. 미쓰히데는 그 동안 이에야스의 숙소인 다이호보(大寶坊)에 매일 얼굴을 내밀었고, 그 외에도 접대 지휘로 밤에도 잠을 잘 수 없을 만큼 바빴는데, 이제는 싸움터로 나가라는 것이었다. 그러나 노부나가의 명령에는 언제나 이의를 제기하지 않는 것이 오다가의 가풍이었다. 그리고 노부나가의 본군 말고 오다가에서 현재 쉬고 있는 사령관은 미쓰히데밖에는 없었다. 미쓰히데는 자기의 휘하에 있는 영주인 호소가와 다다오키·이케다 노부테루(池田信輝)·시오가와 요시다유(塩川吉大夫)·다카야마 우곤(高山右近)·나카가와 세베(中川瀨兵慰)에게 명령하여, 각각 성으로 돌아가서 출진준비를 하도록 지시했다.

미쓰히데도 거성으로 돌아가서 준비를 하지 않으면 안 되었다. 그날도 아즈치를 떠날 셈으로 우선 이에야스에게 인사를 하고, 이어서 성하의 외곽 저택으로 돌아오니까 노부나가의 사자가 와 있었다.

"잘 들으시오" 하는 것이었다.

하좌에서 미쓰히데가 듣고 있노라니 놀랄 만한 내용이었다.

"그대에게 이즈모(出雲)·이와미(石見)의 두 나라를 주겠다. 그리고 지금의 오미와 단바 양국은 회수하겠다."는 것이다. 미쓰히데는 망연해져서 반문했다. 그러나 사자는, 그뿐이오 하고서는 부지런히 사라져버렸다. 현재 단바와 오미는, 백성을 다스리기 좋아하는 미쓰히데가 닦고 닦듯이 통치에 열중하고 있었다. 그것을 회수하겠다는 것이다. 아니 이미 회수당해 버렸다.

그 대신
"주겠다"고 노부나가가 말하는 이즈모와 이와미는 직인 모리 가의 영국이 아닌가! 미쓰히데가 망연해진 것도 무리가 아니었다. 이 사나이는 사실상 녹이 없어지고 말았다. 미쓰히데뿐만 아니다. 미쓰히데의 가신단(家臣團)의 봉토도 이 일순간에 사라져 버리고 녹이 없어지고 말았다.
노부나가는
"이즈모와 이와미를 점령하여라" 하는 것이리라. 그러나 그 정복이 완료될 때까지에는 1년이 걸린다. 그 1년 동안, 녹이 없는 미쓰히데로서는 일만 수천 명에 이르는 가신들을 먹여 살릴 수가 없고 탄약을 보충할 수도 없었다. 하기야 며칠 안에 산잉(山陰) 지방으로 진출하여 며칠 안에 정복할 수 있다면 굶주리는 법이 없겠지만, 그것은 신의 재주가 아니고서는 불가능하다.
기묘한 처치였다. 노부나가의 본심은 어디에 있는 것일까? 알 수 없었다. 아닌 게 아니라 오미·단바라는 교토를 에워싼 두 나라는 오다가로서는 직할령으로 삼는 것이 온당하리라. 그러나 바로 이럴 때 회수하는 속셈을 알 수가 없었다. 회수하고서 적지를 공격시킨다. 미쓰히데도 그 가신들도, 녹이 없는 기간이 길어지는 것을 두려워하여 불처럼 모리군을 공격하리라. 그리 되면 노부나가의 주고쿠 평정계획은 그만큼 빨라진다.
'그런 속셈인가.'
그것이 이유라면, 인간의 엉덩이에 불을 지르고 달려가게 하는 것과 같지 않은가.
'인간을 도구로 밖에는 보지 않는다.'
미쓰히데는 생각했다. 그것이 노부나가를 오늘날의 위치까지 만든 커다란 장점(長點)이었다. 노부나가는 목수가 끌을 도구로서 사랑하고, 끌을 엄선하고, 또한 끌의 기능을 환히 알고 있어서 그것을 멋지게 사용하듯이 가신들을 다루어 왔다. 그러한 사나이이기 때문에 아무런 문벌도 없는 미쓰히데나 히데요시 같은 자를 발탁하여 그 재능을 온갖 각도로 종횡무진 사용해 왔다. 미쓰히데의 오늘이 있는 것은 노부나가의 그런 편집적이라고까지 할 수 있을 도구 기호성 덕분이기는 하지만,
'그러나 나라는 도구도 슬슬 방해가 되어가는지 모른다.'
미쓰히데는 이렇게 생각했다.

노부나가는 동맹자인 이에야스에게조차 그 몫으로 스루가 1국밖에는 주지 않는 사나이다. 자기가 키워준 미쓰히데는 도구에게 나라를 주는 것이 아까워진 것은 아닐까? 모리가 처치되면 이젠 오다가가 고투 시대의 오다가가 아니다. 미쓰히데같이 커다란 도구를 필요로 하지 않으리라. 이미 4, 50만의 대군을 움직일 수 있는 오다가쯤 되면, 규슈 오슈는 대군으로 위협만 해도 항복해 올 것이었다.

'아무래도 토끼가 없어지니 사냥개가 잡아먹힌다는 옛말대로 돼 가는 모양이다.'

오다가 대대의 숙장(宿將)인 하야시 미치가쓰나 사쿠마 노부모리가 사라진 뒤, 미쓰히데에게 같은 운명이 돌아온 모양이었다. 노부나가는 앞의 두 사람을 추방할 때에는 되지도 않는 죄를 늘어놓아 추방했지만, 미쓰히데에게는 그런 수법을 쓰지 않고 '전국의 영지를 준다'는 핑계로 영토를 회수해 버리고 말았다.

'이젠 예언할 수 있다. 오다가에서는 노부나가의 아들 히데카쓰를 양자로 삼은 히데요시만이 살아남으리라.'

17일 저녁 때, 미쓰히데는 말을 몰아 아즈치 성하를 떠나서 밤새껏 계속 달려서 그의 거성인 비와 호수 남쪽 기슭의 성으로 돌아갔다.

"비추로 간다."

오마키에게 그렇게 말했다. 비추라는 지명 이외의 장소도 이미 미쓰히데의 뇌리에서 명멸하고 있었지만 마음이 결정되지 않아 오마키에게도 말하지 않았다.

'만약 오마키나 아이들이' 하는 위구만이 미쓰히데의 마음을 괴롭히고 있었다.

"웬일이세요?"

오마키가 소리를 낮추어서 말했을 만큼 미쓰히데의 얼굴에는 핏기가 없었다.

"아니 아무 것도 아냐. 나는 비추로 간다."

미쓰히데는 반은 자신에게 말하듯이 고개를 끄덕이고 나서 오마키를 보았다.

"비추로 말이야."

미쓰히데는 알 듯 모를 듯 고개를 끄덕이고서 말꼬리를 집어 삼켰다. 갈 작정이냐? 그 자신에게 자문하고 있는 것 같은 그러한 말소리였다.

입산기원

　교토 분지와 니와 고원을 가로막고 있는 산령(山嶺) 가운데 아타고 산(愛宕山)이 있다. 아타고 곤겐(權現)이 진좌한 영지다. 교토 분지에서 쳐다보면, 이 산이 서쪽에 있기 때문에 히가시 산에 대비해서 니시 산(西山)이라고 부른다. 매일같이 이 산을 장엄할 만큼 벌겋게 물들이는 석양 때문에 사람들이 이 영산에 대해서 종교적 환상을 깊이 품게 되었고, 아타고 숭배는 교토 사람들의 일상생활이 되어 있었다.

　천일 참배 때에는 특히 야단스럽다. 해마다 4월 중순의 해일(亥日)에 행해지는데, 산기슭의 첫 도리이(鳥居 : 신사, 절의 문)로부터 6킬로 가량 되는 험로는 참배 가는 남녀가 개미 떼처럼 줄지어 올라간다. 산기슭을 기요(淸) 폭포에서 쏟아지는 계류가 흐르고, 가는 길에 줄곧 조그만 고개가 있으며, 또한 외나무다리를 건너면 노송나무가 하늘을 가려 낮인데도 길은 컴컴하다. 그러나 미쓰히데가 있는 쪽에서 올라가면 그 느낌이 전혀 다르다. 미쓰히데는 아즈치 성·사카모토 성을 거쳐서 지금은 그의 소령인 단바 가메야마에 있다. 가메야마 성에서 북동쪽을 바라다보면, 하늘을 가로막고 솟아 있는 것이 아타고 산이다.

　"아타고에서 입산 기도를 한다"고 미쓰히데가 말한 것은, 단바 가메야마 성으로 돌아온 다음다음 날이었다. 미쓰히데는 직속 대장을 열세 사람 모아 비추로 원정간다고 그 준비를 명한 뒤

　"소원이 있어 나 혼자 입산하고 싶다"고 말한 것이었다.

　대장들은 그러한 미쓰히데의 표정에서 예사롭지 않은 그늘을 느꼈다.

　'혹시?' 하고 직감한 자도 몇 사람 있었다. 물론 이런 상상은 너무나 비약적이다. 그러나 미쓰히데의 표정에 그런 상상을 할 만한 다소의 근거는 있었다. 제장은 이미 미쓰히데가 영지를 모조리 노부나가에게 회수당해버렸다는 것을 알고 있었다. 대신, 노부나가는 산잉의 이즈모·이와미를 준다고 한다. 그 두 나라는 적국이어서 그것을 점령할 때까지 아케치가의 1만여 명의 장병은 불안과 궁핍과 초조 속에서 지내지 않으면 안 되리라. 이런 불안이 대장들에게는 있었다. 그런 불안이 몇몇 직감력 있는 대장들의 상상에 근거를 주었다. '주군은 설마!' 했다.

모반을, 이라는 생각이었다. 그러나 그들의 이성은 그런 상상을 부정했다. 진지하기 짝이 없는 그들의 주인이 그런 비약적인 발상을 하실 리가 없다고 생각한 것이다. 그 무리들은 아케치 사마노스케(明智左馬助)·사이토 도시미쓰 등이었다. 그들은 미쓰히데를 제일 오랫동안 모셨고, 미쓰히데의 성격도 환히 알고 있어, 미쓰히데와 노부나가의 관계나 오다가 어전에서 일어난 상식에서 벗어난 갖가지의 사건들도 잘 알고 있었다.

'그러나 주군은 참아 넘기신다.'

그들도 한편으론 미쓰히데가 참아야만 한다고 했다. 한낱 떠돌이 무사의 신분에서 발탁되어 사관한 뒤 10년 가량 만에 50여만 석의 대영주로 출세하는 기적은 이 나라의 역사가 비롯된 이래 그다지 없으리라. 그 마술을 연출한 것은 노부나가였다. 미쓰히데는 마술사 노부나가의 도구에 지나지 않는다. 그 도구가 남과 같은 감정을 가져서는 안 되었던 것이다. 마술사인 노부나가는 자신의 도구에 감정을 요구하지 않았고, 기능성만을 요구하고 있었다. 그 대장으로서 50여만 석의 대영토가 있는 이상, 도구로서 참아가지 않으면 안 된다. 그런데 그 도구가 '입산 기도'를 한다는 것이다.

입산 기도는 도구가 할 수 없는 정신 작업이다. 입산 기도란 절간이나 신사에 들어박혀 기원을 하는 일이다. 당연히 소원이 있지 않으면 안 된다. 도구가 소원을 품는다니 무엇을 의미할까. 자기가 병이라도 들었다면 모르지만 입산 기도 따위를 할 필요는 없지 않는가.

──그들의 상상은 이 점에서 비약한 것이다.

그렇다고는 하나,

"무엇을 기원하십니까?" 하고 미쓰히데에게 물을 수는 없었다. 그러한 질문을 가볍게 하기에는 평소 미쓰히데가 너무나 폐쇄적인 사나이고, 고독한 냄새가 강해서 부하가 파고들 분위기를 가지고 있지 않았다. 만약 하시바 히데요시라면, 부하들은 가벼이 말을 할 수가 있었으리라. 하기는 히데요시라면 신불 따위를 믿지 않고 입산 기도라는 고전적인 정신 작업을 할 리도 없겠지만──

27일 아침, 미쓰히데는 몇 명 안 되는 배종들만 거느리고 거성인 가메야마 성을 출발했다. 하늘에 빛이 넘쳐흐르고 있었다. 가메야마의 조그만 분지의 녹음은 한결 싱그러웠고, 그 속을 한 줄기 붉은 오솔길이 호즈 강(保津江)을 향해서 달리고 있다. 미쓰히데는 말을 타고 그 길로 몰았다. 농부가 논에 있었다. 논 이곳저곳에서 움직이고 있었다. 그들은 논 사잇길을 채찍질하며 가는 기마의 무사가 설마 이 나라의 주인인 고레토 휴가노카미 미쓰히데인 줄은 알지 못했다.

　미쓰히데는 단바에 들어온 이래로 이 나라 농부들을 사랑했다. 이 사나이가 행정을 좋아하는 것은 거의 광적이라, 종래의 폐습을 일소하고 그들의 살림을 밝게 만드는 데 노력했다. 어느 때 군부(郡部)의 대관(代官：代理行政家)이 이 나라의 시골에는 조세에서 벗어나기 위한 비밀 논들이 많다는 것을 미쓰히데에게 아뢰자

　"처리하기 힘든 점이지. 관리된 자가 그러한 일에 자질구레하게 너무 신경을 쓰면 나라가 어두워진다" 하고 미쓰히데는 타일렀다. 대관은 그것을 못마땅히 여겨

　"세상에 농부의 말처럼 마음 놓을 수 없는 것도 없습니다. 그들처럼 거짓말과 속임수를 많이 쓰는 자들은 없습니다" 하고 미쓰히데에게 가르쳐 주려고 했다.

　이때 미쓰히데는 말했다.

　"부처님의 거짓말을 방편이라고 하고, 무사의 거짓말은 무략이라고 한다. 농민의 거짓말은 아름답게 장식하려고 해도 장식할 명분이 없다. 세상에서 농민의 거짓말처럼 귀여운 것은 없다."

　그 미쓰히데가 말을 몰며 가고 있다. 꾸짖으면 그들은 아마 흙탕 논에서 기어 나와서 꿇어앉으리라. 그러나 미쓰히데는 그것을 바라지 않았다. 그대로 지나서 호즈 강가에 닿아 조각배를 타고 강을 건넜다. 호즈 강도 그곳에서 좀 내려가면 산골짜기의 계류가 되어 쉽사리 건널 수가 없지만, 상류인 이 가메야마(龜山：龜岡) 분지의 주변은 오히려 흐름이 완만했다. 맞은편 기슭에서 산길로 접어들었다.

　미쓰히데는 산을 올라갔다. 차차로 발치 아래의 가메야마 분지가 작아져서, 이윽고 백년 노송나무라고 불리는 나무가 있는 부근에서 하계(下界)는 드디어 보이지 않게 되었다. 그곳에서부터는 산속을 기듯이 나아갔다. 이 산은 단바에서 올라오는 길 어귀가 몹시 험준했다. 도중에 몇 번이나 숨이 찼고, 몇 번이나 쉬었다. 미쓰히데는 얼핏 보기에 허약한 듯이 보였지만, 옛날 혈기왕성할 때엔 이 정도의 언덕에서 이런 일은 없었다. 역시 몸이 늙어 가

기 시작한다는 것이리라. 도중에 바위 모퉁이에 앉아 점심을 먹었다.
 "내가 젊을 때에는" 하고 갑자기 옛날 얘기를 꺼냈다.
 "점심 같은 것은 먹지 않았다."
 불쑥 말하고, 그뿐이었다. 미쓰히데가 왜 점심을 먹지 않았는지, 근시들에겐 이해가 되지 않는다. 미쓰히데가 태어난 미노는 해안 길인 오와리와 이웃하고 있어 준(準) 선진지대(先進地帶)라고도 할 수 있는 곳이어서 하루 세 끼를 먹는 교토식 습관이 일찍부터 정착하고 있었다. 물론 마을 귀족의 아들이던 미쓰히데도 세 끼의 교토식으로 자라났다. 그런데 미노를 떠난 뒤 오랜 해, 변방 지대를 유랑하며 두 끼를 먹는 나라에도 발길을 멈추었다. 에치젠 등이 그러했다. 그 때문에 미쓰히데는 젊을 무렵 줄곧 두 끼로 지냈고, 오다가로 온 뒤에 세 끼로 되돌아갔던 것이다. 미쓰히데는 점심을 먹으면서
 ──이렇게 점심을 먹게 되면서 몇 년이나 되는가
라는 것으로, 오다가에 온 세월을 추상한 것이었다.
 이윽고 산 위 아타고 곤겐의 한 암자인 이도쿠 원(威德院)으로 들어갔다. 이 자원(子院)은 이도쿠 명왕(威德明王)이 모셔 있기 때문에 그런 칭호가 붙었고, 산에서는 니시노보(西ノ坊)라고 통칭되고 있었다.
 미쓰히데의 갑작스런 입산 기도 때문에 산에 있는 승려들은 아주 당황했으나 미쓰히데는 그들을 진정시키고
 "국주(國主)로서 대우할 필요가 없다. 한낱 서인으로 대우하라" 하고 말했다. 이유는 거창한 접대를 받기보다는 미쓰히데는 혼자 있기를 바랐다. 혼자 있으면서 생각하고 싶은 일이 있었다.
 "그렇게 해 다오" 하고 특히 청했다.
 우선 목욕을 했다. 근시인 소년이 미쓰히데의 몸을 씻었다. 미쓰히데는 고개를 숙인 채 등을 씻게 하고 있었다. 숨 쉬는 것도 잊고 생각을 했고, 가끔 깊은 한숨을 쉬었다.
 '주군께서 왜 이러실까?'
 소년은 어른의 마음을 알 길이 없었다. 어른이라는 살기 힘든 세상을 살아가는 인간들을 이해하기엔, 소년의 얼굴은 너무나 천진스러웠다.
 '혼자 있으면서 생각하고 싶다'고 미쓰히데도 마음먹었고, 그렇기 때문에 이 단바·야마시로의 국경 하늘로 솟은 아타고 산으로 올라온 것인데, 그러나 현실적으로 미쓰히데는 아무 일도 생각지 않았다. 고뇌하고 있을 뿐이었

다. 미쓰히데의 두뇌는 이미 멈추었고, 미쓰히데의 신경만이 미쓰히데를 지배하고 있었다. 기(氣)가 병들었을 때에는, 이미 사고력은 멈추어지는 것이리라. 꼬부라진 등골, 쭉 뻗은 목줄기, 흐리멍덩한 혈색만이 그곳에 있었다. 그것은 생각한다는 명랑하고 능동적인 작업의 자세뿐만 아니라, 생각하기를 멈춘 사나이의 자세였다. 그런데도 미쓰히데는 생각하려 하고 있고 또 생각하고 있다고 여겼다.

"주군!"

소년은 불렀다. 미쓰히데는 깜짝 놀라서 소년을 보았다. 소년의 너무 천진한 얼굴이 생명 그 자체처럼 그곳에 있었다. 그 얼굴을 보면서도 '이 아이마저 지옥에 떨어뜨리지 않으면 안 되는가!' 하는 탄식만이 솟아올랐다. 사고가 아니라 영탄이었다. 미쓰히데는 생각하고 있지 않았다. 망연하게 있을 뿐이었다. 이미 소년은 미쓰히데의 몸을 다 씻어가고 있었다. 그런데도 미쓰히데는 일어서지를 않고 앉은 채, 고개를 숙이고 있었다. 소년이 부른 것은 미쓰히데에게 어서 정신을 차리게 하기 위해서였다.

"왜 그러느냐?"

미쓰히데는 놀란 채, 소년의 얼굴을 쏘아 보고 있었다.

"몸을 다 씻었습니다."

"그러냐."

욕실에서 나왔다. 나와서 홑옷으로 갈아입었을 때에는 이미 나무 사이로 어둠이 짙어져 가고 있었다.

'본당(本堂), 내원(內院)으로 가지 않으면 안 된다'고 생각하면서도 그만 마음이 무거워져 마루에 걸터앉아서 나무들을 바라다보았다. 미쓰히데가 마음으로 결단을 내린다면 지금밖에는 없다.

"때는 지금"이라는 생각만이 있었다.

산요 도로 출정하는 노부나가는, 내일 모레 아즈치를 출발하여 그날 안에 교토로 들어와 밤엔 혼노 사(本能寺)를 숙소로 삼아 하룻밤을 묵는다. 그의 부대는 몇 명 안 되고 경비는 소홀하다. 노부나가와 동행하는 적자 노부타다는 혼노 사에서 좀 떨어진 묘카쿠 사에 머무는데 그곳의 수비도 기껏해야 직속부대 500기 정도여서 대단한 인원 수가 아니었다. 친다면 계란 껍질을 쥐어 깨듯이 쉬운 일이리라. 더구나 오다가의 군단 사령관들은 모두 먼 곳에 있었다. 시바타 가쓰이에는 혹고쿠에 있었고 다케가와 가즈마스는 간토에 있었고, 하시바 히데요시는 비추에 있었고, 니와 나가히데는 군세를 오사카에 집결시키고 있었고, 도쿠가와 이에야스는 약간의 배종을 거느리고 사카이 구경을 하러 떠났다. 교토는 텅 비어 있었다. 그 군사적 공백 지대인 교토에서 노부나가는 29일 밤을 소수의 직속 부대와 함께 지낼 것이다.

이러한 기회는 없다. 아주 드문 이런 기회가 미쓰히데의 눈앞에 나타나지 않았다면, 그는 필경 평범한 후반생을 보냈으리라. 기회가 미쓰히데에게 발상을 시켰다. 지금까지 올바른 정신으로 생각한 일이 없는 것을 미쓰히데는 생각하기 시작했다. 미쓰히데는 불쌍할 만큼 낭패하고 있었다.

'할까?' 하고 생각하는 자기에 대해서였다. 사고(思考)의 출발은, 기회가 눈앞에 왔다는 것뿐이었다. 기회는 갑자기 왔다. 오랜 세월에 걸쳐서 주도하게 계획한 것이 아닌 만큼, 미쓰히데는 침착성을 잃고 있었다. 도리어 지쳐 버려 자기를 잃고, 이 결단을 신불에게 맡기려고 했다. 그것을 위한 입산 기도였다. 곤겐 앞에 나가 제비를 뽑아, 그 길흉에 의해서 자기의 행동을 결정하려고 했다.

지금 단정히 앉아 있다. 나무들이 숲을 이루고 솟은 검은 그늘을 바라다보며, 바라다본 채 움직이지 않는 것은 부처님 앞에서 제비를 뽑는 것이 두려웠기 때문이었다. 제비를 뽑는 행동조차도 미쓰히데는 망설이고 있었다. 뽑아서 길(吉)로 나오면 미쓰히데는 혼노 사로 쇄도해 가지 않으면 안 되리라. 흉으로 나오면 헛되이 군사들을 이끌고 비추로 떠나가지 않으면 안 되었다. 그러나 비추로 헛되이 떠나간다는 것이 미쓰히데에게는 우울한 일이었다. 우울하다기보다는 살아갈 방도조차 잃어버리는 것 같은 느낌이었다. 결단을 못 내리고 마루에 있었다. 그러나 일어서지 않으면 안 되었다. 미쓰히데는 다리를 긁고 나서 이윽고 일어났다. 발치께에 피를 잔뜩 먹은 모기가 날아오르지도 않은 채 뒹굴고 있었다.

"간다!"

마루에서 뛰어 내려 발에 짚신을 신었다. 이끼를 밟고 삼나무 숲 속으로 들어갔다. 발치께의 앞뒤를 시동이 든 세 개의 횃불이 밝히고 있었다.

다시금 바위 사이의 험로를 기어 올라갔다. 본당에 참배했다. 이 본당에 모셔져 있는 승군 지장(勝軍地藏)이 무인들의 존숭을 모으고 있었다. 미쓰히데는 본당에는 올라가지 않고 층계 아래에 우뚝 선 채 염주알을 돌리면서 경을 읊고 나서 이윽고 내원으로 가는 길을 올라갔다. 내원은 본래 영험이 현저하다고 여겨지고 있었다. 바위 위에 있었고, 주위는 무성한 삼나무 숲에 에워싸여 산의 푸른 기운은 무서울 정도로 정적에 잠기고 있었다. 한 해에 몇 번인가, 이 내원 봉우리에 천축(天竺)·중국·일본의 뎅구가 모여 든다고 한다. 천축의 뎅구 수령은 다유니치료(大夫日良)고, 중국의 뎅구 수령은 다유센카이(大夫善界), 일본의 뎅구 수령은 다로보 대승정(大郞坊大僧正)이었다. 그 세 두목이 모일 때 이 봉우리는 마계가 되고, 나뭇가지에는 그들의 권속인 9억 4만여 마리의 졸개 뎅구가 와 앉는다고 한다.

미쓰히데는 부처 앞으로 나갔다. 추녀 앞에 매달린 방울을 울리고 신식(神式)으로 손뼉을 치고 불식(佛式)으로 염주를 세고 경을 외웠다. 이윽고 층층대를 올라가 격자문을 열고 불을 밝힌 뒤 제비뽑는 함을 들고 범패를 읊었다.

  자아득불래 소경제겁수
  무량백천만 억재아승기
  상설법교화 무수억중생
  영입어불도 이래무량겁
  절도중생고 방편현열반

  自我得佛來 所經諸劫數
  無量百千萬 億載阿僧祇
  常設法敎化 無數億衆生
  令入於佛道 爾來無量劫
  節度衆生故 方便現涅槃

이윽고 미쓰히데는 앉은 채 제비함을 머리 위로 들어올려, 머리 위에서 흔들면서 그 조그만 구멍에서 제비를 한 개 꺼냈다. 눈을 뜨고 그 끝을 보았다.

흉(凶).

미쓰히데는 불 앞에서 고개를 갸웃거렸다. 핏기가 가시고 숨결이 가늘어져 갔다.

"아니다."

광기인가? 551

미쓰히데는 중얼거렸다. 중얼거리면서 이 사나이가 가진 의지의 힘으로 그것을 뚝 꺾었다.

'다시 한 번' 하고 생각하면서 함을 집어들어 성급히 흔들고 나서 다시 한 개를 뽑았다.

또 흉이었다.

미쓰히데는 미친 사람처럼 되었다. 신불을 차 죽이고 싶을 만큼 흉포한 마음이 되어 다시금 대그럭대그럭 함을 흔들었다. 흔들어도 제비는 나오지 않고 안에서만 울리고 있었다.

이윽고 무릎 위로 제비가 한 개 굴러 나왔다. 미쓰히데는 그것을 보고 손으로 뿌리친 뒤, 얼이 빠진 듯이 두 어깨의 힘을 뺏다. 한동안 그 자세대로 숨결을 계속 내쉬었다. 꽂이는 길(吉)이었다. 그러나 몇 번이나 흔들어대서 나온 길(吉)에 무슨 효험이 있을 것인가. 미쓰히데는 제비를 주워 모아 함께 쥐고 뚝 꺾었다. 다시 손가락에 힘을 넣어 뚝뚝 꺾어 드디어 박살을 내다시피 했는데, 그래도 마음이 풀리지 않아 마지막에는 손톱으로까지 꺾었다.

미쓰히데는 당 안에서 나왔다. 마루에서 뛰어내려 다시금 본래의 언덕을 내려오기 시작했다. 그러나 발길은 무겁고 호흡은 부드럽지가 못했다. 하지만 그 무게를 견디면서 결의는 은은히 숨쉬기 시작하고 있었다. 설령 신불이 가호를 해 주지 않는다고 하더라도 해야 할 일은 하지 않으면 안 되리라. 미쓰히데는 마음을 정하고 있었다. 운은 이미 생각지 않고 그저 행동하는 것만을 생각하고 있었다. 그 행동의 결과가 어떤 것인지도 미쓰히데는 생각지 않았다.

'가령 비운으로 끝나더라도 내가 멸망해 버릴 뿐이 아닌가.'

미쓰히데는 앞으로 앞으로 걷고 있었다. 서두르지 않았고 그렇다고 흔들거리지도 않았다. 갈 곳으로 갈 뿐이라는 걸음걸이였다.

때는 지금이다

그 다음 날 교토 쪽 오르막길로 연가인(連歌人)인 사토무라 쇼하, 역시 같은 쇼히쓰(昌叱) 일행들이 올라왔다.

미쓰히데가 어제, 교토의 쇼하에게로 급사를 보내

"아타고 산의 니시노보에서 연가의 흥행을 베풀고 싶다"는 뜻을 전한 것이다. 쇼하·쇼히쓰는 다름 아닌 미쓰히데의 일이라고 해서, 준비도 채 하지 못하고 기요(淸) 폭포 어귀로 해서 산으로 올라왔다. 그 종장(宗匠) 일행이 오후에 도착해서 저녁때부터 니시노보의 서원에서 연가의 백운(百韻) 흥행을 베풀었다.

연가의 역사는 오래 된다. 특히 무로마치 시대가 되면 이 교토 귀족의 문예 놀음은 지방영주에게까지 보급되었는데 요즈음은 좀 수그러들기 시작했다. 대신 차(茶)로 바뀌기 시작한 것이다. 연가도 차도 살롱문화이지만, 연가는 문예적이고 차는 미술적이라고 할 수 있으리라. 노부나가는 연가보다 차를 좋아했다. 문예보다 미술 취미가 강했다고도 할 수 있으리라. 오다가에서는 선대인 노부히데가 교토에서 일부러 연가사인 소기(宗祇)를 초청하는 등 상당히 몰두했었지만, 노부나가는 그 아버지의 취미의 계보를 적극적으로는 잇지 않았다. 노부나가의 다도 취미는 체질적인 것이리라. 가령 화가인 에이라쿠(永樂)를 발굴하여 그 보호자가 되기도 하고, 이국의 색다른 복장을 좋아하기도 하고, 아즈치 성처럼 전대미문의 대 건축을 만들기도 하는 것 같은 취미의 기반인 모양이었다. 그 다도 취미는 도산의 계보를 이었다고 해야만 할 것이다. 도산의 노히메가 시집왔을 때, 오다가의 가정에 처음으로 다도가 들어왔다고 해도 좋다. 노부나가의 취미가 시대에 반영됐다. 다도는 교토와 사카이를 중심으로 공전의 성황을 보이고 있었다. 그러나 한편으로 연가는 쇠퇴하기 시작했다. 노부나가는 다회는 개최해도 연가의 흥행을 그다지 주최하고 싶지가 않았기 때문이었다. 노부나가의 무장들도 대개는 차를 즐기고 연가는 돌아보지도 않았다. 미쓰히데와 호소가와 후지타카 정도였다. 자연히 종장인 사토무라 쇼하도 미쓰히데를 이 세상에 둘도 없는 보호자로 믿고 있었다.

쇼하도 노부나가에게서 지독한 변을 당한 일이 있었다. 전에 노부나가가 미노 침공에 열중하고 있던 무렵, 오와리의 고마키에 성을 만들었다. 그 무렵 쇼하는 교토에서 내려와 그 낙성의 축하를 했다. 그때 노부나가로부터

"무엇이든지 한 수, 축하하여라" 하는 요구를 받고 즉석에서

아침에 문을 여니, 기슭은 버들과 벚나무로구나.

이렇게 읊자, 노부나가는 크게 노해서 "무문(武門)의 신성(新城)을 열다니 무슨 말이냐" 하고 금방 살해할 것 같은 기세였기 때문에 쇼하는 걸음아 날 살려라, 하고 교토로 도망쳐 돌아간 일이 있었다. 그 이래로 쇼하는 노부나가가 아주 괴로운 상대였다.

"이건 또 갑작스럽게 생각이 떠오르신 모양인데, 어찌된 일입니까?"
쇼하는 미쓰히데에게 물었다.
"글쎄"
미쓰히데는 어떻게 설명해야 할까 생각했다. 갑자기 교토와 단바의 국경인 산에서 연가 흥행을 개최하는 일은, 이상하다면 이상한 일이었다.
"이번에 산공으로부터 비추로 출진하라는 명령을 받았다. 출정하면 몇 년이 걸릴지도 모른다고 생각하고 교토에 대한 미련으로 연가회를 베풀고 싶어졌다. ──하기는."

미쓰히데는 근심스러운 얼굴로 말했다.
"자네를 만나 꼭 부탁드리고 싶은 일도 있기 때문에."
"저 따위에게——"
부탁하다니 무슨 일인가.
미쓰히데도 그에 대해서는 아무 말도 하지 않았다. 쇼하는 침통한 미쓰히데의 안색을 보고 차차로 불안해져 왔다. 사토무라 쇼하는 연가사임과 동시에 정계인이기도 하다. 연가의 자리를 통해 친왕·공경·영주들과도 교우가 두터워 자연히 정계의 정보통이 되어 있었다. 때로는 그 얼굴이 인정되어 타진(打診)의 소임을 부탁받기도 했고 전달의 소임을 부탁받는 일조차 많았다.
'휴가노카미는 무엇을 부탁하려고 하는 것일까?'
이렇게 생각하면서 미쓰히데의 안색을 엿보았는데, 그 초조함과 불안은 읽을 수가 있어도 무엇이 그 배경이 되어 있는지는 알 수가 없었다. 이윽고 주효가 차려지고 벼루와 붓이 한 사람 한 사람의 무릎 앞에 배급되었다.
"우선 휴가노카미로부터 발귀(發句)를" 하고 쇼하는 말했다.
늘어앉은 무리들은 7, 8명은 되리라. 전문적인 문사(文士)들 쪽은 쇼하 외에 양자인 쇼히쓰가 차석이었다. 이어서 겐뇨(兼如)·신젠(心前) 등 미쓰히데와는 친숙한 무리들이었다. 그 외에 이 니시노보 이도쿠 원의 원주 교유(行祐)·우에노보(上坊) 다이센 원(大善院)의 원주 유겐(宥源) 등이었다.
발귀를 꺼내야 할 미쓰히데는 애를 썼다. 연가의 경우 읊기 시작하는 발귀가 잘 되면, 그 흥행은 성공한다고 일컬어지고 있다. 자리는
미쓰히데
이도쿠 원 교유
쇼하
다이센 원 유겐
쇼히쓰
등의 순서로 나란히 앉아 있다. 세 번째 자리에 앉은 쇼하는 미쓰히데가 괴로워하는 모양을 보고
'묘하구나' 하고 생각했다. 미쓰히데의 눈매가 이상해져, 기껏해야 발귀의 시상(詩想)을 찾아 괴로워하는 품치고서는 너무나 처절한 기운이 서려 있었다.

이윽고 미쓰히데는 자작(自作)을 읊었다.

때는 지금, 비(天과 발음이 같다)가 내리는 5월이로구나.

'앗!'
쇼하는 눈을 들었다. 듦과 동시에 미쓰히데는 쇼하의 시선을 피하듯이 고개를 숙였다. 그 때문에 각자의 표정을 엿볼 수가 없었다. 그러나 글의 뜻은 쇼하가 충분히 이해할 수 있었다.
'때(時와 土岐의 발음이 같다)는 지금'이라는 것은 결기(決起)의 결의를 나타내는 말이리라. 더구나 미쓰히데의 교묘한 재치는 그 말에다 도키(土岐)라는 이중의 의미를 서리게 하였다. 미쓰히데의 아케치 씨는 미노의 도키 미나모토 씨다. 그런 핏줄을 자랑하는 듯이 미쓰히데의 가슴에 선명히 물들어 있는 정문(定紋)은 도키의 도라지꽃이었다.
'비(天)가 내린다'는 것은 5월의 비가 내린다는 것보다도 천하를 다스린다, 통치한다는 우의(寓意)를 품고 있다고 밖에는 생각되지 않았다.
'그렇다면 모반하시는가!'
귓가에서 커다란 전고가 울린 것 같은 생각이 들었고, 쇼하가 든 붓끝이 눈에 두드러질 만큼 떨려 왔다. 그러나 그것을 쇼하처럼 이해한 것은 그뿐이었고, 다른 사람들은 모두 지금의 계절 5월의 장맛비를 읊은 것이라고만 생각했다. 장맛비를 읊은 연가로서도 평범한 지음새가 아니었다. 말 한 마디 한 마디에서 울림이 나오는 것 같은 그런 기세였다. 받은 것은 이도쿠 원 교유였다. 이는 발귀를 솔직하게 해석하고 순순하게 받았다.

상류가 불어나는 정원의 여름 산

이라는 것이었다. 장마가 닥치려는 계절, 이미 강의 상류께는 수량이 늘어났고 정원의 여름 산에는 신록이 선명하다는 의미가 되리라.
"훌륭하오."
쇼하는 종장으로서 직업적인 탄성을 울리고, 이어서 자기의 제3귀를 읊었다.

꽃 떨어져 흐르는 강물을 막고

라는 것이었다. 쇼하는 미쓰히데의 반역의 결의를 막는다는 의미를 서리게 했다. 이 대화는 미쓰히데에게만 통했다. 쇼하는 눈길을 비꼈다.
"다음을" 하고, 그는 하지 않아도 좋은 말을 제 4귀를 잇는 다이센 원 유겐에게 했다.
"그렇군요."
유겐은 대답하고 '바람은 이내를 휘몰고 가는 저녁 무렵'이라고 평범하게 받아 넘겼다.

그 뒤, 미쓰히데는 쇼하만을 방으로 불러 사춘기 소년 같은 말을 했다. 요즈음 쓸쓸해서 견딜 수 없다. 이 입산 기도를 기회로 오늘 밤새워 얘기를 나눌 상대가 되어 주지 않겠는가? 라는 것이었다. 쇼하는 그러한 미쓰히데가 불쌍해서 견딜 수 없었다. 저 같은 사람이라도 좋다면 하고 나지막한 목소리로 대답했다. 두 사람 앞에 술이 놓여 있다. 안주는 오징어와 찐 콩뿐이었다.
"아까 발귀의 우의(寓意)는 이해했는가?"
미쓰히데는 조용히 말했다. 그러나 쇼하는 대답하지 않았다.
"자네를 벗으로 생각하고 얘기한다. 지금부터 무슨 말을 지껄일는지 모르지만 이 자리만의 얘기로 해 다오."
"그야 물론."
쇼하는 할 수 없이 고개를 끄덕였다. 쇼하로서도 배짱이 필요한 일이었다. 만약 미쓰히데가 반역에 실패하면 자기도 같은 죄로 간주당해 소살(燒殺)당하리라.
"앞으로 며칠 뒤에 천하는 확 변한다. 다이라 씨에게서 미나모토 씨로 옮겨진다."
미쓰히데는 말했다. 노부나가는 다이라 씨라고 칭하고 있었다. 미쓰히데는 미노의 도키 미나모토 씨가 역연한 가계다. 노부나가를 쓰러뜨리고 천하를 잡겠다는 의미였다.
"그렇게 무서운 일을!"
쇼하는 양 손으로 귀를 막는 듯한 태도를 보였다. 미쓰히데는 그러한 쇼하를 딱하게 생각했는데, 그러나 미쓰히데에게도 이유는 있었다. 이 쇼하에게 자기의 내심을 털어 놓음으로써 자기 자신을 결심하게 만들고 싶었던 것이다. 쇼하는 살롱에서 헤엄치는 자다. 이 자에게 고백한다는 것은 전세계에 방송해 버린 것과 같았다. 일단 입 밖에 내 버린 이상, 미쓰히데는 이미 뒤로 물러설 수는 없었다. 그러한 입장으로 미쓰히데는 자기를 몰아넣으려고 했다.

"내가 다이라 씨를 쓰러뜨렸다는 말을 들으면" 하고 미쓰히데는 말했다. "조정 여기저기에 말을 퍼뜨려 주게. 나는 미나모토 씨니까 정이대장군으로 임명하여 주시기 바란다. 쇼군의 명칭 아래 나머지 적들을 쓰러뜨리고 천하를 평정한 뒤, 정권을 조정으로 돌려주고 율령(律令)이 통하는 세상으로 만들어 드리겠다. 그것이 미쓰히데의 진정한 마음이라고 말해 주게."

"알았습니다" 하고 쇼하는 끄덕거렸는데, 미쓰히데의 속 어린 말에는 내심으로 놀라고 있었다. 노부나가를 쓰러뜨리고 정권을 뺏은 뒤, 조정으로 돌려주겠다는 것이다. 돌려받아도 조정엔 이미 정치 담당 능력이 없어 고마운 폐가 될 뿐이 아닌가.

'민심 수렴의 수법인가?'

쇼하는 생각했다. 수법 치고서는 너무나 재주가 없는 것이었다. 일본의 정치를 율령이 통하던 옛날로 돌아가게 만든다는 것은 거의 감상적인 환상에 지나지 않는다. 노부나가는 무로마치 체제를 타파하고 현실에 맞는 새로운 정치·경제 체제를 만들어 내려고 하고 있지만, 그 노부나가를 쓰러뜨릴 미쓰히데에게는 정치의 이상은 없고, 있는 것은 고작 회고 취미적인 환상뿐이라는 것은 어찌 된 일인가.

'——요컨대' 하고 쇼하를 생각했다. 미쓰히데에게는 그다지 열렬한 정권욕은 없을지 모른다. 정권을 뺏기보다도 노부나가에 대한 원한을 보복한다는 것이 첫째 가는 목적이리라. 노부나가가 쓰러지면 당연히 굴러 들어오는 정권은 미쓰히데의 심상 속에서는 극히 부차적인 것으로 다루어지고 있는 데 지나지 않는가. 여하튼 간에 쇼하는 이 화제에는 그다지 간여하고 싶지 않았다. 적당한 시기를 보아 침소로 물러나고 말았다.

그 뒤 미쓰히데는 잠자리에 들어서도 쉽사리 잠을 이룰 수가 없었고 한눈도 붙이지 못한 채 아침을 맞이하고 말았다. 연가는 그날도 계속 흥행되었다. 다음에서 다음으로 귀가 이어가고 있는 동안에도 미쓰히데만이 붓끝을 쉬게 한 채 망연히 앉아 있었다. 발귀가 떠오르지 않을 정도로 잠을 설쳤던 것이다. 그 지쳐버린 머리 속에 명멸하고 있는 것은 혼노 사의 흰 칠을 한 담장과 은빛 기와였다.

"주군 차례이십니다" 하고 쇼히쓰가 말했다.

미쓰히데는 앗 정신을 차렸다. 그때 생각 속에 있던 어떤 것이 앞뒤 없이 입을 찌르고 나와버렸다.

'혼노 사의 해자 깊이는' 하는 후세 라이 산요(賴山陽)의 시(詩)로 유명해진 정경을, 미쓰히데는 극중 사람처럼 연기하지 않으면 안 되었다. 중얼거린 말은 혼노 사의 해자 깊이는 어느 정도 될까 하는 것이었다. 그때 쇼하가

"이런, 아까운!" 하고 소리치지 않았다면 미쓰히데도 어디까지 헛소리를 중얼거렸을지 모른다.

연가는 차례차례로 돌아가

"색도 향기도 취하게 만드는 꽃그늘"이라고 쇼히쓰가 이은 뒤, 쇼하가 이내 "나라는 여전히 평안스러울 때" 하고 마지막 구절을 붙여, 이것으로 백귀의 만좌가 되었다.

끝난 뒤 절의 중이 쟁반을 가지고 나타나

"절간의 명물입니다" 하고 대나무 잎에 싸서 찐 떡을 권했다. 우선 상좌의 미쓰히데 앞에 놓았다.

"맛있어 보이는구료" 하고 미쓰히데는 그답게 정중하게 인사를 했으나 머리 속으로는 다른 일을 생각하고 있었다. 손만이 움직여 쟁반에 놓인 대나무 잎 떡을 집어 들었다. 쟁반은 다음으로 돌아갔다. 미쓰히데는 그것을 입 안에 넣었다. 일동은 아연히 미쓰히데를 보았다. 미쓰히데는 떡을 까지 않고 대나무 잎채로 씹고 있는 것이었다. 이윽고 미쓰히데는 정신을 차리고 떡을 뱉았다.

"어찌 된 일일까?"

쇼하는 미쓰히데를 위태위태하게 생각했다. 그 방심은 마음이 섬약한 탓이리라. 그런 섬약함으로 과연 천하를 잡을 수 있을 것인가.

오후가 되었다. 미쓰히데는 산 위에 황금을 가지고 왔었다. 그것을 아낌없이 나눠 주었다. 아타고 곤겐에는 황금 30매와 구멍 뚫린 돈 500관을, 기도를 올린 니시노보 이도쿠 원에게는 500냥을, 쇼하 이하의 연가사에게는 각각 쉰 냥씩을 나눠 주었다.

미쓰히데는 하산했다. 곧 단바 가메야마 성으로 돌아가 그날 밤은 꿈도 꾸지 않고 잤다.

다음 날 30일, 성하에 인마가 북적거리는 소리가 시끄러웠다. 앞서의 동원령에 의해 나라 안 봉토로 돌아가 있던 부하·벼슬아치들이 성하로 모여든 것이다.

"지금 몇 명이 있는가?"

미쓰히데는 아주 초조해하면서 그 수를 물었다. 2천, 5천, 7천, 시시각각으로 인원은 늘어났다. 앞으로 하루나 이틀 뒤면 아케치가의 전 동원 인원인 1만여 명에 달하리라.

미쓰히데는 여전히 생각을 계속하고 있었다. 일어서느냐 마느냐 하는 것을 말이다. 이런 지경에 이르러서도 흔들흔들 미쓰히데의 마음은 좀처럼 결정되지 않았다.

그 다음 날 밤, 미쓰히데는 결심하고 자기 침소로 미쓰하루와 사이토 도시미쓰를 불렀다.

그들이 오자

"이리로 들어오너라" 하고 자기가 들어 있는 모기장 안으로 모두 불러들였다. 그 한 마디로써 두 사람은 미쓰히데가 이제부터 털어놓으려는 일이 예사롭지 않다는 것을 추측했다.

반기

가메야마 성에 있는 미쓰히데의 침소 복도와 삼나무 문으로 막혀있는 안은 다다미 여덟 장짜리와 여섯 장짜리 두 간 밖에 없었다. 모든 것에 질소한 것은 이 시대의 유행이었다. 영주가 화려한 생활을 하게 되는 것은 만사에 지나치게 화려한 히데요시가 천하를 잡아, 소위 모모야마(桃山) 경기(景氣)를 일으키고 난 뒤다.

미쓰히데는 언제나 이 여덟 장짜리 방에 푸른 모기장을 매달고 그 안에서 잔다.

"모기장 안으로 들어오너라" 한 것은, 그 모기장 안에서였다. 다다미 넉 장 가량의 모기장인데, 그 안에 침구가 없는 것은 미쓰히데가 제 손으로 치웠기 때문이다. 촉대가 세 개 모기장 밖에서 조그맣게 타고 있었다. 그 불빛이 검은 그늘을 지우면서 흔들거리어, 겨우 푸른 물을 들인 천을 통해 모기장 안으로 빛을 새어 들게 하고 있었다.
 아케치 미쓰하루
 사이토 도시미쓰
 이 두 사람의 얼굴이 검푸르게 물든 그 빛 속에 떠올라 있었다.
 미쓰하루는 젊다. 사이토 도시미쓰는 초로를 넘어섰다. 살이 보기 좋게 찐 붉은 얼굴인데, 얼굴도 머리도 반들반들 빛나고 있는 점은 그야말로 장막 안에서의 사색보다는 실전 지휘에 합당한 성격을 잘 나타내고 있었다.
 "이런 곳으로 불러들인 것은 내 마음이 그렇게 움직였기 때문이다. 지금부터 하는 말을 부하의 입장에서 듣지 말고 이 미쓰히데와 똑같은 마음으로 들어다오. 상하의 인사치레나 사양은 필요 없다. 각자 자기를 휴가노카미 미쓰히데라고 생각하고, 그 작정으로 듣고, 또한 말해다오."
 말을 끝내고 미쓰히데는 입을 다물었다. 오랜 침묵이 계속되고 모기장 안에서 미쓰히데의 숨결만이 청청하게 계속되었지만 그는 아무 말도 하지 않았다.
 이윽고 미쓰히데는 고개를 들었다.
 "말할 수 없다."
 입 밖에 내서 말하는 것이 두렵기도 했고, 자기의 마음을 나타낼 적당한 말을 찾지 못했기 때문이기도 했다. 미쓰히데는 할 수 없이 벼루를 끌어당겨, 단책(短冊)에다 시를 지었다. 지금의 자기 가슴 속을 논리로써 밝히는 것은 불가능하다고 깨달은 것이다. 시로써 상대방의 시정(詩情)에 호소할 도리밖에는 없었다. 그것밖에는 없었다. 미쓰히데가 꾀하고 있는 일의 10중 8, 9는 자기의 가신과 그 가족을 연옥으로 집어 넣게 되리라. 그것을 강제할 권리는 아무리 주인이라고 하더라도 가지고 있지 않았다. 시에 의지할 도리밖에는 없었다. 미쓰히데는 시상을 더듬었으나 막상 시상을 해 보니 산문적인 말만이 뇌리에 떠올라 시가 되지 않았다. 드디어 붓을 댔다.

 마음을 모르는 사람은 무슨 말이든 하려무나
 몸도 아깝지 않고 명예도 아깝지 않다.

 미쓰히데로서는 너무나 서툰 시였다. 그러나 미쓰히데로서는 자기의 의사를 그들에게 깨닫게만 만들 목적이었다. 야헤이지는 그것을 받아 들고 읽은 뒤 말없이 사이토 도시미쓰에게 돌렸다. 도시미쓰는 그것을 읽고서 약간 고개를 갸웃했으나 이윽고 미쓰히데에게 돌려주지 않고 자기의 옷깃 속으로 집어넣었다.

"알았습니다."

도시미쓰는 말했다. 이것만으로 모든 것을 알았다는 것은, 그들이 은연중에 추측하고 있었다는 증거이리라.

"알고 있었느냐?"

미쓰히데는 어처구니없는 질문을 했다.

"주군의 마음속을 추측하지 못하고서는 부하 노릇을 할 수가 없습니다……그러나"

"그러나?"

"설마 하고 생각했습니다."

야헤이지 미쓰하루는 고개를 숙였다. 야헤이지든 사이토 도시미쓰이든, 이 일거는 미쓰히데를 위해서 찬성하기 힘들다고 여겨졌다.

전략론에서 볼 때에도 실패할 공산 쪽이 크다. 하긴 혼노 사로 습격하면 노부나가를 살해하기란 쉬우리라. 교토를 점령하기만 하면 공경들은 미쓰히데에게로 쏠려 오고, 정이대장군 임명도 쉽게 받을지 모른다. 그러나 오다가의 여러 호족들은 미쓰히데에게로 쏠릴까? 쏠리지 않으리라. 하시바 히데요시는 비추에서 모리군과 교전 중이기 때문에 발을 뺄 수 없다고 하더라도 호쿠리쿠의 시바타 가쓰이에는 즉시 남하하여 천하에 격문을 띄우리라. 가쓰이에는 오다가의 필두 가로이며, 미쓰히데는 신참자에 지나지 않기 때문에 양쪽에 모여 드는 영주의 수는 저쪽이 압도적으로 많을 것이 틀림없다. 미쓰히데는 기껏 호소가와 후지타카와 쓰쓰이 준케이가 예부터의 우의와 인척관계라는 것으로 참가해 줄 정도로 생각된다.

오사카에서 군사를 집결시키고 있는 중인 노부나가의 셋째 아들 오다 노부타카도 강력한 반격 세력이 될 것이고, 오다가의 예부터의 동맹자 도쿠가와 이에야스도 지금 사카이를 구경 중이지만, 만일 명령이 떨어지면 본국으로 돌아가서 복수전이란 명목으로 여러 영주들에게 권유할 것이다. 어떤 무리들도 미쓰히데를 쓰러뜨리면 천하를 잡을 수 있다는 강렬한 희망과 의욕에 불타, 천하의 사방팔방에서 앞을 다투어 교토로 공격해 올라와 큰 활약을 하리라. 미쓰히데는 그것을 혼자서 방어하지 않으면 안 된다. 인간의 재주로

할 수 있는 일이 아니다.

그리고 세상의 평판도 문제다. 그것은 좋지 않을 것에 틀림없다. 가령 이에야스가 반란을 일으킨다면 그것은 정략이며, 세상도 시인한다. 왜냐하면 도쿠가와와 오다가와는 크고 작은 차이는 있지만, 본래 동맹자 사이다. 미나모토는 요리토모가 헤이케를 제압하고 천하를 잡은 것과 같은 차원으로 논해진다. 그러나 미쓰히데가 노부나가를 제압하는 것은 반란이 아니라 모반이다. 왜냐하면 미쓰히데는 본래부터 영주가 아니라 맨몸으로 오다가에 신사하여 노부나가에 의해서 발탁된, 말하자면 자식과 같은 출신에 속한다. 세상은 당연히 이 행동을 정략으로는 보지 않고 도덕상의 문제로 보리라. 이것은 미쓰히데에게 불리했다. 물론 미쓰히데를 타도하고 천하를 얻으려고 하는 무리들도 그것을 진군의 진두에 내걸어 세상의 동감을 불러일으켜, 그럼으로써 소영주들을 끌어 모으려고 할 것에 틀림이 없었다.

'이(利)는 그들이 얻는다. 주군은 노부나가를 쓰러뜨렸기 때문에 그들의 먹이가 될 뿐이다.'

야헤이지 미쓰하루는 생각했다. 그러나 미쓰하루는 잠자코 있었다. 그 정도는 미쓰히데도 생각한 뒤라고 여겨졌기 때문이다. 사이토 도시미쓰는 반대했다. 이유는 미쓰히데의 그것과 같았다. 목소리를 낮추어서, 그러나 말투를 날카롭게 하여 반대했다.

"안 됩니다."

마지막으로 말했다. 미쓰히데는 푸른 모기장 너머로 촛대의 불꽃을 바라다보면서 잠자코 있었다. 이윽고

"이일 저일 다 생각했다. 생각한 끝의 각오다. 이미 어쩔 수가 없다. 만약 찬성하지 않는다면 지금 당장 내 목을 쳐라."

"목을?"

"나를 죽여라. 필요 없다, 사양할……"

미쓰히데는 소도를 칼집 채로 뽑아 그들의 무릎 앞으로 밀어 놓았다. 그것이 미쓰히데가 그들에게 얘기하고 싶었던 중요한 용건의 하나였다. 실은, 이치로는 이미 그들에게 대항할 수 있을 만한 것을 미쓰히데는 가지고 있지 못했다. 미쓰히데 자신 그들의 반대론에 동감이었다. 머릿속으로는 역시 그대로이리라. 그러나 마음은 어쩔 수가 없었다.

"나를 베지 않겠다면 너희들의 목숨을 나에게 다오."

그 두 길 중 하나밖에는 없다고 미쓰히데는 오히려 애원하듯이 그들에게 얘기했다. 야헤이지 미쓰하루는 긴 한숨을 내쉬었다. 자기의 목숨은 미쓰히데와 함께 있다고 외치려고 했으나, 옆에 사이토 도시미쓰가 있다. 도시미쓰에게 우선 말을 시켜야만 할 일이었다. 도시미쓰는 도중에 부하가 된 사나이라 주종의 감정은 야헤이지와는 또 다르리라.

"주군!"

사이토 도시미쓰는 목소리를 낮추었다.

"그 가슴 속, 우리 두 사람 외에 또 누군가에게 말씀하셨습니까?"

미쓰히데는 말하기가 괴로운 듯 말했다. 교토에서 궁정 공작을 하게 하기 위해서와, 자기 자신을 막다른 각오로 몰아넣기 위해서 연가사인 사토무라 쇼하에게 은연중에 말했다고 고백했다.

"──그렇다면"

도시미쓰는 크게 숨을 쉬었다.

"다른 도리가 없습니다. 지금 가령 주군께 간언을 드려서 주군이 번복하신다 하더라도, 사람의 혀는 사마(駟馬 : 네 마리의 말이 끄는 마차)만도 못하다는 말이 있습니다. 소문은 돌고 돌아서 아즈치 공의 귀에까지 들어갈 것입니다. 그러면 주군의 운명은 셋슈 공(攝州公 : 荒木村重)의 되풀이, 이리 되니 저의 마음도 결정되었습니다. 주군의 선봉을 달려서, 설령 지옥에라도 쳐들어가겠습니다."

"잘 말해 주었다."

미쓰히데는 고개를 약간 숙이고, 이어서 야헤이지를 보았다. 야헤이지는 고개를 끄덕거리고

"구라노스케와 같은 마음입니다" 하고 조그만 소리로 말했다.

미쓰히데는 안심하고 한동안 눈을 감고 있었는데, 다소간 어지러워졌는지

"구라노스케는 아까 세상의 악평에 대해서 말했는데, 나에게 사심은 없다"는 묘한 말을 꺼내, 전 쇼군 요시아키를 들먹였다. 유랑 중인 요시아키는 지금 주고쿠에 있어, 모리군의 정신적 지주로서 대(對) 오다전의 명목상의 원수(元帥)가 되어 있다. 요시아키의 집념은 어디까지나 아시카가 막부의 재흥에 걸려 있다.

그 요시아키를 위해서 움직인다고, 미쓰히데는 말하기 시작한 것이다. 미쓰히데는 다소간 객기가 있었던 무렵을 상기하면서

"나의 전반생은 아시카가 막부의 재흥을 위해서 바친 거나 다름이 없다. 그 뒤 세상이 변전하여 본의 아니게 다른 길을 걸어왔지만, 이제 와선 청춘이던 때의 마음으로 되돌아가 천하를 노부나가로부터 뺏은 뒤엔 주고쿠에 계시는 요시아키 님에게 돌려 드리고 싶다"는 것이었다.

미쓰히데의 말은 갈팡질팡이었다. 전날 아타고 산에서 사토무라 쇼하를 설복시킬 때에는 조정에 돌려드려 일본의 정도(政道)를 옛날로 되돌아가게 하겠다고 말했는가 하면 지금은 아시카가가에 돌려주겠다고 말하고 있다. 그 모두가 미쓰히데의 감정을 반영하고 있는 것은, 아타고 산 위에서도 이 푸른 모기장 안에서도 미쓰히데가 말하면서 눈물을 흘리는 것으로 알 수 있다. 요컨대 미쓰히데는 이 일거를 어떻게든지 정당화시켜, 시역(弑逆)에 의한 악명에서 자기를 해방시키고 싶은 일념 때문에 그러리라.

그것을 사이토 도시미쓰는 꿰뚫어 보았다. 시선을 똑바로 고정시키고 아랫입술을 오무리며

"그럴 필요 없을 것입니다" 하고 거친 말투로 말했다.

"남자의 행동은 명쾌하지 않으면 안 됩니다. 그렇게 의심하여 망설이시고, 또한 잔재주를 부려 남의 눈을 야비하게 가리시기보다는 결단성 있게 천하를 뺏으십시오. 주군은 미나모토 씨이십니다. 정이대장군으로 당연히 임명되시게 됩니다. 시역이든 찬탈이든, 당당히 천하의 주인이 되셔서 백성을 위무하시고 태평한 세상을 만드셔야만 하실 것입니다. 생각 중이시라면 전후좌우의 일을 살펴보셔도 당연합니다만, 일단 각오하신 이상 두려워하셔서는 안 됩니다."

'천하를 취한다――'

미쓰히데는 새삼 그 개념을 자기 감정 속에서 자기 것으로 생각해 보았다. 자연히 소용돌이치는 것 같은 느낌이 핏속에 넘쳐흘러, 선악과 성패에 대한 생각을 초월한 감동이 끓어 올라왔다.

"그것이 장부겠지."

미쓰히데는 중얼거리고 자기에게 타이르려고 했다. 동시에 자기의 소년기로부터 사춘기에 걸쳐서 그렇게나 귀여워해 준 사이토 도산의 처절하다고 할 수 있는 생애를 상기했다.

'도산 야마시로 뉴도야말로 풍운의 화신과 같은 사람이다. 도산은 나와 노부나가를 사랑하여 자기 뒤를 잇게 하려고 했고, 적어도 예능의 스승 같은

마음을 품어 주었다. 그 야마시로 뉴도 동문의 제자끼리, 며칠 뒤에는 혼노 사에서 맞부딪치게 된다. 이 모두가 숙명이라고 할 도리밖에는 없다.'

도산 일대의 풍운의 악업을 생각하면, 지금 자기가 노부나가를 토벌하여 천하를 뺏는 따위의 일은 감상적이 될 가치조차 없다. 도산은 그 이상의 짓을 했고, 더구나 헤아릴 수 없을 만큼 해치웠다. 그 모든 것이 미노 나라를 외적으로부터 지키고 중세의 미망(迷妄)과 무용의 권위를 부숴 근대화시킨다는 미명 아래 행하여졌다. 도산은 그런 이상(理想)을 들어서 그때그때마다 악업을 정화해서 미노 사람의 비평을 잠재웠다.

'가능하다면 도산 야마시로 뉴도처럼 되고 싶다.'

미쓰히데는 생각했고, 그렇게 생각함으로써 자기를 고무하려고 했다. 그러나 미쓰히데는 너무나 총명했다. 자기가 도산과는 격이 다르다는 것을 알고 있고 시대도 다르다는 것을 알고 있었다. 도산의 시대니까 도산의 생애는 이루어질 수 있었다. 그러나 지금은 난세의 색이 해마다 바래가고 선명한 색채로써 세상이 통일을 향해 가고 있다. 세상이 통일을 향해 갈 때에 사람들은 질서를 생각하고, 질서를 생각할 때에는 그것을 유지할 도덕을 동경한다. 미쓰히데는 그것을 알고 있었다. 지탄받지나 않을까 하는 두려움이 항상 미쓰히데의 뇌리에 있어 미쓰히데의 사고에 탄력을 주지 않았다. 미쓰히데는 두 사람을 물러가게 했다.

다음 날 아침, 성 안 바깥 서원으로 나간 미쓰히데는 이미 유능한 지휘관인 자기를 되찾고 있었다. 미쓰히데는 짐만을 사이고쿠(西國)의 싸움터를 향해 선발시켰다. 짐은 백 수레 가량 되었다. 주로 군량·마초·총의 탄약 등이었다. 이 보급부대는 노부나가에게 명령받은 대로 비추의 싸움터로 간다. 그러면 가신들도 세상도 미쓰히데가 당연히 비추로 가리라는 것을 의심하지 않으리라. 동시에 미쓰히데는 교토 방면으로 염탐꾼을 넣어, 노부나가의 혼노 사 숙영이 틀림없다는 것을 확인하려고 했다.

그의 두뇌는 기능적으로 움직이기 시작했으나 하지 않은 준비 행동도 있었다. 당연히 미쓰히데에게로 달려와 줄 단고 미야즈 성의 호소가와 후지타카 야마토의 쓰쓰이 준케이에게 편지를 쓰지 않은 일이었다. 그들의 참군(參軍)을 분명하게 하기 위해서 아예 밀계를 예고해둘까도 생각했으나 결국 그러지를 않았다. 예고함으로써 새어 나간다면 모처럼의 계획도 무너지기 때문이다. 어디까지나 미쓰히데는 공조자를 만들지 않고 단독으로 결행하려고 했다.

드디어 가메야마 성을 출발하는 날에 이르렀다. 1582년 6월 1일이었다. 물론 사이토 도시미쓰, 아케치 야헤이지 외엔 그 누구도 이 날이 거대한 운명의 고갯길을 올라가는 출발이 되리라고는 깨닫지 못했다.

"밤중에 출발한다. 어떤 시각이 될지는 아직 모른다. 그러므로 출진의 고동소리를 놓치지 말고 들어라" 하는 뜻을 아침부터 구석구석 하달해 두었다. 이러한 사무적 절차도, 평소의 출진의 경우와 다름이 없었다.

오후 여섯 시, 미쓰히데는 최초의 행동을 개시했다. 성 안 넓은 방에 각 대장들을 집합시킨 것이었다.

"교토의 모리 란마루(森蘭丸——信長의 측근)에게서 방금 파발이 왔다. 그래서 예정이 좀 달라지니 절대로 차질이 없도록" 하고 말했다.

예정의 일부 변경이란, 출진 준비가 되면 노부나가가 그것을 검열한다, 그래서 직접 비추로 가지 않고 교토에 들리려고 한다는 것이었다. 대장들은 납득했다.

이윽고 출진의 고동이 울리고 군사들은 움직여서 성 밖 뜰에 집결했다. 그 수 1만 3천이었다. 미쓰히데는 그 인원을 3단(段)으로 나누었다. 제1단의 대장은 아케치 사마노스케 미쓰하루였다. 그에게 시호텐 다지마(四方天但馬)·무라카미 이즈미(村上和泉)·쓰마키 가즈에(妻木主計)·미야케 시키부(三宅式部) 등 명성이 쟁쟁한 용장을 배속시켰다.

이날 밤, 달은 없었다. 밤중에 이 군의 중군(中軍)에 아케치 가의 상징인 옥색 도라지꽃 무늬가 든 기치가 펄럭이며 횃불에 드러났다. 이윽고——오다가 가운데서도 가장 질서가 있다고 일컬어지는 이 일군이 움직이기 시작했다.

혼노 사(本能寺)

미쓰히데군이 단바 가메야마를 출발한 것은 밤 열 시가 지나서였다. 부대의 머리는 동쪽으로 간다.

"서쪽으로 가지 않는가?" 하는 행군 방향에 대한 의문이 장병 사이에 처음부터 있었다. 가메야마로부터 비추(備中:岡山縣)로 가는 길은 보통 미구사(三草) 고개를 택한다. 미구사 고개란 오사카 부(大阪府) 북부의 노세(能勢) 부근에 있는 고개로, 그것을 넘어 반슈(播州:兵庫縣)로 나가는 것이 보통 경로였다. 물론 그러기 위해서는 단바 가메야마를 서쪽으로 떠나지 않으면 안 된다. 그러나 군은 동쪽으로 나아가고 있다. 오이노사카(老ノ坂) 고개를 동쪽으로 넘으면 교토 분지다. 장병들의 의문은, 대장들에 의해서 곧 풀렸다. 혼노 사에서 노부나가의 열병을 받는다는 것이다. 그것을 설명하는 대장들도 순진스럽게 믿고 있었다. 사실을 알고 있는 것은 미쓰히데를 제외한 다섯 사람이었다. 미쓰히데는 아케치 사미노스케·사이토 구라노스케에게 밝힌 뒤, 다시 세 중신에게 밝히고 있었다.

길은 좁다. 도보자는 2열로 걸었고 말 탄 자는 한 마리씩 돌았다. 가끔 전령의 기마가 대열을 길 가로 몰아붙이며 달렸다. 가메야마의 동쪽 오지(王

子)에서 가메야마 분지는 끝나고 숲 속으로 들어갔다. 길은 급한 언덕길이었다. 숲 위의 별이 헤아릴 수 없이 반짝반짝 내일의 맑은 날씨를 추측케 했다. 드디어 오이노사카를 넘었다. 시각은 영시를 지났으리라.

'넘었다'는 실감이 말 위 미쓰히데의 상태를 심리적인 것에서 물리적인 것으로 바꿨다. 넘어버린 이상, 이미 미쓰히데는 이 물리적인 힘에 자기의 운명을 맡기고 갈 도리밖에는 없었다. 오이노사카를 내려가는 미쓰히데는 혁명가도 아니었지만 무장도 아니었다. 자기의 생명을 하나의 비수로 둔갑시켜서 다른 생명을 향해 직진하는 단순하고도 모진 암살자였다. 단, 이 암살자는 1만 수백 명이라는 대군을 이끌고 있는 점이 다른 유형과 달랐다. 언덕길을 내려가 한참 가면 중턱에 구쓰카게(沓掛)라는 마을이 있다. 집집마다 추녀 끝에 말 발싸개나 짚신을 내걸어 놓고 여행자에게 팔았기 때문에 그런 이름(구쓰카게는 신을 내건다는 뜻)이 붙었고, 숙역(宿驛)으로서 퍽 오래 됐다.

미쓰히데는 그곳에서 휴식 명령을 내리고, 전군에게 허리에 찬 군량을 먹게 했다. 미쓰히데는 마을 안 낡은 신사(神社)로 들어가 그곳의 야노 겐에몬(矢野源右衞門)이라는 대장을 불러 속마음을 털어 놓았다.

겐에몬은 도토미(遠江)의 사람, 일찍부터 그 소박함 때문에 미쓰히데의 사랑을 받고 있었다. 미쓰히데로부터 그렇게 중대한 일을 고백받았어도 겐에몬의 낯빛은 달라지지 않았다. 자기가 무엇을 하면 좋은가를 이 사나이는 알고 싶을 뿐이었다. 미쓰히데는 선봉대장으로서 일군의 앞장을 진군하라고 명령했다. 그 목적은, 이 일군 가운데 미쓰히데의 의도를 눈치채고 달려가서 혼노 사에 내통하는 자가 있을지도 모르고, 또 행군 도중 재향(在鄕)의 인간들이 때 아닌 대군의 행군을 수상히 생각하여 혼노 사로 급히 보고하는 것을 방지하기 위해서였다. 야노 겐에몬은 앞장서서 떠났다.

이윽고 휴식이 끝나고, 대열은 다시금 언덕을 내려가기 시작했다. 언덕이 끝나고 들판에 이르렀다. 이 부근 들을 가쓰라(桂)라고 부른다. 그 가쓰라의 나루를 동쪽으로 건너면 길폭은 넓어지면서 곧바로 교토의 시치조(七條)로 통한다. 혼노 사까지는 7, 8킬로 가량 되리라. 밤은 아직도 깊다. 사령관으로서의 미쓰히데는 치밀했다. 이 가쓰라를 공격 준비지로 삼으려고 애당초부터 계획했고 지금 그것을 실행했다. 미쓰히데는 군령을 내렸다.

"말 발싸개를 떼어내라."

행군 중에는 말의 발싸개가 필요하지만 전투에 들어가면 오히려 방해가 된다. 그것을 버리라는 것은 싸움터가 가까운 증거이리라. 그러나 어디에 싸움터가 있는가 하고 모두들 이상하게 생각했다.

"도보자들은 새 짚신으로 바꿔 신어라" 하는 등 미쓰히데의 군령은 세심했다.

"총을 가진 자는 화승을 한 자 다섯 치로 잘라 다섯 개씩 손에 들어라. 다섯 개 모두 불을 붙여라. 불이 꺼지지 않도록 거꾸로 들어라."

본격적인 전투행군의 준비였다. 일동은 가쓰라 강을 건너갔다. 다 건너갔을 때, 장병은 놀랄 만한 일을 알게 되었다.

"적은 혼노 사에 있다."는 생각조차 않았던 공격 목표였다.

혼노 사에는 노부나가가 있다. 그 우대신(右大臣)님을 친다는 것이었다. 사이토 구라노스케는 장병들을 격려하기 위해서

"오늘부터 주군께서는 덴카 님(天下樣 : 전국의 통치자)이 되신다. 아래로 신발 종복에 이르기까지 이 경하할 일에 용기를 내고 기뻐하여라. 무사들은 오늘 앞장서서 활약해, 가운(家運)을 일으켜라. 전사할 때에는 형제·아들이 없는 자라면 그의 핏줄을 찾아내서 그 뒤를 잇게 할 것을 절대 보장한다. 그러므로 힘을 다하여라" 하고 군중에 포고했다. 그러는 동안에도 1만 수백의 인원수는 동쪽으로 움직여 갔다.

사이토 구라노스케의 부대가 교토 시중으로 들어간 것은 오전 다섯 시 경이었다. 이 노련한 지휘관은 교토 거리거리의 문 여는 법까지 군졸들에게 지시했다. 그 밖에도 대군이 도로 하나만을 이용하는 것은 시간적인 낭비라고 생각하고, 부대별로 각각 길을 골라서 혼노 사를 목표로 분진(分進)하는 방법을 취했다. 게다가 구라노스케의 지시는 더욱 세심한 곳에까지 미치고 있었다. 혼노 사의 대략의 위치를 가르쳐 주었을 뿐만 아니라, 어둠을 뚫고 보면 이렇게 보이리라고 그 형상까지도 가르쳐 주었다. 혼노 사는 수목이 울창하기 때문에 밤눈에는 숲으로 보이고, 그 중에서도 쥐엄나무가 우뚝 하늘로 가지를 뻗치고 있다. 그것이 표지라고 구라노스케는 말했다.

혼노 사는 니치렌(日蓮)을 종조(宗祖)로 삼는 본문 법화종(本門法華宗) 5대 본산 중의 하나다. 아시카가 중기에 창건되어 그 후 교토의 시중을 전전하여 노부나가의 무렵에는 시조(四條) 니시노도 원(西洞院)에 있었다.

노부나가의 이상스러운 점은, 이렇게 빈번히 교토로 오는 주제에 성관을

만들지 않는다는 것이었다. 전에는 쇼군 요시아키에게 성관을 지어 주었지만, 노부나가 자신의 숙소는 아니다. 최근에 겨우 오시노코지(押小路) 무로마치에 통칭 니조노야카타(二條ノ館)라는 것을 조영했으나, 짓고 나서 마음이 변해 황태자 사네히토 친왕(誠仁親王)에게 진정(進呈)해 버렸다. 니조의 신어소(新御所)가 그것이다.

노부나가 자신은 항상 절에서 머물렀다. 사이토 도산이 자기의 승려시대를 보낸 묘카쿠 사(妙覺寺)가 정숙(定宿)이었는데, 최근에는 오로지 혼노 사만을 이용했다. 노부나가의 경제 감각이 그렇게 만들고 있는 것으로 여겨진다. 건물은 건조비도 그렇지만 유지비도 크다. 한 푼의 돈이라도 천하를 경략하기 위해서 쓰려고 하는 이 합리주의자에겐 필요 없는 비용이었다. 그 대신 혼노 사를 크게 성곽으로 개조했다. 그것도 최근이었다. 최근에 공사 명령을 내려, 부근의 민가를 물러가게 하고 주변에 새로 해자를 파서 그 흙을 끌어올려 토담을 쌓고, 곳곳에 성문을 내 출입을 경계하고 있었다. 노부나가의 경제관으로 볼 때, 이 정도의 설비라면 노부나가가 부재중엔 절이 그 유지를 맡아 주리라고 여겼으리라. 해자·토담·담장은 완성되었지만 담장은 아직 칠해져 있지 않았다.

이 날 낮에 우대신 노부나가는 공경들의 내방을 받았고, 밤이 되어 적자인 사추조(左中將) 노부타다(信忠)가 놀러 왔다. 노부타다는 스물일곱 살로, 이때 노부나가와 함께 입경하여 그는 노부나가의 정숙(定宿)인 묘카쿠 사에, 수하 500명과 함께 숙영하고 있었다. 덧붙여 설명한다면 노부나가의 혼노 사에 있는 인원은 불과 200명이었다. 노부나가는 이날 밤 남들이 고개를 갸웃거릴 만큼 기분이 좋았으며, 환담으로 시각을 흘려보냈다. 노부타다가 물러가려고 해도

"애써 돌아갈 것 없지 않느냐" 하고 만류했다.

노부나가는 만 마흔여덟 살이 된다. 그만한 나이라고는 여길 수 없을 만큼 잘 휘는 근골과 팽팽한 목소리, 예기에 찬 눈을 가지고 있어서 일순간이라고 할망정 남들에게 나이들었음을 느끼게 한 일이 없었다. 그런데, 이날 밤에 한해서 낡은 애기를 꺼냈다. 전에는 없던 일이다. 그 가열하기 짝이 없는 전반생을 회고하면서, 그의 추억 속에 등장한 인물들을 깎아내리기도 하고 조롱하기도 하고, 그런가 하면 격상하기도 하면서 시각이 흐르는 것을 잊은 것만 같았다. 이 사나이가 지난 일을 회상하거나 하는 일은 전에는 없었던 일

이며, 또 이처럼 오랫동안 떠드는 일도 드물었다. 얘기의 상대는 노부타다 외에 노부나가의 문관인 무라이 사다카쓰(村井貞勝) 이하의 측근들로서, 그들은 그러한 노부나가를 가끔 이상스럽게 생각했다.

밤이 깊은 뒤, 노부타다는 물러나 숙소인 묘카쿠 사로 돌아갔다. 노부나가는 기분 좋게 나른해졌다. 이윽고 시녀의 시중도 없이 하얀 비단 잠옷으로 갈아입고 침소로 들어갔다. 옆방에는 숙직인 시동이 있었고, 그 가운데 노부나가의 총동(寵童)인 모리 란마루가 있다. 올해 갓 열여덟 살로서 이미 동자라고는 할 수 없으나, 노부나가의 명령으로 머리와 의복을 아직까지도 어른 차림으로 바꾸지 않고 있었다. 모리(森) 집안은 미노의 명문 출신으로 망부인 요시나리(可成)는 전에 사이토 도산에게 신사했고, 이어서 오다가로 옮겨 신사해서 미노 가네야마(兼山)의 성주가 되어 있었지만, 아사이·아사쿠라와의 싸움때에 전사했다. 노부나가는 그 요시나리의 유아를 가련히 생각하였고, 특히 란마루를 사랑하여 미노 이와무라(岩村) 5만 석을 하사했고, 동자 차림 그대로 관인관(官印官)으로 임명하고 있었다.

날이 새기 전, 갑자기 사람들의 아우성과 총소리를 듣고 잠귀가 밝은 노부나가는 눈을 떴다.

"란마루, 저건 웬 일이냐?"

장지문 너머로 물었다. 노부나가는 아마 잡병들의 싸움이겠거니 하고 생각했다. 란마루도 동시에 알아채고 "그러면 살펴보겠습니다"는 한 마디를 남기고 복도를 달려가 높은 난간 위에 발을 올려디뎠다. 동녘 하늘에 구름이 많았고, 구름이 빛을 띠며 겨우 밤이 새려하고 있었다. 그 새벽하늘을 등지고 병기(兵氣)가 움직이고 있었고 기치가 떼지어 펄럭였는데, 그 기치는 지금쯤 교토에 나타날 까닭조차 없는 옥색 도라지꽃인, 아케치 미쓰히데의 것이었다. 란마루는 높은 난간에서 뛰어내려 노부나가의 침소로 달려 돌아갔다. 노부나가는 이미 침소에 불을 밝히고 있었다.

"모반입니다!"

란마루는 두 손을 짚었다. 곁에 사카이의 상인으로서 노부나가가 좋아하는 다인이기도 한 하세가와 소닌(長谷川宗仁)이 있었는데, 소닌이 볼 때 노부나가는 손톱 끝만큼도 당황하지 않았다. 두 눈이 형형히 빛났다.

"상대가 누구냐?"

"고레토 미쓰히데(惟任光秀)입니다" 하고 란마루가 말했을 때, 노부나가

는 버릇처럼 약간 고개를 갸웃거렸다. 그러나 이내
"별 도리 없구나"라고만 말했다.

노부나가가 이 사태에 대해서 발한 단 한 마디의 말이었다. 어찌 된 일일까? 여전히 말이 짧아 그 의미를 잘 알 수가 없었다. 반란군의 포위를 받은 이상 어찌할 도리가 없다는 의미인가, 아니면 보다 깊은 울림을 노부나가는 서리게 한 것일까. 인간 50년, 화전(化轉)속에서 되돌아 보면 모두 꿈만 같구나 하는 노래를 애송하며, 영혼을 부정하고 무신론을 받들어 온 이 허무주의자는 마치 활약하기 위해서만 태어난 듯한 생애를 보내고, 지금 그 완성 도상에서 죽는다. 도리가 없다. 그 순간, 모든 것을 능동적으로 체념해 버린 것이리라.

그 뒤 노부나가의 활동은 처절했다. 우선 활을 들고, 높은 난간 위로 나가 두 대, 세 대, 시위에 먹였다가는 쏘았는데 곧 소리를 내며 시윗줄이 끊어졌다. 노부나가는 활을 버리고 기민하게 창을 들고서 툇마루를 뛰어 다니며 이 곳저곳에서 난간으로 기어오르려고 하는 무사들을 순식간에 두 셋, 찔러 떨어뜨렸다. 이 활동이 사태 해결에는 아무런 도움이 되지 않았지만, 노부나가는 팽팽해질 대로 팽팽해진 근육을 움직이면서 분전했다. 그 정신이 탄력으로 이루어진 것 같은 이상할 정도의 활약자는 최후까지 활동하려고 하는 것인지, 아니면 자기 최후의 생을 가장 용감한 형태로 장식하려고 하는 이 사나이의 미의식에 의한 것인지, 아마 필경 그 모든 것을 뒤섞은 것이리라. 노부나가는 자기의 미의식을 존중하고 그것을 남에게도 강요하며, 그 때문에 헤아릴 수 없을 만큼 인간을 살해해 왔지만, 그 자신이 자기를 살해하는 이 최후에 있어서도 그것을 가장 중히 여겼다.

달려 들어오자마자 소년을 불러
"너는 무사가 아니니까 죽지 마라. 죽지 말고 여자들을 단속하여 탈출시켜라. 노부나가가 마지막에 여자들을 길동무로 죽었다면 세상이 부끄럽다"
하고는 주춤거리는 소년을 꾸짖어 자기 명령대로 시켰다.

노부나가는 그 뒤 전사(殿舍)에 불을 질렀다. 다시금 툇마루로 나오자 아케치의 군사들이 마당에 꽉 들어차 있었다. 그 대군에 대해서 노부나가의 측근은 잘 싸웠고 마부들까지도 모조리 무기를 들고 분전하여 차례차례 전사했으며, 또 시내에 숙소를 정하고 있던 자들도 달려와 난군 속에서 죽어갔다. 그때, 툇마루를 따라서 노부나가 곁으로 달려온 자가 있었는데 자기의 이름을 댔다. 아케치가에서 창으로는 대적할 자가 없다고 일컬어지던 미노 출신의 야스다 사쿠베 구니쓰구(安田作兵衛國次)였다. 창날을 푹 끌어들인 뒤 숨결을 몰아쉬고
"우대신님, 용서를!" 하고 외쳤을 때, 노부나가는 뒤돌아다 보고 걷어차는 듯한 목소리로 일갈했다.

야스다는 그 위세에 눌린 것이리라. 두 무릎을 꿇고, 자기도 모르게 꿇어앉아 노부나가에게 고개를 숙였다. 노부나가는 뒤돌아보지 않고 안으로 달려들어가 가재도구를 넣어 두는 방의 육중한 문을 세워서 막고 다시 장지문을 닫은 뒤 방 안에 앉아서 촛대를 끌어 당겼다. 이미 노부나가가 이 세상에서 할 수 있는 일이란 자기를 죽이는 것 외에는 없었다. 이 자존심이 강한 사나이에게는 자기를 살해할 자는 자기밖에는 없는 것이리라.

노부나가는 배를 갈랐다. 이때 누가 가이샤꾸(介錯 : 배를 갈랐을 때, 목숨을 끊기 위해서 뒤에서 목을 치는 것)를 했는지 잘 알 수가 없었다. 목이 떨어지고, 활동을 겨우 정지한 그 몸은 이윽고 불길에 타 재가 되었다.

이 노부나가의 죽음보다 앞서, 그 부인 노히메가 마당에서 죽었다. 노히메는 지금까지 그 거성의 내전에서 떠난 일이 없었지만, 이번 노부나가의 권유를 받아 함께 아즈치를 출발하여 교토로 들어와 그 혼노 사에 있었다.

"적은 미쓰히데" 라는 말을 들었을 때, 노히메는 가슴 속이 어떠했을까? 그녀는 당장에 몸차림을 갖추고, 이마 띠를 이중으로 두르고 커다란 꽃무늬를 물들인 소매 짧은 옷에, 엷은 남색의 엇갈린 어깨 멜빵을 메고, 흰 가루가 달린 언월도를 쥐고서 전사(殿舍) 마당으로 나가 그곳에서 싸우는 동안에 아케치 편의 야마모토 산에몬(山本三右衛門)이라는 자의 창에 찔려 쓰러졌고, 그대로 숨이 끊어졌다. 노히메에겐 자식이 없어, 그녀도 또한 친아버지 도산의 핏줄을 후세에 남기지 않았다.

죽음은 더욱 계속되었다. 묘카쿠 사 숙소에 있는 적자 노부타다였다. 이 절은 무로마치 야쿠시지 마을(藥師寺町)에 있고, 니조의 신어소가 바로 이웃에 담장을 높이 솟구치고 있었다. 노부타다는 묘카쿠 사의 요해가 아니라고 보고, 동세(同勢)를 이끌고 쳐나가 포위군을 무찌르며 그 니조의 신어소로 옮겼다. 옮기고 나서 노부타다는 이 신어소의 거주자인 사네히토 천왕을 전화(戰火)로 끌어 들이는 것을 두려워 해, 포위군에게 군사(軍使)를 내보

냈다. 그가 전한 말은 천왕이 다른 장소로 옮길 때까지 싸움을 중지하라는 것이었다.

이때 미쓰히데는 산조 호리가와(堀川)에 본영을 두고 있었는데, 즉시 그 요구를 승낙했다. 천왕은 동쪽 성문으로부터 가마를 타고 나갔다. 그 가마는 때마침 그날 밤, 천왕의 곁에 있던 연가사 사토무라 쇼하가 민가를 헤매 뛰어 구해온 것으로써, 조잡하기 짝이 없는 판자로 된 가마였다. 천왕은 사라지고, 총성이 일면서 전투가 개시됐다. 노부타다를 따르는 무사 중엔 이름난 자가 많았다. 전에 사이토 도산의 부하였던 자로서 이노코 헤이스케(猪子兵助)란 자가 있다. 노부나가가 젊을 때, 도산과 노부나가가 돈다(富田)의 쇼도쿠 사(正德寺)에서 사위 장인 간의 대면을 하고 돌아오는 길에, 도산이 '헤이스케, 노부나가를 어떻게 보았느냐'고 물었던 그 이노코 헤이스케다. 헤이스케는 그때, '소문보다도 더한 멍청입니다'라고 대답했다. 그러나 도산은 고개를 젓고

"그 자의 문 앞에 우리 자식들이 말을 매게 되리라"고 했다.

그 도산도 나가라 강가에서 수양아들 때문에 살해당하고, 그 때 도산이 장래를 예언한 사위 노부나가는 예언을 받은 이상의 생애를 살았으며, 더구나 도산이 옛날 부인 오미 마님의 조카라고 하여 그 재지를 사랑한 미쓰히데에 의해서 오늘 새벽 살해당했다. 그 삼대(三代) 동안의 난(亂)을 헤이스케는 보았다. 여담이지만 헤이스케는 그 뒤에도 계속 더 살았다. 니조 신어소가 함락된 뒤 난군 속을 치고 치며 도주하여, 그 뒤엔 히데요시에게 신사하여 여생을 다했다.

노부타다는 오전 열 시까지 싸우고, 이윽고 니조 신어소에 불을 지른 뒤, 배를 가르고 단도를 찌른 뒤

"시체는 저 마루 아래로 집어넣어라" 하고 명령한 뒤, 가마타 신스케(鎌田新介)라는 자에게 목을 치게 하여 목숨을 끊었다.

그 뒤 불길이 어소를 뒤덮어, 이 노부나가의 적자를 시체째로 모조리 재로 만들었다.

유사이(幽齋)

호소가와 후지타카는 단고 미야즈 성(宮津城)에 있다. 성은 와카사 만에 면하여 해광(海光)이 밝았고, 그 주변에 시의 명승지인 아마노하시다치(天

ノ橋立)가 있어 풍류에 뛰어난 이 사나이의 거성다웠다.

후지타카는, 지금은 단고 1국 12만 3천 5백 석을 영유하고 있었다. 나가오카 겐바(長岡玄蕃), 마쓰이 야스유키(松井康之) 등, 어릴 때부터 기른 유능한 자들을 가로로 삼았고 그 위에 적자 다다오키의 기량도 영주의 후계자로서는 두말 할 것이 없었다. 후지타카는 올해 만 48세가 되는데, 그 지난 생을 돌아보아도 지금처럼 행복한 시기는 없었으리라. 후지타카는 온갖 풍류에 능통해 각각 독특한 경지를 이루고 있었지만, 전통을 사랑한다는 점에서는, 이 사나이보다 더한 자가 별로 없었다.

가도(歌道)에 대해서도 후지타카는 공경인 산조니시 사네에다(三條西實枝)로부터 고금 전수(古今傳授)라는 비전(嚭傳)을 상속받아 그 계승자가 되어 있었고, 서도(書道)에 있어서도 상류계급의 서체가 사라질까 두려워 부하인 기요하라 아키토모(淸原秋共)라는 옛 막신을 일부러 에치젠까지 보내고 있다. 에치젠의 으슥한 시골에서 성(姓)은 모르나 요시나리(孝成)라는 자가 손엔호 천왕(尊圓法親王) 이래의 필법을 전하고 있다는 것을 알고 있었기 때문이다. 교토의 공경인 가라스마루 미쓰히로(烏丸光廣)나 아스카이 마사노부(飛鳥井雅宣)가 이 후지타카의 미거에 감격하여, 그 사람을 서도의 수호신으로 삼으리라고까지 말했을 정도였다.

후지타카의 이 색다른 전통 옹호의 정열은 그 하나가 성격 탓이리라. 다른 하나는, 교토적인 전통이 오닌(應仁) 이후의 전란으로 멸망하려 하니 그것을 재발굴하여 후세에 전할 사람은 자기 밖에는 없다는 강한 사명감이 있었기 때문임에 틀림이 없다. 후지타카가 옛 막신이라는 것과는 별도로, 한 지성인으로서도 아시카가 막부에 재흥을 바랐던 것은 이러한 전통 유지의 사명감과 연관이 있는 것이리라.

그 아시카가 막부를 노부나가가 멸망시켰다. 멸망시켰다는 것을 후지타카는 시인하고 있었다. 그것은 후지타카에게는 모순이 아니었다.

"노부나가 공은 천자·공경이라는 천통을 회복시켜 주었다"고 후지타카는 기뻐했다.

생각해 보면 아시카가의 전통보다도 천자·공경의 전통 쪽이 훨씬 오래 되고, 훨씬 순수하게 아름답다. 이렇게 생각하고 후지타카는 노부나가의 정치적 방향을 아무런 저항도 없이 자기 안에 받아들였다. 그 위에 노부나가는 그 자신을 위해서도 측량할 길 없는 행복을 안겨다 주었다. 12만여 석의 영주가 될 수 있었다. 노부나가는 거대한 복신(福神)이라고 해도 좋았다.

옛날 후지타카의 궁핍은 생각할수록 몸이 오므러들만큼 처절한 것이었다. 유랑중인 쇼군을 모시고 오미 구쓰기타니에 몸을 숨겼던 젊을 때, 밤의 독서를 위해서 신사로부터 등잔 기름을 훔친 일도 있었고, 어떤 때는 점심을 장만할 돈마저 없어 부인의 머리카락을 잘라 판 일도 있었다. 유랑하고 전전하다가 드디어 노부나가라는 불세출의 인간 감별안을 가진 사람을 만나 오다가의 영주가 되었다. 하기야 엄밀하게 따지면 후지타카는 영주가 아니다. 아들인 다다오키가 영주였다. 여기엔 이유가 있다. 재작년 노부나가로부터 단바 1국, 12만여 석을 배령받았을 때 후지타카는 그것을 사양하면서 아들인 다다오키의 명의로 받았다.

"의리가 있는 사나이로구나" 하고 노부나가는 그때 감탄했다. 후지타카는 아시카가가의 구신이다. 두 주군을 모시지 않는다는 교양인다운 면을 후지타카는 보인 것이다. 실질적으로는 같았다. 후지타카는 어디까지나 이 새 영토의 지배자이며, 호소가와가의 당주이며, 벼슬은 종 4위 하 시종(侍從)이라는 손톱 끝만큼도 실질적으로는 다른 점이 없었다. 명의만이 다다오키였다. 이 총명한 사나이에겐 그러한 교묘한 구석이 있었고, 보기에 따라서는 보신(保身) 면에서 간악하다고 할 정도의 지혜를 가지고 있었다.

이 히데요시는 아즈치에서 비추 출진 명령을 받자마자 그 준비를 위해서 당장에 단고 미야즈로 돌아갔다. 호소가와 후지타카는 늘 아케치 군단에 속했다. 그것이 오다가의 군제였다. 오다가는 5대 군단으로 나뉘어 시바타·니와·하시바·다키가와·아케치가 각각 그 장(長)이 되고, 조그만 영주는 그 어딘가의 군단에 속해 있었다. 그들을 요리키 영주(奧力領主:힘이 돼 주는 영주란 뜻)라고 불렀다. 호소가와 후지타카나 쓰쓰이 준케이는 미쓰히데의 요리키 영주였다. 후지타카는 단고 미야즈로부터 곧장 비추 진으로 간다. 그곳에서 노부나가나 미쓰히데와 만난다.

1582년 6월 3일. 이것이 후지타카가 미야즈를 출발할 예정일이었다. 이미 그 전날, 노부나가가 혼노 사에서 죽었다는 것을 후지타카는 알지 못했다. 당연히 출진은 예정대로 진행되었다.

아들인 다다오키가 선봉 부대를 지휘한다. 아버지 후지타카는 후군을 지휘해 간다. 당일 선봉 부대가 다다오키와 함께 성문을 나섰다. 후군인 후지타카는 출발까지 다소 여유가 있어 방에서 달인 차를 마시고 있었다. 얘기

상대는 오쓰에서 온 주시야(十四屋)라는 상인이다. 주시야는 전부터 후지타카가 금전 감각이 없는 것을 이상하게 생각하고 있었다. 후지타카는 실력이 없는 명문 집안에서 태어나서 궁핍을 뼈저리게 맛본 탓인지, 극도의 검약가였다. 의복도 무구도 검은 것밖에는 쓰지 않았다. 검은 빛처럼 고아한 색깔은 없다고 생각한 탓도 있겠지만, 한 가지 이유는 더러움이 두드러지지 않기 때문이었다. 또 그 정도의 취미인이면서도 성 안 장지문은 모두가 흰 색이었고, 그림 장지문 따위는 쓰지 않았다. 이렇듯이 모든 일에 힘껏 검약하는데도 우스울 정도로 돈이 모이지 않는 것이었다.

"오늘은 어떻게 해야 돈을 모을 수 있는가 잠시 말씀을 드리겠습니다" 하고 주시야는 말했다. 후지타카는 무릎을 치고

"어디 어디, 그 비전을 가르쳐주면 당장 은 백 냥을 주리라" 하자, 주시야는 즉시

"그것입니다. 당장에 그런 말씀을 하시니까 언제까지나 가난하신 것입니다. 비전은 바로 그런 점에 있습니다" 했다.

후지타카는 크게 웃었지만, 이 빈틈없는 사나이에게도 이만큼 큰 구멍이 있기 때문에 부하에게도 경모를 받았고, 동료와도 친할 수 있었고, 한 군(軍)의 장이 될 수도 있었으리라. 이러한 잡담을 하고 있는 동안에 성문을 나갔을 터인 다다오키가 황급히 되돌아왔다. 본래 감정이 불안정한 젊은이지만 혈상(血相)이 완전히 변해 있었다.

"아버님, 주위를 물리쳐 주십시오" 했다. 후지타카는 이변을 깨닫고 주시야를 물러가게 했다. 그 뒤, 마당에 파발이 나타나서 무릎 꿇었다.

후지타카는 편지를 읽었다. 후지타카가 전부터 친하게 지내던 아타고 산 시모노보(下坊)의 승려 고조(幸朝)가 보낸 급사로서 놀랄 만한 사실이 씌어 있었다. 어젯밤 노부나가가 혼노 사에서 살해당했다는 것이었다. 친 사나이는 글쎄 미쓰히데라는 것이 아닌가!

"미, 믿을 수가 없습니다" 하고, 다다오키는 낭패할 대로 낭패해서 말했다.

미쓰히데는 다다오키의 장인이다. 이 젊은이가 온 가중에 소문이 떠돌 만큼 사랑하고 사랑하는 오타마――후의 세례명 가라샤(伽羅奢)――의 아버지가 미쓰히데였다. 다다오키의 입장은 미묘하다고 할 수밖에는 없다. 그 위에 다다오키는 비할 자가 드문 능력자를 친 아버지와 장인으로 가지고 있었

다. 아버지 후지타카에 대한 존경도 깊지만, 장인 미쓰히데도 우러러볼 만한 한 전형이라고 생각하고 있었다.

젊은 다다오키는 인간의 행동을, 윤리적으로 보고 싶어하는 경향이 있었다. 주군 살해는 팔학(八虐)의 대죄악이 아닌가 하는 생각이 듦과 동시에, 다다오키에겐 그 근직하고 생각이 깊은 미쓰히데가 이와 같은 일을 하리라고는 상상조차도 할 수 없었다.

——믿을 수 없습니다. 하고 외친 것은 그 때문이며, 다다오키는 될 수 있으면 오보라고 여기고 싶었다.

"요이치로" 하고 후지타카는 다다오키를 통칭으로 불렀다.

"이 세상에는 믿을 수 없는 일이 얼마든지 있다. 나의 전반생은 그러한 일의 연속이었다. 우선 군사를 성으로 되돌아오게 하여라."

다다오키는 물러나가 그렇게 처치를 취했다. 그 동안 후지타카는 깊은 생각에 잠겼다. 하여튼 간에 미쓰히데로부터 파발이 오리라. 미쓰히데는 후지타카야말로 믿고 있을 것이 틀림없다. 후지타카는 생각했다. 후지타카가 생각하는 점은 다다오키같은 윤리적인 판단이 아니다. 오로지 정치적인 판단이다.

'미쓰히데는 견뎌낼까?' 하는 점이었다.

견딜 수 없으리라고 보았다. 견딜 도리가 있을 턱이 없다. 미쓰히데의 행동은 어디까지나 충동적이며, 그렇기 때문에 아무런 사전 공작도 하지 않았다. 후지타카에게도 사전 의논을 해 오지 않은 점을 보면, 다른 무장에게도 그랬으리라. 모두들 아닌 밤중에 홍두깨격일 것임에 틀림이 없다. 오다가의 무장도 세상도 뺨을 얻어맞은 것 같은 충격을 받고, 동시에 한없이 불유쾌하게 생각하리라.

'미쓰히데는 인기를 잃는다.'

그리 되면 다른 무장, 즉 시바타·니와·다키가와·하시바에게 인기가 모여들고 그들 중 누군가가 교토의 미쓰히데를 공격하면 그 기치 아래 제무장들도 인기도 모여든다.

'미쓰히데는 망한다'고, 후지타카는 보았다.

이윽고 다다오키가 바깥의 처치를 끝내고 다시금 들어왔을 때, 후지타카의 마음은 결정되어 있었다.

"나는 미쓰히데를 편들지 않겠다."

다다오키에게, 후지타카는 윤리적으로 자기의 심경을 설명했다.

"나는 노부나가 공의 은혜를 크고 깊이 입어, 바다와 산과도 비교할 수 없을 정도다. 그러므로 명복을 빌기 위해 머리카락을 자르겠다" 하고는 그 자리에서 시동을 불러 상투를 자르게 했다.

머리칼은 산발이 되고 동시에 속명을 버리고 유사이(幽齋)라는 호를 지었다.

'유사이(幽齋)' 하고 종이쪽지에 썼다.

후지타카의 이 처치는 3일이 지나지 않아, 교토로 전해지리라. 단순히 미쓰히데의 거사에 가맹하지 않았을 뿐만 아니라 미쓰히데의 입장을 결정적으로 나쁘게 만들게 되리라. 왜냐하면 미쓰히데와 속을 터놓고 지내는 후지타카조차 노부나가를 추모 공양하기 위해서 머리칼을 잘랐다고 한다면 세상에서는 미쓰히데에 대한 비판·불인기·악감정이 점점 증가할 것임에 틀림이 없다. 미쓰히데의 편을 들려고 한 영주까지가 자기를 본받을 것이 아니겠는가? 후지타카는 머리칼을 자른 자기의 정치적 영향을 거기까지 꿰뚫어 보고 있었다.

"너와는 다르다" 하고 다다오키에게 말했다.

"너는 미쓰히데와 장인, 사위 간이다. 미쓰히데를 편드는 것도 좋다. 마음대로 하여라."

"무슨 말씀이십니까?"

감정가인 다다오키는 발끈했다. 후지타카는 아들 다다오키의 성격을 알고 있었다. 추측한대로 다다오키는 단검을 쥐고, 왼손을 올려 상투를 잡고 자기 손으로 잘라 버렸다.

"호는 산사이라고 짓겠습니다."

"어떤 자(字)냐?"

'三齋'라고 다다오키는 썼다.

'이것은 미쓰히데에게 타격이 될 것이다.'

사위에게까지 버림받았다는 소문이 날 것이다. 그러나 후지타카로서는 망해버릴 자는 어서 망해버리는 것이 좋았다. 그렇지 않으면 호소가와가 이번 사변 때문에 생각지도 않았던 불똥을 뒤집어쓰게 될지 모른다.

'그러나 누가 미쓰히데 타도의 기두(旗頭)로서 중원으로 나타날 것인가?'

그때까지 니폰 해 해안 와카사 만(若狹灣)에 면한 이 벽지의 성에서 정세를 정관하고 있는 편이 현명하리라.
 그 다음 날, 교토의 미쓰히데로부터 급사가 왔다. 사자는 그런 소임에는 최적임자였다. 누마타 미쓰토모(沼田光友)라는 옛 막신이었는데, 막부가 와해된 뒤 아케치 가의 객격이 되어 지내는 인물이었다. 물론 유사이와는 절친한 사이였다. 절친하다기보다, 인척지간이었다. 유사이의 부인, 즉 다다오키의 어머니는 누마타 고즈케노스케 미쓰카네(沼田上野介光兼)라는 막신의 딸로서, 미쓰토모는 그 누마타가의 계루(係累) 중 한 사람이었다. 미쓰토모는 미쓰히데의 편지를 휴대하고 있었다. 유사이는 받아들고 읽었다.

 노부나가——가끔 내 면목을 깎이게 만들고 제멋대로 거동했으므로 부자(信長·信忠)를 함께 쳐서 오랜 해의 울적함을 풀었소. 귀공께서는 곧 인수(人數)를 거느리시고 속히 상경하시오. 셋쓰가 다행히 결국(缺國)이니 그곳을 봉토로 삼으시오.

 유사이가 의외로 생각할 만큼 간단하고 극히 사무적인 글귀였다. 미쓰히데에겐 유사이가 자기에게 반대 의견을 가지고 있으리라고는 꿈에도 생각지 못하리라.
 '얼마나 사람 좋은 멍청한 사나이일까.'
 유사이의 감정은 복잡했다. 적으로서가 아니라 벗으로서 미쓰히데의 정치 감각의 결여가 안타깝게 여겨졌다. 결국 미쓰히데는 가장 뛰어난 관료이며 가장 뛰어난 군인이긴 해도, 3류 정치가조차도 되지 못하리라. 유사이는 전부터 그렇게 생각해 왔지만, 이 편지의 속없음을 보고 정말로 그렇게 생각했다.
 '그 사나이는 앞뒤를 가려 보지도 않고 격정에 넘친 나머지 노부나가를 살해했다. 그것뿐이다. 천하를 보지(保持)할 수 있는 사나이가 아니다.'
 그러한 미쓰히데를 가련하게 생각했고, 가련하게 생각하기 때문에 자기도 모르게 진심으로 눈물을 머금을 수조차 있는 유사이였다.
 그 유사이의 눈물을 보고 누마다 미쓰토모는
 "가담해 주시겠지요?" 하고 힘을 돋우며 물었다.
 유사이는 정치가로 되돌아갔다. 건을 벗고 머리칼을 쓰다듬었다.
 "이것을 보시오."

다른 말은 하지 않았다. 미쓰토모도 깨달았다. 매사에 철저하지 않으면 배기지 못하는 다다오키는 누마다 미쓰토모를 살해하자고까지 아버지에게 진언했으나, 아버지는 온화하게 말했다.
"사자까지 죽일 것은 없다."
미쓰히데의 사자는 도망치다시피 미야즈를 떠났다.

누마다 미쓰토모가 교토로 돌아가서 복명한 것이리라. 미쓰히데로부터 황급히 파발이 이르렀다.
유사이는 그 서신을 펼쳤다. 글씨체까지가 창백해진 듯이 씌어 있었다.
"노부나가 공을 애도하여 상투를 자르셨다는 말에 놀랐소. 그 말을 듣고 나도 일단은 화가 났지만, 그것도 인정인지라 할 수 없는 일이라고도 생각해 보았소. 그러나 사태가 이렇게 돼버린 이상 나의 편이 돼 주기 바라오. 귀공에게 드릴 나라로서는 셋쓰를 준비하고 있소. 아니 다지마와 와카사를 소망하신다면 그 소망대로 해 드리겠소" 하고는 갑자기 말투를 부드럽게 하여 오히려 애원하는 듯한 티마저 풍겼다. 인기가 모이지 않는 미쓰히데의 궁상이 오히려 눈에 보이는 것 같았다. 혼노 사의 변 이후에 누구보다도 곤혹하고 있는 것은 미쓰히데 자신이 아닐까 하고 유사이에게는 여겨졌다.
"내가 불려지사(不慮之事)를 세움은" 하고 미쓰히데의 편지는 계속된다. '내가 이 뜻밖의 일(혼노 사 사건)을 생각한 것은'이라는 의미다.
"나의 사위이며 귀공의 적자인 다다오키를 발탁하여 크게 입신시키고 싶었기 때문이며, 그 외에 다른 뜻은 없소. 50일, 백 일 안에 교토 부근을 평정하게 될 것이오. 교토를 평정한 뒤 나는 은거하여, 천하를 다다오키에게 양도하고 싶소"라고까지 자세를 낮추었다.
이 애절하기 짝이 없는 편지가 20세기 후반에 이르기까지 호소가와 구(舊) 후작가에 소장되어 남의 눈에 계속 띄리라고는 미쓰히데도 물론 생각지 않았으리라. 미쓰히데는 오로지 애원했다.
'생각이 너무 없다.'
유사이의 마음은 움직이지 않았고, 오히려 이 경우 미쓰히데와 의절함으로써 세상에 자기의 입장을 선명히 하고, 다음 천하에 살아남기 위해서 포석을 할 필요가 있다고 생각하여 단교의 편지를 부쳤다. 동시에 미쓰히데의 딸인 다다오키의 부인 오타마를 일시 이혼하여 단고 미도노(三戶野)에 유거시켰다.

　얼마 뒤 비추에 있던 하시바 히데요시가 군사를 선회시켜 미쓰히데를 치기 위해서 산요 도를 달려 올라오고 있다는 것을 유사이는 알고, 급히 진격중인 히데요시에게 서서(誓書)를 보내 그의 예하에 들어갈 뜻을 맹세했다.

　'히데요시의 세상이 온다.'

　유사이는 생각했던 것이다. 사실 망군(亡君)의 원한을 푼다는, 이 경우 가장 그럴듯한 명분을 내건 히데요시의 진두에는 시대의 열기가 모여 있었고, 그를 지지하는 오다가의 군소 영주들은 히데요시를 떠받듦으로써 가운을 열려고 하고 있었다.

　'호쿠리쿠의 시바타 가쓰이에는 조급하게 교토에 도착할 수 없으리라. 간토의 다케가와 가즈마스는 멀리 떨어져 있는 위에 인기가 없다. 니와 나가히데는 오다가의 노신에 지니지 않는다. 재지 덕망이 함께 갖추어져 있고 더구나 교토와 가까운 곳에 있는 것은 하시바 히데요시다.'

　유사이는 그렇게 보고 있었다. 단고 미야즈의 유사이가 관망하는 바에 의하면, 이미 미쓰히데는 천하를 잡으려는 자들을 위한 가련한 먹이로 뒹굴고 있는 데에 지나지 않았다.

사나이의 그릇

　미쓰히데는 근실하고 정직한 사나이지만 명랑한 구석이 없다. 교토 사람들도

　"이 사람이 과연 천하를 유지해 갈 수 있을까" 하고 의문으로 생각했다.

　시세의 인기를 얻어 새로운 시대를 열어 가는 인격에는, 사람들의 마음을 저절로 밝게 만드는 명랑함이 필요한 것이리라. 미쓰히데는 영리하고 좀 의리가 있는 듯한 인상을 남에게 주고는 있었으나, 60여 주를 제압하고 일어설 만한 인물이냐는 점에서 사람들은 다분히 의문을 느꼈다. 이 의혹은 미쓰히데의 인기에 미묘한 영향을 미쳐, 교토 사람들은 새 시대가 이르렀다고는 하나 기분 나쁠 만큼 잠잠했다.

　――오다가엔 노부나가에게 발탁되어 닦이고 닦인 호매(豪邁)한 무장이 많다.

　언젠가는 그들 중 누군가가 고레토 공을 추방하고 교토의 주인이 되지 않겠는가. 이러한 관측이 모든 사람의 가슴 속에 있었고, 교토 사람들도 옥내

에 몸을 숨기고 숨을 죽인 채 시간이 흐르기만 지켜보고 있는 듯한 느낌이었다. 미쓰히데는 그런, 자기에게 불리한 공기를 민감하게 깨달을 수 있는 성질의 사나이였다. 불리한 요소에다 과민한 성격이라는 것은 미쓰히데의 결함임에 틀림없다. 그 몫만큼 미쓰히데의 언동에 상쾌함이 결여되고 그 몫만큼 용단이 사라져 자연 움츠러들고 어두워졌다.

미쓰히데는 교토를 제압한 뒤, 곧 노부나가의 근거지인 오미에서 행동했고 단시간에 그곳을 제압했다. 혼노 사의 변 이후 아즈치·나가하마·사와야마의 여러 성들을 접수했다.

5일, 미쓰히데는 아즈치 성으로 들어가 천수각으로 올라갔다. 노부나가가 다년간에 걸쳐서 저장한 값비싼 차 도구와 금·은·주옥을 부하나 새로 예하에 낀 제장들에게 아낌없이 나누어 주었다.

'인심이 들끓게 만들고 싶다'고 미쓰히데는 차차 간절히 바라게 되었다. 이 사나이의 소심한 구석이라고 할 수 있다. 그의 눈앞에 천하를 다투는 결전이 시시각각 다가오고 있는 형편인데도, 금·은을 그에 대한 군자금으로 충당시키지 않고 자기편이나 세상의 인기를 얻기 위해 부자연스러울 만큼 낭비했다.

――고레토 님은 통이 크신 분이다

라는 평가를 미쓰히데는 받고 싶었다. 이 금은으로 인기를 사고 지금까지의 어두울 정도로 견실한 미쓰히데의 인상을 세상으로 하여금 잊어버리게 만들고 싶었다.

아즈치 체재중인 7일 동안, 교토 조정에서 요시다 가네미(吉田兼見)가 칙사가 되어서 하의(賀意)를 전하러 왔다. 조정은 역대로 승자에게만 미소를 보낸다. 요시다 가네미는 종 2위의 높은 자리에 있기는 했지만 직책은 신기관(神祇官: 天神과 地神에 대한 祭祀를 맡고 있는 벼슬)이었으며, 정통적인 공경은 아니었다. 그런 가네미가 특별히 칙사로 선발된 것은 미쓰히데와 친하기 때문이었다. 가네미는 미쓰히데에게 우정을 품고 있었다. 인척이기도 했다. 호소가와 유사이의 딸을 가네미는 맞아들이고 있는 것이었다. 가네미는 미쓰히데의 혼노 사 습격 직후, 미쓰히데를 위해서 궁정 공작을 담당하여 미쓰히데의 이번 행동을 공경들에게 이해시키기 위해 애를 써왔다. 미쓰히데에게는 뒤에 숨은 인기 공작자라고 할 수 있으리라.

"교토 안 인기는 어떻습니까?"

미쓰히데는 두려운 표정으로 물었다.
가네미는 고개를 갸웃거리고 한참 동안 대답하지 않았다. 이윽고
"궁정에서 신사를 하는 자들도, 교토 백성들도, 벙어리가 돼 버린 것 같습니다"라고 말했다.
"벙어리가?"
미쓰히데는, 버릇대로 문득 슬픈 듯한 표정을 한쪽 뺨에 띠었다. 세상이 침묵에 잠겼다는 것은 미쓰히데에 대한 윤리적인 불쾌감에 눈살을 찌푸리고 있기 때문이든가, 아니면 다음 시대가 곧 닥쳐오리라는 예측이 있기 때문이리라. 사람들은 다음 주권자의 시대에도 살지 않으면 안 된다. 자연히 미쓰히데에게 속 편히 영합할 마음이 안 우러나는 것이나 아닐까?
"나는 이곳에 홀로 있다."
미쓰히데는 문득 중얼거렸다. 시대 속에서 고독하다는 의미이리라. 이곳이란 아즈치 성이다. 미쓰히데는 일본의 중심인 이 아즈치 성을 얻어 들어앉았지만, 전의 거주자인 노부나가와는 달리 시대의 중심에 안정을 얻지 못하고 떠도는 듯한 느낌이 있었다.
"모쪼록 교토의 일은 잘 부탁드리겠습니다."
미쓰히데는 가네미에게 지나치게 공손할 정도로 예를 올린 뒤, 어마어마한 금은을 주었다.
다음 날 가네미가 교토로 돌아가는 것을 배웅한 뒤, 미쓰히데는 그 근거지 중의 하나인 비와 호반의 사카모토 성으로 돌아가 그 성을 아케치 사마노스케 미쓰하루에게 맡기고, 그 다음 날인 9일, 가네미의 뒤를 쫓듯이 교토로 들어갔다. 사카모토에서 교토로 들어가는 길은 시라가와(白河) 어귀인데, 교토의 귀문(鬼門)에 해당한다. 미쓰히데는 그것을 피하여 일부러 멀리 돌아 교토의 현관 같은, 출입구라고 할 수 있는 아와다 어귀로 들어갔다. 길은 산조의 대교(大橋)로 통하고 있다. 그 연도에 조정의 백관이 마중 나와 개선 쇼군인 미쓰히데를 맞았다.
'가네미의 배려다'라고 생각하며, 미쓰히데는 기쁘기도 하고 쓸쓸하기도 했다. 가네미가 열심히 부채질해서 겨우 이 정도의 공경이 모인 것이리라. 공경들과 주지들은 제각각 축하의 말을 올렸다.
"아니 아니, 황공합니다."
미쓰히데는 일일이 정중하게 답례를 했다. 노부나가의, 공경들을 공경이

라고 생각지도 않는 오만불손함과 비교하면 상당한 차이였고, 미쓰히데는 진심으로 공경이나 주지들이라는 역사적 권위를 존중하고 있는 것 같았다. 미쓰히데는 이 뒤, 대담하게 금은의 배분을 단행했다. 교토 참새 또는 교토 수다쟁이들이라는 말이 있듯이 교토는 세론의 조성지였으며, 교토에서의 평판이 제국에 번져 천하의 세론이 된다. 입이 수다스러운 교토 지식인의 입을 매수할 수만 있다면, 아무리 돈을 쓰더라도 지금의 경우 아깝지 않은 심경이었다.

우선 은 500냥을 궁정에다 헌상했다. 나아가 가장 시끄러운 지식인의 소굴인 임제선(臨濟禪)의 오산(五山)과 다이도쿠 사(大德寺)에도 각각 은 백 냥씩을 기증하여, 합계 천 백 매를 이것에다 소비했다.

이어서 교토 시민에 대해서는 평등하게 토지세를 면제해 주었다.

노신 중에는 "그렇게 금은을 뿌리시다가는 앞으로 군비가 막히지 않겠습니까?" 하고, 노신 중에는 간하는 사람도 있었다. 아닌 게 아니라 금은을 뿌리는 것도 중요한 일이지만, 옛 오다군단과의 결전을 치룬 후라도 늦지 않다. 지금은 오로지 전비에만 돈과 양곡을 써야 하지 않겠는가 하는 것이 노신들의 근심이었다.

그러나 미쓰히데는 무시해 버렸다. 이 무렵에 미쓰히데는 단고 미야즈 성에 있는 맹우, 호소가와 후지타카가 상투를 자른 사실을 알고 원망과 근심이 서린 편지를 보내고 있다.

"이러한 거사를 한 것은 오로지 다다오키의 장래를 생각하기 위해서요. 교토 주변을 평정하는 대로 다다오키나 주고로(十五郞: 미쓰히데의 長男)에게 양도하고 은거할 작정이오."

그러니까 편을 들어 달라는 결론이었지만, 문장의 냄새는 간청보다는 애원과 비슷했다. 미쓰히데는 형세가 나날이 자기에게 못마땅하다는 것을 깨닫고 있었다. 야마토의 쓰쓰이 준케이도 그랬다. 인척지간이며, 더구나 자기 배하의 영주라는 점에서는 호소가와 후지타카와 다름이 없었다. 그 위에 준케이에게 있어서 미쓰히데는 쓰쓰이가 부흥의 은인이었다. 야마토의 영주였다. 쓰쓰이가 마쓰나가 히사히데 때문에 영지를 약탈당했던 것을, 노부나가가 마쓰나가를 처치한 뒤에 미쓰히데가 주선하여 쓰쓰이가의 영토를 부활시켜 준 것이었다. 미쓰히데는 전부 참가하지 않더라도, 호소가와 후지타카와 쓰쓰이 준케이만은 가맹해 줄 것이라고 믿고 있었다.

사실 쓰쓰이 준케이는 편이 되어 주었다. 그것도 미묘하기 짝이 없을 정도의 참가였다. 겨우 일부만을 미쓰히데의 군에 종군시키고 형식적으로만 오미 평정전에 참가했을 뿐, 당자인 준케이는 야마토(大和) 고리야마 성(群山城)에서 나오지 않았다. 뿐만 아니라 준케이는 하시바 히데요시를 맹주로 삼은 옛 오다 계의 연합군이 산요 도를 맹진하고 있다는 보고를 듣고서는 다시 태도를 바꾸었다. 아케치군에 가담시키고 있던 군대까지도 야마토로 철수시켜 버린 것이었다. 그들은 미쓰히데에게 인사조차 하지 않고 교토 교외에서 사라져 버렸다.
'쓰쓰이조차도 배반했는가!'
미쓰히데는 자기 인기의 영락을 생생하게 보는 듯한 느낌이 들었다. 이런 형세와 심경 속에서, 미쓰히데는 금고에서 금은을 쓸어내는 듯한 기세로 그것을 뿌렸다. 이미 이런 단계에선 인기를 따지고 있을 형편이 아니었다. 미쓰히데는 뜬세상에서의 소망을 끊기 시작하고 있었다. 오히려 소망이 끊어지고 육체가 망한 뒤의 인기를 후세에서 얻으려고 하고 있었다. 그 때문에 돈을 뿌리고 있는 것이다. 금은을 받은 천자(天子)·천황·공경·주지·5산의 승려들은 미쓰히데의 심경이랄까 입장을 필경 그가 죽은 뒤에 변명해 주리라.

산요 도를 달려 올라오고 있는 하시바 히데요시의 맹진군은 무서웠다. 어느 날은 진흙탕 길을 하루 200리라는 거의 기록적인 행군 속도로 진군했다. 진군하면서도, 도중 도중에 사방으로 군사(軍使)를 파견하여 오다가 제장들의 종군을 요구했다. 그들은 앞을 다투어서 히데요시에게 서약서를 제출했고, 히데요시를 받들므로써 가운을 열려고 종군을 맹세했다. 히데요시는 그런 기운을 잡고, 그 기운을 자기의 손으로 들끓게 하면서, 자기의 미래를 향해서 달려 올라오고 있었다.
하늘은 히데요시에게 미소를 던졌다. 히데요시가 노부나가로부터 받은 군세는 적이 모리인 만큼 압도적으로 많다.
——히데요시가 이긴다.
이 계산은 누구의 눈에나 명백했다. 자연히 사람들은 이기는 편으로 참가했다. 그 수는 점점 부풀어 올랐다. 하시바 히데요시가 드디어 셋쓰 아마가자키 성에 도착하여

"정력이 솟는 것을 다오" 하여 마늘을 생채로 구워 먹은 6월 11일 단계에서, 그 수는 3만 2천여 명에 이르고 있었다. 고군(孤軍)인 아케치군은 1만 수천 명밖에는 되지 않았다.

당연히 미쓰히데는 초조했다.
'하다못해 준케이만이라도'라고 생각하여 부하인 후지타 덴고(藤田傳五)라는 자를 야마토 고리야마 성(大和郡山城)으로 보내서 힐문하도록 하고, 출진을 독촉했다. 말만으로는 준케이가 움직이지 않으리라고 생각하고 위압을 가하려고 했다. 미쓰히데는 6월 10일, 몸소 군사를 지휘하여 교토를 출발, 남하하여 이시오토코 산(石男山 : 石淸水八幡) 뒤를 지나 호라가 고개(洞ヶ峠)로 진출하여 그곳에 진을 쳤다. 호라가 고개에서 준케이의 거성인 야마토 고리야마까지는 겨우 20킬로다.
"듣지 않으면 고리야마를 공격하겠다"는 엄포의 자세였다. 더구나 이 고개는 발치께에 교토·오사카 사이의 평야가 널려 있어, 그곳을 한눈에 담을 수가 있었다. 그 들판으로 며칠만 지나면 하시바 히데요시의 대군이 북진해 오리라.
참고로 말한다면, 쓰쓰이 준케이가 호라가 고개에 진을 치고 눈 아래서 전개되는 아케치 하시바 양 군의 승패를 관망했다고 하는 것은 무슨 잘못이리라. 미쓰히데가 그 고개에 진을 친 것이다. 고개는 오사카 부(大阪府) 북쪽의 가와치 군(河內郡) 최북단에 있었고, 교토부와 인접하고 있다.
미쓰히데는 이 날 종일 고개 위에서 준케이를 기다리다 끝내 야영을 했다. 그날 밤이 새도 준케이는 오지 않았다. 해가 높이 떠올랐지만 쓰쓰이 준케이는 끝내 고리야마 성에서 나오지 않았다.
"희망은 사라졌는가!"
미쓰히데는 중얼거리고 고개 위 하늘을 우러렀다. 빠져버릴 만큼 푸르렀다. 이미 장마철이 지나고 산하는 푸른 잎으로 채색되면서 4계절 중에서도 교토 교외가 가장 아름다운 계절이 되어 있었다. 미쓰히데는 낙담했다. 고개로 나온 것도 녹음을 구경하기 위한 꼴이 돼 버렸다. 준케이가 오지 않는다면 이런 곳에서 어물어물하고 있을 수는 없었다. 교토 남쪽으로 돌아가, 하시바군을 영격하기 위해서 포진을 하지 않으면 안 되었다.
정오, 미쓰히데는 언덕을 내려갔다. 내려가면서 자기의 운명이 시대에서 전락해 버린 것을 알았다.

'그렇더라도 너무나 허망하다.'

미쓰히데는 생각지 않을 수가 없었다. 미쓰히데의 생각으로는 계산이 참으로 정교하고 치밀하다고 여겼다. 그러나 계산은 어디까지나 계산, 현실이 아니다.

'그런 모양이다. 처음부터 잘못된 토대 위에 서서 계산을 세웠다. 잘못은 근본적인 데에 있다.'

미쓰히데는 어렴풋이 깨닫고 있었다. 계산의 근본에 존재하는 자기에 대해서다. 아무래도 새 시대의 주인이 되기에는 적성(適性)이 아닌 것 같았다.

'그런 모양이다.'

전의 도산은 적성이었으리라. 노부나가는 각박하고 잔인하다는 유례없는 결점을 가졌는데도, 그 결점이 옛 폐습을 타파하고 새로운 시대를 창조해 내는 데는 신 같은 자질이 되었다.

미쓰히데는 생각했다. 자기에게는 시대의 학수고대에 응할 자질이 없는 것 같다. 사람들은 자기가 아닌 히데요시를 바라고 있다.

미쓰히데는 언덕을 내려갔다. 진(陣)을 도바(鳥羽) 방면에다 펴고, 더구나 순수한 야전 진형을 취하지 않았다. 쇼류지 성·요도 성(淀城)을 급히 수선하여 요새전의 요소를 가미시켰다. 성의 방위력을 믿지 않으면 안 될 만큼, 미쓰히데의 인원 수는 적었다. 이 전술 형태야말로 미쓰히데의 심정의 발로이리라. 결전과 방위 어느 쪽인가에 주제를 통일해야 할 텐데도 양자가 모호하고 혼탁했다.

좀 뒷걸음질치면서 칼을 뽑으려고 하는 이 미쓰히데의 전술 사상을 숙장(宿將)인 사이토 구라노스케 도시미쓰가 비판하고 반대하여

"아군의 이러한 소군세로서는 방위를 철저히 해야 할 것입니다. 대담하게 오미 사카모토 성으로 물러가, 앞으로의 형세를 관망해 보심이 어떠할까요?" 하고 말했다.

구라노스케의 말은 지당했다. 미쓰히데는 이 지경이 되어서도 전력을 야외에 투입하지 않고, 병력의 4분의 1을 오미의 사카모토·아즈치·나가하마·사와야마의 네 성에 거치시키고 있는 것이었다. 미쓰히데로서는 야외에서 패할 경우, 오미로 도망칠 작정인 모양이었다.

"평소의 주군답지 않다"고 사이토 구라노스케는, 그 철저하지 못함을 찌른 것이었다. 미쓰히데는 분명히 마음이 위축되었고 발랄한 예기(銳氣)의 정신도 잃고 있었다. 이미 스스로 패배를 불러들이고 있었다. 가난하면 둔해진다는 에도 시대의 말은 아직 이 무렵엔 없었지만, 있었다면 사이토 구라노스케는 그런 말로써 주군을 꾸짖었으리라.

12일, 비.

이날 밤, 히데요시군의 접근을 미쓰히데는 알고 오히려 그들을 자진하여 영격하려고 했다. 사이토 구라노스케는 다시금 간언했다.

——이 적은 인원으로 무엇을 할 수 있단 말씀이십니까!

하고 외치고 싶었다. 그런데 미쓰히데는 전술 구상에 있어서는 공수(攻守) 모두 둔감한 진형을 취하고 있는 주제에, 이 진공의 영격에 대해서는 이상할 만큼 용감하고 완고했다. 어디까지나 고집을 내세워 진격 대형을 정하고, 각각의 부대장에게

"내일 새벽녘 야마자키 부근으로 모여라" 하고 명령했다. 미쓰히데가 결정한 예정 싸움터는 야마자키였다.

비는 그치지 않았고, 미쓰히데는 그 비가 그치기를 기다리지 않았다. 호우를 뚫고, 하(下) 도바(島羽)를 출발하여, 가쓰라 강을 건넜다. 그 도하에 아케치 군이 휴대하고 간 총의 화약은 거의 축축해지고 젖어서 소용이 없게 돼 버렸다.

"이 무슨 일인가!"

미쓰히데는 입술을 깨물었고, 아예 깨물어 끊어버리고 싶은 생각이 들었다. 총의 조작과 용병에 대해서는 젊을 때부터 이름을 날렸고, 오다가에 신사할 수 있었던 것도 그 특기가 있었기 때문이며, 그 뒤에도 오다군단의 총포진 향상에 커다란 공적을 남겼다. 지금도 여전히 총포진의 용법에 대해서는 온 일본에 상대가 없다고 일컬어지고 있는데도, 이 불찰은 어찌 된 일일까.

'내일은 10분의 1도 총포진을 부릴 수가 없다.'

그 내일이 왔다.

1582년 6월 13일이다. 싸움은 오후 네 시가 지나 요도 강가의 천지를 뒤흔들면서 개시되었다. 아케치군은 두 시간 여에 걸쳐서 히데요시의 북진군을 막았으나, 일몰 전에 드디어 지탱하지 못하고 크게 흩어져 궤주했다. 미

쓰히데는 싸움터를 탈출했다. 일단은 호소가와 후지타카의 옛 성인 쇼류지 성으로 도망쳤으나, 다시 오미 사카모토 성으로 향하려고 캄캄한 밤에 성을 빠져 나와 간도를 더듬었다. 따르는 자는 미소 쇼베(溝尾庄兵衞) 이하 5, 6기였다. 오가메타니(大龜谷)를 지나 모모야마(桃山) 고지 동쪽 뒤에 있는 오구루스(小栗栖) 마을로 접어들었다. 그 부근은 대숲이 많다. 마을에서 벗어난 대숲 사잇길을 지날 때, 미쓰히데는 이미 말고삐를 쥘 수 없을 만큼 지쳐 있었다.

"오노(小野) 마을은 아직 멀었느냐?"

조그만 소리로 물었을 때 바람이 윙 울어댔고, 대숲의 이슬이 흩날렸다.

돌연 미쓰히데의 최후가 이르렀다. 왼쪽 배에 심한 아픔을 느끼고 말갈기를 붙잡았다. 그러나 이내 의식이 멀어졌다.

"주군!"

미소 쇼베가 외치면서 달려왔을 때에, 미쓰히데의 몸은 안장에서 떨어져 땅 위에 뒹굴었다. 창이 그 배를 꿰뚫고 있었다. 대숲 속에 숨어 있던 이 부근 토민들의 소행이었다.

유사이, 호소가와 후지타카는 이때 여전히 단고 미야즈 성에 있었으며 이 전투에는 참가하지 않았다. 전후 얼마가 지나 단고로부터 상경하여 혼노 사의 불탄 자리에 가옥을 짓고 교토의 귀족·현관·신사·상인들을 불러 노부나가를 애도하기 위한 백운연가회(百韻連歌會)를 개최했다.

이날, 미쓰히데를 아와다 어귀로 출영 나간 공경들의 과반수는 이 연가회에 참가했고, 물론 그 가운데는 연가사 쇼하도 끼어 있었다. 그때의 에도 연가가 남아 있다.

검게 물든 저녁 애석한 소매의 이슬　　　　　　　　　　　　(유사이)

영혼을 추모하는 달빛 눈부신 들판의 가을 바람　　　　　　　(도토)

갈림길, 돌아서는 발걸음에 슬피우는 청귀뚜라미　　　　　　(쇼하)

시대만이 우리의 주인이다
허문순

전국시대

일본역사에서도 가장 활기찬 기상에 넘치는 화려한 시절이 바로 전국시대이다. 그 무렵은 낡은 시대의 규제들이 하나둘 벗겨지면서 과거와 미래를 잇는 다리 같은 역할을 하게 되었고, 더불어 인간들이 가진 온갖 가능성도 한꺼번에 분출될 수 있었다.

때문에 어제까지만 해도 한낱 상인에 지나지 않던 이가 한 나라의 성주가 되고, 떠돌이무사에 지나지 않던 자가 순식간에 수만의 군사를 호령하는 장군이 되기도 했다. 도쿠가와(德川) 시대처럼 신분이 고정된 사회에서는 감히 꿈에도 생각할 수 없던 일이었다.

아니, 어쩌면 현대와 같이 유형화된 시대에 있어서도 그야말로 꿈같은 이야기일지도 모른다. 요즘은 유치원에서 초등학교, 중학교, 고등학교를 거쳐 대학으로 진학한다. 그리고 그 대학에서 어떠한 공부를 했느냐에 따라 취직자리도 결정되는 것이 일반적이고, 결혼을 하여 한 가정을 이룬다. 회사는 연봉제가 대부분이고 승진의 차례나 미래도 대충 그 추측이 가능해지는 삶인 셈이다. 그리고 적당히 인생을 즐기면서 이윽고 늙어가고, 마침내 무덤 속으로 들어가 깊이 잠들 뿐이다.

하지만 전국시대에 태어난 사람들은 그렇지 않았다. 그들은 태어나자마자 격심한 생활환경 속에 알몸뚱이로 내던져졌다. 자칫 방심하면 자신의 환경이 순식간에 달라지는 경우도 많았다. 자기 의사와는 상관없이 어제까지만 해도 저 나라에 속해 있던 가련한 백성이, 오늘은 또 영문모를 나라의 백성이 되는 일도 비일비재했던 것이다. 그리고 그러한 변화 속에서 인간의 운명도 자기 생각대로 흘러갈 가능성이 많아졌다.

　적을 공격하고 스스로를 지켜야 하는 전쟁 속에서 뜻밖의 공을 세우는 자가 생기는가 하면, 불의의 창끝에 풀잎처럼 스러지는 사람도 있었다. 그런 싸움터에서는 살아있는 것 자체가 이미 고된 유전(流轉)의 세계를 헤치고 가는 것과 다를 바 없었던 것이다.

　그 시대 사람들은 운명을 감수하지 않고 도전해 나갔다. 운명에 도전한다는 것은 인간이 전력을 다하지 않으면 사실 불가능하다. 지력, 체력, 기력, 그리고 동물적인 감각까지도 모조리 총동원하지 않으면 참으로 어려운 일이 그것이다.

　그래서 나는 그 전국시대를 살아간 인간들의 삶에 크나큰 매력을 느낀다. 인간이 그 모든 안간힘을 발휘하여 어지러운 시대 속에 감추어진 모든 가능성을 끌어내려고 처절하게 애쓰기 때문이다. 그리고 그러한 그들의 노력은 어떤 의미에서는 인간의 삶 그 자체를 반영한다고 할 수 있다. 현재처럼 부분적인 인간으로 퇴화한 것이 아닌, 금수처럼 민첩한 반사 신경을 가지고 있는가 싶으면 금세 시인처럼 우아하고 섬세한 감정을 내비치는 종합적인 인간으로.

도산과 노부나가

　이 《나라를 훔치다―國盜り物語》 속에 나오는 주인공들을 떠올리면 한결 잘 이해할 수 있다. 사이토 도산(齋藤道三), 아케치 미쓰히데(明智光秀), 오다 노부나가(織田信長) 등등, 그들은 때로는 잔인하고 때로는 자애롭게 그들의 인생을 엮어나간다. 잔혹할 정도로 계산에 능한 사나이가 애정을 위해서는 목숨을 아까워하지 않는 면모를 보이기도 한다. 애초에 인간이란 어쩜 그런 모순으로 가득 찬 덩어리일지도 모른다.

　사실 모순이 없는 인간이란 괴물이나 다를 바 없다. 나는 이 장편소설을 읽으면서 전국시대에 드러나는 가혹하고 치열한 인간의 삶에서, 우리 인간의 본성을 아주 생생하게 맛볼 수 있었다.

시대만이 우리의 주인이다　593

　사이토 도산은 '미노(美濃)의 살모사'로 불리던 사나이였다. 한낱 기름장수에서 마침내 미노 사이토가(家)의 성씨를 이어받고, 주군인 도키 요리요시(土岐賴芸)를 도와 그의 형 마사요리(政賴)를 추방하는가 싶더니, 마침내 스스로 미노국의 군주가 되어 실권을 장악한다. 그 동안에 행한 무수한 권모술수는 그를 가히 소름끼치는 살모사 같은 인간으로 우리에게 각인시킨다.

　그러나 진정 '살모사'에 불과했다면 일개 기름장수에 지나지 않는 그를 과연 사람들이 그토록 떠받들 수 있을까? 마음에서 우러나와 그다지도 복종할 수 있을까?

　그것은 오다 노부나가도 마찬가지였다. 아사이 나가마사(淺井長政)나 아사쿠라 요시카게(朝倉義景) 같은 적장의 해골에 금박을 입힌 뒤 그것으로 술을 따라 마시는 잔혹함은 예사 신경으로는 쉽게 견딜 수 있는 것이 아니지만, 한편으로 그는 참으로 다정한 일면도 겸비하고 있었던 것이다. 그 다정함이 히데요시(秀吉) 같은 부하를 거느릴 수 있게 해주었을 것이다.

　인간을 전체적인 모습으로 파악한다는 것은 어쩌면 작가로서는 당연한 일이지만 일반적으로 그것이 얼마나 성공할 수 있을지는 참으로 의문스런 구석이 많다. 그런 점에서 나는 이《나라를 훔치다》가 참으로 뛰어난 성공을 거뒀다고 생각한다. 특히 감동스러웠던 것은 아케치 미쓰히데였다. 아케치라는 인물을 이토록 살아 숨 쉬는 듯 형상화한 작품을 나는 달리 떠올릴 수가 없었기 때문이다. 물론 사이토 도산도 빼놓을 수 없겠지만 아무튼 내 머릿속에는 시바 료타로(司馬遼太郞)의 아케치 미쓰히데의 모습만큼은 다른 어떤 이미지보다 뚜렷하게 새겨질 것 같다.

　헌데, 이 아케치 미쓰히데는 사실 사이토 도산의 분신이다. 그는 사이토 도산에게서 고전적 교양을 이어받아 역사나 전통 따위에 굉장한 관심을 갖고 있으며, 또 한편으로는 천하에 대한 야망도 품고 있는 인물이다. 전통에 의거하는 그의 자세는 너무도 정통적이어서 도리어 비극적인 냄새를 풀풀 풍겨낸다.

아케치가 도산이 지닌 어느 일부분의 분신인 것처럼 다른 분신도 한 명 더 있다. 바로 도산의 딸과 결혼한 사위, 오다 노부나가가 그렇다. 그는 도산의 전쟁이나 정치에 대한 기이한 전략과 결단을 계승했다. 그리고 그것이 어떤 독창성으로 변하면서 역사나 전통을 타파하는 힘으로 바뀐다. 어쩌면 그러한 개성은 도산 이상으로 강렬할지도 모르겠다. 그리고 그 또한 천하통일의 원대한 꿈을 품고 있었다.

도산에 있어서도 '나라 훔치기'는 처음부터 미노국 하나에 국한된 것이 아니었다. 그에게도 천하통일의 꿈이 있었던 것이다. 그러나 기름장수로 출발한 그에게는 한 나라를 손에 넣기까지 시간이 너무 부족했다. 즉 출발점이 일국의 성주로 태어나는 것보다 훨씬 뒤쪽에 있었던 셈이다.

그런 의미에서 오다 노부나가는 도산의 도착점에서 시작하는 이점을 안고 있었다──이러한 점을 놓치지 않고 읽어내는 작가의 눈도 참으로 깊이가 대단하다. 게다가 그 시대는 전통이 파괴될 즈음이었다. 전통을 파괴한다는 것은 전통을 이용하면서, 또는 그것을 굉장히 의지하면서 파괴해 나가는 과정이다. 그것이 히데요시가 활약하는 무대였고, 노부나가가 미쓰히데의 손을 빌리지 않으면 안 되는 이유가 거기에 있었다.

한 뿌리에서 자라난 두 분신은 일시적으로 주종관계로 맺는다. 그러나 둘은 서로가 걸출한 개성이 있었기 때문에 도저히 양립할 수 없는 운명에 처하게 되는데, 그 대립은 근원이 하나였던 만큼 갈등 또한 극도로 뿌리 깊을 수밖에 없었다.

천하를 얻는 꿈은

그리하여 미쓰히데는 마침내 도산의 천하통일의 꿈을 대신 맡은 노부나가를 혼노사(本能寺)에서 죽이게 된다. 그리고 스스로도 덴노산(天王山)에서 패하여 도망하던 중에 원주민의 창에 죽음을 맞이하게 된다. 이 두 사람이 죽은 뒤 비로소 도요토미 히데요시(豊臣秀吉)의 천하통일이 이루어진다.

《나라를 훔치다》의 대단원이 오는 셈이다. 그러나 히데요시의 천하통일은 모든 것이 이미 성숙할 대로 성숙한 토대 위에서 한 방향을 향해 흘러가는 역사의 종착점에 다름 아니었다.

그런데 이 소설은 가장 흥미로운 두 사람의 최후와 더불어 끝을 맺고 있다. 나는 이 작가가 여러 가지 장면에서 주인공의 입을 통해 뱉어내는 말 속에서 시대를 푸는 열쇠가 그대로 숨겨져 있음을 자주 느꼈다. 실로 암시적인 내용들이 장면장면 가득하다. 한둘 쉬운 예를 들어보자면, 도산이 주군을 추방할 때의 대사가 있다.

——시대다. 시대라고 하는 것이다. 시대만이 우리의 주인이다. 시대가 내게 명령하고 있으니, 그 명을 받잡아 움직일 따름이다. 시대란 무엇인가? 하늘이라고 바꿔 말해도 좋으리라.

또는 노부나가의 아버지 노부히데(信秀)가 이런 말을 한다.

——나는 천하를 취하겠다. 천하를 얻자면 듣기 좋게 포장된 인기가 필요하고, 그 인기를 얻자면 쓸데없는 짓도 많이 해야 하는 법이다. 쓸데없는 짓조차도 아무렇지 않게 해치울 수 있는 인간이 아니면 천하는 도저히 얻을 수 없다!

하나 더 있다. 이를테면 노부나가가 '의(義)가 있으므로' 도산에게 원병을 보내겠다고 하자, 도산은 이런 소리를 한다.

——참 해괴한 소리를 하는군. 설마 노부나가 쯤 되는 사나이가 그런 헛소리를 지껄일 까닭이 없겠지. 네 나라로 돌아가거든 잘 전하여라. 싸움은 이해를 따져서 해야 하는 법이니 승산이 없는 싸움은 절대 시작해서는 안 된

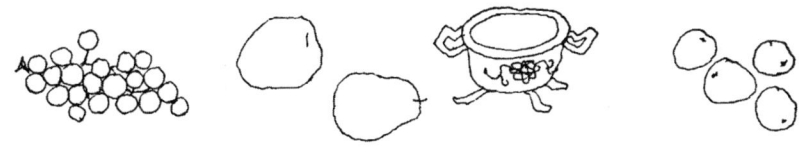

다고. 그런 마음가짐이 없으면 천하를 얻을 수는 없을 것이니 노부나가 생애의 계명으로 삼으라고 똑똑히 전하거라.

참으로 도산다운 말이지만, 노부나가는 그 말의 의미를 잘 알고 있으면서도 '의'라고 하는 것을 위한다는 싸움의 이념을 갖고 있었다. 그것이 변증법적으로 통일되어서 천하통일로 형성되어간 것이다. 그러한 관계를, 예리하게 주고받는 그들의 대사 속에서 음미하는 것도 만만찮은 즐거움이 되리라.

우연 또는 필연
　흔히 사람들은 지금까지 역사를 결과에서 거슬러 읽어가는 것에 익숙한 경향이 있다. 즉 역사란 늘 결과가 선행하는 것이고, 그곳에서 원인과 결과를 되짚어 가는 식으로 사고하는 체계가 일반적이라는 말이다. 그러므로 오케하자마(桶狹間) 전투도 오다 노부나가의 승리가 먼저 대두된 다음에, 어떻게 하여 그런 대승리가 이루어졌는가 하는 것을 검토하는 식이다.
　그러면서 역시 오다 노부나가가 천재였기 때문에 승리했다는 식으로 간단히 어물쩡 정리해 넘기는데, 이것은 실로 큰 잘못이고 착각이다. 역사에서 작은 우연은 그 패전의 암울한 전망을 어느 한순간에 승전으로 바꿔버리기도 하기 때문이다. 물론 내가 여기서 그러한 일들을 꼬치꼬치 자세하게 떠들어댈 마음은 전혀 없다. 그냥 이 책을 읽어보면 그런 사실들이 아주 명쾌하게 서술되어 있으니까.
　역사는 인간이 만드는 것인 이상, 모든 결과가 하나의 원인에서 생겨나 예정된 선상으로만 달리는 것은 아니기 때문이다. 그러한 의미에서 이 책의 시대적 배경과 등장인물들의 관계는 실로 흥미롭기 그지없다.
　시바 료타로의 수많은 작품 가운데서도 단연 뛰어난 작품이 바로 《나라를 훔치다》이다. 자신 있게 권한다.

시바의 역사관

시바료타로는 1960년 봄 '올빼미의 성'으로 나오키상을 수상했다. 그를 아는 사람은 소수였다. 그가 산케이 신문사에서 근무했을 때 쓰노다기쿠오에게 연재소설을 의뢰하러 갔을 때의 일이다. 쓰노다가 시바에게 하는 말이 시바료타로라는 신인작가가 있으니 한 번 일을 맡겨보라는 것이었다. 그는 자기 앞에 원고의뢰를 하러 온 사람이 시바라는 사실을 몰랐던 것이다.

시바료타로의 이름이 널리 알려진 것은 '료마가 간다' 이후이다. 또 히지가타 도시조의 죽음까지를 쓴 '불타라 검이여', 사이토 도산, 오다노부나가의 파란만장한 일생을 다이나믹하게 표현한 결작 '나라를 훔치다'로 독자적인 역사관을 전개했다.

기전성(奇傳性) 풍부한 '오사카 사무라이'를 썼는가 하면 일본 전국시대를 다이나믹하게 그려냈다. 그는 현실에 안주하기보다 항상 새로운 분야에 눈을 돌려 자신의 영역을 넓혀나갔다. 또 오사카 사람이라는 소리를 듣기 거북해했지만 그의 언변에는 역시 관서 지방 사람 특유의 힘이 들어있었으며 현대적 감각도 뛰어났다.

요시카와 에이지는 근대상황에 대응하는 느낌이라는 뜻으로 시감(時感)이라는 말을 썼다. 시바는 요시카와 이후의 기전(奇傳)소설을 골격으로 '부엉이 성'을 써서 나오키상을 수상했는데, 요시가와와 비교한다면 '시감'에서는 공통분모를 갖고 있으나 역사를 보는 시각은 달랐다.

그는 역사를 하나의 완결된 사건으로 보았다. 이를테면 옥상 위에서 지나가는 사람들을 내려다보는 식으로 역사적 사건과 역사적 인물을 보았다. 역사 속의 인물들은 수많은 우연과 필연의 교차 속에서 미지의 영역을 통해 전진한다. 임종 때의 히데요시에게는 세키가하라 전투, 오사카낙성, 히데요시 집안의 종말도 놓칠 수 없는 사건이었다. 도쿠가와 이에야스, 사카모토 료마에게 일어난 사건도 그런 식으로 보았다.

일본의 역사문학은 미지의 사건을 앞에 두고 인간 쪽에서 작품을 완성시

켰지만 시바는 역사를 완결된 것으로 보아 인간을 향해 역사가 말을 걸게 만들었다. 그가 오다노부나가, 사카모토 료마 등의 역사적 인물을 자기 안에 두고 움직이게 한 것은 이와 같은 역사관이 있어 가능했다.

평론가 중에는 이런 그의 태도를 못마땅하게 생각하는 사람도 있지만, 필자는 그렇게 생각하지 않는다. 그는 일본 근대문학에 로망을 살려놓았다. 역사 속에서 소재를 고르는 것이 아니라 버릴 것을 버리는 사상법에 따라 뚜렷하게 윤곽을 잡았다.

격변기를 살아가는 인간상

시바는 15년 태평양 전쟁을 경험한 세대이다. 1923년생인 그는 오사카외대 몽골어과에서 공부했고, 한때는 대륙을 웅비하는 꿈을 품은 적도 있으나 쇼와 18년에 학도병 출진으로 입영, 만주(동북지방)로 건너갔다. 이런 경험은 난세사관(亂世史觀) 배양으로 연결되어 격변기에 살아간 인간상을 바라보는 시각을 갖게 했다.

시바료타로 팬 중에는 젊은층의 샐러리맨이 많다. 현대인에게 그의 작품이 매력적으로 다가오는 것은 변혁을 향한 지향이 살아 숨쉬고 있기 때문이다.

현대 일본의 사정은 매우 불안해 전후 처음으로 전국시대 같은 양상을 보이고 있다. 그의 작품은 과거의 역사 속에서 변혁기의 인간상을 끌어내어 이를 현대적으로 해석하고 있다.

시바의 작품은 허구에 의해 로망을 구축하면서 점차 역사의 계곡을 가로질러 사실(史實)의 행간을 통해 꿈을 읽게 만든다.

그는 자신의 기본 사상을 잃지 않는 작가이며, 그의 작품 속에 일관되게 존재하는 것은 역사인물과의 대화일 것이다. 전쟁을 경험한 시각으로 과거를 되돌아본 그는 현대가 역사와 점점을 갖기 위한 역할을 담당해 나갔던 것이다.

　이 해설은 교토조형예술대학 역사학자 나라모토 다쓰야(奈良本長也) 선생이 1971년 「新潮」에 발표한 글을 기본으로 하여 썼습니다. 본디 이 작품《나라를 훔치다—國盜り物語》를 동서문화사 편집번역위원 안동민·박재희·김천운·김문운·김영수·문호·유정·추영현·허문순·김인영 등이 1973년 번역을 완료하여 그 권리는 동서문화사 소유이되 초판은 대하출판사에서 발행키로 하고 중판은 동서문화사 대망 시리즈에 수록키로 한 약정에 따라 이를 간행합니다.

지은이
시바 료타로(司馬遼太郎)

그린이
전성보(全聖輔)

옮긴이
박재희 창춘사도대학일문학전공 김문운 니혼대학일문학전공
김영수 와세다대학일문학전공 문호 게이오대학일문학전공
유정 조지대학일문학전공 추영현 서울대학교사회학전공
허문순 경남대학불교학전공 김인영 숙명여대미술학전공

대망 24 나라를 훔치다 2
지은이 시바 료타로/책임편집 박재희 추영현 김인영
1판 1쇄/1979. 12. 1
2판 1쇄/2005. 8. 8
2판 12쇄/2022. 3. 1
발행인 고윤주/발행처 동서문화사
창업 1956. 12. 12. 등록 16-3799
서울 중구 마른내로 144(쌍림동)
☎ 546-0331~3 (FAX) 545-0331
www.dongsuhbook.com

*

이 책은 저작권법(5015호) 부칙 제4조 회복저작물 이용권에 의해 중판발행합니다.
이 책의 한국어 大望상표등록권 문장권 의장권 편집권은 저작권법에 의해 보호받으므로
무단전재 무단복제 무단표절 할 수 없습니다.
이 책의 법적문제는「하재홍법률사무소 jhha@naralaw.net」에서 전담합니다.

*

사업자등록번호 211-87-75330
ISBN 978-89-497-0363-3 04830
ISBN 978-89-497-0351-0 (2세트)